云崖间

公衍仕◎著

中国文史出版社

目　录

引子·歌词

云聚云散云飞扬
春归春去春流淌
不做野鹤闲游
不做山雀吟唱
振翅激越凌苍穹
何止为拨开烟雾迷茫

崖险崖峭崖叠嶂
崮峻崮奇崮韵长
何惧风雨如晦
何惧路途跌宕
纵横驰骋踏川岳
舍生死靖我锦绣风光

浪淘沙，水入洋
天地之间任思量
阴晴圆缺写荣辱
是非善恶付沧桑
自古雄魂气豪迈
怀大义挺起巍峨脊梁

第一章

1937年，冬月，亥时光景。

没有月亮的明澈深夜，天穹越发幽暗深邃。硕大的星斗投射出扎眼的清光，在黑魆魆的原野山崮间洒下一层薄霜。端坐在盘龙崮前小山峁上的盘龙村显得更加孑然孤寂。

在这炭火都要被冻僵的时辰，血气方刚的小伙子都蜷缩进被窝或者已经发出了均匀的鼾声，即便惯于围着火盆吞云吐雾的老汉们也耐不住逼人寒意，赶早散伙，将并不新鲜的话题留待来日在太阳底下继续唠叨咀嚼。唯有几户吃饭嘴多、穿衣人多、干活儿却劳力稀缺的人家的妇女不敢偷闲，燃一炷香代替油灯，放在纺车线穗处，在冰窖般的屋子里左右开弓地纺着棉线。也有为赶活计的主妇，盘腿坐在炕头，借着窗台上豆粒大小的油灯火苗纳着鞋底儿，拔针的清脆弹响和抽线时短促的摩擦声交织成暗夜中微妙的天籁。然而，在这样的夜晚，无论纺车的“嗡嗡”声还是拔针发出的清脆的弹响，抑或窗台上那点微光，不出小院便消逝得没了痕迹。苍穹之下，仿佛所有的生命存在都被滴水成冰的寒冷冻结，跟山崮、村落和夜色凝为一体，在静谧中肃立着。

梁春竑刚刚把书藏到枕头底下，正枕着双手平躺在被窝里，在柿红色的油灯光亮中睁大着眼睛，沉浸在熔岩般奔突的思绪中。半个月前，他从泰沂县城倒腾来一本油印的《共产党宣言》。虽然书页松动而且已经起了毛边，中间还少了两页，可这是他三次进城，好不容易从书画斋芝兰堂的王老板那里弄到手的。这本薄书让他着了魔，他已将大部分段落完整地背诵下来。今夜，他又在碗灯下将这本书通读了一遍，畅快地体味着书中那些陌生而又熟悉的句章。“国家、阶级、革命”，还有很多并不能完全弄懂含义的语汇，共同凝结成鼎新革旧的学说，垒砌成一座光明的灯塔，为他打开了一个清晰如真的世界。当初求学的时候为什么不咬牙坚持出外闯荡？怎么就拗不过老爹而回到村里当教书先生呢？书里的共产党人何时才能来改造身边的世界？

梁春竑傍着油灯读书的时候，他的媳妇儿就盘腿坐在门后边摇着纺车。梁春竑跟爹娘一起过活，连同两岁多的儿子竑生才五口人，家里的针线活儿并不紧。只是媳妇儿跟慵懒无缘，把梁春竑两个姐姐家的活计揽过来不少。依照她的性子，今晚不把簸箕里的这堆棉条儿纺完，她不会歇息。

梁春竑正在媳妇儿“嗡嗡嗡”的纺车声里神往着油墨香中那忽明忽暗的世界，为未能在理想和现实面前做出应有抉择而很有些焦躁地辗转反侧，村子西北方向隐约传来怪异的声音。那声音似乎“突突突”的，又似乎“轰隆隆”的，粗壮沉闷——绝不是雷声，冬天是不打雷的；也不像风声，今晚明明是纹风不动的。谁家纺车不好用，也不至于发出这般古怪的动静啊！从媳妇儿那极短暂的绕线间歇中，梁春竑又敏锐地捕捉到那怪异的声音中影影绰绰地夹杂着一两句高声呵骂。他猛然警醒：这不是汽车的轰鸣吗？不会是鬼子打进来了吧！梁春竑“噌”地坐起身，喝令媳妇儿赶紧停下纺车。

听丈夫急促地喊停，媳妇儿意识到有什么不对的地方，屏气凝神地辨听了片刻，惶惑地扔掉手里的棉条，起身走到床前。

梁春竑已经穿上裤袄。他一边嘱咐媳妇儿好好在家待着，一边系着纽扣、趿拉着鞋子往外跑。

梁大爷已经走到院子门口，正抬手要拿开门闩。黑子——家里的一只黑狗——摇摆着坚挺的尾巴，喉咙里呜呜地吼着，急不可耐地想从门缝里抢先挤出去。

梁春竑赶到跟前：“爹，不知道出什么事儿了？”

梁大爷沉稳中明显掺杂着不安：“不知道呢。深更半夜的，这动静怪瘆人的。”

梁春竑搓搓手，跨出门槛儿：“爹，你回屋里去。我出去看看。”

梁大爷定定地看看儿子，不放心地嘱咐道：“好生点儿，稳当地。”

凭借着清冷星光的指引和白天的记忆，梁春竑踮着脚穿过小巷，飞跑向村子西南。才出巷口，他便望见西北方向公路上被车灯打亮的蛇一样蜿蜒前行的车队。梁春竑猫腰奔到紧挨公路的高坡上，却发现已经有几个胆大的乡亲或圪蹴在高坡上，或趴在冰硬的地堰边上，齐刷刷探头盯住陡坡下的公路。见梁春竑弓腰挪到身边，有个大块头侧首叫声“梁大哥”，迅疾又转回去盯着坡下公路上的车队。梁春竑知道，刚才跟他打招呼的是黑铁塔般的后生小子李开林。就在梁春竑刚刚卧倒、挺脱好身子，又一个小他七八岁的小伙子赶到他身后，贴着耳朵问出了什么事儿。梁春竑听声音就知道那是武善志，他的邻居，也是他最说得来的小兄弟。

并不宽阔的公路上，望不到尽头的军车从西北往东南方向绵延行进，明晃晃的车灯光柱映射出壮观的阵势，也映照出笼住整个车队的浓雾样的漫天尘土。车篷全部高高拱起，间或几辆拖着说不清是大炮还是什么的物件。因为公路弯儿多，路面也坑坑洼洼，那军车开得忽快忽慢，沉闷的“轰隆”声便时高时低，如同被鞭子抽赶着的懒惰的肥猪。尽管小心避让，路面凸起的石块儿还是不时地让汽车剧烈摇晃，颠簸得厉害时就引起车篷里士兵们粗鲁的叫骂。

李开林瓮声瓮气地低声说：“不像是鬼子吧？听说鬼子的衣服是黄色的，像蝗虫。到哪儿也都打着日头旗子。”

几个人争抢着发表见解：“就不是鬼子嘛。鬼子说话‘叽里呱啦’的不是人腔，可他们咒爹骂娘咱都听得门儿清呢！嗨嗨，就是国民党兵嘛！咱这儿来过的，你忘了？”

几个人正借着灯光努力探寻队伍的来历，一辆汽车的前轮拱到了路中间凸起的大石块儿上。随着车身猛烈的弹跳，车篷里顿时爆出粗劣的谩骂声。

“奶奶个熊的，老子头上都起了十几个包啦！就不能睁大你那瞎眼开车哇！”

“你他妈的还是省省心吧！头上起个包总比你小命儿被小日本给摸去了好。”

“就怕老子还没跟小日本干呢就被你这狗日的给报销了！小日本，我日你奶奶的八辈祖宗！”

一个尖嗓子问道：“老大，咱们现在到哪儿啦？”

一个粗嗓子呵斥道：“管到哪儿干啥？把你拉到哪儿就是哪儿。”

“就是见阎王也要知道个准地方吧？”

“你这混账玩意儿咋老想着蹬腿儿撂挑子？阎王爷是你亲爹？‘韩青天’都不舍得让你死，你倒是自己巴望着滚逑！”

有个声音急急地附和道：“老大说得对！咱们过了沂蒙，再往南去，一准儿越往后方越安全。要是老天开眼，先让咱娶个娘们儿、生几个儿子再上路也不迟。”

那个尖嗓子紧着怼道：“说梦话呢！就你这个熊样儿还指望生出个带把儿的？”

韩青天？济南府的韩主席？高坡地堰上的几个人总算弄明白了：原来是韩复榘的队

伍在撤退。

“真是‘韩青天’的兵啊？他们跑了，济南府不就丢了吗？那鬼子后脚不就追过来了？”

“这叫怎么说？咱堂堂大国，真的连个鬼子都挡不住？”

黑压压的车队终于在牛眼一样的车灯的引领下全部从村口经过。地堰上的这群人起身，扑打着衣服上的尘土，搓着被冻得僵硬的手指，整圈儿将梁春竑簇拥在中心，有的喊着“梁先生”，有的喊着“梁大哥”。黑铁塔样的李开林差些把两个杏子大小的圆眼挤到梁春竑的脸上。

当初东北军撤到关内，东三省就丢了。如今韩复榘撤兵，济南自然也就保不住了。可不管太平盛世还是烽火遍地，偏僻山旮旯里的草木之人除了乞望自保，何尝能管得了变幻莫测的时局？面对大伙儿的问询，梁春竑沉思着，说了句“是福不是祸，是祸躲不过。还是过后再看吧”。

这群人都没了言语，袖手弓腰，跟在梁春竑身后各自折回家中。

梁春竑回到家里，“呼”地推开梁大爷的屋门。旋起的冷风差点儿把菜橱上聊胜于无的油灯吹灭。

梁大娘赶忙从床沿上站起身：“竑儿，到底出了什么事儿？”

梁春竑搓搓手，捂着耳朵：“国民党军撤退呢。韩复榘的队伍往南撤退呢。”

倚靠菜橱而坐的梁大爷一个愣怔，衔在嘴里的烟袋锅也猛地一抖：“撤退？从哪儿撤、往哪儿撤呢？”

“说是过了咱这边继续往南去，要到大后方。这一拨儿或许是去临沂、徐州？”

“他们撤了，那济南府不就被鬼子占了吗？”

“鬼子占领咱的地方多了去了，光一个东三省就有多大地盘。就这么个法子打下去，以后要丢的地方还不知有多少呢。今晚撤退的队伍，光这一拨儿就黑压压地跑了整条路呢。”

“原说修好这条路好抗战打鬼子，谁承想让他们用来撒丫子逃跑！养这些闲吃干饭的官兵老爷做什么用？养群狗还知道死活都要守家看门呢。”梁大爷愤怒又失望，狠劲地在鞋底上磕着烟袋锅儿。

刚刚韩复榘小部队伍撤退的这条路叫泰石路，西起古老的泰安府，东抵滨海地区的日照县，自古既是一条通商要道，也是一条行军打仗的必经之路。原来的路面很窄，特别在云蒙到泰沂一段，整条道路都在山峪中穿行，弯道连着坡道、坡道扛着弯道，就是那九曲十八拐的羊肠子。而好几处地势陡峭的路段，独轮车都需要好几个人连推带拉才能越过。今年刚入夏，县里就派人征用大批的村民赶着紧地修筑这条公路，说是为了紧急抗战。村民们被分成两拨儿，不分昼夜，轮流上路，不停地开山、运土、填沟、打夯。尽管一天到晚筋疲力尽，恨不得躺下就不再爬起来，但为了抗战，也为了保卫自己的家园，所以不用怎么监工，人人都舍命赔本儿地干，好多老少爷们儿累得留下了伤病。到了深秋，一部分劳力又被抽调去了外地修飞机场，剩下的便歇人不歇马地忙活，终于赶在封冻之前把路修完。这才刚完工了个把月，抗战没用上，倒为自家的大头兵撤退逃跑派上了用场。

回到自己的屋里，梁春竑拥被靠墙坐在床头，蹙眉缄口，凝视着前方，就像雕成的一尊玉石人像。

媳妇儿知道，只要梁春竑露出这副模样，就是又陷入了令她忧心忡忡而又深不可测的世界。

头回见到梁春竑是五年前她还为闺女的时候。那时候，梁春竑也还是在教会学校读书的一介书生。恰逢年关到来之前，她跟嫂子走亲戚经过盘龙村，正好跟从井上挑水过来的梁春竑走个对面。走出去十几步远，嫂子的眼神都没能从梁春竑的身上收回来，逗趣说他绷直硬实的高挑身板儿上托着个蒸面寿桃般泛着暖暖红晕的白净脸子，就是古书里说的玉面书生，要是能给妹妹收了可就好了。她羞羞地去拧嫂子的胳膊，脸上却也跟火烧似的。只那一个照面，梁春竑的清秀俊朗便清晰地印刻在她的头脑中，尤其梁春竑剑眉下那双似海深眸更让她胸怀撞鹿。未料，隔了两年后媒人前往她家提亲，说合的男人正是梁春竑。相亲见面的那天，梁春竑满脸的寒风阴云，直待宾主落座、品过一盏茶都没抬眼看她。梁春竑的娘忍无可忍，悄悄在他大腿上狠狠地拧了一把，疼得他咧着嘴往她这个好像不存在的活人身上扫了一眼。原来，梁春竑很抵触媒妁之言，原本就没打算跟从不相识的她有任何关系。幸亏娘这上死地一拧，梁春竑瞥见了被当作货物的闺女，冰冷的脸猛地呆住，刹那间化为云霞笼罩的春水。后来她问他因为啥看上了自己，梁春竑说是那惊鸿一瞥告诉他，他必须要做疼爱她一生的男人。她不懂什么是惊鸿一瞥，也羞于弄懂那些让人脸红的新奇话儿，却知道梁春竑没有说谎。尽管她不识几个字，尽管她并不能完全弄懂丈夫的理想，梁春竑却做到了一个好男人全部应该做的。自打拜堂成亲到如今，两人夫唱妇随，琴瑟和鸣，甚至从没红过脸。唯一让她心存疑虑的是，这个安静沉稳、浑身透着快乐与知足的男人的心里藏着个秘密。每当这个秘密带给他惆怅和苦闷时，他便像现在这样，眉头紧蹙，缄口不语。后来通过丈夫的解释，她懵懵懂懂知晓了原委：梁春竑执着于寻找机会出去干件大事情，而他干那件大事情的代价就是全家人都要遭受生活的艰难困苦，都要遭受亲情的煎熬折磨。她为丈夫期待要干的大事情而着急，更为丈夫没法实现理想而着急。

媳妇儿为熟睡的孩子掖好被角，然后坐到丈夫身边："日本人是不是快打过来了？"

"咱们的队伍都跑了，日本人还不说来就来？"

"那咱往后的日子可怎么过呢？"

"只要天不塌下来，该怎么过还得怎么过。日本历史上就老觊觎我国，不仅跑到我们家里烧杀抢掠，还始终妄想把我们家国之地据为己有。可要我看，这群倭寇就是兔子吃了豹子胆，非作死不能罢休。韩复榘不收拾他们，蒋介石不收拾他们，共产党的八路军可不是吃软饭的！"

听丈夫这样说，媳妇儿心里已经明镜一般：丈夫又打起了参加八路军的心思。她拽过一件棉袄压到梁春竑的被子上："他爹，你又想着出去找你的革命队伍是吧？可是，你走了，家里上有老、下有小的怎么办？再说你又上哪儿找去？当年马头峪的刘洪收出去找红军，不是一年多也没找着，最后叫花子似的回来了吗？"

媳妇儿说的刘洪收找红军是五年前的事情。马头峪村的大个子青年刘洪收为了参加红军，瞒着爹娘只身奔赴陕西。踏遍千山万水，辗转整年终未能如愿，只好失望地折回老家。返回村里时，衣衫褴褛，蓬头垢面，整个人落魄得还不如叫花子。

梁春竑努力对着媳妇儿笑笑："那都什么年月的事儿啦。现在跟以前可不一样。我跟你说，咱们县城里就有共产党。找到他们还会找不到八路军？"

媳妇儿端详着丈夫的眼神，浅浅地叹口气："俺知道你的心大，拦不住你。俺也知道你有你的想法。你放心，哪天真要共产党来了、八路军来了，你尽管去，俺保证不扯你的后腿。可是话也说回来，那共产党、八路军到底是干什么的，到底是不是真心为咱老百姓打天下，你得弄准了才行。"

"把你的心放得好好的，睡吧。"梁春竑随手把脱下的棉袄盖在媳妇儿身上，躺到被窝里。

媳妇儿吹灭油灯，躺下后似乎终究寻找不到安全的依靠，便轻轻地往丈夫身边挤靠，直到把头拱到丈夫的胸口。她双眸忽闪了好一阵儿才慢慢合上眼皮儿，继而发出均匀踏实的呼吸声。

一个幽灵，共产主义的幽灵，在欧洲游荡；东三省、济南府，泰石路上的南撤车队；城里有了共产党，还会找不到八路军？梁春竑静静地躺着却毫无睡意，满脑子里都是纷繁无序的一团。当然，这纷繁无序与一夜蹲在某个角落里紧张躲避灾难的乡亲们脑中的杂乱无章迥然不同。它就像一粒火种，需要他在合适的时候、合适的地方小心翼翼地捧出，不仅不能被风吹灭，还要燃起熊熊大火。而那熊熊大火最终燃烧到什么程度，他现在也莫可名状。

子夜前从泰石公路南撤的这拨队伍不过是韩复榘大部队中分流出来的几个连队，而这几个连队就像沉闷夏夜的一道霹雳，让整个盘龙村陷入了暴风雨前的恐慌。天一放亮，人们顾不上饲喂牲畜、担水做饭，纷纷聚集在巷子里谈论着近在咫尺的梦魇，为如何躲避灾难而焦虑揪心。直到孩子们嚷嚷着要吃饭，大人肚子也开始咕咕叫，谁也找寻不到阻止鬼子打进来的万全之策，便惶惶然各自散去。

梁大爷没有加入扎堆的人群。昨晚他整夜地忖度了令乡邻们极度忐忑的凶险信息，更多的还是为儿子的前途心怀惆怅。他曾经一心指望梁春竑好好求学，日后熬个一官半职，也好光宗耀祖，后世留名。等儿子上完高小，他又送他去学费便宜的临沂教会学校读书。无奈世道乱哄哄的没有个盼头，手头上越来越拮据，梁春竑只上了一年多就不得不中途退学，回到村子的学堂里教书。在学堂里当先生是乡里乡亲们羡慕得不得了的差事，梁春竑又生得俊朗挺拔，稳重大方，这都给他脸上犹如抹了层厚厚的金光。可他心里总是空落落的：现今儿子都二十六七岁了也只不过是个教书先生。一个人一辈子能有几个二十六七岁？暗自叹息之余，他只好把理想再放长远些，把光宗耀祖、后世留名的期望转移到孙子身上了。梁大爷闲下来的时候也常琢磨：家里虽说不算富裕，但是拥有十亩山岭薄地，家里常年喂养了四头黄牛，在村子里也算是富户。我这个富户咋就供不起儿子上学呢？如今"韩青天"撂下济南府，那日本人指不定什么时候就要打进来，世道分明就要更乱。乱世灾民，老百姓还有什么好日子过呢？缠绕到最后，梁大爷却又豁达了。庄户人就是根草，只要不天塌地陷，日子终归还要往下过。至于天下大事，兵来将挡，水来土掩，果真塌了天还有大个子顶着呢。杞人忧天有什么益处？所以，梁大爷早早地喂了牛，计划好今天要做的事情后便去喊梁春竑起床。

梁春竑为昨晚泰石路上队伍南撤的事件未能安睡，起得有些迟。当洗好脸，娘和媳妇儿已经做好了早饭，梁大爷也已经把赶集的车子、筐篓准备停当。

梁大爷靠菜橱坐着，手在烟包里装着烟袋锅儿：“这才要进腊月，离开春还早，喂牛的饲料还缺着一大截儿。今天大王庄开集，正好你也不去学堂上课，饭后你去集上买些豆饼精料回来。你二姐家的院墙春上就倒塌了，竟然挨到现在也没修整。一年到头也不知都忙些什么。就要过年了，四亮大敞的好看相吗？我今天去帮她垒垒院墙。”

梁春竑端起碗，随口说道：“爹，把牛卖掉两头吧。我仔细计算过，这牛养多了不划算。除去本钱，一年算下来挣不着几个钱，保本儿都难。”

梁大爷掏出火镰，“噌噌”几声划出火星将烟袋点上，这才不紧不慢地说：“世道天天都在变换。等哪天要派大用场了，再忙着去添置就晚了。再说开春和秋种的时候，婶子大娘的还就指着咱这几头牛犁地呢！”

梁春竑扒拉两口饭，很有点认真地说：“国民党兵都撤退啦，日本人说不定哪天就窜过来。我担心咱这牛白白给他们填了肚子。”

“简直是胡说八道！”听儿子说出这种丧气话，梁大爷的火气腾地升起来，“日本人不是还没来吗？他来不来，咱庄稼人不也还是要种地吃饭吗？就算日本鬼子来了，不也有被赶跑的那一天吗？眼光短浅不说，还说出这等颓废话！亏你还是教书先生！”

看到老头子翻了脸，梁大娘不满地数落道：“你看你这脾气，怎么说爆就爆？孩子也是好心，就不能好好说话！”

梁春竑媳妇儿安静地照看着孩子。她已经习惯了丈夫跟公公之间的这种对话方式。

看到老爹动真格的，梁春竑识趣地自我开脱道：“行行行，我知道爹的眼光长远。可你怎么知道我的眼光就不长远呢？”

梁大爷狠劲地在地上磕着烟袋锅，然后猛力吹吹烟袋杆儿，腮帮子鼓得老高：“你那长远眼光我还不知道？上不着天、下不着地，就是在做梦！什么时候把心收拢回来，踏踏实实做好手头的事儿，那才是本分。”

梁春竑知道自己刚刚又戳到了爹的暴脾气，便赶着给自己台阶下：“爹说得是呢。不管能不能够得着天，我可不敢荒废了孩子们的学业，也不敢忘了一家人过日子。爹，买多少饲料？”

梁大爷将旱烟袋往脖子上一挂，抓起筷子在碗里很冲地搅动着：“料子好，价钱公道，就买一两百斤。若善志他们闲着，叫他们帮你再买些饲草吧。”

武善志就是昨晚凑在梁春竑身后问话的那个小兄弟，在家排行老二。其兄武善升与梁春竑同龄，生得皮肤粗黑，体格健壮，开口没有高言语，做事没有快动作，憨厚老实得活像圈里的大黑牛。弟弟武善志高挑白净，说起话来干脆利落，直截了当。若说到做事情，既不人云亦云地跟在后边做尾巴，也不莽莽撞撞的头脑发热，干练而又沉稳的做派俨如大人。除去对哥哥的尊重和血液里流动着的亲情，弟弟与哥哥几乎没有哪怕三两句的共同语言。同样年龄相差了八岁，武善志却跟教书的梁春竑最合得来，梁春竑的藏书也无不被他览尽。万一哪天梁春竑缺了课，武善志完全可以代为执教。连他们的父母老子都纳罕：善志与善升怎么看都不像亲兄弟，与梁春竑倒像一个模子里倒出来的。

武善志跟梁春竑一人一辆独轮车，刚转出巷口，昨晚黑铁塔似的后生李开林挑着两桶水，一堵墙似的迎面挡住。

李开林嘴里喷着白气：“梁大哥，你们这是上哪儿呢？”

梁春竑让着道儿：“到集上买草料。”

李开林跟武善志同岁，性格跟身材一样粗犷。他觑着梁春竑身后的武善志：“善志，你也买草料？”

武善志总是一副文绉绉的模样：“我帮春竑哥买草料去。”

李开林嘲弄地撇撇嘴，又转头瞪着梁春竑：“梁大哥，还是我去帮你买吧。善志像麻秆儿似的小白脸子，能干什么活儿！”

武善志立刻涨红了脸：“扁担像麻秆儿似的，能担得起百多斤；黑猪腚大腰圆，可是只会在圈里哼哼！”

李开林被噎得一个踉跄，便直勾勾地盯着武善志：“又要造反是吧？咱这就比试比试？”

梁春竑赶忙为两个见面便斗嘴的死对头打圆场：“都别争了。不管谁帮忙，我又不开工钱。开林，你赶紧担水回家。下回有事儿的时候，我再找你就是了。”

大清早被当头一顿奚落，武善志气青了脸，对着李开林喝道：“熊瞎子站起来走两步就成了人？脸黑就当得了包公？动辄小白脸子叫着，你黑炭块儿似的就值当的神气啊？手里边连块砖头都没有呢，别以为自己就是那托塔天王！”

李开林老喜欢招惹武善志，嘴上功夫却又处于下风，招来一头疙瘩后只能憨笑着撤退：“好好好，你神气。你就是那惹不起的小哪吒行了吧？”

武善志平日里稳重安静，梁春竑极少跟他开玩笑。现在借着给他撒气，梁春竑打趣道：“就是嘛。小白脸子有什么不好？至少找媳妇儿不犯愁。我明白，你是最不喜欢听

‘小白脸子——没好心眼子’。”

“我才不在意这个。”武善志嘟着嘴，“我就烦别人说我长得像大闺女似的。一个大老爷们儿，要多丢脸有多丢脸。”

“你原来就为这个啊！这有什么？长得大闺女似的讨人喜欢、招人疼。你看我，也是小白脸子，比麻秆儿也粗不了多少，又咋的了？再过两年，我儿子都能帮我下地干活儿了。”

说话间，两人已经来到村口。从村子最前面那户的院子里走出来个扎着大辫子的清秀俊美的姑娘。这个姑娘叫花篮，跟武善志相仿的年纪。她手提个水桶，径直走到梁春竑跟前：“梁大哥，你们这是上哪儿去？”嘴里喊着“梁大哥”，眼睛却瞅着后面的武善志。

女孩子长大了都有心事儿。这花篮比武善志小了两岁，却早已经对武善志心生爱慕。梁春竑心下暗笑：“去集上买草料呢。花篮，大早上起来提个桶做什么去？”

花篮提起手里的水桶：“桶漏了，刚要找人修呢。善志，你帮俺捎到集上，让箍桶匠给俺修修吧。”

武善志的脸再次红涨起来：“你让梁大哥捎着吧。俺不懂这道道。”

花篮不买武善志的账。她大大方方地将水桶往他的车梁上一挂：“一回生二回熟。不懂的事儿就不去做，啥时候学得会？”

武善志脸上像涂了层大红漆，结结巴巴地回道：“俺要你来教训吗？”

梁春竑赶忙装聋作哑地打圆场：“不就修补水桶嘛。谁捎着不行？花篮放心，善志一准儿给你修得像新做的一样。”

武善志很是恼火地望望梁春竑，推着车子赶到了他的前头。

盘龙村坐落在泰石路北的小山峁上。这里是广袤的沂蒙山区中央地带，山和崮连绵交错，村落大都铺展于半山腰的斜坡上，稀少的上等粮田、清澈的小溪和连接四方的土路散落在山崮脚下。春、夏、秋三季，山坡崮顶林木葱茏，花果飘香，人们好比生活在诗画中，劳作的汗水和辛苦被山风一吹、被美景一晃也就立时烟消云散。时下到处野草枯黄，林木凋零，除了立在坡陡岩高处的松树泛着青黛颜色，满目尽是光秃秃的黑褐沧桑，淙淙流动的小溪也被白冰覆盖，似乎懒得动弹。好在下过两场小雪，山峦原野的背阴处披着些银白的素装，人也显得精神些。

盘龙村离大王庄不过十多里路程。梁春竑和武善志赶到时，集上已是人声鼎沸，车水马龙。眼下就在腊月门口，赶集的人比往常多起来。素日最为热闹的粮禽区、青菜区、布衣区里多了叫卖糖葫芦、泥巴狗、尖尖哨、糯米团的流动小贩，相较冷清的木材市、陶瓷市里变得人气大增，烟花爆竹和年画儿摊子开市大吉。最能调动胃口的还是那熟货市，挨肩几口大锅热气腾腾，切碎的猪牛羊下水连同整块儿的骨头随着热浪上下翻滚，锅锅生龙活虎、香味四溢。只有说书艺人因村民百姓都开始忙年，没多少人听书，眼看就要罢市了。

梁春竑和武善志把水桶交给箍桶匠，将车子和饲料也寄放在那里，挨次在每处集市口溜达。

经过卖油区一家大摊子时，一阵清香味儿荡漾开来。

武善志嗅嗅鼻子："春竑哥，你闻闻这油，好香啊！没掺陈年的花生。"

梁春竑轻扫一眼油缸："老武家的小榨，当然没得比。"

武善志跟梁春竑的对话引起了驴车后面一个人的注意。他突然停住手里的活，探身望着梁春竑的后背喊道："两位老弟眼光不错啊。买两斤回去炸年货吧。"

梁春竑循声回过头，当即愣住了。

驴车后走出的人大高个子，头戴圆圆的宽边儿礼帽，衣着干净的青布长棉袍，外套栗红色的细腰翻毛坎肩，扶住帽檐的纤长手指和半露的尖下颌彰显着皮肤的白净细腻。当他慢慢掀起帽子，就露出了整个的瓜子脸和戴着一副珠宝色近视眼镜的高挺鼻梁。这年少老成而又颇具学者风度的大个子居然是亲兄弟般的学友武善彧。

梁春竑"呼"地冲上去，对着武善彧的肩窝就是一拳："善彧！怎么会是你？我还以为哪儿来的大学生呢！"

武善彧目光闪亮，用力回击了一拳："要不是你们两个大声说话，我还以为你这个教书先生就是那种地的老把式呢！"

"善彧，你不是在阳都开酒店吗？离过年还早着呢，就回家来了？"

"这个待会儿再跟你说。今日你我相见，该当喝个痛快！走，咱们找个地儿，边喝边聊。"武善彧转身对着后面喊道，"老董，我跟我兄弟找地儿坐坐，你们自己看好摊子啊。天辅呢？天辅哪儿去啦？"

五十开外的老董赶忙跑过来："这不是梁先生嘛！少东家，你们尽管去叙说友情好了。天辅去买肴狗肉了，回头我去找他。"

"你让他带着狗肉到张家小酒馆找我。"武善彧抓起梁春竑的胳膊，又转身对着武善志，“这位小老弟是？”

武善志常听梁春竑说起“武善彧”这个名字，先前武善彧到梁春竑家的时候也曾见过两次。只是现在的形象变化太大，他根本无从确认。未等他开口，梁春竑赶忙介绍说：“这是我的小兄弟武善志啊！善志，这是我的老同学武善彧，你们应该打过照面的……”

武善彧抓起两人的胳膊，甩开大步：“都是弟兄们！走走走，坐下再说。”

武善彧是枰柳庄武氏家族的二少爷，看起来好像比梁春竑年轻，实际上比梁春竑还年长一岁。当年两人结伴在东里店高小上学。毕业后，武善彧回到家里继承祖传家业，梁春竑则选择了去临沂教会学校继续读书。同学期间，因为性格相近，兴趣相投，再有乡谊的缘故，两人几乎日夜相伴，形影不离。尽管高小毕业后各赴前程，每到节日，两人都会抽出好几天聚到一块儿，谈论古人诗文辞赋，畅说今日时事见闻和各自的理想、生活。后来先是武善彧结了婚，俨然成了大人，两人之间多少有了些拘谨和客套。再后来，梁春竑也娶妻生子，两人又迅速回到从前，距离反而更近了。武氏家族算不上名门望族，却是当地有名的富户。到了武善彧老爷子武毓庆这一代，武家拥有良田过百亩，商号四处。为了让武善彧好在将来全面担负起光大家族产业的重任，武毓庆让他挨着商号转，一年半前安排他去往五十里开外的阳都武家酒店——既有人监督雇工干活，也好让他单飞历练。哪承想半年多时间未曾谋面的学兄俩竟然在老家的大集上相遇。

一进酒馆，武善彧就对着跑堂的喊：“伙计，好酒好菜尽管上来！现在就上。”

武善彧刚喊完，柜台后走出一位清气利落的中年男人。这位行事谨慎却又有几分儒雅之气的中年汉子就是大王庄张家小酒馆的老板。张老板从柜台里快步走到武善彧跟前，客气地招呼道：“啊呀，这不是武少爷嘛。什么风把您吹这儿来了？”

武善彧跟张老板并不陌生：“西北风呗。这个季节还能刮什么风？我说老哥，大半年不见，你的酒馆没怎么变样啊！”

“我就这点小本买卖，挣些零碎小钱，还能怎么变？哪像你的武家大酒店，讲究的是气派，划拉的是大钱。”

“张老板高人不露富，把财宝埋在地下生子儿呢吧？哦，我今天可不是来偷艺的，是有贵客要招待。你放心把所有的拿手好菜都端上来。噢，别少了冬瓜炖鸡！”

“武少爷什么样的世面没见过？您肯屈身下就已经给足了咱脸面，咱哪还敢留一手？只是冬瓜炖鸡这道菜没有。在咱乡下小店，谁家把家常冬瓜列入菜谱？”

“没有冬瓜炖鸡，我这场宴席可就逊色六分。那就有劳张老板亲自关照一下，让你的大厨把菜做足了味道。”

张老板探腰颔首：“这是自然。武少爷，您要喝什么酒？”

武善彧非常在行地笑迎着张老板的眼神：“当然是张老板珍藏不露的极品佳酿。”

“武少爷能赏光，咱自然也要开封酒窖啦。”张老板哈哈一笑，高声喝命伙计好茶伺候，然后彬彬有礼地跟三个人一一对视拱拳，这才快步奔向厨房。

武善彧兴致盎然，手指用力地敲打着桌面：“春竑，今天没有冬瓜炖鸡，我可看不到你吃六个煎饼还喊饿的罗汉相啦！”

冬瓜炖鸡是梁春竑最爱吃的菜。武善彧任何时候都不会忘记，这让梁春竑心里很热乎：“都什么年月的事啦，亏你还记着。”

“只要是好景致，谁能忘得了？你还记得咱们班里的邵俊武吗？他穿开裆裤的儿子每天去学校给他送饭，那可是学校的一大风景。有一回，同学们当面耍笑邵俊武，说他都这把年纪了应该给儿子当先生才对。邵俊武又羞又气，三天没去上学。后来他老婆拧着耳朵给送回学校：‘不好好上学，饭也没得吃！’”

梁春竑被武善彧眉飞色舞的描述惹得开怀大笑，武善志也乐得喷了茶水。

张老板抱来了一个脖子上系着红绸子的精致酒坛，说虽非琼浆玉液，却也是十五年陈，随即以内弟有家事叨扰而不能陪侍为由道歉告辞。

说笑间，蒜拌猪肚、酱牛肉、油炸花生米、流油咸鸭蛋、松菇炖鸡、葱爆鲤鱼、黄金豆腐、清氽丸子八个菜摆了满桌。武善彧看看满桌的菜，又抬眼望着门口：“这天辅咋还不来。还等着肴狗肉下酒呢。来，咱们先开喝。”

梁春竑知道，武善彧并不是好排场、摆阔气的纨绔子弟，如此张扬挥霍实在是因为抵挡不住兄弟久别重逢的兴奋开怀。接连两杯酒下肚，梁春竑问道：“你还没告诉我怎么从阳都回来了呢。”

武善彧剥着咸鸭蛋壳：“这还要说？世道越来越不太平，说不准哪天日本人就开过来。身家性命能不能保住都没个准儿，何苦死瞪着那几个钱不放手？阳都的酒店盘出去了。从今往后，我就在家里帮着老爷子照管这边的产业。”

说到日本人，梁春竑不由得沉下脸：“昨天夜里，韩复榘的队伍就从咱这条路上撤退了。养兵千日，用兵一时。大敌当前，国难当头，不去驰骋沙场，却是不战自退。你说老百姓养活他们干什么用呢？”

“上梁不正下梁歪嘛。六年前蒋委员长就主张不抵抗，富得流油的东三省拱手让给日本人。眼下军阀大帅多得是，名将英雄数不清，可谁不是围着自己的一亩三分地打算盘？又有几个人把誓死抗日、保家卫国视为己任？就说我们的韩主席、‘韩青天’，只要他一跺脚，地动山摇的可不仅仅是一个山东省！就这样的实力，谁能想到他也成了‘飞毛腿’呢？”

看见自己的讥讽并没有激起预期的笑声，武善彧尴尬地清了下嗓子，说道：“春竑，我还是那句话：窝在村里教学，可惜了你的学问。你真不该半道儿上退学回家来的。”

“当个教书先生也不错。只是当今这个年头，四书五经已经迂腐、落后了，可村民百姓还是认同喜欢；新生活、新文化，说起来容易做起来难，别说家长不接受，就算接受了，孩子们又怎么去过新生活、怎么去做新文化？我能做的就是教孩子们别成了睁眼瞎，教他们学会堂堂正正地做人罢了。你家大业大，源头活水不断，仓廪钱粮丰盈，自然可以成就份大事业。今后有什么新打算？”

“还能有什么新打算？我家地亩多，还有几家商号，就像你说的‘家大业大’。可你也知道，我爹年纪大了，我那大哥老实巴交，跟人完整的话儿都没几句，只知道低着头捡芝麻、安步当车地过日子，就是圈里头的大黄牛。姐姐、妹妹都是嫁出去的人，更不能掺和娘家事。我啊，眼下只能是跟着老爷子经管家业啦。”

“武大爷年高却康健，雇工忠厚又勤勉，你没有后顾之忧。为了当年的理想，你应该出去闯荡闯荡的。”

武善彧收敛起豪放，脸上露出了与年龄极不相称的沉稳老到：“你又说咱们上学时候的理想？那时候的理想还真是难以忘却。可是，理想就是一粒种子，要生根发芽不仅要有沃土甜水，还要在合适的时节。脚无所踏，背无所靠，说好听点儿叫作时机未到，实打实地说就是‘擀面杖对着空鼓架子——哪一槌都抡不响’。如今而立之年，回想那时的理想，心里还真是不无怅然。”

梁春竑探身悄声说：“善彧，咱们要不要出去找找八路军？”

武善彧也认真打量着昔日的老同学：“你真想着出去寻找八路军？你可知道他们有多惨？冬天没棉衣，四季少伙食，要枪没枪，要人没人。何况共产党是国民党的死对头，蒋委员长不会让他们的羽翼丰满起来的。”

梁春竑满脸的狐疑不解：“可现在已经形成了抗日统一战线，通令要国共携手，同仇敌忾呢。”

武善彧摇摇头：“我可跟不少有头有脸的人物打过交道。他们说这联合抗日只不过是蒋委员长暂时的缓兵之计。看似国共在携手，实际上是共产党剃头挑子一头热。国民党只是虚虚实实地作表面文章罢了。”

梁春竑品味着武善彧的话：“你说得不是没有道理。可国民党一再溃败，连失疆土，咱们国家还有出路、有希望吗？国破山河碎的时刻，凡是有血性的中国人就应该走到战争前线去。善彧，人活一辈子，总得有所作为。自从把咱们曾经的理想收藏起来，浑浑噩噩中转眼就是七八年，想来后悔莫及。现在我决计重拾理想：参加共产党领导的八路军。”

武善彧直勾勾地盯住梁春竑的眼睛：“春竑，你不会已经是共产党了吧？”

梁春竑苦笑道：“我要是共产党就直接去参加八路军，还用得着在这儿跟你磨叨吗？”

“也是。就你的脾性，能沉得住气？春竑，我还真没见过货真价实、响当当人物的共产党。若你联系上了，别忘了告知我一声。咱们一块儿亲眼见识见识，当面了解他们的共产主义。若他们果真是决定中华命运的中流砥柱，咱们就义无反顾地投身到他们当中。虽然不再年少，咱们来个大器晚成也好。”

“先别说什么大器晚成。帮我谋划一下，怎么出去寻找共产党。”

武善彧定定神，缓缓道：“流水入海非有意，白云出岫本无心。强求的事情往往不能尽如人意。依我看，你不如暂待时机的好。”

梁春竑品味着武善彧的话：“善彧，我新近从泰沂县城弄来一本完整的《共产党宣言》。想看吗？”

武善彧却很镇静：“不会是手抄卷吧？”

“油印的。只是不完整，还残缺了两页。”

“不必遗憾。我给你弄了本正经印刷的，还有好几本你没见过的。”

“善彧，你好能耐……”

酒馆的门被“哗”地推开。一个身影裹挟着一股冷风旋进来：“在哪儿呢，老武？”

武善彧赶紧扬起胳膊：“这边儿！”

闯进酒馆的人中等偏瘦身材，额高脸长，鼻挺嘴圆，齐整的粗眉下骨碌碌转动着一双大眼。年龄也不过二十出头，但是神情、动作非常老到。他对武善彧说声“来晚啦”，然后扭头对跑堂的喊声“拿个盘子来”，两步就跨到桌子跟前。

这小伙子名叫支天辅，武毓庆在阳都武家酒店的大管家老支的儿子，也是武善彧的心腹兄弟。武善彧未到阳都之前，支天辅就跟着他老爹在酒店跑腿，里里外外顶起了小半个天。由于老爹看管得很严，支天辅与街上游手好闲之徒的往来相对较少，偶尔丢人现眼的活动都隐藏在地下。后来武善彧来到酒店，支天辅便成为武善彧的影子。老支巴不得儿子能够傍上少东家，好为将来打好根基，于是索性把儿子全部托付给了武善彧。武善彧身在富豪之家，却基本不沾染纨绔子弟的恶习，这使得天生喜欢浪荡的支天辅高兴之余不免心存敬畏。殊不知洒脱干练的武善彧虽很懂得洁身自好，对三教九流、五行八作的存在却也向来视之自然。哪怕对街棍霸痞，只要他们不是过于出格，权当他们是舞台上跑跳现眼的小丑。经过一段时间的暗中观察，武善彧也发现，支天辅酒肉朋友不少，却也最讲究仗义，特别对主子言听计从。要说不讨人待见之处，无非是患有男人的通病——喜欢黏连女人。可支天辅又不同于粗卑的浪荡男人。他偷偷地拈花惹草，却也对上手的女人痴情始终。正是看中了支天辅的能干忠诚和有情有义，武善彧慢慢地把他当成了臂膀，看作了兄弟，即使他处事中表露出来的油滑、冷漠甚至残忍，武善彧都能坦然接受，一笑了之。

看着支天辅一刻也稳不住的样子，武善彧拉下脸："天辅，那狗是现逮住、现杀的呀？"

支天辅嬉皮笑脸，却满是忠诚和尊重："老武——不，少东家，你还别说，这狗肉就是今天早上才做出来的。刘打狗可不敢跟我玩里格楞。"

"好啦！还不赶紧拜见你一向仰慕的梁先生。"

支天辅双手抱拳在胸，然后微微欠身："啊呀，梁老板，我们少东家可是老提起您哪！"

武善彧笑着呵斥道："什么梁老板？叫梁先生！"

支天辅连忙改口："噢噢，梁先生，梁先生！在下在商言商，说顺嘴啦。"

武善彧跟梁春竑介绍说："他是我的亲兄弟一样的好伙计，支天辅。"

梁春竑用心观察着支天辅的表现，微笑着双手回礼，同时介绍了跟武善彧同辈兄弟的武善志。

等大家重新坐下，梁春竑笑问武善彧："怎么成了'老武'？"

武善彧哈哈大笑："这是我们俩私下里的称呼。他爹是我家阳都武家酒店的总管，他就是我的影子。我到哪儿，他到哪儿。什么'少爷''少东家'的，听起来别扭。我说干脆叫我'老武'吧！"

支天辅乐呵呵地接过道:“在老东家面前就得叫‘少东家’。”

武善彧对梁春竑说：“以后咱们就又要经常见面了。有什么事需要帮忙，你尽管打个招呼，交给天辅去办就行了。”

支天辅赶忙拍着胸脯允诺：“对对对。梁先生、武老弟有什么事只管言语一声。我支天辅绝不会让你们失望。”

深冬的白日非常短。待四个人尽兴喝完酒时太阳已经偏西，集市上除了熟货区一溜儿大锅冒着残存的热气、等待着最后的客人外，各个市口的卖家大都开始整理收摊儿。老董跟伙计们已经归拢好摊子，抽着烟袋等武善彧和支天辅回来。梁春竑和武善志也赶忙跑到箍桶匠那儿，取回花篮的水桶，推起精料和饲草就往家赶。

第二章

武善志从梁春竑跟武善彧的兄弟相聚中大开了眼界，约略弄懂了当前国家大势。因为梁春竑就是他的路标，他心头惦记的自然也是寻找八路军的事儿。

武善志从两垛饲草的空隙喊过去："春竑哥，你真要参加八路军吗？"

梁春竑耳红酒酣："这是早晚的事情。怎么，你也想参加？"

"只要你参加，我就参加。不过，我怎么听说城里还在抓共产党呢？八路军跟共产党是一家，他们指定也会抓八路军的吧？"

"越抓越参加。"

"春竑哥，你这股劲就是叫人佩服。说定了，只要你参加，千万别忘了叫上我。"

梁春竑飘然中记起了来时花篮要武善志修水桶的有趣场面。花篮五岁上没了父亲，是母亲和爷爷把她跟不满一岁的弟弟小五养大。没经过多少礼教桎梏的花篮不仅学了一手好活计，性格也爽朗大方，凡事很有自己的主见。春竑媳妇儿嫁过来不久，两人便成了好姐妹。用花篮的话说，春竑媳妇儿人长得俊美，身上还藏着好多说不清楚的东西。比如看事情的眼光不比男人差，可嘴里不说；贤惠又豁达，遇事从不斤斤计较。这才是人物呢。花篮还看重一个人，那便是武善志。花篮比武善志小两岁，却从小就爱找他的碴儿，每每被武善志回敬为六指儿的管事儿婆。当武善志个头超过了自己一大截儿，肩膀变得宽阔，胳膊上长出了肉疙瘩，嘴唇上还毛茸茸地泛出一层胡须，花篮也成了长辫子垂到腰间的大姑娘。两人碰面很少再唇枪舌剑地斗嘴，而是局促地相互躲闪。梁春竑曾试探着要给两人做媒，武善志梗着脖子说不行，他不稀罕女人，更别说花篮那样的女人。梁春竑媳妇儿也跟花篮提起过，花篮红着脸说武善志就是根蜡木条子，才不在她眼里。偶尔倔劲儿上来，花篮却又主动跟武善志搭话。武善志越是躲闪，她越是近前，直闹得武善志气呼呼地狼狈而逃。梁春竑怀疑两人为小时候的斗嘴记仇。媳妇儿笑着说："你这当先生的可是灵透人，咋这会儿就犯糊涂了呢？"

梁春竑借着酒劲把话题扯到他跟花篮的身上："善志，我看花篮铁了心看上你了。"

尽管梁春竑看不到他的脸色，武善志还是露出了忸怩不安："我才不乐意呢。成天抬头不见低头见的，我一直把她当妹妹看呢。"

"你把人家当妹妹看，人家可是把你当小女婿看。"

"春竑哥，不许你开这个玩笑的！"

"不就是找个媳妇儿嘛，害什么臊？回头我就让你嫂子去说媒。"

武善志急得脖子上爆出青筋："你要敢让嫂子去做媒，我再也不跟你跑了。"

梁春竑哈哈大笑："就怕你煮烂的鸭子嘴硬。不信等着瞧，等哪天入了洞房，我就是拽着你跟我跑，你也顾不得啦！"

武善志不屑地喊道："我才不会这么没出息。只要能跟你一块儿参加八路军，他们就是拿铁链子也别想拴住我。"

两人回到家的时候，天就要黑下来。梁大娘赶忙放下手里的鞋底儿，点燃灶火去给他哥儿俩热饭菜。武善志帮着安顿好饲草，没打停留地回了自家。

梁大爷正坐在菜橱前掰玉米。闻见梁春竑身上带着淡淡的酒气，忍不住皱眉道："怎么这么晚才回来？还喝酒了？"

梁春竑逗着竑生，回说："在大集上遇到善彧了。"

"哦？他这么早就回来过年？"

"不是。阳都西边本来就多土匪，那日本人又要打进来。老武家合计着不怎么妥当，就把酒店盘出去了。"

"怪不得老武家家业兴旺。人家不仅头脑灵活，消息也四通八达呢。"

"嗯。善彧也跟我谈了好多外面的事情。"

梁大爷敏感地猜测到梁春竑今晚会有话要跟他说，而且揣摩到了要跟他说哪些话。梁大爷不像那些上了年纪的人，喜欢把千年谷子万年糠的陈年旧事一遍遍地絮叨。可今晚，他也要从这些陈年往事上开始发话："你的心事儿我都明白。你爹打记事儿起别说大富大贵没经过，就是安稳舒心的日子也没过多少天，甚至到底属于哪个朝代的子民都没弄明白。大辫子正梳得溜光笔直，忽一日来了一队人马，说天下早就换了朝代，如今改为民国了。可自从没有了皇帝，今儿个土匪，明儿个光棍，癞皮狗儿、二流子也三五成群地打着旗号糟践人。哪一伙过来都是烧杀抢夺、绑票勒索，老百姓哪回跑慢了被抓住，不是弄个尸首两端就是皮开肉绽、缺胳膊少腿儿。好好个女孩儿家，硬要放在家里藏着养活。官府调兵遣将，好歹除掉了那群祸害，这日本人又要打进来。古书上说‘物极必反，否极泰来’，我看呀，世道乱成这个地步，到了出能人收拾江山的时候了。说不准真龙天子早已下凡了呢。”

听到最后一句，梁春竑忍不住笑出声来：“现在都民国二十多年了，还讲什么真龙天子。”

梁大爷正色道：“你不用笑。民国乱成这个样子，谁敢说里边就没有真龙天子？就你说的什么八路军、共产党里面也保不准儿就藏着真龙天子。古人讲得好，‘成则为王，败则为寇’，最后为王的就是真龙天子。等真龙天子现身，一扫混沌，世风清明，天下重归太平。咱们草木百姓就能安居乐业了。”

梁春竑没再等老爹转着圈儿地拦挡他，而是接着老爹的话突然问道：“爹，要是八路军开过来了，你能放我走吗？”

梁大爷早就料到儿子会跟他提出这个问题，便缄口没了话语。梁大娘端着菜往桌上放，听儿子这样发问，一个激灵愣在了那儿。梁春竑明白全家人心里想什么，知道没有人能拦住他。他也清楚，全家人无一不寄希望于国家突然安宁，一切走上正轨。那样的话，他们的这个儿子、丈夫就不用提溜着脑袋离开他们。可是所有人也相信这种希望似乎是不太可能存在的，只不过是希望梁春竑的离家远行能够越迟越好。

梁大爷并不抬头：“跟武善彧商量好的？”

梁春竑摇摇头：“跟他没关系，我自己的想法。”

梁大爷“吧嗒吧嗒”地猛抽了几口烟，在鞋底板上使劲磕了磕烟袋锅儿，似乎下了非常大的决心：“春竑，刚才我说了，你的心事儿我都明白。尽管我和你娘、你媳妇儿都不愿意，也都怕你扑棱一下翅膀飞走了，可是大男人就得有大男人的志气。要是你还想高飞，我不拦你。但是到底往哪儿飞、怎么飞，你得看准喽、拿稳喽。当下国民党不抗日，咱老百姓都说不对，以后怎么着，我看也没什么指望；你说的八路军咱没见过，要说共产党，十来年前在东乡、西乡组织农民协会，也红火过一阵子。咱先不说他们那番闹腾对不对，就说结果，最后是杀的杀、跑的跑，情形惨着呢。再往后，露头就抓，发芽就拔，谁同情、怜惜他们都要小心掉脑袋。那张家庄的张成祥不就是为共产党多说了几句好话而被抓起来，到现在还关在监狱里吗？你爹的看法是，咱得前后上下拿捏稳当。他们真要是为咱老百姓能过上好日子，拼命打江山、成气候，我今夜里把你送去都行。可是在弄准之前，你还是教好你的书、让孩子们多识字，别误了他们日后的前程。”

梁春竑其实很为老爹的开明而感动。他不自觉地轻轻扫了一眼床边的媳妇儿，又问道：“爹，我能出去找八路军、共产党吗？”

嘴上理解你，心里更怕失去你啊！面对儿子的得寸进尺，梁大爷禁不住燥火升腾：“谁也不会在脸上写着‘我是共产党、八路军’吧？你上哪儿找？你又怎么找？”

梁春竑知道，再与老爹争论下去，事情可能会闹僵，便识趣地笑笑：“行，这事儿以后再说吧。爹，我有件事儿要托付你呢。你看善志跟花篮般配不般配？”

梁春竑的自我让步和话题更改让屋子里的气氛突然从剑拔弩张转到和风细雨，连他自己都感到有些不适应。梁大爷猛地收住：“怎么？他俩有意？”

“我琢磨着像呢。”

“你琢磨着像？你跟善志就差没穿一条裤子了，还不是他央你提媒？就算有意也要经过大人点头，也要听媒妁之言。”

“真不是善志央我的。我看他俩很般配，想给他们做成这门亲事。爹，你找个时候给他们提提？”

“他俩能成亲，这倒是门好姻缘。可人家双方老人都没跟咱放这个口风呢。”

“既然是门好姻缘，还非要等到人家先放口风吗？”

梁大爷心里乱腾，见梁春竑不准备吃饭，便撵着他们早去歇息，自己也收起了活计。

等梁春竑跟媳妇儿去了他们的房间，梁大娘关紧门板，坐在床头说：“他爹，我看春竑这死孩子铁了心要折腾出点儿事儿来，可咱折腾不起啊。说什么你也要把他拦挡下。”

梁大爷盘腿坐进被窝，阴沉着脸，叹口气说：“儿大不由娘，又由得了爹吗？我看他翅膀硬了好几年，一直巴望着要飞走。恐怕窝里是留不住了。”

梁大娘急了：“留不住也得留。不敢说那些闹农协的人的下场，眼前张家庄的张成祥就是个样板。咱总不能眼看着孩子蹲监狱吧？”

今晚时辰还早，屋里也还没那么冷。早早地赶他们走，为的就是清除一下心中的烦躁。老伴偏偏看不出个火候，也像儿子那样上赶着逼他。梁大爷气呼呼地低声吼道：“谁说我眼看着孩子去蹲监狱了？我巴不得孩子有出息、能做番事业呢。就怕他没本事。真有本事，他要上天我还就帮着搭梯子呢！”

梁大娘愣怔道：“你能！你都能得要搭梯子上天了！你倒是搭个梯子上天给俺看看！”

枰柳庄距离大王庄大集比盘龙村远了几里路。当武善彧和他油坊里的伙计从集市上回到家中时，天已经大黑。武毓庆正跟支天辅的爹老支喝着茶水说话，闻听他们回来，赶忙招呼老董和武善彧进来。武毓庆发现武善彧的脸红红的，很有些醉意，便不满地微皱了下眉头。

武家的家教之严在周边颇有声名。不只那为非作恶的行径与武家无缘，即使后人孝敬不周或者懒惰浪费都要受到严厉责罚。武善彧刚入私塾读书的时候，因为临帖不够认真，被武毓庆惩罚端正临帖百份后方许吃饭。武善彧自恃奶奶疼爱，才临五十份便停笔耍赖。未料重板责罚之下，奶奶不仅没有搭救孙子，反而非常平静地说，树不修难成材，人不正难立身，指示儿子训诫后人不可手软。从武善彧记事起，老爹武毓庆对孩子们一向和蔼可亲，罕见高怒，相比于跟邻居、雇工的交流别无二致。不同的是，每当邻居、雇工出现什么闪失或者认知分歧，武毓庆先是劝说指教，不成便呵呵一笑作罢。对子女的过错则有咎必究，改正稍迟便家规伺候。偌多年来，武善彧跟兄弟姐妹已经形成习惯：一望见爹爹对自己不怒而威便赶紧检讨自身过失。今日胆敢开怀痛饮，不只因为遇到梁春竑而情之所至，也因为梁春竑三个字足可以让父亲免除对他放浪形骸的惩戒。

待老董和老支一同退出后，武毓庆重重地咳嗽一声：“善彧，教你去集市上是让你帮着干事，不是让你撒欢儿耍酒疯的。”

武善彧赶紧起身，努力清醒下头脑，怯怯地说：“爹，平日里儿子是不沾酒的。今天在集上不期遇见了去买草料的梁春竑，一高兴就喝多了点儿。”

听说是与梁春竑喝的酒，武毓庆的脸色果然有所缓和：“哦，跟梁春竑喝的酒？你们也有大半年没见面了吧？”

“十个月了呢。”

“你跟春竑也算是一辈子的兄弟朋友，今天这酒，是该喝。你爹我循规蹈矩，却不固执愚顽。身为男人，就是在平时，那酒该喝还是要喝的。只是得对自己的酒量要心中有数，要懂得把持好分寸。还是那句话：那酒用好了是酒，用不好就是毒药。伤身体不说，还会误大事的。去，陪着你老董叔跟伙计们多少吃点儿饭，早睡觉休息吧。别忘了我那句话：见天打听你公潇表弟的消息。在见到他之前，暂且哪里也不要走动。”

武毓庆说的公潇表弟是云蒙县梓河镇周氏家族的现任族长周公潇。跟泰沂搭界的周氏家族不过是武家的远房亲戚，之所以被武毓庆视为堪比至亲，就在于其家族现今掌舵人周公潇拥有的大器之才。周公潇比武善彧小两岁，两人表兄弟相称而且情同知己。武善彧从阳都回来的时候，周公潇已只身一人去了济南。近些日子，武善彧赶集上店只不过是在消磨时间，真正的紧要事情却是遵照父命，时时打探周公潇从济南返回的信息。武善彧不敢违拗父亲之命，见到周公潇之前哪儿都不去拜访，给梁春竑的几本禁书也由支天辅悄悄地给送过去。

待武善彧出门，武毓庆想了想，又把支天辅叫来。

支天辅深知老东家武毓庆最嫌烦因酒误事，所以今天在张家酒馆，他曾极力婉转地提醒甚至阻止武善彧喝过了头。奈何武善彧相遇的是平生知己梁春竑，如何拦挡得下？酒后这都个半时辰过去，武善彧依然在老东家面前步乱身摇，支天辅早已心中不安。听到武毓庆传唤，他急忙一溜儿小跑赶到，破例跪倒在跟前。

武毓庆却并不恼：“怎么跪下了？站起来说话。天辅，你跟在善彧身边有一年多了吧？”

支天辅小心翼翼地弯着腰：“是的，东家。一年零八个月呢。”

武毓庆把烟袋锅从嘴里抽出来，身子往前探了探：“你可知道，三四年来，为什么我能放心把在阳都的酒店交给你父亲去打理？”

支天辅摸不清武毓庆的用意，脑子里老担心武毓庆的问话会跟武善彧的醉酒有关联，禁不住就要方寸大乱：“东家，小的确实不知道。”

“那我来告诉你。虽说我是东家，你爹是管家，可我跟你爹就像是亲兄弟，我们两家也像是一家人。人生得一知己难，得一左膀右臂也难。你和善彧年龄相仿，话又很说得来。我打算让你往后一直跟着善彧跑，希望你们也能像亲兄弟一样。你看怎么样？”

支天辅认定武毓庆要欲擒故纵地收拾他，脸都黄了：“东家，小的怎敢心存妄想？”

武毓庆喝令支天辅抬头说话：“我正儿八经地问你话呢。怎么，你不愿意？”

从小到大有多少弯弯肠子，老东家比明镜都清楚，他打死都没想到能从老东家这边得到如此的荣耀！支天辅心中一块石头落地，激起的却是滔天巨浪。他连连鞠躬，强压住胸口的迸跳：“小的感激老东家看得上眼！小的替我爹谢谢您了。”

武毓庆身子往后一仰，深深地吸口气：“谢倒不用谢，只是你得替我多关照着点儿善彧。你们年轻人不更事儿，凡事儿都得用心学。本领大小另当别论，忠厚勤奋、耳聪目明却是为人处世的第一要宗。善彧是少东家，他要操心的事情很多，照管不过来的你都要替他张罗着，想不到的事情你也要替他考虑到。我自来相信，妥当的决断要靠活动的脑袋，还要靠耳聪目明。善彧好比一个人的头脑，你则要做好他的耳目。你能明白我的意思吗？”

“小的谨记东家的教诲。”

“天辅啊，要光大家业、成就心愿，非要与三教九流打交道不可。可与人打交道是一门很深的学问，多结交正人君子才是正道。所谓‘近朱者赤，近墨者黑’，这是铁定的道理。所以，你跟善彧务须都要时刻谨记：不要跟不成气候的人搅和到一块儿。否则，万一待到利害攸关而又纠缠不清之时，想撤身都难，更可怕的是深陷其中而不能自拔。这些都是学问。”

支天辅的腰深深地弯下去：“小的一直在跟少东家学呢。”

老支跟武毓庆年纪相仿，做事精明缜密，却对武家忠心耿耿，从不藏奸。这让武毓庆感动感慨，视老支为亲兄弟。因为老支几乎把全部身心投入管家事务，儿子支天辅自然缺少严厉管教，性格中也便欠缺一些憨厚本分。好在有武毓庆的威严震慑，支天辅不敢走得太远，加之自身又聪明伶俐，反应敏捷，不期让武毓庆老早就看在眼中。仰赖这两层关系，支天辅被武毓庆着意培养为武善彧未来的新管家。今天武善彧酒多不是支天辅的过错，支天辅的答对也让他很是满意。武毓庆不由得眉头舒展，面色和蔼：“跟你爹学就最好。譬如今天喝这么多酒，搁在平时我是不依的。好在是跟梁春竑喝的，我也就不过多追究。往后再遇到推托不过去的酒场，你要想办法尽可能不让善彧喝多了。记住了吗？”

支天辅鸡啄米一般连连点头：“小的记下了。今天的事儿，是小的没能劝住少东家，是小的失职。”

“你能力劝就算办得不错，至少你没多喝酒。”武毓庆微微一笑，没等支天辅答言，又接着吩咐道，“我今天的安排你只需要放在心里，对外人只字莫提，也不要跟你爹说了。哦，今天大集上没遇到梓河镇那边的人？”

支天辅燥热得浑身出了汗。他轻轻地耸耸肩膀：“没呢。或许他们进入腊月之后才到咱这边来赶年集。”

武毓庆攥紧烟袋锅，顿了顿，然后和蔼地说：“天不早了。你也赶紧去吃点饭，回家歇息去吧。”

支天辅答应着深鞠一躬，碎步退出厅堂，转过墙角后不自觉地用袖子擦了擦额头。

他顾不上拍打膝盖上的尘土，左右一个张望，抹把兴奋得变形的脸，飞一般跑了。

武毓庆独自在灯下抽着烟袋，不自觉又考虑起年关前后的一应烦琐事务。

每到年下，他都要忙于三件大事。这首宗事情乃是出货挣钱。武毓庆深懂乡下的经济学问。庄户人一年到头围着山前坡下三亩二分地转悠，省吃俭用巴巴结结也就刚够堵住全家人的嘴。要挣他们的钱，经营的店铺就要跟老百姓的吃用相关。所以他家的商号是一家油坊、一家杂货店、一家药房，跑到五十里外堪比县城富裕的镇上开设的也是一家酒店。而今，因为战火逼近，阳都的酒店已盘出去，四家商号便去了一家。虽说当下依然日进斗金，往后的日子分明要摸着黑行路——连蒙带撞了。即便太平盛世的时候，要保持家业兴旺都得走一步看两步，不能过了今天再考虑明天，何况变天在即？穷人都在忙着从自己兜里往外掏钱，所以他们只能是穷人；富人忙着从别人兜里往外掏钱，所以他们就是富人。年根子底下，平日里抠门到滴水不漏的人家都已揭了封条，不抓住这样的时机挣钱，那只能是最大的傻瓜。这第二宗乃最为隆重地办好请家堂。武毓庆算不上族中最长辈的，但家资富足，人脉广阔，又是懂学问的乡绅，这一重任自然要由他承担。因上奉对列祖列宗的虔敬感恩，下承对后辈子孙的教诲，这请家堂虽在除夕才办，房子、桌椅、供品等的安排筹划往往从刚进腊月便开始张罗。这第三宗要事乃是出面挑头约请戏班子年后来唱戏。能否请到好班子不仅关系到能不能让父老乡亲们听到好戏，更重要的是关乎家族体面。

然而，今年到底还要不要约请戏班子成了他很头疼的事情。无论来自县上官方、非官方的消息，还是来自联络密切的乡党同僚的判断，当今时局正在步步吃紧。前些年土匪、光棍四起，武家大院这样的富户都是首当其冲被抢劫的目标。先是花钱买平安，送上钱粮打发那伤天害理的贼人离开；后来一股股的贼人多得马虎不清，只好建起围子做屏障，连守带打。这几年只需给县上缴钱粮，日子好不容易过得洒脱了些，想不到国民党兵这么不禁打，如今连坐镇山东七年之久的韩复榘大帅也拔腿南撤，弄得到处人心惶惶。为了保住来之不易的家产，也为了保护宗族今人的身家性命，不少乡绅富户重新悄悄张罗起家丁似的保安队。在武毓庆看来，他们将要对付的不再是以前游兵散勇的土匪、光棍，而是正规部队，很可能是国民党兵都对付不了的日本兵。就那么几杆土枪鸟铳和一些大刀长矛，能派上什么用场呢？即使那些路子宽，可以通政府、通队伍，甚至通匪的大户，手中正儿八经像样的枪支又能有多少呢？实力总不会比韩复榘的军队还强壮吧？就算配得起长枪，这么多人的生活开支也不是小数目。族人、村民的凑份子只是小头，大头不还得他这样的富户往外掏？每年请戏班子唱戏都要花不少钱，就算今年不吝啬那份戏资，谁知道新年前后会是什么样的局势。即使日本人暂时打不过来，危难之际哪还有心思观景听戏？

跟时局变化接踵而至的，还有武毓庆心理上的一个坎儿：他真心感到自己老了。遵从父母“俭以养家，勤以兴业”的教诲，武毓庆从几亩田地起步，地生钱、钱生地，到后来钱、地生商号，不风不火地做到了如今的兴旺家业。顶立门户三十多年，说不上饱经沧桑，却也历经世事变更无数，每临关口从来镇定坦然：除非天塌地陷，偏僻乡野本无大事，犯不上庸人自扰。当卢沟桥事变的消息传过来，从来波澜不惊的他突感不安。待约略判定连韩大帅都拔腿跑路，他心里产生了从未有过的惶恐：外敌入侵，可不是自家兄弟翻脸打斗。武毓庆开始思索应对之策，然而一个昼夜之间也没能想出，不禁生发出岁月不饶人的感慨。他再不像以往胸有成竹，甚至唯我是从，倒很希望有个人为自己分担、替自己出谋划策，该当认老，也该当让后人顶立门户了。武毓庆决定尽快在合适的时候让武善彧接手他的事业。

过了两天，武毓庆正跟老支商量着还要不要约请戏班子，武善彧从梓河镇访亲回来。老支深知现今梓河镇那边的消息对于武毓庆而言事关重大。虽说老东家跟自己亲近如兄弟，毕竟不好掺和人家家事，便赶紧知趣地请求告退。武毓庆却示意他坐在右首别动，招呼武善彧站到跟前。

武毓庆没能从武善彧脸上察看到喜滋滋的神色，便不紧不慢地点着烟袋锅，用力吸了两口，这才缓缓地发问：“怎么，你公潇表弟还没回来？”

武善彧欠欠身子：“还没回来呢。”

“都半个多月了吧？别不是遇到了什么麻烦？”

“就是呢。也没个音信。家里人早都心急火燎的呢。”

“你表叔怎么说？”

“表叔还是不管事。就算管事，他的话又能相信吗？别人都忙得脚下呼呼生风，他只闲人一个，到处摸牌逗乐，逍遥自在。”

“你这个表叔啊！唉！”武毓庆摇头叹息一声，接着问道，“他们的保安队招得怎么样了？”

“原来就基本没解散，表弟去济南以前重又组织安顿，而且更名叫作自卫团。”

“自卫团？听起来怎么还不如保安队更有出息？”武毓庆按了按烟袋锅，意味深长地望着武善彧，“善彧，你说咱们是不是也要张罗起这么个自卫团？”

老支再次想要避嫌，武毓庆坚持要他一块儿听听。

武善彧知道这是件大事情，不能不十分认真地回应：“爹，还真得需要组织呢。虽说这自卫团跟日本人对阵肯定是拿着鸡蛋碰碌碡，但事到眼前终归还能抵挡一阵。再说了，兵荒马乱的年代，保不准又要起土匪、出光棍，那些有了自卫团、保安队的富户说不定也会干起土匪、光棍的勾当。咱们没有任何抵挡自救的依靠，万一事端突起，就只有等着被别人收拾的份儿了。”

武毓庆只是征询儿子要不要组建自卫团，并没有让他回答组建的理由。没想到儿子比他看得更远，就连贼喊捉贼、盗亦为盗的好歹都提防到了。想想几年的工夫，儿子出息得令他不能不刮目相看，武毓庆不由自主地在心里品评起武善彧来。他满含期待地望着武善彧：“还有呢？”

武善彧读过私塾、进过学校，近些年也多有阅历，自认为颇有些真才实学，只是惧怕被父亲斥为轻薄放肆而力行内敛。今天见到父亲饱含赞许和鼓励的目光，心里竟涌起许多感慨。他索性把自己对未来时局的考虑倾吐出来：“据儿子看来，国民党的队伍现在是不是撤退，到底卖的什么关子咱们还不得而知，不可以妄下结论。可是不管国民党军还是其他的什么队伍，只要打仗就得要钱粮，就得要人拉队伍。钱粮是软的，枪杆子和队伍却是硬家伙。咱们现在有人有钱粮，如果再有枪，到时候就有了与他们谈价钱的筹码，借此出人头地或许也未可知。”

犹豫已久却难下决断的心事竟然被儿子说中，武毓庆暗含嘉许：“虽说钱粮是软的，可兵马未动，粮草先行。正儿八经拉起队伍绝非儿戏，那花费支出也绝不是个小数目呢。”

“前人常说‘不花一千，来不了一万’。老抱着钱罐子不撒手，就生不出金子来。现在花出去，是为了日后更多地拿回来，起码尽可能多地把咱武家的产业保下来。”

武毓庆终于面露微笑：“依照你的意思应该怎么做？”

武善彧果断地说：“物竞天择，适者生存。别人都在开拓活路，咱们当然不能坐等着被逼上绝道。咱们不仅要组织队伍，还要舍得花费壮大队伍。不敢说倾尽所有，也要力所能及。”

武毓庆望着老支：“支管家，你意如何？”

老支向来以为武善彧非那池中之物。听武善彧刚才的口气，已知他立意有为，便说：

“少东家非但要守住祖宗基业，还立志相机而动，攻城略地，真真大丈夫气象。这不只为形势所迫，也是少东家思虑深广，胸怀日月，实乃令人钦敬。据我所知，不只西乡云蒙一带，咱们的东北乡也拉起了不少的队伍。咱们组建自卫团正当其时。”

武毓庆沉吟着点点头：“善彧啊，你越来越有自己的头脑了，这很好。你爹年纪大了，慢慢变得前怕狼后怕虎，谨小慎微。你大哥虽说不会惹是生非，也不会胡打狗干，可天生只是块种地的材料，持不了家的。咱武家这一茬人就你正儿八经地上过学、经过商、闯过外，你可不能辜负列祖列宗，也不可让支总管他们失望啊！”

老父亲终于明确承认了自己，这让武善彧很是得意。与此同时，他也感到父亲似乎真有些老了，心里忽觉有些酸涩：“爹，咱这个家业可都是您和支总管一手创办出来的，以后的兴旺发达还是要靠您谋划。只要您发话，儿子都会言听计从，百依百顺，尽心竭力把事情办好。”

武毓庆摸过钎针，掏着烟斗：“善彧啊，年下到处事情多、人手忙。商号的事，我看多让支总管、老董他们去支应，忙年的事我来安排。你呢，务必造个保安队员花名册，事先跟选中的人家说道说道。少提扰乱人心的事儿，以免大家担惊受怕过不好年。等年后找个好日子，就把这个队伍张罗起来。我一再跟你说，在见到你公潇表弟之前，除了跟随支总管和老董叔他们经营买卖，别的地方哪儿也先不许走动。你知道为什么吗？别看公潇比你小两岁，所见的世面却不是你三年五年、十年八年能够赶得上的。他先前曾在县里和外地不少地方干过事，跟政府有很深的交情，来日能飞多高还不可估量。只可惜咱们不属同一个县，就算他有心照应也难免力不从心。”

武善彧连连颔首，允诺多聆听表弟指教。看看父亲好像没有什么事再安排，便道安告退。

待武善彧走出堂屋，武毓庆轻声问老支：“老支兄弟，俗话说三十而立，善彧都要三十岁了。我琢磨着该让他独当一面了。你说呢？”

老支赶忙回道：“东家的安排甚是妥当。这一年半来，阳都的酒店都是少东家一手经营的。我多少回端详过少东家，人虽然年轻，为人处世却老辣沉稳，又丝毫不染纨绔习气。不需再怎么打磨，他已经是撑得起家业的顶梁柱。东家也请放心，以后少东家掌舵，我跟老董他们定当跟先前一样勤谨尽责。”

武毓庆笑笑：“咱们都上年纪了，也该多享些清福。我看天辅也已成才，就让他跟着善彧跑吧。”

第三章

一进入腊月，闲散了大半个冬季的人们相继又忙活起来。女人们着手蒸窝头、烙煎饼、做新衣，男人们开始筹划添置新家具、杀猪宰羊、备菜备酒，还要买足节庆、祭祀等所需物品。人人手忙脚忙，腿忙心忙，越到年关跟前越是忙得不亦乐乎。这时节最是忙中取乐的则是各路商贩。为在最短的时间里让钱袋子鼓胀起来，他们不辞辛劳地赶好每个大集，甚至将一应物品送到村户的家门口去，独自开一场只有一个卖主的小年集。

张成祥就是这样的商贩。这天，他竟然把他的陶瓷摊儿摆到了盘龙村学堂的院子门口。嫂子妹子的开怀回应以及锅碗瓢盆的“叮当”“咕咚”声一阵阵飘进学堂，惹得孩子们巴不得耳朵上也能长出一双会飞的眼睛。梁春竑不时威严地咳嗽两声，警示对着门外挤眉弄眼的调皮孩子。

当确定院外吆喝卖货的小贩就是张成祥，梁春竑的神思突然凝结，迅即又像挣脱羁绊的野马奔腾冲突起来。多么熟悉的声音，多么熟悉的满脸褶子，多么熟悉的张成祥。羁押到期了，还是因为国共合作而被释放了？他怎么破天荒地跑到学堂前来摆摊儿？他到底跟共产党是什么关系？

终于挨到放学时间，梁春竑怀揣着强烈的疑惑走出学堂。

张成祥挥着手，高声跟他打招呼：“梁先生，咱又干上老本行了呢。来来来，看看碗碟儿。有上好洋瓷的咧。”

梁春竑仿佛根本就不知道张成祥有入狱这回事：“张大哥！你把摊儿都快摆到我的学

屋里了。你想让孩子们停课吗？”

张成祥难为情地摘下他的“三页瓦”帽子，满头半白的短发在冬日的暖阳下闪着汗光：“梁先生折杀我了。咱就是个游走小贩，只顾找个平坦地方摆摊儿挣几个钱，哪里想到打扰先生上课了。早知道如此得罪，咱是提溜着脑袋也不敢啊。先生雅量，咱已经惭愧得无地自容了。”

张成祥说完，赶紧把帽子扔到小推车上，从口袋里掏出烟卷儿，毕恭毕敬地递上去。

梁春竑赶紧轻轻推开：“我是土的、洋的都不会。张大哥还是留着自己消受吧。”

张成祥笑憨憨地把烟卷儿放回口袋，从腰里摸出烟袋锅，装着烟末说：“当先生的，跟咱目不识丁的大老粗就是不一样，说出话来都让人听着舒服。梁先生，你大哥我出去快一年，发觉真是需要长长见识呢。不怕你笑话，今儿来这里卖货，就为能从先生这儿长点学问。不知先生愿不愿意赐教。”

阡陌之交的小商贩突然跑来讨教学问？据说张成祥因为加入了共产党而被抓，至少也有通共的嫌疑，可眼前的他明明就是土气十足的小商贩。难道共产党就隐蔽得这么深？如果他是因为同情共产党或者只是为共产党说了两句好话而被抓，他又何必羞怯地遮掩？这一年学会了要长见识，要长什么见识？他今日的现身和举动分明大有玄机。梁春竑心里敏感地一震：“张大哥真会开玩笑。你是南来北往见过大世面的人，小弟倒想跟你学学见识呢。如不嫌弃，你把摊儿收了，到我家边吃边聊？”

张成祥直直地盯住梁春竑的肩膀处，眼睛的余光却紧紧罩住梁春竑的神色：“不行不行，我着急卖完货好过年呢。先生要是买些个锅碗瓢盆儿的，我倒是可以给送过来。待学生放学的空闲，我可以跟先生讨教些学问，也不耽搁先生上课。”

话里别有滋味，眼神也高深莫测。梁春竑越发肯定张成祥是有备而来。可张成祥怎么知道梁春竑内心的向往？抑或他已是国民党的勾子，要钓梁春竑上钩？梁春竑故作挑选着瓷器，脑中飞快地旋转着：“我家还真需要添置些茶壶茶碗。张大哥别嫌我挑剔，你摆这儿的窑货多少都带些瑕疵。劳你再跑趟腿儿，把蓝花儿金边儿的洋瓷碗十个、白陶蓝边儿的茶碗十二个并相同颜色的茶壶一把，找个顺便时候送过来。能行吗？”

张成祥“嘿嘿”笑着：“梁先生安排的，当然行。本来明天要去对面的西峪摆摊儿，权且变回卦，先到梁先生这边来。咱们说好了，就赶在明天上午放学的时候过来。”

梁春竑走出几步，有意识地回过头张望了一眼，发现张成祥还在盯着他仔细打量。看见他回过头来，张成祥很有意味地对他咧嘴笑笑，才去忙着张罗他的摊子。

夜半时分，浓密的黑云悄悄压到上空，趁着人们熟睡的光景，铺撒下棉絮般的大雪，天亮时依然稀稀落落地飘洒着雪花。直到饭时过后，那雪才完全收住。家家户户都有人出来清扫街巷，孩子们闹雪的清脆欢笑在村子里飘荡，偶尔夹杂着狗儿几声莫名兴奋的狂叫。

尽管下了大雪，孩子们的上学却没有耽搁。一直到了午饭时分，孩子们放学回家了，依然不见张成祥的影子。梁春竑忽感心绪不宁，甚至很有些忐忑。他家中并不需要那些瓷碗茶具，鬼使神差地跟张成祥预定下今日的晤面，只因为他想知道张成祥眼下的真实身份，想知道能不能从张成祥这里寻找到他希望打开的那扇门。因为这冒险的决定，因为偌多的想象，从昨天跟张成祥分手到现在，他大脑中的回旋碰撞几乎就没停下过。现在，他最忧虑的已不是冒险的决定，而是张成祥会不会如约而至。可直觉又告诉他，张成祥不会违诺。

连绵的旷野被积雪覆盖。山是白的，树是白的，满眼都是莹莹的白光。两尺多深的积雪使得那交叉纵横的小路模糊到难以辨认出痕迹。村外的大路上没有行人，白茫茫的雪地里也望不见活动的影子。梁春竑在学堂院子前的平地上瞭望了会儿，犹豫着回到屋里，把角落的火盆搬到屋子中间，添加了几块劈柴。他现在就是只好奇的猫，紧张而焦虑地想弄清楚面前究竟是陷阱的入口还是藩篱的出口。而那张成祥是否也是只猫，急于迂回包抄地捕获已经盯住的目标？

梁春竑正对着火焰出神，院外传来高声戏谑："张货郎挣钱挣昏了头。这么大的雪还下乡哪！"他急忙扔下手中的拨火棍儿，疾步跨到院门外，远远便望见张成祥推着他那独轮车往学堂前行。因为是上坡，张成祥的身子用力往前探着，捂着"三页瓦"帽子的头上似乎还冒着热气。

梁春竑连忙跑上前帮着推车，责备说："张大哥，你也太实诚。路都封了，就不能等明后天再送吗？"

张成祥气喘吁吁地笑着："别人家可以，跟梁先生可不能失约。"

梁春竑"扑哧"笑出声来："难道我是虎狼，失约就要吃你吗？我从不馋酒的，不过今天必须要陪你喝两盅儿了。"

张成祥眼睛本来不大，一笑起来就眯成两条缝儿："不劳先生破费。我自己带着呢。你看这雪下的，来年不愁没有饭吃。"

待张成祥放好车子，梁春竑把他让进屋，请他到火盆跟前坐。张成祥抓下头上的"三页瓦"，玩笑说都热成笼屉了还用烤火？梁春竑赶忙提起水壶，倒了一搪瓷缸子水递过去，然后像等待着什么，站在原地望着张成祥。

张成祥嘘着热气，反客为主地指指旁边的凳子："坐下说话呀。你站那儿让人觉着不踏实。"

梁春竑坐到对面，压低了些声音，寒暄道："张大哥，为这几个碗让你受这么大累，小弟心下委实有些不安。"

张成祥意味深长地干笑着："我知道你梁先生不会为要这几个碗而专门等我。"

梁春竑稍作沉思，机警地笑着回敬："我也知道你张大哥不会就为了卖这几个碗而费劲巴力地跑这儿来出摊儿。"

"不为挣几个钱，我跑你这儿干啥？"

"还有比挣钱更大的事儿吧？"

张成祥笑眯眯的眼睛更像两把锋利的剑，对着梁春竑的眼睛闪晃。

梁春竑极力稳住胸口的跃动："甭像审贼似的。实话实说吧，来我这儿卖碗为的什么事儿？"

张成祥把搪瓷缸子一放，抹把嘴说："神佛面前不说假话，咱兄弟俩谁也别卖关子。跟你说实话：我现在是共产党了。"

梁春竑清楚听得胸口"咚"的一声响动。他努力控制着戒备和喜悦，故意激将说："别再编瞎话。谁不知道你为共产党多说了两句好话而被当作共产党给抓了？你果真是共产党，人家还会把你放出来？"

张成祥慢悠悠地揉搓着烟袋锅："你还别说，抓进去的时候我真的不是共产党，放出来的时候反而就是了。"

"看你这蒙天的玩笑话。同情共产党而为他们说两句好话的人多的是。难道一抓就都变成了共产党？"

"欸，我跟他们不一样。你大哥我就是被抓成的共产党。"

梁春竑掩饰着迷惘："你这是要跟我说评书？"

张成祥利剑一样的目光自始至终没有离开梁春竑的眼睛："你看我像是来说评书的吗？梁先生，大哥我掏心窝子跟你说话，你也别跟我兜圈子。我知道你很想了解共产党究竟是怎么回事儿，我也知道你很想加入共产党。你现在还急着想去参加八路军。对吗？"

"张大哥，咱本来说买碗的事儿，你看你都扯到哪儿去了？怎么把我和共产党、八路军扯到一块儿了？"

"看来梁先生还是对我不放心。谁一个月里三趟去了县城的芝兰堂，从那儿买了《共产党宣言》，还淘弄了什么《论反对日本帝国主义的策略》？"

为了搜罗那些被禁的学说资料，梁春竑用了三个月时间，好不容易才跟县城芝兰堂的老板王瑞亭建立私密关系。张成祥提到的这两本书正是他新近从那儿搞到手的。那王瑞亭老板怎么如此不讲信用地走漏了消息？梁春竑后怕地分辩说："张大哥都说了些什么？我怎么听不懂？"

张成祥收敛了笑容："梁先生，狱中的邵先生曾经跟我说，要寻找进步书刊或者同道中人，都可以去开明书店旁的芝兰堂。我出狱后就先去那儿找了王老板。我已经把话说到这个分儿上。你若相信我，咱兄弟俩就交心喝酒；你若还不相信我，我把碗给你留下，痛痛快快走人。"

交浅不可言深。尽管张成祥真诚的心迹坦露让梁春竑感到多少有些惭愧，可他绝对不敢冒险跟只是乡邻陌上的张成祥敞开心扉。然而，仅仅刹那的矛盾之后，突然迸发的强烈冲动促使他抓住了站起身的张成祥："张大哥，你别生气。我是想知道你在狱中的事儿，包括共产党的事儿。"

张成祥有些难过地笑笑："我清楚，梁先生怕我是勾子。可我敢拍着胸膛对天发誓：咱虽然是个跑四乡的穷小贩，可也是堂堂正正的男人，不是那为了蝇头小利而昧良心的下三烂、龌龊货。我也是看准了你这个人才敢来找你。若梁先生还是抱着疑心，那就权当我跟你什么都没说。"

梁春竑羞愧得脸上着了火："张大哥你坐。小弟也掏心掏肺跟你说：我相信你。"

梁春竑不好意思地笑笑，接过张成祥递过来的烟，点上火，刚抽了两口又被呛得流出眼泪。整套动作一看就是外行。

张成祥却快乐地笑起来："这才是兄弟嘛。"

"我真的消受不了，还是还给你吧。"梁春竑将烟卷儿递给张成祥，又起身给他续了些热水，"张大哥，你怎么就敢相信芝兰堂王老板的话？"

"不瞒梁先生，我不仅相信芝兰堂王老板的话，来找你之前，我也认认真真地考查了你好多呢。"

"考查？"

张成祥并不答话，自顾吸得烟袋杆儿里面一阵"刺啦刺啦"的声响。又是一阵沉思，张成祥这才歪头看着梁春竑："咱们方圆一带，喝过墨水儿而又学新学的不就你跟枰柳庄的武善彧吗？我知道你俩是兄弟般的学友。可咱对他的了解也不算少，这个武善彧……哦，还是说说我自己吧。你知道，我见天推着小车走四乡，卖点儿小杂货，听到的消息多一些。听人讲起共产党、八路军的事儿，咱就觉着人家有血性、骨头硬，咱从心眼里佩服。不经意间为他们叫了几声好，得，被勾子给卖啦，被当作共产党给抓进去了。哪承想蹲了一年监狱，咱的头脑算是清醒了：共产党，真是好样的。就说跟我年龄相仿的邵先生，那可是真正的共产党。听看守说，三年前他在眼睛几近失明的情况下都坚持绝食斗争，一坚持就是六天。让那些软骨头试试看，两天就饿得叫爹喊娘了。我们一块儿的时候，你说他在狱中干什么？就像什么事儿都没发生，只要有时机就不停地看着不知从哪里弄来的一些书报，然后向狱友们讲解革命道理。从他那里，咱才知道当今天下是什么样子，才知道到底谁真心在为咱老百姓打天下，才知道为了老百姓的天下，共产党、八路军那可是走在刀尖上、站在枪口下。你知道红军吧？你知道朱毛吧？你也知道共产主义，对吧？那才是堂堂正正的人的奔头，才是咱老百姓的希望呢。”

一个游走小贩竟然满嘴都是如此新鲜的字眼！不过一年时间，共产党就把他变成了另外一个人。梁春竑确信张成祥不是在撒谎：“张大哥，后来你是怎么入的党呢？”

张成祥却沉稳地继续他的叙说：“在狱中听邵先生讲革命斗争、讲共产主义、讲为老百姓打江山，看着狱中的共产党员义正词严地跟国民政府抗争、信心饱满地学习、从容面对牺牲生命。刚开始我还觉着他们真是可怜，怎么愚笨得那么不开窍：连命都没有了还讲什么主义！后来睡不着觉的时候慢慢地琢磨，原来咱们这些只知道麻木忍受、不把自己当人看的国民才是真可怜、才是天底下最大的傻瓜。他们共产党为了咱穷人不怕被砍头、不惜付出亲人的生命。咱们自己再不跟他们站在一道儿，咱们都成什么人啦？再进一步说，看他们毅然决然地为着共同的理想和目标义无反顾地往前走，把生命都看得那么轻松，他们什么事业干不成功？能加入这样的队伍是不是咱的光荣？干！怎么不干？我一跺脚，就在监狱里入了党了。”

梁春竑警戒的目光早已变得柔和，充满着敬佩和向往：“张大哥满嘴的新鲜词儿，我这当先生的都自愧不如。”

张成祥开心地咧着嘴：“我跟他们学了一年多呢。要是梁先生能跟他们学，说起话来肯定比咱更能鼓动人。”

梁春竑被张成祥的激情荡漾打动，被张成祥的脱胎换骨震撼：“张大哥，入党都有什么条件吗？”

“条件不多，当前关键的就两条：一个要积极抗日，一个要信仰共产主义。前一条好说，后一条可就难了，因为那要时刻准备着把生命奉献出去。”张成祥轻松地说完，目光却逐渐凝铸成利刃，凛然直视着梁春竑。

眼前这个刚从监狱里出来的小商贩就是共产主义的幽灵？张成祥慷慨陈词中描绘的图景不正是他日思夜想中期待的吗？张成祥这种坚定刚毅的光彩不也正是他渴盼的人所拥有的吗？梁春竑感觉有股按捺不住的热流穿过胸膛：“张大哥，共产主义的书我读过，我信仰。参加八路军抗日也一直是我的心愿。我现在可以入党吗？怎么个入法、找谁入？”

仿佛卸下了一身重担，又仿佛漫漫寒夜中终于寻到了期待的火种，张成祥竟然两眼有些湿润。他擦擦下巴，笑了：“等我把我车上的酒还有肴狗肉拿来。咱哥俩喝两盅儿，听我慢慢跟你道来。”

张成祥的经历说起来是一个传奇，更是一个悲剧。他从小与母亲相依为命，生活艰难。眼看着人家的孩子天天上学堂而自己不能，便偷偷站在门外学几个字。结果，娘安排的活儿干不好，教书先生也渐渐厌烦这个衣衫褴褛的孩子老是在边上分散学生的心。他只好早早门外结业，把学到的字用到从算命先生那里得来的侠义小说上，后来又把兴趣从几本破书转到说书唱戏的艺人身上，逐渐成为十里八乡年纪最小、资历最深、瘾癖也最大的听家子。哪里有戏场，哪里就有他的影子。最叫他娘愤恨的是十里八村就有一个集场子，凡开集的日子就有艺人说书唱戏。张成祥挨个集场子跟着听书，听完书后便神游在幻境里，尽管自己既不能上学，又不能去考武状元。回家看看老娘生活十分艰难，自己却不能为娘分忧，竟然也不感到非常难过。慢慢地，当同龄的孩子在爹娘的调教下慢慢变成安稳粗壮的老把式，相继由爹娘帮扶着娶妻生子，在困顿的年月里按部就班地过日子。回头再看自己，清瘦羸弱，形单影只，生计上一无所长，家里面一无所有，忽然感受到一丝孤凉。直到有次在外游荡几日回家，发现老娘病倒在床上已经两天水米未进，满屋搜寻两遍竟然找不到可以入口之物，张成祥终于趴在娘的床前号啕痛哭。娘强支精神说：“二十四五岁的人，谁家不养儿育女、供奉爹娘？我把你养这么大，你能玩的也玩了，能乐的也乐了，该收收心了吧？你若还有分毫的孝心，应该让娘松缓几天吧？你不想养娘，也该给张家留下个烟火吧？”张成祥像解了魔套，直哭得天昏地暗，清醒过来后给娘磕了三个响头。从此每天赶四集、下八乡，不再是去听书看戏，而是挑着担子当起了做小买卖的货郎。老娘看到小二十年执迷不悟的儿子突然像换了个人，本已坍塌的躯体居然慢慢挺起来，到庙里给菩萨烧了一大捆香，身体比原先更结实。俗话说

“无奸不商”，小小的货郎也是商贩，自然也算是“小奸”。不在地里务农，整日挑着个担子游走四方，那是游手好闲人的营生。他娘几次托人给儿子找媳妇儿，就是没有谁家愿意把闺女嫁给一个货郎。张成祥说：“娘啊，地里的活我弄不来，当个货郎，腿脚勤快点儿也不少挣钱。那媳妇儿该娶谁是命中注定的，咱就不操这份闲心。”话是这么说，当娘的晚上哪能睡得着觉？逢人便央求着给儿子说媒。后来，张成祥不再挑着担子叫卖针头线脑，改为推着车子卖陶瓷。不久便从东乡领回个大闺女。那闺女个头高，模样好，让人看着眼馋心妒。可是闺女的家人不愿意，来张家要了好几回人，无奈那闺女决心已定，也只好作罢。再往后，张成祥的老娘抱上了孙子、孙女，乐得满脸开花。没想到暖房里种不成雪莲，甜水里养不得珍珠，命中注定只能遭苦受累的人享不得清闲安逸。本该含饴弄孙、尽享天伦，好不容易从苦水里爬出来的老娘却得了一种怪病，不到半年时间就撒手西行，让儿子、媳妇恓惶了好些日子。

民国十七年，也就是1928年的冬天，城里闹农协的风潮越来越猛，很快一些镇子上也不平稳。张成祥四处行走，信息灵通，很快弄明白了农协是怎么回事，从前书里戏外行侠仗义的神经重又跃动起来。他背着媳妇儿参加了乡里的农协，惩治“土豪劣绅”，砸了税务所的牌子。本以为这是替天行道为民请命，谁知十来天之后，那“土豪劣绅”们更加抖擞，带着官府的人捉拿农协会员，两个据说是共产党的被绑到镇子外的树林里给枪毙了。张成祥慌慌张张地跟老婆说了实情后远走他乡，半年不见踪迹。官府不时来找人，遭到农协惩罚的人家动辄前来示威，历来信奉逆来顺受的乡里乡亲也变得冷冷淡淡，媳妇儿在家担惊受怕，倍感凄凉，便常常以泪洗面。当风声过去张成祥回来的时候，他媳妇儿早已经被接走，据说随娘家人下了东北。张成祥哭过几回后心静下来，重又干起老本行。钱好像攒了不少，也有人家给他做媒，可张成祥都没答应，自顾乐呵呵地一个人四方闯荡。这两年当共产党活动的消息又开始传播起来，张成祥便再拿官府对照着说事儿。有个急等着发财的混混早就开始打他的主意，闻讯后忙不迭跟县里通风报信，他就被抓进了监狱。可谁都想不到，这一抓一关让张成祥发生了人生的蜕变，而且让他在蜕变后的道路上一路疾行。

那日学堂交心之后，梁春竑跟张成祥又有过推心置腹的长谈。他借口受训去了趟县城，得知邵先生已经出狱转移，张成祥就是所处地方上党组织的发起人。按照芝兰堂老板王瑞亭的建议，他回乡来找到张成祥，表达了追寻自己理想的强烈意愿。张成祥指示他，在等待上级组织批复入党申请的日子里，要以党员的标准履行职责：积极宣传抗日，争取尽早组建游击中队，为将来从抗日积极分子中秘密发展党员做准备。梁春竑首先想到了武善彧和武善志。武善志就是自己的影子，根本无须发动。只是武善彧不比寻常人，他是见多识广、历练远比自己丰富的富家公子。虽说他跟自己约定，真要来了共产党，“别忘了告知我一声，咱们一块儿亲眼见识见识”，但武家的掌舵人却是武毓庆，能不能让他放飞还在两可之间。梁春竑知道年关里的武善彧一天到晚忙得马不停蹄，而自武善彧从阳都回来，他还没前往武家大院拜访，便拣天提前散学，赶在武善彧可能收工回家的日落时分去到了枰柳庄。

支天辅恰巧跟从武善彧刚从梓河镇大集上回到家，正在门口指挥着卸货。一看到梁春竑从巷口转出来，他赶忙迎上前，接过梁春竑手提的两包核桃和红枣，引领梁春竑进到院里。武善彧整理着刚换好的衣服迎出屋门，同梁春竑先去拜见了武毓庆。因为两人情谊胜似兄弟，常年走动来往，双方的家院就跟自家一样熟悉，所以不用很拘礼节。武毓庆简单地跟他寒暄两句就要他们自己去叙话了。

多年的习惯，再有辅助老爷子掌管家族大事的需要，武善彧设有自己的书房。而这书房除武毓庆以外，任何人未经许可不允许进入。这一方禁地无疑也是两人交谈的最好处所。

还未坐定，武善彧便单刀直入：“这个时节、这个时间，没有大事儿你是不会来的。说吧，是不是有了共产党的消息？”

多年的兄弟、朋友，谁心里想什么对方都能猜出个八九不离十。梁春竑便也直奔主题：“你不是说有共产党、八路军的消息就告诉你一声吗？我今天过来就是要告诉你：我提出申请要加入共产党了。”

武善彧整个人都放射着惊讶而又亢奋的光芒：“你不会说你见到共产党、八路军了吧？”

梁春竑示意他压低些声音：“不见到共产党，我跟谁提出入党申请？”

尽管了解梁春竑的志向，自己也期待着一睹共产党的尊容，可当意愿猛然变为现实，武善彧还是感觉有些不敢轻易相信：“提出？向谁提出？”

梁春竑为难地回道：“向谁提出这是秘密，不能对外讲。如果没有意外，不需要很长时间我就能成为正式党员了。”

武善彧为梁春竑不能敞开肺腑深为不快，呛白道：“你不会只为了告诉我你要加入共产党才过来的，你也希望我跟你携手加入共产党。对不对？咱们事先有过约定：真要来了共产党，咱们一块儿亲眼见识见识，就算大器晚成。都到了这个份儿上还不告诉我你的介绍人是谁，你又怎么能说服我？”

见武善彧把自己心底的想法全盘托出，又被他这顿呛白，梁春竑不自觉脸上发烧。偏偏他的脸红又被武善彧瞧见了：“看吧看吧，还脸红！就你这样幼稚还能干大事儿？”

梁春竑只好坦诚相告：“我什么事情都没瞒过你，这回也实说了吧：张成祥。张家庄的那个张成祥。”

“他果真是共产党？”

“被抓的时候不是，在监狱里被发展成为党员了。”

武善彧先是惊异，继而嘲笑道：“春竑，你不要开玩笑。就他那样的穷货郎也能当共产党？”

梁春竑神情变得很严肃：“我没有跟你开玩笑，张成祥就是共产党。而且，蹲了一年的监狱，他整个人都变得让你难以置信，再不是曾经的游走小贩了。”

武善彧却忍不住笑出声来：“我说春竑，你说别人是共产党我会认真考虑；你说张成祥是共产党，那就是滑天下之大稽了。”

梁春竑正色道：“不要说在咱们这种偏远的山里地方，就是在大城市，共产党也大多是看上去不起眼的人。远的不说，就说八年前闹农会的时节，你见哪个共产党有官老爷的架势？”

武善彧的神色当即变得僵硬：“我对共产党和八路军的确怀有崇敬之情，但对他们当年组织农民协会闹翻身这件事儿却不敢完全苟同。”

对于武善彧所说，梁春竑心里不是没有感觉，他为武善彧排解道：“咱们都看过《共产党宣言》，里面的内容应该没有忘记。至于农民协会提出的口号和领导的斗争，主要的和多数的都是合情合理的。它毕竟是新生事物，领头的人一时头脑发热、把持不好界限在所难免。可共产党信仰共产主义，仅就当前的积极抗日主张就与国民政府有着多大的不同。再看看现在国民党政府的所作所为，与共产党倡立的革命政府更是相距甚远。善彧，你见过的世面比我广，两相比较到底哪一个更有前途、哪一个更有希望呢？”

武善彧说：“春竑，不管是参加共产党，还是参加国民党，咱都得斟酌好了。这可不是小孩儿过家家闹着玩，也不是买东西，坏了可以再换一个。春竑，你参加共产党，我不反对；我呢，暂且还要继续观望，观望共产党能不能担当得起执掌天下的大任。至于处事做人，你知道，咱兄弟们终生都会堂堂正正，绝不会走错了辙。这一点你尽可以放心。”

梁春竑比谁都清楚，看似文质彬彬的武善彧其实是很有主见的人，也是很有掌控能力的人，很难被外人左右。要不要加入共产党，他会权衡利弊，不仅考虑武家的产业，还有更长远的打算。梁春竑本还要鼓动武善彧组建抗日游击中队，暂且打消了这个想法："善彧，我明白你的心思。做决断要坚决，也要慎重。何时参加共产党这件事情你也须慎重考虑。再跟你说件事儿：三天前，日本兵的装甲车开进了云蒙县城。"

武善彧大吃一惊："啊？他们在城里驻下了？"

"没有。杀了一个当地人，又撤回去了。"

"又撤回去了？先头部队侦察情况？"

"很可能是。据说他们也没遇到咱们队伍的阻击或抵抗。"

"前些日子日军轰炸泰沂城，那是开着飞机扔炸弹，咱们没办法。地面队伍怎么会没遇到阻击？"

梁春竑失望地叹口气："国民党的部队都绕着走，早跑开了。可惜没有八路军。"

武善彧恨得握起拳头，并难得当着梁春竑的面儿骂开了人："奶奶的，这就是'韩青天'带出来的兵？咦，你怎么知道日本人进了云蒙县城？"

梁春竑不自然地笑笑："昨天我进泰沂城了。那边老朋友告诉我的。"

"春竑，你不会跟泰沂城里的共产党也有联系吧？"

"能跟泰沂城里的共产党有联系，我还会找张成祥入党吗？善彧，张成祥真的今非昔比，言辞激荡人心，精神光彩照人。合适的话，我带你见见他。噢，我和他的事儿，只许你一个人知道。"

武善彧不满地回道："真真多此一举。我也提醒你，你这件事儿也要办得前后稳妥。你是先生不假，可从没走出过学堂，算不得洞察世事。理想、主义固然美好，得之绝非易事，切忌轻言玉碎瓦全。你我平民百姓，偌大的买卖赔不起。"

梁春竑身体微震，对着武善彧抱拳道："大哥谆谆教诲，呵护备至。我会铭记在心。但是，请你相信，我这回的选择果断而正确，不久之后你也会跟我站到一起。"

武善彧挽留梁春竑吃饭，梁春竑以年底下都忙为由推辞了，趁天还没黑就走了。

武毓庆见儿子送走梁春竑后似乎满腹心事，度量梁春竑的这次到访必定事出有因，便询问道："春竑这么晚过来又匆匆忙忙地回去，饭都不吃。不会有什么事儿吧？"

武善彧没有回答武毓庆的问话，靠前问道："爹，你说国民党到底还能不能保住天下呢？"

武毓庆奇怪地望着儿子：“你这话问得也太过唐突。是不是春竑约你参加国民党？”

“不是国民党。倒是约我参加共产党。”

“你说什么？共产党？共产党在哪儿？”武毓庆犹如惊雷震顶，目不转睛地直视着武善彧。

“哦——还不知道。春竑约我出去找呢。”

“出去找？你答应了？”武毓庆很有些恐惧地审视着儿子。

“没呢。我很敬佩共产党，却从未考虑过要去加入。爹，这个您不必担忧。”

武毓庆悄悄嘘口气，后怕地点点头。顿了一小会儿，他又沉吟道：“善彧啊，我看这个共产党你还是不要参加，那个‘敬佩’二字也再莫对外人提起。”

武善彧点点头：“爹，我知道。今下午从表叔那边得到消息，公潇表弟后天晚上就能到家。”

武毓庆点头道：“现在是非常时期，咱们要跟他多联络、听消息。往远处看，说不定哪天你还得要他帮忙；从近处看，月初的时候韩复榘的兵就从咱门口南撤了，现在济南是什么样子，最近和以后山东又是什么样子，咱们也得有个准备呢。大后天吃过早饭你就赶过去，别的事儿都先放一放。至于梁春竑要参加共产党，你千万不要掺和。我倒是建议你尽到同学之谊、朋友之责，好好规劝规劝他。”

“孩儿知道了。”武善彧犹豫了一下，把日本人进了云蒙县城的事儿又咽回了肚里。

第四章

周公潇到家的翌日，武善彧吃过早饭，带着支天辅去了梓河镇。就在昨天下午，梁春竑来药房抓药时又跟他说起组建抗日游击中队的事情，鼓动他挑起旗帜。他向往共产党，是因为共产主义学说在他眼前描绘了一幅全新的图景，给了他参与创立新天地的渴望。然而他也不敢确定共产党这股新生力量到底能不能形成气候。他现在急于见到周公潇，急于倾听周公潇的见解。这不仅关乎他对当前和今后时局的了解把握，也关乎他对梁春竑邀约的最终态度。

才出了村，支天辅就不时地回头对着他讪笑，目光躲躲闪闪的。原来，从阳都武家酒店回来小二十天，日日没有得闲的时候，支天辅很挂心留在阳都的小女人翠娥。他想借着今天这个机会前往那边走一趟，顺便给她买身过年的衣裳。武善彧恼火支天辅在外养女人，何况这女人还在几十里外的阳都，便劝说他能了就了，无非多补偿给人家些钱物。果真暂时都放不开，那也要快去快回，除了尽到男人之责，千万不要节外生枝。至于阳都那边的朋友，人走茶凉，难免会变得冷淡，跟他们接触要心中有数，切忌跟狐朋狗友瞎搅和什么哥们儿义气。见支天辅诺诺连声，武善彧便在佛前庄为他雇了辆马车，约定天黑前在佛前庄十字路口会面，早晚一同返回。

支天辅欢天喜地赶往阳都，武善彧自己赶着马车前往梓河镇。

说到武善彧与周公潇的关系，就不能不谈到周公潇的家世和周、武两家的渊源。周公潇，祖籍云蒙县梓河镇，先祖曾经官至朝廷尚书。两百多年的没落沉浮中，周氏家族的一个分支从小本生意做起，经过好几代人的勤苦努力，到周公潇的祖父一辈发展成为赫赫有名的地方首富。作为家族长孙，又天生机敏睿智，周公潇深受爷爷的疼爱，并得到了精心培育。中学毕业时适逢土匪横行，错过了继续外出求学的时机。1928年，国民党山东省党部派孟浦云前往云蒙创建国民党组织。周公潇征得爷爷同意，自带一支手枪，只身前往县城填表登记，并留在登记处帮忙。白天忙于工作，夜晚和闲暇时候与孟浦云畅论当今天下大事与个人理想，相谈甚欢。孟浦云发现周公潇不仅善于交际沟通，而且学识深广，办事干练，委实是不可多得的年轻才俊，便对其格外赏识。周公潇与孟浦云结为莫逆之交，翌年又被推选为国民党云蒙县直属区党部五执委之一。这年他才十九岁。1932年冬，国民党云蒙县党部改选，从北平求学返乡的周公潇被选为执委，同时担任了县立小学教员。七七事变后，学校又奉令解散，周公潇被迫回到家乡。这期间，孟浦云曾担任过云蒙县长，给予了周公潇力所能及的帮助，周公潇也将这位比自己大不了几岁的引路人视为先生和知己。他这次前往济南一去就是二十多天，就是为了想尽一切办法与孟浦云取得联系。而作为云蒙、泰沂交界处的两个望族，周、武两家原来就因姻亲关系有所走动。在武毓庆的堂妹嫁与周公潇的堂叔之后，两家走动开始频繁，表兄弟、表姐妹之间的来来往往已成家常便饭。武善彧和周公潇年龄相差两岁，因为都曾在外求过学，兴味相投，头回相识便一见如故，俨然知己。同样地，两人分别被双方家族视为产业的继承人。

枰柳庄跟梓河镇分属两县，相距却不足二十里地，过了佛前庄河也就到了梓河镇地界。武善彧赶着驴车，从木桥上游的平坦河底过河，穿过一片宽广的沙滩林地，沿着泛白的土路西行两里多地，远远地便望见周公潇家杂货店的高高飞檐。周公潇家的杂货店宽敞大气，坐北朝南，正对着穿过村子中央的平展大街。无论从东面还是从西面进村，最显眼的建筑就是这座杂货店。尽管时间尚早，已经有村民进进出出购置年货。武善彧也便在店前停下车，随同买货的人走进了店铺。

周公潇不仅是家族里经历世面最广、学识最深的人，在经营家业上也完美继承了爷爷的精明和勤奋，是周家大院人人敬仰的大少爷。从济南辗转五六百里，昨晚深夜才到家，今天一大早就挨次前往各家商号察看经营情况，现正好在杂货店听管家汇报账目。

闻听武善彧到来，周公潇马上快步迎出：“听说旬月之间，表兄亲自过来好几趟了？”

武善彧急忙抱拳趋前：“可不是嘛。一从阳都回来，家父就吩咐前来拜望表弟。哪料表弟刚好前脚去了济南。这些日子，我是时时打听表弟的消息呢。今天终于见着表弟了！”

周公潇执着武善彧的手走进里屋："难为伯父和表兄惦念。我这些时日可谓风餐露宿，马不停蹄，昨晚到家时已是子夜时分。即使表兄今日不登门，这两日我也要忙里偷闲、挤时间去看望伯父和表兄的。"

风流倜傥却不乏老成持重，玉树临风却也透着咄咄逼人的自负。不仅武毓庆深为看重周公潇，武善彧也打心里敬重面前这个表弟。武善彧满含钦敬道："表弟，越望常相聚越是不能够。自从上次匆匆打个照面到现在，转眼已是半年多。"

周公潇深以为武善彧会是出色的家业掌舵人，对他同样欣赏和尊重："听家父说，表兄已把阳都的酒店盘出去，从今往后留在家中协助伯父经营家业。现在你我都回故里，咱们以后见面的机会自然很多了。"

"这却也不好说。我是山沟里的一块石头，铺路盖房围着老窝转；而你是一条龙，指不定什么时候就腾云驾雾直上青天啦。"

"哈哈哈！果真能如表兄所言当然是小弟的造化。可惜小弟要让表兄失望了：我这次恐怕想飞也飞不起来了。"

武善彧颇感惊讶："表弟从济南那儿还打探到了什么消息？"

周公潇呷口茶，愤恨之情溢于言表："没有一件让人舒心的消息。我到了济南去找老县长，人还没等到，韩复榘就把兵从黄河口给撤了，整个济南乱成了一锅粥。好不容易仓促见了老县长一面，才知道上海、南京已经相继陷落于日本人之手。据说日本人所经之处，杀人成山、血流成河，一派悲惨境地。"

"什么？南京也已经陷落于日本人之手了？咱们的队伍就这么不禁打？"

"敌我实力悬殊，难啊。还有，据说国军人心不齐，各自为着自己保存实力。都泰山压顶了还一盘散沙，你说这仗怎么打？"

对周公潇所言，武善彧不能知之甚详，但一听就能参悟："那，表弟下一步作何打算？"

"老县长他们现在也是眼前乌黑，忙着寻找自己的前途。但他已答应我，等他安顿好之后会跟我联系。接到消息之前，我就在家里帮着张罗家业。"

武善彧努力振作情绪道："孟先生是党国的人，总会有前途的。表弟自然大可不必为以后的出路担忧。"

"但愿如此吧。表兄，喝茶。"周公潇端起茶杯，吹着漂浮的茶叶。

武善彧前来拜会周公潇，除却父亲武毓庆安排的任务，也有自己的心思，那就是探寻共产党的消息。可他知道，周公潇是年轻的资深国民党党员，在党国事业的追求上一往直前，信守不二之心。要从周公潇这里探寻共产党的情况，既要便宜行事，还要装嫩扮傻才可。武善彧拿定主意，状若核实小道消息，压低声音 ：“表弟，你说——共产党能成多大气候？我听闻共产党坚决主张抗日，很合乎民心。”

周公潇先是诧异，随即不屑一顾 ：“主张抗日又能怎样？堂堂的国民革命军尚且力不从心，你能指望他们赶走日本人？”

“假如国民党军队改防御为主为积极抗日，或许不会是当前节节败退的局面。”

“节节败退？你怎么就知道这不是战略撤退？表兄没在上面跑过，很多事情并不像咱们想象得那样简单呢。”

武善彧因周公潇的断然否定而有些窘迫，讪讪地回道 ：“我的确看不懂当前的形势。只是‘先有国，后有家’，我不能不深感忧虑。”

周公潇并没有在意武善彧的变化 ：“表兄上了多年的学，也很有才智，可因为遵从令尊的安排治家守业，没到政府部门办事闯荡，自然参不透好多表象下面的真实，着实很可惜。我好歹在济南读了中学，后来又在县党部做过事，对外面的事情总算略知一二。就比如陪我爷爷经历的那起事件，足足胜读十年书啊！”

六年前的春天，梓河镇的共产党组织农民协会闹革命，是从他们老周家开始的。几年时间，最终，周公潇的爷爷以强夺强取佃户财物和克扣上缴公粮钱款两宗罪名，被判有期徒刑十七年。眼看天塌地陷，周公潇遍施钱财，上下周旋，最终使爷爷减刑为一年半，并在第二年秋天刑满回家。这是让周氏家族深感蒙羞的一件大事，也让周公潇跟农民协会和共产党结下了难解的仇怨。

尽管是多年前的旧事，说到这里，武善彧还是不能不表示同情 ：“就是，老人家受了多大的惊吓，多亏了表弟上下疏通、左右奔波。”

周公潇神色冷峻 ：“现在说起来不足挂齿，当时却是惊心动魄。这件事让我深刻体会到奋发有为、寻找靠山是多么必要，还让我明白了共产党不是我们的人。表兄刚刚居然以家国之论寄望于共产党的队伍，正是因为对外面的世界了解甚少。表兄啊，这么多年你就没有打算参加国民党？”

当初土匪四起，社会动荡，同众多老人的做法一样，武毓庆没舍得放他出去做事 ；后来武毓庆很希望儿子能在县城或乡里谋个职位，也曾经多方走过门路。武善彧中学时跟梁春竑接触过共产主义方面的小册子，发现共产主义的观点很合自己的胃口，可细细想来又仿佛是遥不可及的事情。当父亲武毓庆为自己寻找门路时，他却发现国民党县、乡政府表面光明磊落，暗里贪污腐化，与已格格不入，还不如专心经营武家产业洒脱，遂对国民党失去了兴趣，这么多年就在犹豫观望和忙忙碌碌中过去了。但是每当听到红军、八路军的新闻，他都很是关切，现在对八路军的坚决抗日尤为欣赏。那天梁春竑找他的时候，他心头还很是兴奋了一阵子。他希望有机会亲身接触到当今救世英雄一般的人物，真实了解现今和今后社会的前进方向，同时把自己委身于可以倚靠的大树，并跟随着闯出一番事业。如果组织人是上面有影响的人物，哪怕像梁春竑这样的有志青年或是像周公潇这样有经济实力的乡绅富户倒还罢了，可听说介绍人是张成祥—— 一个常年下乡赶脚的小贩，武善彧立时感到无法给他足够的信任感、安全感、方向感而产生了失望，他不能随随便便踏上一只方向不明的航船。武善彧把自己的这些想法深藏不露。

武善彧不自然地笑笑："我父亲也后悔没让我参加国民党，不能像表弟一样做出大事来呢。"

"表兄这样说倒让我甚为惭愧。我现在就像散落离群的飞鸟，无处投宿啦。"周公潇自嘲却也爽朗地笑过之后，问道，"表兄，家里面的自卫团组织起来了没有？"

武善彧说："还没呢。不过枪都准备好啦。"

周公潇深为不解："表兄可真是稳坐钓鱼台。日本人都要打到家门口啦，你还像没事人似的，这也算是濒危不乱？走，我带你去看看我的自卫团。"

武善彧在周公潇的陪同下把整个村转了个遍，也喝了个畅快淋漓，但每想到当前时局，心里总泛着丝丝不安。又想起支天辅去了阳都，生怕发生什么事端，便开始坐立不安。太阳刚偏西，武善彧就辞别返回，在佛前庄村南十字路口静等支天辅回来。直到烧火时分，暮霭升起到村落上空，南边的土路上终于跑来那辆马车。武善彧好歹放下了悬着的心。

然而，支天辅没有像平日里那样神采飞扬地跳下车来跑着见他，而是畏缩在车篷里，怯生生地喊了一声"少东家"。

闻听不是熟悉的"老武"，声音也非常没有底气，武善彧顿感事情不妙："弄什么名堂，快下车！"

支天辅摇摇晃晃地走到武善彧跟前。肿胀的脸上裹着白布，左手胳膊固定在腰间。

武善彧脸色酱紫，扬手欲要打去，却又无处落手。他强压怒火打发走车夫，恨恨地问道："出了什么事儿，快说！"

支天辅一路狂奔到阳都，抓心挠肺地赶到金屋藏娇的小院，不料却被当头劈了道闪电。半老徐娘的房东告诉他，在他回了泰沂的第三天，他的心肝宝贝儿翠娥就搬到开药铺的李家少爷那儿去了。才离开三天，自己的女人就跟人跑了？支天辅恼羞成怒，铁了心要找翠娥理论理论。无奈那李少爷五大三粗，还会些拳脚，支天辅不敢只身前往，便约了原先的三个朋友给他壮胆，一同前往药铺找人。

支天辅站到药铺门口，对着里面高声喊道："翠娥！翠娥！你给我出来！"

翠娥正跟李少爷围着炉子喝茶水，听到支天辅的喊叫吓了一跳。

李少爷听动静就知道支天辅找上门来。原先武家大帮人在这里开酒店，也算得上半个得势的坐地户。现如今时过境迁，不过就是个不知天高地厚的小混混，谁怕了你不成？李少爷也不提家伙，虎着身子跨出来："是哪个狗胆包天，敢直呼我小娘子的名号？"

李少爷虎背熊腰，面相凶恶。支天辅不免心里打怵，可面子上不失锐气："我不跟没名没姓的蟊贼搭腔。翠娥！翠娥！"

李少爷登时黑了脸，两步杵到支天辅跟前："敢骂大爷的人还没生出来呢！看我今日先揭了你的皮！"

支天辅闪过李少爷的拳头，急急地招呼三个朋友一齐上阵。那三个拿了钱的朋友却黄了脸，早躲进人群后开了溜。支天辅身手灵活，也会三五下套路，却终不是李少爷的对手，几个回合下来，就被李少爷踩在了脚下。

李少爷命令支天辅喊三声爹，从此再不要到这方地盘上来。支天辅却陡然升起了悲壮的豪气："就是被你碾死，老子也不当那缩头王八。只要老子还有一口气，你就别想着让老子服软。翠娥，你出来跟我说话！"

翠娥从没见过这样的阵势，心里也还想着支天辅曾经对她的好，便揭开门帘，站到跟前说："恁地糟践自己做什么？你不就是要见我的话吗？我今天就把话撂这儿：你我井水不犯河水，你以后再不要来胡闹。"

支天辅微喘着气："翠娥，我给你买过年的新衣裳来了。"

翠娥心生怜悯，却也不敢在李少爷和众人面前流露出来，便冷着脸说："先前我跟你只是相识，顶多算是朋友。现在我已有了家，往后再不会认识你。你快走吧。"

支天辅顿时滚下泪来："翠娥，你的心可真硬。"

李少爷狠狠地踹了支天辅一脚："滚蛋！从此以后再别让我碰到你。"

听支天辅呜呜咽咽地说完，武善彧极力平缓着胸口的怒气：“在三五十里外的闹市养个小女人，你以为你能有神仙的法力罩着她？今早临走的时候我专意嘱咐你，‘人走必然会茶凉，阳都那边原来的朋友难免会变得冷淡’，你就没有品出话里的味道吗？也好，挨这顿揍，省得以后再有什么念想。我问你，回家去怎么交代？”

“全凭少东家吩咐。”

“全凭我吩咐？被人家揍成这般模样就想起全凭我吩咐，你平日里的本事呢？”

“一路上想得脑袋疼，总没想出妥当的法子。”

“想得脑袋疼还是被人打得脑袋疼？哼！跟你说过多少回，哪个男人开始迷恋女色，他就离败落不远了。”武善彧咬牙切齿地踱了几步，“就说我们兄弟聊天的时候你悄悄跑到街上乱窜，误被那边的混混给打了。”

支天辅羞愧交加，忍不住泪珠滚滚。武善彧自己赶着马车，满脑子只管想自己的心事。

武善彧去梓河镇见到周公潇的这天上午，张成祥跟梁春竑议定了一件不久就震惊乡里的大事。

张成祥找梁春竑了解他发展抗日积极分子的情况，上来却告诉梁春竑，占领云蒙县城的日军已经向南、向东南方向发动过进攻，接下来可能要试探性地向泰沂方向进发。共产党组建的泰沂抗日志愿队早已经在天台岭西一带训练，随时准备寻找合适地点伏击敌人。梁春竑极为兴奋，提出能不能也去参加抗日志愿队。

张成祥擈着烟袋锅子摇摇头：“抗日志愿队就别参加了，还是尽快组建咱们自己的队伍吧。眼下全县已经组建起抗日游击中队二十多个，咱们云崖区可还是空白呢。你最近发展了多少个抗日积极分子？”

为了把第一次交给的任务完成好，几天来梁春竑黑天白日几乎没停下脚步：“铁定的三个人：武善志、岳子文和李开林。”

“不要只在本村发展，把周边村的人也鼓动起来。”

“因为不十分了解情况，不敢求快，所以动作就慢一些。眼下邻村还有四个人，工作已经做得比较可靠。对了，你还记得马头峪的刘洪收吗？就是当年去陕西找红军的那个？我本以为他娶妻生子、安安稳稳在家过日子了，没想到他铁了心要参加咱们的队伍。”

“你把刘洪收也发动起来了？这是个可靠的人选！”张成祥满意地颔首，烟袋杆儿里发出“刺溜刺溜”的声响，“将来咱们发展党员，就先从这些抗日积极分子中选拔。稍有不慎选错了对象，不仅组织会遭到严重破坏，还会祸害一大批人。你考虑得很周到：发展慢些不要紧，千万要稳打稳抓，步步为营。”

梁春竑被全县已有众多抗日游击中队所震动：“张大哥，甭管人多人少，咱们先把抗日游击中队组建起来吧。”

张成祥喝口茶水，悠悠地说：“组建游击中队不光要有人，关键得有长枪。当年修围子、打土匪，哪家大户人家都有几杆长枪，老武家自然不会落后。你不妨凭借兄弟学友的关系，鼓动武善彧直接组建起抗日游击中队。对了，你也可以鼓动他入党啊！”

梁春竑犹豫了一下：“我两次找过他，把入党和组建游击中队的事情都跟他谈了。他态度很积极，只是要我过些日子等他的回话。我知道，他家里的事儿历来都由他父亲做主，即使他想参加共产党，也会悄悄试探过父亲的口风后才确定。成立抗日游击中队更避不开他父亲那一关，所以……”

张成祥似乎很明白梁春竑的难处：“老武家我很了解，要做通武毓庆的工作可不容易。这事儿恐怕就得慢慢来。”

“你也知道些消息？”

“我见天游走四乡，什么事儿不知道？甭说武毓庆，就他的儿子武善彧，咱对他的了解也不算少。我先前跟你说过，别看你们俩都喝过墨水儿、学了新学，处得像亲兄弟一样，可他跟你不一样。要想做通他的工作，就眼下来说，离了你，谁都不必。”

见梁春竑怔怔地望着自己，张成祥眯眼笑道：“先不说武善彧，跟你商量件大事情。我们村大财东张百万家里有五杆好枪、八条火铳。咱们先从他身上做做文章。”

梁春竑很惊讶：“张百万家有这么多硬家伙？你怎么知道？”

“我才刚说了，当年官匪混战，哪家大户没弄到几杆长枪？不要说那些头脑精明的富户，少有积蓄的中等人家都变着法子从国军队伍的游兵散勇手里倒腾几杆枪。那时候我还是小小伙子，你又怎么能知道。”

张成祥从县城回家之前已经为将来如何拉起抗日游击队做过打算，当时想到的第一人就是张百万。因为他掌握着张百万一个惊人的秘密：张百万从土匪手里换取过五杆长枪。那还是十多年前的一个黄昏时分，张成祥挑着货郎担子下乡，在镇子上遇见了老戏友，便相约到路边的小酒馆对饮。半酣之际，张成祥到茅厕小解，发现有个熟悉的身影跟着两个土匪闪进了门帘里边。张成祥当即醒了酒：这不是本村、本家族的小员外张百万吗？他怎么跟土匪黏糊到一块儿了？张成祥佯醉靠在门口探听消息，未料三人入座便开始交易：张百万拿两箱子银圆换了土匪五杆长枪。两箱子银圆，多么大的一笔钱啊！张百万换五杆长枪想干什么呢？纵有万千个疑问，张成祥却铁打的嘴巴一样守住了这个秘密。当狱友邵先生鼓动他回家拉队伍抗日，张成祥立刻想到了张百万的长枪和他的几条火铳。出狱回家后，张成祥借着叙说本家情谊，三次去了张百万家，在感觉时机成熟的时候劝说张百万挑头组建抗日队伍。张百万从张成祥的口风中察觉当年的交易走漏了风声，禁不住脊背发凉：这件事情只有老伴儿和两个儿子知道，这该死的货郎从何得知？随即又怒恨切齿：我张百万也是你这贱骨头敢染指的吗？张百万疾言厉色地痛斥张成祥胡说八道，叱骂他家破人亡了仍不知悔改，依旧沉迷于妖魔邪说，把张成祥轰了出去。今日张成祥过来跟梁春竑商量组建队伍，内心其实已经拿定主意，就是要起张百万的枪。

梁春竑不知其中详情："这么说，官匪明打暗合也不是捕风捉影的事儿？张大哥，那张百万也算是拔尖人物，从他身上做文章，胜算有多大？"

张成祥眯眼笑着："我琢磨透了，他若不同意，咱们就起他的枪。"

"起他的枪？"

"对。起了他的枪，咱们自己成立一个抗日游击中队。"

梁春竑茅塞顿开，却又感觉有失君子风范："可咱这样强取豪夺，恃强凌弱，有点儿不太仁义吧？"

"不是强取豪夺，也不是恃强凌弱，咱们是靠暴力强迫他保家卫国。救国于危难之际、救民于水火之中，这才是天底下最大的仁义。来日赶走日本人，他张百万感激咱们还来不及呢。"

梁春竑再次被张成祥的理论震撼了。他想象不出共产主义信念在张成祥这个沧桑大半生的中年人身上究竟可以释放多少能量。

第五章

三天之后，大王庄又开大集。黎明时天还有些阴沉，饭食时候却云开雾散，阳光丽日。年味儿越来越浓，添置年货的冲动越来越烈，小来小去的雨雪都阻挡不住人们涌向大集的脚步。

张百万家是大户人家，买卖年货车载斗量。除了张百万、老伴儿和两个短工在家看门，所有人倾巢而出，连媳妇儿、孩子都跟车去逛年集了。

约莫赶集的人已到市口的光景，门口的短工报告说来了两个归还欠账的。张百万马上高声叫请到堂屋里来。

两个年轻后生披着阳光拾级而上，迈进门槛后并肩站在靠门右侧，却并不开口说话。张百万抬头看过去，一位白净斯文，似乎有些紧张羞涩，不大敢直视他的目光；另一位活脱脱的黑铁塔，像是老友重逢，望着自己“嘿嘿”直笑。张百万仔细打量着，都不认识。问他们叫什么名字、还什么账，两人依然不回。张百万正在琢磨，门口又进来一位。这人背对着门口，面容虽然模糊，却也跟旁边的小白脸子差不多，只是块头饱满壮实了些。恰在此刻，院门外有人说话，两个短工回说家里只有他们四个人。张百万恍然间脊背发冷：被绑票了。再定神望过去，除了那黑小子，两人都是白面书生似的本分人，咋看都不像是匪徒。才刚要沉稳些，土匪李小刚的模样又飞进他脑子。李小刚细高挑的白净脸子，不仅姑娘见了他挪不动脚步，大老爷们见了他也是心生赞叹。可谁相信那样一个俊秀可人的后生却是心狠手毒、杀人不眨眼的恶鬼呢？张百万一阵发蒙，脸色变得煞白。他强挤笑意，欠身喊着短工给三位客人泡茶，右手给三人让座，左手悄悄地扶住椅子扶手。

短工没朝面，又有两个绷着脸的陌生人站到门厅外。张百万正感毛骨悚然，对面的白脸后生开口道："张东家，您别害怕。我们是来找您借东西的。您老慷慨大方一些就行。"

这人话语沉稳，捎带着稚嫩，可句句硬实，似乎还满含着杀气。张百万沉沉地坐回去，努力镇静地说："壮士既然出口，必定哪里遇到了难处。咱家日子过得虽然不怎么宽裕，钱粮倒也还积攒下十贯八斗。给留足家用的，壮士能拿多少拿多少。"

旁边两个年轻人"哧哧"笑出声来。张百万越发慌张："听口音壮士应该是本地人。乡里乡亲的，抬头不见低头见，也别太难为我这老头子。"

对面的年轻人神态依旧："东家放心。我们来借您用不着的东西，不会难为您老人家。"

张百万更加摸不着头脑："用不着的东西？不要说用不着的东西，就算钱粮，不管本家亲戚还是落难过客，只要求到门上，咱家自来从不吝啬。想借什么，壮士请直言相告。"

"我们不要钱也不要粮，只借用您的洋枪和土炮。"

洋枪？那可是当年花费了大半家产从土匪那里悄悄交换来的，这些小毛贼又是从哪里知道？张成祥！一定是张成祥这个挨千刀的纠集了这群王八羔子来抢掠我私藏的那点硬货。

张百万满脸覆盖起无辜的凄凉："想必这位壮士是受人蛊惑了。当年闹土匪的时候我是从他们手里换过几杆洋枪，哪知道那些人都是丧尽天良的孬种。他们明里拿枪骗走了我大半辈子的积蓄，随后又暗地里来我家夺回洋枪、抢走粮食。我是赔了夫人又折兵，只能打碎牙往肚子里咽。想起当年这段经历，我比喝了马尿都恶心。不是壮士今日逼迫，我心中的这份苦楚哪有脸向外人道啊！"

对面人有些不耐烦："咱不听你说书唱戏。张东家，我们找你借枪不是要当土匪，也不是换钱糟践，是要组建队伍打鬼子。那日本人已攻占了云蒙城、轰炸了泰沂城，也打到了咱们的东北乡。咱们西乡、北乡里都在成立抗日自卫团，这你是知道的。你忙着做买卖，没人手上战场；我们有人手却没枪。你把枪拿出来，我们去打仗，这就叫'有人出人，有枪出枪'。都是为的保家卫国，都是为的民族大业。张东家是明白人，应该懂得这个道理。”

竟然跟张成祥一个腔调！果然是跟该死的货郎一伙儿的！张百万坐直身子，抖起了精神：“壮士所言令老夫振聋发聩。果真是后生可畏啊。虽然老夫我没能留住枪，可一辈子省吃俭用，多少积攒下了些许钱粮。壮士要去打鬼子，我张百万定当不吝财资，为壮士们尽绵薄之力。”

对面的人冷笑道：“张东家，你家没有藏枪，我们何苦聚众而来？还是赶紧拿出来，省得我们翻脸不认人。”

张百万万般委屈：“壮士，老夫所言句句为实啊。要说土枪土炮，老夫也曾有过几支，只是上个月已经被一群说是要打鬼子的游击中队拿走了。头顶三尺有神灵，老天为我做证。”

对面的人变了脸：“张东家果真把枪给了游击中队，我们就不会来向你借了。既然你铁了心不识相，没有半点儿保家卫国之心，也就别怪我们不客气。你们两个，动手。”

张老太太坐在里间，外面的话听得一清二楚。听说动手，她惶恐地掀起门帘，迎面撞上黑铁塔：“你们要做什么？”

黑铁塔两眼圆瞪，架起张老太太的胳膊就走：“老太太您来得正好。赶紧跟我到院里去。”

“你放开我！你想做什么？”

“不是不给枪吗？先点房子再绑人。”

张老太太面如死灰：“俺家哪儿来的枪？你们还有没有王法？”

眼看着院子里的两个人抱来了柴草，也不见两个短工的动静，张百万知道外面肯定还有不少人，也知道那两个短工一定是给弄起来了。都说内鬼甚于外贼，丝毫不差。光提防着鬼子、土匪打进来，哪承想被张成祥这个该死的勾子给惦记了！如今儿子、雇工没一个在眼前，自己跟老伴儿保不准还有性命之虞。这可真是叫天天不应、叫地地不灵了。尽管剜心地疼，张百万不得不选择暂且保住一片青山。他颤声喊道：“壮士且慢动手。老夫糊涂，冷了你们的心。我实在辨不清你们是不是真的拿枪去打鬼子。既然你说要保家卫国，老夫愿意把枪交给你们。厦屋里间墙上挂着两支，剩下的都藏在厦屋木板底下。都拿走吧，只是还请壮士留名。”

对面的人仿佛石头做成，身子一直一动没动：“张东家，只要抗日就是一家人，一家人不说两家话。我们会记住您老人家为打鬼子出的这份力。”

一白一黑跟院子里的两个人进到厦屋，搬开码得人高的木板，却啥也没看到。黑铁塔火冒三丈，转身要去跟张百万算账。白净脸子拽住他，拿起一根木棒在地面上敲击两下，竟然听见中空的声响。黑铁塔咧嘴骂了声“奸猾的老狐狸”，找来镐头小心刨开。十指厚的土层下露出涂着黑油的厚木板，木板下是个涂着黑油的大木箱。几个人惊喜地打开，却发现箱子里只有六杆土枪。

闻听消息，站在堂屋中间的白脸后生冷笑道：“张东家，耍我们呢！”

张百万几乎要号啕痛哭：“出家人不打诳语，老夫也绝不敢欺蒙后生。壮士，老夫只有这些土枪土炮。”

“五支洋枪呢？”

“洋枪当年就被那群活该天杀的土匪给抢回去了啊！老夫何尝不想留着开眼界啊。”

“张东家，人为财死，鸟为食亡。难道洋枪就比性命更值钱？”

“壮士啊，你就是要了老夫的命，老夫也弄不来洋枪啊。”

白脸后生切齿的一声冷笑让张百万不寒而栗：“张东家，朽木本不值钱，豪宅大院一把火也就夷为平地，可宗族的烟火却是多少钱都买不到的。你果真愿意拿后人的性命换你的那几支洋枪？”

张百万万般恐惧：“你说什么？你把我的孩子们怎么啦？”

“张东家，交出你的洋枪，你的儿媳、孙子们就不伤半根汗毛地回到家里。若你执意不交，兄弟们非要送他们上路，我也没办法。”

倚靠在门框上的张老太太顿时魂飞魄散。她发疯地冲上去抓住张百万的胳膊：“他爹，把洋枪给他们！把洋枪给他们！我要孩子，我要孩子们啊！”

张百万面无血色，哆哆嗦嗦地指着厦屋：“接着刨！箱子底下接着刨！”

黑铁塔挥镐扬锹，再挖下去十指深，从整块的石板底下又撬开了一个黑木箱。干净的油毡布里裹着乌黑锃亮的五杆洋枪，跟洋枪躺在一起的木匣子里是沉甸甸的子弹。几个人拿长条布袋将长枪和子弹包裹了，院外接应的人将其藏到早已备好的柴草里。半袋烟的工夫，一行人消失在山梁对面。

黑铁塔进到堂屋，瓮声瓮气地说声“好了”。脚下生根的白净脸子双手抱拳，对瘫软在椅子上的张百万说：“张东家，我们找您借枪是为了打鬼子，刚才这么做也是不得已而为之。放心吧，您的孩子们安然无恙，都在赶年集呢。等打完鬼子，我们会给您请功的。告辞了。”

半辈子心血换的这些枪支本为了看家护院，未料老虎反被家犬欺，差些还因之招祸。张百万不堪凌辱和心痛，喉咙里“咕噜”一声，昏死过去。

直到夜黑人静，一行人从山坳的巨石阵里挪动出来，怀抱、肩扛着长枪爬上了云崖崮。

云崖崮陡然跃起于泰石公路南侧，犹如山脊之上簇起的一团石莲。南北俯瞰，又如船行山巅，所向披靡。崮下山梁上黑松如墨，裸岩青黛，葳蕤菅草与刚劲山风四时呼应。山梁下小河蜿蜒流过，与侧卧的公路相揖而遇，云崖崮更显得突兀雄奇。崮的四周刀削斧劈般上下一线，猴羊难攀，石缝岩隙间荆棘丛生，稀疏的几株古树虬枝直抵苍穹。沿着唯一的羊肠小道攀爬而上，崮顶峻峭处陡起如削，开阔平坦处草木如被，依坡就势错落分布着石屋、凉台的遗迹。每逢乱世，这里就是百姓藏身御敌的营寨。如今，张成祥他们又把这里选为抗日游击的营地。

凭借白天里的记忆，试探着脚下的高低，张成祥他们悄无声息地攀上了崮顶。当摸索着将枪弹掩藏在白日里都令人望而生畏的百仞壁缝中后，飕飗的山风已经把包裹他们的热汗变为凉津津的冷水。

张成祥掖了掖斜插在腰间的烟袋杆儿，对站立成排的后生们低声发布命令道：“大家伙听好了，我现在宣布，泰沂云崖区抗日游击中队正式成立。”

没有掌声，没有欢呼。队员们嘻嘻笑着，你一拳我一拳地捅在对方的胸口、肩窝。

张成祥忽觉眼睛里湿润润的：“从现在起，我就是中队长，梁先生任副中队长，大家伙儿为队员。咱们十二个人就是泰沂云崖区抗日游击中队的第一批队员。咱们当前的中心任务是宣传抗日，影响和发动更多的人赞同我们的主张，选拔更多的人加入咱们游击中队。咱们手里也有了武器，接下来就要开展军事训练，不定哪天就要正式参加战斗。”

李开林急于摆弄长枪，忍不住插话说：“张大哥，不，队长，咱们得抓紧训练啊。不训练怎么能上战场？”

张成祥笑道：“就你猴急？我也急呢。我会抓紧跟上级汇报、请示，大家等我的通知。梁队长，你说两句。”

乍成为游击队员，还担任了副中队长，梁春竑一时不知从何说起。他凭借着自己的理解说：“张队长已经跟大家宣布了咱们当前的任务。我想说的是，游击中队是共产党领导的抗日武装，与土匪、豪绅和国民党兵决然不同。咱们不仅心里边要时刻想着抗日、时刻想着为老百姓打天下，行动上还要服从组织、遵守纪律，断不可由着自己的性子。

往后再有什么新任务，咱们都必须听从张队长的命令和指挥。我就说这些。”

张成祥问大家还有什么话要说。

大个子刘洪收说："张队长，咱大伙儿回家的时候一定要想好怎么跟家里人交代，千万别露了马脚。梁先生说要服从组织、遵守纪律。这也该算是纪律吧？"

张成祥很赞成："洪收的提醒很好。这也算是纪律。时候不早了，咱们赶紧回家。走，下山。"

黑暗中，张成祥感觉有个人站在原地没动。近前推了下，原来是梁春竑。梁春竑没有只是沉浸在成功起枪的兴奋中。他突然感受到了一种莫名的激动、庄严和神圣。他不知道将来的路究竟什么样、究竟会走多长，却清晰地感知到，在这深冬寒夜的云崖崮上，他们或许完成了人生角色的重大转变，从此将走上一条与以往完全不同的人生道路。

两双大手在黑夜中紧紧握在一起，不可抑制地颤抖着。

张百万家大白天遭抢劫的消息当天便四下扩散。

张百万比不上武家富足，却也不比武家逊色很多，能够与武家相提并论。这样的大户被抢劫，对同等势力人家的震动非同小可。作为武善彧的耳目，也是武家将来的股肱之臣，支天辅连夜带伤出行，几乎复原了整个事件的来龙去脉。据两个被蒙脸堵嘴反绑在牛圈里的短工说，他们事先瞅见村口有个人像张成祥，这些人自然是他伙来的。张百万的儿子们回家来将张成祥的房子推倒、一把火烧光，他都没露面，这更足以证明张成祥就是那劫财的勾子。有村民赶到张百万家里瞭望情况，看到了厦屋里的大坑，听张百万和他的儿子们擦眼抹泪地痛说积攒几十年的资财被洗掠一空，这足以断定张成祥他们挖走了张家埋藏的所有元宝银钱。支天辅也有两个狐疑的地方：藏钱罐都是圆的，张百万家厦房里的大坑却是箱体形状；劫贼装钱都用口袋，没人稀罕那坛子、罐子。张成祥他们怎么把钱罐子也给抱走了？

听罢支天辅的汇报，武善彧当即锁定了梁春竑。梁春竑约请他入党、鼓动他挑头成立抗日游击中队，他都以等待做通家父的思想工作为由予以推延。看来，这张成祥和梁春竑急不可待，不惜冒险抢大户组建队伍了。组建队伍需要硬货，首要的自然应该是枪弹。既然张家厦房里的大坑是箱体形状，那硬货会不会是枪支弹药呢？如果是，那张成祥又怎么知道张百万的家底呢？武善彧决定来日亲自去找梁春竑盘问底细。

老支、老董指挥着雇工们将今日要到大集上外卖的各色货物装满了两个大车。武善彧安排两人带着伙计们先行一步，留下雇工李开田听候差遣。这李开田跟梁春竑同村，是庄长李怀安的独子，年龄比梁春竑小四岁，孩子才刚刚满月，三年前到武毓庆的杂货店当的伙计。李开田性格敦厚，话头很少，头脑却很灵活，腿脚又利索，无论为人还是做工都深得武毓庆的喜爱。支天辅伤未痊愈，行动不便，武善彧便指定他暂且跟在身边调用。武善彧要李开田装上二十斤花生油，拿上十包点心；要支天辅取过从阳都带回来的羊毛坎肩两件，好酒两坛。他要去找梁春竑盘问底细，顺便给梁大爷家送些年货。

支天辅帮助李开田备好礼品后便去院门外晃悠。才出大门，巷子拐角驶来一辆豪华马车，紧接着从车厢里跳下来戴着墨镜的周公潇。支天辅立马奔跑着回院报信。

周公潇跟武毓庆寒暄过后，正嗟叹着纵论时局，不料支天辅禀报说梁春竑也来了。武善彧知道父亲如今对梁春竑好感大减，恰逢周公潇又在此做客，便偷偷察看武毓庆的神色。

武毓庆果然阴起了脸：“今天什么风把他也给吹来了？我正想跟表侄好好唠叨叨呢。”

周公潇却很感兴趣：“梁春竑？盘龙村的那位教书先生？”

武毓庆脸色不悦：“正是他。你善彧表兄曾经的学友。”

周公潇笑道：“我在外的时间居多，先前也多次听表兄提起过他，可还真没跟他谋过面。这下正好，让我们认识认识。”

武毓庆敛藏起不快：“这梁春竑相貌堂堂，读书甚多，也算得上是一表人才。善彧，请他进来吧。”

梁春竑进门施礼，武毓庆赶紧让他见过周公潇。

周公潇抱拳说：“梁先生好。虽然未曾谋面，却常听善彧表兄说起你的名号和才华，周公潇对梁先生神往已久。未料今日一见，竟似曾相识，一如故交。”

梁春竑不失礼节地端详着周公潇：“周先生溢美之词，春竑万万不敢承受。我也常听善彧谈起您的履历。以您为镜，似我等同辈之人毫无建树，理应汗颜。今日相见……”

武善彧素来不喜酸腐礼节，顾不得失礼地说：“今日相见，即为兄弟。兄弟之间无须寒暄客套，还是坦诚相见、实实在在的好。”

武毓庆也说：“善彧说得有道理。表侄是善彧的表弟，春竑是善彧兄弟一样的学友，又都年龄相近，你们就是同辈兄弟。兄弟之间若讲究繁文缛节，反而生分了。快都坐下说话。”

众人才入座，武毓庆又建议道：“表侄、春竑，你们年轻兄弟，见识相通，兴味相投，自然能够相与甚欢。我说不上老朽也已有老气横秋之色，怕给你们以误导。你们不妨到善彧的书房，也好直抒胸臆、侃侃而谈。如何？”

周公潇首表赞同：“伯父就是匡扶孩儿们行走的靠山，晚辈怎敢接受误导之说？只是我们兄弟们一见如故，免不了长谈阔论，怕您耐不住聒噪而又劳乏。不如就按伯父所言，我们先去善彧表兄书房就座，稍后再过来陪着您说话。”

武善彧赶忙招呼李开田把他书房的火盆烧得旺旺的，然后礼让着周公潇和梁春竑起身前往。武毓庆很不放心地透过门帘望着梁春竑的背影，直到他们进了武善彧的书房。

跟自己有着万般联系、理想追求却南辕北辙的两个人竟然同时出现在跟前，武善彧感觉奇巧而又滑稽。他很了解周公潇，这是个意志坚定、再不会回头的国民党员。他对梁春竑更熟悉，这也是个立场难以撼动的奇人，而且已经是共产党的人。只是，在历经风雨磨炼、沉稳老到的周公潇面前，梁春竑略显青涩，属于容易受到伤害的对手。他自己的立场更为接近梁春竑，这也万万不可在周公潇面前流露半点痕迹。

武善彧有意识地提醒梁春竑：“春竑，公潇表弟十八岁就参加国民党、十九岁就当上了云蒙县直属区党部的执委。现在暂时偏居乡里……”

周公潇似乎对武善彧的警惕毫无察觉，亲近中透露着与生俱来的自负：“别听善彧肉麻吹捧。那都是老皇历，不值得翻看。如果我没记错的话，梁先生曾经在临沂教会学校就读。我呢，高小毕业后去济南读的中学，后来又去了北平私立学院学习。民国十九年到二十二年，我在县城小学做了三年教员。若不是韩复榘勒令解散学校，我现在也还是教书先生呢。如此说来，咱们有着相同的求学经历，还端过相同的饭碗，算得上是同道中人了。”

梁春竑似乎听懂了武善彧的暗示，谨慎地应对道：“周先生文武兼备，又有经世济民之才略，我哪敢跟您相比……”

武善彧打断了梁春竑：“春竑，你非要这么酸腐而又生疏吗？才刚在那边说过，咱们就按年龄大小，兄弟相称。表弟，春竑比你大五个月，也算一岁。你只能委屈自己做小弟啦。”

周公潇高傲的目光直直地射过去：“能跟梁先生兄弟相称，我不胜荣幸，又怎敢说委屈？梁先生……”

武善彧赶忙打断周公潇：“表弟又来了！咱们都是兄弟了，哪儿来的梁先生？从现在起，要么兄弟相称，要么直呼其名，要么各自打道回府。”

梁春竑笑了：“善彧兄说得是。请问公潇老弟，你不是在县党部工作吗？究竟为什么回到老家来了呢？”

周公潇似乎有些难过，又似乎是在炫耀：“这都是韩复榘折腾的。为了跟蒋委员长分庭抗礼，韩复榘前年的时候就截留党费并强行解散县党部；日本人发动卢沟桥事变后，韩复榘又勒令解散县立学校。我无处投靠，只好回乡了。”

梁春竑问道：“前些日子，韩复榘的队伍从咱们的家门口撤退了。济南是不是已经被日本人占领了？”

“我刚从济南回来。不光济南，说不定整个山东也会被日本人占领的。春竑兄，除了教学，有没有别的打算？”

“我只是一介书生，暂时还没敢多想。”

“一介书生怎么了？‘风声雨声读书声，家事国事天下事’。纵观历史，哪个朝代若不听书生论政、论道就要走向亡国，而哪个时代的枭雄能够广开言路、倾听书生的谏议良策就能兴业安邦。我们就要做那堪当国家栋梁的风骨书生。”

“公潇表弟胸怀广阔，兄弟我望之莫及。”

周公潇摆出高高在上抑或是大哥的气派：“春竑兄也太过谦谦君子了吧？我约略记得善彧表兄曾经很推崇两句诗，叫作‘怒马鲜衣望长安，敢笑楚项不张狂’。这可是出自你口吧？”

“那都是少不更事的莽撞轻浮之作，公潇表弟请别见笑。”

“如此高傲豪放的气势、如此华美大气的遣词，足见老兄心怀之高远。我向来厌恶闲谈莫论国事之说。尤其在家国罹难、民族危亡的时刻，每个有血性的国人都应该挺身而出，何况咱们胸有经纶的读书人？春竑，你对当前时局有什么思谋判断，说说看。”

武善彧对梁春竑眨了下眼睛：“春竑，表弟历来喜欢光明磊落，直抒胸臆。你有什么话尽管竹筒倒豆子。”

梁春竑收到武善彧的暗示却没有理会，反而试探着说：“不瞒公潇表弟，位卑未敢忘国忧，我教书的闲暇也留意观察时局。当前我有两个不解：一个是国民政府的军队接连采取不抵抗政策，我不能理解；另一个是共产党号召发动抗日民族统一战线的主张深为合理却不能被积极采纳，我也不能理解。”

周公潇警惕地望着武善彧：“春竑兄的两个‘不能理解’犹如旱地惊雷，分量极重啊！善彧表兄，你怎么看？”

武善彧掩饰着对梁春竑的不满：“我这一年多来只顾着经营酒店，哪有眼光考虑这些？呵呵，在你们跟前，我落后了。”

周公潇摇头说：“先有国运昌盛才有家业兴隆。春竑兄教学之余都不忘忧国忧民，你却只为着眼前那点小经济对家国大事视而不见。表兄，不是我笑话你，就这点上来说，春竑兄的境界比你高远得多啊。”

武善彧点点头：“呵呵，表弟说得是。”

周公潇高瞻远瞩地训导起面前的两个兄长：“春竑兄，你的两个不解归结起来也可以算作一个不解，那就是谁来治国、谁来救国。要找到这个问题的答案，需要对国情、对时局、对国共两党产生发展的历程进行细致研究。这可不是三天两日就能够讲清楚的。”

梁春竑接着说：“公潇表弟，可据我所知，那共产党从诞生之日起就制定了解放全人类的目标，而他们在抗日战场上也是勇往直前、不屈不挠的。”

周公潇对梁春竑的“据我所知”大为惊疑，审视着他说：“你对共产党很有研究？”

梁春竑敏锐地捕捉到了周公潇眼中闪露出的寒冷，也接收到了武善彧的焦虑和不满，禁不住红了脸：“我只是道听途说、鹦鹉学舌罢了。公潇表弟见多识广，该指教处尽管指教。”

周公潇不放心地转脸对着武善彧：“善彧表兄，你跟春竑兄经常交流这些吗？”

武善彧仿佛对此浑然不在心上：“上学的时候好奇地探讨过，这都多少年前的事情了。春竑，你如今竟然还留意这些？”

梁春竑赶紧借此抽身：“没有。听闻公潇表弟学识广博、爽朗豁达，今日一见就收不住嘴了。公潇表弟，我浅薄鲁莽，请多包涵，也请及时提醒，免得我误入歧途。”

周公潇不由得对梁春竑暗暗生疑，也不能不对武善彧有所警戒。他掏出怀表看了看，然后轻拍脑门：“看我只顾着高兴，忘记了今日过来是有话要跟伯父说的。春竑兄，小弟失礼。你的疑问咱们过后再谈，好吧？”

梁春竑察觉出周公潇城府深藏，果真不是等闲之辈：“表弟说哪里话，坐而论道有的是时间。善彧，我今日过来是给大爷送年货的，不知道家里有客。我先回去了。”

周公潇站起身，脸对着窗外：“春竑兄又见外了。咱们都兄弟相称了，哪还有客人？既来之，则安之。今儿中午我们少不得要同席共饮了。”

武善彧也说：“就听公潇表弟的，咱们今日兴尽而归。公潇表弟，你且自便。前些日子，我受人之托，跟春竑联手给人做了一桩媒。我们正好通通气。”

周公潇说声“君子当成人之美”，便出门去了武毓庆的堂屋。

武善彧掩上门，悄声责怪说：“我一再提醒你说话注意分寸些，你怎么就置若罔闻？”

梁春竑有些尴尬：“我太激动，没收住。”

武善彧嘱咐说：“也怪我先前没详细告诉你他的背景。你且记住一句话：他是忠贞不渝的国民党员。再往后说话的时候注意点儿。噢，你一大早跑来，有什么重要事情？”

“张百万家被劫了。听说了吧？”

“我正要去找你问话呢。你跟张成祥是不是就要成立抗日游击中队？”

“只有几杆土枪，怎么能？”

“只为了几杆土枪就在光天化日之下兴师动众？说实话，起了他老张家多少长枪？”

梁春竑为跟武善彧撒谎红了脸：“就八杆土枪，外带着借了些银钱。”

武善彧却相信梁春竑没有说假话，提醒道：“起枪也罢了，抢人家的钱可就跟土匪流寇一路货色了。要发动暴力革命夺取政权，那也该正大光明地去做，而不该效仿鸡鸣狗盗之辈。那张成祥赤条条地来去无牵挂，你呢？可不能因一时之冲动毁了一辈子的声誉。”

“我还没说什么，你倒先给我训课了。善彧，咱这地方再没有谁的家业能盖得过你家。我可等着你做决定呢。”

“天外有天，楼外有楼，只不过别人家藏富不露罢了。还有，我们村里一共几杆土枪，我心里可明镜似的。就算我都送给你们，十几杆土枪就能组建游击中队？这样的游击中队打土匪都难，还能抗日？”

“善彧，你们家比张百万家强多了，总该有几件真家伙吧？”

“怎么，你们也瞄上我们家了？”

“有你的！敢跟我开这样的玩笑！我的意思是，万一老爷子藏有硬家伙，咱组建游击中队可就有资本了。”

“我何尝不盼着老爷子能藏几件硬家伙？我自己的家还不知道吗？跟你说过，老爷子要我造个花名册，准备组建自卫团。我也正愁着上哪儿弄几杆真枪撑大梁呢。”

梁春竑相信武善彧不会说谎，却也不相信武毓庆果真两手空空。实力远不如武家的张百万都悄悄敛藏了五杆洋枪，经济和才学远超他的武毓庆会置之度外？梁春竑当然不能说出这层意思，也为这般猜度武毓庆而感到有些小人之心。不管武善彧现在有没有洋枪，一定要说服他参加游击中队。梁春竑笑道："跟老爷子说说，直接组建抗日游击中队多好。反正这也是县政府的统一名号。"

武善彧暂时不想跟梁春竑探讨太多："我会信守我的承诺。但是，你知道，老爷子那边不是三日两日就能说通的，这需要时间。噢，时间长了表兄会起疑心，咱们也过去吧。记住了，席面上再不许论及立场见解。"

云崖间

第六章

腊月二十三，农历的小年。就在村民们置办了黏得掉牙的糖瓜、甜得化心的火烧和五颜六色的糯米团子，准备为灶王爷辞灶的时候，日本人闯到了家门口，并在天台岭上跟抗日队伍发生了枪战。

小年前一天，张成祥在跟县里来的联络员汇报工作时得知，日军一支四五十人的队伍将在来日从云蒙县城东进，试图打通到泰沂的通道，以便占领泰沂县城后，既可以继续东进到滨海，也可以南下徐州。驻天台岭一带的国民党山东省海军陆战队奉命组织一个营的兵力，在天台岭沿泰石公路两侧狙击敌人，在此驻防、训练的泰沂抗日志愿队将全面配合陆战队的伏击战。张成祥软磨硬泡，云崖区抗日游击中队被批准与县抗日志愿队并肩参加伏击战。张成祥即刻返回跟梁春竑分头组织队员集合。当所有队员以不同借口搪塞住家人、聚集到张成祥家里的时候，已经是腊月二十二的夜半时分。

起了张百万的枪后，张成祥被迫潜往远离张家庄的云崖崮下的荒山坳里，搭建起了看山屋子似的窝棚。窝棚过于狭小，十二个人聚在里面几乎没有落脚的地方。梁春竑将队员们分为两拨，一拨跟他前往云崖崮取回枪支弹药，另一拨下山抱来十几捆秫秸挡在门外，既扩展了屋子的空间，也可以挡避寒冷。

严冬腊月的深夜，屋外滴水成冰，窝棚里面的温度跟外面差不多少。好在没有风，又涌进这么多人，透风漏气的窝棚里居然氤氲着融融暖意。为了御寒，也为了能被装进狭小的空间，大家干脆在地面铺上柴草，对着门口的火盆比肩围坐。

十二个人中顶属李开林块头最大，长得也最黑，他就是到张百万家“借枪”时的黑铁塔。因为即将参加作战，李开林眉飞色舞，左顾右盼，黑圆的脸盘在盆火的映照下油光发亮，抱住枪就像抱着心肝宝贝：“队长，咱们才训练了两回，一粒子弹也没打过呢。我就担心枪法不好，糟蹋了子弹咋办？”

张成祥嘻嘻笑着，嘴角往外跑着烟雾：“就按照教导队教的打。这么多人齐刷刷放枪，总不会一个鬼子也打不着。”

到张百万家“借枪”时与李开林并肩站在屋中的清瘦白净脸子叫岳子文。听李开林说怕浪费了子弹，他便停止摩挲怀中的长枪，仰脸插嘴道：“队长说得很是。别说咱这么多人打枪，扔块石头还会砸死人呢。”

李开林不理会岳子文，连连眨巴着眼睛：“队长，不是说枪响后那枪托使劲儿地往后顶吗？咱还没被顶过呢，也不知道那后劲儿到底有多大。会不会被顶倒了呢？”

岳子文抢过话头道：“还多大劲就顶倒了？你以为这长枪是大炮呢？就这点儿兔子胆，还是给你换条火铳吧，也省得浪费了那几粒子弹。”

见岳子文接连顶撞他，李开林眼睛瞪得滴溜圆：“我在跟队长研究怎么作战你知不知道？最烦气你们小白脸子瞎嚷嚷。”

尽管与李开林打小光着屁股长大，岳子文也跟武善志一样，向来特不待见李开林这样喊他，便蹙着眉头回敬说：“小白脸子怎么了？最起码干净，比那个黑乎乎、油光光的猪头狗脑袋干净了一百倍。”

“看把你能的！凭什么说白的就比黑的干净？白眼狼也算干净的？长了白毛的窝头也算干净的？再说了，打起仗来那干净顶啥用？得看力气！”李开林龇着一口雪白的牙齿，拍拍厚实的胸膛示威，“得靠这个！你有吗？”

岳子文不屑地撇撇嘴：“得了吧，靠力气打仗的那是山里的黑瞎子。有本事的人都靠脑袋。看咱队长，人精瘦精瘦的，看那买卖做的，你行吗？一下子拉起队伍，你行吗？明天领着咱们去打仗，你行吗？”

李开林被噎得好不容易才缓过劲儿来：“你行好不好？岳子文，我就知道小白脸子从没好心眼子。说来说去……”

岳子文忽地打断了李开林的话，扬手把所有人划拉了一圈：“黑秤砣可别只顾着满嘴流油啊。你看春竑哥、洪收哥、善志，还有……啊！咱们游击队里面也只有你一个人黑得实诚，掉到灰堆里都找不到人了。”

李开林只好在满屋子人的大笑声中自我解嘲："嗨，咱就黑得实诚，保管仗也打得实诚。"

武善志把擦了又擦的长枪映着火光照了照，竖到腿上说："要说实诚，还是张百万实诚，张手就是十多杆枪哪。"

李开林的脸盘儿再次光亮起来："嗬，那天善志摆的那谱儿，真够劲儿。我说善志，你去抢人家的东西，怎么就不心慌脸红呢？"

武善志在众人面前更显得温文尔雅："张队长不是说过'靠暴力强迫他走上保家卫国的正义道路'吗？咱们是干正事儿呢，凭什么心慌脸红？"

李开林随即啧啧出声："善志，那天你跟老奸巨猾的张百万叮叮当当地斗法，不露怯，有章法，现在想来都让咱真心佩服。可有的人就让人瞧不起，哆哆嗦嗦的，连那张百万的脸都不敢看呢！"

岳子文明白李开林又把矛头指向了自己，立马反唇相讥："是呀，有人吓得脸都黄成蜡了，仗着皮子漆黑看不出来。幸亏穿的棉裤也厚，不然尿了裤子外人也不知道。"

李开林在大伙儿的爆笑声中起身要抓岳子文，被旁边的刘洪收结结实实地按了回去："别再闹腾了，这都半夜多了，还是听队长安排明天怎么打仗吧。"

张成祥很赞成地点头："刘洪收说得对。明天咱们中队是配合抗日志愿队作战，抗日志愿队是配合国民党海军陆战队作战，所以遵守纪律、听从指挥是最重要的。咱们头一回参加战斗，不只见识真正的战场，还要从国民党正规队伍和咱们的抗日志愿队那里学学怎么叫作组织和纪律。"

李开林急急地喊道："那国民党的队伍除了撤退就是逃跑，这还要学习？不怕丢死人？"

"谁说国民党队伍都那么不禁打？再说撤退和逃跑是两码事，撤退是为保存实力而采取的战略转移，怎么会丢人呢？就像咱们打架，打不过对手的时候不也要暂且避开吗？"

"什么避开！就是逃跑嘛！"

"你说的那是上不了台面的混账行行儿。正儿八经的队伍，凡事都要有组织、有纪律，就像诸葛亮布的八卦阵，前进、后退都要有章法。"

李开林终于绕过弯来："队长，你这样说我就明白了。撤退就是要有组织、有纪律地逃跑。行，到时候你说怎么逃跑，俺们就怎么逃跑。"

张成祥被李开林绕进去，自己也犯了糊涂，便要梁春竑跟他解释。梁春竑打着比方叙说了一通，李开林长长地吁口气说：“原来逃跑是骂人的话，撤退就不是骂人了。”

张成祥担心这群兴奋不已的年轻人夜不能寐，便安排道：“日军从云蒙县城出发，三个钟头就能到达天台岭。按照命令，所有参战部队和人员必须在天亮以前到达作战地点隐蔽。大家伙儿赶紧凑合着睡会儿，养足精神。”

待队员们挤靠着在地上躺成一排，梁春竑硬是去了山坡放哨，张成祥便在火盆中添加几块劈柴，随手拽过板凳，靠着秸秆门板后的棚壁合上了眼睛。

眉毛高翘，胡子蓬乱，颧骨凸起，皱纹密布。这位连续十几天几乎没有安稳休息过的四十多岁的壮汉，带着极度的疲惫睡着了。

天台岭，六百华里泰石公路东段唯一一座横断公路的山岭。山岭四周群峦盘曲连绵，沟壑高低纵横，主峰突兀插云，山顶却并不险峻。山中间修通道路之后，天台岭便被分隔为南北两段。登高而望，翻越巨岭的道路更像践动于高山密林间的蟒蛇。岭上林茂草丰，青黑巨石间连片挺立着绵延相接的柿树群。小的碗口粗细，大的需要两人合抱，百年树龄的到处可寻。如今正是寒冬时节，万木凋零，雪盖山野，那柿树愈显虬龙盘枝，体态巍峨。黑色的枝干、黑色的山石，身着粗黑布衣的游击队员们稍稍隐藏便融入了一体山色。

太阳终于爬上了远远的东边的山头，红彤彤的阳光透过落光叶子的树枝铺洒下来。趴伏在乱石丛中的游击队员们仿佛感到一床金色丝绸棉被盖在了身上，如同那霜雪中几近僵死的草叶慢慢缓过劲儿来。天不亮就趴在岩缝石间，出发前那碗挂面的热量早已随着几泡尿尿光，爬山越岭奔走出的微汗也被彻骨的寒意冻结气化，僵硬的手脚刚开始还像猫咬狗撕似的疼痛，现在与乱石堆一样冰冷，近乎没有知觉。天微微放亮就想看看公路南侧山岭间卧伏着的国民党正规军的模样，可除了柿树林下石头荆棘以外什么都看不到，现在借着阳光的照射仔细瞅瞅，竟然发现有些人是学生模样。再看看旁侧的抗日志愿队队员，竟然大多是青年学生。除了个个精精神神、不苟言笑外，抱着的枪、穿着的衣服，就连那长相都与自己没什么两样。

云崖区游击中队里，刘洪收是唯一一个能跟李开林有一比的大块头，只不过身材没有李开林那么粗壮。他匍匐到梁春竑身后，低声问道：“梁队长，我看县里的抗日志愿队跟咱们没多大区别。日军打过来，咱们这边能顶得住吗？”

梁春竑白净的脸已冻得铁青：“咱这边打配合，目的是牵制敌人。主要作战力量在国民党海军陆战队那边。”

刘洪收很不放心：“梁队长，你看到没有，那边海军陆战队怎么就像是杂牌军？里边有那么多学生模样的人呢！”

梁春竑早就察觉到国民党海军陆战队里边不仅有学生模样的人，还有城市工人。他也正为此不解和忧虑着，听见刘洪收也这样说，便鼓劲道：“那些学生是战地服务人员，也算是投笔从戎的精勇之士，了不起！洪收，今天不管打成什么样，只要能打掉日本人的气焰、打掉日本人的狂傲就算胜利。你好好注意着，待会儿观察好两边队伍的动向。”

梁春竑他们观察得没错，对面国民党的海军陆战队并非武器精良、训练有素的正规队伍，而是由部分原海军陆战队队员、青岛市清洁队、码头工人和青年学生共同组成的紧急队伍。韩复榘南撤后，这里已经没有正规的国民党中央军。刚刚宣布就任山东省政府主席的沈鸿烈匆匆从青岛往内陆进发，带来的嫡系部队就是由青岛各阶层成员组织的所谓海军陆战队。这些来自城市的临时建制队伍同样缺少武器和给养，承受着更严苛的彻骨严寒的考验。难得的是他们军纪严明，意志坚强，隐蔽埋伏得几乎看不出破绽。

又熬过了艰难的三个小时，太阳斜挂到头顶。日军队伍终于出现，兵力却超过了情报中提供的规模：两辆军车满载士兵，前面一辆摩托车开道。车队接近天台岭最高处时突然停住。只见日本士兵纷纷跳下车来，迅速在公路两边自行成排，挺身举枪瞄准两面高坡。随着指挥官“呜里哇啦”的叫声和明晃晃的军刀左右两挥，一阵排枪打得两边岭上冒起缕缕白烟。

李开林头回见到这种阵势，焦急地低声喊叫：“队长，我们被鬼子发现啦。开枪吧？”

“闭嘴！”梁春竑赶忙伸出胳膊将他的头往下一按。

随着一声奇怪的哨音从头顶呼啸而过，李开林身后的大青石块儿上窜起一溜儿白烟，留下了一个斜斜的白坑。李开林盯着白坑倒吸一口凉气：“这么厉害！”

两阵排枪过后，两边山顶没有丝毫反应。日军列队往前走了几步，又是一阵排枪。李开林按捺不住，喊了声“鬼子发现咱们了，还不开火啊”，便瞄准日军扣动了扳机。日军发现军情，立刻冲下公路，向北坡包抄而来。就在此刻，公路南侧的海军陆战队也开枪射击。身着黄色棉服的日军士兵并非想象中炸乱的马蜂窝，而是秩序井然，列队边射击边向两侧进攻。因为路南侧的枪声密集而又来自正规部队，日军的主力大部被吸引过去，只保留少量兵力向路北实施防御性进攻。

抗日志愿队和游击中队凭靠着居高临下的有利地形和突兀岩石的屏障，洋枪、火铳交错发射，奈何距离太远，又没经过实战训练，终没能杀伤敌人。正当紧张兴奋之时，只听一个志愿队战士着急地喊着“对面陆战队撤退了”。

果然，国民党海军陆战队没有按照既定作战方案歼灭敌军力量，而是跟日军短暂接触之后便迅速向后方的山林中撤退。南侧的日军并不追赶，集结全部兵力往路北猛扑，眨眼间击中了两名志愿队员。眼看形势万分危急，县抗日志愿队队长黎贵仪急令撤退。

李开林和岳子文躲在同一块大青石后，全神贯注地瞄准日军，几乎同时开枪。眼见一名日本兵应声倒地，李开林立时高兴得手舞足蹈，枪都扔地上了：“我撂倒了一个！队长，我撂倒了一个！”

旁边的岳子文高声纠正：“是我撂倒的。你那枪打飞了！”

李开林黑着脸大叫：“胡说！我打的嘛！不信我再撂倒一个给你看看！”

张成祥不听他们辩论，敞开嘶哑的喉咙喊道：“撤退！赶紧撤退！”

岳子文一愣，发现情形不对，说声“开林快撤”，收起枪就跑。李开林却自顾趴下身子瞄准：“明明是我撂倒的好吧？不信，我再撂倒一个，让你们好好看看！”

梁春竑跑了两步，发现李开林依然在原处瞄准射击，赶忙弓身跳回去，拽着他的胳膊就走。李开林摸不着头脑，一边跟着跑一边嚷嚷：“才刚找着门道儿呢，怎么就撤退啦？”

张成祥他们转过山坡后跟县抗日志愿队分开，沿着山脊撤往西北，穿山绕岭十多里路，迂回到云崖崮下的松树林中。李开林根本没意识到他的唐突毁掉了整个伏击战，反而依然情绪激动地跟岳子文争执到底是谁打死了那个日本兵。

梁春竑满脸怒色地瞪着李开林：“两人各打死了一半！李开林，你知不知道今天犯下了天大的错误？”

李开林愣住了：“我犯了天大的错误？国民党的海军陆战队逃跑了，我没逃跑的。再说，咱这边还就我打死了一个日本鬼子呢。我怎么就犯了天大的错误？”

看着李开林无辜的表情，张成祥点上烟袋锅，吸得烟袋杆儿里嗤嗤作响：“今天的战斗，值得表扬的有一件：咱们头回作战，队员们没有伤亡，还打死了一个日本兵，可喜可贺。要说教训，这可就大了。李开林，战斗之前要不是梁队长把你摁下去，你那脑瓜子还不开了瓢？后来队伍撤退，你却打上了瘾。若日军冲到跟前，你还能有命吗？最严重的是：谁下命令让你先开枪的？”

“日本鬼子都发现咱们了，志愿队为什么不下令开枪？”

“那是日本人使用的是打草惊蛇之计好不好？你一开枪，咱们的队伍暴露了，原定的打埋伏也泡了汤。你知道造成的损失有多大？”

李开林使劲儿想想，终于转过弯：“就算前边是我错了，可后来日本鬼子离咱那么近，正好一枪一个撂倒他们。咱们为什么要撤退？国民党兵怕死不敢出击，我不怕！”

张成祥气得整个脸都在抖动：“梁队长，你跟这个浑小子说。”

梁春竑黑着脸：“你还有理了是不是？那日本鬼子是个草靶子，单等你来收拾？再晚走一步就被他们包了饺子知不知道？命都没了，往后怎么打鬼子？你还跟岳子文争功劳。若不是你打乱了伏击战，咱们跟国民党的海军陆战队会打死多少日本兵？战前一再说，一切行动要听指挥。你怎么听指挥的？说什么海军陆战队怕死、不敢出击。他们怎么出击？如果咱们的枪支弹药和作战能力比日本人厉害，咱还要打伏击吗？”

“就我打死了一个日本鬼子，我就是那得胜将军、战斗英雄，理应赢得所有人的赞扬和崇敬，怎么还不如认㞞逃跑的国民党军？”李开林憋屈得掉了泪，“说了半天，连国民党海军陆战队的逃跑都没错，全都是我的错！”

梁春竑声音低沉却极其严厉：“没错，全都是你的错。想不通不要紧，慢慢想，我帮你想。”

刘洪收感觉气氛剑拔弩张，便调和道：“梁队长，不管怎么说，李开林好歹打死了半个日本兵，也算立功了。那国民党兵临阵脱逃，做了缩头乌龟，罪过也不小。队长，我怎么觉着县里抗日志愿队也是乱放枪呢？”

张成祥怕李开林难以承受严厉的训斥，便借机缓和气氛：“刘洪收说县里的抗日志愿队也是乱放枪，这话不算假。我来跟大伙儿说说这个抗日志愿队。他们刚组成队伍的时候叫泰沂抗日游击第一中队，队员大都是富家子弟。后来一看中队不是专门为大户人家看宅护院，那些富人就连枪带人往回撤。党组织努力做工作，留枪放人，然后又发动有志抗日的青年参加队伍，并改名为抗日志愿队。这支队伍不仅有很多学生蛋子，那些队员跟咱们一样，都是新手，只不过比咱们早组建两个月罢了。他们今天也是头一回上战场呢。”

闻听此言，所有队员大吃一惊。原以为这抗日志愿队是正儿八经的部队，还把他们当成了依靠，哪料跟我们席上滚了地上、半斤八两的事儿！

梁春竑揣摩到队员们的心思，便迅速调整着情绪：“都感到后怕是吗？其实今天这一仗咱们打得很好。论武器咱跟敌人没法比，论队伍咱跟正规军没法比，可咱们照样取得了胜利。”

刘洪收质疑道：“可咱们刚接上火就撤退了，志愿队那边还死人了呢。这能算是胜利？”

梁春竑冷静地望着刘洪收：“不是算不算，就是胜利。在敌人力量过于强大的情况下，咱不能做无谓的牺牲，果断退出战场，这叫撤退，也叫保存实力。虽说志愿队那边可能阵亡了两名兄弟，咱们不也打死了他们一个日本兵吗？那海军陆战队说不定也打死日本兵了呢。咱们只要能打掉日本人的嚣张气焰，就是了不起的胜利。”

刚刚起步的队伍需要的是坚强和磨砺，这群二十岁上下的年轻人更需要信心和决心。看到大家的情绪高涨起来，梁春竑继续鼓劲儿道：“知道咱们为什么叫游击中队了吧？游击就是流动着打击敌人，打得过就打，打不过就在达到目的后迅速转移。在敌强我弱的形势下，千万要保护好自己，不要伤了人、丢了枪。咱们才摸了两三回洋枪就真刀实枪地跟日本人干仗，还在主力队伍突然撤出战场的情况下人枪都能完好地转移，了不起的胜利呢。李开林，刚才我批评了你的过错，但是也要为你请功。初试牛刀就干掉一个日本鬼子，神枪手的材料呢。将来咱们都有你跟岳子文这样的枪法，咱们的游击中队还不成了神枪游击中队？咱们再请张队长说几句。”

真不愧为当先生的。肚子里有墨水，脑子活泛，见识开阔，看问题比自己准、比自己透，动员起队员来比自己会用词、有办法。张成祥发觉他发展这位看似文质彬彬的教书先生入党真是选对了人，云崖区抗日游击中队的将来也离不开这位年轻先生。

张成祥很满意地装着烟袋锅：“梁队长讲得太对了。咱们就都要有李开林跟岳子文这样的枪法，咱们的游击中队就要成为神枪游击中队。李开林、岳子文，过后咱们一定要给你俩请功。另外说件事儿，今天咱们上了战场，虽然走得隐蔽，怕是也有人认出咱们了。大家也不用怕，不承认、不反对，继续宣传抗日，宣传共产党和八路军的政策。天已过午，又是小年，咱们藏好武器，赶早回家过年吧。武善志，你先上崮看看四周情况。”

武善志小心攀上崮顶，靠在一块巨石后巡视着四周，却惊异地发现山下公路边上居然停靠着日军的车辆。再探身近察，百米开外的荒草坡上，十几个日军士兵刚好摸进他们所在的这片松树林，而东边墨绿的松树枝丫间也晃动着包抄而来的日军的队伍。张成祥正巧赶到身后，顺着武善志手指的方向一打量，顿时出了一身冷汗。

云崖崮北拥蜿蜒流过的小河，东接天台岭方向的山脉，西南方向是一段相对平缓的山峦，南边是坐落在崮前怀抱的村庄。往东直奔天台岭时间已经来不及，也不能把灾难引到南边村庄，张成祥当即命令梁春竑带领队员们向西南方向撤退，穿过松林进入前边的高山。他跟已经攀上崮顶上的三位队员疾速跑到崮南端，像壁虎一样紧贴着陡如刀削的石壁，抓着石缝和石缝里的灌木丛，倒退着下到地面。

梁春竑他们接应着张成祥几个人，奔向松树林的时候差点儿跟正好爬到崮下山顶的日军撞个正着。日军猛然发觉后正要迎战，却发现游击队员径直冲入树林，便紧随其后追着放枪。追击到距离林子不足百米处，遥望林茂草密，又听松涛轻响，寻不见队员影踪。日军停下来，“哇哇”叫着对着林中乱射一通，慢慢后撤。东边上来的日军已经围住云崖崮，枪口对准崮顶，身体像扎着根的树。几个日军排成一溜，从北侧壁间小道，抱枪侦探着往崮上攀爬。挨过好长时间攀缘到崮顶，却发现上面空无一人，搜遍角角落落没找到任何需要的东西。指挥官颧骨鼓胀，脸色红紫，狠狠地挥手命令队伍下山。

张成祥他们摆脱日军后，一路穿林越涧，复又折向东南，隐蔽、绕行十多里地返回到天台岭战场附近时，天已傍近黄昏。队员们又累又乏，肚子饿得难受，两位队员的鞋底儿也磨掉了。

云崖崮不再是安全的地方。往后他们在哪里集结？最紧要的是这些枪支弹药又该存放在哪里？张成祥使劲儿嘬着空烟杆儿，不时拿眼盯着梁春竑。梁春竑分析说，有时候越不隐蔽的地方越安全，不如暂且将枪支弹药隐藏在学堂厦屋柴草房里。至于下一步游击中队在什么地方集结、在何处存放枪支，容日后斟酌再定。队员们都信服梁春竑考虑事情周密，做事稳妥，张成祥也觉得除了这个方案暂无他选。队员们忍着饥渴，直到天完全黑下来，分头掩护着越过公路回到盘龙村，从村后慢慢集合到学堂。

第七章

梁春竑在家门口停下来。他一边思考着如何应对家人的盘问，一边仔细整理着仪容。弹落衣服上的尘土草屑，抚平凌乱的头发，抓着衣角擦净脸。直到每个地方都放心满意，又做了两个深呼吸，他才故作自若地进了院子。

昏黄的油灯光线里，梁大爷靠着菜橱闷声坐着抽烟，梁大娘皱紧着眉头坐在对面愣神，媳妇儿挨着婆婆木木地揽着孩子。竑生正吃着糖瓜，看见梁春竑进来，张开胳膊喊着爹。

梁春竑抱起竑生亲了两口，却发现三个大人全都缄口不语，只是似怒似愁地端详着自己。梁春竑自责地笑笑，摸了把摇着尾巴往身上蹭的黑子的头："说好的吃过午饭就回来，没想到忙活了两天。"

梁大娘站到跟前，心疼而又恨怒地看着梁春竑的眼睛："你跟娘说，你们这两天到底做什么去了？"

梁春竑不怎么敢对接梁大娘的眼神，把孩子递给媳妇儿，在水盆里洗着手："昨天走的时候不是跟你说了嘛，跟武善彧出去办事了。"

"胡说！都小年了，谁不赶着回家辞灶？你跟武善彧去帮忙，那李开林、武善志、岳子文也都齐刷刷地出去给人帮忙了。咋就这么巧？"

"娘，我都这么大的人了，甭像小孩子一样老挂着。"

"你说得是呢！都老大不小的人，还当教书先生，做事儿能不能靠点儿谱？你们不在家的这一两天里，咱们村子里发生了多少事……”

梁大爷却意外的平静。他磕磕烟袋锅，打断老伴儿说：“好啦，好啦。说好的先吃饭。”

见媳妇儿目不转睛地望着自己，神色里漫卷着担忧、询问、埋怨、责备，梁春竑对她安慰地笑笑，张开胳膊把孩子抱在腿上：“来，把竑生给我。你们先吃饭。”

梁大爷冷冷地板起脸：“把竑生给你娘。还是你先吃吧。”

“我不饿。你们先吃。”

“你不饿？一天多不吃饭，谅你们是铁打的吗？”

梁春竑心中“咯噔”一紧：老爹肯定掌握了他们行动的蛛丝马迹。但是，他现在最需要的还是镇定。梁春竑把竑生送还给媳妇儿，先“咕咚咕咚”喝了满满两碗水，才摸起一个辞过灶的糖火烧。一天没吃饭了，如今望着桌上的火烧，胃口如同因饥饿而疯狂的狮子。可他不能表现出来，为了不被撑出毛病也不可以这样做。梁春竑强压住肠胃的翻腾，在两颊轻微的颤抖中细嚼慢咽着。

梁大娘从温在炉灶上的锅里盛了满碗的稀饭，捧着递给儿子：“对了。就这么小口吃、小口咽。”

梁春竑才接过碗，武善志“呜呜”地哭着闯进来：“春竑哥，俺哥给日本鬼子抓走了啊！”

像被子弹击中，梁春竑手里的碗“啪”地摔落到地上，稀饭洒了一地。他猛地站起身，紧紧抓住武善志的肩头，身体禁不住猛烈地抖动。

两人的所有神情变化都被梁大爷细细捕捉在眼中。他似乎不经意地动动身子，又盯着梁春竑和武善志：“你们去天台岭跟日本人干仗啦？”

两人静静地迎住老爹的目光，稍后又慢慢移开，无言以对。

梁大爷已经洞悉了一切。他对着老伴抬抬下颌：“给他俩盛饭。”

这两个孩子去了天台岭！还有李开林他们也都去了天台岭！这群不知死活的王八羔子居然去跟日本人打仗了！梁大娘目瞪口呆。

梁大爷催促道：“叫你盛饭呢，愣什么神儿！”

梁大娘仿佛被震掉了魂儿，机械地盛好饭放到桌子上，捡起地上的碗愣在那里。梁春竑和武善志则像两根埋在地上的木头，纹丝不动。

梁大爷威严地咳嗽一声：“肚里没东西，凭你多壮实也要垮的。先吃饭再说。”

梁春竑他们不知道，在他跟张成祥带领抗日游击中队伏击日军、撤退转移的一天里，盘龙村发生了塌天的大事。

吃过早饭，武善升觉着没啥事儿可干，太阳又好，要去山坡上放羊。武大爷对他说：“今天是小年，善志又不知到哪儿疯去了，你就在家里帮着扫扫屋子，拾掇拾掇院子。”武善升说家里这点儿活不禁干，晌午回来不耽误事，就撵着羊到了路边的山坡上。看看四周没人可以搭话，也实在没事可干，武善升便躺倒在软草上晒太阳。一袋烟的工夫，坡下公路对面的沟谷里传来稚嫩的一声“都半天了你还没吃饱啊”。武善升精神一振，赶忙翻身坐起，撵着羊穿过公路。果然，沟谷里是小五和他的黄牛犊子。小五是花篮的弟弟，今年只有十三岁，因为还没到窜个子的时候，就是个童稚未脱的半大孩子。这头红黄色的牛犊不仅是家里最值钱的物件，也是小五最知心的朋友。只要有空，他就牵着牛出来遛腿儿撒欢。

武善升与大人交流就木讷迟钝，寡言少语，跟小五却很说得来。一来武善升绵敦性子，从不吓唬孩子，谁见了都不感到畏惧。二来小五也天生憨乎乎的，多少有着武善升的影子。所以，武善升脑子里储存的所有故事传说在小五看来都是那么新奇有趣，武善升与小五交流起来就充满了自信和快活。天长日久，这一大一小居然成了好哥们儿，恰如梁春竑跟武善志的友情一般。

两人边聊边跟着牛羊往东走。眼看离天台岭越来越近，小五突然转身指着公路问道：“善升哥，你看那是什么？”

公路上尘土飞扬，两辆大车在路上飞跑，前边一辆摩托车却不认得。武善升有些恐惧：“咱不认识呢，别是当兵的队伍吧。快，躲到沟底里观望观望。”

两人将牛羊赶到沟底，探身扒在沟沿上，纳闷儿地瞅着队伍上了天台岭。不一会儿，密集的枪声响起来。武善升赶忙说：“这是什么行行子？打起仗来了吗？小五，咱快找个地方躲躲。”

小五却饶有兴致：“别啊。咱去看看这当兵的怎么打仗、谁跟谁打仗。”

武善升反对说：“看什么都行，千万别看打仗的。听说那子弹都长着眼睛，老远就能打死人。万一再放炮，人都能被炸上天呢。”

小五不死心：“哥，咱这儿离他们远着呢。”

武善升摇摇头：“听说那子弹能飞好几里地，炮弹飞得更远。你说咱这儿离他们远还是近？”

小五害怕了，要赶紧回家。武善升说回家得过公路，就怕让当兵的发现给抓去了，还是先找个地方躲避会儿子。哥儿俩于是赶着牛羊沿沟谷折身往西走，直到一处隐蔽的土崖下。感觉四周安全稳妥，两人竟然不再关心那枪声，晒着太阳说起了家常故事。

"小五，你打算长大了找个什么样的媳妇？"

"俺听俺娘的。"

"找媳妇是跟自己过日子的，可不能都听娘的。"

"过日子有什么难的，会做饭、做衣裳不就行了吗？"

武善升开心地笑起来："小五，找个媳妇还得会生娃呢。"

小吴揉着鼻子："哪个媳妇不会生娃？"

"小五，你不懂。"

"你懂，那你说说看。"

武善升便哈哈大笑，直到笑出眼泪："不用我说，等你那小鸡鸡长大了，你就什么都懂啦。"

小五便红了脸，忸怩地犟嘴道："我才不让它长大！越长越难看，丑死啦！"便缠着武善升讲祖先们流传下来的神仙鬼怪的故事。

两人呱呱叽叽地聊了两顿饭的工夫，武善升忽然意识到枪声好像消失了。小五跑到坡上观望一阵，漫山遍野没个人影，非要去天台岭上望望怎么回事。

两人放心地赶着牛羊出了土崖，越过沟坡，来到了公路边。武善升正劝说小五别去岭上沾惹晦气，那边又传来了尖利的枪声。两人正在犹疑，车队"突突突"地开过来。武善升见是那些当兵的车队又回来了，抓住小五回头就跑。小五舍不得小牛犊，被武善升劈手夺过手中的绳子扔掉。恰如猎物的跑动让喜欢嗜血的捕食者发现了追逐的目标，找不到报复对手的日军立刻停车，跳下来奔着脚不沾地的两人追上去。

哥儿俩刚跑到前边土崖上，背后的日本兵突然说开了中国话："站住，再跑就没命了！"

武善升和小五权当没听见，纵身一跃跳到了沟底，爬起来藏到了土崖底下。很快，头顶崖上"砰砰"两声枪响，眼前的平地上被炸出两个窝窝。随即沟上有人高喊着"赶紧出来"。

"哥，怎么办啊？"

"小五，咱不能等死。快，跟我走，咱往天台岭上跑。"

武善升拉着小五，沿着沟底往东直奔天台岭方向。没跑出几步，被围追堵截的日军逮个正着。

武善升知道逃脱不过，立马哭出声来：“小五，看来咱回不去了。”

小五本来只顾慌张，武善升这一哭反而把他吓蒙了：“哥，咱得想办法呀。俺爷爷和俺娘还等着俺过小年呢。”

日军拿枪托撵着他俩爬上坡来。已经有日军士兵拿来绳索，反捆住两人的胳膊，连同捉住的牛羊都扔到车上。

小五看见自己的牛犊被打死了，忍不住哇哇大哭：“哥，俺的小牛被打死啦！”

武善升涕泪横流：“都什么时候了，你还挂牵牛犊啊。”

小五从牛羊尸体堆里挣扎着探起身：“哥，你快想个办法呀。”

武善升放开粗壮的喉咙大哭：“你说能有什么办法呀！小五，哥害怕，也想回家啊！”

日本兵嫌两人哭喊烦，嘴里哇哇叫着，拿枪托狠狠地揍了两人一顿。

武善升和小五并不知道他们遭遇的是日军的先头侦探部队。这支日军队伍一月之内两次从泰安方向占领云蒙城。为了探察公路通向和路面状况，先后向西南和东南方向前进，与遭遇的地方军民作战中，杀死不少中国人，他们自己却没有遭受任何损失。不承想今天在天台岭被打了伏击，两个士兵阵亡。指挥官暴跳如雷，旋即对天台岭下的槐花峪村实施“屠城”。槐花峪村只有十几户人家，家家户户紧挨公路而居。当岭上枪声四起的时候，老人们忙不迭地招呼全村人快速逃往山里，连黄牛、骡子也一并牵走。日军没能如愿，便放火焚烧房屋。一时间狼烟四起，火光冲天，房前屋后的树木都被烤焦，原本静谧温馨的村庄变成了一片废墟。

日军决定停止前进，集合队伍，返回云蒙方向。当车队经过天台岭时，他们再次对着两边山头一阵扫射，发泄恨怒。意想不到的是，刚转下天台岭，他们跟武善升和小五迎面而遇，而武善升和小五的转身狂奔催涨了他们还未平息的疯狂作恶的邪念。

车队行进到距离盘龙村十多里地的枰柳庄村西，日军指挥官抓过望远镜再次细细地打量云崖崮方向，意外从一处略微开阔的树缝间隙搜寻到了抱枪围坐的游击队员。日军指挥官观察着地形，立刻命令队伍兵分两路，隐蔽迂回着分头向云崖崮包抄。奈何功亏一篑，眼瞅着游击队员从就要合围的铁网里突围了。

梁春竑和武善志胡乱吃点饭，随着梁大爷去了小五家。此刻，小五的家里，烟雾缭绕中是一张张焦灼愁苦的脸。

小五被日本兵抓走，下落不明，生死未卜，又还是个孩子，小五的娘几次悲痛得背过气去。小五的爷爷躺在床上抓心挠肺，大半天憋出一两声“哎哟”。花篮里里外外从不知愁，如今遇到这种大事，除了陪着娘流眼泪，也想不出别的办法。庄长李怀安和几位邻居挤在屋里，安慰小五的亲人，商量着怎么打探日本鬼子的消息、找回武善升和小五。本来就狭小窄巴的屋子塞得满满当当。

庄长李怀安年纪比梁大爷小了几岁，满脸皱纹并不比梁大爷少多少。他从乡邻的叙说和年轻人的诡秘言行中约略猜测到了端倪，对身为教书先生的梁春竑居然聚拢后生们跟着不着调的张成祥流窜折腾极为不满。可梁春竑毕竟是读书人，梁大爷又是德高望重的老大哥，他不能由着性子横斜里训斥。李怀安不满地旁敲侧击说：“老早听说日本人要打过来，谁知道转身的工夫就在咱们家门口开了仗。听说那咋咋呼呼的志愿队根本就是银样镴枪头，见势不妙便尥蹶子跑了。打不过人家还上赶着找碴，这不是扛着杆子戳马蜂窝吗？你撅起屁股走人，凭什么拐带着别人遭难？槐花峪村烧得一间房屋没给剩下，好好的善升和小五被日本人抓走了。是人的话，他们的心窝子也该动弹动弹呢！”

李怀安不解气，接着说：“有人看见志愿队分开两队跑，有一队领头的好像是张成祥。传闻这个张成祥是共产党，还真不假呢。你说你张成祥要起事就到外面去，何苦跑到家门口来闹腾？先引着贼人抢掠本家叔叔，今儿又把两个老实巴交的孩子给裹挟出去，真是个祸害人的丧门星呢。”

梁大爷借着暗弱的灯光瞧见几个年轻人要发作，赶忙咳嗽一声，对李怀安说：“大兄弟，这些话留待以后再说。还是想办法弄清楚两个孩子到底在哪里，咱们好找人把他俩给赎回来。钱不凑手，我那里还有大小四头牛呢。”

李怀安顿了顿说：“日本兵半个月前就占领了云蒙县城，这群王八羔子指定是从那边开过来的。他们今日还爬了云崖崮，也不知道追什么队伍。我估摸他们抓了善升和小五去，要么要他俩领着找队伍，要么给他们出夫。这哥儿俩顶多受些惊吓罢了。梁大哥说得对，先弄准他俩在哪儿，咱们去把他们赎回来。”

没有这次伏击战，可能就没有武善升和小五的被抓。可日本人不侵略到家门口，咱们又怎么会打伏击？武善升和小五果真只受些惊吓倒没什么，若被杀害了呢？万一带着日本人回来找人呢？梁春竑请求李怀安道：“大叔，我跟善志他们沿着公路去看看，兴许能从路边人家问到些消息。”

武善志闻言就要动身，花篮“唰”地跟到后面也要去。

梁大爷连忙急声喝住：“都给我回来！黑灯瞎火的怎么找？日本人在路上等着的话，你们这不是自己上赶着往虎口里送吗？春竑，你是先生，能不能考虑个周全妥当的办法？”

梁春竑心里比屋里人更难受，也比屋里任何人都麻乱：“我还是跟善志到枰柳庄武善彧那边打听打听吧。云崖崮就在他们村边上，或许他们知道日本人往哪个方向去了。你们放心，我跟善志会万般小心的。”

李怀安说也只好这样试试，梁大爷不再表示反对，梁春竑和武善志便一人拿把镰刀做防身用，准备出村。就在这时，斜靠在床上的小五的娘猛然坐起身来，手忙脚乱地在床前找鞋子：“快，快，小五回来了！”

屋子里的人齐刷刷地站起身侧耳细听，可暗夜中的村外除了寂静还是寂静。武大娘担心小五的娘因为思念儿子心切出了毛病，急忙上前扶住她。小五的娘却变得异常固执。她撕掳开武大娘的手和花篮的胳膊，挺身冲出门去。

果然，远远的村边传来惊恐不安的轻声呼唤：“娘！娘！”

小五的娘强按怦怦乱跳的胸口，颤抖着喉咙：“小五吗？啊，是小五吗？”

那边惊恐的呼唤立刻化成万般委屈：“娘！是我啊！”

小五的娘已顾不得安危，扯开了嗓子。可刚喊了声“小五，娘在这里”，只觉一股巨浪直冲颅顶，整个人瘫倒在地上。

梁大爷他们接住浑身战栗着的小五，却没见武善升。梁大爷疑惑地问道：“小五，你自己？”

小五撇着嘴幽怨地“嗯”了一声，便又敞开喉咙大哭。

武善志一把抱起小五，跌跌撞撞地跑回屋里。花篮拿过灯来一照，发现他衣服破烂，手上脸上都是血，一只鞋子被扎得七疮八孔，另一只脚上没有鞋子，脚底板已血肉模糊。花篮的眼泪便“哗”地流出来。小五的娘一苏醒过来便呼天抢地地往家狂跑，进屋将儿子抢到怀里，号啕大哭。

李怀安担心小五后面会跟着尾巴，便招呼李开林和岳子文各自抓起斧头、木棍，重又冲入了黑夜。

原来，狂傲的日军合围云崖崮却眼睁睁地看着游击队脱身，集合兵力冲进南面的村庄后亦无所获。折腾到日落西山，指挥官恼羞成怒，率队返回。行至沿河陡坡处，突然指令把押解为人质的武善升和小五拖到跟前。

白天在天台岭下被日军踢倒在地按住捆绑的时候，小五恐惧中始终没有停止挣扎，双手用力往相反的方向撑住，两手之间得以留出了些许活动的空间。如今除了肩膀酸麻，手腕处并没有多少疼痛。武善升当时完全失去了神志，只管哭喊着娘亲，木木地任由两个日本兵捆绑得结结实实。由于绳索又细又紧，深深地勒进了肌肉，肩肘关节已经脱臼，淤血和肌肉拉伤带来的疼痛又增加了武善升的惊恐。从中午到现在，两人滴水未饮，粒米未进，眼泪已经流干，力气已经耗尽，就是散了架的木头，任由日本兵脚踢枪砸着机械地往前迈步。实际上，由于绳索的捆绑阻碍了血流，武善升的胳膊早已经变成黑色，魁梧的身体柔软到弱不禁风，只是偶尔颤巍巍地喊出一声“娘啊”。

临河的悬崖平台边缘处挺立着几株针叶松，仅有两三米宽的崖坡上铺满了酷似瀑布的头发一样密集和光滑的软草，崖端就像铺展的房檐罩着下面十多米深处的河床。崖底平缓的河床上是被冷凝成一体的杂草、淤泥和薄冰。

日军指挥官居中，士兵排列两侧，整队人面向悬崖围成了大半个圆圈。两个日本兵持枪把武善升推到针叶松前，取出绳子将他绑到树上。一直处于昏沉木然状态的武善升突然意识到死亡逼近，恐怖地扫视着周围如野兽般狞笑的日军，再一次泪如泉涌，撕心裂肺地哭喊着“娘”。武善升绝望的恸哭刺激了日军的兴奋神经，让他们的狞笑化成了疯狂的号叫。指挥官阴森地一吼，两名日军端枪走上前去，拿刺刀在武善升的脸上、胸前来回比画，不时扎入他的肩膀和大腿。两个日军要尽了花样后突然发力，就像对着草靶子，朝着武善升的胸膛和腹部一阵猛刺。武善升没有了声息，血水沿着裤脚流淌而下，连同破碎的五脏六腑在脚下汇成一摊。

日军又拿枪托把小五推到另一株松树前。小五突然停止了尖叫，停止了流泪。他在求生的强烈欲望下拼命挣扎，即使是微弱的挣扎。两名日军没有像对待武善升那样把他绑到松树上，而是像逗弄一只惊恐却又无处可逃的小鹿，端着刺刀在他身体的上下左右一次次地虚晃扎下。小五本能地扭动着幼小的身体，在极度惊惧中来回躲闪着，反被缚住的胳膊一次次将划过来的刺刀推开，喉腔中一次次发出惊悸的哀鸣。一圈变了形的魔鬼在狂笑，有些魔鬼竟然捶胸顿足地笑弯了腰。两名日军似乎得到了奖赏，使用更加危险的套路在这无辜无助的孩子身上取乐。在多次将刺刀推搡开后，小五突然发觉捆绑他的绳索断开了，只不过自己仍然在无意识地保持着被缚的原有状态。只在一瞬间，爆炸般的一声狂吼从小五的胸口喷出，因麻木疼痛而几乎失去知觉的双臂也突然在空中奋力一挥。正期望得到更加刺激的魔鬼们一怔，慌忙将刺刀捅出去。然而，几乎与挥臂高喊同步，小五已转身跳下崖坡，三两个翻滚后重重地摔落在十多米下的冰滩上。

骤然失去了目标，两名日军呆若木鸡，所有魔鬼的狂笑戛然而止。随即，密集的子弹射向崖下。

重重摔落的身体砸在挂着冰凌的蒲草上，进而将被冰层覆盖的淤泥砸出个大坑，小五在刹那间也失去了知觉。但紧随其后的密集的枪声又把他从缥缈的虚空中唤回到可怕的现实，生命的渴求和极度的恐惧使他绵软的双腿变得强壮有力，酸痛的胳膊竟也能够自如地辅助两脚前行。在本能的意识之中，他沿着河岸、山脚一路向东狂奔，向着家的方向、亲人所在的方向狂奔。小五从没想到乱石遍布的河滩和荆棘丛生的沟谷竟然是这么平坦，也从没想到能够脚步如飞一般一气穿过好几里地的荆棘小路。

小五从河滩逃入荆棘小路的时候，身后崖底方向又一次传来两声枪响。他只知道日本人在身后追他，却并不知道日本人是在气急败坏地自我发泄。日军簇拥着追到崖下，没找到小五的尸体，也没寻见小五的踪影。不可一世的指挥官顿时暴怒，挥掌对着刚刚给他逗乐的两个士兵左右开弓，犹感不能消除胸中的怒火，又对着两人连发两弹。子弹从耳边飞过，两个日本兵几乎惊魂出窍。

等小五和他家人的情绪略微平息，武善升的娘靠过去，屈身蹲下问道："小五，你哥呢？"

说到武善升，才刚安静下来的小五突然放声大哭，抽噎着说："俺哥，俺哥让人杀了！"

听了小五说的话，武大娘顿时面无血色。她已经揣测到武善升到底遭遇了什么。可当等来小五的肯定回答，她终于绝望地坍塌了。

武善志石头一样呆呆地立着。哥哥走了，憨厚到不声不响的牛一样的哥哥就这么走了。从此以后，无论早晚，无论哪个季节，这个曾经默默生活在身边的哥哥再也不会出现在家中、再也不会慈爱地望着自己笑了。从此以后，这个哥哥再也不会偶尔陪着父亲喝两盅烧酒、再也不会伸着脖子让儿子扭鼻尖儿了。

"哥哥分明就在眼前，我怎么就再也触摸不到他了呢？"眼泪在武善志的脸上流成两条水线。

第八章

日军从云蒙到泰沂的道路侦探以及在天台岭发生战斗的信息飞快地把沿路村民的忧虑变成恐慌，这种恐慌又像巨石坠落湖面掀起的波纹，层层扩散蔓延。而当槐花峪村滚滚浓烟上升到空中，当云崖崮下惨绝人寰的杀戮情形随风传播出去，人们越发跟行走在满是冰窟的湖面上或是巨石悬空的逼仄通道里一样，无时不战战兢兢了。

武家每年的辞灶仪式都很讲究，全家人要集体叩头行礼，然后围桌分享糖瓜、甜火烧，还要吃顿团圆水饺。今年的气氛非同寻常，武毓庆还是做了精心准备。可日军的出现终究打乱了他的安排。

头晌日军从村边经过的时候，武毓庆心里顿时七上八下。过晌后，日军又在他的村子西边停驻包围云崖崮，武毓庆顿感大难临头。荣华富贵不过是过眼云烟，安分守己的平民百姓不愁粗茶淡饭，就怕乱世峥嵘。感慨命运多舛的同时，他也暗暗懊悔过于疏忽大意：没有组织起自卫团不说，几处坍塌的土石围子竟也还没有修补，怎么可能抵挡住洋人洋枪的攻击？他让武善彧和几个族里的年轻人轮流探测回报消息，他则招呼家人和村民将值钱的东西能藏的藏、能带的带，悄悄奔上东南面的山里躲避。直到下晌日军西去，心里的石头才稍稍落地。但是，武善彧、支天辅和十几个年轻人几乎目睹了日军的疯狂残暴，也短距离跟踪了日军驱车返回的情形，整个枰柳庄村的小年夜几乎没人能够入睡。

晚饭桌上，武善彧试探着察看老爷子的脸色："爹，日本人在云崖崮下杀了两个人，上午还把槐花峪村烧了个片甲不留呢。”

武毓庆只是“嗯”了一声，阴沉着脸低头吃饭。

武善彧又说：“听说在天台岭上，国军队伍跟日本人一接上火就跑了，共产党的抗日游击志愿队顶不住，也就跑了。”

武毓庆又“嗯”了一声，依然没有什么表情。

武善彧不好再说什么，便也端着碗闷头吃饭。

沉闷了一会儿，武毓庆突然问道：“有人看见云崖崮上的队伍里面，带队的那个人好像是张成祥？”

今天张成祥他们刚上云崖崮，派出侦探消息的人就回报武善彧说，领头的正是张家庄的那个货郎，还有个应该是盘龙村的梁先生。而在这之前，有队伍在天台岭上跟日本人干了仗。武善彧顿悟：梁春竑他们毫无疑问也参加了今天的战斗。可他们为什么要跑到这么远的云崖崮呢？单纯为了躲避日军，还是这边本就是他们的营地？他们组成抗日游击中队，哪里提供的枪支弹药？就凭靠从张百万家弄到手的那几杆火铳土炮？太多的疑问敦促武善彧，必须要梁春竑给他个真实准确的答复。武善彧悄悄研读过一些书籍和手抄报，共产主义的理想和共产党人立场坚定地与外来侵略者做斗争的意志十分合乎自己的志向，共产党人为了理想而不惜付出鲜血和生命的壮举总让他心潮澎湃。目前他之所以不愿意加入，非止老父亲和周公潇的影响，实在是他没有真正接触过共产党、没有接触过让自己深为折服的共产党人物。他看不起张成祥，不相信张成祥和梁春竑能有什么建树；他又非常希望张成祥和梁春竑他们能够有所建树，能让自己接触到值得认同的共产党人，进而融入共产党领导的队伍。正是这种潜在的矛盾交织使他不敢与老父亲过多、过深地谈及梁春竑和张成祥，更不敢让父亲和周公潇了解他的这种心思。可是对父亲已然察觉到的事实，他也决不能刻意隐瞒。

武善彧点点头说:“嗯，我也听说是张成祥。”

“那么梁春竑也一定在里头？”

“这个我不知道。上次他来咱家之后，我们就再没见过面。”

武毓庆心事重重地叹口气：“张百万家被劫，指定跟张成祥脱不了干系。果真张成祥他们拉起了队伍，就说明共产党也在咱们这块地方生根发芽啦！”

武善彧试探着说：“全国要求抗日的人多着呢。张成祥不拉队伍，别人也会去拉。既然国民党不抵抗，共产党主张抗日，跟随共产党的人自然会越来越多。”

武毓庆颇含忧虑：“说得是啊。国民党错就错在这里了。不抵抗就失民心，你失民心，共产党就得民心。一反一正，悬殊可就大了去啦！”

“爹，由此说来，共产党兴许果真能够成就大事？”

“共产党成了大事对我们可是不利。好好的地给分了，财产给分了，房子也给分了。这都是哪朝王法、哪门子道理？”

“咱们国家历来不患寡而患不均。如果都有了田地，人人自食其力，或许是走向天下大同的起始。”

武毓庆见儿子与自己观点不同，说：“空谈妄议这些没甚用处，还是紧着为眼前做些打算。让支天辅弄清楚那日本人在云崖崮下杀的什么人，你明早去公潇表弟那边打探一下情况——算了，我还是自己去一趟吧。”

武氏家族远非周氏家族那样名声显赫，但在泰沂地界上却也名声在外。每逢动荡乱世，首当其冲的自然是他们这些所谓的富贵之家。武毓庆瞻前顾后地折腾了大半夜，天快亮时才短暂地迷糊了会儿。起床喝足了茶水，抽透了烟，正在绞尽脑汁却又不得条理的时候，西南云崖崮方向隐约传来青年男人震彻心肺的哭喊声。他心知是昨天下午被害的人家去收尸，不愿大早上沾染晦气，便安排武善彧过会儿派人探寻究竟。看看时辰已经合适，他心绪沉沉地跟老支去了梓河镇。

武善彧伺候父亲出门后便去了村口，不一会儿就看到了从云崖崮下悬崖平台上返回的梁春竑他们。庄长李怀安背着手走在前头，中间四个人抬着包裹着武善升尸体的蒲包草席，后面梁春竑和一个黑大个子架着个几乎要坍塌的白净脸子。等到了跟前，武善彧才看清楚那面目全非的白净脸子居然是武善志。

武善彧灼灼的目光几乎没离开梁春竑，梁春竑却始终淡淡地跟在队伍后边，甚至没正眼看他。武善彧知道今天很难从梁春竑那里询查到些什么，可搁不住疑问太重，又有跟武善志是同宗兄弟的关系，随后还是旋风似的去了盘龙村。等他返回到枰柳庄的时候，恰巧在村头碰上了从梓河镇返回的老爹。

大年根子底下，烽火已燃，武毓庆象征性地与周公潇简单寒暄，然后就昨日日军的活动、当地的形势、怎样看家护院等快速细致地交谈了一番，便返回了。听武善彧三两句话述说了从梁春竑那边得来的消息，武毓庆没作任何评论，而是叫大儿子武善斋同来说话。武善斋性格绵软，少有言语，只知道闷头干活。他完全不像武善彧，进过私塾，上过高小，本身又精明透脱，将来能够四面交往、八方应对。武毓庆很清楚，武氏家业的将来只能托付于小儿子。他今天要宣布他的决定。

武毓庆亲自关上门，然后正襟危坐："屋里只有咱们爷儿仨和你们老支大叔，都是一家人。我关起门来，是要说件大事。你们也知道，昨天日本人已经来过，咱这里的太平日子恐怕到头了。虽说是没有受不了的罪，可一介草民最怕的还是混沌乱世。咱们武家也算是十里八乡的高门大户，怎么才能守住这份家业、对得住列祖列宗？古人说得好，积谷防饥，未雨绸缪。我刚刚去了趟梓河镇，跟你们公潇表弟畅叙了当前时局。瞻前顾后，为了守家护院，也为了全庄老少安宁，非要组建保安团不可。善彧，你大哥生性柔弱，只能是庄稼地里的一把好手。这保安团的担子就要由你来挑了。"

武善彧心中暗喜，脸上却谦恭有余："只要父亲和大哥放心，我竭尽全力就是。"

武毓庆一锤定音："我和你大哥自然放心，你竭尽心力也是责无旁贷。老大，不是爹偏心，我是量能授器。我不仅要你兄弟组建自卫团，还要他从今儿开始跟我平担起照管家业的担子。你有什么话，提早跟我说吧。"

武善斋诺诺连声："我向来都听爹的安排。爹说怎么好就怎么好。"

武善彧怕大哥心下难过，赶忙说："哥，爹让我平担担子，咱们家业却是一体。即使有一天兄弟们各立门户，一应家产也都要对半劈分的。"

武毓庆甚为感动："好！我要的就是你这句话，你老支大叔也是在场的证人。俗话说家和万事兴，又说'兄弟同心，其利断金'。咱们本就是布衣草民，比不得那王侯将相，谈不上为了所谓国之重器而不惜兄弟阋墙。你们俩都记住今天各自所说的话。善彧，前些日子，我让你草拟保安团的人员名单，让你把话也都跟他们说到。这两天能把队伍拉起来吗？"

武善彧面露难色："名单拟好了，话也都说到了。只是……"

"只是什么？"

"爹呀，咱们就我一支短枪，三杆长枪，火铳也才只有七条，太单薄了。公潇表弟那里有三十多杆长枪呢。对了，爹，昨天日军来回都要经过梓河镇的。公潇表弟那边什么情况？"

武毓庆略一沉吟："日军经过梓河镇却对周边秋毫无犯。你公潇表弟闻听咱们这边的情况，深以为事关重大，特意嘱咐你经营好队伍。老支兄弟，这会儿你跟善斋替我待在屋里。不管来什么人或者有什么事情，你们只管自行安排，不要惊动我和善彧。善彧，你跟我来。"

出了堂屋正门，武毓庆又安排门外伺候的支天辅片刻不许离开东院花墙圆门、不许放任何人进入，然后带着武善彧直奔东南角的地窖。

武家大院东院的南墙底下有个两间屋子那么宽敞的地窖，除了用以存放坛酒，也放置些用不到的粮棉、家什，冬天存储些地瓜、蔬菜等杂物。武毓庆老到沉稳，口风严密，家里人谁也不能完全看得透他。随着年龄增长和眼界开阔，武善彧隐约感觉老爷子应该藏有硬货，一度曾经仔细留意辨察，包括那个地窖他也私自进去巡视过，却并没有发现期待的丝缕线索。如今武毓庆带他来这里，必定是要揭晓深藏不露的重大秘密。武善彧万分激动的同时也禁不住对父亲增添了几分敬畏。可眼前除了一堆筐篓农具就是码成垛的地瓜、南瓜，再没有什么异常之处。

武毓庆悠然地环顾四周，微露得意之色："虽说咱们不能跟老周家比，可也不比他们差多少。善彧，我在这个地窖里设计了一个机关，你仔细找找看。"

武善彧的确估摸不到机关何处，也不敢在老爷子面前卖弄聪明，故作斟酌后直奔码放在壁角的地瓜和南瓜垛子。刚弯腰挪动了两个南瓜，武毓庆摇头笑道："不在那里。别费劲儿了。"

武善彧走到地窖门口，抓起一截粗木棒，用心敲打着地窖的墙壁。武毓庆面含赞许："嗯，有那么点儿意思。可也不对。"

武善彧忽觉眼前一亮：秘密就在脚下！他扔掉木棒，抓过铁锹在地窖正中间小心刨动。

计谋可以安天下，身正才可立根本。儿子很聪明，但在迂回之术上稍显稚嫩，这反而合乎了武毓庆的心愿。他很有些欣慰地说："善彧啊，把铁锹给我。"

武善彧敏锐地感知到自己再一次失误，却也正好掩饰自己的老谋深算："爹，您说在哪儿，我来刨。"

武毓庆拽过铁锹，一副老当益壮的气势。他走到地窖入口处，在被踩得光滑锃亮的地面上用力刨下去。

地面坚硬，铁锹落下只刨起些许细碎的土块儿。武毓庆匡出大体方位，把铁锹递给武善彧，自己坐到旁边的高凳子上观望。

最是不介意处却是最令人意想不到处。对老爷子如此精妙的玄机，武善彧暗自感慨。他挖了足足三尺多深，终于触到了青石板。他小心用力地掀起石板，却挖到了两罐银钱和盛放着几件古董玩器的油漆木盒。

武善彧诧异地望着父亲："爹，您这是什么意思？"

武毓庆期待地看着儿子："这要看你的智慧。"

武善彧猛然醒悟。他脱去棉外套，抱开钱罐和木盒，又挖下去两尺，居然清理出长长的六块石条。移走石条，掀开黑油木板，这才看到一个油漆木箱。再打开木箱，终于看到用油布包裹着的一排溜长条。武善彧小心地打开一个，只觉血往上涌："爹，总共多少？"

武毓庆捻着下颌的胡须："这里是四五二十支。我的床底下还有三支。当年土匪无恶不作，可也能办事；官兵朽腐不堪，精明人却也可从中获益。不过，这二十三杆枪用去了你爹大半辈子的血汗哪。"

"爹，这些长枪还有谁知道？"

"现在只有你我知道。当初你娘还以为我藏的银钱呢。"

"爹，你怎么想到要把这么贵重的东西藏到地窖门口？"

武毓庆扬扬自得而又颇有谆谆教诲的意味："出其不意，乘其不备。也有句话叫作灯下黑，越是在明处就越是安全。你应该懂得这个道理。"

一个念头突然闯进了武善彧的脑中。前些日子张百万家被掠，支天辅曾经质疑张家厦房里的大坑为什么不是圆的而是方的。而梁春竑告诉他，他们只不过从张百万家起了八条土铳。十条、八条的土铳就能拉起游击中队？十条、八条的土铳也值当挖穴深埋？啊，原来玄机就在这里。支天辅的怀疑是对的，而梁春竑一定为了保守秘密而有意蒙混了他。

武毓庆发现儿子走神："善彧，你又想什么呢？"

武善彧回过神，又着实敬佩父亲的深藏不露："爹，有这些资本，儿子感觉腰杆儿硬挺，脚底下也踏实了。"

武毓庆"嗯"了一声，却耐人寻味地说："可玩枪跟耍钱一个道理，都是养老虎。养好了，它为你看家护院，养不好那老虎就要了人的命。善彧，爹宁可天下太平、宁可没有这只老虎。现在我把这些硬货交给你，你肩上的担子可就大了去了。从今往后，谋事谋人千万要三思而后行，来不得半点儿不慎啊。"

武善彧仔细品味着老爷子的话，自负地弓身答道："爹，儿子记下了。"

武毓庆似乎终于了却了桩心事："善彧，接下来保安团的事情你先拿个主意。"

武善彧从没放下梁春竑对他的鼓动。他暂时按捺住兴奋，问询道："爹，咱们的队伍就叫‘枰柳庄抗日自卫团’吧？”

武毓庆断然否定了武善彧的提议：“不。就叫‘自卫团’。”

武善彧犹豫着说出了自己的考虑：“爹，日本人发动‘卢沟桥事变’之后，国人强烈要求抗日，眼下国共两党也在联合抗日。咱组成个‘抗日自卫团’，上合乎时局，下顺从民意，也更容易借机把队伍一步步壮大。”

武毓庆凝视着儿子的眼睛：“先说说你准备怎么壮大队伍？”

武善彧快速掂量着，把他从外界所了解的情况如实告知武毓庆：“现在不少的大户都在讲‘有人出人，有钱出钱，有粮出粮，有枪出枪’，带头组成保家卫国的‘自卫团’。咱们在‘自卫团’前边加上‘抗日’二字，也就更加开宗明义，好把更多的人和枪争取过来。昨天夜里，孩儿跟您讲过，跟国民党队伍老是撤退相反，共产党一直创建队伍挺进抗日，就连张成祥这样的穷乡民都组织了游击中队。我还听说咱县里这样的游击中队都有二十多个了。加上‘抗日’两个字，我们易于跟共产党建立关系，好方便从他们那儿获知消息。一朝风向有变，将探明的游击中队拉到咱们队伍里来也未可知。”

武毓庆深觉儿子的想法过于单纯草率：“善彧，像咱们这样的人家，脚踩两只船的事情想都不要想。咱们不过是路边草，命中注定要由着人来踩，只是小心不要在错误的路上扎了根。咱们不反对共产党，更不能反对国民党，当前与国民党走得更近一些才是正道。我不让你加上‘抗日’那两个字，正是为了日后好随时转向呀。”

武善彧没想到父亲考虑得这么细致入微，而这种考虑也符合自己的想法。看来具体怎么做，老爷子早有成熟的主张。武善彧问道：“爹，依您看，咱这队伍应该怎么发展？”

武毓庆显然已经深思熟虑过：“你刚才说的‘有人出人，有枪出枪’，这好像也是共产党先提出来的吧？必要的时候不是不可以跟张成祥他们联络，只是最好少联络。切记‘近朱者赤，近墨者黑’的道理。至于将来究竟该怎么发展，咱们不是圣人，只能走一步看一步。但有一条你务必牢记：头上有天、脚下有地，你才可以放心为人。不管你将来能有多大建树，必须照着这一条走路——上边千万要找好靠山，下边也不要随便得罪了那帮穷懒们。”

武毓庆见儿子用力忖度着自己的话，殷殷的眼神中不禁充满了爱犊之情：“慢慢想吧。你都会明白的。”

梁春竑年年要给庄里的家家户户撰写春联。今年先是参加天台岭伏击战，接着参与操持武善升的丧事，后又去乡公所帮办了一天公务，直到除夕前一天才坐下来。裁纸、研墨、书写、晾晒、收拢，忙活了整天还没写完。往年武善志总跟着帮忙，手痒的时候也能龙飞凤舞几笔。梁春竑不愿他沉浸在哥哥离世的悲伤中，除夕这天又把他叫过来帮衬自己。

武善志正在梁春竑的指点下凝神运笔，李开林推门进来。只要走到一块儿，李开林总喜欢拿武善志开涮。前些日子伏击战中犯了错，现今武善志又失去了兄长，他不太敢混说话。可闷着声儿又没意思，便试探着笑笑："善志，螃蟹爬似的字儿也敢露实？这可是要贴在门面上的啊。"

武善志不卑不亢，收笔后才抬头说："螃蟹爬？你倒是爬一个给咱看看。"

李开林揉着鼻子："咱又不是先生！驴子哪能管马子的活儿？就是爬，咱也在窝里爬，才不出来丢人现眼呢。"

武善志慢吞吞地回道："既然不想丢人现眼，就该待在家里。你咋爬到这里来了呢？"

梁大爷被两人的斗嘴逗乐了。他放下簸箕，过来端详着武善志的字，满意地摸着下巴："善志的字儿有板有眼有力道，很拿得出手呢。开林，你也学学，将来用得着的。"

李开林"嘿嘿"笑着挠头皮："大爷，干活出力气行；写字，俺学不来。就是有心想认字儿，那字儿也不愿搭理俺。"

武善志才要呛白李开林，院子外熟悉的一声"梁先生在家里吧"让三个人闻声动容。梁春竑安排武善志给自家书写年复一年的大门对联"勤俭持家远，诗书继世长"，让李开林帮着抚按对联纸，他带上钥匙去了学堂。

来人正是张成祥。他告诉梁春竑说，他的活动已经引起了国民党县政府的注意。按照上级组织的要求，春节一过，他就参加八路军，刚刚成立的云崖区抗日游击中队的担子将全部落到梁春竑的肩上。

梁春竑大感意外："现在正国共合作、联手抗日，即使公开你的共产党员身份，县政府又能怎么样？"

张成祥笑眯着眼睛："我们是主张一心抗日，老蒋那边却要两面三刀的把戏。我们只知其表不知其里，吃亏吃大发了。所以，上级要求我们，抗日要公开宣传，发展党员还是要秘密进行，以免遭受不测。"

梁春竑不解："那我们的上级党员身份都是公开的，就不怕遇到特殊情况？"

张成祥嘴里喷着青烟："这些都是组织的机密，不需要咱们讨论。咱们只要执行命令。"

梁春竑意识到自己的发问超出了范围，脸上火辣辣地发烫。他忙又关注张成祥要参加八路军的事情："张大哥，咱们的队伍刚刚组建起来，既不成熟，也还未得到发展，我又没有组织经验。不如跟上级汇报一下，你留下来指挥游击中队，让我参加八路军。"

张成祥呵呵一通笑，很认真地看着梁春竑："当初发展你，就因为你是开明的教书先生，骨子里为着穷苦人动感情。只要有这一点，啥事干不成？再说谁也不是生来就能万事通，这需要锻炼。我才从监狱里放出来，又能比你强多少？咱们的游击中队不也组建起来了吗？"

"张大哥，我真的很怕挑不起这副担子。"

"梁先生的担心大错特错了。咱们游击中队这才几天？大伙儿都敬佩你意志坚定，才能过人，组织队伍有水平。就算我一刻也不离开游击中队，以后的队伍发展都离不开你梁队长。关于你的情况我已经向上级组织作了汇报，组织上也对你寄予厚望。梁先生，你只管甩开膀子干，也让你大哥放心过个安稳年吧。"

"我……"

"还有件事儿。就是鼓动你老同学武善彧组建抗日游击中队的事情。我跟你说过，老武家不同于咱们穷苦人家，那武善彧也是很有主张的人。对他的鼓动不要太急，蚂蚁啃骨头，慢慢来，一点点地说动他。"

"张大哥，你看人很准。武善彧那边还真得慢慢来。对了，我还不是正式党员。你走后我们怎么与县里联系？"

"这个你不必担心，有什么情况县里会派人来跟你联系。你只要记住：这个找你的人会提到我，你就问他与我是亲戚吗？那人会说'比亲戚还亲'。记住了，就五个字，'比亲戚还亲'。"

梁春竑将张成祥的安排牢记在心，关切道："张大哥，你的窝棚实在没法住，关键是很不安全。要不这样好不好……"

张成祥笑呵呵地攥住梁春竑的手："干革命哪能讲条件？革命者注定要以天地为室、四海为家呢。梁先生，不，梁队长，队伍已经交给你。我今天就算跟你道别了。"

结识不过旬月，常聚不过十多日，两人已成莫逆之交。刚刚走上这条人生道路，领进门的张成祥却要离开他。梁春竑思绪翻滚，眼眶酸热："张大哥，我还是放不下你，咱们的抗日游击中队也才是刚刚出壳的幼雏。你这一走……”

张成祥神情变得庄重：“梁队长，我参加八路军不仅仅是因为国民党县政府注意到了我，还有个原因，上级组织希望我能到队伍上接受锻炼，好回来更好地开展工作。”

梁春竑眼前一亮：“原来是这样！我就等张大哥早早回来，把咱们云崖区的游击中队发展成一支过硬的正规队伍。”

“对！把云崖区的游击中队发展成一支过硬的正规队伍！”张成祥明亮的眼睛在粗长的眉毛下闪着坚毅的光芒，“梁队长，等我回来的时候，你可要把队伍发展得比现在强大得多啊！”

望着张成祥在荒草白雪中的小路上越走越远，梁春竑的胸口怦怦跃动。他感觉一个人在漆黑的夜里独自攀缘山崮，身后跟着一群懵懂同行的学生。作为先生，他必须保证避免任何差错，保证不让任何一位学生发生意外。作为游击中队的领头人，他必须保证队伍的完好无损，还要奋力壮大。这是副千斤重担，但他责无旁贷，也会义无反顾地挑起来。

梁春竑回到家，看见两扇大门上已经张贴着红纸黑字的对联“勤俭持家远，诗书继世长”。梁大爷自个儿蹲在门前，正望着黑光油亮的大字出神。

梁春竑近前说：“爹，善志这字有形有神，很耐看了。”

梁大爷含着烟袋杆儿：“嗯。”

“爹，来年大门上换副对联吧。”

“就要这副，年年都不许更改。”

梁春竑明白，这副对联寄托着爹一生的理想，也寄托着他对未来家族运势的最大向往。每年贴上对联的这个时候，梁大爷都会有一番沉默，或许在心中默默地做着祈祷。

梁春竑刚要附和着父亲说话，梁大爷侧过脸，语重心长地说：“你也给你们那拨儿队伍写副春联吧。不用落在纸上，写在心里就行。”

言近旨远，外冷内热。回想短暂而又沉重的这些日子，其实当他走上云崖崮的时候，父亲就已经悄悄站到他身后，给了他山一样的依靠。今后的路上，他已不用再迂回遮掩，只需甩开臂膀，大步前行。梁春竑静静地望着父亲背着手进了院子，只觉眼圈发热，喉腔被一股热流涌住。

第九章

日军侦察队小年这天来天台岭周边作恶之后，直到来年春绿遍野都没再现身，盘龙村和枰柳庄一带从当初的担惊受怕慢慢恢复到浅浅隐忧的平静状态。相对于断断续续从两边县城传递过来的战火消息，这里似乎因为地处偏远而能侥幸避祸于乱世。谷雨前一天晚饭的时候，武毓庆告诉武善彧，李良庄的李化周让到梓河镇贩卖生麻和旱烟的商贩捎信来，想让这边打发人过去看看皮毛和中药材。李良庄位于五十里开外的东北乡，村子设立着集市口。李化周在集市口经营着门面颇大的山货店，附带着周转大豆、谷物，武毓庆常年从那边进货。年前正常经营被打断，现今药店、杂货店面临空仓，武毓庆想带着老董过去走一趟。武善彧在阳都经营酒店的时候就结交了个皮毛商朋友，对皮毛生意很有些在行，听说李化周年前存储了不少的好皮子，便提出自己带着年轻伙计去李良庄，并希望能跟周公潇联手，尽可能把那边的货物多贩运些回来。儿子主动提出跟周公潇联手，武毓庆自然求之不得，喜滋滋地督促他翌日便去梓河镇商量。孰料周公潇那边也正要补仓，两人当即拍板，当日备好车马，明早五更天上路。只是因为公务缠身，周公潇让三弟和得力助手武赣民跟随前往。

返回枰柳庄的路上，武善彧忽然想到了梁春竑。梁春竑正月里来找过他，再次专意鼓动他组建抗日游击中队。武善彧坦承说，父亲的思想已经融通，正在着手组建自卫团，并准备托周公潇帮忙弄几杆长枪。但是，父亲立下规矩，队伍就叫自卫团，不接受别人的领导。武善彧的建议也很直接，要说服父亲将自卫团改为抗日游击中队，不可操之过急，只能徐徐图之。若日军队伍再打过来，将自卫团直接更名为抗日游击中队或许水到渠成。自那以后，梁春竑没再露面，屈指算来两月有余。武善彧太了解梁春竑，这么多时日音信全无，绝不是因为没有达到目的而生分了兄弟情谊，肯定因忙于秘密鼓捣自己的队伍而不得空闲。对啊，他们又发展了多少党员？现在的队伍势力有多大？

武善彧过村口而不入，命令支天辅赶着马车去了盘龙村的学堂。

梁春竑见武善彧直接找到学堂，猜度会不会有意外消息："善彧，有什么紧要事情？"

武善彧责备道："没有紧要事情就不能来看看你吗？"

"你那边事务繁忙，哪有空闲跑出来溜达？有事情直说，别拖拖拉拉的。我这边还正上课呢。"

"嚯，我还没能平稳地喘口气呢，你就下逐客令了。跟我要东西我没给，这就得罪你了？"

梁春竑会意，嗤笑道："你那心眼儿什么时候变得这么小了？我正儿八经地跟你说话好吧？"

武善彧很郑重地笑笑："不是我心眼儿变小了，是你心太大了。春竑，这都两个月没见着你，兄弟们真的有点儿想了。就不能抽空儿去我那边坐坐，喝点小酒，然后来个彻夜长谈？"

"都多大岁数的人了。还以为上学时候的青葱岁月吗？"

"不管到多大岁数，我们的时光和情谊永远停留在青葱岁月。春竑，我知道，你做什么事情都认真，教书也一样，想耽搁你点儿时间很难。可有张有弛乃文武之道，况且生活本就不该认准一点而无暇顾及其余。明日我跟周公潇那边的人去李良庄进货，你陪我一块儿吧。也不要你打下手，权当兄弟们出去散散心。"

"明日啊……"

"明日正好是礼拜六，你可以给学生放假的。噢，公潇表弟有公务，抽不开身，派他三弟去。"

梁春竑并没在意周公潇去不去，而是想到了周边的不安定局势："李良庄在东北乡呢。你没听说日本人在东北乡作乱得厉害吗？偏往那边跑吗？"

武善彧漫不经心道："日本人都在靠近青沂公路那边活动，离李良庄远着呢。话又说回来，就算日本人打到咱地界上来，咱们就不过日子了吗？无非多加些小心罢了。"

认准的事情绝不畏手畏脚，即使山中有虎也要穿行。这就是武善彧的性格。梁春竑很欣赏他的个性，也的确很怀念他们的学生时光。一晃两个多月，梁春竑几乎把全部心思都投入发展游击队员和摸排富绅背景上，居然放松了鼓动武善彧转化队伍的大事。途中重温兄弟情义，正好可以交换彼此对未来时局的认知，进而了解老同学当下心思。梁春竑爽快地答应下来。

银白的半月斜挂在东南，无尽的清辉给春日的凌晨增添了浓重寒凉。梁春竑裹着棉袍，在村口站了两袋烟工夫，等来了接他的支天辅。

武善彧和周公潇各派出了两辆驴车，两边各有三人随行。为不跑空车，周公潇的车上搭载着一些梓河镇绺子旱烟，武善彧的车上搭载了五百斤大豆。加上梁春竑，四辆车、七个人，组成了颇有浩荡之气的车队。

支天辅驾辕，武善彧和梁春竑坐靠在谷草编成的苫子后头，共同捂着一床御寒的棉被。随着驴车一个颠簸，梁春竑顺势往左边倾斜，感觉到武善彧腰间有个硬邦邦的东西。

梁春竑一摸武善彧的腰间："什么东西？这么硬？"

武善彧神秘地回道："当然是硬家伙。"

"不会是手枪吧？"

"就是手枪。"

"你还有这个？我怎么不知道？"

"你光忙着组建你的游击中队，都不朝我的面，怎么能知道？"

"我还真没玩过这玩意儿。快亮出来看看。"

武善彧从棉袍里面掏出手枪，递给梁春竑："你们队伍里有没有这个？"

梁春竑借着月光，试探着摆弄了两下，羡慕道："我们上哪儿弄去？几支长枪还是硬生生地从别人家借来的。"

"真是大言不惭。明明是抢来的好不好？"

"靠暴力强制他们走上保家卫国的道路。这是帮着他们立功又立身呢。"

"跟我说句实话，你们现在一共有多少杆枪？"

"不过六杆。比你那边少了一半。"

武善彧已经不相信梁春竑这句话。当初梁春竑没跟他讲实话，那是要保守组织秘密。年后梁春竑找他的时候，他也深藏不露地对梁春竑隐瞒了实情。今天，他决定跟梁春竑亮出家底。至于梁春竑愿不愿意和盘托出实情，他已能够坦然面对。武善彧直言不讳道："牛经纪骗不了马贩子，咱俩谁也别糊弄谁。你要是有十来杆枪，就赶得上我的一半；你要真的才六七杆枪，那就赶得上我的三分之一。”

梁春竑只顾摆弄短枪，本就没坐稳当，听武善彧爆出这么大的数字，禁不住吃惊地随着驴车一个摇晃。他扶住车帮，急切道：“你有这么多枪？周公潇帮你弄来的？善彧，帮我联络联络。我们这边就缺这物件呢。”

“趁早别打这个谱。你以为有钱就能买到想要的东西？为了这些家伙，公潇表弟得豁上多厚的脸皮？就他那身段，什么时候在他人面前弯腰过？”

“那，你这把家伙哪儿来的？就没想着帮我一块儿弄个？”

“这个更别提。这是我在阳都的时候，通过地头蛇从兵痞手里倒腾出来的。”

“说来说去，就没我的份儿。算啦，还给你。”

武善彧掖着手枪：“你还别来气。不是来了战争，谁稀罕这些招灾引祸的玩意儿。春竑，你这么多日子一直马不停蹄地忙活吧？队伍扩展了多少？”

梁春竑早已从张百万家的藏货联想到武毓庆家必定根基不浅。武善彧今日主动坦露家底印证了张成祥先前的猜想，而对这些枪支来路的解释明摆着是编造假话。梁春竑袖袖手：“这回你猜错了。我单等着你能扛起旗帜，就没再发展队伍。”

“才刚说了牛经纪骗不了马贩子，你何苦偏要跟我斗心眼儿？你放心，我才不好奇你那些秘密。”

“你我之间哪来的秘密？善彧，虽说日本人没再打到咱们地界，可年前年后，他们在县城四周又是飞机又是大炮地狂轰滥炸，三番五次派出队伍杀人放火，咱们这里注定也要成为战场。你的自卫团要不要改成抗日游击中队，还是提前打算才好。”

“万事俱备，只欠东风。就看老爷子哪天能想通啦。”

“他能不能想通，就看你怎么劝他。”

“你就像他的干儿子。有本事你去劝劝看。”

梁春竑说：“还是你说的，徐徐图之吧。只是你要坚定咱们的信仰啊。善彧，这个斜坡是不是咱们把卖瓜老人吓坏的地方？”

那是七八年前夏天的凌晨，也是披着惨淡的月光。两人早起赶往东里店上学，碰巧前面有位赶远集的老人。老人推着木车，载着两筐甜瓜。潜意识中为了寻求安全感，两人不远不近地跟在老人身后，走了好长一段路。等到了这个山坡前，两人想帮老人推车，便快步赶上前去。未料老人把车一横，喘息着喊道：“你们俩想做什么就动手吧，我就一个人和这车甜瓜，别企望能劫到钱。”原来，老人把他俩当成了跟梢劫道的，甩了一路没把他俩甩掉，倒是把自己累倒了。借着这个让人惭愧的笑话，两人开始回味昔日的求学趣事。

武善彧他们赶到李良庄的时候，集市口还没怎么上人。李化周亲自陪着验货、换货，又煮酒炖菜，盛情招待。远未到午时，满载山货的四辆驴车已经欢快地奔跑在返回的路上。

十里地后过了岔路口，周公潇的三弟突然惊恐地喊“善彧表兄”，让他看后面山口上的队伍会不会是日本人。

武善彧他们转身遥望着沟谷对面的山口。高头大马后头是支蝗虫似的队伍，一面日头旗子蔫蔫儿地卷展着，整队人肩上扛着光亮刺刀的长枪，走起路来都是目空一切的架势。

梁春竑心底一抖：年前在天台岭被阻击的日军不就这般模样吗？武善彧赶忙吩咐加紧赶车，万万不可被日本人盯上。

等车队穿过村子，武善彧却又命令紧急停车。他让支天辅他们先行押车回家，他则跟梁春竑原路返回，看看日本人去哪里、都做些什么。梁春竑揣度这队日军肯定会到某个村子烧杀抢掠，心里很不是滋味，建议武善彧关键时候放一枪，把鬼子引开，好让村民们少遭殃。周公潇的三弟力劝武善彧千万别惹火上身，还是载着货物回家。武赣民和支天辅则强烈要求一同跟随武善彧他们去跟踪日本人。周公潇的三弟劝不下武善彧，又担心回家的路上遭遇不测，便领着两个胆小的雇工，将车赶到路边的小树林里，等武善彧他们回来。

四人绕道爬上山坡，发现日本人并没有开向这边，而是沿着大路直奔李良庄方向。梁春竑立刻为满集场子的人担心：“坏事了。这队日军要去李良庄。李化周他们可能要遭殃。善彧，咱们快些抄山路去送信。”

武善彧满脸是汗：“太晚了。就这段路，咱们还没到呢，那日军早就到了。”

梁春竑扳过武善彧的胳膊：“总不能眼看着兄弟爷们儿被糟践。善彧，咱们从山岭这边去庄西的山头。万一日军在集市口施暴，你就对天鸣枪。咱们只需把日军引开，好让老百姓们逃难。”

武赣民冷笑道：“梁先生太过妇人之心。你可知道那枪子儿是会飞的？为了几个泼妇刁民而陷自身于危难，不值当的。”

武赣民二十岁出头，魁梧身材上托举着一张很耐看的脸盘。只是两颊略微横斜的肌肉和眼睛里忽闪着的冷光给人一种强烈的冷酷感。在李良庄验货、吃饭的时候，梁春竑就暗暗地观察过他，发觉从他身上依稀能看到周公潇的某些影子。梁春竑不轻不重地回敬道：“如果集市口上有你的父母兄弟呢？”

武赣民冷哼哼地笑了笑：“咱们的父母兄弟不在这集市口嘛。”

支天辅见梁春竑怒目而对，赶紧磕磕巴巴地插话说：“我说兄弟，古人说‘老吾老以及人之老，幼吾幼以及人之幼’。咱都是中国人，也都是乡里乡亲，这集市口的人就是咱们自家人呢。你害怕那子弹，就回村西口驴车那边去。我跟少东家和梁先生去李良庄。”

武赣民察觉话不投机，干笑道：“我是担心武东家跟梁先生受伤害才那样说。谁又怕日本人了？走，我跟你们去李良庄。”

梁春竑对李良庄村民的担心绝非多余。腊月二十五，日本人开着飞机轰炸了泰沂县城和北乡的一个大集。元宵节前后，日本兵先是在东北乡的两个村烧杀抢掠，随后侵占了县城。刚过龙抬头，又血洗了县城西南的两个村子，炮轰枪杀村民一百五十多人。今天李良庄正好开集，市口上粮食、牲畜多的是，日本人能不下手吗？李化周的山货店就在集市最繁华的十字路口，库房里堆得满满的，能不会首当其冲遭殃吗？

武善彧和梁春竑他们沿着绵亘的山脊飞跑，远远地便望见李良庄集市口上一片混乱。日本兵挥舞着长枪，“叽里呱啦”地喊叫着、驱赶着。赶集的村民有的拖老携幼惊慌逃命，有的惊颤着在原地哭叫。随着一声枪响，有个奋起反抗的中年人倒地毙命，旁边的几个人立马抱头蹲下去。

刚到谷雨时节，满山的乔木灌丛已经生发出碧嫩的新叶，却还远未到遮天蔽日的葳蕤时候。梁春竑他们弓身跃动着迫近到与集市口一路之隔的村外崖坡上。这个崖坡正对着十字路口，是居高临下观察情况的极佳位置。梁春竑跟支天辅卧伏在一堆荆树丛里，武善彧跟武赣民圪蹴在五米开外的刺槐后面。四个人镇定着心神往下瞧时，刚好看到四个日军正拿枪托顶着李化周去开仓房。

仓房里原本就有上千斤粮食，今天武善彧又运来了五百斤大豆，另外还有未及出售的干果、药材。对于这队日军来说，这将是不费吹灰之力而得的丰厚给养。一个日军跑出李家大院，对着正圈住几位赶车人的同伙喊了几声。这边的日军立刻驱赶着那些人带车去到李化周仓房门前。李化周清楚日军的意图，又是哀告又是愤怒地争执着。当看到仓房里的粮食几乎要被搬运一空，他直接抡起木棒拼命。奈何李化周的脚步远比不上子弹的速度。木棒才高高扬起，罪恶的子弹已经穿透了他的胸膛。

眼看李化周的媳妇儿凄厉哭喊着上前死拼，梁春竑的心提到了嗓子眼儿。他差点就要扯开喉咙：“善彧，赶紧开枪啊！善彧，李化周他老婆也就要没命啦！”

武善彧早因李化周的殒命而心恸，手枪在汗水中极度哆嗦着。他使劲儿瞄准，朝着李化周媳妇儿对面的日军，用力扣动了扳机。

武善彧只用这支短枪发射过两粒子弹，今天是第三粒。这粒子弹射到了仓房的门板上，枪声却犹如一声霹雳。李化周的媳妇儿愣在原地，那几个日军也惊诧地循声寻找目标。

梁春竑几次使用长枪实弹射击过，想当然地认为短枪射击跟长枪射击没啥区别，深信自己比武善彧更有经验。他对着武善彧喊道：“善彧，再开枪啊！仔细瞄准，干掉一个日本兵！”

武善彧抹把额头的汗水，再次扣动了扳机。子弹又飞了，他们也暴露了目标。

梁春竑越发坚信自己的枪法，跳起身去夺武善彧的手枪，却没注意一个进攻到侧面的日本兵正对着他瞄准。支天辅发现这可怕的危险，跃身把武善彧和梁春竑扑倒。几乎就在同时，子弹从头顶穿过刺槐丛，击落了好几片嫩叶。武善彧发现十多个日军已快速往这边包抄，赶紧招呼大家往回跑。

四个人沿着山脊奔出四五里路，看看日军没追上来，喘息着瘫坐到一棵槐树下。

梁春竑深为没能消灭哪怕一个日军而遗憾：“善彧，你到底玩没玩过短枪？怎么一个也不中？”

武善彧也有些难过：“我也就打过两粒子弹。这回距离日本兵太远，人没打着，子弹也白白糟蹋了。”

武赣民冷冷地说：“梁先生，先别研究玩没玩过短枪。要不是天辅兄弟把你扑倒，日本兵已把你打中了。”

梁春竑回想起当时的情景，忙向支天辅抱拳致谢：“天辅老弟，我这条命是你给抢回来的……”

支天辅忽地跳起来，按下梁春竑的拳头：“梁先生千万别这样。你跟老武什么交情！咱们又是什么交情！你再多说半个字，咱们就没有兄弟情分了。”

武善彧说：“天辅说得对，再多说半个字，咱们就没有兄弟情分了。不过，天辅，春竑这份人情就记在我身上。回头……”

支天辅起急了：“老武，你怎么也这样说？难不成我还真是外人？”

武善彧双手扶住支天辅的肩膀："天辅，咱们是亲兄弟。"

武赣民见三个人如此亲近，感觉自己很受冷落："武东家，三少东家那边肯定提心吊胆，四大车的货物也马虎不得。咱们还是快回吧。"

武善彧却想到了李化周："赣民老弟，我还不能回去。李化周跟我们家是老朋友。他现在惨遭不幸，我不能视而不见。"

武善彧让支天辅和武赣民先回树林那边，他跟梁春竑再次潜回到李良庄，眼睁睁地看着日本兵押解着运粮队伍上了大路。待送别李化周返回到岔路口时，日已西斜。

日军今日洗劫李良庄，抢走了上万斤粮食，枪杀了五位村民，抓走了八个青壮劳力。梁春竑思考着今日场面和当前局势，也思考着未来的日子，心跟腿脚一样沉重。

武善彧走出十几步远，忽然发现梁春竑驻足在岔路口，面对着通往县城的山口方向，便返回去问道："想什么呢？"

梁春竑似乎不知道武善彧是走出去之后又返回的："善彧，你先回吧。我想去趟县城。"

武善彧瞠目道："你说什么？你要去县城？这日本人就在前面，你怎么敢跟在后面进城？你去县城做什么？"

年后县城和东北乡一带接连发生日军施暴事件，而自从张成祥离开后，县里竟然一直没人来跟自己联系。梁春竑早已心怀惴惴，夜阑人静时偶尔也躁闷难安。今日全程目睹了日军灭绝人性的兽行，悲愤之余更多地感受到了组建抗日游击中队的急切形势。他要去县城的芝兰堂找王瑞亭，通过王瑞亭寻找党组织，向党组织请示工作。秘密需要保守，有些东西却也无须避讳武善彧。梁春竑坦诚地说："我想去县城走走，希望能见到组织上的人。"

组织，自然是共产党的组织。武善彧恍然回味过什么："是不是张成祥也去了县城？春竑，县城里面最重要的人物有多大？"

"我也不知道。春节后张成祥不知去向，也没人跟我联系。看到日本人在咱们这里丧心病狂地作恶，我再不能沉住气。我们不仅要组建抗日游击中队，还应该形成抗日的燎原烽火才对。"

"你在县城有联络人？"

"没有。"

"没有联络人怎么找到组织上的人？不会又是对我保守秘密？"

梁春竑露出怅惘神色："我也想知道这个秘密。善彧，你回去的时候，顺便跟我家里说一声，就说我跟朋友去县城买书了。或许明晚到家，或许后天到家。”

武善彧从梁春竑的音容举止间判断出他没有撒谎，不放心地说：“我知道你们组织有严密纪律，就不跟你一块儿去了。如果信得过我，就让支天辅跟着，你好歹有个帮手。”

梁春竑感受到武善彧的关切，勉强笑笑：“算啦。有时候，一个人出行更安全。你赶紧去那边找他们吧。”

武善彧稍微沉思，从怀里掏出一卷票子，塞给梁春竑：“尽量早回。这钱帮你租辆马车。”

梁春竑进城的时候，天已经大黑。他先找个客栈住下，才知道日军昨天就从县城撤走，好像往南去了。可今日去李良庄作恶的日军又是从哪儿来、往哪儿去了呢？这个时辰，又在这么个动荡的年月，家家户户都已熄灯就寝，那芝兰堂也该关门落锁了。梁春竑决定好好睡一觉，所有的事情等天亮后再说。然而，客栈老板和两个住店的人消息灵通，话又投机，从东北说到北平，从济南说到县城，又从县城说到乡下。他们议论中央军的抵抗和后撤，议论日本人的枪炮厉害，议论遍地的生灵涂炭，最后却在共产党和八路军的话题上产生了分歧。梁春竑静静地听着，偶尔插几句言。躺下后思绪奔腾，辗转反侧，直到天快亮的时候才慢慢入睡。第二天早早起床，吃碗面后匆匆去了芝兰堂。

芝兰堂的主人王瑞亭是位通晓古今学识的年轻开明绅士。因为比梁春竑只不过大了五六岁，而又极为推崇新学，虽然仅接触过几回，两人已堪为知己。梁春竑每次进城必定在王瑞亭的芝兰堂落脚，从这里听闻到一些有关共产党或者全国形势的各路消息。梁春竑一早满怀期望而来，却发现芝兰堂门店紧闭，铜锁高挂，店前台阶上沉积着一层旋风卷积的细草尘埃，看样子书画斋已经关张了好些日子。梁春竑从店前折入小巷，来到王瑞亭的院子门口。黑漆木门上也悬挂着一把铜锁，门锁上也落了厚厚的一层尘土。梁春竑询问邻居，得知王瑞亭一家人年后便到外地乡下避难去了。

刘南宅这些大家族都没外出避难，小门小户的王老板却为躲避战火而远走他乡？难不成王瑞亭要遭遇危险？除了张成祥，芝兰堂可是他唯一能够了解些许共产党进步力量的地方。如今王瑞亭不知所往，他就像走进了死胡同，找不到出路；又像挥鞭打鬼，找不到方向。泰沂云崖区游击中队该何去何从？

梁春竑绕着刘南宅转了半圈，万般思虑中想起了昨夜的客栈。那客栈老板消息灵通，会不会知晓王瑞亭避难的去处？哪怕有个大致方向，他也好奔走寻访。

客栈老板见有人进来，定睛一看是梁春竑，笑着问道：“这位先生忘了什么东西？还是今晚再住一宿？”

梁春竑有些着急：“店家，我遇到了急事儿，要找您帮忙呢。”

“急事儿？什么急事儿？”

“店家，年前刚进腊月的时候，我把亲友的十多幅字画儿送到芝兰堂，请王老板装裱。说好的春节前过来取，因为家中出事儿就耽搁了。今日过去才知道，那王老板外出避难了。我问了几位邻居，都不知道王老板去往何处。店家如知道消息，恳请透露一二。”

客栈老板很不以为然：“我当什么紧急事儿，原来就为了几幅字画儿。这位先生，我看你也是读书人，千万别把这点儿芝麻大小的事情看得比磨盘都大。日本人打进来，性命都顾不上，谁还稀罕几幅字画儿？”

梁春竑从容解释道：“店家，我不能不急。那字画儿中有两幅是朋友祖上保存下来的传家之宝，多少钱都买不去。给朋友弄丢了传家宝，我会落下道义沉疴啊！”

“你看上去不像是一根筋的读书人啊，怎么也是个死心眼儿？那王老板只不过是出去躲难，又不是裹着金银细软逃走了。放心吧，你朋友那字画儿一准儿丢不了。”

“店家是说知道王老板的去处？”

“王老板的去处不知道，可王老板的为人咱知道。有句话说得好，要做事，先做人。凡能做成事的人，都是忠正可交之人：约定好的事情，绝不会言而无信。王家的芝兰堂是远近有名的老字号，王瑞亭也是那忠正可交之人。”

“店家的意思，我暂且安心回家？”

“你尽管回家去。就王瑞亭的为人，说不定他哪天会把字画儿给你送上门去。”

梁春竑走出客栈，失落中不自觉地回味着客栈老板的爽朗豁达。慢慢地，他的胸口敞亮起来。凡能做成事的人，都是忠正可交之人。约定好的事情，绝不会言而无信。年前张成祥跟他辞别的时候不也说过“组织上的人会主动来找你的”吗？这才三个月的时间，怎么就沉不住气了？再想到跟张成祥的约定，想到云崖区游击中队化蛹为蝶的时刻，盘踞在心头的晦暗顿时烟消云散。梁春竑又找回了热血沸腾的感觉。

第十章

五月的沂蒙，桃红杏白后那鹅黄葱嫩的底子已被葱茏绿色覆盖。山花在近乎苍翠的绿浪中烂漫着，牛羊在风吹草低中悠然啃青，而山间沟谷的小平原和山坡上裙摆一样的梯田里，正在扬花的麦穗随风飘散着闻之可亲的清香味道。

在水波涌动一样的宜人景色中，一支八路军队伍迤逦穿行，来到梓河镇。带队的人中等身材，面容粗糙，扁圆的脸膛因为瘦削而略显狭长，胡子茬儿里满是风尘。只是，浓眉下一双圆眼闪动着锐利的光芒，透射着刚毅的力量。这位不过二十多岁的年轻人正是八路军山东抗日游击第四支队的政治部主任周赤萍。队伍还未驻扎安顿完毕，周赤萍不顾跋涉的疲惫，匆匆前往区公所。

三个月前，国民党六十九军石友三部进驻云蒙一带。受部队内部共产党员干部和进步青年的影响，六十九军发表声明支持国共合作联手抗日，督导成立了“云蒙民众抗日总动员委员会”，发动地方各阶层人士团结抗战，鼓动民众组织战时勤务等工作。新到任的县长郑啸荫被迫兼任全县动委会主任，梓河区区长周公潇也不得不兼任了本区的动委会主任。昨天，县里来指令说周赤萍带领的这支队伍近日抵达梓河镇，要他帮助安排接纳。周公潇本以为队伍再过三五日才到，还正在谋划阻止其在这方地盘扎根的策略，岂料周赤萍这尊大神跑的速度都赶上曹操了。

闻报周赤萍前来拜访，周公潇骂了句“扫帚星”，硬着头皮迎出门去：“周主任！周某接到郑县长的通知后就扫榻以待，却委实没想到贵军今日便已抵达。真乃神速啊！”

周赤萍来前得知周公潇阅历颇深，精明老练，以为他必定染透了油滑匪气，未料却是英气逼人的白面书生模样。周赤萍希冀以同姓家族拉近情感距离，抱拳回道：“周区长，原来我们是本家！咱们一家人更好说话了。”

周公潇淡淡的亲热中透出不可抗拒的排斥：“周主任官居要职，岂是我等所能攀附？再者你我各司其职，还是不要因为过于亲密而招致嫌疑的好。”

周赤萍心知碰到强硬对手，赶忙化尴尬为自然：“早听说周区长不仅风流倜傥，而且智谋过人。仅就这般深思远虑可见，建树果然名不虚传。我们初来贵地，必定有劳周区长劳心费神。赤萍先行致谢。”

周公潇禁不住开怀大笑：“不怕周主任见笑，周某只是希望倚靠一棵大树好挣碗饭吃，可惜四处奔波十载，趋近而立之年却依然一事无成，又怎敢冒领贪天之功？惭愧！”

周赤萍无半点隔阂：“周区长太过自谦。如今云蒙民众抗日运动搞得红红火火，咱们梓河区又是县里的样板。仅此一件，周区长已是卓尔不群，功莫大焉。”

寒暄间，两人进到屋里各自入座。周公潇低头微笑却沉稳有余：“云蒙县民众抗日运动开展迅速而且如火如荼，全赖石军长的英明安排。我们区只不过是按照上层的要求做了自己应该做的。所谓样板言过其实，我这儿的民众运动也没有周主任想象得那么群情振奋、一呼百应。”

周赤萍从周公潇滴水不漏的话语中再次感受到了对手的强硬：“建立动委会，宣传和发动地方各阶层人士团结抗战，鼓动百姓群众组织抗日，这是形成全民族抗日统一战线的极佳手笔。石军长确实做到了高瞻远瞩。周区长，国共合作，前景无限啊。”

周公潇虚与委蛇道：“眼下国共联合抗日，周某完全赞同，自然会不遗余力地参与、支持。我也希望能把这边铸成铜墙铁壁，绝不给日军留有半寸立足之地。”

周赤萍高高竖起拇指：“周区长目光长远，胸襟宽广，气魄极其可嘉。周区长，为了咱们联手合作的开门红，你我共同举办一期‘青年抗日救国训练班’如何？把国共双方在抗日战场上取得的胜利、建立民族统一战线的意义、怎样发动群众抗日等宣讲给有志青年，擦亮他们的眼睛，开阔他们的思想，鼓舞民众的精神，坚定民众的信心，以此鼓动更多的人参与到抗战中来。这就算是咱们联手合作的第一件大事，怎么样？”

身未坐稳便提出开办“青训班”，这让伺机而动的周公潇措手不及。他干咳一声：“周主任所言，我也曾颇感兴趣。只是贵军适才抵达，对当地民情还未熟稔，不妨暂待些时日如何？”

周赤萍言辞恳切却又不容辩驳："我也想暂待些时日，只是抗日的形势时不我待。来此之前，我已经前往六十九军军部了解贵区的工作，并就合作培训事宜征得了他们的同意。一路之上，我时时留意体察，梓河区果然是民众抗日运动的样板，在这边开办'青年抗日救国训练班'，可谓是小菜一碟啊。"

周赤萍有备而来而且话锋咄咄逼人。周公潇极为愤怒却又不可以公然违背上层的指令，只好拗着内心应付："周主任的'小菜一碟'对我来说可非同一般。这需要龙须凤胆当佐料，还要由周主任亲自掌勺才可烹制。不是玩笑话，周某也曾有意举办'青训班'，只是扁担挑不起大山，有心无力而只好作罢。既然周主任有备而来，我愿借佛光贴金。"

周赤萍爽快地笑道："原来周区长早有筹谋，却是我周赤萍来迟了。周区长，我还有个建议：这个训练班的学员不能只是面对梓河区，还要包括相邻的泰沂区域。"

才刚晤面便扔出一块堵心的馊肉，而且得寸进尺，何其狂妄！周公潇不再掩盖心中的担忧和憎恶："周主任，我这儿是云蒙地界，与泰沂可不沾边啊。"

"怎么不沾边呢？两个县分明是山水相连，一衣带水，连方言口音都是一样的。"

"一衣带水却分属两县，各有行政归属，相互之间亦素无交道。我周某不可以、也无权染指他人地界。"

"现在不是全民族共同抗日吗？既然是一家人，就不必分清你我。让泰沂连接区的青年人来听课，回去后带动他们地方的抗日工作，这也是周区长抗日救国的功劳。请周区长放心，赤萍会在你们郑县长和石军长那里为你请功的。"

周公潇断然拒绝："周某不需要任何人请功，也向来不会在别人锅里摸勺子。还请周主任见谅。"

周赤萍很理解地笑笑，如同劝慰旧友："周区长的苦衷我能理解。所以，来此之前我已经就这个方案作过请示，八路军这边和你们的石军长那边都非常支持。我想，你们郑县长那里和泰沂那边应该已经或者快要接到指令了。周区长，这下你没有压力了吧？"

六十九军都支持？难不成郑县长对他隐瞒了什么？跟自己一样与共产党、八路军水火不容的郑啸荫居然低首弯腰了？周公潇咬碎牙地强装欢颜："如果石军长和郑县长果然鼎力支持，我周某自然会全力以赴。"

起身赴席的路上，武赣民悄悄贴近周公潇说："区长，那训练班还真要办啊？咱可千万不能中了你这本家的圈套。"

周公潇低声训斥道："谁跟他是本家！"

接待和配合周赤萍是县里的指示，吸收泰沂地界的人员参加训练班会不会是周赤萍虚盗的令箭？据周公潇摸到的底细，郑啸荫向来视共产党为眼中钉，对圈定的共产党必定罗织罪名除之而后快，被指令兼任“云蒙县民众抗日总动员委员会”主任，那也是不得不表面应付、暗中抵制的手段。他怎么会允许县外的乱民贼党跑进自家地盘滋生是非？第二天，周公潇借口外出巡视公务，径直进城去见县长郑啸荫。

郑啸荫年方四十，人高马大，脸方面白，英俊之气跟周公潇堪有一比，对共产党和进步人士绝不手软这块儿也跟周公潇志同道合。只是他惯于口蜜腹剑、翻手覆手，很不合周公潇的脾胃，也因之被周公潇极为蔑视。可郑啸荫毕竟是一县之长，周公潇不能不依靠这把在他看来淬足了毒药的钢刀。

听完周公潇的汇报，郑啸荫切齿道：“我来此担任县长之前，他们已经组织三十名青年在六十九军政治部培训学习，大讲什么‘国共合作’‘抗日民族统一战线’和八路军所谓的大捷。现如今那石军长又公然支持周赤萍在我梓河区举办训练班，还要把泰沂那边的过激分子也拉进来。我现在是被逼着喝马尿啊。”

周公潇希望不露痕迹地拉郑啸荫入套：“周某何尝不跟郑县长感同身受。可咱们堂堂的一方土地，怎么能让他们肆意招摇？郑县长不能阻止他们在梓河区举办训练班，那就是把自家的大后方主动拱手相让啊。”

郑啸荫冷笑中流露出强烈的失望：“能阻止的话，我何苦日日捶床捣枕！不说石军长，就他派来监督联合抗日的两个浑蛋督导员都难缠得很啊。”

周公潇只关心那训练班：“县长的意思，只好让周赤萍的诡计得逞？”

郑啸荫铁青着脸：“大势之下，你我也只好暂且忍耐。不过，咱们不能被人牵着鼻子走，而要借水行舟。他们能在训练班上讲课，我们也能去讲课。我要亲自派人去讲授国民革命军在战场上的壮举，尤其要好好讲讲最近取得胜利的鲁南会战。”

尽管无法阻挡训练班开课，好歹郑啸荫的话深深说到了自己心里，周公潇脸上勉强流露出些许笑容：“郑县长考虑得很是周全，在下敬服。”

郑啸荫吹了个烟圈，瞅了周公潇一眼，忽然激动起来：“周区长曾经是多少年的老县委委员，对党部工作的艰难并不陌生。如今县政府的境况跟党部没有什么区别，穷于应付本职工作已经让人心力交瘁，又哪来心思搞什么‘民众抗日动员’。上战场打日本人是军人的职责，乱糟糟地把老百姓掺和进去干什么？一训练不要紧，那帮激进分子就摸不着天、蹬不着地，连梦里都在为共产党打气造势。你说这可怕不可怕？”

周公潇略一沉思："郑县长，这帮激进分子训练完毕后怎么办？难不成真的任凭他们信马由缰？"

郑啸荫狠狠地掐灭了手中的烟头："让这些人信马由缰？也太便宜他们了。你把训练班的人员名单记录仔细了。我郑某从不会养疥成疮。"

"泰沂那边过来的呢？"

"你也只管把名单录好，我自有方法处置。"

周公潇最鄙视无信无义、阴险狡诈之徒，而眼前的郑县长非但是这般族类，还是贪得无厌的饕餮，指不定什么时候又要从他身上割肉吸血。看看火候适宜，他赶忙躬身告退。

郑啸荫却示意他留步："周区长啊，你那梓河区和泰沂地界毗连一体，正好处在两县的中间地带。此处山崮连绵，林木蔽日，很适合做游击战场。如今八路军一个团的兵力已经在那边驻扎，保不准日后会有更多的人马到来。你还没说说准备如何应对呢。"

你一县之长都无可打算，我小小的区长又谈何打算？即便有打算，又怎能随便抖搂出来？周公潇一脸苦笑："事关重大，在下愿听郑县长的高见。"

郑啸荫盯住周公潇，像是在自嘲："我能有什么高见？就怕我说了不算，周区长也不见得能听进去。"

周公潇明白，郑啸荫并不担心他改投共产党，只是担心他日后势力壮大而不服调派。其中也不乏另一层含义：他郑啸荫还真是说了不算。现在国共合作他不就说了不算吗？就两人的关系而言，如果郑啸荫是孟浦云那样的中正敦厚之人，我周公潇定然会跟他结为知己兄弟。既然道不相同，也只好视之为利刃，能用则用，能避则避。周公潇做出发自肺腑的神态："郑县长，您是一县之长，说的话谁敢不听？我是多么希望您能军政要务都能说了算，也铁了心要追随郑县长。只是恳请郑县长春风得意之日不要把我们扔到脑后了。"

"哈哈哈，周区长能有这份心，我郑某就万分知足了。"郑啸荫望着至少表面上臣服的强势区长，心照神交道："你我知己兄弟，有些话我不能不跟你言明。虽然胳膊拗不过大腿，脑袋却长在自己头上——千万不可让八路军把你那地方闹红火喽。一旦他们在你那边设立党部，建立了大本营，你我可就都坐在热鏊子上啦。"

郑啸荫的话戳到了周公潇的忧虑之处。他赶忙弯腰上前："正因如此，在下接到接纳周赤萍的指令后一直坐立不安。"

郑啸荫皱起眉头："周区长，这个周赤萍在你那儿落脚，却也像个钉子扎在我嗓子眼儿里。无奈上面有六十九军罩着，咱们一时难以公开撼动他。咱们暂且沉住气，来个阳奉阴违，明里随声附和，暗中给他使绊子，让他扎不下根，稳不下心，做不成事。风筝没风还能上天？上天也不怕，把轴线剪断，就摔它个粉身碎骨。周区长，你我千万要紧密联手，心往一处。待到鸣锣敲鼓的日子，兄弟你我同看一场好戏！"

拖拖拉拉净说些没血没肉的废话。周公潇窝心失望之余，再次想要告退。才要张口，郑啸荫已经起身："周区长，今日恰逢家父寿辰，郑某在家略备了酒筵。周区长要不要也过去喝一杯？"

郑啸荫父亲的生日？他跟我虚假客气，我也耻于跟在贪婪狡诈之徒身边谄媚阿谀，只是那份寿礼非掏腰包不可了。周公潇从怀中掏出一摞崭新的法币，双手呈送到郑啸荫桌上，硬挤着笑脸道："不知令尊今日大寿，在下惭愧。因急匆匆空手而来，形容有失端庄，委实不便当面叩首祝寿。仅以区区贺礼权表心意。恭祝令尊寿比南山、福如东海。"

郑啸荫扫一眼桌上的钞票，虚挂着诚恳："郑某怎好让周区长破费。还是喝一杯再回不迟。"

周公潇抱拳推辞："多谢郑县长盛情。日后在下定将专程登门拜访并聆听令尊指教。"

就在周赤萍带领八路军队伍抵达梓河镇的这天中午，有位走亲戚打扮的中年妇女挎着篮子来到盘龙村。小五的娘正好在村头担水浇菜，听说她是梁春竑的远房亲戚，马上让小五把她送去了学堂。

梁春竑发现这位妇女陌生而又似曾相识，只是一时想不起来，便打发走小五，谨慎地盘问："这位大嫂从哪里来？"

"俺从东乡里来。想请先生帮忙咧。"

"可我不认识你啊。"

"那，你认识张成祥吧？他叫俺有事儿可以来求先生。"

张成祥？梁春竑心里打了一个紧鼓："大嫂跟张成祥是亲戚吗？"

"比亲戚还亲。"

上级组织终于来人啦！梁春竑激动地站起来，局促地搓着自己的手："你是——同志？"

那人微笑着点点头，大大方方地伸出手："我们是同志。我叫李清梅。"

梁春竑竟然不知该从哪里说起，只觉面颊发烧："李同志好。我还以为上级组织把我给忘了呢！"

李清梅看着他拘谨不安的样子，笑笑说："怎么会呢！前些日子县上出了些状况，近期工作头绪繁多，人手又少，所以地方发动工作稍微放松了些。今天我过来了解春天以来你这边的工作开展情况，下达上级有关指示。梁先生，你还记得这对镇纸吗？"

随着改口"梁先生"，李清梅从篮子的包袱底下掏出一个长条包裹，轻轻放到桌上。她一层层地揭开包裹着的丝绸，直到一对上等紫檀木的镇纸跃然眼前。

"南山之兰，君子所有"的鋬金八字隶书，圆润舒展而又沉凝雄豪之气，与高贵檀木形神浑然。这不是芝兰堂老板王瑞亭的镇斋之宝吗？而眼前这位村妇打扮的李同志不正是几次给他们递水的那位嫂夫人吗？

梁春竑捧起镇纸，像捧着稀世瑰宝。有一次，王瑞亭引领着梁春竑鉴赏了他所有的书画收藏后，问梁春竑哪件藏品最珍贵。梁春竑不假思索，热望着书案上的那对紫檀镇纸说，这才是芝兰堂藏品中的宝中之宝。王瑞亭很是震动，问询梁春竑何以如此看重此物。梁春竑阅历不算深厚，对文房四宝之类的国粹却有些辨识。他解释说，"南山之兰，君子所有"八个字立意深远，其隶书镌刻力透君子的质洁清高之气，而坚硬清脆的檀木又契合了君子的立世之道。正所谓形、神、意、本聚于一体，不可分割。王瑞亭心中叹服，允诺日后必为他留意此等宝物，作为知己相与之意。如今嫂夫人竟将其心爱之宝奉送至面前，其中何意？难不成王瑞亭外地避难是假，人已罹难是真？

梁春竑褪去喜色，恭肃而立："嫂子为何把瑞亭大哥的心爱之物带来了？难道……"

李清梅察觉出梁春竑的误解和忧虑，亲切地示意梁春竑坐下："你大哥有事不能过来，让我来找你。他知道你钟情这对镇纸，特意嘱咐我转赠给你。哦，他还亲自给你书写了这幅两条屏。"

"名画要如诗句读，古琴兼作水声听。"非为知己，谁解其中味？梁春竑感动之余，双手将镇纸呈给李清梅："嫂子，我不能夺人之爱。大哥的墨宝我留下，还请把这对镇纸再送还给大哥。"

李清梅笑道："知音说与知音听。你不收下，不也拂了你大哥的心意吗？"

"小弟承蒙大哥厚爱。请问嫂子，大哥去哪儿啦？"

"他去了八路军的游击队。他还要我转告梁先生，君子重义，知己同心。希望你能沿着选定的道路，百折不回。"

“大哥果真是共产党？”

“你不久也会是了。梁春竑同志，从今以后由我跟你保持联系。说说你这边的情况吧。”

快半年了，日夜都在期盼有人来跟他说“比亲戚还亲”这五个字。面对这位陌生而又相熟的“亲戚”，梁春竑生平第一次体味到失散多年的孩子终于回家的激动。他几乎在热泪盈眶中颤声汇报了工作，又在强烈渴望中等待着分配新的任务。

李清梅为梁春竑的成绩振奋，更被梁春竑的情绪感染。她情不自禁地站了起来：“梁春竑同志，你这边的工作开展得非常好，我会丝毫不漏地向上级汇报。现在有件重要的通知要跟你传达：最近八路军山东纵队第四支队将与国民党云蒙县在梓河镇联合举办‘青年抗日救国训练班’。上级决定咱们泰沂毗邻区域也要组织部分进步青年前往接受培训。你这边拟定两人报上级批准。”

梁春竑目光炯炯：“‘青年抗日救国训练班’？八路军开过来了？”

“最近几天就要开过来。队伍一到，训练班就开课。”

“我能见到瑞亭大哥了？”

“这可不知道。上级建议，你必须参加训练班。另外一名，必须是接近党员标准、发动工作能力强的进步青年。你仔细考虑好，我明天一大早再过来。”

这盘龙村距离县城有着六七十里路的行程，怎好让既是战友又是嫂子的李清梅风尘仆仆地来回奔波呢？梁春竑果断地说：“李清梅同志，翻山越岭，路途遥远。我现在就把名单给你。我保证万无一失。”

隔了两天，梁春竑接到李清梅的介绍信，要他和武善志翌日就去梓河镇参加训练班。梁春竑晚饭时婉转地跟家人道出了这一消息。

闻听梁春竑要去参加八路军的训练班，而且八路军队伍已经驻扎到梓河镇，梁大娘脸都僵了：“竑儿，跟娘说实话，你是不是要当八路军去？你不知道四下里都来鬼子了吗？你走了咱家里怎么办？不为了娘，就为了竑生，咱也不能去。”

梁春竑扒拉着碗里的饭：“我只是去训练班学习抗日救国的道理。咱要参加八路军，人家还不一定要呢。”

儿子醒着梦着都要出去找八路军。现在八路军到了家门口，他就是要去参军呢，还假装说什么去参加训练。梁大娘觉得儿子都要踩疼她的心把子了：“竑儿，这抗日救国有政府和队伍，关你一个教书先生什么事儿？你怎么一根筋地非要去掺和？魔怔了吗？”

梁大爷鼓着腮帮子喝道：“你个老娘们儿家能懂什么？自古以来，投笔从戎的大英雄多了去了，当先生的保家卫国也是本分好不好？”

见老伴儿不仅不阻止，反而为儿子的选择煽风点火，梁大娘气得浑身哆嗦：“俺不懂投笔从戎，也不懂什么大英雄。俺就想问问，教书先生都要上阵打仗，还要政府和军队做什么？”

梁春竑赶忙放下碗，攥着娘的手，安慰说：“娘，我真的不是去参军打仗，是去学习抗日的道理呢。半个月后就回来了。”

为了这个八路军，儿子或明或暗地跟自己沟通了不止三回五回。武大爷早就发现这儿子继承了自己的倔强秉性，认准的路三头牛也拉不回。看他胸中憋着的那股劲儿，教书先生这根绳索根本拴不住他，跳出这祖祖辈辈守望的老窝儿是行早就晚的事。只是他怎么就认准了八路军呢？八路军是共产党的队伍，跟共产党搅和到一块儿，将来指定要遭受折腾和磨难，说不定还要掉脑袋。可梁大爷相信儿子是走正道的人，当初送儿子接受新式教育也是希冀儿子能走得更远。遥想前世古人，观望现今来者，为人的玄关谁也难说得清，行道的选择谁也难讲得明。既然心下已然为儿子松了套，不如干脆从此放开绳索，由他去吧。

梁大爷呷口酒，清着嗓子对老伴儿喝道：“说你不懂外边的事儿，你还胡扯乱闹个没完了。竑生他爹在外读过书，还是教书先生，什么事儿该做不该做，不比你明白？”

梁大娘气疯了：“你那葫芦头不值钱，爱踢哪儿踢哪儿。可你总不能把自己的儿子往火坑里推吧？你本事大，你替竑儿去当兵。”

梁大爷白她一眼：“我再怎么糊涂，还没糊涂到把亲生儿子往火坑里推！我不过年纪大了些。再年轻几岁你看看。我就去当兵，你能拦得住？”

梁大娘很有些绝望：“你们爷儿俩就是一窝犟种！竑生他娘，你也巴不得竑生他爹去当兵吗？”

看儿媳妇只是微笑不语，梁大爷缓和下绷着的脸，对老伴儿说：“竑生他娘才不随你这个当婆婆的。人家心里比你有主见着呢。”

梁大娘终于忍不住哭出声来：“好，你们都有主见，就我没主见。竑生他娘，你就个当软柿子由着人家捏巴吧。竑生他爹当兵走了，我看你日子怎么过！”

梁春竑跟媳妇儿正柔婉劝慰着梁大娘，只听武善志在院门口把“爹”叫成串，随后传来武大爷的一声咆哮：“滚远点儿！你个死孩子！”

武大爷前头闯进来，也不管屋里人乱成一团粥，又急又气地对着梁大爷嚷嚷："梁大哥，咱可不能让孩子们去参加什么训练班啊！"

梁大娘才要上前附和，梁大爷绷紧脸止住她："你先别来凑热闹。我跟大兄弟拉咕拉咕。"

武大爷鼓胀的额头上青筋崚嶒："善志这个死孩子非要去梓河镇参加什么训练班。他说春竑也去。梁大哥，乱世年头去当大头兵，这都是脑袋别在裤腰带里的行当。咱可说什么也不能同意啊！"

梁大爷把武大爷扶到凳子上，递上烟袋包："我也正跟春竑拉咕这件事儿呢。咱能不能先听孩子把事儿说清楚？"

"这有什么不清楚的？八路军和六十九军办的班，不就是要当兵打仗吗？咱怎能让孩子去送——"善志爹把那个"死"字咽了回去。

见梁大爷"吧嗒吧嗒"抽着烟，也不回话，武大爷又说："我说大哥呀，这么多年土匪、光棍没休没止地闹腾，革命军多少年也没有扫除干净；这两年刚刚平息些，日本人又要打过来。这日子，难哪！别怨咱不愿意抗日，连国民党那正儿八经的队伍都只管往后撤，要咱这些土里刨食的老庄户去抗什么日？咱抗得了吗？孩子终归是孩子，遇事儿爱上前凑热闹。你我是当家人，咱可不能眼看着孩子往火坑里跳啊。"

"大兄弟，咱能不能先听听孩子们的意见？"

"哎呀，俺那亲大哥，你怎么恁糊涂？你就春竑一个儿子，独苗。我原来比你强，俩儿子。可现在也和你一样，只剩这根独苗了。你看看善升走后留下娘儿俩，日子咋过的？咱赔不起呀，大哥！"

梁大爷何尝不知道武大爷所说的这些都在理上。可道理就像白昼黑夜的周而复始，也要分时候、分地方和对不同的人来讲。在他看来，儿子和武善志明里厚敦安闲，内里那心早已经像执着的山鹰飞得又高又远，又像脱缰的野马跑得又疾又欢。单是顾虑眼前，他和武大爷的想法是多么一致；若思谋长远，两个孩子的追求却也合乎他的期望。他明里波澜不动，暗中却顶喜欢两个孩子活有奔头的心劲儿和绵里藏针的做派。

眼看梁大爷没和上自已的弦，武大爷用力拍打着梁大爷的膝盖："大哥呀，谁都知道俺家善志和你家春竑好得穿一条裤子。只要春竑不去，善志也就死了他那条心。道理咱都讲透彻了。你得发个话、做个决断啊。"

梁大爷点点头，却对站在身旁的梁春竑和武善志两个说："你们兄弟俩怎么想的，跟俺们说说。”

梁春竑笑着对武大爷说：“大叔，您消消气，听俺俩慢慢给您讲。八路军是共产党领导的革命队伍，他们诚心诚意为咱老百姓打天下……”

武大爷忙不迭地打断梁春竑的话：“谁都说为咱老百姓打天下，可是谁又真正地想着咱老百姓了？俺可听说八路军是由红毛子改编过来的，老百姓的东西全都要‘共’过去的。”

梁春竑笑了：“大叔，不是这样。打倒军阀是共产党提出来的，全民族抗日也是共产党提出来的。按照他们的理想，就是要建成一个‘耕者有其田’、人人平等的国家。眼前最紧要的就是把日军赶出中国去。”

“你前边说的啥俺不懂，你说要把日军赶出中国去，多么轻巧！那国民党兵都只管撤退，名不见经传的八路军能干过日本人？”

“就因为国民党队伍的不抵抗政策才使得咱们国家的大片领土沦陷、亿万人民遭受奴役。共产党和八路军挺身而出坚决抗日，这才是咱们中国人的脊梁骨。所以我和善志才打算参加训练班，看看能不能为国家出点力。”

武善志找准时机争辩道：“爹，倾巢之下，安有完卵。就说我哥，他老老实实在家放羊又怎么得罪小日本了？他小日本凭什么跑到咱们家门口杀人放火？咱就能眼睁睁看着他们在咱们国家的土地上横行霸道、残杀无辜？”

听儿子说到善升的死，武大爷的心口仿佛被刀一戳，老泪顿时涌满眼窝。

武善志接着说：“从看到哥哥惨死的那天起，我就下定决心与日本鬼子势不两立，只是找不到跟日本人干到底的队伍。如今终于盼来了打鬼子的八路军，爹，不管您说什么，我一定要去参加。”

武大爷恨恨地回道：“我知道咱与鬼子势不两立。可是你走了，将来咱这个家谁来支撑？我这把年纪还能支撑得了吗？”

“爹呀，一旦鬼子把咱们国家霸占了，凭谁也撑不起家了！”

梁大爷感觉火候到了，磕磕烟袋锅说：“大兄弟呀，要我看哪，多少人去当兵不是为了混口饭吃？可咱这俩孩子不是为了那口饭，不是为了那几块大洋。他们有心劲儿，有想法，好事儿呢。再说他们兄弟两个只是去参加什么训练班，到底人家让不让参加八路军还不好说。就让他们去听听、去学学，好歹也能长长见识。”

武大爷抹抹眼角：“大哥呀，让他俩出去长见识，就是给他俩解了套儿。解了套儿的骡马能收回来，解了套儿的人心可就难收回。咱们庄户人图什么？不就图能过个安生日子吗？你看这乱哄哄的世道，谁能摸得清方向？咱怎么敢在这个节骨眼儿上让他俩出去长见识呢？”

梁大爷安慰道：“就是因为摸不清方向，咱才让他俩出去长见识嘛。咱哥儿俩都老了，又从来没挪出过这山窝窝，能知道多大的天？孩子大了，也识文解字，有本事闯荡就让他们去闯荡闯荡，将来说不定有些作为。老是窝在咱这山旮旯里能有多大出息呢？”

见武大爷不再言语，梁大爷对老伴抬抬下颌：“竑儿他娘，热乎两个菜，我跟大兄弟喝两盅。”

梁大娘没抬屁股，却把脸扭过一边。

武大爷也知道自己的儿子跟着梁春竑走不了歪道。经梁大爷一通劝，火气散了，思绪却也乱了：“大哥，我知道你心气比咱高，眼光比咱远。可让他俩去跟当兵的瞎搅和，咱这心一时半会儿还就放不下。你再琢磨琢磨，俺也家去清清脑子。”

梁大爷赶忙示意武善志：“善志，扶你爹回去。有什么事慢慢儿地商量着来，也别让你娘着急。”

武善志伸手去扶武大爷，却被甩了个趔趄。

吵吵嚷嚷了半个晚上，春竑媳妇儿始终一言未发。她深知丈夫那颗跃动的心，却甚为公公的态度纳罕。先前每当听梁春竑说要出去闯荡，梁大爷就难掩愠怒，可今天当梁春竑终于要迈出清晰的第一步，他反而很坚决地跟儿子站到一起。这当爹的到底怎么了？春竑媳妇儿慢慢品出了某种滋味：男人的心看上去很硬，其实跟女人的心一样柔软。为了孩子，生铁也能烧化呢。如今八路军开到家门口，丈夫再也不用因为没法去追求理想而蹙眉缄口，她也无须因为心疼丈夫而心里难受了。

回到自己的屋里，春竑媳妇儿认真地瞅着丈夫的脸：“你去那训练班到底做什么？”

在梁春竑的记忆中，这是媳妇儿第三次用这种清澈、真诚而又深邃的眼神望着自己。这种目光不是那种小家碧玉的幽怜，不是蒙昧无知的羡慕，也不是居高临下的犀利，完全是知我懂我、相与同行的那种期待和坚定。相亲的时候，当这种眼神从标致匀称身材托举着的满月般圆润嫩白的脸上照向自己，他的心被猛力击中的刹那，连同神魂也被摄走了。洞房花烛夜的第二天早上，梳洗一新的媳妇儿就在这种眼神中询问他到底看上了她啥。梁春竑生平第一次由衷地对自己的心上人说出了那句酸溜溜的肺腑之言：是那惊鸿一瞥告诉他必须要做疼爱她一生的男人。今夜，媳妇儿再次这样望着自己，梁春竑心底忽然泛起了波澜。这个端庄俊俏的女子不仅拥有女人细腻敏感的特质，还有着男人沉稳大气的风度。如果她没被裹了小脚留在家中，而是放着大脚在外读书；如果他们不是到了谈婚论嫁的年龄才通过媒妁之言相遇，而是能在学校里便相识相知；如果他们不是安分守己于山里崮下，而是相伴行走于外面的世界。那么，他们的现在会是什么样子？他们的未来会是什么样子？

媳妇儿察觉丈夫好看的眼睛里似乎飘荡起一层缥缈的雾气："问你话呢。你想什么了？"

梁春竑体味着美好的想象，柔和地反问道："看你判官一样的眼神。你希望我能去干什么？"

"不就是要抗日吗？大不了还扛枪？"

"扛枪是早晚的事儿。要做的事情多着呢。"

"俺也能做吗？"

梁春竑惊奇地从高桌边的椅子上站起来，笑着迎住妻子的脸："你？你想夫唱妇随？"

媳妇儿坐到床沿上，端过针线笸箩："俺可不是'嫁鸡随鸡，嫁狗随狗'的人，俺只是觉着你做的事情都在理上。"

"哪天我跟着八路军出去打仗也在理？"

"你干什么事情俺都觉着在理。"

"那好，从梓河镇回来后我再培训你。"

"那，你可千万别让咱爹、咱娘知道啊。"

"你还当真了？爹说得没错，你心里有主见着呢。"

春竑媳妇儿想起了婆婆骂公公和儿子是一窝犟种，忍不住笑道："你是犟种，又是先生。俺光跟你学就学成'犟种'了不是！"

媳妇儿很少跟自己开玩笑，今日心情又实在大好，梁春竑满脸春光地扶住媳妇儿的肩膀："犟种有脾气、有性格，却招人疼。你不也喜欢我这个'犟种'吗？竑生他娘，再多受点儿累，多给咱生几个'小犟种'。"

媳妇儿满脸发烧，却挣脱不开丈夫有力的臂膀："看你厚脸皮，哪还有先生的样子！"

第十一章

接到李清梅送来的要他和武善志前往梓河镇参加“青年抗日救国训练班”介绍信的时候，梁春竑反而从兴奋中慢慢冷静下来。训练班在梓河镇举办，周公潇肯定已经跟武善彧联系过。这个武善彧怎么不跟我通气？或者他还没来得及跟我传信？按照武善彧的说法，周公潇不可能跟八路军携手做事的。或许那深不可测的周公潇根本就没有跟武善彧透露消息？梁春竑需要安排的事情繁多，只好在去训练班路过枰柳庄时顺路跟武善彧打招呼。武善彧果然不知道要举办训练班的事情，当即跟梁春竑一道去了梓河镇。

八路军队伍来到梓河镇的当天晚上，武善彧就得到了消息。第二天赶来问询情况时，周公潇已经去了云蒙县城。武赣民告诉他说，周公潇临行前留下话，要武善彧尽管安心等他音信，这边一安顿好，他会亲自去枰柳庄。哪知才隔了一天时间，这边都要举办训练班了！如此重大的事情，周公潇居然不跟他传递信息！

武善彧行色匆匆而来居然是为了“青年抗日救国训练班”！周公潇很感到意外：“举办训练班不过为了应付石友三和那帮开过来的八路。八路军来梓河镇驻军，笼络云蒙、泰沂两地的激进分子参加培训，明摆着想要在此建立大本营。可那石友三被灌了迷魂汤，要做那拆了城隍庙盖土地庙的蠢事儿，任由共产党扎下根、长羽翼。咱们微如草芥，空有一腔热血而无能为力。我正心烦意乱、不得要领。没想到表兄竟也为此而来。”

其实，武善彧眼下最为关心的并不是训练班，而是八路军的队伍、八路军的首领。他谨慎地慨叹着说：“表弟忧国忧民之心日月可鉴。八路军的队伍开到咱家门口，背后的情势自然非同小可。这些年来，关于共产党队伍的传说神乎其神。我倒想看看那八路军究竟都是什么样的人、究竟信奉什么样的理论。表弟，我想借此机会，亲自会会这支八路军队伍的首领，方便的时候也来听两天课。表弟应该不会很为难的吧？”

周公潇对武善彧的要求并不意外：“这有何难？举手之劳罢了。也恕小弟直言，表兄所托两件事自然跟你的莫逆之交梁春竑脱不了干系。你们一定没少读共产主义学说，也对共产党的鼓吹兴味盎然。只是你们都未曾见到过真正的共产党头领，也未曾见过他们的队伍，今日正好可以实现多年的愿望。表兄放心，训练班要开班十多天，我们有的是时间观其人、闻其声。”

往昔跟梁春竑对共产主义学说的探究和眼前自己心里的想法同时被周公潇说中，武善彧脸面上有些挂不住。他不置可否：“多谢表弟的周到安排。表弟说八路军要在这边建立大本营？”

“这都是和尚头上的虱子——明摆着的事情。可想要在我这边扎根，没那么容易。哦，你那诤友梁春竑也来培训班学习。表兄这回该相信他是个危险人物了吧？”

“危险人物？他只不过是个教书先生而已。”

“眼下的教书先生要么是朽木不可雕的糊涂虫，要么是头脑开化的激进分子。前者让人恶心，后者很是可怕。梁春竑就是可怕的激进分子。他没告诉你谁介绍他过来的？”

“他说是县上抗日志愿大队的熟人告诉他消息的。”

“凡来参加训练班的人一定是共产党选派过来的。梁春竑那熟人恐怕就是他的上线吧？梁春竑很可能已经是共产党了。”

武善彧拿定主意，无论周公潇怎么进逼，他都不能透露梁春竑的真实身份，更不能透露他跟梁春竑在对待共产主义信念上的一致理解：“表弟多虑了。梁春竑的事情我最清楚。他现今跟我一样，只是对共产党的抗日民族统一战线感兴趣。”

周公潇似乎对武善彧的幼稚感到惋惜：“表弟不至于因为同窗好友的缘故而丧失了对梁春竑的准确判断吧？不信等着瞧，我周公潇还没有看人走眼的时候。”

武善彧表情很不自然：“听表弟说来，我还真要小心提防他些。”

周公潇误把武善彧的尴尬当作了遭数落而产生的难为情，低声宽慰说：“也难怪，谁让你们既是同学又趣味相投呢？虽然我跟他只见过那一次面，但我知道他并不像看上去的那般温文尔雅。今天培训班正式开学，我借此专为表兄举办一场晚宴，表兄可以瞻仰一下八路军头领的仪容，顺便观察梁春竑是不是危险人物。”

除了梁春竑和周赤萍，周公潇还邀请了郑啸荫和六十九军分别派来的宣讲员同席赴宴。在武善彧看来，谁出席这个晚宴都不重要，只要别少了这支八路军队伍的首领周赤萍。对他来说，红军九死一生硬是没有被击垮本是个奇迹，从四面楚歌的境地里毅然挺身成为最坚定抗日的宣传者和实践者更是个不解之谜。他期待从八路军四支队政治部主任周赤萍身上搜寻到他思之弥久却从未可得的谜底。

"让各位久等了，周赤萍为姗姗来迟向大伙儿致歉。"随着一声爽朗的招呼，周赤萍昂首挺胸，双手抱拳，目光炯炯地跨进门来。

武善彧终于等到了这个极为期待的关键人物。他敏锐地察觉到，周赤萍比自己年轻，着装形容极为简朴，气场却把除了周公潇之外的所有人都给罩住。

听完周公潇对来宾的介绍，周赤萍用力握住武善彧的手："能在百忙之中参加训练班，足见武先生目光高远、胸襟开阔。我、周区长和三位宣讲员衷心欢迎。希望武先生能带动一方群众积极加入全民抗日的队伍中来，为国家、为父老乡亲们做事、出力。"

受周赤萍情绪的调动，武善彧抱拳回应道："'国难当头，匹夫有责'。无奈抗倭有志，报国无门。如今举办训练班，似我等不明之众拨云散雾，心清目明，知晓该怎样为同赴国难而绵尽微薄之力。周主任跟各位功在千秋啊。"

周赤萍重重地点头："'抗倭有志，报国无门'，武先生道出了多少热血百姓的心声。这次我们与周区长共同举办的'青年抗日救国训练班'就是要解决这个疑惑，让各个阶层的人士、各个地方的百姓都能明白怎么算是抗日、怎么去抗日。如今，以国共联手抗日为中心的抗日民族统一战线正在逐步形成。当我们把各阶层人民大众宣传动员起来，日本侵略者就陷入我人民战争的海洋，他们的末日不久就会到来。历史始终证明，我们中国人一定是自己的主人！"

武善彧的余光发现，在周赤萍振奋激昂的带有演说意味的言谈中，县里的两位宣讲员勉强从眼角挤出半丝笑容，鼻腔里喷出轻微的说不清是赞同还是嘲笑的吭哧声；周公潇则微微低垂着脸，目光散漫地望着桌子中间，看不出任何表情或是态度；梁春竑和六十九军派来的宣讲员目光炯炯，眉宇间润透出兴奋和向往。等周赤萍话音一落，武善彧正色道："周主任，除东三省之外，这才半年时间，北平、上海、济南等大片国土陷落，就连咱这偏僻封闭的山村角落都来了日本军队。要把倭寇赶出中国恐怕绝非易事吧？"

周赤萍点头表示赞同："武先生所虑也是多少人所担忧的事情。可我们华夏大地自古以来就没有被外来侵略者征服过！武先生或已有耳闻，当前我们的抗日战场上可谓悲壮惨烈，国共双方英勇志士浴血奋战，视死如归，已经取得很多的胜利。远的如平型关大捷，近的如台儿庄大捷，我们用誓死卫国的行动让日军灭亡中国的神话正在破灭。只要全国上下同心同德，同仇敌忾，大捷会越来越多，最终胜利的日子也会越来越近。武先生，今天我们已经开了一天的课。半个月的时间里，我们会为大家说清楚为什么要建立全民族的抗日统一战线，为什么说我们中华民族会取得最终胜利，大家也会了解国共双方在抗日战场上惊天地、泣鬼神的众多战斗和令人扬眉吐气的重大胜利。武先生只要把训练班的培训听下来，所有的疑问会烟消云散，‘报国无门’自然会变为‘报国有门’。”

周公潇感觉武善彧一开场便入了周赤萍的套儿，赶忙接话说：“周主任出口成章，才识过人，不用听课已经人受裨益。如果在班上再加培训，人人定会茅塞顿开，倍感柳暗花明。训练班明天将会继续，接下来我们还是边叙情谊，边聊抗战。我提议，首先为咱们‘青年抗日救国训练班’的成功开课干一杯。”

武善彧如许见到了周赤萍，深为周赤萍的气场而震动，却也多少有些失望。作为八路军山东抗日游击第四支队的首领，周赤萍言谈举止间开朗自信、一身豪气，一看就是正人君子。可他有气场却没威严，穿着整齐却也近乎寒碜，整体看来更像是为出席正规场合而一番细心打扮的义军头目。

杯箸之间，周公潇向在座的人介绍说：“大家还不知道吧，武先生是我的表兄，梁春竑是武先生亲如兄弟的学友，我们三个是兄弟加知己。”

县里来的一位宣讲员马上笑容可掬地奉承说：“哎呀呀，自古英雄惺惺相惜。周区长的兄弟果然都是俊杰。”

另一位赶紧接着拍马：“嗯，算不得‘桃园三结义’，至少也要来个‘汉初三杰’。为了你们群英三兄弟，大家干一杯！”

梁春竑心下明白，周公潇说他们是兄弟加知己并不准确。周公潇跟武善彧堪称门当户对的亲友，而他和周公潇分立在武善彧的两端，也并没有因为武善彧的搭桥而成为同一条线上的棋子。事实上，他跟周公潇各自游离于跟武善彧融洽密切的关系之外，恰若不在同一轨道的两颗行星。仔细想来，他们两个都是当地响当当的富绅，周公潇又是铁杆儿的老国民党县委委员，武善彧在加入共产党的问题上迟迟不做表态，不仅与他们的自身地位有关系，更与周公潇的影响有着千丝万缕的牵连。在梁春竑看来，周公潇风流倜傥，才干超人，举手投足间自然流露出的飘逸洒脱和果断干练与他的年纪很不相称，不能不让人深为叹服。可他英气逼人的骨子里同时渗透着一股寒气，那是一种高傲与冷漠融为一体的令人心怵的气场。跟他在一起，总让人觉得是在跟随一位老谋深算的猎人走向早已布置好的陷阱。与周公潇不同，武善彧专心精于田地商号的经营，看似平易近人的沉稳后面掩藏着精明和老到，却没有露骨的杀气。尽管与武善彧是多年的学友，感情近乎亲兄弟，梁春竑还是分析不透武善彧为什么会与周公潇那么投缘。

梓河镇，位于八百里沂蒙腹地的云蒙、泰沂交界处，东西南北两条重要通道在此交汇。周边山崮环绕，林木蔽日，山下土地肥沃，物产丰饶，长久以来就是地方经济、军事重镇。以西北走向的绵长山脉为分界，两条河流穿山绕崮、几乎并行蜿蜒而来，后相交汇成梓河，并在交汇处冲积出开阔的小平原。梓河镇便坐落在东、西、南三方河水缠绕、北有低山倚靠的小平原上。

在这迫近麦收的时节，镇上先是驻扎了一两百人的八路军队伍，随后区公所旁边的学堂里又住进来二三十人的“老”学生。这些“老”学生成天不回家，黑白都上课，动辄又是唱歌、又是扭秧歌，惹得周边村民闻风跑来看稀罕。

训练班已经开学三天，学员之间相互熟稔。这天中午下课后，梁春竑、武善志几个人相约去梓河里洗澡。

因为山麓深处的泉水亘古不竭，梓河水流便也终年不断。每到夏秋季节，丰沛的降水让大河、小河满满盈盈，一两人深的碧蓝的河水打着旋涡向下游奔涌，水鸟野鸭成群结队地在水面起落嬉戏。沿河两岸，一抱多粗的杨树带着浑身的沟壑直入苍穹，成片的柳树挺举着古怪形状的瘿脖迎风而立，茁壮的棉槐和茂密的芦苇努力向上生长，甚至越过了柳树树冠上飘逸下来的枝条。如今麦收在即，棉槐、芦苇虽未长成，却也有半人高，宽阔的林地河滩俨如绿装青练，那河水也在几场雨后变得开阔激荡。

空中天高丽日，眼前鱼摆鸟翔，可天气毕竟还没到炎热的时节，又有顺河风飕飗地吹过，人在水中还算温暖，一露头便知春寒未尽。一群人击水腾跃，耍闹戏谑，出浴时很快鸡皮疙瘩满身，红唇变青白。

小个子李长生急急地穿上衣服，蹲地上抱着膀子晒了会儿，对才正哆嗦着穿衣的大个子林茂宇喊道：“大个子，我们推举你当团长吧。”

林茂宇不解其意：“当什么团长？”

李长生灿烂地笑着：“看你这么大个子都缩成个铁青的肉团团了呢。”

林茂宇光着身子就追：“看我把你扔回河里，让你变成个小秤砣！”

李长生"嗖"地跳出老远："赶紧穿裤子护住你那杆枪吧。要是冻坏了，又被你老婆提拔成光杆司令啦！"

林茂宇才刚结婚，被李长生一番耍笑，变得很害羞："李长生你不学好。小心你那杆枪将来没用处。"

"怎能没用处呢？咱要扛着这杆枪抗日呢。"李长生在大伙儿的哄闹声中问梁春竑，"春竑哥，为了参加这个培训班，你和大个子把老婆一扔就不管。小心回家去，老婆不让你们上炕了，看你们怎么办。"

梁春竑很喜欢这个跟武善志年龄相当的蹦跶孩子："怎么办？咱也赤条条无牵挂，跟八路军去打日本鬼子啊。"

众人齐声取笑李长生眼馋别人娶老婆，吃不到葡萄说葡萄酸。说闹间穿好衣服，穿过芦苇往回走。

武善志羞于开这样的玩笑。等大家穿好衣服，穿过芦苇往回走的时候，他说："春竑哥，我怎么发现县里来的宣讲员和周主任那边宣讲员讲的课越来越大不一样了呢？"

李长生忽闪着粗长睫毛说："就是呢。党部派来的宣讲员很少提及抗日民族统一战线，绝口不提动员全民参战。连平型关大捷也都是国民革命军的功劳呢。"

武善志说："春竑哥，发动抗日民族统一战线到底行得通还是行不通，就算行得通又能起多大作用？咱们是不是找周主任亲自给咱们讲讲？"

李长生高声说："对，找周主任亲自给咱们讲讲。如果那县里来的宣讲员故意混淆是非，咱们就把他们轰出课堂去。"

几个人正嚷嚷着表示赞同，冷不防芦苇丛的那边传来一声清亮的回应："好大的气魄啊！我看看你们都是谁。"

所有人吓了一跳，禁不住面面相觑。

"周主任！"梁春竑看着武善志，肯定地点点头，"你们是谁？请出来说话！"

随着爽朗的笑声，芦苇丛里钻出三个湿漉漉的脑袋，其中一个果真是周赤萍。

李长生没头没脑地问道："周主任？你怎么也来洗澡了？"

周赤萍打趣说："你们能来，我为什么就不能来呢？而且，那会儿你们的打闹我们可全都听到了！"

李长生很难为情："全都听到了？"

周赤萍见李长生都要羞红了脸，拍着他的肩膀说："不就是老婆不让上炕嘛。你们说得很好，不让上炕，咱们就赤条条无牵挂地去打鬼子嘛。不过，把‘国家兴亡，匹夫有责’的道理讲清楚，老婆自然会支持咱们先上战场的。”

梁春竑想到了大伙儿刚刚的两个问题：“周主任，刚才我们的疑问您都听到了，大家还都很想详细了解红军爬雪山、过草地的壮举。您能不能现在就跟我们讲讲？”

周赤萍笑道：“不管抗日民族统一战线的政策，还是红军过雪山草地的壮举，都不是三言两语能讲透彻的，得留在课上慢慢学。走，咱们一边回，一边梳理一下几天来遇到的问题。”

三天来，梁春竑一节课没落，课后跟周赤萍有过短暂的单独交流，对八路军的组织原则等有了些了解。今天路上又听周赤萍他们讲了很多，心情长时间不能平静。他决定郑重地向周赤萍提出参加八路军的申请。晚上下课后，梁春竑悄悄叫上武善志，径直去了周赤萍的住处。

周赤萍住在一家老房东的两间西厢房里。靠墙的木床上整齐叠放着带有补丁的军被。木床的对面，靠墙摆着张破旧的四腿高桌，桌上的一角堆着小摞书籍文件；另一角放着只小瓷碗做的油灯，豆粒大的灯火在碗边轻轻摇曳着，发出暗黄的光晕。

见两人只顾察看，脸上带着疑问，周赤萍打趣道：“怎么，你俩过来搞侦察吗？”

八路军支队的一个政治部主任就住这样的房子？梁春竑和武善志被屋里的布置弄蒙了：“周主任，你一个主任竟然住在这样的地方？”

武善志接过去说：“我家很穷，可摆设用度也比你这里强呢。”

周赤萍哈哈笑道：“咱们共产党领导的军队就是要让老百姓过得比我们自己好。只要老百姓满意了、高兴了，我们的理想就实现了。”

武善志不解地说：“可周主任大小也是个官呢！”

周赤萍又一次朗声大笑：“当官怎么啦？当了官就要更好地给老百姓干事。给老百姓当好仆人，这才是我们的目标和理想。”

梁春竑心里热潮澎湃：“周主任，你们与国民党政府的很多官员很不一样呢。”

这次周赤萍没有笑。他给两人搬过长凳：“是呀。为什么到处民不聊生？为什么日本人这么飞扬跋扈？这都是因为政府和军队没有把自己当成为老百姓干事的人，而是把自己视为官老爷；没有想着怎么样为老百姓创造安宁幸福，而是只打着自己怀揣的小算盘。咱们共产党和共产党领导的队伍就是要改变这个国家，让政府和军队心里想着百姓，干事为着老百姓。”

梁春竑激动中带着很大的疑问：“这可难哪。”

周赤萍深深地叹口气，坚定地说：“越是难，我们越要去干。我们就是干这最难的事情的队伍。只要我们坚定认真地去做，只要让老百姓都知道是为了他们打天下，这件大事总有一天会干成。所以，要加入共产党、要参加八路军，就不要指望着来升官发财，不要指望着妻妾成群，而是要带领大众跟反动势力进行斗争，关键时候还要随时准备着献出生命，甚至不惜献出亲人的生命。”

梁春竑和武善志的胸口不自觉地一个震动。

周赤萍见两人闭口无语，心知对还没有完全迈进自己队伍门槛来的他们而言，刚才的话说得有些深、有些重：“呵呵，刚才我说得有些重啊，真要干起来也没那么可怕。就像种地、做衣服，一步步来就是了。哦，你俩还没跟我说今晚来干什么吧？”

梁春竑热切地望着周赤萍：“周主任，我们两个是来向您报名参加八路军的。”

周赤萍稍稍怔了一下：“我刚刚才说过，参加八路军可不能指望升官发财，还得要随时准备献出生命的。”

梁春竑与武善志对望一眼，态度坚决：“本来我们早已下定决心参加八路军的。刚才听周主任这么一说，我俩更是铁了心要参军。周主任，您批准吧。”

周赤萍巡视着两人的神情：“梁先生，不只你跟你这位小兄弟，来参加咱们训练班的学员也都是难得的好材料。你们都够了参军的资格，可我不能批准。因为还有更重要的事情需要你们去做。”

梁春竑和武善志疑惑不解：“连参军都不让，还能做什么重要的事情？”

周赤萍意味深长地说：“这次训练班就是要选拔有志保家卫国的优秀年轻人来接受训练，回去好向村民百姓宣传抗日民族统一战线、宣传我们党和队伍的政策，发动周围地方更多的人加入我们的队伍。你们俩是泰沂云崖区优秀青年人的代表，回去之后不仅要向年轻人传达学习，还要向老人、妇女宣传鼓动；不仅要向赞同我们的人宣传，还要向反对我们的人宣传。所以，你们身上的担子很重，比参加八路军还要重。”

梁春竑和武善志很犹豫，张张口却又不知从何说起。

一切看在眼里的周赤萍放缓了语气：“我知道你们两个在想什么。听我的，暂且不要想那么多。这几天好好学习训练内容，从思想上扎下革命的根，学会做革命工作的本领，回去后争取尽快让我们党和队伍的思想在更多人心中扎根发芽。也许，你们很快就要挑起重担啦。”

梁春竑和武善志明白了周赤萍的意思，脑中运动得越发激烈。他们需要冷静的思考，而周主任日理万机，两人便与周赤萍握手后告辞。

第十二章

半个月过去，山坡旱地里的麦子已经黄梢，训练班如期结束。武善彧和周公潇之间进行了一次不怎么愉快的对话。

结业仪式后，周公潇邀请武善彧去他的区公所，问他感受如何。因为忙于家业，武善彧只是隔三岔五地听了几天课，却真切地感觉县里派来的两位宣讲员的授课远不如八路军和六十九军的宣讲员讲得叫人激情振奋。武善彧明白，跟八路军四支队联合举办“青年抗日救国训练班”，周公潇如同被逼迫吃下了掺杂着沙子的夹生饭，能发表几句符合他心意的评判最能令他痛快。可武善彧不想违心，直白地道出了自己的感受。周公潇有些吃惊，转而自顾哂笑。

武善彧解释道：“我相信县里宣讲员讲的都是真实的，目前国民党军队是抗击日军的主力。可面对危险的抗战形势，应该反思、修正已有的抗战策略。八路军力量微薄，但他们提出的‘抗日民族统一战线’确实很有道理、值得采纳，应该推及全国。”

“表兄何其不明他们宣传背后的真正意图。当年闹农协的事情，难道表兄就如此健忘？”

每当说及当年农协事件，武善彧总不免心生矛盾：“从这件事上说起的话，我也惧怕和反对共产党，但是‘先有国，才有家’，皮之不存，毛将焉附？所以，当前委员长和共产党提出的联手抗日无疑是正确的。训练班宣讲员不也是这样讲的吗？”

周公潇马上予以纠正：“表兄只知其表，不知其里。不过也好，这训练班揭去了那些跳梁小丑的画皮，我们秋后算账就容易得多。”

武善彧试探着问道：“这青年训练班不会是你织好的口袋吧？”

周公潇狂傲地大笑：“他们拿训练班这条绳子逼迫我们就范，我们也只好把这绳子织成口袋了。权且让这群不知天高地厚的愣头青云里雾里地欢腾几天。表兄，我可要再次提醒你：千万小心你那个老同学，能划清界限就划清界限吧。”

“梁春竑和武善志？他俩再怎么折腾也不过是老实巴交的小天真罢了。”

“我看表兄才太过天真。跟着共产党起事儿的还不都是这些老实巴交的人？我现在敢十拿九稳地断言：梁春竑一定是共产党。”

听周公潇说他天真，武善彧禁不住红了脸。可当周公潇言中了梁春竑的身份，武善彧感觉自己的心思被戳穿，禁不住猛地抬头：“你说什么？”

周公潇奇怪地笑了：“表兄甭这么紧张。他是共产党又怎么样？说不定哪天就死在我的手里了。”

武善彧忽然感到心里很不舒服，连胸带胃都在翻腾：“早知道这么个结果，我真是不该来参加这个训练班的。表弟，咱不说这个了吧。”

梁春竑毕竟是武善彧死党一般的学友。周公潇也察觉说得过分了些，便借机后退一步：“还是撇不开同窗情谊是吧？那就不说他了。表兄，今晚住这边吧。咱兄弟两个多久没有彻夜长谈了？”

武善彧强打着精神站起来：“下回吧。老爷子也想听听这青年训练班的情况呢。”

第二天吃过早饭，武善彧带着李开田去了盘龙村。昨天结业仪式上，每位学员都即兴发言，畅谈学习心得。梁春竑言辞简短而又谨慎，唯一表明态度的一句话是“越发感觉共产党的抗日民族统一战线符合时代潮流”。武善彧知道他有满肚子的话语，只因碍于周公潇在场而刻意回避罢了。事实上，武善彧也把好多话留在了肚子里。如果还在单身时光，他昨晚宁可找梁春竑来个夙夜长谈的。

武善彧进到梁春竑的办公室，拿手指在未来得及擦拭的桌面上画出一道印痕：“旬日不见君，心上已蒙尘。不只学堂净地，兄弟情谊也要日日打扫才行啊。”

梁春竑抓过抹布，给武善彧擦了凳子：“心如明镜台，何处染尘埃？昨晚是不是没睡好觉？”

“估计你也没怎么睡好吧？天知道你整的哪一出，昨天居然嘴上挂了锁。我只好今日登门拜访，听你对十多天训练班的感想。”

“胜读十年书。单单统一战线的理论依据和第一次国共合作取得北伐战争胜利的史实这两节课就让人醍醐灌顶，万贯家产都换不来。要说疑惑或者担忧，国共双方能否在国难当头的危急时刻真心同舟共济？”

“你我之所见不谋而合啊。春竑，昨晚我几乎彻夜未眠，反复思考着宣讲员的授课、思考着周公潇和周赤萍各自的循循善诱，也思考着家国的未来——严格说是思考着咱们兄弟俩的未来。我想起了年前咱们三个人聚谈时辩论的中心：到底谁来治国、救国。”

“虽然你没能完全把课听下来，应该已经辨出是非。县里派来的宣讲员言辞振振、威严并重，却难掩朽腐浑浊之气；周赤萍他们寒碜简陋、极度清贫，却激扬着清正明亮的浩然之气。这次培训更加坚定了我的信念：共产党选择的是一条为着国家民族的光明之路。善彧，不管道路多么坎坷或者曲折，我只会选择趋清避浊。”

武善彧慨叹说：“你永远是那忧国忧民的书生，周公潇也是抱定济世救国理想的志士。春竑，说实话，经过这些日子的接触，你对周公潇印象如何？”

梁春竑提着水壶去了厦房，烧上水，回来坐下说：“都是自家兄弟，还是不要背后评说指摘得好。”

“既非褒贬人物，也非逞口舌之能，单论器量才略而已。况且，咱们两个也算在自己家里。”

“公潇表弟看似年轻气盛，锋芒毕露，实则阅历深厚，城府颇深。非同一般的人物。”

“他十几岁就出道且小有建树，自然历练非浅。如今的恃才傲物甚至刚愎自用不难理解。我就欣赏他行不苟合且兼有韧性的天资。这可是成大事者的禀赋啊。”

“行不苟合且兼有韧性固然可贵，可成大事者的根本却是心正。心正修身，然后才能齐家治国。”

武善彧大吃一惊：“你说公潇表弟心术不正？”

梁春竑意识到说话唐突，面有愧色：“我跟公潇表弟交往不深，本不可妄言妄论。或许他只不过有些恃才傲物或者刚愎自用，而我可能因为对国共两方的认识跟他不同而稍有诽谤之嫌。善彧兄请见谅。”

武善彧稍稍缓过神色：“你吓我一跳。我还以为你不屑与他为伍呢。不过，道不同不相为谋，志不同不相为友。咱们三个不会分道扬镳吧？”

梁春竑笑笑：“要说分道扬镳，要么你跟公潇兄弟分道扬镳，要么跟我分道扬镳。我跟公潇兄弟本没有刎颈之交。”

梁春竑的叙说柔和轻松，周公潇的表达冰冷无情，话语背后的实质却惊人一致：两人因为理想追求的南辕北辙而水火不容。像被锥子扎到了心上，武善彧暗淡了脸色：“春竑，虽说咱们三个没有桃园结义，可你们两个毕竟都是我最知心的兄弟。而且，你们两个也都是匹夫不可夺志的忠义之士。我宁可咱们和而不同，结为生死之谊，也不愿各为其志，兄弟干戈。”

道不同而又不可夺志，何谈和而不同？武善彧的心结又何尝不是他的心结？梁春竑宽慰武善彧，也宽慰自己说：“善彧兄，咱们都想多了。当前抗日民族统一战线已是国共双方共识，孤陋寡闻的村民百姓都能被鼓动起来，何况眼界宽阔的公潇兄弟？兄弟就是兄弟，同根生的一家人，还能不共戴天？就咱们三个，无非追求真理的角度不同而已。况且我们都是巷陌亲邻，本没有仇怨，又怎么会兄弟反目、刀枪相向？公潇老弟素来不避锋芒，我跟你也一向口无遮拦，这才让你多想了。”

武善彧略微放心了些：“你说得不错。公潇表弟棱角分明，你也方正不阿。好在这些日子你学会了在公潇表弟跟前少说多听，特别在国共孰是孰非的问题上笑而不争。这样很好。”

“我也想问你，训练班的课你听了不少，对自己和你的自卫团都有什么新的想法？”

“昨晚跟老爷子说道了半宿。他并不怎么喜欢我跑去参加训练班。至于你说的抗日游击中队，我还须多做他老人家的工作。”

“善彧兄，老人家的工作需要做，你自己也该尽早拿定主意。恕我冒昧，别让公潇兄弟的见解绑架了你的思想。”

“他能绑架我的思想？我是什么样的人你还不清楚？春竑，这个你可想多了。”

尽管武善彧的回答多少也让人略微松了口气，可梁春竑知道自己没有想多。他不敢奢望武善彧能改变周公潇，他只希望武善彧不要做第二个周公潇。

到了中午放学时间，梁春竑正要关门落锁，芝兰堂的李清梅挎着篮子赶了过来。

李清梅告诉梁春竑，就在举办训练班前些日子，日本军队开进泰沂县城、在公路沿线设置了不少据点。根据上级加快创建和扩大游击中队的要求，县里通知梁春竑要把发展队员、扩充队伍作为当前最紧迫的工作。他跟武善志要把这次青训班的内容尽快向队员们宣讲，带领队员们大张旗鼓地开展群众抗日鼓动工作。梁春竑试探着询问张成祥什么时候能回来。李清梅笑着回道：“不管谁来云崖区主导游击中队，你都是现在的中队负责人。”

天台岭上，树冠叶青如黛，枝下日影斑驳，阵阵清风飘拂而过，鸣唱的鸟雀起起落落。南岭林木深处一棵抱多粗的老柿树下，两领席大的青石板上围聚着云崖区游击中队的十一名队员。听罢年后至今日军在泰沂所有暴行的详细通报，队员们炸了锅。

等大伙把心中的怒火和愤恨发泄一通，梁春竑冷静地鼓动说："日本人妄想把咱们中国变成他们的国土。大伙说咱们该怎么办？"

"还能怎么办？咱们自己合起伙儿来打鬼子。宁做中国鬼，不做亡国奴。"

"队长，不是还有八路军吗？咱们不是成立游击中队了吗？"

梁春竑挥手示意大伙静下来："大家知道'枪杆子里面出政权'这句话吗？没有我们自己的军队，我们是打不赢的。日军进攻泰沂城，保安大队得知消息后悄悄撤走，居然让夜袭的日军炮轰枪杀了峪子村一百多名无辜村民。既然他们的军队不再是咱们的主心骨，咱们就要为自己做主。"

一直默默无语的岳子文说："队长，咱们已经发动了不少人，他们都猴急着要加入进来。到底什么时候扩充队伍？"

刘洪收替梁春竑分辩说："光有人，没有枪也不能叫作队伍。梁队长不一直为上哪儿弄枪着急嘛。"

梁春竑舒了口气："这正是我要说的第二件事。因为缺少枪支，咱们游击中队难以及时壮大队伍，也难以开展足够的军事训练。上级指示我们，所有新发展的队员每十人为一批，轮流练习射击，咱们这些正式队员就变成了教导员。咱们暂且两人、三人共用一支枪，练习搏斗和射击训练。等张队长回来或者八路军到来时，枪支子弹的问题就会得到解决，咱们也就可以随时开赴战场。"

李开林却不高兴地嘟囔道："队长，年前打伏击放了几枪，到现在还对那枪声特想得慌。能不能别老扛着假枪摆样子，弄些子弹来个真格地射击不好吗？"

李开林的提议立时得到了大伙儿的齐声响应。

梁春竑沉思后表态说："那好，我尽快跟上级联系，争取轮流去县上抗日志愿队那里接受训练，每个人也能来几下真格的。"

等大家热闹了一阵子，梁春竑又说："我再说第三件事。按照上级的安排，最近半个月时间里，我和武善志到梓河镇参加了'青年抗日救国训练班'，从八路军训练员那里学到了很多东西。这些东西非常珍贵、非常重要。不仅我们每位队员都要认真学习，新发展的队员也要学习，还要对照着这些内容深入发动群众。在开始学习之前，大家先把各自发展的队员名单报上来。”

从上了天台岭到现在，武善志看上去并不怎么快乐。每当李开林讨好地察看他，他便愤怒地扭开脸。等大家围着梁春竑上报发展对象名单的时候，李开林悄悄拉着武善志到旁边，挠着后脑勺说：“怎么，你还真为昨天下午的事儿恼啦？”

武善志立刻瞪起眼：“开林，你少胡闹行不行？”

李开林很无辜地也瞪起圆眼：“我真没胡闹。玩笑归玩笑，可咱们也是要好的兄弟啊。你说你这么好的牌子，找什么样的媳妇儿不好，偏偏要娶山后那……”

武善志刚要发作，岳子文冷不丁地从旁边跳起来，对着李开林的屁股就是一脚，踢得他一个趔趄：“我这飞毛腿，专踢屁股封烂嘴。”

见李开林拍着屁股还要辩解，岳子文踮起脚搂住他的脖子，小声咬牙道：“跟你说了，找媳妇儿是他爹的主意，善志答不答应还八字没一撇儿呢。你别再火上浇油行不行？”

武善志的爹眼见儿子跟着梁春竑越飞越远，又琢磨不出拦挡住他的招儿，便想到了老药方治大病：早给儿子定下亲事、早把媳妇儿娶过门，让媳妇儿拴住男人的腿脚。他趁着儿子去梓河镇参加训练班这几天，匆匆找媒人帮着张罗亲事，没怎么挑选便定下了山后村里的二喜儿。武善志回家来后死活不同意。武大爷说：“你不答应也行，我跟你娘都吊死在你跟前。”想想大哥才刚走了半年，家里又是这般境地，武善志没法跟爹娘往死里拧，便决定暂且拖着，赶紧寻找对策。

李开林和岳子文常常合伙儿下地干活儿。昨天下午，两人担水在李开林家的地里种玉米和黄豆，武善志来下通知集合学习。李开林愣头愣脑地捅道：“善志，你可真行。想老婆想疯了吗？怎么能逮住个葫芦算葫芦、逮住个瓢算瓢呢？山后那二喜儿面皮儿红得像高粱穗子，还好张嘴骂人。那是个夜叉好不好？”

武善志本就很烦，见李开林也来戳他，立刻很生气地回敬道：“我就愿意娶个夜叉。你管得着吗？”

“善志，你别不识好人心啊。我这可是为你好。”

“能不能少操闲心？你自己还不知道会娶个什么样的呢！”

岳子文赶忙给两人打圆场：“就是啊。开林就你这个熊样，还不知有没有人愿意跟呢！”

李开林把胸脯拍得“咚咚”响：“咱这熊样咋的？照样挑好的、拣棒的。才不像善志稀里糊涂抱个夜叉回家。”

武善志火了，“呼”地跳下地堰：“你再瞎说，你以为我不敢跟你翻脸吗？”

岳子文赶紧抱住武善志：“善志，你别火。开林不知道内情，净胡说八道。我让他过后跟你道歉。你快帮着春竑哥发通知去吧。”

岳子文送走武善志回来，旋起腿想踢李开林一脚，猛然发觉他还没从武善志的强烈反应中回过神，便收回腿，指着他说：“你就不动脑子吧。这回我看善志真恼了。”

李开林愣怔怔地歪着头：“他还真的恼了？他就不知道我是为他好？”

昨天梁春竑让武善志帮着下通知的时候就感觉他似乎藏有心事，也没来得及过问。晚上听媳妇儿说武善志的爹正紧锣密鼓地给儿子张罗亲事，梁春竑断定武善志的不开心跟此事有关。去年从大王庄大集上回家，他跟爹提起要为武善志和花篮说媒，从此没了后文，现今想来自觉很对不住善志。待到队员们学习完毕往回走，他悄声问武善志为什么情绪不对头。

武善志脸红到脖子：“梁大哥，趁着咱俩去参加训练班，俺爹急呼呼地找媒人要给俺定亲呢。你快帮俺想想办法吧。”

“要给你定亲？这是好事呢。花篮吗？”

“才不是呢。俺爹和俺娘相中了山后的二喜儿。俺看不中！”

“那你看中了谁？”

“俺谁也没看中。俺还不想娶媳妇儿。可俺爹拿着上吊逼俺。就俺家现在这模样，我也不敢跟俺爹硬顶着要横。春竑哥，你说我该咋办？”

“要这样的话，咱们还真得想个好对策。善志，要是你爹非给你定一个不可的话，你有没有觉着合适的？”

武善志抓耳挠腮，绯红着脸：“非要定一个，那就花篮吧。别的女人，俺都不稀罕。”

梁春竑乐了：“不是说把你摁到洞房里也不要她吗？”

“大哥别取笑。我后来琢磨了琢磨，发现咱这周边还真没有谁能比得上花篮呢。她特别像你家的俺嫂子，通情达理，人也好。”

“你到底夸你嫂子好，还是夸花篮好？”

“都好。花篮像嫂子一样好。”

看武善志羞得脸红脖子粗，梁春竑忍不住笑出声来：“看把你臊的。其实吧，我跟你嫂子也都看中了花篮呢。这样，我不怕做恶人，回头就让你嫂子赶紧去做媒，让你爹把二喜儿那边推掉。”

武善志摇摇头："你知道俺爹那个犟脾气，怕是嫂子说话的分量不够，得让大爷亲自去说才好。”

梁春竑真诚地道歉说："善志，年前我就跟你大爷说了，让他给你和花篮提亲。他年纪大了好忘事，也怪我粗心，后来把这么重要的事情给忘了。你放心，我指定把老爹请出山，指定让你爹听我爹的。再不行，还有怀安大叔呢。”

武善志的忸怩渐消："梁大哥，你知道俺爹为什么急着给俺找媳妇儿吗？他怕俺跟着你跑远了，想让媳妇儿拴住俺的腿脚呢。花篮跟俺嫂子处得这么好，大事面前自然不糊涂。哪天我跟着你参加八路军，她也不可能拦挡的。”

梁春竑一愣："善志，你跟我说实话。你跟着我跑，将来会不会后悔？”

“梁大哥，你咋还这么说？我跟着你走定了。”

“善志，我让你大爷今晚就去找你爹。花篮是个好姑娘。她不仅不会拴着你的腿脚，还会帮衬着你一块儿往前跑。”

年轻人中午不打瞌睡。花篮带着针线去了梁大爷家，跟春竑媳妇儿在院子里的树底下纳鞋底儿。

春竑媳妇儿前些日子从邻居那里听到了老武家托人给善志和后山的二喜儿提亲的事儿，很有些替花篮着急。幸好昨晚梁春竑逼促梁大爷出面，终于帮她挽回了局面。春竑媳妇儿有意跟花篮开个玩笑，也不忙着捅透此事。见花篮来了大半个时辰，脸面始终没有舒展开，她便试探着问："花篮，我怎么听说武善志他爹要给他定媳妇儿了。”

花篮没精打采地扎着针："他爱定不定，关俺什么事儿。”

“要我说，有那出挑的小伙儿，你也赶紧定了吧。不早点儿护下，好小伙子都被人挑走了呢。”

“那俺就不嫁了，陪着嫂子。”

“妹子说笑话呢。俺可没这么大的福气，也担待不起。”

花篮只顾低头纳鞋底儿，不再说话。

春竑媳妇儿偷偷一笑："花篮，嫂子给你找个好人家，你保管愿意。”

花篮头也不抬，颇有怨气地“嗤”了一声。

春竑媳妇儿按住花篮的手："听俺的，就嫁给武善志吧。”

花篮分明很是伤感，却倔强地撇着嘴：“他到底哪里好？咱这里除了他就没有好男人了吗？连后山的二喜儿都要嫁过来呢。”

春竑媳妇儿暗地里一笑：“那是他爹定的。善志可不愿意呢。”

花篮似乎烦透了武善志：“明明是头倔驴，事到临头却软得像只绵羊。要我看，能有人跟他就烧高香了，他也别摆出那高眼眶子。”

“你还别说，善志的眼光真不赖。他看好了个万里挑一的大闺女。”

“还万里挑一？就他那眼光能看得出孬好！万里挑一又有什么了不起？方圆几十里地俺就没见过有比嫂子更好的人。”

“你这是夸俺。跟善志看中的大闺女相比，俺就是那萝卜白菜，上不了席面的。”

“你可别再抬将他武善志。你倒是说说谁有这么大的脸面，俺去找她当面见识见识。”

“你要真敢，俺可真说了。”

“有什么不敢的！嫂子你说。”

“善志看上花篮了咧！”

花篮一愣，迅即又羞又恼，拍着鞋底儿说：“嫂子啥时候脸皮这么厚，学会糟践人啦？”

春竑媳妇儿连叫冤屈：“花篮妹子，你怎么狗咬吕洞宾不识好人心呢？俺是说真格的。善志老早就喜欢你。俺和你梁大哥早都看出来了。”

花篮突然泪眼汪汪：“平时没他能的，到了大事儿的时候他不还是听他爹的？”

春竑媳妇儿见花篮认了真，赶忙宽慰说：“你放心。善志得知他爹要给他定亲，慌里慌张地找你梁大哥，要竑生他爷爷给你们做媒呢。”

“大爷答应了？”

“你梁大哥年前就央告竑生他爷爷给你俩做媒。只因为没见两边老人的话，就耽搁下了。昨晚上你梁大哥急了，逼着竑生他爷爷去了善志家。善志他爹发话了，今儿就去回了媒人，退掉跟二喜儿联姻的事儿，随后就找你娘提亲呢。”

花篮擦擦眼角，忽然挺起腰杆儿：“大爷做媒也不行。你告诉善志，俺的终身大事儿俺爷爷和俺娘说了都不算，俺自己说了算。他要想娶俺，就要他亲自求俺！”

春竑媳妇儿就喜欢花篮这股男孩子的性格：“看看看，这么不禁抬举。你还来了牛脾气。跟嫂子说，为啥让他求你。”

“也不为啥，就冲他平常对俺鼻子不是鼻子脸不是脸的。”

“是你对人家鼻子不是鼻子脸不是脸的吧？”

“可他是男人，就该让着女人。”

“男人都这样，心里喜欢得要命，外面却端着个架子，好像对着自己的女人笑笑就跌了份儿似的。死要面子呢！”

“我才不信呢！梁大哥都是教书先生，啥时候吹胡子瞪眼啦？不给他蹭掉棱角，过门子后还不蹬着鼻子上脸？”

“你说善志？俺才不信。就怕你跟人家蹬着鼻子上脸呢。”

花篮难为情地瞪着春竑媳妇儿：“嫂子，你老是胳膊肘子往外拐。你不向着俺，却向着外人。”

春竑媳妇儿浅声羞臊道：“谁是外人？你跟善志把门一关过起小日子，俺才是外人呢。”

春竑媳妇儿跟花篮说悄悄话的当口，梁春竑刚好跟武善志他们去河里洗澡回来。经过小五家门口时，武善志突然悄声道：“春竑哥，俺还真要好好谢谢你跟俺大爷呢。”

梁春竑指指小五的家：“就为跟花篮的事儿？这都多大点儿事嘛。”

武善志咧着嘴：“就俺爹那脾气，没有梁大爷给镇着，谁能拗得过他？真要定了二喜儿，我可真没活路了。”

梁春竑低声笑道：“放心，三天五日的就给你和花篮把亲事定下来。以后见了花篮，主动说句话，对着人家笑笑也是那么回事儿。啊？”

武善志害臊地低着头：“咱是男人，本就撕不下脸皮的。可她那嘴就跟刀子似的，啥时候饶过人？”

“啧啧，还撕不下脸皮，咱有那么金贵？刀子嘴又怎么了？关键是豆腐心。人家不单做最好的豆腐给你吃，还要给你生儿子呢。”

武善志才要抗议，院子里跑出了小五：“梁大哥，你家那牛到底什么时候才下崽啊？”

小五的牛犊子被日本人捉走杀掉了，小五缓过劲儿后哭声震天。梁大爷不忍，答应自家的牛产崽后送给他一头。为着这句话，小五天天都要割一大筐鲜草送到梁大爷家里。

梁春竑望着小五汗津津的小脸和企盼的眼神，笑道：“快了，顶多再有十天八天。”

“今天不行吗？明天也好啊。”

“咱说了不算，要听老牛的呢。”

"我知道。母鸡使劲儿吃就能多下蛋，这老牛也要使劲儿吃、不停地吃才能快点儿下崽。俺这就再去薅草。"小五一溜烟儿跑回家去了。

梁春竑望着小五的身影，拿武善志开涮："嗯，姐夫小舅子，见面撸袖子。以后就看你们两个怎么对付吧。"

春竑媳妇儿听见丈夫跟武善志在院子外嘀嘀咕咕说着话，便笑着问花篮："听，善志就在院子门口。叫他进来拉呱拉呱？"

花篮慌忙摆手："别别别！"

春竑媳妇儿冷不丁地喊道："是善志吧？家来坐坐。"

花篮害羞地去捂她的嘴："嫂子，你想做什么啊！"

武善志听见喊他，跟梁春竑大步进了院子。倏忽间与望过来的花篮四目相对，武善志腾地红了脸，慌里慌张地叫声嫂子，手挠着肩膀，试探着问道："花篮……做针线活儿呢？"

"嫂子，俺回家去啦。"花篮没有接话，挑战似的瞪一眼武善志，抓起笸箩走了。

武善志闹了个关公脸："她，她咋老是跟俺有仇似的呢？"

第十三章

两个月后，沂蒙山区进入了流波滴翠的季节。田间玉米长得够得到人的腰，阵风吹过，密叶婆娑，飘散出淡淡的甜味；山间瓜蔬秧蔓铺满沟垄后又向地堰覆盖，层层梯田犹如绿玉铺锦；游动的牛羊连同放牧的人时隐时现在绵延无垠的林波碧涛之中。梁春竑白天上课，晚上便和队员们或在天台岭柿树林，或在小河边芦苇丛，或跑到人迹罕至的山顶上，操练队形，比试刀枪。

这天晚饭过后，梁春竑匆匆去了自己房间。梁大娘悄声问春竑媳妇儿知不知道竑生他爹成日都在忙些啥。春竑媳妇儿佯装啥也闹不明白。梁大娘想埋怨儿子两句，又怕助长了儿媳的怨气，便责备儿媳妇儿不该太软，对男人该管的还是要管。

梁大爷“吧嗒吧嗒”抽着烟，似是劝慰又似教训：“你个当娘的都管不了，又埋怨竑生他娘做什么？我看竑生他爹和善志铁了心要搞出点儿名堂，走的也是正道。他娘，往后咱少操闲心，安心过日子就是。”

梁大娘感觉老伴儿的话很不在自己心里：“他爹你如今还这么说！外面都在议论，竑生他爹，还有武善志、李开林、岳子文，他们几个要领着人闹事儿呢！”

梁大爷磕磕烟袋锅终结了这个话题：“都是些正气孩子，会闹什么事儿？就算要闹事儿，那也是顺民心、合天理的正经事儿。别听着风就是雨。吃饭。”

几个人刚刚沉默了小会儿，院外有人喊梁先生。

梁春竑去到院外，一边呵斥着黑子，一边仔细打量着夜色中两个中年模样的人。

一个身影低声嗔怪道：“梁先生，连我都认不出来了？”

那熟悉而又久违的半带沙哑的声音让梁春竑血压陡升——张大哥张成祥回来啦！他欣喜地抓住张成祥的手，引着两人进屋。

张成祥紧身装束，干净利落，却不是八路军的打扮。梁春竑惊喜又新奇：“张大哥，你从队伍上学习回来了？”

张成祥比原先更瘦了，笑起来满脸都是薄皮的褶子：“回来了。这回也不走了，留下来跟你组建队伍。来，我给你介绍一下。这是咱们泰沂云崖区新来的区委书记李青松同志。”

梁春竑已经端详过跟在张成祥身后的这个人。这人比张成祥年轻了许多，身材却高了半个头，人也略胖壮些。一袭青色长袍，肩背长长的褡裢，浓密整齐的头发下是一张斯文和善的笑脸。梁春竑猜想他是账房先生，不承想竟然是区委书记。

见梁春竑手足无措，李青松笑盈盈地伸出手：“梁队长，你好。我是李青松。”

梁春竑没能走出惊讶，局促地伸出手：“区委书记！我真没想到能够见到区委书记，还是在我家里。您可是我们的上级领导啊！”

李青松幽默地笑道：“从今以后，领导和游击队员们可就一个锅里摸勺子，常在一处混喽！怎么，你不打算让我们坐坐？”

梁春竑这才意识到，一直处于激动和兴奋之中的他忘记了给他们让座。

张成祥习惯地摸出烟袋锅：“梁先生，今晚时间有限，咱们长话短说。请李青松同志传达工作指示。”

李青松解下身上的褡裢，热切地望着梁春竑：“梁队长，在传达工作指示之前，我先向你宣布一件重大事情。我代表党小组宣布：批准梁春竑正式加入中国共产党。”

半年时间后张成祥突然现身，区委书记亲自来到自己家里传达工作指示，这一切都预示着将会有非同寻常的事情发生，却没料到自己成为正式党员了。梁春竑只觉一股澎湃的力量从胸口奔涌而起，泪水不可抑制地涌满眼眶：“我是党员啦？”

李青松眼里闪动着刚毅的光亮：“党组织正式吸收你为中共党员。张成祥同志，请梁春竑宣誓。”

张成祥从李青松的褡裢兜内取出个油布包，从中小心翼翼地展开一块红布。张成祥把这块红布挂到墙上，拉着梁春竑站到跟前。

金色镰刀斧头的绣像与鲜红的底子相映生辉，光芒耀眼，闪烁着神圣庄严的气势。

这不就是日夜向往而早又熟悉的党旗吗？多年前就为共产主义描绘的前程所陶醉，脱胎换骨的张成祥带领他追寻到了共产党的足迹，青年抗日救国训练班上周赤萍和八路军宣讲员的鼓舞让他坚定了献身这一伟大事业的信念。如今党组织出现在面前并接纳他成为其中的一分子，梁春竑感到了化蛹成蝶的震撼，体味到了重获新生的激越。熠熠生辉的旗帜幻化成身体里奔腾的热血，铿锵誓词在哽咽中喷薄而出。

宣誓完毕，李青松紧紧握住梁春竑的手："梁春竑同志，从现在开始，你就是我们真正的同志了。我同时宣布：梁春竑同志同时兼任云崖区区委委员职务。"

张成祥收起党旗，上前跟梁春竑握手祝贺。梁春竑情不自禁地搂住张成祥的肩膀，热泪滚落。

待梁春竑心情平静下来，李青松严肃地望着他说："梁春竑同志，上级组织决定，我们要在泰沂云崖区抗日游击中队的基础上组建云崖区独立营，张成祥同志任营长。泰沂云崖区抗日游击中队是你和张成祥同志共同创建的，上级要求你配合好张成祥同志的工作。还有，组建独立营是公开的，党员身份是秘密的，今后发展党员依然要秘密进行。这是铁的纪律。"

梁春竑庄严保证："执行党的决定，严守党的纪律。我刚宣过誓，请李青松同志和张成祥同志放心。"

李青松重又把褡裢背在肩上："梁春竑同志，今晚我和张成祥同志还有其他工作要做，等过两天再听你的工作汇报。从现在开始，你可以着手为组建独立营周密而详细地做准备了。"

再次跟张成祥见面是在两天之后的学堂里。现在是白天，也不再来去匆匆，梁春竑可以细致地打量这位半年没有音信的老大哥。尽管收拾得干净利落，张成祥看上去还是比年前离开时苍老了许多，两鬓已由花白变为雪亮。野外行军，风餐露宿，接近半百的他平添些许沧桑也在情理之中。

交谈中，梁春竑得知张成祥这半年时间就在山东当兵，而且还在八路军四支队，顿时蒙了："张大哥，在梓河镇举办'青年抗日救国训练班'的时候，我怎么没见到你？"

张成祥吸着旱烟袋："党组织有纪律，部队也有纪律。我没有见你自然有不见你的道理。梁队长，周赤萍主任对你的评价那可是不一般啊。我离开部队的时候，他专门嘱咐我回来后好好培养你。我就说，我哪能培养你梁队长？我用心跟梁队长学习都跟不上趟呢。”

梁春竑脸红道：“张大哥这般抬举人可让我无地自容了。你年前临走的时候安排我不仅要带好队伍，还要保证队伍成长壮大。我们都等着你回来一声令下呢。张大哥，要组建云崖区独立营，易如反掌。”

“易如反掌？”

“是的。我们现在有预备队员六十多人，九个村子有咱们的人。这些人是按照发展党员的标准严格挑选的。只是还有个棘手的问题：缺少足够的枪支弹药。”

张成祥摸起烟袋揉搓着：“我跟李青松同志也正为这事儿着急想办法呢。”

梁春竑从桌角的书本底下摸出张纸条递过去：“张大哥，你先看看这个。”

纸条上面列着一溜名单：西张庄刘，三洋五土；杏子岭郭，一洋四土；崮前崖宋，三洋七土……萧规曹随。他这是要模仿最早组建抗日游击中队时的手法弄枪呢。张成祥笑道：“情况摸得很细啊。怎么打算的？”

梁春竑解释道：“前面画圈的都是开明进步的富绅，有的已经期待组建革命队伍；没画圈的都是冥顽不化的，有的就是土匪秉性。就像当初起张百万的枪那样，咱们先君子后小人，通过暴力迫使他们参与正义的事业。”

张成祥淡淡一笑，摇摇头说：“当初起了张百万的枪，咱那是不得已而为之的办法，现在可就行不通了。咱们要光明正大地成立人民革命队伍，不能再干那种小家子气的勾当。往后咱们要通过宣传、鼓动、感化争取民心，让他们主动参与到抗日队伍中来，通过军民团结来发展壮大队伍。梁队长，我这次回来是有原因的。党中央已经决定开辟沂蒙抗日根据地，我们的独立营就是抗日队伍的一部分。”

梁春竑大喜过望：“张大哥，我们独立营也是八路军啦？”

张成祥从兜里掏火柴点上烟：“我们是党领导的地方武装，还不能算正规部队。”

“地方武装也是党的队伍。上级总能给咱们枪支弹药的支持吧？”

“可支持不等于解决。不光咱们，八路军部队也紧缺枪支弹药。所以，咱们不能只是依靠上级支持，更要自己动手装备自己。就按你筹划的，动员有枪的富户老财支持革命，咱们自己赶造土枪土炮，等到有战斗的时候再从敌人那边夺取。”

未等梁春竑回应，张成祥话锋一转：“你那个同学武善彧现在什么情况？”

说到争取武善彧，梁春竑倍感压力：“张大哥，这件事一言难尽。你知道，武善彧的实力远远超过咱们游击中队，即使他同意参与组建独立营，也很难接受咱们的指挥。现在最为关键的问题是阻碍他跟我们联手的困难依然未能解决。他身后有两个很重要的人，一个是他爹武毓庆，另一个是他的表弟，梓河镇的周公潇。武毓庆的工作难做，但不是没有希望，而他那个表弟周公潇恐怕是最难搬的石头。”

张成祥非常理解梁春竑在动员和争取武善彧的过程中可能遇到的困难："武善彧的自卫团在云崖区是势力最大的，在泰沂也数一数二。他的态度选择会在周边产生很重要的影响。无论出于哪种原因，他一时不接受咱们的指挥也无妨，但是必须保证他们坚定抗日。至于他的表弟周公潇，我多少也还算了解。他是铁杆儿追随国民党的人，要想转变他就好比在铁石山上凿洞。武毓庆嘛，见过风雨的老人，虽说能识时达务，改变立场也很困难。依我看，要想争取到武善彧这步棋子，不仅要有长期的打算，确实还需要等待时机。我知道，我出面肯定是白费口舌，这件事就依靠你跟李青松同志。可李青松同志初来乍到，对武善彧的影响也还要慢慢积累。所以，这担子主要还在你身上啊。”

对于武善彧的方向选择，梁春竑保持着清醒的理智。成功的最大可能在于激发起武善彧往昔希望开创一番事业的斗志，最大胜算在于武善彧对共产主义信念的理解和欣赏，而最大隐患就在于武善彧的家庭背景，关键的在于周公潇施加于他的影响究竟有多深。梁春竑宽慰道："张大哥，武善彧的工作我会继续去做，你跟李青松同志有什么建议和要求请随时指示。至于坚定抗日的方向，我相信武善彧绝对能够做到。”

张成祥点点头，却陷入了另一种沉思："梁队长，公开组建独立营，你、我和队员们都将从台后走到台前，也算正式鸣锣开戏。抗日是真刀实枪明着干，豁上命倒也不怕，怕的是冷枪暗箭，不得不小心提防啊。”

张成祥的话让梁春竑大感意外："冷枪暗箭？”

张成祥根本没有在意他的强烈反应，满腹惆怅地一字一顿道："国民党啊。"

尽管没有奔赴过战场，也没有跟国民党的地方政府官员打过太多交道，但是国共双方追求理念的差异判若云泥，对当下官苛民弱的现实深感痛楚，这是他多年来信仰共产主义、期待追随共产党的决定因素。当得知国共合作、联手抗日的信息，梁春竑深为两党大敌当前能够捐弃前嫌共攘外寇而感到欣慰和雀跃，对共产党提出的抗日统一战线抱有强烈的期待。训练班上，梁春竑为八路军宣讲员描绘的团结阵线图景而热血沸腾，为找到了人生目标并且得以施展才华的途径而激情振奋。不过，他也从培训双方微妙的尺度中觉察到了不同主义之间的罅隙，从极力排斥与努力接近中辨识出不同阵线之间的强硬角力。上级一再申明要秘密发展党员，周赤萍曾经给他过语重心长的叮嘱。就要公开组建独立营的时候，张成祥却公然坦露自己的隐忧，这给他连日来的欢欣鼓舞笼罩上了一层变幻莫测的威压。梁春竑忽然感到形势的严峻正由空洞无形演变为清晰可见：危险或许就在岭北路南，或许就在村前屋后，更像是身体的影子，就尾随在脚下。

梁春竑试探着问道："张大哥，你是不是得到了什么消息？"

张成祥似乎有些劳乏："不要得到消息，我心中早有判断。不要说咱们组建独立营，即使等到咱们的根据地创建起来，挠心上火的事情也会前脚跟着后脚。梁队长，人活在世上，要干件大事儿不容易。共产党领导的队伍要干成改换天下的大事何其艰难。我只是提醒你，咱们要有思想准备。既然看准了这条道、选择了这条道，就再没有回头箭呢。"

两天前夜晚会面时，梁春竑就感觉张成祥身上多了分跟年前分别时不一样的心境。尽管这种心境细微闪忽，不易察觉，却被他敏锐地捕捉到。张成祥的心里一定有什么隐忧，一定有不方便向他透露的复杂的压力。他无从得知这份压力的具体所在，却也无法承载张成祥的沉重。他要给自己鼓劲，也要驱除掉老大哥心中隐聚的颓唐之气。

梁春竑给他续上水，自信地说："张大哥，既然知道暗箭来自何方，那就不是暗箭了。只要未雨绸缪，早做防范，万一果然事发突变，咱们就能却之有策，应对自如。即使出现最坏的情况，咱们无非两边作战、前后兼顾。古人说哀兵必胜，何况咱们兴的是忠义之师、为的是正义之举，人心向背自然昭如日月。至于万事开头难，什么事情不是由难变易？张大哥，自己别往背上压石板，一身轻松。"

张成祥对梁春竑的开解心悦诚服，也意识到自己情绪过于压抑。他抹了把下巴颏儿，眼睛里重又闪耀着光亮："梁队长不愧是先生。让你这一掰扯，咱眼前已经清亮如水了。就你说的，咱们只要奔着正义之举和人心所向去做，啥都错不了。"

知夫莫如妇。可梁春竑对媳妇儿来说就是个解不完的谜团。那晚梁春竑将李青松和张成祥接到自己屋里，三个男人像学生背书一样念叨着什么，丈夫的诵读声似乎还是要哭的模样。经过梁大爷的应允，她蹑手蹑脚来到半门外，悄悄向屋里观望。她看见张成祥正收起一块儿红布，那个陌生人称呼丈夫"真正的同志"，而后又看见丈夫和张成祥居然搂着脖子掉了泪。她百思不得其解，踮着脚回了正房。

几天后的晚上，春竑媳妇儿一边给睡着的孩子扇凉，一边悄声问正悠闲读书的丈夫："哎，那晚上跟张成祥来咱家的那个算命先生是什么人？"

梁春竑眼不离书："怎么，你偷看了？"

"大老爷们儿家，又哭又笑的，嘴里边还念念有词。咱爹娘都纳闷呢。"

"你想知道那人是做什么的吗？"

媳妇儿索性直接把话挑到明处："你不说我也能猜出来。他俩肯定都是共产党。你，也是共产党了。"

梁春竑放下书，笑吟吟地望着媳妇儿："你希望我是？"

看丈夫现在的神情，回想那晚他的激动，他分明就是承认了。媳妇儿老早以前就猜测到丈夫迟早会是共产党。当结果摆在面前，她却因为担忧而难以保持那份坦然："那，会不会有那什么……杀头的危险？"

梁春竑异乎寻常地镇定："这些年来我在想什么，你都知道的。前些日子我去梓河镇参加训练班的时候，你不是还提出也要分担抗日的工作，还要我回来之后训练你吗？"

"可俺只知道你要参加八路军打鬼子，你从来就没说要当共产党啊。"

"那八路军可是共产党领导的队伍。"

"你是说要参加八路军就必须要当共产党吗？"

"你只要知道共产党跟八路军是一家、跟咱老百姓是一家就够了。"

媳妇儿对丈夫的解释始终懵懂："他爹，这回你跟俺仔细说说，共产党到底都干些什么？"

梁春竑反复掂量着，概括成一句话："打倒旧世界，建设新社会，叫老百姓都过上好日子。"

除了最后半句还算明白，前边两句就是听天书。春竑媳妇儿认真看着丈夫："什么旧世界新社会的。你就说入了党都干些什么事儿吧。"

"把日本鬼子赶回老家，收复我们国土家园；让包青天那样为民做主的人做官，不许衙门和大财东迫害穷人。"

"这可不容易，比开山还难呢。"

"对，这就是开天辟地的壮举。"梁春竑轻轻揽住媳妇儿的肩膀，"你男人要跟随共产党组建自己的队伍，跟日本人作战，跟背离人民意愿的黑暗政府斗争，直到将来有一天国家安定和平，社会公平公正，所有的民众都能享受平等自由。"

媳妇儿极力想象着丈夫描述的理想社会，却总没有清晰的形象："像咱们这样的人家，那时候会是啥模样？"

“会是啥模样？这样说吧，你看咱们家算不上财主，在庄里也还属于富有的人家，可是年头到年尾手里存下几块钱？存下几斤粮食？再看看那些雇工、佃户，有几家不年年断炊断粮？有几家冬天不缺棉衣棉被？周边这么多孩子，有几个上得起学？咱们的粮食哪儿去了？咱们的钱财哪儿去了？不都被衙门和财东刮擦走了吗？等理想实现的时候，家家有地种，户户有房住，人人丰衣足食、地位平等。那可是一个你想象不到的大同世界。”

“这么好的景况！你们赶紧带着枪、带着队伍去打天下啊！”

“打天下要有队伍，要有军需粮草。可是太多的老百姓还不明白共产党、八路军在为他们打天下，而日本人正在疯狂夺取我们的天下，国民党和他们的队伍也在死死固守他们掌控的天下。怎么办？这就需要我们去宣传、去鼓动，让穷苦的民众明白革命的道理、站到革命队伍中来，跟共产党、八路军一道共同赢得自己的天下。”

媳妇儿想了想：“你说得在理。人心齐才能泰山移，这也是老百姓大家伙儿的事情。那，俺也当共产党吧，跟你一块儿帮着老百姓打天下。”

梁春竑倍感惊讶：“你也想入党？咱家里有我拿着性命闯荡，你帮着照顾好老人孩子就好。”

媳妇儿竟然有些固执：“刚才还说‘人心齐才能泰山移’呢。你能干啥俺就能干啥，老人孩子也保管不用你操心。”

梁春竑疼爱地笑笑：“这样吧，往后有人到咱家来商量事情，你千方百计地帮忙照应。需要你出面的时候，你尽心尽力去做好。这就算为党工作，你也就算党员啦。”

媳妇儿不买账，低声嘟囔道：“就算党员？俺要你给俺一个正儿八经的名分呢。”

第十四章

张成祥返回云崖区公开组建独立营，梁春竑他们鼓动已久的力量恰如河出伏流。七月底的一天中午，离大王庄不远的黄柏寺里像开了年戏般热闹。周边村民扶老携幼、成群结队地赶来观看泰沂云崖区独立营成立大会。殿前摆着一张高桌，五六个小伙子各显身手，把锣鼓敲得震天响，一群孩子胆怯而又好奇地跳跃穿梭。最显眼的还是院子中间的那队士兵。尽管服装新旧不一，颜色深浅不同，近乎统一的新奇样式毕竟不同于当地传统的长袍褂、大裤腰，看上去精神抖擞，精干利落。再看战士们怀中紧抱的长枪，据说这些长枪老远就能把人穿个窟窿，而不像火铳土炮一样把人炸成个马蜂窝。那么厉害的物件原来就长这个样子。这当兵的战士怎么七大八小呢？你看那几个都还是毛孩子，旁边几个却都是当爹的人啦！当这个兵一年挣多少大洋呢？那些战士刚开始还昂首挺胸、神采奕奕，后来被围观的村民指指点点，甚至被说到模样长得好看不好看、当个女婿中不中，好几个羞得满脸通红。围观议论的人见他们扭捏失态，便又"哧哧"地笑起来。

终于，几个当官模样的人走上主席台，两个坐到长条凳子上，两个站到旁边。随着梁春竑一声号令，士兵们齐刷刷严整肃立，把长枪抱成相同的姿势。满院子的嘈杂戛然而止，人人伸长脖子看着主席台方向。

云崖区区委书记李青松身着青布长袍，只是少了肩上那条褡裢。他站到前面的方桌跟前，大声宣布泰沂云崖区独立营成立大会开始，请县委刘书记讲话。

刘书记款步走到桌前，举目将士兵和围观的村民扫视一遍，充满激情地高声说道：

“老乡们，独立营的战士们，大家知道我们国家现在是什么状况吗？日本人八年前占领了整个东北，去年又过了黄河，占领了山西、热河、济南，现在他们的军队已经打过长江。亿万同胞流离失所，国家命运危在旦夕。为了捍卫民族独立，为了狠狠打击侵略者，中国共产党领导的八路军现正在河北、山西等地艰苦作战，今天我们组建的独立营也是中国共产党抗战力量的一部分。国难当头，匹夫有责。为了把日本帝国主义赶出中国，为了让全国的老百姓都能过上幸福安宁的日子，每一个有血性的中国人都应该挺身而出，每一户坚持正义和良知的村民都应该为抗战出人出力。今天独立营的六十名战士就是我们杀敌的先锋队，就是咱们泰沂云崖区的光荣！我提议，咱们在场的每一个人都为他们热情欢呼，把热烈的掌声送给他们。”

村民们听不懂、也没兴趣弄懂刘书记的讲话。抵御外寇、保家卫国那是政府和军队的职分，平头百姓除了拉丁出夫，缴纳皇粮就是尽到了本分。倒是张成祥的出场让他们振奋起来：呀，张成祥成这模样了啊！早就听说他是共产党，半年不见还以为又被抓了呢，原来当官啦！一个货郎摇身一变成了营长，真是木头橛子成了仙呢！营长到底是多大的官？一年能挣多少大洋？张成祥的老婆孩子到底去哪里了呢？至于张成祥讲了些什么，没几个人去关心。

事实上，为了借独立营成立大会鼓动村民百姓的抗日热情，刘书记和李青松三番五次地润色修改讲话稿和主持词，力所能及地使用了方言土语，动用了最具亲和力的姿态手势，力求把当前的国内外形势讲得通俗易懂。无奈对于祖祖辈辈信奉“普天之下，莫非王土”的乡民来说，听这些洋洋洒洒的讲话依然近乎听天外传书。也有几位历世较深、威望较高的族老能看懂些什么，反应却极为平静。这个独立营到底能成多大气候，还要等待观望才知。

村长李怀安也没弄懂这独立营究竟唱的哪出戏。从年前张百万家被劫了财、天台岭上跟日本人交手，到前些日子梓河镇的“青年抗日救国训练班”，再到眼前的独立营，梁春竑竟然笼络了大堆的年轻人跟着张成祥瞎闹腾，如今连教书先生也不做了，简直不成体统。善后了武善升、联手给武善志和花篮保媒后，李怀安都掏心窝子劝说过梁大爷，要他拦挡住梁春竑，千万不可失了本分。让他百思不得其解的是，那梁大爷跟他儿子一样都中了邪。如今独立营在家门口成立，这群后生蛋子如同蓄力整个冬天、春来生发的枝蔓，一夜间展开了芽苞，似乎还要闹成不小的阵候。回到家里掂量了很久，李怀安攥着烟袋杆儿，倒背着手去了梁大爷家。

梁春竑他们正被花篮缠着问这问那，见李怀安进了院子，赶忙恭敬地迎上前去。

李怀安走得平平稳稳，神色也悠闲恬淡："春竑，我这到处找你，张成祥——啊不，那个张营长说你回家来了，我才赶过来。你们成立独立营，在咱这山旮旯里可是惊天动地的大事情。我事先咋就一点儿风声都不知道呢？早知道的话，我也把你开田兄弟叫回来。"

李怀安说事先没得到成立独立营的半点儿风声是真，并不真心想让儿子参加独立营也是真。其实，考虑到李怀安老伴儿身体不好，花钱的地方多，也考虑到李开田是独子，又在武善彧家中扛活，梁春竑并没把他列为游击队员的发展对象。

梁春竑礼让着他坐下："叔，俺婶子身体老是犯病，家里需要用钱，我从起初就没打算让您把开田兄弟叫回来。您别埋怨我慢待了您就好。"

听梁春竑话语体贴，李怀安多少也有些感动："亏老侄子想得周到。你婶子常年抱着药罐子，现在家里又添了两张嘴，我让你兄弟去老武家当伙计也是无可奈何。那东家对待你兄弟也真叫个好，信任又关照。咱要猛地一抽身回来，还真是冷落了人家。多咱你这边再招兵买马，提前跟叔打个招呼。叔就是没法把你开田兄弟叫回来，也总要帮你们尽份心、出点力。行吧？"

"叔，您尽管放心。以后要您帮忙的地方多着呢。"

"呵呵，我好歹是庄长，也不糊涂，该出力的时候绝不能袖手旁观。你叔我也知道，不管你们这些兄弟还是我家开田，都不是那走歪道的人。对吧？"

未待梁春竑回话，李怀安转头跟梁大爷说："大哥，春竑虽说不再教书，可参加了独立营，也不少挣钱吧？山后庄寡妇家老大在韩复榘那里当营长，一年都挣一袋子大洋呢。"

梁大爷笑道："大兄弟你不知道。人家当兵为了挣大洋，这群孩子当兵，挣不着一块大洋不说，还要从家里往回找钱呢。"

李怀安愣住了："什么？不挣钱，还往回找钱？"

花篮插话说："我正跟他们理论呢。他们一分钱挣不来，反过来还要我跟嫂子帮他们筹钱凑份子呢！"

李怀安纳罕道："春竑，你们这算当的哪门子兵？"

梁春竑热切地望着李怀安："叔，八路军是共产党的队伍，是真心为穷人打天下、真心抵抗日本人的队伍。八路军不仅缺粮缺衣，也紧缺枪支弹药。我们独立营的一枪一弹、衣食所需更得靠我们自己解决。这不，我才刚跟花篮说，我跟善志他们在前面当兵，家里人也要当好我们的后勤兵呢！”

谁当兵不是为了挣口饭吃？上战场打鬼子可是国家的大事情，队伍上再怎么穷，不给钱已经没有道理，怎么还跟家里要钱粮？李怀安越发想不明白梁春竑和他的老爹到底要做什么。

梁春竑他们并不知道，武善彧也暗中带人去了黄柏寺。按照云崖区区委的意见，梁春竑两次前往枰柳庄邀请武善彧参加独立营成立大会，都被武善彧借故推辞。待到成立大会这天，他却跟支天辅易装前往望风。武善彧不同于那些看热闹的村民，他是难得真正懂得其中要害的寥寥数人中的一个。两人混迹于人群中间，却眼观六路，耳听八方，将成立大会整个过程尽收眼中，将刘书记、李青松、张成祥三个人的讲话留声机一样清晰刻印在大脑里。整个大会开下来，武善彧的失望远大于期望：他们县领导的气魄都比不上在梓河镇青年训练班上的周赤萍，独立营队员的枪械配备还不如周公潇的自卫团，而会场上的动员讲话明显以偏概全，与他的认知相去甚远。回家的路上，武善彧已经开始检讨还要不要再对共产党的队伍抱有幻想。

武毓庆缓缓地喷吐着烟雾，直到儿子叙说完毕才将烟袋嘴儿离口：“照你这么说，那独立营跟绿林聚义差不多少。可共产党能在这边组建队伍，足可见他们在咱这边扎下根了。山雨欲来，咱不能不谨慎应对，更宜早谋长远之计。”

待儿子稍作品味，武毓庆又娓娓道来：“乱世烽火之际，群雄逐鹿之时。虽布衣贫民，亦须择木而栖。不仅为自家，也为宗族。如今你有所栖，武家才有所靠。善彧啊，你担子不轻啊。”

武善彧浑身陡生沉重：“父亲所言深谋远虑，理明情重。只是儿子才疏学浅，孤陋寡闻，怕会辜负父亲一片心意。”

武毓庆从容淡定:“古人说‘有所为，有所不为’。我想说‘立意不为，无一而能；立意为之，终有一成’。只要你择良木，持恒心，我纵使拼尽全身之力、舍尽举家之财亦心甘情愿。”

武善彧既为父亲的开明豁达而感动，又为自己渐已明朗的未来谋划而倍觉兴奋。他急忙躬身向前：“父亲教导，儿子将铭记在心。儿子也将一时一刻不敢懈怠，以图不负父亲厚望。爹，我想现在就去公潇表弟那边一趟。”

武善彧从黄柏寺回来，脸上毫无激动颜色，反而思虑重重。武毓庆敏感地揣测到，武善彧定然对黄柏寺之行心怀失落。果不其然，儿子的见解跟他的预料完全吻合，曾经在国共面前何去何从问题上模棱两可的态度逐渐变得明朗，而且转到他所期望的方向，这让他甚是欣慰。目送儿子出了院子，武毓庆的头脑豁然轻松，堵在胸口的远比乱世烽火更大的压力像丽日下的春雪迅速融化。

尽管武善彧的感慨中还残存着几许同情的意味，态度却与以往有了很大变化。周公潇不由略微心安："表兄终于看到了些庐山真面目，不容易，可也千万别再被他们的假象蒙蔽。他们组建独立营，其实是借抗日之名行丰满羽翼之实。他们跑到我们这边搞民众抗日运动，也不过是借着响应当前局势，暗中扩充队伍势力罢了。"

武善彧微微颔首，问道："表弟，不过我从他们独立营的成立大会上发现，共产党的确很会鼓动民众。如果他们驻下来，又争取到民心，未尝不能形成气候。我们该如何与他们周旋？"

周公潇高傲地摇头轻叹："我没猜错的话，梁春竑他们一直在力邀表兄参加共产党的队伍，所以表兄未能完全消除对他们的同情。只是，在咱们的地盘上，要不要他们形成气候自然由我们说了算。表兄可知道为什么周赤萍他们的队伍向东转移了？是我让他没法在这儿立足。就比如前些天周赤萍他们来我这儿征用军粮，我说粮食已经缴给政府了，你们要粮应该找政府。后来他提出借粮，我说六十九军又挨家挨户把粮食征了一遍，村民家中粮食仅够糊口所用，不然你们找六十九军借用吧。也有些村民经不住蛊惑，想要给他们匀出些粮食。我就跟村民说，你们到底听谁的？每来一支队伍就给粮，以后来的队伍多着呢，你们有多少粮食往外送？呵呵，他们会鼓动民众，咱们就不会吗？"

武善彧不能不对周公潇深为敬服："如果有天时、地利与人和，凭表弟的才智，足可以做到县长之职。"

周公潇酣畅大笑："如果天时、地利与人和都能占到，表兄又何尝做不了县长？不说这些个了。表兄，如今你那个老学友梁春竑和他的手下都参加了什么独立营，你就没有自己的打算？"

武善彧对泰沂云崖区独立营大为失望，却并不打算放弃全部期望。他不想暴露跟梁春竑之间保留着的那个秘密，也不愿意在梁春竑的问题上跟周公潇纠缠。借着周公潇的问话，他极其恳切地说道："表弟，咱俩从来最说得来，我有什么想法从不避讳你。我虽长你一岁，却远没有你世事洞达。家父让我今日过来，不仅要我跟表弟禀告他们成立独立营的景况，还希望我跟表弟细细探讨来日的方向。"

“伯父什么意思？”

“家父把我的前途几乎全部寄托在表弟的身上。依照老人家的意思，只要咱们能有所追求，他竭尽全力也在所不辞。实话跟表弟说，我历来看重表弟是个人才，相信表弟早晚会一飞成龙。”

“一飞成龙？尽管这是表兄慰勉我的话，可也是我永不停歇的追求。不是我心比天高，实在不甘居于人下。我从十几岁就外出闯荡，每逢要成大事的时候，总要横生枝节，遭遇蹉跎。但我不相信这就是我的命运。纵然就是这个命运，我也要与之抗争，要么直到我成功，要么直到我身死。”

“表弟何苦说得如此悲切。宝剑锋从磨砺出，人不经磨难也修不成正佛。可贵的是表弟从没放弃寻找机会。”

“我当然不会放弃寻找机会。不错，咱们没有大树可以倚靠，每前行一步都要付出十二分的力气。可祖辈给积攒下了殷实的基业，又支持我辈攀缘向上，我若泯灭了志向可就愧对祖先了。表兄，你我虽非天降大任之人，也要学那太史慈‘带三尺剑立不世之功’。无论盛世乱世，咱们兄弟勿忘相互扶携，共勉图强。”

武善彧被周公潇的真挚豪迈强烈感染，疏忽了心中保留的那点秘密：“表弟壮志之高远、意志之坚韧令我这做兄长的惊醒而又汗颜。自去冬从阳都回家至今，家父一再教导我跟表弟同行并进，今日我终于明白老人家谆谆教诲之意。表弟，我意已笃定，无论盛世乱世，咱们兄弟勿忘相互扶携，共勉图强。日后之路，请表弟明示。”

周公潇按捺不住激撞的情怀，重重地揽住武善彧的双肩：“表兄终于成熟了！无论战火会不会燃到我们这边，咱们两家都要拉起像样的队伍。紧要时刻合为一处，势力更为强大。这就是咱们干事的底气。再有，我的老县长已答应我，只要时机成熟就约我到省党部任职。我如能成事，必不让表兄久居他人房檐之下。”

周公潇的描述远比他对共产党队伍的向往清晰务实。瞬间的犹疑过后，武善彧的眼里泛出明亮的光彩：“表弟的谋划历历在目，触手可及，让我醍醐灌顶。从今往后，我誓与表弟携手同心，努力进取。至于跟梁春竑那边，我会恰如其分，绝不越雷池半步。”

周公潇喜不自禁地抓住武善彧的手：“表兄，我等你这两句话好久啦！”

周公潇如此动情，不只因为看到了武善彧的明朗态度，还因为他完成了武毓庆托付的使命。

去冬得知梁春竑相约武善彧参加共产党，武毓庆的心当即沉到深渊。作为父亲，作为武氏家族的掌舵人，武毓庆不能不悄悄出山、不动声色地为儿子牢牢掌控方向了。他洞悉儿子的性格，寄望于他最为看重而且前途无量的周公潇抵消“诤友”梁春竑的影响，所以越发指令儿子日日打探周公潇的消息。后来他又暗中找到周公潇，把他对梁春竑的担心、对儿子的顾虑细细道来，托付周公潇婉转引导武善彧。周公潇第一次跟梁春竑见面的时候，已经从交谈中清晰判断出武善彧跟他之间不比常人的关系。周公潇也明白，武善彧外表宽和、内里执着，绝不是能随意更改志向的人。对这样性格的人不能急于求成，而要文火慢炖地持续感化，待可遇不可求的时机出现时给他一记清醒的耳光。如今，倔牛自己从万丈悬崖的边际上回头，他跟武毓庆也从备受煎熬中解脱，此刻的心情欣喜若狂却也难以言说。

第十五章

1938年秋末冬初的一个深夜，大队人马越过泰石公路，悄悄进驻了大王庄周边的几个村子。

早已接到通知要接纳部队的村民们对所要到来的队伍并不熟悉，为战火即将燃烧到身边而平添了更多惶恐。天亮之后，人们仔细观察这支队伍，发现无论官兵男女，穿着打扮虽是军人行装却十分简朴，与村民交往和蔼可亲，宛若邻人。尤其住在村户里的士兵，帮着主人扫地挑水，拉磨喂牛，情如亲人。村民们不清楚，这支部队是中共苏鲁豫皖边区省委暨四支队司令部的机关人员，是整个边区军政工作的首脑机关。

中共苏鲁豫皖边区省委抵达后，当地纷纷组建自卫团，一些村庄成立了妇救会、青救会、农救会、儿童团等抗日群众组织。梁春竑媳妇儿和花篮分别担任了村妇救会主任和村青救会主任。

这天下午，支天辅正在大门外给一匹枣红马刷马鬃，抬头瞅见梁春竑一袭青布长衫、手提桂花糕大步走来。他早就察觉老东家已经不待见梁春竑了；从少东家在梁春竑跟前似乎也话留三分来看，双方之间的裂痕分明在逐渐加深。以往梁春竑到来就像进自己的家，根本不需要禀报。而今情形变了，规矩就得改变，至少他要给少东家留出提前应对的时间。

支天辅故作高兴地高声喊道："梁先生，好长时间不过来了啊！"

梁春竑亲热地招呼道："天辅！咱家的枣红马？"

“少东家前天才买的。看这体格，看这鬃毛，千金难求！只是它性子烈，小心踢着你。梁先生，前会儿少东家出去办事了，我才刚刚遛马回来。不知少东家回来了没有。”

武善彧正在大堂里与武毓庆核对账目，闻听院外支天辅的动静，便抬头望着武毓庆。

武毓庆曾经很看重梁春竑，除了因为他跟武善彧密切的兄弟关系和自身的学识品行，也不乏对先生的尊重。但自从得知他邀请儿子参加共产党，武毓庆敏感地嗅到了他身上的另一种气息，禁不住对梁春竑心生憎恶，更为儿子的选择心存担忧。如今武善彧终于要跟周公潇联袂携手，悬在喉咙里的那颗心稳稳当当地落回到原处，曾经对梁春竑的看重和对先生的尊重也彻底云消雾散。可往后呢？怎么跟这个乱俗闹事的不安分子划清界限？最好让梁春竑识趣地退而避之。

正信马由缰地胡思乱想，武善彧跟梁春竑已来到门前。武毓庆佯装客套地招呼着：“春竑来啦？来就来，又破费花钱买东西。”

梁春竑紧着几步迈入大堂：“朋友从城里捎来的桂花糕。给大爷尝尝。”

等梁春竑等坐下，武毓庆问道：“春竑啊，你可是好些日子没过来了。听善彧说你现在忙得很，当什么独立营的副营长啦？”

梁春竑笑着回道：“泰沂云崖区独立营。是共产党领导下的地方抗日武装。”

“共产党领导的抗日队伍？这么说你这个独立营就相当于八路军，或者跟县里和乡里的保安团似的。那军饷有多少？”

“没有军饷。我们是抗日救国的地方武装，自己带口粮，再不够就从村民百姓家中筹集。”

“当兵打仗不仅没有军饷，还要自带口粮！当今国民政府时期竟有这样的稀奇事儿？春竑啊，既然你说独立营是共产党领导的队伍，那你也是共产党？”

梁春竑笑了笑没有说话。

已有的答案终于得到确认，武毓庆并不怎么惊讶：“不管共产党还是国民党，只要抗击日本人就是民族英雄。我说得对不对？”

梁春竑笑着回道：“大爷说得很对。眼下日军在我中国长驱直入、烧杀抢掠，千千万万个家庭支离破碎、妻离子散，国家也到了生死存亡的紧要关头。所谓‘国家兴亡，匹夫有责’，是中国人就要尽到一个中国人的本分。”

“说得好！说得好！真真是后生可畏，大有前途啊！我支持你们为保家卫国出力。”

“大爷，让善彧也加入共产党吧。”

原本敷衍塞责，却不料被梁春竑乘虚而入。武毓庆干咳两声，马上恢复了常态："春竑啊，保家卫国并非非要加入共产党吧？国民政府的队伍不也在抗日吗？这个党、那个党的，我也闹不清楚，还是你们兄弟两个好好计议。我只是提个醒：既然要干大事，那就要把大事干好。凡事要从高处观望、从长处计议，不可一时冲动、后悔余生。所谓'识时务者为俊杰'，你们兄弟可要好好在'识时务'上用心啊！"

梁春竑并没有打算与武毓庆谈及正事，不经意间提出让武善彧入党既是谈话间顺理成章使然，也是对武毓庆的试探。武毓庆把话说到这个份儿上，其实已经表明了态度。

武善彧不相信梁春竑跑来闲聊天，也不惧梁春竑的激将，让支天辅送他俩去了八路军队伍驻扎的大王庄。

看见梁春竑和武善彧到来，张家酒馆的张老板腰身比腿脚快了半步，问候更比腰身早了一刻。他把客人礼让进房间，亲自抓过桌布抹桌子、擦椅子，然后亲自泡上茶水。

武善彧笑道："每次过来都劳张老板亲自动手，兄弟心下实在有些过意不去。今天我跟自家兄弟叙叙家常，您尽管自便。"

张老板听懂弦外之音，满脸堆笑着退出去。不离左右的支天辅退出时小心拉上了门帘。

武善彧戳穿真相似的盯住梁春竑："梁先生，又有什么新的指教，请直奔主题。"

梁春竑抓过茶壶倒着水："我能有什么指教？还不是想听听武少爷畅谈鸿鹄之志？"

"要不要让张老板换上金樽铜爵，咱们也来个青梅煮酒？"

"何必这么深沉？想想以前同窗共读的日子，无拘无束，敞开心扉，多么好。善彧，有时候真希望能再回到校园里捧读经史，怀古思远。"

武善彧啜口茶，重重地放下："只是，滚滚长江东逝水，白驹过隙物已非。我知道你无事不来，更没有兴致追忆旧日时光。还是门洞里扛扁担——直来直去吧。"

"那好。你打算什么时候申请加入共产党？你那个自卫团什么时候更名为'抗日自卫团'？"

"牵挂着我的人，也牵挂着我的队伍。就按你刚说的，无拘无束，敞开心扉。我先替你把心里话说出来：你现在就一门心思希望我能接受共产党的领导，将我的自卫团改成共产党领导的抗日武装。对不？"

梁春竑坦然承认："你说得没错。我也说说你的心里话：你对共产党和八路军的队伍很感兴趣，可又担心他们成不了大事，误了你的前程；你对国民政府和军队的作为很失望，可又总觉着他们终究是执政党和正规军，依然寄希望于倚靠这棵大树好乘凉。所以你就在两个选择之间左右摇摆，举棋不定。无论我对你怎么影响，无论令尊和公潇表弟怎么左右你，你到现在都没有拿定主意。对不对？”

窗子已经打开，话也便亮到明处。武善彧戏谑地笑道：“春竑，你是在给你的手下训话呢！”

梁春竑很真诚地说：“不是训话，是兄弟俩掏心窝子的实话。善彧，你的心思我能理解，我也一直在等你表态。前些日子，八路军的一支重要队伍进驻到咱们这里，你是知道的。他们跟老百姓亲如一家，你也是知道的。春天咱们在梓河镇训练班上听过课，假如那是耳听为虚，现在可是眼见为实。如果你跟他们的官兵打打交道，你就会真切地明白这支队伍为什么前途无限，也会明白我为什么三番五次动员你果断地站到这支队伍中间。”

为了将来的出路，武善彧从未停歇地观察判断。他跟周公潇打交道时多少保留了一些态度，但在梁春竑跟前始终真诚自如：“春竑，这些我都明白。当年咱们对主义和道路的讨论犹在耳边。但是，路要一步步走，饭要一口口吃，国家也要一步步变化。共产主义的实现难似登天摘月，就是个你我捉摸不到的神话传说。”

“善彧，共产主义不是神话传说，就是身边正在发生的故事。共产党正在组织队伍抗击日本帝国主义的入侵，正在鼓动和带领民众建设公平正义的世界。你我都是透彻理解共产主义的人，应该为这个目标奔走奋争。”

“春竑，你没有跟国民党的军队打过交道，可你见过县乡保安大队吧？就是保安大队的武器装备，那八路军能比得了吗？再说这些愚民村夫，都是些冥顽不化的榆木疙瘩，有几个人值得你去拯救？春竑，你我的大脑都清醒些吧。”

梁春竑愤慨了：“善彧，我没想到你观望、考虑了这么长时间，竟然得出如此一通谬论。地球上不存在没有方向的大道，只存在没有方向的行人。离开了主义和理想的方向指引，道路上行走的人要么是行尸走肉，要么只会跌入万劫不复的深渊。‘道路不怕多，就怕走错了道’，这可是你的原话。”

武善彧沉默了片刻，面无表情地问道：“春竑，共产党胸有城府，不是你我能够看清楚的。”

梁春竑不得不仔细品味着武善彧的话中之意：“无论哪个党，无论哪个队伍，我只看他是不是真心为老百姓谋福祉，是不是真心为老百姓打天下。自古以来得民心者得天下，现在又是国难当头的时候。到底应该选择哪条道路，咱们真的要千般斟酌，万不可一叶障目而误入歧途啊！”

武善彧避开梁春竑的目光："我懂你的意思。咱们两个都再仔细斟酌、推敲吧。更名为抗日自卫团的事情，我现在就可以答应你。至于你们允诺要我担当泰沂云崖区抗日自卫团总负责人之一，我也私下接受。只是要不要公开接受共产党的领导，容我先想办法说服父亲才好。”

随后的边吃边聊中，梁春竑适当地用自己所了解的共产党和八路军的感人行止反衬国民政府和军队的消极暗弱，让武善彧不得不连声喟叹。尽管武善彧最终没有明确表示希望加入共产党，但他十分确定要将自卫团改为抗日自卫团，也私下接受泰沂云崖区抗日自卫团总负责人之一的邀请，这无疑还是一个令人振奋的消息。

梁春竑从大王庄赶回家中时，暮色已经将天地融为一体。才刚迈进家门，媳妇儿焦急地迎上前说，武善志过来两趟，要他一回来就赶紧到区里。

李青松曾跟他说，峥嵘初现、吊诡环生的时刻，发生不可预料的事端将会成为常态。今天会发生什么不可预料的事端呢？原来中共苏鲁豫皖边区省委已经改为中共中央山东分局，八路军正式成立山东纵队，统一指挥整个山东的人民抗日武装。云崖区独立营参与合并升编，张成祥随同队伍被编入警卫连，梁春竑和武善志等四位骨干留在云崖区，组建新的云崖区游击中队。

刚刚磨合成为斗志激昂、和谐融洽的大家庭，说话间就不复存在？战士们怎舍得分别？无论在情感上还是在斗争需要上，梁春竑又怎么舍得跟独立营和张成祥他们分开？

面对梁春竑的难以置信，李青松胸膛中也在狂奔着一匹野马。突然而至的分离让这帮老兄弟沉浸在依依不舍之中，而男人的沉默覆压着的是心底火辣辣的情感煎熬。这种煎熬必须要迸发，必须要偾张，迸发偾张过后会塑成男人更为坚硬、更为宽厚、更为成熟的气魄。每个真正的男人都需要这样的气魄。李青松努力轻松地笑道："张成祥同志的工作安排是上级决定的，重新组建云崖区游击中队对梁春竑同志更是艰难的锻炼。我相信咱们每个人都能经受得住新的考验。”

张成祥磕磕烟袋锅，鼓起腮帮吹了两下烟袋杆儿，微笑着说："为了抗日，为了未来的事业，我们必须接受暂时的或许是永远的分别。我服从组织安排。”

从参加革命的第一天，张成祥就是梁春竑的领路人。后来的日子里两人并肩携手，互为依靠，配合得宛若一个人。尽管年龄差了一大截，两人的感情却胜过亲兄弟，很多时候，梁春竑不仅视张成祥为令人尊重的兄长，更把他看作值得倚仗的老师。当分手就在眼前，梁春竑的心里空落落的，眼眶里盈满了泪水。他上前攥住张成祥的胳膊，哽咽着："张大哥！"

张成祥把烟袋斜插进腰间，扶住梁春竑的手："梁先生，服从组织安排。再说，咱们都在一处，还是能经常见面。"

张成祥察觉到梁春竑攥住自己胳膊的手在微微颤抖，接着笑道："你做过先生，也当过队伍的领导。我相信你会把云崖区游击中队组建得顺风顺水，兵强马壮。你放心，咱们这儿的兄弟们都是好样的，没一个㞞包。嘿嘿。"

张成祥又转身握住李青松的手："李青松同志，你是有文化的人，也是能做大事情的人。咱们相处了几个月，就像亲兄弟。这要分手，还真揪心。"

李青松动情地拥住张成祥："张营长，不管什么时候，你都是我们的老营长、老大哥！"

梁春竑、武善志、李开林和岳子文受命留在云崖区，组建新的抗日游击中队。发出通知才三天的时间就有六七十人报名参加，这让梁春竑心情极为振奋。只是小五死缠硬打非要加入进来让他费了思量。

之前花篮劝小五说，他虚岁才十五，可那游击中队是作战打仗的队伍，不是伙着玩儿。小五脖颈上的青筋鼓得老高，拿杨文广十五岁就校场打擂、甘罗才八岁就当宰相回击。小五的爷爷和娘连哄带劝阻止不住，就问他不疼梁大爷送给的小牛犊了吗？自从武善升被杀害，李开林经常逗着他玩儿，小五很快成了李开林的小尾巴。听娘和爷爷拿小牛犊说事儿，小五梗着脖子说："开林哥比小牛犊好玩多啦！"再劝，小五干脆要学着撞树跳墙。武善志代替花篮前去做工作，却被当众闹个大红脸：你要不同意俺参军，俺就不认你这个姐夫！

按照条件，小五完全不具备参加游击队的资格，但是这个倔小子有股让人喜欢的拗劲，昔日天台岭下的遭遇让人情感复杂。日后战争到来，留他在家中，也委实放心不下。梁春竑便当着老游击队员们对小五说："小五，当游击队员是要打仗的。子弹不长眼睛，刺刀也不长眼睛。"

小五眼都不眨："打仗我不怕。我都跟日本鬼子交过手了。"

"打起仗来成日翻山越岭，饭都没得吃，觉也没得睡。"

“没得吃就没得吃，反正在家也没好的吃；觉没得睡就没得睡，反正你们能行我就能行。”

“打仗行军得有力气。问题是你这么个小孩子枪都扛不动。”

“你也来瞎唬人。”小五看看白净的岳子文，“子文哥精瘦的小白脸子，能比我有多少劲儿！”

小五突然冒出的这句话让大伙儿哄堂大笑。李开林直笑得挥拳蹦跳，跺着脚对岳子文起哄。岳子文恼也不是，笑也不是，脸上红一阵白一阵，便双手拤腰说：“就算你的力气不比我小，那你也要有个头才行啊！你总不能拖着枪跟鬼子干仗吧？”

“我不正在长个子吗？就现在，你那枪我也扛得玩儿似的。”

梁春竑有意带他在身边打磨锻炼：“小五，要不要你参加游击中队，你说了不算，我说了也不算。咱还是听听大伙儿的意见。”

梁春竑话刚说完，李开林眉飞色舞着举手说:“我同意梁队长的建议！”

小五确信李开林会支持自己，“噌”地跳过去抓住李开林的胳膊：“开林哥，你先说！”

李开林两手叉住小五的腋窝，把他抡个大圈：“人小志气大，鬼神也不怕。我同意小五参加游击队。”

几个人有的说小五还是个孩子，参加游击队就怕遭罪；有的说游击队里来个童子军，就怕行军打仗的时候带着个小包袱；有的说招进来算啦，这么些个大人会照应好他；有的干脆说要不要小五参加，梁队长拍板决定好啦。

梁春竑已经拿定了主意：“李开林，既然你第一个同意小五参加游击队，那以后就由你来照应他。哪个地方不妥当，都是你的责任。”

李开林拍着胸脯，包揽说:“没得说！我来带！”

望着小五兴奋地抱住李开林的脖子欢呼，梁春竑感到一股充满爱意和责任的暖流涌上心头。这股暖流来自游击队长，更多地来自慈父般的心境和胸怀。随后的行军生活中，小五扛累了的枪李开林来扛，睡不醒的身子李开林来背。黑铁塔拽着个小蹦豆，形影不离。

小五的问题才刚解决好，庄长李怀安含着烟袋锅找到梁春竑。夏天组建独立营的时候，李怀安说要把儿子送过来不过是寒暄客套。那时他认定梁春竑跟他老子都不是那安分的人。直到独立营战士不仅对老百姓的东西秋毫无犯，还处处维护老百姓的利益；直到边区省委机关队伍进驻到大王庄，不仅大王庄的兄弟爷们儿大声叫好，他自己也目睹了这支队伍跟老百姓亲如一家之后，李怀安对梁春竑和他老子的弹嫌都变成了暗自慨叹：怨不得人家做教书先生，怨不得春竑他爹再穷再苦也要让儿子读书识字，人家的心里比咱多了一方天呢！李怀安决心维护这支队伍，尽心尽力地为这支队伍的需要跑前跑后。得知独立营被升编、云崖区新组建游击中队的消息，他赶紧找到梁春竑，要他给儿子李开田留个名额。梁春竑没说同意，也没说不同意，只答复说报名组建的时候会通知他。三天来前前后后这么多人都来报名，梁春竑却没给他透一丝口风，李怀安感觉自己被看低了。

李怀安不理会欢闹的后生们，径直走到梁春竑跟前，面带愠色："春竑，我今儿去把你开田兄弟叫回来？"

刹那的犹豫之后，梁春竑笑道："大叔，这件事回头再跟你说好吗？"

李怀安没料到梁春竑竟然会当着众人驳他的面子，脸色骤变："咋了？你不同意？"

梁春竑很明显有些踌躇："不是不同意。我还是觉得让开田兄弟继续在那边干更好些。"

李怀安终于压不住火："这不还是不同意？别人家你们去动员，俺家主动报名你却不收。你不是嫌弃俺又是什么？"

梁春竑赶忙笑着劝慰："大叔，你千万别这样想。我有话要对你说，一直没找到空儿。这样吧，晚上我去找你说道说道行不？"

李怀安甩开梁春竑的手，拿着眼袋杆儿指着他："春竑，你别这样糊弄我。我是庄长，也是你的长辈。有什么事咱别藏着掖着，都摆到明处。你不让开田参加游击中队，就是不让我在兄弟爷们儿跟前抬起头。咱们两家祖上可从没有深仇大恨不是？"

一圈小伙子闹不清为什么梁春竑不答应让李开田回来参加游击中队，愣愣地站着，鸦雀无声。梁春竑恭敬地望着李怀安："大叔，开田兄弟在那边干得很好，我的学友武善彧还要重用他呢。再说了，武善彧也组建了抗日自卫团，在那边跟在这边都是抗日，都一样……"

李怀安愤然打断梁春竑："我知道你跟武善彧好得就像亲兄弟，人家要不要重用开田还不是你的一句话？可是俺不稀罕！俺来参加游击中队不光是看中了你，更看中了这支八路军队伍、看中了这支队伍的首长老总们！人活的什么？活的心劲儿，活的有奔头。你现在说什么都没用。我就等你一句话：你要不要你开田兄弟。"

"等我们研究研究再告诉你，好吧？"

"你——"李怀安恨恨地指着梁春竑，"我不等你研究，我这就去跟你爹研究研究。

再不行，我就找队伍里当大官的研究研究。”

看着李怀安怒气冲冲地拂袖而去，李开林不解地问道：“梁大哥，开田哥跟咱庄长一样都是厚道老实人。你让他来不就是了？”

梁春竑尴尬地笑笑：“半道儿里往回抽人，我怕武善彧不高兴。再说，怀安大叔也确实需要开田挣钱补贴家用。好啦，这件事不要你管。”

梁春竑安排好工作，前往学堂找到刚刚进门的李青松。

看见梁春竑满面春风地进来，李青松轻快地拍着身上的尘土问：“你的游击中队组建得很顺利？”

梁春竑心情格外轻松：“是啊。主动报名的太多，我们还要精挑细选呢。”

“好。游击中队是号令严明、建制有章的革命武装，可不能弄成散漫无序的杂牌军。”

“李青松同志尽管放心。我就按照咱们制定的准则、按照正规队伍的标准组建云崖区游击中队。李青松同志，我有个建议想要跟你汇报。”

“说说看。”

“分局组建警卫连抽走了一些壮年劳力，这次组建游击中队又要抽走好多的青壮年，不少的家庭缺少人手。我想，咱们的游击中队要不要分成互助小组，不组织训练的时候帮助参军的家庭干些农活，适当分担他们的困难。”

李青松思考了一会儿说：“咱们抗日保国是为了民族同胞，行军打仗是为了民族同胞。本来就是一家人，帮助他们劳动是应该的，你这个建议我赞成。但是我要提醒你：我们这里看似平静，其实时局十分紧张，战事随时可能爆发。游击中队都是新手，大都连枪都没摸过，军事训练千万不可耽搁。”

梁春竑沉稳地解释说：“我的意见是，平时我们以军事训练为主，在农忙时节帮助他们收种。现在农活本不是很多，适当帮助他们做一些不会影响训练，还会消除队员们长时间单一训练产生的枯燥乏味。请李青松同志放心。”

几个月的共同工作中，李青松悄悄留意并观察着梁春竑。文雅细腻却又豪放开朗，机智灵活兼备谦恭务实，梁春竑比张成祥多了知识文化，多了感召力，而这两点又都是基层组织干部急需的过硬条件。如果留下张成祥组建游击中队，新的队伍会缺乏日标感，也会缺乏凝聚力。由梁春竑组建并带领这支队伍，俨如飞鸟有了头脑和翅膀，他李青松的工作会更加从容自如。李青松还发现，梁春竑对信仰的主义无比虔诚，对追求的事业无比忠诚，对于他的同志同样无比真诚。跟梁春竑这样的搭档共事，就是肝胆相照的信赖依存。

李青松信任地应道："既然梁队长早有谋划，现在必定考虑成熟。好，就按照你说的办！"

对于李青松的信任和放手，梁春竑备受感动，只是他更愿意将这份感动收藏于内心。他靠近李青松，放低声音说："李青松同志，还有件事。老庄长要把他儿子从武善彧那里叫回来参加游击中队，我没有同意。老庄长火气冲天地找我爹去研究了。"

李青松笑笑："噢？怨不得我从你家那边过来的时候，远远瞅见他挟着西北风呢！不管他怎么研究，我都坚决支持你的主张。需要的话，我来帮你做李庄长的工作。"

第十六章

时间转眼就要进入腊月。

太阳刚刚跃出山头，周公潇和他的两个随从已经策马奔驰七八十里路赶到了云蒙县城。天不亮就快马加鞭地长途飞奔，三个人的脸被冻得苍白紫青，眉毛上挂满了霜花。三匹马也跑得口鼻喷涌着白气，鬃毛里渗出细微的汗珠。

周公潇松开裹住嘴巴的围巾，嘱咐两人吃点早饭，暖暖身子，然后到县政府等他。自己饭都顾不得吃，驱马直奔县政府方向。

县长郑啸荫已经等候在办公室。依照他对周公潇性格的了解，周公潇接到通知，昨晚一准儿辗转难眠，今早肯定急急地找他报到。这回的事情不仅对周公潇事关重大，于他本身的未来晋升抑或大有益处。因此，他不能怠慢周公潇，更不能像以往那样摆着谱儿地让对方久等。

郑啸荫才刚询问进来送茶的办事员有没有看见梓河区周区长过来，周公潇一步跨进门槛。

郑啸荫破例微笑着起身迎候："周区长神速啊！还没吃饭吧？来，先坐下喝杯茶。"

等办事员退出并轻轻带上房门，周公潇摘下棉帽放到身边的桌上，抬头道："昨晚接到郑县长的指令说有要事商量。在下分秒不敢耽搁，可还是没赶上县长的脚步。"

郑啸荫却如同兄弟般语重心长地说："大丈夫不能纵横天下也当傲视一方。周区长，不要老把心思都放在家里那一亩三分地的琐碎小事上。你曾经是县委执委，现在担任着梓河区区长。公务才是大事，个人前途也才是大事啊！”

像是责备，更像是勉励，语气中充满了关心呵护，着实让人受宠若惊。周公潇不知郑啸荫摆的什么棋谱，赶忙起身肃立：“县长的话让在下如坠云雾。”

郑啸荫却开怀大笑着示意周公潇坐下：“周区长别这么紧张。我今天把周区长请来，是有喜讯相告。昨日得到确凿消息，沈主席新近就要将省政府迁到东里店。”

“什么？省政府要迁到东里店？”接到郑啸荫要事相商的通知，周公潇从昨晚到今早一路上都在揣测，未料竟是如此令人瞠目的消息。把省政府从济南迁到山里边，这又怎么会是喜讯？

“不相信是吗？可这是千真万确的消息。”郑啸荫并不理会周公潇的极度诧异和重重忧虑，非常亲近地分析道，“省政府离咱们近了些，好多事情咱们可以近水楼台先得月。最关键的是昔日的老县长孟浦云得到了重用。我知道老县长一直很看重你，现在他官居要职，老弟青云直上也就指日可待。周区长，龙腾渊薮之时可也别忘了你我兄弟之谊啊！”

听说孟浦云得到重用，周公潇感到胸间一阵开阔。可省政府要从济南迁到大山里来的消息远比老县长孟浦云得到重用更让他心跳如雷：“郑县长，省政府怎么会迁到山里来呢？”

郑啸荫的笑容变得有些晦涩：“如今将省政府迁到东里店，恐怕也是时局使然。眼下日军在我战场上长驱直入、国军同心协力共抵外辱的时候，共产党把他们的重要机关和部队转移到那边去，而且闹得很是嚣张。将省政府迁往东里店，沈主席自然是要一箭双雕：既便于全面把控山东时局，又便于辖制跋扈此地的共产党和八路军。”

周公潇赞同郑啸荫的分析，更关心当前的时局：“是不是也因为当前全国战局危急之势依然严峻？”

郑啸荫没有避讳：“虽说我忠勇志士同仇敌忾，浴血奋战，无奈日军锋芒正盛，让我革命军遭受重大损失。如今看来战争结束不是一年半载的事情。周区长，咱们还是再说老县长的事情。”

孟浦云到了东里店，我周公潇自然——哦，原来这样！周公潇已经依稀揣测到今天郑啸荫召他进城的缘由：“县长今天叫我来的意思是？”

郑啸荫似乎跟周公潇就是知己兄弟：“我知道你跟老县长心照神交，情比金坚。如今他身负重任来到了你的家门口，兄弟应该尽快前往叙说久别重逢之快意。今天找你来就是要告诉你这一大喜讯。另外，也希望兄弟及早成行，对当前局势探知一二。”

周公潇极力掩饰住内心的迸跳：“不知老县长担任什么要职？”

郑啸荫目光中流露出迷恋的向往：“老县长调任省党部秘书室兼管党务视导。位置何等重要啊！”

“这个职位对于孟县长来说可谓实至名归。”兴奋之中，周公潇猛然醒悟，面露踌躇道，“郑县长，去见老县长周某一点不愁，只是眼下就到年关，两手空空怕是不够礼数。不是周某吝啬，头一桩担心给县长丢了脸面。再者，我们乡下人确实没有什么稀罕值钱的物件拿得出手，也确实禁不起层层折腾啦。还望郑县长既能成全云蒙县的体面，也体谅下属的难处。”

“周区长啊周区长，你可真是智勇兼备，精明得很啊。”郑啸荫哈哈大笑后面露惆怅之色，“你也知道，从韩主席在的时候就几年不给党部拨付经费，党部上上下下一大堆人的吃穿用度和礼尚往来都从咱们身上抽血。而咱们县政府上要应对兵粮赋税，下要照应偌多经费支出，年头到年尾进得少、出得多，日子并不比你们宽裕。不过这次东里店之行既是重要的公务，也是你我兄弟之间的私谊，非办不可。你放心，我来替你筹备礼品。”

“多谢郑县长体贴关照，改日我定请郑县长喝一杯。”赶忙抱拳揖谢的同时，周公潇又联想到了另一件大事。他巧妙地接着郑啸荫的话说道，“郑县长，今秋雨水很大，良田大都几乎绝收，捐税却没有少交。年底了，六十九军又派人前去借粮，这借去的粮食有还吗？我正为此事一筹莫展呢，新近返回的八路军四支队也去征借粮食……”

“什么？八路军去征借粮食？”郑啸荫重重地打断了周公潇，几乎逼视着问，“你给了吗？”

周公潇一副阴云惨淡的可怜模样：“如今国共合作，联手抗日，咱们县的抗日民主统一战线又是六十九军树立的样板。不仅郑县长对八路军四支队莫可奈何，我也不得不奉命跟四支队携手合作。郑县长，六十九军都给了，八路军那边不应付一下，面子上抹不过去，也找不到合理说辞啊。”

“不能给！一粒都不能给！”

“属下又何尝不这样想？无奈苦思冥想却无计可施，恳请郑县长指教一二。”

郑啸荫眼珠转了几圈，咬咬牙根：“你让他们直接找我！”

周公潇没想到郑啸荫这么容易钻入圈套，马上拱手施礼道：“有郑县长庇护，周某就可以理直气壮，昂首挺胸。属下全面仰仗郑县长了！”

郑啸荫刚说完就顿悟了周公潇的道儿，可为了身份、颜面，他又不能不表现出气魄：“好啦，礼品我来安排。东里店已经秘密迁建旬日，想必老县长他们会提早到新署办公。周区长也早做安排，争取三五日内前往拜会。”

支天辅麻利地吃过早饭，快步赶到武家大院备车。武善彧今天要去梓河镇周公潇那边。

武善彧这个秋冬过得有些心烦。先是迫于梁春竑锲而不舍的纠缠，他只好尽可能婉转地跟老爹和周公潇沟通，将自卫团正式更名为“枰柳庄抗日自卫团”，私下接受了泰沂云崖区农民抗日自卫团总负责人之一的邀请。为了制止梁春竑动辄找他聒噪，他又半推半就答应做共产党候补党员。另个心烦的事情，连绵秋雨几乎断绝了收成，战事魅影般笼罩周身，进账明显少于往年，可军政征耗却不减反增。中共边区省委改为山东分局后，农民抗日自卫团发展得非常红火，而他跟周公潇做番大事业的时机并没有出现。不管从哪方计议，他都有必要跟周公潇进行一次彻夜长谈了。

支天辅牵着马到院外套车，却发现周公潇的马车已经到了门口。

进到书房，周公潇撩起袍脚，还未入座就眉飞色舞地低声喊道：“表兄，大喜临门！”

武善彧弯腰愣住：“大喜临门？”

“对！大喜临门！”周公潇接过支天辅递上的茶水，“省政府迁到了你原先上学的东里店，我的老县长孟浦云受到重用。咱们鹞子翻身、平步青云之日到了！”

“什么？省政府迁到咱们这边来了？”闻听省政府由历代繁华的济南府迁到山沟里边，武善彧没有丝毫兴奋，却立刻感到了紧张，“当前局势究竟有多么危急？”

周公潇扬扬得意之色足以照人：“表兄勿虑。局势危急对别人来说是危险，对咱们来说可就是机会。先前省政府在济南，离咱这儿四五百里，如今四五十里的路程，就像在咱家门口，正所谓近水楼台，便宜行事。可喜上天护佑，让老县长得以重用。咱们的发达也指日可待了。”

武善彧等到了小喜，更看到了大忧，不禁神情暗淡：“表弟，常言说‘覆巢毁卵’。表兄可曾分析省政府迁到咱们山里来的背后含义？”

“我当然分析过。沈主席把省政府迁到东里店，固然是迫于形势而不得已的举动，自然也有其用心久远之处。这苍茫沂蒙山峦起伏，进可以攻，退可以守，正是用武之地。

那八路军提前渗透到这里，就是要跑到我们的后院抢夺地盘。你想，沈主席能任由他们兴风作浪而置之不顾吗？”

武善彧下决心跟周公潇说出他心底的忧虑：“自卢沟桥事变以来，蒋委员长指挥军队与日军先后进行了那么多战役，却先后丢失了华北、华中的大片领土，连广州也已经陷落。我总在琢磨，除了革命军实力与日军相形见绌之外，还有没有别的什么原因？我知道你痛恨共产党的什么主义，可他们提出的统一战线的确值得我们深思。再看看我们身边的八路军，他们之所以能在所谓的根据地里闹得热火朝天，关键是顺民心、得民意。表弟，自古以来，民心同才有大业成……”

周公潇吃惊地打断了武善彧：“表兄这么多的蒙蔽话从何而来？是不是还没有从梁春竑的流毒中脱身出来？”

武善彧坦诚地摇摇头：“有他说的，也有我自己的思考。”

周公潇对武善彧很有些恨铁不成钢的无奈：“表兄这么个聪明人，为什么老是受那个梁春竑的蒙骗呢？革命军面对的是装备精良的日军，就算有盟国的支持，我们一时也是杯水车薪。同日军作战就好比当年咱们的义军拿着长矛棍棒跟坚船利炮的八国联军作战。你说这是实力对等的战争吗？这么多的重大战役不是耍耍嘴皮子就可以打下来的。躲藏在战场的边角旮旯里对日军来两下偷袭就算大捷，那是他们在混淆视听。”

武善彧既同意周公潇的论述，也不能完全反对前些时日梁春竑的说法：“不管出于何种目的，大敌当前，理应抛弃嫌隙，勠力同心应对外侵。所以，他们全民抗战的主张终归还是很有道理的，至少在一段时期内是正确的。”

周公潇自负地笑着：“表兄难道忘记了我曾跟你讲过的？最早提出全民抗战的可不是他们！不说这个了。表兄，前天我已经到东里店见到我的老县长啦！”

武善彧依然沉浸于对时局的忧虑之中，却不能不迎合周公潇眼下最为兴奋的事情：“表弟见到了老县长？你是不是很快就可前往高就？”

“表兄说对了！我的老县长已经承诺要调我到省党部任职。只是动身还需等待些时日。”

“恭喜表弟。能跟孟县长这样的人结为知己，实乃表弟的福分。”

“何尝不是如此。一个人想要干成事，必须要有贵人相助。老县长就是我的贵人。表兄，支天辅说你正要去我那边，有什么要务相商？”

武善彧隐隐苦笑说：“哪有什么要务。八路军四支队又返回了你那边？”

周公潇的光彩暗淡下来："这个四支队真是个大麻烦。这才返回多长时间，我那梓河区有枪的村庄几乎全部组成了抗日自卫团，我的北邻坡里村包家的自卫团居然有八十多人枪，比咱们两家合在一处还多。"

"我们这边也是。光自卫团就有十多个，一些村庄还成立了妇救会、青救会、农救会、儿童团。全都闹腾起来了。"

"你这边的闹腾自然少不了梁春竑的功劳！表兄，我一再让你千万提防梁春竑。不出我所料吧？他不仅是共产党，还是不大不小的头目。"

想起自己不仅私下接受了泰沂云崖区农民抗日自卫团总负责人之一的邀请，还答应了梁春竑做候补共产党党员，武善彧脸色微微泛红："我知道他是共产党。没跟你说罢了。"

周公潇放心地叹口气："其实我早就看出来了，而且你还答应了要做他们抗日自卫团的负责人。表兄啊，世事繁杂，诡谲丛生，我们不再是年少气盛的年岁，遇事要三思而后行啊。"

周公潇怎么知道他答应做共产党抗日自卫团负责人这件事的？他会不会也知道了自己答应做候补党员的事情？武善彧窘迫得满脸通红："什么事情都瞒不过表弟。不过，我只是口头答应，为的是不想跟他们闹僵。表弟应该能理解我的。"

周公潇仿佛没发现武善彧的难堪："我当然理解。对付他们，虽说小菜一碟，却也要厨艺高超才行。走，到那边跟伯父说几句家常话。"

就在武善彧已经抬起脚、犹豫着到底要不要踏进国民党队伍的门槛时，一位影响他一生命运的人把他稳稳地推进门来。

农历新年前夕，武家大院迎来了家族史上至为尊贵的客人——国民党苏鲁战区五十一军军长牟中珩。牟中珩率军到达泰沂，暂时将军部设在了武毓庆里家。不过三两天的时间，武毓庆从本地文官和牟中珩的文书侍从口中大体摸清了这位五十一军军长的性格和从军经历，而且发现两人见解相似，意气相投，闲暇时间遂相谈甚欢。每当此时，武毓庆便招呼武善彧到跟前伺候。武善彧深悟老父亲的良苦用心，将他的精明机智和干练敏捷张扬到了极致。新春临近，武毓庆煞费苦心地说动当地军政双方官员，邀请他们出席为牟中珩精心布置的新年宴会，借此暗暗为武善彧铺展道路。

武毓庆用悉心打造的腹稿盛赞牟中珩。在座众人知晓的，他说到了；不知晓的，他也说到了。加之文采熠熠，情感烈烈，恭维而不谄媚，逢迎而无痕迹，引得众人由衷赞叹，齐刷刷起身鼓掌。言辞往来之间，武毓庆委婉表达让儿子入伍效力的愿望。牟中珩以战事一触即发、五十一军亟须地方武装鼎力相助之由，提出帮助武善彧训练队伍，扶持枪械，成就一支地方劲旅。

牟中珩的决定正合武毓庆心意。后来，五十一军军部另设他处，也因为跟日军作战而四处转移，却几乎没有间断派人训练士兵、给予枪械弹药的支持。武善彧的农民抗日自卫团很快成为周边无可匹敌的地方武装。

云崖间

第十七章

转眼进入四月，又到小麦扬花时。此时梁春竑已身兼泰沂云崖区区长。这天正午，李青松带着刚刚印刷出来、还带着油墨香气的《大众日报》来到游击中队的训练地。他给梁春竑安排了一项秘密任务——为东里店八路军办事处运送部分生活物资。李青松特意叮嘱说有些物资很重要，要他挑选几个牢靠点的人运送。

从大王庄到东里店不过四十里地，道路却多蜿蜒穿行于山岭沟谷间。梁春竑他们和分局的领队推着两辆木轮车，天不亮就启程，到达东里店时已是中午时分。

一进东里店，李开林惊讶地失口喊道："我那老天爷！东里店这么富足？我可是头回开眼啦！"

梁春竑同样为眼前的繁华富庶大为惊诧。他低声喝止道："闭嘴！完成任务后有你看的。"

东里店位于泰沂县城百多华里的西北方向，背靠群山，面向大河，扼守交通要道。早在前清时，泰沂县衙就专门派以县丞常驻该镇理事，故东里店素有"泰沂二衙"之称。原本镇内店铺林立，商贾云集，也不过方圆二三里地，常住人口不过二百多户。如今街道宽阔平整，蜿蜒铺展，两侧楼堂馆所焕然一新，位于北坡的省府所属机关挨次排列，厅堂房舍绵延数里。街上身着军装的抗战人员、青衣长袍的先生文人、珠光宝气的贵妇小姐、赊米换面的货郎小贩，各色人等熙熙攘攘，摩肩接踵。令人惊异的是，原先靠近镇郊的一座小饭馆变身为两层木楼，一幅"海鲜馆"的旗幡迎风招展。人气兴旺、繁华异常的景象不似战时山村，倒像太平都市。

交接好物资，八路军驻东里店办事处特意安排他们下馆子吃饭，一人一碗羊肉汤，煎饼馒头管饱。去饭馆的路上，李开林大胆而又惊奇地观看着景致，忍不住连连咋舌："梁队长，我现在能开口说话了吧？当年你就来这么好的地方上学啊？怨不得眼界跟我们很不一样。"

办事处的工作人员闻听，忙问道："梁队长当年在这儿上的学？"

旧地重游，物非人也非，梁春竑不胜唏嘘："在这儿上了三年学，高小。去年秋里来过一趟，还是那片老房子。才半年多时间，街市繁华，人烟阜盛，这变化堪称天翻地覆。我真的认不出来了。"

办事处人员感慨说："去年冬天，沈鸿烈到达这里后，将附近方圆数十里的鲁村、南麻、三岔等地划为'省会区'，省府所属四厅、八处和几个委员会均设在这里，新建起来的办公室和住房就有几里路长；地方一些军政机构也陆续在这里设立办事处或联络站，安置电台。再加上全省各地抗日军政人员来此公干者络绎不绝，这东里店自然而然就有了繁华都市的模样。这前后不过三个月时间。"

梁春竑慨然叹道："可看这歌舞升平的太平景观，我华夏大地哪像是战火遍野的时局。"

办事处人员感同身受："是呀，他们时常举行盛大宴会，翩翩乐舞让人无限沉迷，精美酒食令人醉生梦死。据说宴会所需的啤酒、汽水都要当天从青岛运来。哪里有艰苦抗战的样子啊！"

李开林悄悄拽拽梁春竑："这就叫财大气粗？"

梁春竑嘲讽道："不是叫财大气粗，而是叫不分国忧，不恤民难，尸位素餐，行尸走肉。"

李开林愣愣地眨巴着眼睛："队长你别老是说奇巧词儿。你一说奇巧词儿俺就听不懂。"

办事处人员却对梁春竑的感慨连声叫好："梁队长的总结可谓入木三分啊！听不懂？回头让你们的梁队长细细讲给你们。"

李开林突然被前面一幅旗幡吸引，磕磕巴巴地念道："海——三个鱼、一个羊——馆。这叫什么行行子？"

"三个'鱼'合在一块儿读'鲜'，那叫'海鲜馆'。"梁春竑笑着解释完毕，随即惊异不已，“这大山里头还有‘海鲜馆’？”

办事处人员说：“新近才开张的。达官贵人纷至沓来，美酒佳肴自然包罗万象。”

李开林闹个脸红，“嘿嘿”笑着：“这个‘鲜’就是新鲜的那个‘鲜’？不知里边都有啥好吃的？大头鱼肯定少不了。”

办事处人员说：“大头鱼是咱们河里边生长的。那里面做的是海参鲍鱼、对虾鱼翅，都是名流显贵们吃的东西。今儿个咱们就吃咱们的‘山珍’——红山羊。等抗战胜利了，咱们再慢慢地品味‘海味’。到时候我领你们到海鲜馆好好吃一顿。”

正在说笑着前行，国民党省党部一簇工作人员谈笑风生着向海鲜馆走来。擦身而过的瞬间，一个似曾相识的身影闪入梁春竑的眼帘：笔挺的身材，冷峻的面容，鹰目一样的眼睛里饱含着自负、不满与不屈。而那个人显然也注意到了梁春竑的惊讶与关注，猛然回转身来。两人四目相接，几乎同时暗叫出声。

此人正是周公潇。

一个月前，周公潇终于接到了召请他去省党部任职的紧急信函。他暂时解散了镇上的自卫团，收藏了全部的枪支弹药，将家中所有事务悉数托付给三弟操持。待诸事处置妥当，又马上去了枰柳庄，跟武善彧细密商谈。随后象征性地去县城与郑啸荫道别，兴冲冲地来到了东里店。

梁春竑迅速上下打量着对方：“周区长？”

周公潇快速掩藏起敌意，用力堆起微笑：“梁队长！”

梁春竑脑中飞速旋转：“周区长高升了？”

周公潇露出他特有的桀骜不驯的笑容：“‘人往高处走’嘛。周某虽然不才，却已到省党部供职了。”

梁春竑心中怦然一动：“恭喜周区长。”

“也没什么好恭喜的。做先生也好、做什么队长也好，都是为了混碗饭吃。请问梁队长因何来到这里？到办事处工作了？”

“我哪有周区长的才干。再说了，咱也离不开那道山沟沟。”

“这么说梁队长来这里是有公干？有什么需要帮忙的只管说，周某定会不遗余力。”

“哪里有什么公干。我和几个兄弟到省城来卖些山货，遇见分局的老相识，正要蹭顿饭吃。”

周公潇粲然笑意中遮不住洞察表里的嘲讽：“是吗？正好我与兄弟们到海鲜馆吃饭。

梁队长，叫上你的兄弟们一块儿去。我请客。”

梁春竑的神情同样绵里藏针：“感谢周区长的美意。恐怕兄弟们吃不惯那海鲜的腥味儿，还是吃大烀全羊痛快。要不，请周区长和你的朋友们一块儿过来喝羊汤？”

周公潇连忙摆手，志得意满的神色不减半分：“大烀全羊嘛，我那帮弟兄们常吃。不妨咱们今天就各行其便？”

“也好，周区长还有公务要忙，我们吃完饭也还要赶着回家。咱们后会有期。”梁春竑说完，对着周公潇伸出手。

“后会有期。”周公潇却对着梁春竑一抱拳，飘然转身。

与梁春竑在东里店大街上不期而遇后的第二天，周公潇派人给武善彧送去一封信。

“善彧兄：如晤。我到东里店一月有余，心中依然不十分快活。本希望能被委以重任，不枉年岁。未料不如期许，有失所望。倒是世相百态之繁芜、门派争斗之剧烈、省地对抗之离奇令我大开眼界，亦更令我倍感前途渺茫。目前我只能屈尊下就，以待来时。另，昨日在东里店与梁春竑偶遇。虽虚意敷衍于我，我亦能察之与八路军办事处公务相关。梁春竑今非昔比，日后兴风作浪之能事可以预见。表兄心下须时时提防才好。顺致安琪。”

武善彧读完来信，情绪不免有些低落，随后便逐句仔细推敲，揣摩品味周公潇话中之音。正穷尽思虑，院外传来支天辅的朗声问候：“哎呀，梁队长！少东家正在家里读书呢。快快请进！”

武善彧赶忙将周公潇的来信放入抽屉，拿一本古书放在桌面，信步迈到院里。此时梁春竑正好进了院子。两人无须寒暄，并肩进了书房。

未及入座，武善彧便含沙射影道：“今天有何贵干又劳你梁队长大驾光临？”

梁春竑自顾摸起桌上的书翻看，见是《古文观止》，谐趣道：“危急之时惯于气定神闲，百忙之中不忘开卷有益。善彧兄既有闲情雅致，又有大将风度。奇才啊。”

武善彧哈哈大笑：“你梁春竑现在是又当长官又当兵，一日万机，四处奔忙，真真的鸿鹄入云之人。而我不过是个胸无大志的闲人，翻翻书找个乐子倒被你说笑。”

梁春竑将书放回原处：“老兄真会开玩笑。你是要钱有钱、要粮有粮，要兵有兵、要枪有枪，贵人多荫翳，坐地起高楼。这可不是一般的闲人之所为。我呢？空手空仓，寸步难行。四处奔忙尚勉强拉起队伍，还要日日筹措口粮，又哪敢拿你这样的‘闲人’说笑？”

武善彧收起笑容，探下身去半带挑衅、半带同情地凝视着梁春竑的眼睛："何至于此！老弟为八路军呕心沥血，共产党自然不会亏待于你。你现在不也是兵强马壮嘛。再说了，你们不是有一个什么'共产主义'吗？看起来老百姓还是很相信的。"

"你们？你不也认同共产主义吗？"尽管并不能完全掌握武善彧受益于牟中珩的程度，却能断定武善彧的脚步已经踏入国民党的门槛。无论作为武善彧的兄弟学友，还是作为共产党的地方组织领导人，梁春竑必须倾注全力阻止武善彧将来跟共产党和八路军搞军事、政治摩擦，必须倾注全力保证武善彧不把枪口对准自己人。梁春竑言辞极其恳切，"善彧兄，不管你什么党，也不管你什么主义，只要真心实意地为天下百姓做事情，就能得到民众拥护。'耕者有其田、居者有其屋'是民之理想，而眼下联手抗日、一致对外更是人心所向。所以，尽管生存条件非常艰苦，共产党和他领导的八路军还是一步步壮大起来。这些，你自然是明察秋毫的。"

武善彧私下里对共产党的宣传刊物和资料的研究并不比梁春竑少，对梁春竑所言也曾一度完全接受。但是，历经老父亲和周公潇一次次洗脑般的同化灌输、自己多少个不眠之夜反反复复的思索，武善彧最终选择了与梁春竑不同的方向。庆幸的是整个沂蒙山区到处宣传合作抗日，国民党与八路军不仅相安无事，而且互通消息，相互扶携，即使"太河惨案"那样的零星摩擦也没有完全搅动国共合作的大局。所以，梁春竑和武善彧这两位亲兄弟般的学友一边不舍自己的追求，一边更希望对方能够站到自己的一边来。

曾经跳动的火焰在胸中仅仅一闪而过，武善彧遽尔惆怅满怀："春竑啊，'耕者有其田、居者有其屋'，谁不向往这个美好的境界？联手抗日、一致对外更是挽救民族危亡的唯一出路。可是，驱除日本人之后呢？我已经越来越坚信自己的判断。你今天是不是又来劝我参加共产党？"

"你不是已经答应做候补党员了吗？君子一言，驷马难追。我何苦老太婆一样絮絮叨叨？"

"我还真是怕了你这絮絮叨叨。搁别人的话，我早把他给撵出去了。"

"谢谢大哥宽宏大量。不过这次你错了，我可不是来劝你参加共产党的。"

武善彧颇感意外，瞬间又怀疑梁春竑故意调侃他，便翘起嘴角道："太阳还真从西边出来了？那你究竟为何事而来？我洗耳恭听。"

"兄弟们想拉拉家常都不容易了？那好，我问你一件事：你的那位表弟、周区长、周公潇到国民党省党部干事去啦。你什么时候去？"

“我去省党部？”武善彧仰身大笑，“春竑你这话是从何说起？我为什么要去党部？我又有什么背景能去省党部？”

“因为你是表兄啊。手足之情的周公潇飞黄腾达之后还能撇下你不管？”

“罢罢罢！他是他，我是我，根本是两家人、两本经。你们俩谁也别想从我这里打主意。”

梁春竑微微一笑：“大哥不必嘴犟，我知道你心里怎么想的。你嘴上答应我做共产党候补党员，心里已经打定主意要站到国民党那边去了。大哥，尽管你我尘世之人只不过是时代潮流中的一粒沙子，但也并非没有血性、没有头脑的沙子，绝不可以随波逐流。大义大利面前应当做出正确决断。”

武善彧跟周公潇之间亲如兄弟，那份情谊更多地建立在家族和亲戚的基础之上，相互间的尊重占据了很大成分。而与梁春竑之间则是少年伙伴的情谊，这种死党一般的坦率随意较之跟周公潇之间的礼仪规矩更让人无拘无束。因而，相较于周公潇，武善彧更愿意跟梁春竑推心置腹：“春竑啊，共产党的书刊我读的不比你少，他们的许多壮举令人动容，我从心底里敬仰。可是布尔什维主义毕竟是梦想，你还是从不切实际的梦想回到现实吧。这就叫识时务。”

“依照大哥的看法，当今的时务是什么？”

武善彧没有回答梁春竑，静静地沉思着说：“春竑，咱们同学毕业后，你教你的学生，我经营我的商号，相同的喜好志趣却自始至终未曾改变。可自从你与张成祥走到一块儿，到后来的八路军来到咱们这里，你有没有发现你的变化非常之大？”

梁春竑目光坚定：“变化很大。我彻底明白了咱们中华民族的命运为什么会如此坎坷，我也明白了黎民百姓的命运为什么会如此多舛。我找到了改变这种命运的道路，找到了为了这种道路而执着追求的队伍，所以我觉着生活不再像以往一潭死水般的令人窒息。我有了方向，有了目标，也看到了国家和民族的希望之所在。”

“果真中毒了不是？新学固然有值得借鉴的地方，也不能照搬照用。对你洋洋洒洒的高论，我也不打算再同你论辩，但是我不能不奉劝你看清当前的时局。”

梁春竑斩钉截铁地回敬说：“大哥，如果不能在大义大利面前做好决断，一败涂地的是国民党，重整河山的也绝对不是国民党。”

武善彧差点被噎得一个趔趄。他生气地用拳头重重地敲着桌子：“好好好，谁也别说了。既然谁都不能改变谁，那咱们只好走着瞧吧！”

沉默对峙之后，梁春竑打破了僵冷的气氛："算啦，大哥消消气。我今天可不是来惹你生气的。不谈这些事了，好吧？"

武善彧也为刚刚过火的表现有些后悔："春竑，咱们兄弟一场，无论谁走什么道，到底还是兄弟。"

武善彧的这句话算是对自己的选择做了最终的结论。既然很难有希望走到同一条道路上，曾经超越手足的情意能否承担得起未知的磨难？梁春竑努力微笑着："善彧，记住，你永远是我的大哥。"

武善彧重重地叹口气，拥住梁春竑："我知道。"

梁春竑犹豫了一下："大哥，我要回去了。临走之前再多说一句：你当初不是这种态度，我能理解你态度发生变化的苦衷。但是，我会等你的转变，一直等你回转到正确的方向上来。"

武善彧一怔，心中泛起淡淡的苦味："我也是。"

第十八章

从去年深秋开始，八路军队伍在这方山区越聚越多，国民革命军也开来大部队，抗日自卫团四处开花，而让人们充满了惶恐的日本鬼子却一直没再现身。除却寥寥几户见多识广的人家暗地里为躲荒避难准备退路，向来听天由命的村民只能在惴惴不安中等待着动荡的到来。就在这年的六月，麦收刚刚结束，让村民们提心吊胆却又迟迟未现的战火终于燃起——日军大部队长驱直入，几无任何阻拦地打进了沂蒙山区，开始对沂蒙抗日根据地实施大规模的“扫荡”。

1939 年 6 月 7 日，适逢梓河镇大集。从四面八方汇于集市的人们正惊奇地议论和猜测着空中轰鸣的是什么怪物，一连串黑色袋子似的东西从头顶呼啸而下。随着惊天动地的爆响，一个个两三米深的弹坑迅速涌出清水，清水又很快被残破尸体的血水染红。鳞次栉比的街房在轰炸中草瓦飞扬，滚滚黑烟迅即遮空蔽日。同一天，日军飞机轮番轰炸国民党省政府新驻地东里店。三天后，日军又分别重袭梓河镇和东里店，飞机投下的燃烧弹将两地变成火海。紧随其后，日军兵分三路直扑大王庄。情势危急之下，驻大王庄的八路军指挥机关决定在山东纵队特务团和分局警卫连的护送下向北部地区转移。

从参加独立营、升编到分局警卫连再到眼前的战略转移，正好过了一年的时间。来自泰沂第二区和云崖区的战士们天天训练备战、月月接受战时教育，却从未上过战场，也从未亲身跟日本兵交过手。等到战争活生生地来到跟前，他们当中的不少人禁不住心生忧惧：日本人开着飞机、拖着大炮从东北一直打过来，自然来者不善。咱们的长枪能打过一炸一大片的飞机、大炮，又能打得过一扫一大片的机关枪吗？

张成祥被升编到警卫连后改任排长职务，可大伙儿还是习惯喊他老营长。急行军中，小个子战士冬生悄悄靠到他身后，抓住他的胳膊："老营长，眼瞅着就要打仗，我怎么心慌得要吐？"

张成祥含着烟袋杆儿，歪头看着冬生："看你这出息！有啥慌的？瞄准了敌人扣扳机就是了。"

"可是他们有飞机大炮机关枪。"

"飞机大炮机关枪还不都是人开的？把人干掉，那飞机大炮机关枪就是一堆废物咧。"

"张营长，你跟鬼子真刀实枪地干过，俺可见都没见呢。"

"没吃过猪肉还没见过猪跑？实话对你说，飞机大炮这些物件我也没见过。可咱怕什么？进了咱们这山野林涧，那飞机就是睁眼瞎子、大炮就是掉进水里的冬瓜炮，都成了中看不中用的摆设。管用的还是咱们手里的这个！"

看小个子冬生挺直了腰杆儿，张成祥咂摸了会儿滋味儿，回身走到大个子刘洪收跟前："洪收，咱们的战士们训练时间不短，可大都没有参加过真枪实战。连长的作战动员文绉绉的，就像碗稀饭，对咱们吃惯了煎饼窝头的肚子不管用。你再挨个儿给他们打打气。"

刘洪收曾经在天台岭与日军先头侦察部队短兵相接过，算是有经验的老兵。他很自信地说："放心吧，老营长。我都按照你交代的跟他们说过了：一要大胆，二要瞄准，三要隐蔽好。"

张成祥非常满意："嗯，就该这样。还要告诉他们，可不能给咱们云崖区丢脸。"

午后时分，指挥机关及其附属人员在两支队伍的护送下行至栗子峪地段。栗子峪村东南方向面对河床，西侧和北面是缓起的山坡，东面相对地势平展，几十座石头砌成的围墙院落随坡就势散落在茂密错杂的林木之间。队伍需要短暂休整，骡马也需要饮水喂料。这支两千多人的机关队伍和护送官兵一进入村子，炊事班便急忙卸载物资，准备埋锅造饭。

张成祥他们迅速穿过村子，跑步前往北面的小高地。眼看就要奔上高坡，坡后突然神秘地出现了大队日军。其实，这支指挥机关队伍还未到达栗子峪地段就已经被日本人的眼线盯上。日军已经在这一带布置了重兵，妄图前后夹击，将这支队伍一举击垮。警卫连意识到他们遭遇了正规部队，也意识到形势的严峻。就在日军安放火炮、架设机枪的瞬间，陈连长先发制人，抢先出击，指挥队伍主动向日军发起了进攻。几乎就在同时，村南方向也响起密集的枪声。

日军这次对沂蒙中部的大规模进攻，目的就是寻找国民党军或者中共抗日力量的主力部队作战。十多天来，凡是遭遇到的国、共队伍几乎无一不一触即退，难得遇到这种敢于碰硬的对手。日军仿佛被注入了兴奋剂，机枪步枪疯狂扫射，小钢炮密集轰炸，立时将警卫连的火力打压下去。敌强我弱，敌人又占据绝对的有利地形，警卫连只能以一当十抵挡对方的进攻。短兵相接后，警卫连接到指令：指挥机关人员正向东北方向的山头撤退，所有配备武器的机关人员已经加入村南的队伍作战。警卫连的任务是掩护撤退，完成任务后不可恋战，要迅速转移，保存实力。陈连长随即命令战士们注意隐蔽，待日军近前时手榴弹伺候。

对方密集交织的枪炮声突然停顿，日军弓腰持枪冲锋而下。看看迫近，陈连长一声令下，卧伏在乱石草丛中的战士们将一排排手榴弹掷向对面。冲在前面的几个日军号叫着倒地，身后的机关枪重又“嗒嗒嗒”地连成一片。仅仅两个回合，警卫连便伤亡惨重，战斗力急剧减弱。日军发现对手没有作战经验且装备落后，便将密集的射击改为狙击手的点射，这使得警卫连的掩护撤退变成了残酷的生命支撑。

陈连长带领队伍边打边撤，在半山腰跟南面撤过来的山东纵队特务团会合。特务团留下小部分战士与熟悉当地环境的警卫连共同阻击日军，其他人员迅速追随机关队伍，护送他们继续转移。日军发现八路军大部队将要安全脱身，立刻发起了强势进攻。一时间山石纷飞，树木断折，警卫连的还击抵抗被凶猛的火力死死压制。两轮近距离对抗过后，日军紧急发起了新的进攻，火力更加密集。刘洪收拉着小个子冬生跃起飞跑两步，被两发子弹同时击中右腿，扑倒在地上。冬生慌忙蹲下去抱住他。

刘洪收拽过冬生腰里的一枚手榴弹，低声吼道：“别管我，赶快跟大伙儿走！”

冬生咧着嘴哭道：“那你呢？”

刘洪收把他往后一推：“你赶紧走。我有任务！”

刘洪收望一眼躬身跑远的冬生，咬牙回身，拖着断折的右腿爬向敌人正面，在一块大青石后挺起身子还击。眼见几个日军迅速包抄过来，刘洪收拉开手榴弹的导火索，支撑着起身投掷。手榴弹还没扬过头顶，一梭子弹就击中了他的胸膛。

警卫连几乎和日军同时到达了山顶。此时全连人员伤亡大半，陈连长也身负重伤。

陈连长叫过张成祥：“老营长，当前形势非常危急。你熟悉这里的地形，无论如何要带领他们拖住敌人，保证机关安全转移。我带领几个人给你断后。”

张成祥黑黑的胡子茬上挂满了尘土，平日里眯缝着的眼睛瞪得溜圆：“那可不行，这里地形我熟，还是我来断后！连长你带领战士们往西南方向的山头撤退。”

陈连长强忍住伤痛，红着眼命令道：“这是命令！必须执行！”

说话间，日军已经推进到跟前，密集的子弹一排排从头顶飞过，青石块儿上窜起一串串白色的烟尘。

陈连长对张成祥喊道：“打完这一阵你就马上后撤！不是撤退，是拖住敌人！记住，打完阻击战一定要找到指挥机关报告。”

张成祥的眼中蓄满了泪水：“连长放心，咱保证完成任务！”

看看日军进入射程，陈连长带领警卫连战士子弹齐发。趁着日军卧倒的间隙，他回身喝令张成祥赶紧后撤。日军发现对手意图，迅速集合追击。没想到刚跑出几步，迎面乱石丛中打出一阵排枪。指挥官气急败坏地一声吼叫，所有火力集中喷射到阻击队伍阵地。陈连长跟断后的年轻战士全部壮烈牺牲。

张成祥带领队伍撤退到西南方向的另一座山头，抢先占据了有利地形。远远望去，日军黑压压一片，排成方队向山头逼近。

张成祥断定这部日军主力决心要吃掉他们，于是鼓动大伙儿说：“咱们的任务是保护机关转移，现在看来日本鬼子已经咬住咱们不放。正好，咱们的目的也达到了。但是他们的武器家伙厉害，还有小钢炮，人也多，咱们不能跟他们硬拼，只是拽着他们在山里边转，天黑前甩开他们就算完成任务。记住了，最后不管剩下几个人，一定要找到分局机关。”

日军没能控制有利地形，小钢炮重又一溜排开。一阵排炮过后，整队的日军端着冲锋枪，扫射着，号叫着，奔着山头蜂拥而上。看看敌人进入射程，张成祥喊了声“弟兄们，狠狠地打”，忽地跃起身，接连甩出两枚手榴弹。战士们发了疯一样将手榴弹扔到敌军阵营，不顾生死举枪猛烈还击。日军被对手誓死的气魄震慑，稍作坚持后快速后退。

日军这次撤退得远了些，直退到对面的坡上，也没有再架起小钢炮，而是在静静地等待着什么。

身边的大个子爬过来：“老营长，日本鬼子是怎么回事儿？他们的葫芦里会卖什么药啊？咱们手榴弹没了，子弹也没几发了啊！”

张营长望望身后，回过头摸出烟袋锅：“等一等，看看再说。实在不行，滚石头。”

张成祥点上烟，正琢磨如何应对，远处天空传来一阵轰鸣，随后两只黑乎乎的巨鸟越来越大，直接对着张成祥他们据守的制高点飞过来。

“天哪！飞机！”

“老营长！他们有飞机！”

张成祥大声喊道：“不要慌张！赶快卧倒、隐蔽！快！”

随着炸弹和机枪子弹裹挟着刺耳的尖叫从空中倾泻而下，震耳欲聋的爆炸声在身边接连响起，土块、石块漫天飞舞，黑褐色的烟云笼罩了山头。

飞机走远，战士们拍拍身上的尘土集合起来，发现山下日军再次开始聚拢。几个人同时喊叫老营长。张成祥却似乎睡着了，趴在原地没有任何声响。

小个子冬生以为张成祥被炸弹震晕了，赶紧跳过去推了两下，却见张成祥没有任何反应。搬过身子一看，只见张成祥脸色灰黄，双眼紧闭，血水湿透了胸膛。

冬生立刻哭出声来：“老营长！老营长！”

有个大个子战士跑过去，把手放在张成祥嘴前一试，又轻抚了一下他的眼皮，呜咽道：“老营长牺牲了！”

战士们失声惊叫：“老营长牺牲了？往下咱们怎么办？”

就在这悲壮的时刻，三十多名游击队员从身后的密林中冲过来，身后跟着大队的国民党队伍。带队的正是梁春竑。

大个子喜极而泣：“梁队长！梁队长来了！”

梁春竑飞速跨过来：“你们连长呢？”

大个子哭出声来：“牺牲了！老营长刚刚也牺牲了！”

梁春竑登时泪湿双眼。可他顾不得悲伤，命令李开林背着张成祥回家里去，然后急切地展开作战动员：“牟军长派来两个连的队伍支援我们。我们一定能战胜敌人！大家准备战斗！”

日军判断对手基本被消灭，列成方队肆无忌惮地蜂拥而上。眼看要爬上山头，却迎面遭到国民党两个连机关枪的集中扫射，被打了个措手不及。在日军指挥官的吼叫声中，日军仓皇撤退，在平坦地方重又架起了小钢炮。

战斗在胶着中一直持续到黄昏。日军没能攻上山头，国共两军也没有冲下山坡。直到天色渐晚，日军撤退到起初遭遇交火的地方，慢慢消失在山野中。

原来，警卫连和特务团护送机关队伍出发后，李青松一直派人暗中侦察，命令云崖区游击中队远远跟上行军方向。正巧国民党五十一军军长牟中珩和他的随行队伍被日军追赶到了十多里地外的常庄，跟转移出去的机关人员不期而遇。两支队伍并肩作战，连续打退了日军的三次进攻方得脱身。得知警卫连境况危急，便派出两个连前来支援，这才有了残存士兵们的转危为安。

半月升起在东南半空，黄白色的光亮映衬得松林中益发黑暗。李青松和梁春竑他们围绕在张成祥的坟头四周，啼泣抽噎声此消彼长。

梁春竑放不下兄弟情谊，更割舍不下同志之情。他手抓一把坟土，眼泪止不住地涌出来："张大哥，这才第一仗，你怎么就先走了呢？"

李青松双眼噙满泪水，拿着一把烟叶放置到坟前："老张大哥，这两年时间，你风里来雨里去，操心受累，撇家舍业，为了云崖区游击队、为了抗击日本侵略尽了全力。从今往后，你再不用没黑没白地辗转奔波，终于可以好好地歇歇了。老张大哥，我的老营长，找个地儿安心地抽你的旱烟袋吧。"

梁春竑泣声道："李青松同志，这么多年，张大哥有一桩缠磨难解的心事：他的媳妇儿女不知道流落何方。我跟他许诺过，等赶走日本鬼子后我们跟他一道下东北找回他的家人，他也一直期盼着哪天全家人能够团圆。可是，他的心愿没能了结，我的许诺也成空了。"

随着梁春竑低低的呜咽，身后好多人也抽泣着哭出声来。

月亮底下，松树林中，李青松悲愤而坚强的声音在回荡着："日本人已经打进了咱们家里，咱们已经没有退路。今天咱们都看到了真正的战场是什么样子，看到了老营长和那么多兄弟们的壮烈牺牲。我们同日军的生死较量才刚刚开始，我们的流血牺牲也才刚刚开始。为了保家卫国，为了亲人和老少爷们儿能够安安稳稳地过日子，为了给老营长和这些战士兄弟们报仇，我们要同日本人血战到底，直到把这些侵略者消灭干净。不仅老营长和这些战士兄弟们，所有为保家卫国、为民族解放事业做出牺牲的人都是我们的英雄，都是国家的忠魂！当迎来胜利的那一天，当劳苦大众都过上好日子的时候，我们每一个人都不能、也不会忘记他们的，我们的一辈辈后人也不会忘记他们的。"

日军对东里店的两次轰炸使得国民党省政府新驻地昙花一现，也揉碎了周公潇艰难开放的理想之花。在省党部三个月里，周公潇发现人脉关系和背景深浅的较量远超出了先前的想象，也看清楚了当今战乱时期社会底层出人头地需要仰仗的资本。这个资本并不仅仅是家藏万贯，而是手里的硬家伙。不管你是忠厚良民，还是土匪流寇，只要有枪杆子支撑，腰杆儿自然坚挺，那些所谓的上层大人自然会对你另眼相待。战争爆发后，国民党省政府在山中四处躲藏的行为更令他大失所望。他的胸怀大志注定无人赏识，他一展宏图的渴望注定不能实现，而他再也不能忍受这种居于人下的囚闷处境。周公潇决定回乡组建自己的队伍。孟浦云对时局无能为力，也未能说服周公潇，允诺时机成熟的时候会再与他联系。当天，周公潇换上逃难人的行装，怀揣短枪辞别了孟浦云。

周公潇没有返回梓河镇老家，也没有去找武善彧，而是直奔云蒙县城而去——现实教他懂得了权力的威力。郑啸荫固然阴险狡诈，可只要能显露出一分大气、能拥有一分眼光，与之联手依然是最佳选择。穿林攀岩，钻沟跃溪，辗转一个黑夜两个白天，周公潇终于在云蒙城南的山林中找到了郑啸荫和他的保安团。

郑啸荫对周公潇的狼狈现身很是吃惊。听他讲述了国民党省政府遭到的轰炸和目前的处境后，郑啸荫并不十分焦虑，反而爆着粗口笑骂："他奶奶的！这小日本不出手倒也罢了，一出手还真是十分了得。东边飞机炸弹，西边钢炮机枪，四面战场都开花。"

周公潇很关心郑啸荫的队伍状况："郑县长，您的队伍没受什么损失吧？"

"我是谁！不等日军到来，我早就带着保安大队出城进山了。不是郑某人炫耀，咱三百多人的队伍毫发未损。"

"郑县长，我从县城那边过来，也仔细察看过。日本人正忙着在城里修筑工事，到处乱糟糟一片混乱。如果您领着队伍来个突然袭击，不获大胜也能在小胜之后全身而退。"

郑啸荫怪异地望着周公潇，突然龇牙一笑："周区长大智若愚还是果真不明就里？跟日本人作战是战区队伍的责任，我保安大队的职责是保护县政府和党部的安全，集中一切力量对付共产党。你刚才也说了，省党部都被日本人轰炸得无立锥之地。你让我带着三百多号人的保安大队跟日本正规军过招，这不明摆着让我以卵击石吗？"

周公潇见郑啸荫曲解了自己的意思，赶紧解释说："在下绝不敢鼓动郑县长以卵击石。在下是说我们可以抓住日本人立足未稳和四面不能兼顾的时机，发动突然袭击，既可以打掉他们的狂傲，也可以缴获些枪支弹药……"

鉴于周公潇的小背景，郑啸荫尽量敛藏愤怒："周区长所言何尝不是我的期望。可古人云'避其锋芒，击其惰归'。眼下日军锐气正盛，我怎么可以置保安大队的安危于不顾？凡事要以大局为重、长远为要，万万不可把小聪明当成大智慧。哦，不知道周区长为何辗转而来？"

周公潇小心试探道："不瞒郑县长，在下打算暂时离开省党部，期待跟从您组建队伍。"

"离开省党部而跟我组建队伍？"

"是的。在下早就筹谋组建自己的抗日队伍，奈何才疏学浅，势单力薄，难以形成气候。蓦然回首，方知郑县长才是在下心中仰慕之能士。在下期待跟随郑县长，烽火熄时厉兵秣马，狼烟起时扬鞭上阵。不求有所作为，只求为社稷民生奉献微薄之力。"

郑啸荫深知周公潇跟自己一样，绝不是行走于鞍前马后的人，而是端坐马鞍之人；但他跟自己又不一样，周公潇绝不会随意屈身下就、以背为镫，而是抬脚就要跨上鞍背。郑啸荫器重周公潇的才气和志向，却难以羁缚周公潇骨子里的桀骜不驯。他可以行使县长的权力收放自如地辖制远方的一区之长，却很难随心所欲地摆布身边卧伏的一队之长。既然一山难容二虎，不如各据山头。

郑啸荫很快打好了算盘："'烽火熄时厉兵秣马，狼烟起时扬鞭上阵。不求有所作为，只求为社稷民生奉献微薄之力。'多么让人气血奔突，多么让人仰之弥高。虽然我郑某小树不成大荫，一时总还可以倚靠。周区长果真愿意与我携手同行，不妨回头带着你的自卫团加入进来。你我交往非止一日，也知道我郑某历来厚以待人，诚以待人。功成之日、花开之时，我郑某自然不会薄了兄弟们的情分。"

周公潇暗生一丝欣喜："郑县长山海般的胸怀，在下不胜感动。我回乡之后只需振臂一呼，拉起百人的队伍易如反掌。在下愿意紧随郑县长左右，全殚心腹之能，竭尽肱骨之力。"

郑啸荫哈哈大笑："刘树炬、王立庆、李大信纷纷投奔郑某，如今周区长也愿意江河入海。我堂堂的县保安大队之势力将何其雄壮！"

王立庆、李大信等也都投奔了郑啸荫？他们可都是专以残害百姓、祸害乡里为能的臭名昭著的流寇土匪啊！周公潇不禁愕然："什么？王立庆、李大信他们也被郑县长招至麾下？"

"是啊。他们已经在郑某手下挂了号。只要我郑某一声令下，半日之内就会齐聚保安大队。"

"可是，郑县长，这些人都是冥顽不化的流匪。当年省政府曾经动用一省之兵力剿除他们而不能，现在……"

"周区长落后了不是？日月轮回，今非昔比。当前国难当头，内患纷扰，既然他们愿意洗心革面，为党国尽力，我们就应该举双手欢迎，允许他们立功赎罪、重新做人不是？”

刘树炬、王立庆、李大信的队伍都是经营十数年、盘踞一方的土匪武装，是与官府为敌、与百姓为害的草寇强盗。他们趁眼下国民党敞开门槛吸收新党员的时机投靠郑啸荫，不过为了更好控制一方地盘，与周公潇为了实现理想抱负而加入进来大相径庭。郑啸荫也知道，周公潇素来对刘树炬之流怀有尽皆剿灭而后快的信念，又怎么可能跟这些人同流合污？搬出这些人，他就能不费吹灰之力、不留丝毫把柄地把周公潇拒之门外。而周公潇的命门的确被郑啸荫稳稳把住了。既然刘树炬他们已经先自己一步投靠郑啸荫，而且郑啸荫言谈之中对他们亲善有加，心腹、肱股恐怕已属他人。倚人屋檐之下都非平生所愿，又怎能被操控于鄙陋之徒？

周公潇强作欢颜地试探道："郑县长宽宏大量令在下感慨钦佩。既然保安大队如此兵强马壮，郑县长何不利剑出鞘，从容运筹，让日本人折戟云蒙？"

郑啸荫皮笑肉不笑地应付说："说着说着，你周区长又绕回来了。你也是在省党部供过职的人，对当前我们的宗旨果真不明白？还是那句话，抗日，那是军队的事情，即使匹夫有责，也要攘外必先安内。你我的职责就是扩大力量，铲除共匪。周区长，先在我这儿好好歇息两天，然后回梓河镇集整队伍不迟。"

"攘外必先安内"跟伺机抗击日军并不矛盾。仅此一点，周公潇就与郑啸荫的主张相左。而堂堂的一县之长竟然跟臭名昭著的流寇匪徒为伍，更令他不齿。周公潇后悔没有听从孟浦云的建议，后悔自己居然神差鬼使地对郑啸荫还抱有一线希望。他必须委婉地抽身了。

昔日太平繁华的梓河重镇如今断瓦残垣，一片废墟。村民们灰头土脸，倚墙靠树搭起简易棚屋作为暂时居所。周氏家族不仅商号几乎全被夷为平地，整个高门大院都变成了焦壁黑土，所幸两间偏房得以完整保存下来，也未有家人亡于轰炸。靠着残壁断墙搭起的长长草棚下，幸存的家具粮食等一应物品杂乱堆放，男女老少或强颜欢笑，或泪光闪闪。黄昏时分，情景越发凄凉。

三弟对大哥的行装容貌甚为惊讶。听完周公潇对东里店情况的大体叙说，才知道两个地方被日军在同样的时间、用同样的手段轰炸焚烧。

周公潇得知藏枪的地窖没出事，顿时松了口气，但为驻在镇上的八路军办事处没有伤亡而遗憾。面对三弟的诸多疑惑，周公潇说他不懂党国谋略，让他今晚就联络民工，明天一早就破土，把商铺、药铺、油坊和酒店尽快重新张罗起来，院落也重整理起来。人只要活着就要吃穿用度，就离不开商号。只要有商号，武氏家族就能把日子更好地过下去。

第二天一早，周公潇带着武赣民去了枰柳庄。枰柳庄围子重新修补起来，围墙上四个方向都有人站岗放哨，村子里却听不到以往安定祥和中的人欢禽鸣。周公潇的到来引起了围子上放哨人的注意。支天辅闻讯跑上围墙，见是周公潇，马上命令开门迎接。

武善彧一见面就问有没有收到三天前写给他的信。周公潇说三天前他已从东里店往回走，省党部早被炸得片甲不留，怎么能收到信？武善彧这才知道东里店也被惨烈轰炸。

周公潇神情怆然："东里店要比梓河镇惨得多。我们的沈主席自顾在山崮间流动躲藏，各个机关如同树倒猢狲散，那繁华富庶之地已成断壁残垣。"

"那可是省政府啊！就这样不堪一击？"

"日本人天上飞机轰炸、地上精兵推进，咱们凭借的却是肉躯之体啊。还有个外人只知其表、不知其里的难处：省政府都是文职官员，手无寸铁，技无所长。所谓的保安卫队、别动队又全都掌握在别人手里，沈主席只不过是光杆儿司令罢了。拿什么应对日本人？"

武善彧越发迷惑："堂堂的省政府主席只不过是光杆儿司令？天大的笑话！"

周公潇讥讽地说："天大的笑话你没见过呢！表兄，今天我过来是有要事与你相商：我暂时不再回省党部，想回来跟你联手做番大事业。"

武善彧很是惊讶："表弟暂时不回党部了？不怕前功尽弃？"

周公潇自负地笑道："非前功尽弃，而是终于找到了向上攀登的路径和抓手。表兄，在衙门里面混，身下没有元宝垫脚，头上没有贵人提携，依靠自己打拼，永无出人头地之日。假如手里有枪、有队伍，腰杆儿要多硬挺就有多硬挺，乌纱帽就能主动戴到头上。像咱们兄弟，上头没人、手里没钱、腰里没枪，待在那个破地方只能受窝囊气。"

武善彧如坠云雾："可表弟上头有老县长、手里也有钱有枪啊。"

周公潇自嘲地连连摇头："老县长本来就不是沈主席的嫡系，根基不深，又素不喜迂回曲折之术，能保全自己就不错了。咱那点钱嘛，还不够他们下馆子吃海鲜。至于几十支长枪，仅仅能权且支撑一下。所以，我才决定回来与表兄联手组建队伍。"

"表弟说几十支枪仅能支撑一下是什么意思？"

“表兄问到要害处了。当年韩主席在咱们山东一手遮天，说一不二，并不是因为他担任着省主席的官位，关键是他手里有队伍，谁也惹不起。现在沈主席尽管拥有省政府主席、省保安司令部司令、苏鲁战区副总司令三个头衔，其实只有省政府主席是实衔，另外两个只不过是虚衔而已。”

“虚衔？”

“表兄有所不知。沈主席的嫡系部队是他从青岛撤退时带过来的那些海军陆战队和武装警察，力量非常弱。而当下实力最强的地方队伍大都是当年韩主席手下专员、县长组建的游击队。这些人大都不把沈主席放在眼里，几乎指挥不动，有的竟敢直接跟沈主席叫板。沈主席一怒之下把几个不听话的专员撤了职，可人家手里有队伍，依然拿人家毫无办法。于总司令来到山东，对这些地方队伍进行了整编和训导，反而把还能听话的那些个队伍都也拉到五十一军和五十七军去了。沈主席的两个司令头衔不就是虚衔吗？”

“可这个与表弟回来组建队伍有何关系？”

“沈主席无法控制这些地方武装，只能培植自己的势力。那些听话的、手里有队伍的县长、专员都被重用，甚至一些原先的土匪都靠着队伍和听话当上了专员呢。我在省党部期间，凭借跟老县长的关系，也曾跟沈主席有过几次接触，自觉还是引他注目的。如果我们能组建起一支像样的队伍，再有老县长这层关系，时来运转的日子自然不会太远。”

武善彧不敢完全相信周公潇的说辞，却又无力反驳：“表弟啊，咱们小门小户，缺依靠、少根基，组建队伍可是件大事情。况且眼下日本人已经打进来，那五十一军和八路军都吃了不小的亏，被迫转移作战。老百姓更是日夜不得安宁，随时进山避难。就在这般境况下组建队伍，怕是太难了。”

周公潇高傲地站起来：“表兄这样想就大错特错。所谓家贫出孝子，乱世出英雄。日军进攻，国军吃亏，这正好给你我提供了显山露水的时机。天下太平，顺风顺水，那些达官贵人谁还能记得起我们？为什么现在连那些土匪都可以做到县长、做到专员？不就是因为他们手里有枪、有队伍吗？表兄恕我无礼，难道牟军长给你的枪械就是要你守围子的吗？伯父要你靠上牟军长也仅仅是为了让你守围子吗？表兄你果真甘于守着你这个小围子做笼中之鸟吗？”

傍上牟中珩的五十一军只是武善彧将来有所作为的第一步，接下来怎么做，他也在摸索：“正如‘吃人的嘴软，拿人的手短’。我担心自卫团被五十一军当成了自己手里的一杆枪，咱们白白替人家出力。”

周公潇连连摇头：“天下没有白白出力的事情。相反，有所建树才能有所成就。果真能成为他们手里的一杆枪，表兄距离飞黄腾达的日子反倒不远了。”

武善彧从头到尾品味着周公潇的见解，许久之后，慢慢下定了决心：“表弟所言句句在我心里。既然表弟看清楚了方向，咱们就甩开膀子大干一场！”

周公潇几欲疯狂：“表兄那里有牟军长这层关系，我那里有老县长这层关系，咱们可以说是天时、地利、人和无一不备。表兄，咱们说干就干，马上把队伍拉起来！我那边现有三十六支长枪。表兄这边多少？”

武善彧同样欣喜，却远比周公潇内敛得多：“我这边原有一些，加上牟军长的支持，共有一百二十支。”

周公潇瞠目结舌：“一百二十支！表兄，光你这边就足可以拉起像样的队伍啦！你有这么多硬家伙，为什么不早些跟我说？”

武善彧因为对周公潇隐藏了自己的实力而微微有些尴尬：“权当给表弟的一个惊喜吧。表弟，你我相知不是三年五载，是男人都有雄心壮志。能够成就一番事业，才能上对得起天地，下对得起祖宗。从此之后，咱们兄弟共命运、同进退，永不言弃。”

周公潇激动得面颊抖动：“表兄，我回来对啦！”

武善彧扶周公潇坐下：“表弟，既然咱们轰轰烈烈地组建队伍，就该给队伍取个响亮大气的名字。先前你的自卫团取名‘青年救国自卫团’，我看就非常恰切。”

周公潇站起来踱了两步：“既要大气，还要不与人同。不如就叫‘云泰大队’，如何？”

武善彧忍不住击节叫好：“既能标记云蒙、泰沂亘古之地，又兼具豪迈谦和之美！表弟高才寻常之人难攀。只是，只是表弟现今仍任梓河区区长，郑县长那边该怎么应对？”

周公潇鄙夷地冷笑道：“郑啸荫？卑鄙之徒，不必提他。”

几天后，一支名噪一时的地方武装——云泰大队在云蒙、泰沂交界处成立。武善彧任大队长，周公潇任参谋长，支天辅和武赣民分别担任一分队和二分队队长。两个分队一个驻枰柳庄，一个驻望台村，隔泰石公路相望而互为犄角，形成扼守交通要道而又进退自如之势。

云泰大队成立不久，接连两次配合国民党驻大王庄一一四师所部六八〇团跟日军队伍正面作战，周公潇很快就理解了先前武善彧对五十一军支持的忧虑：这支地方队伍被视为减少主力损失的防护网。云泰大队从五十一军获得枪械弹药的扶持，却不能得到其他给养。仅仅依靠周、武两家自身的财力，云泰大队又能支撑多久？周公潇利用在省党部供职期间铺筑的人脉，很快打听到沈鸿烈依然隐藏在三县交界处的“省会区”，便只身前往寻访拜谒。

周公潇的判断和谋划堪似量体裁衣。为革旧鼎新整个鲁中南部山区的局面，且能将其自如控制，沈鸿烈正急于寻找一支能够臣服听命省政府的地方武装。沈鸿烈对周公潇、武善彧两人组建队伍后的主动投靠非常满意，单独召见了周公潇，宣布云泰大队在行政上接受省政府的直接领导、军事上直接由省保安司令部调遣，不仅派人到大队帮助军事训练，还提供必要的物资支持。

第十九章

日军发起夏季“扫荡”后，国民党县、区和乡政府上行下效，人员机构四处隐藏而政令不行，地方组织名存实亡。中共泰沂县委自下而上迅速召开乡、区代表会，着手选举成立区、乡抗日民主政府。李青松和梁春竑接到县里通知，要他们务必争取让武善彧作为中间势力赴区和乡抗日民主政府中任职。

事实上，梁春竑跟武善彧的联络从未中断，李青松、八路军方面、有威望的开明人士也先后去过枰柳庄。奈何武善彧只言抗日，避谈队伍归属。梁春竑早已担心，云泰大队的实力不仅在云崖区，即使在全县也难有哪支地方武装能望其项背。让这样一支同时跟国民党五十一军和省政府有着密切联系的队伍接受共产党的领导几无可能。梁春竑他们能做的，或许只能是让这支队伍完全融入敌对行列的步子迈得慢一些、让这支队伍在情形最坏的时刻不公开与八路军为敌。恰巧，新近有消息说云泰大队公开鼓动民众对抗共产党和八路军，还暗中跟大王庄据点里的日军有联系。梁春竑深为忧虑，亲自去了枰柳庄。

围墙上巡逻的李开田远远认出了梁春竑，不敢擅作主张放他进来，赶紧跑下去报告支天辅。

支天辅正在树荫下悠然品茶，听说梁春竑到来，把茶壶往矮桌上重重一放，不胜烦躁地抓过蒲扇猛摇。可纵有一百个不情愿，他也不敢耽搁正事，不得不亲自去门口迎接梁春竑，同时喝令李开田赶快去报告武善彧。

李开田给梁春竑开门的时候，悄声提醒说周参谋长才刚从对面过来。梁春竑心知支天辅有鬼，便说："支队长，咱们都不是外人，不必这么讲究。"

支天辅语带双关："武队长和梁队长已经不是从前。以前一个是商号老板，一个是教书先生，如今可都是有身份的队长。再要马马虎虎就很不合规矩了。"

"再怎么有身份，我们都是兄弟朋友，情谊是割舍不断的。支队长说是不是啊？"

"那是！那是！您跟武队长什么关系？打断骨头还连着筋嘛。但我们是办事的下人，须尊重处理应尊重、须守规矩处还是要守规矩的。梁队长请跟我走。李开田，还不赶紧去向武队长报告！"

周公潇已经清晰地预见，云泰大队跟云崖区游击中队即将成为生死对手，武善彧跟梁春竑之间的交往也不应该再是纯粹的私人之谊。作为云泰大队的参谋长，他有权利参与他们的会面，也有必要防备和制止梁春竑对武善彧进行拉拢渗透。恐武善彧多心，周公潇试探说要不要回避一下。武善彧明白周公潇并非真心想要回避，于是拉上他一同来到院中。

周公潇上前抱拳致礼："不知梁队长到来，有失远迎。"

梁春竑抱拳回礼："周参谋长太客气了。咱们本都是兄弟，论出道先后的话你也还是前辈……"

"话可不能这样说。您现在不仅是游击队长，还是共产党的区长，身份今非昔比。就算咱们曾经是兄弟，也要讲规矩不是。"

"周参谋长这样说就生分了。共产党、国民党还不是一家人？就说咱们三个，善彧兄的家像周参谋长的家一样，也像我自己的家一样。咱们啥时候想来就啥时候来，不是吗？"

"别的不敢说。要说你跟武队长，谁不知道你俩情同手足呢？我这个做表弟的倒像是外人。"

"周参谋长和武队长自来就亲如兄弟，如今更是手心、手背，谁也离不开谁。是你自己见外了吧？"

武善彧连忙调和道："无论情同手足还是手心手背，咱们本就是自家兄弟。来，屋里说话。"

刚落座，武善彧便单刀直入："春竑，我知道你不是那闲来无事诵经书的人。表弟也不是外人，有什么新闻尽管直言。"

梁春竑笑笑："还真有重大新闻。两位都知道，近些天来，八路军鲁中抗日根据地正在筹备组建抗日民主政府，泰沂云崖区的准备工作也基本就绪。"

未等梁春竑说完，周公潇皱着眉头打断说："既然梁队长说到这里，周某正好有话要说：整个鲁中地区包括你所说的什么泰沂云崖区，可都是有国民政府存在的。再成立新政府不仅不符合情理，恐怕也不合法吧？"

梁春竑柔中带刚："这也是不得已而为之啊。周参谋长和武队长都清楚，日军一打进来，不仅国民政府的区、乡工作人员，即使县政府的人也都销声匿迹。如今日军大部撤走，但在每处战略要地留下了小分队、建立了据点。上上下下的村民百姓都巴望着政府组织抗日、维持正常的生产生活，可国民党的区政府和乡政府都在哪里？就是县政府又在哪里呢？"

周公潇不屑地说："都还在原处嘛。"

梁春竑嘲讽道："房子、院子还在原处，可人都去哪里了？"

周公潇似笑非笑："战略转移了嘛。你们八路军的指挥机关不也都转移了吗？"

梁春竑面色变得庄重："八路军指挥机关一直没有离开过抗日战场的中心，共产党领导的游击队也没有离开他们所属的区域，都在团结民众与日本人作战。可是国民党的区、县政府呢？战争刚一开始，人就没了踪影。如今战争进入新的阶段，广大民众的生产生活也还要继续，他们却至今不肯现身。请问周参谋长，如此置民族大义于不顾的政府又怎么值得民众信赖呢？"

武善彧赶忙接道："春竑，话说过头了啊。国民政府一直在战场上对日作战，这是不争的事实。眼下咱们这儿各级政府也都是存在的，只不过工作人员依然处于战略转移之中。即使工作事务拖沓了些，又怎么可以随便上升到'置民族大义于不顾'呢？"

梁春竑说："大哥这话听起来很有道理，实际上经不起推敲。单从这些日子的对日作战来看，当地政府本来是民众抗日的主心骨，却在紧要关头逃之夭夭，这怎么可以取信于民？又如何取信于天下？谈到对日作战不利，除了武器装备上的差距，还有没有其他原因？为什么同我们作战的日军队伍里有那么多的'二鬼子'？他们可都是跟咱们一样的中国人啊！为什么同日军作战的时候，咱们的正规部队和地方武装各自盯着自己的一亩三分地而不顾其他？无论正规部队还是地方武装，咱们也都是一样的中国人啊！不仅内部不能一致对敌，还要保留一片心思对付共产党和八路军。你们说，大敌当前依然一盘散沙，怎么能够保家卫国？"

周公潇连声哂笑："除了'二鬼子'，梁队长所谈周某是闻所未闻。先不说真假虚实，即使果真存有这些弊病，那也是需要党国逐步解决的问题，而非你我之人所能改变。当下你我所能也只是各尽其力联合抗日，与日军对阵。"

梁春竑说："周参谋长说得非常好。各尽其力，联合抗日，就要建立抗日民族统一战线，团结一切可以团结的人，包括所有的劳苦大众。可眼下我们就缺少这样一个能够承担起领导抗日大义的民主政府，所以我们才吸收和联合不同阶层、不同领域的进步人士，共同组建一个代表人民大众利益的政府。"

武善彧恍然大悟："你不会是要我们参加你们组建的抗日民主政府吧？"

梁春竑笑着纠正道："不是我们的，是咱们的。"

武善彧连连摆手："春竑，你可知你刚才所言多么荒谬？擅自成立什么新政府，别说是我，就连村民百姓也不能够接受。"

梁春竑没有正面回应武善彧："时代潮流，浩浩荡荡。只有顺应时代潮流，才能成就一生功业。大哥，我们要做的就是这样一件顺应时代潮流的大事。"

周公潇抢过话去："梁队长，你所说的时代潮流就是要建立一个新政府来替代现有政府吗？"

梁春竑镇静地说："建立抗日民族统一战线是国共两党共同发表的联合宣言，我们组建这样一个领导统一战线的政府正是遵循了联合宣言的精神。"

周公潇嘲笑道："梁队长可真会偷梁换柱。假如由我们来组建一个这样的政府，梁队长会参加吗？"

"只要是真正代表人民大众的抗日民主政府，我一定会参加。"

"就怕口里唱着曲儿给别人听，自己却心怀鬼胎、图谋不轨吧？"

梁春竑反唇相讥："周参谋长不会是说自己吧？"

武善彧赶紧圆场："好了，两位不要再在这个问题上争论纠缠。既然春竑说你们抗日民主政府的准备工作已经基本就绪，我倒想听听怎么个就绪法。"

梁春竑介绍说："按照共产党的统一战线政策，区、乡政府组成人员实行'三三制'，也就是共产党员、左派进步分子和中间势力大致各占三分之一……"

武善彧微微一笑："那我们是左派进步分子还是中间势力？"

梁春竑望望周公潇："我期望大哥跟周参谋长以左派进步分子的身份参加民主政府。"

周公潇神色阴冷而又桀骜不驯："笑话！我一个堂堂的国民党县委执委，会到你们区政府任职？”

梁春竑一语双关说：“周参谋长，现在只是区政府选举。假如您认同抗日民主政府，以您的才干，完全可以被选入到县民主政府任职的。”

周公潇嘲讽道：“承蒙梁队长高看。我周某现在即使书记长都不再感兴趣，只是希望把我们的云泰大队训练装备得越来越强壮，好为抗日出力，好为党国尽忠。至于你们成立什么新政府，我周某绝不认同！”

武善彧笑笑，意味深长地望着梁春竑。

梁春竑诚恳地接住武善彧的目光：“大哥，你和周参谋长无论以什么样的身份加入抗日民主政府，我们都会欢迎。即使你们不打算加入，我也真诚地盼望大哥和周参谋长到时莅临成立大会现场，看看民主政府是怎样的深受民众拥护。无论什么时候打算加入，抗日民主政府的大门会一直为你们敞开着，抗日民主政府成员的位置会一直为你们保留着。”

“好吧，春竑，我会考虑的。”武善彧扫一眼脸色冷冷的周公潇，接着说，“我安排人备点酒菜，简单吃点儿再回去。”

梁春竑站起来，深邃的目光凝视着武善彧：“既然大哥说会考虑，我想你跟周参谋长至少会莅临区政府成立现场。另外，我闻听大哥这边有人跟大王庄据点的日军有走动……”

武善彧大为震惊：“什么？我这边有人跟日本人走动？参谋长，你知道吗？”

周公潇冷笑道：“我周某人从不接受妄加之罪！梁队长，你最好带着那个人过来当面说话。”

梁春竑泰然回道：“我相信武队长跟周参谋长都是深明大义之人，绝不会做出通敌卖国之举动。眼下日军在这边逞强，难保没有人冒天下之大不韪而出卖自己的良心。这也提醒周参谋长，慎重管束队伍，万不可让渔利小人玷污了你们云泰大队的声名。”

周公潇傲然回击：“以梁队长看来，大王庄教堂里的神甫、修女还有成百上千避难的村民都有跟日军勾结的嫌疑了？”

梁春竑针锋相对：“按照周参谋长的曲解，跟日军打交道的国民革命军将领也无可逃避了吗？”

眼见又要谈崩，武善彧赶忙圆场：“说远了，说远了。春竑是好意，公潇表弟向来自珍。既然是闻听，免不了空穴来风。无论我云泰大队，还是你们游击中队，都不跟日本人走动就好。春竑，必须吃过饭再回去。”

梁春竑未能从两人的应对中看出破绽，真诚地望着武善彧："如今到处不安宁，你这里也是身心劳乏，我还是趁着天还没黑赶回去吧。谁也不愿意走黑路，不是吗？"

武善彧避开梁春竑的眼神："也好。周参谋长，咱们一同送送梁队长。"

周公潇略一抱拳，却神色犀利："周某刚才言语冲撞，行为冒失，还望梁队长体察见谅。"

梁春竑若无其事地笑笑："谁让咱们是兄弟呢？争论过后还是兄弟，还要共同抗日。大哥和周参谋长就请留步，兄弟告辞。"

等梁春竑随着支天辅走出去，周公潇恨恨地说："这个梁春竑是死心塌地坐上共产党的船了。我看趁早找个机会干掉他，以绝后患。"

武善彧有些走神："人各有志，不好勉为其难。非要把他干掉，那也不是我能下得去手的。一来我们有兄弟情分，二来毕竟没有生死恩怨。还是大路朝天，各走各的道吧。"

武善彧和周公潇最终没有接受参加泰沂云崖区抗日民主政府成立大会的邀请，却便衣前往察看了成立大会。成立大会居然比庙会还要热闹，周边说话办事很有分量的一些乡绅富户坐上了贵宾台。更令他们感到惊讶的是，曾经老实得像瘟牛似的庄稼汉竟然挺直腰杆儿扛起了枪，平日里连锅台都上不去的瘪嘴小脚老太太都兴奋地跟在后面拍起了巴掌。武善彧和周公潇捕捉着台上台下一丝一毫有用的信息，随后带着这些信息分别去了五十一军军部和国民党山东省党部。

五十一军军长牟中珩在百忙之中抽出时间接待了武善彧，夸赞了云泰大队跟当地五十一军所属队伍的配合，却并不介入应对共产党成立区抗日民主政府的事情。沈鸿烈单独接见了周公潇，对周公潇和武善彧的动作大加褒奖。

回到枰柳庄，两人将牟中珩和沈鸿烈的指示进行对比，发现总体上并没有大的差别，只是牟中珩提醒武善彧"与省政府的接触要适可而止"这句话让他俩充满了悬疑和不安。

武善彧一直为投靠五十一军的同时又投靠沈鸿烈而内心羞惭，也很有些担忧："纸里终归包不住火的。牟军长不会不清楚咱们与沈主席的交往。表弟，我说脚踏两只船站不稳的。"

周公潇却很自信："处理不好是脚踏两只船，处理得好就是左右逢源。"

武善彧忽然想远了："牟军长的语气柔中带刚，不怒而威，好像在对我发出警告。表弟，咱们忘记了一件事情。两头讨好本就很冒险，如果他们上层之间有过节，咱们就自讨没趣了。"

周公潇沉吟道："不会吧？于总司令和沈主席可是有着东北军的旧谊，牟军长好像与沈主席没有共处过的，就更说不上什么过节了。过后我再仔细打听。只是，沈主席要我们必须以协助当地政府推行党务、政务工作为要务，你是同意还是不同意？"

武善彧沉思了好长一段时间，说："我也已是国民党党员，执行省政府的命令责无旁贷。"

周公潇长舒了一口气。

武善彧接着说："只是，协助当地政府推行党务、政务是费力不讨好的差事，须得等县长主动与咱们联系才好。我倒是觉得，策反共产党的自卫团来得更实惠。"

周公潇眼光闪亮："表兄所言极是。咱们不妨先从那个爱占便宜的王展宜下手。"

在共产党组织的鼓动指导下，泰沂云崖区几乎每个规模稍大些的村庄都组建了农民抗日自卫团。这些自卫团后来一部分经过改编成为八路军山东纵队指挥的游击中队，大部分成为县委统一指挥下的游击小组。抗日民主政府成立后，这些游击小组便成为八路军的地方武装乡分队。武善彧和周公潇略施手腕，一桌酒席便降服了分队长王展宜，让二十多人的队伍投靠过去。随后，王展宜跟武善彧、周公潇联手做局，又把实力更强的王希厚也拉到了云泰大队一边。

第二十章

八月的沂蒙正是末夏时节。中午时分骄阳依然似火，空气中却因为少了潮湿而更加干燥。梁春竑院子前几株大槐树下的阴凉地里，几个老头和老太婆摇着蒲扇絮叨着鬼子进犯的事，春竑媳妇儿和花篮她们在树底下纳鞋底，一群孩子叽叽喳喳地游戏闹腾。村前传过一阵拨浪鼓的敲动，也传过一个破锣嗓子的叫喊声：拿头发来换针，换洋红洋绿喽！扎头绳，胭脂粉，泥猴哨，拨浪鼓咧！人群中马上就有人啧啧连声：这个王货郎，鬼子再怎么来糟践，都没耽搁他不要命地挣钱呢。

王货郎是一个年近五十的老光棍儿，家住枰柳庄围子里。因为围子黑白两头戒严，他只能赶着大晌午走村串巷。王货郎黑红的脸膛上分布着像精心雕刻的均匀的褶子，黑白相间的蓬蓬松松的胡子像是一团牛毛毡。好在他的粗布短褂天天干净整洁，映衬着结实的肌肉，看上去满是精神。

未等王货郎把担子放稳，大人孩子一窝蜂涌过来，把两个柳编箱子围在中间。抓泥哨的，量扎头绳的，拣针的，试梳子的，各自挑选着喜爱的东西。花篮抓起一个拨浪鼓摇了摇，塞到竑生手里说："这个我买了。"

热闹了一会儿，王货郎望望春竑媳妇儿说："走了半天，口渴了，想找碗水喝。"春竑媳妇儿隐约感觉王货郎眼睛里有话要说，便把手里的鞋底儿一放，领他进了家。

刚进屋，王货郎突然从草帽里抽出个细纸筒递过去："春竑媳妇儿，我这里有一样东西，让你今天务必送给你男人呢。"

春竑媳妇儿心头蹦跳得厉害，却又怕王货郎不可靠："你说俺那一口子？俺十天半月都见不着面呢。就是冷不丁回来一趟，打个闲逛又不知飘哪儿去了。你要俺上哪儿找他？"

王货郎知道对方不相信自己，急红了脸，硬把纸筒塞到春竑媳妇儿手里："俺可是替人家捎信，人家千嘱咐万叮咛叫俺务必交给你，叫你务必今天送给你男人。给了你，俺这就算替人办完事儿了。"

见春竑媳妇儿还在思量，王货郎又补话说："我说春竑媳妇儿，你不会把俺当勾子了吧？受人所托，忠人之事。俺的事儿办完了。误了大事儿你别赖俺就行！"

春竑媳妇儿见王货郎根本就不是真的找水喝，捏着纸筒寻思了大会儿，将它藏到发髻里面。等她来到院子前的树荫下，王货郎已经挑着担子走往村外。

春竑媳妇儿心知是重要情报，赶忙回去换上厚底鞋，挎上篮子，叫上花篮出了村。两人终于在太阳落山的时候找到天台岭靠北边的柿子林，将情报送到梁春竑手里。

李青松得知王展宜、王希厚等人已经被策反，新任县长和武善彧、周公潇最近两天就要联手推行"乡政"，深感情势危急，当即起身，连夜奔向四十多里外的上级指挥部汇报。

清脆的鸟鸣打破了柿子林的宁静。

武善志坐起来，抹一把被水汽打湿的脸庞，整理着凌乱的头发和衣服，轻轻走到梁春竑跟前，发现梁春竑睡得正沉。事实上，梁春竑整个夜晚都在焦虑中翻腾着。自从前往枰柳庄邀请武善彧和周公潇参加区抗日民主政府回来，他就不再对云泰大队抱有多少幻想，深知武善彧迟早会走上与自己相反的道路。痛心而又可怕的是，共产党殚精竭虑发动起来的游击队居然被他们轻易策反，将枪口指向了自己。现在是王展宜和王希厚，接下来呢？会不会有更多的乡分队倒戈易帜呢？反动势力旧势重拾，日军的流动"扫荡"不断，新成立的抗日民主政府像刚刚发芽的禾苗，根本经不起烈日暴晒或者暴雨冲刷，党和八路军领导的抗日根据地会不会进入更加严酷的时期？直到东方欲晓，他才蒙蒙眬眬闭上眼睛。

武善志知道他昨晚一夜未眠，便静静坐到旁边。这时候，李开林打个哈欠，到林子边上撒了泡尿，回来见岳子文依然睡梦香甜，便折了根狗尾巴草穗子，兴奋地去挠岳子文的脸。岳子文潜意识中在脖子、嘴角、鼻子处抓了几回，猛然睁开眼睛，"呼"地直扑李开林，骑在他身上死命地挠痒痒。武善志急忙嘘声制止，让队员们到旁边去闹腾。不过一袋烟工夫，云崖区崔家河乡分队送来情报说，驻泰沂县城的日军派出一个分队沿泰石公路西进前往云蒙，中午时分要经过天台岭，请示要不要在天台岭设伏作战。武善志不得不上前把梁春竑叫醒。

梁春竑揉脸提着精神，建议再等一等李青松。当初跟张成祥创建队伍的时候，梁春竑感觉在与一位尊敬的兄长联手干一件重要的事情。而跟李青松相处这么长时间，他的感受是跟着一位方向明确的领路人在道路上行进。李青松从不事无巨细地干预他和云崖区游击中队，但每到关键时刻，只需要轻轻一个点拨就让人豁然开朗，茅塞顿开。正是在这春雨无声的接触磨合中，梁春竑深深为李青松的才能和品德所折服，不知不觉中对这位永不知道疲倦的区委书记、云崖区游击中队指导员产生了强烈的依赖心理。他期待听听李青松的意见，更挂心李青松的安全。没有李青松的确切消息，即使条件完全具备，他也很难静下心来带领队伍打伏击。

阳光穿过浓密的枝叶照射到青石绿草，林中薄薄的雾气也渐渐消失。听小五报告说指导员回来了，梁春竑快步迎向林子边界。

梁春竑握住李青松的手，仿佛旬月未见："指导员！"

李青松笑笑，抽回手擦着额头的汗珠："看你的黑眼圈。昨晚又没睡？"

"指导员连夜翻山越岭，我们的处境又险象环生。想得多了些。"

"多思有益，夜不能寐却于事无益。春竑同志，从纵队指挥部和县委两处得到的消息看，我们当前面临的情况的确有些严峻。我们建立抗日民主政府，第一个不答应的就是日本人。据点里的日军已经把消灭我新政府作为头等大事。另一个不答应的是国民党顽固派。日军进攻沂蒙山区以来，我们的根据地不断扩大，他们的防地却不断缩小，沈鸿烈他们不仅没有把责任归咎到日军头上，反而指责我们破坏行政系统、游而不击。几天来已经发生好几起日军袭击我民主区、乡政府的事件和地主分子杀害我共产党干部的事件。上级要求我们时刻注意敌人动向，坚决顶住敌人的进攻。"

"武善彧和周公潇的云泰大队那边，该怎么应对？"

"上级组织同意我亲自前往枰柳庄，劝说他们以抗日为重，坚持正义立场。"

梁春竑脸色剧变，猛地抓住李青松的胳膊："指导员，这个万万使不得！"

李青松沉着地看着梁春竑："我知道你想说什么，但是我必须去。武善彧他们掌握着庞大数量的武装，不仅在云崖区，在整个泰沂都有很大的分量。一旦他们公开走上反动道路，不只对我们的云崖区造成损失，还会在全县产生恶劣的影响。还是那句话：至少不能让他们公开与人民为敌。”

梁春竑难以抑制心中的忧惧：“指导员，没有谁比我更了解武善彧和周公潇。他们拒绝参加咱们的抗日民主政府，现在又开始策反咱们的乡分队，这说明事态已经非常危险。我坚决不同意你去冒天大的风险！若非去不可，我去。”

李青松瘦削的脸上露出他特有的微笑：“可我是云崖区所有自卫团的总负责人。云崖区发生了叛变革命的事件，我应该负首要责任。正因为事态已经非常危险，我必须竭尽全力阻止它走到糟糕透顶的地步。只要能扭转局势，付出生命也是值得的。关于国民党推行的‘乡政’，本质就是要绞杀我抗日民主政府。我们必须通知和联合各乡分队做好应对准备。另外，上级要求我们随时做好与纵队的联络，共同应对国民党队伍争夺我八路军防区。”

梁春竑定定地望着李青松，所有的忧虑都在李青松身上。他知道，李青松前往的是一个深渊，是一个他敢于预知却不敢准确判断的深渊。而前往这个深渊是上级批准的决定，他无法改变这个决定，更无法撼动李青松的坚决。他能做的只能是为李青松的安全提供全力保障。

梁春竑神色很是严峻：“武队长，今天的伏击战放弃。我要亲自陪同指导员去枰柳庄。”

李青松机敏地问道：“什么伏击战？”

梁春竑努力驱赶着烦躁和忧虑：“驻县城的日军派出一个分队前往云蒙，中午时分经过天台岭。本打算等你回来后与乡分队一起打伏击的。”

李青松严肃地望着梁春竑：“这么好的机会为什么放弃？”

梁春竑多么想对李青松声嘶力竭地来一顿咆哮！可此时，只能强抑这份狂躁：“我必须跟指导员一块儿去武善彧那里。”

李青松当即拒绝：“不行！我一个人去。这是上级的决定。”

李青松发现梁春竑的身体在不可控制地颤抖，强烈的感动瞬间涌遍全身，宽慰说：“春竑同志，武善彧当初的自卫团是我们一起动员组建起来的，他也接受邀请担任云崖区自卫团的负责人。一年多来咱们经常打交道，他不会把我怎么样的。”

梁春竑努力不让自己的情绪失控：“可你并不完全了解武善彧。他背后还有那个更为可怕的周公潇……”

“话又说回来，假如武善彧死心塌地要与我们彻底决裂，不论你我，谁去都是一样的，该动手时他们绝不会手软。果真如此，云崖区中队怎么办？整个云崖区怎么办？你有没有考虑后果？”

“李青松同志，云崖区中队不能没有你，整个云崖区也不能没有你！武善彧那里我去。对我，我相信他不会过分的。”

李青松严肃地命令道：“梁春竑同志，我去说服教育武善彧是组织的决定。你现在的任务是抓紧组织队伍准备伏击日军。”

相识以来第一次见识梁春竑的执拗，李青松感动之余接受了他的安排——让岳子文、李开林、张玉团、王大有四个人随同自己前往云泰大队。

围子高墙之上，支天辅早已经打着眼罩判断出了来人身份——一袭青色长袍包裹的瘦高个子自然是共产党在这一带的头领李青松。从来独行僧似的，今日却带着四个护卫，难不成发生了大事情？支天辅安排李开田守好围子，亲自策马，直奔望台村。

武善彧和周公潇正在谋划推行“乡政”的步骤。闻听李青松来访，且有人配长枪跟随，周公潇禁不住冷笑说：“果真要起风啦。表兄，今日之事如果与咱们招降乡分队无关，或许可以放他们一马；如果与咱们的谋划有关，就直接让阎王爷收了他们吧。”

武善彧摇摇头：“李青松毕竟是共产党在这方水土的头儿，咱们……”

周公潇不以为然：“擒贼先擒王嘛！正因为他是共产党在这里的头儿，所以咱们才拿他就地作法。他能自投罗网，正好省了咱们的力气。”

李青松跟自己、跟梁春竑都有着密切的联系，而自己也一直被对方视为泰沂云崖区自卫团总负责人之一。武善彧有自己的难言之隐：“不到万不得已，还是暂不撕开脸面为好。”

周公潇了解武善彧跟他们的关系，但无法理解武善彧内心的矛盾交织：“表兄，沈主席要求我们全力推行‘乡政’，牟军长也不像以往遮遮掩掩地鼓吹国共合作，这里面肯定大有文章。说不定上面已有新的指示，我们撕开脸面没什么不好。不如就拿李青松祭旗。”

武善彧在取舍之间举棋不定：“毕竟李青松曾经与我小有一份交情，我们一度都是这方地盘上抗日游击队的负责人。再者，他的联手也还是梁春竑。”

周公潇马上反驳说：“当初李青松鼓动表兄组建抗日自卫团，那是保家卫国的公事。表兄从没跟随他卒前马后，他也从没给过你钱粮枪械，你们之间本没有什么私人交情。

至于梁春竑，我不否认你们曾经情同手足，无奈已经时过境迁。如今你们的志向存有天壤之别，恐怕战场上兵戎相见也只在今朝明日，你又何必为了他的一个联手心慈手软？两箭对射先者胜，两剑齐发也还是先者胜。你不趁早出手，必然为他所伤。何必呢！依我看来，不仅是李青松，就是梁春竑，只要机会出现，我们也再不能轻易地放过他。”

武善彧不禁言讷：“表弟的见解我十分佩服。只是英雄重情义，我不愿落下个无情无义的奸雄名声。”

周公潇洞悉武善彧的心思，也一直在诱导武善彧及早断袍绝义：“单为一个虚名而放虎归山，还不如把兵刃交与对方，自己伸长脖子等着落刀干净利索。所谓儿女情长，英雄气短。男子汉大丈夫，一时的优柔悲悯只会导致因小失大。表兄，这李青松果真因为策反而来，我们就先礼后兵。若他能弃暗投明、按兵束甲，自然落得个皆大欢喜。若他执迷不悟，自寻死路，我也只好立马成全他，绝不留后患。”

武善彧脸部肌肉轻轻一个抖动，却不置可否：“表弟，咱们回枰柳庄看看再说。”

周公潇反对说：“不行。在枰柳庄会让老人家受到惊吓，也会脏了老人家的地面。还是在这边接待他们。”

武善彧由衷慨叹着周公潇的头脑之凌厉，命令支天辅带李青松他们到这边来。

李青松一行跟随支天辅来到望台村，远远看见武善彧和周公潇带队站在村口，阵势逼人。他意识到，今天跟武善彧和周公潇的对话将是一场艰难的较量，今天踏入的必定是杀机重重的龙潭虎穴。

李青松、武善彧、周公潇先后落座，岳子文等站在李青松的身后，武赣民等人站在周公潇的旁边。没有了寒暄，整个指挥部冷森森得寂静。

武善彧令人上茶，然后责备道：“李指导员，到我这儿来还要随身带着武器，见外了吧？”

李青松从容应道：“是武队长见外了。我们带着枪是为了在路上防备日本人的。”

武善彧恍然大悟似的点头：“李指导员说得是。这日本人凶狠恶毒，也刁钻狡猾得很。李指导员这次过来也一定与日本人有关？”

“武队长一语中的。我就是为了对日本鬼子的一致行动而来。”李青松的目光掠过屋子里所有人，然后凝视着武善彧的脸。

武善彧避开李青松的目光，对武赣民说：“武队长，你陪着随同李指导员过来的弟兄们到另屋喝茶。要好好伺候！”

岳子文等尽管不知道来云泰大队的目的，也不完全知道云泰大队已经走上反共道路，但梁春竑“始终不许离开李青松半步”的嘱咐重若千斤，让他们预感到今天的行动事关重大。岳子文不卑不亢地回道：“感谢武队长厚意。我们不渴，也不累。”

武善彧没想到大头兵竟敢这般跟他说话，当即面露不悦：“噢？我跟李指导员交谈也有你们在场聆听的份儿吗？”

李青松笑着解释道：“武队长错怪了。来前梁队长做了交代，他们不敢不听。”

“梁队长心有顾虑，竟然连我武善彧都疑而不信了。李指导员，你我畅谈不需要项庄舞剑。咱们把他们都撤下去怎么样？”

“果真是武队长想多了。既如此，岳子文，客随主便吧。”

岳子文仿佛脚下生根：“我们只服从梁队长的命令。”

李青松轻松笑道：“可梁队长命令你们听从我的调遣啊！武队长跟周参谋长都是情义之士，我们又是携手抗日的队伍。聆听他们大丈夫处世、抗日救国的教诲，以后有的是机会。你们下去吧。”

岳子文等不情愿，却也只好跟随武赣民等人去了另间屋子。

屋里只剩下三个人，武善彧的笑容慢慢褪去，声音也生冷强硬了许多：“李指导员，你从来无事不登三宝殿。有何指教，请开门见山。”

李青松泰然自若地笑笑：“武队长是痛快人，咱们本没必要绕圈子。我这次来就想听听武队长对当前咱们首要任务的看法。”

武善彧干笑着端起茶杯：“明摆着的，还是联手抗日嘛。”

李青松笑容中带着强烈的质询：“可我感觉武队长好像做了与联手抗日背道而驰的事情。”

武善彧故作吃惊：“你说什么？与联手抗日背道而驰？这个我必要好好听听。”

“武队长，我知道你的抗日自卫队得到了牟军长和沈主席的鼎力扶持，他们的支持与咱们联手抗日、保家卫国、争取民族独立的誓言并无冲突。两三个月来，五十一军和八路军多次共同作战，成功地打击了日军，这都是国共合作的楷模。可最近好像出现了不怎么和谐的迹象。共产党刚刚成立的抗日民主政府不仅连连遭到日军的袭击，也接连遭到了国民党地方武装的侵扰。想必武队长和周参谋长也有耳闻。”

武善彧望着周公潇：“周参谋长，咱们这里也发生这种事情了吗？我怎么不知道？”

周公潇冷嘲道：“武队长领会错了。李指导员是说别的地方。”

李青松很清楚此行的目的不是争斗，不是对抗。他必须心平气和："正因为担心咱们这里也会发生这种亲者痛、仇者快的荒唐事，我才过来跟两位沟通。"

武善彧脸色大变："李指导员，武某怎么感觉你话中有话啊。"

周公潇也胁迫道："指导员最好把话说清楚。"

见两位有些咄咄逼人，李青松只能正色直言："最近王展宜、王希厚的乡分队好像很不对劲儿。我想，两位大体知道一二吧？"

武善彧刚要答话，周公潇的脸霎时笑得变了形："我替武队长告诉你，他们俩弃暗投明了。"

李青松没想到周公潇会如此嚣张。他强抑愤怒道："周参谋长和武队长饱读诗书，自然能够分得清什么是明、什么是暗。我想请问武队长，当前大局之下，团结抗日和破坏团结抗日，哪个是明，哪个是暗？"

周公潇冷傲地站起身："还是我来替武队长回答李指导员。我们不仅知道团结抗日是明，破坏抗日是暗，还知道谁是明，谁是暗！"

李青松目光直视周公潇："谁明谁暗，人民大众看得清楚，历史自有公论。我倒要提醒周参谋长，在民族危亡的紧要关头，同是炎黄子孙更应该明辨大是大非。现如今日本强盗不仅打破我们的国门，而且在咱们家里飞扬跋扈，烧杀劫掠。我们不能同仇敌忾、共御外寇，反而自相离间、骨肉相残，这能叫明辨大是大非吗？想必周参谋长不是那不明是非之人。"

周公潇仰天长啸："李指导员何其谬误！民族危亡的紧要关头，你们不是按照联合抗日的纲领打击敌寇，却在忙着成立什么新政府。你也算明辨是非之人？"

李青松忍不住迎头痛击："正因为国民党政府消极抗战，我们才组建抗日民主政府，鼓动所有抗战力量一致对外。周参谋长，在一致对外和自相征伐面前，谁不悬崖勒马、警醒回头，恐怕谁就要变成那不可救药的腐朽之人。"

周公潇一拍桌子："李青松！还轮不到你来教训我！我十九岁就当县委执委，那时候你恐怕还不知在哪里流浪吧？你以为跟着共产党的队伍混了几天，就可以泥鳅变飞龙？"

李青松知道，能撬动云泰大队的唯一希望还是在武善彧身上："武队长也是这样想吗？"

武善彧干笑着："你们两个高谈阔论，武某不甚明了。我想对李指导员说的是：日本人要打，共产党也要剿。怎么个打法、怎么个剿法那可就因时而异了。"

以往的武善彧避谈接受共产党队伍的领导，并不否认对共产党队伍的认可，今日却直言“共产党也要剿”。李青松明白，他最后的幻想终于破灭。无论为了自己，还是为了岳子文等四个人的安危，他必须要考虑全身而退了。

李青松努力冷静下来，恳切地望着武善彧：“武队长不是糊涂人，自然懂得祸起萧墙的道理。当前国破家亡的危急时刻，咱们应当兄弟齐心、救亡图存，而不是尺布斗粟、兄弟相残。请武队长再三思量。李青松不日还将再次登门讨教，告辞。”

周公潇拦住起身迈步的李青松：“李指导员何必如此匆忙！大热天的，喝杯酒消消暑再走不迟。备酒！”

门口堵上一群持枪的人。

李青松转向武善彧：“武队长，一个李青松也需要兵谏吗？”

武善彧不阴不阳地笑笑：“都是兄弟朋友，谈什么兵谏。既然周参谋长有意请李指导员赴宴，我看不如客随主便。”

周公潇露骨地威胁道：“听说李指导员是个宁折不弯的汉子。宁折不弯固然令人钦佩，可是剑都已经折断了，不弯又有何用？倒不如先保全自身，然后再谈其他。何尝不是一种智慧呢？”

李青松怒斥道：“是非不分，正邪不辨，还有什么资格谈论智慧！”

周公潇嘴角一拧，杀机一览无余：“既然李指导员志不可夺，那我公谋也只能‘既来之，则安之’了。”

李青松突然掏枪，欲靠近周公潇，可武善彧的枪管已经抵在他后脑勺：“李指导员，还是客随主便吧。”

绑走李青松后，武善彧和周公潇便紧急商量对这一行人的处置办法。估计李青松宁死也不会变节，从他那里不会得到什么有价值的东西，所以直接把他杀掉。轮到如何处置岳子文等人时，两人产生了分歧。周公潇坚持把他们一块儿杀掉，武善彧则坚决反对。

武善彧有他的想法：“李青松是当地共产党和游击中队的头头，干掉他足以震慑乡里。况且，这李青松是外地人，杀了也就杀了。可那四个小卒是当地人，杀了他们会引起众怒，效果适得其反。”

“表兄太过仁慈。明知山有虎，偏向虎山行。能来的肯定是游击中队的骨干，也很可能都是共产党。放走他们无疑是放虎归山，遗留祸患。听我的，统统一杀了之。”

“表弟分析得十分在理，但我还是主张放他们回去。无论我们这边的人还是他们那边的人，都是乡里乡亲。做成事要靠武力，也要靠人心。做事太绝会失去了人心。我们失去了人心，就会帮助他们笼络了人心。打蛇打七寸，收拾掉李青松就足够了。”

周公潇只好后退一步：“放他们也行，但必须要他们看到李青松的下场。杀鸡骇猴总还是管用的。”

武善彧忽然又对李青松抱有某种期待：“表弟，万一那李青松残存一丝求生欲望，就给他提出两个条件：一是脱离共产党，跟我们走；二是给我们拟一份云崖区的共产党员名单。哪怕答应其中的一个条件，就放他一条活路吧。”

“表兄竟然还对李青松抱有幻想？这件事情就交给武赣民和张纯三去办。让他俩来告诉李青松，到底是骨头硬还是我们的手段硬。”不费吹灰之力拿下李青松并斩杀李青松，武善彧将再无退路。这一釜底抽薪的动作必定让武善彧彻底放弃对梁春竑难以割舍的兄弟感情和对共产主义藕断丝连的朦胧幻想。周公潇悄悄一笑，“表兄，今天太热，咱们找个地方凉快凉快。干脆，杀一盘去。”

李青松被绑在院子角落的一棵槐树上。尽管树荫浓密，周边热浪还是阵阵袭来，而李青松的内心更是焦灼如焚。无法活着回去的预感刹那间变成现实，可上级交给他的任务还没有完成。梁春竑和云崖区游击中队已经比较成熟，没有什么过分担心的。可万一武善彧和周公潇把自己和四位游击队员当作诱饵，然后把梁春竑引入事先布置好的陷阱，整个云崖区可就完全坍塌了。岳子文他们四个人在哪儿呢？是不是也被关押起来了？他们能不能逃出去？自己前来本是冒险，万不该带着四个游击中队的骨干踏进虎穴啊！李青松眼前一阵阵眩晕。

武赣民和张纯三都是周公潇的心腹，也都是天生嗜好攻击的野兽。当提出了武善彧的两个条件反而被骂了个狗血喷头，他们的兽性立刻被刺激起来。两人轮流上阵，先是拳打脚踢，后是鞭抽棒击，招招狠重。起初，李青松咬紧牙关坚持对他们晓以大义，名以事理，后来发现两人是良心泯灭的畜生，便闭目不语，任其施暴。时间一长，武赣民和张纯三慢慢失去了兴趣，加之周身热浪滚滚，两人便歇一阵，打一阵，嘴里的叫骂也渐渐没了力气。

正午已过，武善彧和周公潇回到院子，看到用来泼醒李青松的凉水混合着暗淡的红色血液流出老远的距离，地上横七竖八地散落着折断的木棒。再看李青松，身体扭曲，衣服破烂，牙齿破碎，口鼻淤血，整个人已是散发着陌生腥膻味儿的惨不忍睹的一堆。武善彧起了一身鸡皮疙瘩，皱紧眉头转身就走。周公潇赶忙招呼武赣民和张纯三，让他们把李青松挂到村后的柿子树上，给那几个人醒脑。

岳子文等四人离开李青松后，被请到隔壁院子的一间厦房，有士兵给倒上水，随后有人送进来一堆青涩苹果和几样点心。就在刹那间，那几个士兵突然扑向李开林，门外蜂拥而进十数人，群狼伏虎一样将四人按在地上。张纯三指挥手下缴了四个人的枪，用破布塞住了他们的嘴，将他们反绑后锁在房子里。现在他们被松了绑，跌跌撞撞地冲向隔壁院子，看到的只是一摊几乎干涸的血水和一堆断折的棍棒。

四个人在推搡、喝骂中被驱赶到村后的柿子树前。斜出的粗大树枝上悬挂着一具血肉模糊、面目难辨的身体。四个人慢慢呆住。

“指导员？”李开林第一个冲出去，忽地抱住李青松的双腿哭喊起来，“指导员！指导员！”

岳子文泪水奔涌，用尽全身气力斥问道：“你们为什么杀害我们的指导员？你们这是在破坏抗日！”

李开林转身对着武赣民，疯了一样扑过去：“狗日的武善彧，狗日的周公潚。你们不去杀日本鬼子，却来杀害我们的指导员！老子今天跟你们豁上啦！”

武赣民闪过李开林的拳头，让涌上来的人把李开林踩在脚下，把他嘴里塞满了杂草泥土。

周公潚大步走到几个人对面，极力勉强着放下高傲的身段：“都是山里的村民百姓，外面的事情你们懂什么？跟在别人后边蹚浑水，谁知道前面是道还是坑？看在咱们是乡里乡亲的份上，我真心实意地跟你们说句到家的话，也劝你们醒一醒：不要被他们的花言巧语蒙骗，不要再跟在他们身后瞎闹腾，不要白白给人当枪使。一条黑路走到底，最后吃亏上当的还是你们自己。”

周公潚顿了顿接着说：“本来你们四个人都跟这位李指导员同样的下场，可武队长看重咱们是亲邻四友，我也觉着你们受人蒙蔽，情有所原，所以就决定完完整整地放你们回去，对你们原先的差错也不计较。你们不必对武队长和我心存感激，只是自己好好想一想，也帮着你们的兄弟们想一想：跟着我们有钱有粮、有吃有喝，爹娘老子、老婆孩子都有个照应。跟着他们吃没得吃、用没得用，四处流窜瞎折腾一阵，最后落得个家破人亡，有什么好？远的不说，就看你们这位指导员，大老远地从胶东跑到咱们这儿害人又害己，何必呢？再近些，武队长手下的李开田是不是跟你们同村？看看他吃用不愁，每月还给爹娘老婆挣回几块大洋，不体面吗？可你们，叫花子一样穿山越涧，让全家人跟着提心吊胆！为什么凭着好日子不过？你们回头好好想想，什么时候想好了就到我们这边。回去也告诉你们的兄弟们，我们云泰大队随时欢迎你们弃暗投明。”

周公潇说完，转身离开。武赣民对着脚下的李开林一个猛踹，跟随周公潇扬长而去。

岳子文他们想解下李青松的尸体，却被张春三带人驱赶开。四个人只好远远地跪下去，对着李青松的方向磕了三个头，强忍悲愤离开。

李开田从枰柳庄到望台村报信，在村外路口迎面遇上了岳子文他们。见四人蓬头垢面，衣衫不整，手无枪械，而且李青松没有同行，李开田惊愕失色。他大老远喊道：“开林、子文，你们这是怎么啦？你们的指导员呢？”

李开林“呸”地吐出一口混合着血丝和泥土的唾沫，似乎要吃掉李开田：“指导员被你们这些狗杂种杀害了！你满意了吧？”

李开田浑身发紧：“开林，你别胡说！到底怎么回事儿？”

不是岳子文他们迅速出手拦住，李开林抡起的拳头几乎就要砸到李开田脸上：“老子什么时候胡说过？怎么回事儿你会不知道？你在这儿装什么孝道！”

岳子文三人死死抱住李开林：“这件事又不是李开田做的。别凶他。”

李开林伸着脖子对李开田吼叫：“不是他做的也不行！只要待在武善彧这里，他李开田就是汉奸！狗汉奸！”

岳子文他们好歹拖着李开林重新上路。李开田呆呆地站着，眼角挂着泪珠。

同意杀掉李青松的计划后，武善彧的心头就多了一副重担。他断定梁春竑和八路军绝不会善罢甘休，一再提醒周公潇千万做好防范。周公潇则不以为然，认定八路军被日本人这阵追打，早已经溃不成军，绝不会为了区区一个李青松而贸然兴师动众，顶多打着要求联合抗日的旗号去找上层交涉。至于梁春竑的游击队，就那几十支破枪，明摆着不敢拿鸡蛋碰碌碡。假如梁春竑和八路军真的胆敢对云泰大队动武，五十一军的一一四师会作壁上观？大王庄也还驻扎着日本人呢。果真迫不得已，就按表兄说的，联络日本人收拾他们。

说到联络日本人，武善彧压低了声音：“表弟，跟日本人私下里做交易的事情，你想通了？”

前些日子，梁春竑听说云泰大队暗地里与大王庄日军接触的消息并非空穴来风。接到沈鸿烈全力推行“乡政”的指示后，武善彧想了很多。他无法跟共产党泰沂云崖区公开决裂的最大障碍来自梁春竑——对着自己兄弟般的学友出手，不是艰难，而是他根本做不到。就算让周公潇伺机出手，他心理上也抹不去凶手的阴影。而跟沈洪烈推行“乡政”不谋而合的还有个更重要的力量——日本人。如果给日本人提供共产党和八路军的可靠消息，换取他们不找自己的麻烦，何尝不是两全其美的事情！武善彧辗转反侧了一夜，背着周公潇去了本村的武传庆家。武传庆刚三十岁，曾经在大连闯荡过几年，学过一些日本话。武善彧给他灌输了对当前和今后形势的判断，编纂了些虚虚实实的道理，许以钱粮之资。考虑到跟武善彧同族，也为了挣碗饭吃，武传庆痛快地应承下来，去大王庄联系上了给日军做翻译的胶东人。直到事情基本有了眉目，武善彧才把想法告诉了周公潇。

闻听要利用日本人帮助他们推行“乡政”、对付八路军，周公潇当时吓了一跳。他无论如何想不到武善彧竟然内秀藏拙到如此程度。今日再提此事，周公潇还是不太敢蹚这条路子：“能跟日本人来个君子协定，然后坐山观虎斗，确实要比现在一手防共、一手防日潇洒自如得多。可我担心的是，一旦背负汉奸的骂名，我们将永不能全身而退。须知，这纸里终究包不住火的。”

“凡事没有做不到的，只有想不到的。只要想办法，纸就能包得住火。就算不慎出现纰漏，咱们死活不认承也就是了。”

“一一四师要咱们配合他们跟日军作战呢？打还是不打？”

“那要视情况而定。能将日本人连窝端掉，咱就痛快利落，毫不含糊。如果要咱们打外围，怎么打自然咱们说了算。”

“表兄，虎口拔牙本就是冒险，与虎狼共舞更不是一般智慧的较量啊。”

“放心吧，我们也不过是权宜之计罢了。只要消灭了共产党的队伍，咱们云泰大队自然要全力跟随党国驱逐日寇。那也是我们义不容辞的责任。”

周公潇品味着武善彧的意图：“既然表兄谋划妥当，我们谨慎行事便可。”

武善彧没怎么反驳周公潇对梁春竑和八路军可能报复的看法，私下里却丝毫不敢掉以轻心。吃过午饭回到枰柳庄，他马上把支天辅叫到跟前：“天辅，我们干掉李青松，八路军、游击队不可能没有动作。你多派出些人四下打探他们那边的动静。从现在开始，围子上要多放哨兵，所有人马做好应战准备，万万不许出现半点纰漏。”

支天辅哈腰说：“队长放心。不过，攻打我们，不要说梁春竑，就是他八路军又有这个胆量吗？”

“可万一天上就飞下来个不要命的家雀呢？咱们还是要防备被它啄一口的。”安排完毕，武善彧突然有些怅惘，“天辅啊，八路军来了还好说，万一梁春竑来了，我还真是下不去手啊。”

支天辅试探着说：“队长，有句话我憋了好久，一直没敢跟您说。当初在李良庄崖坡上，我真不该救下梁春竑。如果……”

武善彧扬手打断了支天辅：“这句话你不能说。到哪座山上说哪座山上的话。你当初救下的是我的兄弟。我心里一直记着你的情。”

支天辅理解不了武善彧的情结：“那，梁春竑现在跟咱可是死对头。真要打起仗来是要玩儿命的。咱总不能对着枪弹手软吧？”

武善彧望着支天辅，摇头轻叹：“我们俩的交情，你不懂啊！”

支天辅不敢再往深里议论，便请示说：“那，要是他来了咋办？”

果真梁春竑来了咋办？两军对垒最怕将帅优柔寡断。武善彧不能给手下设置人为障碍：“虽说风流云散各奔前程，毕竟兄弟一场，仁义还是要讲的。只要他梁春竑不亲自开枪，你们也不许对他开枪。对那些穷鬼游击队员们，怎么干净利落怎么来。”

支天辅答应着，眼珠转了两圈，又问道：“队长，万一流弹打中了梁春竑咋办？”

“流弹？”武善彧不自主地抬眼望着支天辅，心下暗暗慨叹，“被流弹打中，那就是他梁春竑没有造化了。”

第二十一章

梁春竑完全没有预料到，他们的伏击战会打得意外精彩。

天台岭地形险峻，树茂林密，可已经被日军圈定为反伏击的危险区域。利用崔家河驻地的民房院落能打敌人个措手不及，却会让村民罹受灾难。天台岭以东的槐花峪村外，两侧地势刚好接近连绵山峦，南面松林遮天蔽日，西北松槐一望无际，无论往哪个方向撤退，都可以迅速安全脱身。最大的优势在于，日军经过小心戒备的崔家河后会松口气，而前方的天台岭又吸引着他们的全部注意力。如果在这里设伏，日军定然会猝不及防。梁春竑跟武善志分别带队，迂回到公路两侧埋伏。

从早饭后开始，白炽的太阳便像烧得要融化的火炉，天地间又像夯筑起了坚固厚实的坯墙，哪怕一丝一寸的轻风都吹不进。离正午尚早，高处的树叶、低处的草丛已被晒得蔫蔫的，即使林中的小鸟也躲身在枝叶间恹恹欲睡。隐蔽在路边山林中的游击队员们被热浪蒸闷得汗流浃背，嘴里泛着又苦又咸的黏稠滋味儿。几个队员学着母鸡散热，索性扒开胸膛，将整个身体贴到地面上，感受潮湿土石中的凉意。

终于到了日中时刻，泛着白光的公路上出现了四五十人的长长队伍。两头是扛着枪炮的日军，中间是运送物资的村民车夫。经过半天的急行军，一行人马汗如水洗，却队形整齐，不见疲态。

眼看就要进入伏击圈，骑在马上的日军指挥官突然挥舞着战刀，命令队伍原地停驻。他拿起望远镜草草扫视了下路南的松林，然后细细察看过天台岭方向，指着路南岭下的山溪“呜里哇啦”地喊了几句。日军迅即整齐地分为两队，一队面向路北的玉米田均匀散开，一队面向路南的山岗分散开来，十几个车夫则快速有序地下到溪水里饮水洗脸。仅仅几分钟的时间，队伍轮流换防，所有士兵和运送人员全部得到快速休整。

队伍重新开拔，片刻便进入伏击圈。随着梁春竑一声令下，密集的子弹集中射向队伍的首尾两端。眼瞅着有三名日军应声倒地，那些车夫们全都趴倒在地上。日军指挥官深感意外，喊叫着扬刀向南一挥，军队蜂拥朝松林扑来。就在此时，背后枪声骤起，指挥官应声落马。一名日军跑上前扶起他喊了几声，发现他已经不能动弹，马上抓过战刀继续指挥。日军迅速分为两队，各自以机枪居首扫射，稳步向两个方向进攻，紧接着炮弹也在游击队身后炸响。

目的已经达到，梁春竑马上发出撤退指令。北面的武善志也果断带队转移。两支队伍各自沿着山脊撤退，很快在天台岭北柿子林会合。梁春竑为完美的伏击战喜出望外，更为日军队伍近乎完美的表现深深震动。他决定即刻对作战进行总结，更要借此机会给所有队员们现身说法。

梁春竑站到好不容易安顿下来的队伍面前，风趣地笑道：“都像水里捞的啊。”

底下立刻笑声一片：“梁队长，就像今天这样打鬼子，俺们愿意天天水里捞！咱们明天是不是接着干啊！”

梁春竑神采奕奕：“要不要水里捞、明天要不要接着干，那要看日本鬼子长没长脑子。只要他们不滚出咱们国家，咱们就天天给他们布网；只要他们钻进网里去，咱们就直接送他们回老家。今天这个伏击战虽然没有战利品，却是自日军入侵咱们这块儿地方以来我们打得最漂亮的一仗——咱们打死了三五名日军，而且送他们的指挥官见了阎王。”

随着梁春竑振臂一挥，人群中掌声如潮。

受队员们的情绪感染，梁春竑自己也禁不住鼓起掌来。他接着说：“大家知道咱们今日为什么能够打得这么漂亮吗？第一，咱们选择了在敌人意想不到的地方设伏，这就叫出其不意、攻其不备。第二，游击队员们严格听从指挥。没有一位队员慌张或者暴露目标，没有一位队员擅自提前放枪，没有一位队员落在后面恋战。特别是武队长带领的队员们，南面伏击战打响后没有着急出手，而是等日军注意力全部被吸引到南面后才迅猛出击，不但打了敌人个措手不及，连指挥官都给干掉了！我们要向上级报喜，也要为大家请功！”

待大伙儿鼓掌完毕，梁春竑突然变得冷静：“我们胜利了，可日本鬼子也很不简单。

大家想想看，他们哪些地方值得咱们学习？”

有位队员蒙了：“咱们怎么还要跟鬼子学习？”

梁春竑戏谑道：“刚刚在林子里隐蔽的时候，都有队员学着老母鸡散热呢。学习日军的长处，就为的将来好打败他们。大家说对不对？”

队员们觉着很有道理，立刻争先恐后地发表意见，有的说日军的家伙比咱们的厉害，有的说日军队形比咱们训练得好，有的说人家的军装比咱强。等到队员们无法再搜寻到合适的语言，梁春竑让崔家河乡分队的队长说说看。

崔家河乡分队队长突然记起，日军轮流休整时梁春竑轻声叹息了句“看这些侵略军，这才叫训练有素啊”，便脱口而出道：“日本鬼子训练有素。”

游击队员们一片懵懂。

梁春竑循循善诱道：“分队长说得好！大家想想看，日军顶着毒晒的日头走了四十里地，队伍疲沓松懈了吗？”

“没有。”

“日军喝水休整的时候队伍各行其是了吗？”

“没有。”

“当我们发动袭击时，他们的队伍乱套了没有？”

“应该没乱。”

“他们的指挥官被干掉后，日军又乱套了吗？”

“也没有。”

梁春竑满意地解释说：“这些日本兵临危不乱，遇险不惊，一切行动听指挥，一切行动有章法。这就叫训练有素。”

一位年龄大些的队员昂头喊道：“梁队长说得头头是道，俺服气。可今天这一仗咱们也训练有素。是不是啊？”

梁春竑不失时机地进一步鼓动诱导：“说得好！我刚才说过，这次伏击战打得漂亮，第二个原因就是‘游击队员们严格听从指挥’。在以后的训练和战斗中，大家能不能都做到像今天这样训练有素啊？”

队员们齐声喊道：“能。”

梁春竑不失风趣地最后宣布道：“仗打完了，经验也总结了，可大家还得回自己家里吃饭啊。有意见吗？”

队员们依然沉浸在伏击战的兴奋中："没意见。我们也不饿。梁队长，没想到打胜仗还能当饭，管饱呢！"

梁春竑让两个乡分队队长带着队伍返回。他朝着西南方向走了几步，脸上悄然笼起阴云。

武善志立刻意识到，梁队长牵挂起了指导员李青松的安危。他似乎试探，又似乎安慰道："梁队长，指导员那边不会有什么事吧？"

梁春竑没有隐藏内心的忧悒："都到这个时候了还没他们的动静，我心里很不踏实呢。"

伏击战一总结完毕，梁春竑的心就被李青松他们紧紧地揪过去。在他看来，以往李青松的每次行动都像顺风行船，甚至给人探囊取物的快感，而这次云泰大队之行则像压在胸口上的一堵墙，让他透不过气，让他感到恐惧。他对李青松太熟悉，对武善彧和周公潇太熟悉，对当前的旋涡暗流也太熟悉。在龌龊的交易面前，人性的光辉会被贪婪和残忍遮盖。李青松能凭借他的理性和智慧从无底深渊中全身而退吗？一旦不测成谶，李开林、岳子文他们的安危又当如何？思之愈多，忧之愈甚，梁春竑如同在沸水中遭受着煎熬，忽而又冰冷得颤抖。

直到白花花的太阳斜挂到树梢，小五气喘吁吁地跑来报告说岳子文他们四个人赤手空拳地回来了，也没望见李指导员。梁春竑当即一阵眩晕，两腿几乎失去了支撑的力气，胸口却又被粗硬的鼓槌一样猛击着，震得他翻肠倒胃。

朦胧中望着李开林等四人踉跄到跟前，听岳子文呜咽着讲述了前后经过，梁春竑再也支持不住，俯下身子哭成一片黑暗。李青松，这位四十多岁的亲人，宣读文件时就是学堂里严明沉稳的老师，教练队员们射击时就是和蔼坚强的将军，同大伙儿开怀大笑时就是体贴开朗的兄长。明明就在眼前的大活人，说没有就没有了。梁春竑忽然想起了货郎张成祥，想起了那个满脸褶子、噙着旱烟袋笑眯眯的张成祥。张成祥笑着笑着却又变成了肩背褡裢、长袍马褂的李青松。一个是他的忘年交，一个是他的莫逆之交；一个是他的引路人，一个是他的前行依靠。两个知己老师就这么先后永远离开了。

朝夕相处这么多年，武善志第一次看见梁春竑像今天这般柔弱。他赶紧搀扶着梁春竑在一块大青石上坐下来，用力攥住梁春竑的胳膊。

崔家河和夏庄的两位分队长跟李青松也很熟悉，对于李青松的深入虎穴同样以为是冒险之举。两人将队伍稳妥带回后便匆忙返回了柿子林营地。闻听李青松的噩耗，两人率先打破了悲愤的空气，主张现在就去找云泰大队算账，为指导员报仇。队员们齐声请战，呼声惊飞了枝头的栖鸟。

李青松走了，自己就是整个云崖区的主心骨，也是整个云崖区游击中队的主心骨。根据地工作还要继续开展，跟日军的战斗还要持续，不能因为自己的悲痛心情影响整个大局，更不可因感情用事而损害到宝贵的抗日队伍。梁春竑强力遏制住涩重的泪水，示意队员们回到原地待命。

梁春竑冷静地对武善志和两位乡分队长说："指导员牺牲了，这个仇我们一定要报。但什么时候报、怎么报还要细致研究，绝不可以感情冲动，意气用事。现在的首要任务是向纵队指挥部和县委汇报，听候上级的命令。"

两个乡分队长义愤之情不可阻挡："梁队长，跟上级汇报是应该的，上级的命令也是要遵守的。但上级也给了你灵活应对敌情的权力。你现在就是咱们云崖区和云崖区游击中队最大的领导，你有妥善处置突发事件的权力。"

梁春竑的确拥有比其他地方游击队更多的主动权。但拥有主动权并非可以随心所欲，膨胀自由。正因为被赋予了更多的主动权，每一次决定才需要付出更多的心智、承担更大的责任。梁春竑对此有着冷静的把握："你俩说得不错。作为区长和队长，我的确有灵活应对敌情的权力。但云泰大队不是日本侵略者，是我们极力争取的抗日同盟军。如何处理此次事件关乎我们泰沂县、关乎我们根据地的抗日统一战线。我们需要放眼大局，洞察利弊，万万不可因为鲁莽而影响了上级在沂蒙根据地的统一部署。"

武善志这次站到了两位乡分队长的立场上："梁队长，云泰大队杀害指导员，并不完全只是杀害他一个人的事情，也是他们公开屠杀我们云崖区共产党力量的证明。这跟另外几处国民党地方武装联合摧垮我们区、乡抗日民主政府的性质完全一致。我们攻打云泰大队不仅仅是为指导员报仇，也是对反动武装的有力回击。这符合上级的指示。"

寥寥数言击穿了云泰大队的反动本质，并将发动反击战上升到回击国民党反动地方武装的高度。梁春竑赞叹武善志的见解，却也始终保持着清醒："武队长适才的分析点中要害，情理俱备。只是我要提醒大家，虽说咱们队伍人数略占上风，毕竟整体力量薄弱，尤其枪械远远逊于对方。要取得小胜都难有把握，又怎么可能重击对手。"

两位分队长却强力鼓动："打仗不能只靠枪炮，还要靠勇猛、靠不怕死！"

武善志也说："梁队长，队员们情绪高涨，士气正旺，正是回击的大好时机。"

梁春竑摇摇头："队员们情绪高涨，更多的却是冲动。李青松同志多次对我们说过，队员们冲动，指挥官不能冲动。武善彧和周公潇敢公然杀害李青松同志，也一定做好了应对我们回击的准备。仅仅依靠勇猛、依靠死拼硬打行不通，仅仅依靠士气也行不通。”

两位乡分队长拉长了脸：“梁队长，咱怎么老长他人威风呢？”

梁春竑抬手按压着沉重鼓胀的额眉：“如果我没猜错的话，武善彧他们的所有人马现在大都集结在枰柳庄围子里。枰柳庄围子什么样咱们都知道，那是铁打的围墙，没有两丈高的梯子上不去，没有大炮轰不开。一旦交火，他们居高临下、厚墙可依，咱们露身平地，无所遮挡。你们想想看，这硬拼行得通吗？”

“梁队长，既然他们的人马大都集结在枰柳庄围子里，咱们就去攻打望台村啊。”

“武善彧和周公潇之所以选择在枰柳庄和望台分营驻扎，要的就是形成犄角之势互为照应。无论攻打哪边，我们都会腹背受敌。”

两个乡分队长暗下脸色：“就算他云泰大队老虎屁股摸不得，可人家把刀架到咱脖子上了，咱就只能蹲下撒尿不成？俺知道你跟武善彧——”

乡分队长的半截话正是梁春竑惧怕的扎向自己胸口的利刃。他有些求助地将目光投向武善志。

武善志没能体会到梁春竑正在经受的裂心之痛。他避开梁春竑的目光，低声说：“梁队长，回击云泰大队，别无选择。”

繁星才刚布上头顶，枰柳庄围子的东、北两个大门外突然冒出人数众多的队伍。这些人居然抬着圆木，分明要直捣围子大门。

围墙上放哨的士兵一边开枪射击，一边喊人报告敌情。

按照武善彧的指令，支天辅派了十几个人四处打探消息，并没传回八路军或者游击队要围攻围子的丝毫音信。他们果真要为李青松报仇，也会选择在深夜之后，怎么可能这么快、在这个时候就来了呢？

刚刚巡逻完毕的支天辅连蹿带跳地奔上围墙，靠在石垛子后面大声喊道：“来人报上姓名。你们是哪里的队伍？”

墙下一片怒吼：“武善彧、周公潇！你们杀害了我们的指导员，快出来偿命！”

支天辅想知道梁春竑有没有出现：“让你们的长官说话！”

梁春竑高声回道：“我是梁春竑。让你们的武队长出来说话。”

支天辅阴阳怪气地喊道：“噢，梁春竑、梁队长啊。我们武队长有令，不许我们跟你一般见识。识相点儿就赶紧撤兵。否则，别怪我对你不客气！”

“放你娘的屁！老子现在就对你不客气！”随着墙下游击队员的一声怒骂，“嗖”的一发子弹在支天辅背后石垛子上撞击出一串火星。

支天辅被惊出一身冷汗，顿时怒火升腾：“他奶奶的！给我狠狠地打！一个都不要放过！梁春竑也不要放过！”

由于距离较远，又有黑夜和掩体的帮助，双方对射了一阵并没有什么结果。而此时北面望台村那边也传来枪声。支天辅得意地为队伍鼓劲儿：“弟兄们，周参谋长马上就带领队伍赶过来。今儿晚上就叫这些王八羔子跟他们那个指导员做伴去！打！使劲儿打！”

听见支天辅的喊叫，岳子文想起了李青松牺牲的悲惨场面：“开林，这个浑蛋就是白天那个油滑刁钻的东西。一定要灭了他！”

李开林说：“他就是支天辅。你们几个把枪准备好，听我来骂阵。只要他一开枪，你们齐齐对准打枪的地方开火。”

李开林跳到旁边，扯开嗓子高声叫骂：“支天辅，你这个狗汉奸，你这个害人的狗腿子！看我先打死你这个孬种！”随即对着支天辅喊话的地方就是一枪。

长这么大，即使武善彧在内也从没有人喊着他的名字公开辱骂。支天辅气得胸口都要爆炸了。他从石垛子后面转出来，端起长枪对着李开林的方向接连射两弹：“我先打死你这个狗日的！”

岳子文几个人立刻对着支天辅发枪的地方集中回射。支天辅顿时没了声息。

武毓庆用过晚饭，正在院子里喝茶。听到枪声骤起，他急忙打发人询问武善彧发生了什么情况。武善彧心知梁春竑他们前来报复，谎说来了几个土匪，支天辅已经去解决他们了。武毓庆说多少年没有土匪了，怎么又有土匪了呢？再说枪声很密，不会是日本人吧？叫他赶紧去看看。

武善彧刚疾飞到围墙下，李开田跌跌撞撞地迎面跑来说，支队长被梁春竑的队伍打死了。

支天辅是武善彧唯一的心腹之人，他的死讯对武善彧不啻一声惊雷。武善彧撇下李开田，飞身窜上围墙，抓过队员手里的灯笼近前照了照，只见支天辅脑袋和胸口各中一枪，人已没了气息。

武善彧颧骨绷紧：“这么巧！怎么就单打头上了呢！好你个梁春竑！我本不打算跟你纠缠，你却骑到我脖子上，上来就打死了我的支天辅。既然你不仁，也休怪我不义。传我命令，点起柴草扔到围子墙下，照准了这帮王八羔子给我狠狠地打！”

扔到墙下的柴草烈焰滚滚，游击队员们立刻暴露在火光下。这时，北面望台村方向的游击队也边打边靠拢过来，整支队伍面临被两面夹击的局面。梁春竑急忙命令队伍撤退。

周公潇带队冲进围子，看到武善彧两眼充血，牙关紧咬，不禁心头一紧：“没事吧，表兄？”

武善彧恨恨地闭起眼：“支天辅没了。”

“支队长阵亡了？”

“阵亡了。死在了梁春竑的手里！”

“梁春竑？他居然杀害表兄的心腹兄弟？”

“我们杀了李青松，他们杀了我的支天辅。从此我跟他梁春竑一刀两断，划清界限。”

周公潇脸上悄然掠过一丝不易察觉的微笑：“李青松是个外地人，再怎么亲近也不过是联手做事的伙计。支队长不仅是表兄的手脚，也曾经是他梁春竑的救命恩人。对救命恩人都能下死手，可见他梁春竑真小人、伪君子。表兄，支队长也不能就这么白白阵亡，我们要让梁春竑他们血债血还。”

武善彧的声音阴冷得令人毛骨悚然：“明天一大早就放出所有队伍，不管梁春竑还是八路军的游击队，掘地三尺也要挖到他们的行踪。我要他们一分血债，十分偿还。”

周公潇欲言又止：“表兄是温厚仁义之人，就怕遇到梁春竑的时候又念及旧谊。”

武善彧咬牙切齿，一字一顿说：“我刚说了，我跟梁春竑再没有兄弟情分。只要遇到他，那李青松就是他的下场。”

周公潇暗松一口气，安慰道：“手足兄弟分道扬镳，实乃人生憾事。可在忠正邪恶面前，亲情也只能让道于正义。所以，表兄大可不必为了梁春竑……”

武善彧打断了周公潇：“表弟，我们杀掉了李青松，也跟梁春竑的游击队公开交火了。我们跟共产党和他们的队伍已经势不两立。既然大幕已经拉开，这戏就该热热闹闹开场。我们不能坐等战机，要主动出击。明早我要亲自带着队伍出围子。”

周公潇冷笑道：“何须表兄躬身亲为。教训他们，就好比放水捡鱼，唾手可得。先看看我的手段。”

砂石峪，一个群山连绵的角落里毫不起眼的小村庄。村子依山而居，西高东低，二三十户大小不一的院落随坡就势散落在高低不平的山坡上。因为村子西南紧靠山崮，四周林木丛生，这里被八路军山东纵队选定为后方医院，《大众日报》社和八路军通讯站也在这里设立了工作点。说是后方医院，其实伤病员和护理人员都分散在各家各户，住村民的草房床铺，用村民的锅碗瓢盆。而在村民的偏房里摆上一张桌子、两三个高脚凳子，这便成了工作站。士兵帮着村民担水、做农活，给村民们讲解外面的世界；村民们跟八路军同吃同住，帮着护理伤病员、洗晒衣服。除了服装的区别，已经分不清哪是八路军、哪是老百姓。

中午时分，一支近百人的队伍急匆匆地朝村子方向行进。两个正在村头山坡上割草的小伙子发觉情况后急忙迎上去，意外得知他们是云崖区游击中队的队伍，奉命到第三区联合作战，路经此处想进村找点水喝。两人见队伍首领高大英俊而又和善可亲，却原来是队长梁春竑，立刻高兴地领着他们进村。然而，刚到巷子口，两人忽地被绑了个结实，村子也被“游击队员们”迅速包围。他们不知道，“梁队长”正是周公潇，那个介绍“梁队长”的人正是周公潇的臂膀之一武赣民。

村民们突遇这样的阵势，也曾听说过云泰大队的手段，听他们接连放枪恫吓，便一个个窝在屋里不敢动弹。后方医院和工作站的工作人员只有三五支枪用来防身，面对突发被动局势只好赶快把枪掩藏起来。

周公潇的队员把八路军战士、伤病员、《大众日报》社和通讯站的二十几名工作人员集中起来，连同放哨的两个小伙子一起，连推带搡地往回拘押。有村民上前理论，抱住与自己朝夕相处的亲人往回拖，顿时被打翻在地。

李开田目睹着被抓获人员不时遭受凌辱折磨，回想起了李青松的惨死和昨晚梁春竑带队攻打围子的情景。云泰大队跟八路军游击队结下死仇，武善彧跟梁春竑再没有旧日情谊，而云泰大队的士兵大都是些凶狠歹毒之徒，这都让他又恨又怕。突然，李开林吐着血水骂他“狗汉奸”的画面跃然眼前，让他猛地打了个冷战。李开田打定主意要离开武家大院，即使当兵也要加入梁春竑的队伍中去。当队伍回经盘龙村附近时，他谎说拉肚子，让同伴帮他扛着枪，自己跑到地堰下磨蹭了会儿，转过几个山坳逃回家中。

李怀安从地里回来，李开田忙把孩子送回到媳妇儿怀里，将前天云泰大队杀死了云崖区中队指导员李青松、梁春竑率队攻打围子、刚刚周公潇又带队去砂石峪抓捕了八路军后方人员的情况叙说了一遍。

当初梁春竑没让李开田回村参加游击中队，而是几次跟李怀安沟通，说服他把儿子安插在武善彧身边，如今那时的预料果然应验了。李怀安脸色很难看：“没想到还真让他们看透了。武善彧去砂石峪抓人的事儿梁春竑不知道？”

李开田说：“武善彧跟周公潇做得滴水不漏，梁大哥怎么能知道？今儿早上天还没放亮队伍就出发，绕着山路走，谁都不知道要去哪里、去做什么。”

“那，你回来的事儿武善彧知道不？”

“不知道。我从山后面偷着跑回来的。”

李怀安沉思了好一会儿，说：“等你娘做好饭，你吃过就回去。”

李开田反对说：“爹，我是说什么也不回去了。武善彧现在开始杀共产党和八路军，成土匪了。谁跟着他干谁就是狗汉奸呢。”

李怀安厉声道：“我不管你狗汉奸、猫汉奸。我说让你回去你就得回去！”

李开田执拗起来：“就不回去。非要我当兵，我就去春竑哥那里。”

李怀安猛地摔了旱烟袋：“还反了你这个王八羔子！怎么就不会用脑子想事儿呢？”

开田娘跑进来劝架，听儿子说出缘由，登时吓了一跳：“武善彧怎么会杀共产党和八路军呢？他和梁春竑可比亲兄弟还亲，也要翻脸了？他爹，真要这样的话，咱还就是不能让田儿再回去了呢。”

李怀安使劲儿地擦着从地上捡起来的烟袋锅：“这些年开田在武家干得不错，人家也没有亏待咱，半道儿上开小差对得住人家吗？再说，开田不回去，咱又指着什么养家糊口呢？”

李开田很不服气：“武善彧没有亏待我是不错，可我也是尽心尽力给他家干活儿了。现在他们不是忙着打日本人，而是打自己人，分明当汉奸了嘛。为挣那几个钱，就非得逼我去当汉奸？你就不怕有人找上门算账？”

李开田的话全都戳到李怀安的心坎上，这也是他矛盾忧虑的地方。当初梁春竑和李青松都曾私下里找他谈过话，要他把李开田留在云泰大队，就为的日后万一云泰大队公开投敌的时候好做个内应。被人误解还在其次，儿子的性命可是大事！李怀安翻来覆去考虑了好几个晚上才答应了他们的请求。这些话他都对儿子说过，没想到李开田把他的嘱咐当作了耳旁风。

李怀安将婆媳两个撵出屋子，劝道：“开田，从心里说我也不愿意让你回去。可是你忘了梁春竑是怎么嘱咐你来着？我让你回去也是出于无奈呀！”

李开田想起这件事，心里有些委屈："可李开林他们都扯着喉咙骂我是汉奸啦！爹，谁都愤恨勾子，恨不得抓过来扒了皮。我倒好，如今也当勾子了。"

"帮着坏人做事儿的叫勾子，咱是帮着好人做事儿，应该叫——春竑说什么来着——叫地下工作者？"

"名字好听，可有谁知道咱是地下工作者？人家不都当咱是汉奸？"

"都知道你不是汉奸，那你还能是地下工作者吗？先忍着点儿，当八路军的事业成功了，你就是有功之臣呢。"

李开田的委屈消了许多，忽然害怕地问："爹，万一知道真实情况的人都牺牲了，咱不就背一辈子黑锅吗？"

李怀安心下一动。儿子被安插在云泰大队的事情只有梁春竑和李青松知道，那李青松已经牺牲了，万一梁春竑再有个三长两短，我李怀安和儿子不就跳进黄河也洗不清了吗？很快，他又努力往好处想。人在做，天在看。上天庇佑良善人家呢。

李怀安开导儿子说："看你都说了些什么！怎么会都牺牲了呢？再说，他们的上级肯定也知道的。要不，过后我找春竑写个契书，留个证据。"

还要写契书？拉队伍打坏人还要写契书，咱都成什么人了？李开田突然感觉自己今天的举动狭隘而又卑微："爹，吃过饭你送我回去吧。你当着武善彧的面狠狠地骂我，打我也行。你就让武善彧好好管教我。"

云泰大队大获全胜，武善彧总算舒了口气，唯一让他恼火的就是李开田悄悄开溜。本待要将李开田除名不用，又感觉少了这个手脚勤快、忠诚老实的小伙计有些可惜，难得李怀安亲自给送回来。经李怀安一通唠叨，武善彧没有发怒，反而觉得很好笑："李开田，光知道你手脚勤快，办事利落，没想到你胆小得像个女人。俗话说得好，'男子汉大丈夫，站起来是一棵树，倒下去是一座山'。才刚开仗就怕成这样子，以后面对面地白刀子进去、红刀子出来，你还不吓破了胆？"

李开田涨红着脸，低着头说："只要武队长肯原谅，往后我再不做这么没出息的事儿。实在不行，请武队长还是安排我跟在老东家那边跑堂打杂吧。"

武善彧唯一的心腹支天辅被毙，他眼下还没选定可用之人。周公潇手下几个干将远比支天辅能干，却太过狠辣，又不是这边的人，用起来总不踏实。李开田固然老实胆小，但是勤快灵活，忠厚本分，比本家的几个年轻人更稳妥牢靠。武善彧打量过他，只是鉴于同村的伙伴只有他一人参加云泰大队，武善彧对他能否忠心耿耿地跟随自己心存疑惑。审视父子两个还算诚恳，他决定对李开田慎重地打磨雕琢："跑堂打杂有老支、老董他们，年轻力壮的男人就该扛枪。这样吧，既然李庄长亲自送回来，你又是多年的伙计，我也不好说什么。以后你就跟在我身边跑腿儿吧。"

李开田对武善彧的安排深感意外："队长，我，我……"

李怀安没想到武善彧会给儿子这样一条出路，猛然间为安排儿子卧底当"勾子"的做法感到羞愧，涨红着脸，半张着嘴，呆呆地望着武善彧。

武善彧见爷俩都像木头似的，忍不住笑道："李庄长，你认为我武善彧在说玩笑话吗？"

李怀安从刹那的矛盾心境中回过神，急忙拱手道："武队长，俺哪想到你会把草秆儿当作椽子用。李开田，你这个瞎货，还不快跪谢武队长的大恩大德！"

李开田急忙跪下去："队长，我就怕草秆儿当不得椽子呢。"

武善彧又一次开怀大笑："看你们爷俩，说话都一般模样。草秆儿怎么了？用对了地方比椽子都结实。李开田，你哪儿都好，就是不敢挺起腰杆儿。从今往后把腰杆儿站直了，跟着我好好干。赶紧站起来。李庄长，不忙就留下来喝两盅再回去？"

李怀安赶忙推辞："不不不，我忙不忙不重要，可武队长家大业大，大事儿忙不过来，小事儿成箩筐。等冬闲的时候我再登门拜谢吧。武队长，孩子交给你，我就放心地回去了。"

武善彧喊人送走李怀安，再次审视着躬身站立的李开田。从今以后，跟在身边的将变成李开田，再不会是那个洞察自己心思而又像是亲兄弟般的支天辅。武善彧抑制住心痛，把对支天辅的感情承继到李开田身上："李开田，什么时候把自己打磨成支天辅那样，你小子才算有出息。"

武善彧安排李开田去换身衣服，然后跟始终一言不发的周公潇商量接下来的事情。正谈论到高兴处，武赣民捧着一个礼盒进来，报告说梁春竑派人送来一封书信并奉上给支天辅家的一包奠金。

周公潇静静地观察着武善彧的神色。

道路选择不同，梁春竑注定要跟自己成为冤家对头。可在他心底，梁春竑总还是那个难以割舍亲情的兄弟。可也就是这个兄弟带人打死了他另个亲兄弟般的、曾经对两人有过救命之恩的支天辅。武善彧不需拆信就能看到梁春竑信中所书，相信梁春竑今天的举动是出于真情，也能猜测到梁春竑眼下的心境。但是他不能原谅梁春竑，也不应该再对梁春竑抱有任何幻想。他为终于失去梁春竑而难受，又为已经失去支天辅而难过。他的心被扭曲着、撕裂着，他的面容因此而走了色、变了形。

武善彧突然起身，抢过武赣民手里的礼盒，拼尽全身力气摔向门外：“让他们滚！让梁春竑永远给我滚！”

武善彧和周公潇残酷杀害李青松，两天后袭击了八路军山东纵队的后方医院，然后马不停蹄地将此作为辉煌战绩详细汇报给了五十一军一一四师副官主任管志昌。管志昌深知这支队伍与五十一军的特殊关系，接到战报后赶紧前往军部向牟中珩作了汇报。牟中珩闻讯后对云泰大队赞赏有加，命令将“云泰大队”改名为“苏鲁战区沂蒙区第四大队”，要求一一四师提供枪械支持，尽快帮助大队实现人员扩编。

队伍有了部队正式番号，又有一一四师提供枪械、帮助扩编，武善彧和周公潇再获全胜。两人相视一笑，感觉找到了施展拳脚的舞台，也仿佛看到了铺满光亮的坦途。

第二十二章

沂蒙根据地国共双方势力的变化引发了国民党省政府和苏鲁战区的策略调整。地方专署全力督战，接连摧垮多个区抗日民主政府，加剧与八路军地方武装摩擦。五十一军所属部队开始咄咄逼人地从八路军和游击队手中抢夺防地。面对严峻复杂的形势，八路军和游击队主动撤离部分防区，共产党组织的活动转为地下，梁春竑他们也居无定所，处于流动驻扎状态，有时十天半月不见现身。

这天下午烧火时分，梁春竑突然回到家里。梁大娘满心欢喜，却发现儿媳妇心神不定，儿子吃饭的一袋烟工夫里，她竟然两三回问丈夫多咱回队伍。

天就要黑下来，梁春竑去到两人住的屋子里，一再让媳妇儿有什么心事就道出来，他帮着掂量掂量。春竑媳妇儿说她确实有心事，除了盼着入党，还有爹给八路军队伍的大包银圆。

春竑媳妇儿盼着入党，是因为几天前他许下的承诺。那天下午，游击中队跟日军小分队在天台岭附近干了一仗后撤往西北方向，当晚宿营通亮崮。快到半夜的时候，媳妇儿竟然跟花篮沿着沟谷、从荆棘棵子里摸进了队伍，送去了四大包袱煎饼。妻子临回时磨磨蹭蹭，却原来想着找组织入党。梁春竑说会把她的想法告诉党，只要她一心一意为党工作，为了抗日不怕牺牲，党很快会自己去找她。

去通亮崮送饭回来的第二天早上，春竑媳妇儿照常提着水罐去栏圈饮牛，惊异地发现少了最胖壮的大黄犍和花牯。梁大爷下午回家来，交给她个鼓鼓的、沉重的布包，说是他把两头牛赶到集上卖了。

这几头牛是梁大爷的心头肉，日本鬼子天天“扫荡”都没舍得处置，今天怎么说卖就卖了？

梁大爷坐到菜橱前，揉搓着烟袋锅说：“上年大冬天里，多少八路军都穿着夹衣，冻得直打哆嗦，叫人看着心下不忍。眼下牛市怪好，我就卖了两头。你把两头牛钱交给八路军，让他们提早置备些棉衣吧。”

“爹，这可是两头牛呢！”

“这牛跟金银财宝一样，都是身外之物，说金贵就金贵，说一文不值就一文不值。给那些可怜的年轻人做件衣裳，暖着身子打鬼子才是正经事儿。我特意要的银圆，你叫他们拿去吧。”

春竑媳妇儿在自己房门后的石板底下刨个深坑，把装满银圆的布包藏到里边。头回收藏这么多银钱，这些日子她心头一直怦怦乱跳。

梁春竑说她入党的事情急不得，爹给队伍上的银圆他会尽快派人来取，然后倒碗水喝上，动身回了队伍。

春竑媳妇儿送走丈夫后回到屋里，麻利地挖出银圆，挎着篮子急匆匆地去了学堂西边的空地。李长生已经等候在那里。李长生就是去年夏初参加“抗日救国青年训练班”时跟梁春竑他们同去梓河洗澡的那个小个子。训练班结束后不久，李长生又跟大个子林茂宇前往八路军四支队的山东抗日军政干部学校学习。一个月前，林茂宇撇下老婆和四个月大的孩子，随同一批抗日青年追随国民党六十九军政治部而去，李长生却选择了到云崖区寻找梁春竑。梁春竑把他留在云崖区游击中队，安排他负责与秘密党员和抗日积极分子的地下联络。今天过晌的时候，他就跟春竑媳妇儿接上头，约定晚饭后在这里会面，带她去接受组织上的谈话、入党，同时带走这些银圆。

天有些阴沉，头上几无星光，暗夜跟山野的模糊轮廓合为一体。春竑媳妇儿跟在李长生后头来到了村西的大松树林，望见林边的大青石上坐着个黑乎乎的人影。等走近跟前，感觉那人的身形有些熟悉。再仔细一看，却原来是丈夫梁春竑。春竑媳妇儿有些吃惊，转身就走。

李长生赶忙拉住她：“嫂子，他就是上级派来找你谈话的人。”

春竑媳妇儿着急地往回抽着手：“不是说入党的事儿不能告诉父母、男人吗？可他是俺男人呢。”

梁春竑微笑着走到媳妇儿身边：“我现在代表组织，不是你的男人。”

就要入党，居然跟自己的男人都没讲真话，春竑媳妇儿脸上发烧，内心着急，而她也理不清代表组织和自己男人之间的关系：“可你就是俺的男人嘛。”

梁春竑很清楚媳妇儿此时的尴尬：“竑生他娘，这样跟你说吧：在家里，我是你男人，你是我媳妇儿；而在外面、在工作上，我是组织的人，你我都是为组织工作的人。今晚咱俩的谈话不是两口子谈话，而是组织上与一个申请入党的人谈话。你懂了吗？”

春竑媳妇儿想了想说：“你是说组织今天有事没能来，就找你代替他，现在你就是组织？”

梁春竑笑笑，又严肃下来：“我问你，你为什么要入党？”

春竑媳妇儿很奇怪丈夫怎么会提出如此幼稚的问题：“老早以前俺不都告诉你了吗？你忘了，上一次的时候花篮也在场。”

梁春竑不苟言笑：“刚才跟你说了，以前那是咱们两口子之间的谈话，现在是组织跟你的正式谈话。代表组织参加谈话的不只有我，还有支部的李同志。我问什么，你就如实地回答。”

春竑媳妇儿像是明白了什么，转脸望着李长生：“李——同志，这就是你说的履行程序？”

李长生的语气也不像来时那么随和：“是的。这就是履行程序。”

春竑媳妇儿也学着两人的庄严：“俺入党是为了打鬼子、救百姓。”

“入党要面对牺牲，你怕不怕？”

“你说从革命的那天起，你就把命交给党了。俺是你媳妇儿，俺也要把命交给党。你还说过，怕死不当八路军，怕死不当共产党。俺就是信服八路军，就是信服共产党！”

看似柔弱的媳妇儿竟然如此不让须眉，梁春竑再次暗自惊讶。他的声音缓和了许多：“如果被敌人抓去了，敌人问你的丈夫在哪里，你说不说？”

“死也不能说！”

“其他同志呢？”

“是同志，就是我的亲人。我不会出卖我的丈夫，我也不会出卖我的亲人。”

“若一边是你的亲人，一边是党的同志，危难之际你会选择谁？”

春竑媳妇儿迷茫地望着丈夫：“俺听不懂。你想说什么？”

梁春竑解释说：“比方说，面对敌人的枪口，亲人和党的同志只能救下一个，你会救谁？”

春竑媳妇儿犹豫了好一会儿：“你问的这个不靠谱儿。哪能这么巧？”

梁春竑的表情异常严肃：“战争是残酷的。这样的事情随时都会发生，就像我们的家常便饭一样。”

春竑媳妇儿嗫嚅道：“你问的这个问题俺真的不知道该怎么说。”

梁春竑盯着媳妇儿：“你必须回答。”

亲人是生命中最重要的人，而党的同志不是亲人却胜似亲人。果真遇到这样的情况应该怎么办？春竑媳妇儿心中隐隐作痛。她紧紧咬住嘴唇，眼角聚起泪水：“俺要救党的同志。”

梁春竑和李长生几乎同时猛地抓住她的双手：“同志！好样的！”

春竑媳妇儿毫无防备，也非常不适应这样的交流方式，才用力抽回手，梁春竑又认真地跟她道歉说：“竑生他娘，我大男人主义思想一直没有得到彻底根除。现在，我向你检讨。”

春竑媳妇儿莫名其妙地看着丈夫：“你都说了些什么呢！”

“这么多年了，要么喊你‘哎、哎、哎’，要么叫你‘竑生他娘’，连个名字都没给你取。我真是应该受到批评。”

“我当什么事儿呢，就为这个啊！我有名字。不管年龄大小都管俺叫春竑嫂，八路军同志也这么叫呢。”

梁春竑满含爱怜和愧疚：“李青松同志还在的时候就让我给你取名字。现在你都参加革命、是同志了，该有个正式名字了。竑生他娘，我叫梁春竑，想的是共产党未来带给咱老百姓无限的和平和春天。你呢，自然盼望着属于劳苦大众的春天世代相传。你姓陶，小名又叫春儿，就叫陶竑春怎么样？”

春竑媳妇儿羞涩而又温暖，脸上热辣辣的：“行。从现在起，俺就叫陶竑春了。”

梁春竑掏出一个布包，从中取出一块方布。夜色浓重，春竑媳妇儿看不见上面的图案，却想起了丈夫、李青松和张成祥在她的家中油灯下流泪宣誓的庄严场面。她的胸口忍不住再次狂乱地蹦跳起来。誓言在只有三人才能听到的气息中激情流淌，却在火热的胸膛里涌动起撼天动地的力量。春竑媳妇儿没有完全记住自己跟随丈夫说了些什么，只是在急速喘息的间隙里用力平抑着汹涌澎湃的激情。

梁春竑收起党旗，双手捧给陶竑春：“现在形势越来越严峻，党组织的工作越来越困难，意外情况随时可能发生。区里决定，这面党旗暂时由陶竑春同志妥善保存。这是泰沂云崖区唯一的一面党旗，比一个人的生命都重要。宁可牺牲生命，不可丢失党旗。”

“比生命都重要？”陶竑春接过党旗，感觉挑起了千斤重担，“请组织放心，俺保证，这党旗给俺的时候什么样，送还的时候还是什么样，不会有任何差错。”

梁春竑又补充说：“你回去告诉爹，也告诉所有为我们筹款筹粮的人们，八路军和共产党感谢他们，也不会忘记他们的深明大义。”

背靠五十一军一一四师的支持，借助于国民党省政府和苏鲁战区的策略调整，云泰大队迅速发展到三百七十多人枪，加上其策反和收编的周边地方武装，大队发展到七个中队、八百多人。沈鸿烈先后派出五名教官前往负责军事训练，并允许他们对捕获的共产党和八路军拥有处置权。云泰大队一时达到鼎盛时期。

武毓庆的生日快要到了。武善彧和周公潇打算热热闹闹地为武毓庆办一场生日宴会，借此为连连得胜的云泰大队祝捷助威，没想到遭到了武毓庆的坚决反对。武善彧和周公潇不得不一块儿去做武毓庆的说服工作。

武毓庆熟知物极必反和福祸相依的道理，也为家业资财的消耗而不安。他的态度明确干脆：“兵荒马乱的，办什么生日宴会？免了。”

武善彧和风细雨地说：“爹，父母生养之恩不可忘。这是我们晚辈的一片心意。”

周公潇也毕恭毕敬地探着身子：“伯父，您老今年六十大寿，理该大庆。我跟表兄不只想尽一份孝心，也还渴望借以领悟您洞察世事而又波澜不惊的教诲，顺便沾沾您老的福气呢。”

武毓庆语气略有缓和：“什么福气呀！想当年风调雨顺，安睦祥和，饭吃得香，觉睡得足，做什么事情都有奔头。现如今，枪炮不断，死伤连连，民不聊生，人心惶恐。有福气的人还能生在这混沌乱世？”

周公潇娓娓道出已有腹稿：“伯父所言句句在理，但只说出了事情的一面。先有洪荒才有治世，先有朽腐才有复兴。治世之能才、复兴之英杰也皆在洪荒朽腐之时才可生发。表兄和我虽不敢自比良将高才，却时时抱有鸿鹄之志，不敢存有半点懈怠。又幸有沈主席、牟军长鼎力相助，表兄和我也算雄踞一方，旭日东升。伯父嘴里不说，其实也看在眼里，喜在心里。您说是不是？”

“表侄这番理论倒是有些道理。”武毓庆渐露笑意，颔首赞同。

周公潇深为自己能够投其所好而扬扬得意："自古以来，无论盛世乱世，总有那神仙般的富贾福翁。远离奸佞之道，禁绝无良之行，伯父依然能有今日家业，周边乡邻有几人可与您齐肩？那兵荒马乱之时，村民野夫居无定所，颠沛流离，食不果腹，衣不蔽体，方知家业不兴、族业不举之痛。伯父没有遭遇自万人之上跌落平川之灾，没有罹受餐风露宿之祸，而是偏寓青山绿水之地，安享波澜不惊之人间天伦。伯父，您不就是神仙般的富贾福翁吗？"

听罢周公潇由衷而得体的溢美之词，武毓庆心胸大悦："好一个神仙般的富贾福翁！公潇表侄啊，你伯父我到底能吃几碗干饭、到底兜里有几个铜子儿，心里边清亮着呢。可经你这样一说，伯父我如沐春风，比喝蜜水都甜美滋润。我知道你们有心要尽一份孝道，再阻三挡四反而显得愚顽而不通人情。好，就不拂你们的心愿了。"

武善彧深为表弟的善知人意和学识口才所折服。他跟周公潇相视一笑，然后对父亲说："爹，我让他们准备您最喜欢的饭菜。"

武毓庆却摆手说道："不急，我还有话要说。善彧啊，刚才你表弟的一番中庸之道很值得你镜鉴体味。所谓能上能下才能进退自如，不止适宜仕途、行商，也适宜修身养性。就是你们两个要成就鸿鹄之志，也要把握个中时机和滋味才好。"

武善彧和周公潇连忙俯首表示恭敬听从。

被周公潇的一番高谈阔论感染，武毓庆禁不住意兴大发："近来你们春风得意，但也不要马蹄太疾。所谓借风好行船，借拳好出力。你们知道借风、借拳，人家也知道借风、借拳。到底谁是风、谁是拳，要多多揣摩才好。"

武善彧和周公潇浑身一紧，脸色肃然："爹（伯父）说得是，我们一定谨遵教诲。"

武毓庆望着他俩，脑中突然想起了梁春竑。以前的时候只要武善彧在家，梁春竑常常过来，每到热闹的日子，梁春竑也前来助兴。可是如今，这个后生竟然看错了道、走错了路，既让人可气，又让人可叹。武毓庆忍不住问了一句："善彧，春竑真的就不回头了？"

武善彧和周公潇措手不及，一时语塞，竟然无话可接。

武毓庆自顾叹息道："当初我嘴上没多说，心里却盘算过多少回。春竑那孩子新学学得太多，又与共产党秘密牵连，怕是要误入歧途的。没想到不幸被我言中了。善彧啊，前几年你也读了不少共产党的书，对吧？"

武善彧没想到自以为密不透风的私下举动竟然没能瞒过老爷子的眼睛，忙躬身说："爹，我是读过一些。自以为找到了真理，找到了人生方向。现在想想，当初稚嫩，真是荒唐。”

武毓庆捻着胡须，微露得意之色：“当初你和梁春竑一起上学的时候，脑子就跟别人不一样，我都是看在眼里的。为了你能取正道、奔前程，我暗地里没少为你操心。还记得你从阳都回来之后，我越发天天催着你到梓河镇找你公潇表弟吗？”

“当然记得。我与表弟打小就最说得来。”

“我是怕你跟梁春竑走得太近，着了他的道儿，才让你多听你公潇表弟的见解。好在你总算没被他们的学说浸染，跟公潇有了今天的队伍。嗯，只可惜了梁春竑那个孩子。你们应该把他拽过来的。”

武善彧和周公潇脸色凝重，默不作声。

感觉到气氛的变化，武毓庆恍然发觉不该信口而言，便急忙把话题扯回到生日宴会上：“看我老糊涂了！本来高高兴兴地说做生日的事情，提他梁春竑做什么？再接着说咱们的事儿。给我做生日我是答应了，可我也有条件。毕竟兵荒马乱的年代，到处很不太平，咱们这份家业也禁不起四处折腾、八方消耗。这次做生日不要兴师动众、不要奢侈张扬，只请本家上了年岁的人聚一聚。队伍里更不要声张，只需悄悄给士兵们加两个好菜就行。”

第二十三章

凭借国民党政府、军队的支持和与据点里日军的私下交易，云泰大队在整个云崖区和泰沂、云蒙边界地区一时气焰万丈。八个据点以相互掎角之势控制了通往胶东、渤海、滨海的交通线枢纽，不停地对八路军来往人员和部队骚扰、攻击，严重破坏了抗日根据地发展和八路军的抗战部署。深秋时节，驻扎这一地区的国民党一一四师整体向西北集结，驻大王庄日军小分队的活动也稍微收敛。八路军决定抓住有利时机，给这股地方武装以毁灭性打击。

梁春竑参加作战动员会议时惊喜地发现，指挥这次战斗的正是当年八路军山东纵队第四支队政治部主任周赤萍。周赤萍几乎没有任何变化，还是消瘦的面庞、高高的胡子茬，只是犀利的目光里比以前更多了一分沉稳。

周赤萍布置好备战任务，单独留下梁春竑。他热情地向另一位八路军首长介绍说：“参谋长，这位就是泰沂云崖区的梁春竑同志。”

周赤萍介绍的这位首长是这次攻打云泰大队的八路军旅参谋长钱均。钱均热情地握住梁春竑的手：“梁区长的名气可真不小啊！在我们根据地，谁不知道梁春竑这个名字。”

周赤萍招呼他俩坐下：“春竑同志，让你留下来，是想跟你再仔细讨论一下云泰大队的详细情况。毕竟这支队伍在你们云崖区的地盘上，也只有你对武善彧和周公潇最熟悉。”

听到周赤萍这句话，梁春竑感到了自责和压力：“周政委，没把武善彧争取过来，一直是我和李青松同志还有张成祥同志的心病。我也没想到好兄弟却成了冤家对头。”

周赤萍宽慰道：“水火不相容，这不是你的过错。当年在梓河镇举办训练班的时候，我就预感到你们三人今天的不同方向。周公潇的能量不得了，年纪不大却历练老成、城府难测。也许没有他的出现，武善彧还有被争取过来的可能。既然木已成舟，我们不必沉湎于自责或者遗憾。你来说说对这次作战的看法吧。”

跟周赤萍就是熟稔的朋友，梁春竑并不怎么拘束：“周主任，他们七个中队互为掎角固然是强大优势，但相距较远，兵员有限，因而也存有被分割包围、各个歼灭的致命缺陷。一一四师向西北集结，大王庄日军小分队不敢轻易出兵，这都为我们的胜利创造了有利条件。只是，他们的枪械装备比我们要好得多，尤其驻守枰柳庄的一中队。再有，分割包围七个据点的方案很好，可最好别打成消耗战。”

“说说你的具体想法。”

“枰柳庄围子易守难攻，也是武善彧和周公潇的大本营。最好先对其严密包围，快速打完周边后再集中攻打这边。”

“这正是我们的作战思路。”

“那枰柳庄围子又宽又高，青石条垒砌、黏土石灰粉夯筑，离了炮轰根本打不开的。周政委，能不能弄两门钢炮啊？”

周赤萍平静地微笑着：“钢炮以后会有的。这一次就得靠我们的长枪，更要靠我们的脑子。”

梁春竑明白周赤萍的话中之意：“据我们所知，武善彧和周公潇以前的时候白天在一起，晚上各自督查分队。后来队伍壮大，两人的指挥部合为一处。近些日子，他们连连得手，不可一世，晚上大都合住枰柳庄围子。凌晨发起进攻，既能打他们个措手不及，又刚好把两人围困在同一个围子里，其他六个中队自然容易各个击破。”

钱均很是惊喜：“这样最好。若他们两个互为照应，反而会给我们增加困难。梁区长，要包围枰柳庄围子，还不能不让里面冲出一个敌人，需要多少兵力？”

“一中队是云泰大队最强的主力队伍。如果武善彧跟周公潇同在一处，他们的能量更不能轻视。要包围枰柳庄围子，至少要有我们三到四个游击中队的力量。”

“要这么多兵力？我们还要同时攻打他们另外的六个据点呢。看来，另外的六个据点也要有围有打，分头推进。”

“周主任、参谋长，希望能让我们云崖区游击中队参加包围攻打枰柳庄围子。”

周赤萍笑道："这块硬骨头，你们不来啃谁来啃？咱们现在就仔细研究，拿出一个周密的作战计划。"

三天之后的破晓时分，云泰大队七个中队的巡防团丁几乎同时发现，霜冷逼人的晨霭之中隐然移动着八路军队伍的身影。消息还没来得及发出，据点已经被层层包围。很快，双方开始激烈交火。

包围战一打就是七天，双方始终处于僵持状态。周赤萍深感出乎意料，开始流露出忧虑不安："参谋长，虽说有打消耗战的心理准备，总不能一直这样打下去。目前攻克了两个据点、消灭了一百多个大队士兵，也算是战果颇丰。可只要武善彧和周公潇的枰柳庄围子拿不下来，我们的战斗就不能算是胜利。"

钱均也是顾虑重重，但是鼓励说："消耗了七天，又等不来枰柳庄围子的援兵，另外四个据点里的敌军心理上也该接近崩溃了。借着打下两个据点的士气，命令其他五支队伍发起猛攻，今明两天务必将他们全部歼灭。"

周赤萍猛地站起来道："带上被捉的小头目，发动强势的心理战，四支队伍务必明天中午之前攻克各自据点，然后集结所有兵力攻打枰柳庄。"

枰柳庄围子的巡防团丁自恃兵强马壮、高强壁垒而安枕无忧，当望台村方向传来枪声，才赫然发现围子四周已密布着八路军和游击队队伍。令人瞠目的是绕着围子的两个出口，一夜之间多出了半人深的壕堑。

武善彧辨听着北面传来的枪声，观察着八路军在围子下的举动，判断出了对方的战斗部署，决定反客为主，带领队伍冲出围子，与其他据点形成共同夹击之势。周公潇赞同武善彧的见解，深以为其他中队的力量并不逊色，非是土八路军能一时半会儿攻得下的。一一四师虽然远了些，大王庄的日军就在跟前，只要能派人前去报信，八路军就死定了。武善彧指挥队伍连续几次突围，孰料都以遭受迎头痛击告终。他借鉴游击队夜袭围子时的办法，命人找来铁皮包在厚木板上，并准备了足够多的手榴弹。然而，八路军的沟堑包围圈在阻击战中不断往两边扩展，未等这边的手榴弹发挥作用，他们的手榴弹已经纷纷爆炸。武善彧亲自上阵也大败而归。

枰柳庄和望台村的枪声响响停停地持续了整日。就算没人前往报信，大王庄据点里的日军也完全听得清楚，怎么就没派出队伍前来夹击？看看天色近晚，武善彧忍不住咒骂日军比狐狸都狡诈。周公潇很有些焦躁，商定待黑天后，无论如何要派出得力人员向一一四师和日军求援。夜幕降临，两人指挥着用绳索从高墙上偷偷往下放人，却发现围子四周间隔不远的地方就有火堆。冒险试了两次，一个士兵刚落地就被击中身亡，另一个则被活捉。七天过去，无论一一四师还是驻大王庄的日军，竟然谁都没有半点动静。如果不是枰柳庄围子固若金汤，他们早就一败涂地了。更让他们揪心的是周围其他六个据点，一旦被全歼，不仅所有的苦心经营付诸东流，他们也无法跟沈主席、牟军长交代。

武善彧的眼睛里布满血丝："俗话说'七上八下'。明日就是第八天，我这心里煎熬得难受，也不知道那剩下的几个中队能不能挺过这一劫。"

周公潇头一回显得没有底气："我们这里没问题。其他中队嘛，既然包围咱们的队伍没见增多，就说明他们安然无恙。"

武善彧不自觉地阵阵颤抖："但愿如此吧。我们发起这么多次冲击，一次都没有成功，还死伤了三十多个兄弟。兔子急了都咬人，说得不错。八路军这次要咬人了。"

周公潇的恨怒瞬间集聚到梁春竑身上："不是八路军要咬人，是梁春竑要咬人。几次冲击，打得最狠的都是梁春竑的游击队。我敢说，这次的包围战也一定是他在作恶。"

"神差鬼使，我一直没能对他下手。真后悔当初没听表弟的话。日后我定不再拘拘儒儒。表弟，咱们不能再顾及代价大小，拼尽全力撕开个口子吧。"

周公潇干裂的嘴唇上凝结着血渍："鱼死网破，代价太大了。我就不信，都七天了，一一四师就不派人来联系？十多里路远的日军就这么安如磐石？表兄，我们再坚持一天，如果来日还是这么铜墙铁壁的模样，我就是穿着铁皮也要冲出去。"

凌晨时分，望台村那边的枪声消失，围子外面的八路军骤然增多。武善彧和周公潇同感大事不妙。两人几次相互对视，但谁也没有捅破这层意思。

待到天大亮，眼见得围攻的八路军队伍和游击队队员比昨天多出两倍，武善彧叹息一声后咬牙说："宁为玉碎，不为瓦全。我就不信老天这么不开眼。表弟，穿着铁皮突围的打算就不要再提。从现在开始，你守东、南部，我守西、北部，一刻不离开围墙。没有命令，任何人都不许打出一枪。还有多少子弹、手榴弹，全部运上来！"

周公潇明白武善彧要誓死固守围子："好。咱们也以其人之道，还治其人之身——冲上来就打，往死里打。看他们怕不怕死、顾不顾命！"

双方僵持一天一夜。第二天临近中午，八路军的进攻渐渐放松下来，尤其北门方向，士气明显倦怠。武善彧赶紧派人把周公潇找来。

武善彧疑惑道："难道八路军再而衰、三而竭了？还是设置好圈套让我们往里钻？"

周公潇的脸颊明显消瘦了："要说有诈，他们应该让出东门，让我们右拐进山，进到他们八路军的地盘。突破北门，北面方向却是一一四师的地盘。什么意思？在杏子峪设伏？”

武善彧怒目切齿说：“只要能冲出去，我们就能找到出路。就算他们有诈，咱们也能将计就计。”

武善彧和周公潇共同出现在东、南城墙上，不时向东南方向观望，围攻北门的八路军部队即刻暗暗往东门转移。武善彧和周公潇露出意味深长的冷笑。

就在八路军积极在东门部署队伍的时候，围子北门突然大开，里边的队伍蜂拥而出，火力异常凶猛。八路军队伍稍作抵抗不得不往后撤退，眨眼间让武善彧的先头队伍窜过了公路。很快，东门和两边的八路军、游击队迅速聚拢包抄，将逃跑队伍拦腰截断。武善彧和周公潇带领二三十人跑出了子弹射程，周赤萍带领的追击队伍却疲态尽露，距离越拉越远。

武善彧和周公潇带队爬上杏子峪南山，站在山顶俯瞰，崖高势陡，山坳相连，林木遮天，哪一处都有设伏围堵的嫌疑。武善彧强作镇静道：“去两个人前面探路，看看有没有八路军的动静。”

周公潇挥汗道：“山前树木丛生，路窄坡陡，八路军都没布阵藏兵。往北面去，我们居高临下，势如破竹，他们又怎敢在下风处设伏？不如一鼓作气，穿过杏子峪再作休整。”

武善彧越发谨慎：“杏子峪这个山峪就像是一个七拐八拐的胡同，随便哪个地方都可以隐蔽队伍。还是派人快去前方仔细打探。”

周公潇发现一个老人在崖下砍树，亲自上前盘问这里有没有发现队伍。老人说哪有什么队伍，这几天人都到枰柳庄攻打围子去了。武善彧和周公潇合计一下很有道理，马上率队下山。等沿着小道下到一个山坳，却发现出口被八路军队伍截断。回望两边山岗，赫然排列着八路军和游击队，带队的正是钱均和梁春竑。原来，八路军没有钢炮，也没有炸药，不得不采用这欲擒故纵之计先将枰柳庄围子里的敌人放出。因为地形极其不利，武善彧和周公潇无法组织反攻，只好慢慢收缩。就在伏击圈越来越小、武善彧和周公潇在劫难逃的时候，梁春竑却发出了停止进攻的命令。

武善志吃惊地大喊：“队长，你怎么……”

钱均挥手打断了武善志，对着面颊震颤的梁春竑，低声说：“梁队长，执行命令。”

梁春竑挺直身子，对蜷缩在山坳里的队伍喊道：“武善彧、周公潇！本来今天要与你们来个了断，看在曾经情谊的份儿上，也看在都是抗日队伍的份儿上，我们权且放过你们。但是，你们要记住了，我们要的是联手抗日，共除外寇，不是自动干戈，骨肉相残。云泰大队再不要与八路军和共产党为敌！再不要做亲者痛仇者快的不义之行！”

看着八路军和游击队有序后撤，武善彧蒙了，无论如何弄不清楚其中的谜团。

周公潇先是懵懵懂懂，随后催促说：“表兄，放心往北面前进吧。梁春竑说权且放过咱们，说不定我们的援军已经抄了他们的后路呢。只可惜我们无力追击他们。”

周公潇又一次判断准确。武善彧和周公潇才逃往北山，周赤萍就得到紧急情报，泰沂县城出动的大批日军和伪军已经接近枰柳庄，大王庄据店里的日军也正会同伪军急急地赶过来，两支队伍近三千之众。周赤萍旋即命令八路军、游击队马上撤往南面山里，一面派人飞速赶往杏子峪，命令钱均和梁春竑他们放弃伏击，紧急绕道向西南撤退。

梁春竑带队刚刚爬上山顶，便见前方山下公路上已经浩浩荡荡地开过来日伪军大部队。梁春竑没有感到后怕，只为功亏一篑而让周公潇他们得以逃脱感到难过。眼看着大功告成却不得不放虎归山，当时接到立刻撤退命令的梁春竑矛盾得头都要爆炸。梁春竑无心听取钱均对他的宽慰，只是自责没能早一天想到打伏击。虽说武善彧和周公潇带领逃走的不过二三十人，云泰大队也算基本垮台，可只要这两人逃走，就如同打虎只薅下了几把粗毛。震慑过后，怎么能知道他们不会变本加厉呢？

武善彧和周公潇无可凭靠，只好暂且往省政府方向奔逃。翻过两道山梁后，意外在村外灌木丛生的乱石坑里遇到了丢盔弃甲的武赣民、张纯三和五个士兵。

就在武善彧为战局七上八下的那天晚上，八路军和游击队对剩余四个分队逐一发起了全力进攻。除了望台村的武赣民和甄家疃的张纯三各带上三五个人逃出外，其他据点的团丁和队长全部被击毙或者活捉，王展宜和王希厚后从被关押的屋子逃走。武赣民跟张纯三稍作商议，决定向就近的大王庄日军求援，却被伏击打援的八路军给打死了四个兄弟。两人有心前往一一四师求助，虑及路途遥远，还要经过八路军、游击队的防区，便重新返回枰柳庄方向，准备拼死接应武善彧和周公潇。

武善彧和周公潇带领这支不到三十人的溃败之军，草木皆兵中行军八九十里路程，第二天黎明时分到达安乐村一带。这里已经是国民党队伍的防区，武善彧和周公潇可以放心进村征缴饭食。正要带队下山，遥见村外公路上大队人马迤逦而来。近前探询，原来是沂蒙第三专署张专员的部队。武善彧悲喜交加，向张专员汇报了队伍遭到八路军全面围剿的整个过程。得知八百多人的云泰大队十天时间只剩下了不到三十人，张专员甚为叹惋。他命令部队原地驻扎，派人前往枰柳庄打探情报，自己和武善彧、周公潇同往驻扎焦家上庄的一一四师师部回报情况，商量对策。

闻听云泰大队基本垮台，一一四师副官主任管志昌如遭雷击。他呆了半天，叫苦不迭道："武队长，事情糟成这个样子，你让我如何向牟军长交代！"

武善彧哭丧着脸："八路军太狡猾。我们无论如何想不到他们会突然使出这么一招。十天里，我们也是苦苦期盼着咱们的队伍能前去帮我们解围啊。"

"十天时间啊！十天里，你们就没有一支队伍冲出来请求救援吗？"

"八路军围得铁桶一般，实在冲不出来。我跟周参谋长几次带队突围，险些葬身枪战。"

张专员解围说："八路军既然派重兵分割包围且不让冲出一人，足见其蓄谋已久且作战策略滴水不漏。武队长和周参谋长能够坚持十多天，亦属不易了。"

管志昌气急败坏："张专员的意思我能明白。可人员、枪械损失如此巨大，我不是怕自己没法跟牟军长交差，而是怕武队长和周参谋长交不了差啊！"

张专员对云泰大队有些嫉妒、戒备，但也希望借助于武善彧而加深与五十一军的联系。他老成持重地解释道："管主任，第四大队之所以能成气候，明里仰仗牟军长的扶持，实际上全赖管主任一手提携。如今遭遇不测之灾，实在令人痛心。可管主任若能多多周旋，尽力让第四大队东山再起，不仅牟军长那边会对您刮目相看，武队长和周参谋长自然也对您的功德没齿不忘。"

武善彧赶忙借机讨好："张专员所言句句都是我们的心里话。武某恳请管主任不忘旧情，解救我们于危难之中。日后若能为管主任效力，武某甘愿鞍前马后，不惜全力。"

管志昌很清楚，云泰大队的成败其实也关乎自己的前途命运，他不能不考虑武善彧跟牟中珩的关系。只是，他闭着眼睛都能明白，武善彧他们今日的灭顶之灾跟他们热衷推行"乡政"脱不了干系。而牟中珩对云泰大队与沈鸿烈走得过近早就颇有怨气。管志昌借此发落道："武队长言重了。咱们之间的交情并非三天两日，本无需剖白。可管某有句话不能不说：你们之所以吃了八路军这么大的亏，恐怕与用力推行'乡政'关系甚大吧？"

周公潇早有提防，赶忙做出委屈的模样："管主任，彻底清剿共党，可是牟军长和沈主席共同的指示。我们也是遵从指令而为啊。"

管志昌冷笑说："可是牟军长交代过，一定要保存好第四大队的实力。而且，牟军长从未允许破坏抗日，也从未命令你们倾力推行'乡政'啊。"

武善彧和周公潇意在从牟中珩和沈鸿烈两面讨巧，本就是难以遮人耳目的把戏。如今被管志昌当面揭穿，两人不不禁面红耳赤。

实际上，沈鸿烈和牟中珩之间早已产生裂隙。沈鸿烈主政山东，正着手对原来韩复榘的部下打压、收买，不料牟中珩到来后即按照于学忠的命令对他们相继整编，让沈鸿烈有苦说不出。在国共联手抗日上，牟中珩常常与八路军互通情报，多次共同作战。而沈鸿烈则表面上支持，暗地里坚决反共。日军第一次"扫荡"结束后，共产党组建抗日民主政府。沈鸿烈强烈主张予以坚决消灭。牟中珩则认为当前的主要事务是抗日，对"乡政"毫不热心。对于这一切，武善彧和周公潇只能私下揣测且不得要领，张专员却是十分清楚。事实上，张专员也是沈鸿烈准备收拾整理的对象之一。正因如此，他没有急于带着武善彧和周公潇向沈鸿烈汇报，而是首先投奔了一一四师。

张专员见管志昌没给武善彧和周公潇留情面，赶忙干咳着替他们解围："管主任，我们地方部队也有自己的难处。牟军长和沈主席同是苏鲁战区副总司令，听命抗日是我等分内之事；沈主席又是省政府主席，听命推行'乡政'，我等也是不得已而为之。一个媳妇儿俩婆婆，想必管主任能够体谅这其中的苦楚。哦，张某听说管主任紫气东来，就要到军部任职？"

刚刚的机密就被获知，而且在这个节骨眼上给抖搂出来，管志昌暗叹张专员处世老到，多云转晴说："张专员消息灵通啊。不瞒你们说，管某的确不日就要到军部任职了。"

张专员既像长者，又像同谊，谈吐诚挚亲近："管主任荣升高就实在是可喜可贺。这样一来，我们这些地方部队就更要仰仗管主任的支持了。"

云泰大队被打了个稀巴烂，管志昌却青云直上，武善彧和周公潇心下很不是滋味。可他们跟管志昌本不是相与比照之人，眼下也还亟须借管志昌之手将自己拉出深渊，两人急忙拱手相贺。

武善彧瞅瞅周公潇，面露惭愧之意："我们危难之中脱身，没有贺礼相送，今就极尽所有向管主任表示祝贺。日后必定补办酒席，请管主任一醉方休。"

周公潇赶忙从怀中掏出一个装有银票的皮包双手呈上："请管主任笑纳。"

管志昌潇洒地摆手拒绝："算啦。咱们兄弟情义日久天长，非三天两日之短浅。如今你们正当落难之际，还是把好钢用在刀刃上，留着置办枪弹、招兵买马吧。"

武善彧和周公潇极力谦让，见管志昌拒绝不受，便见好就收，连声感谢。

训斥归训斥，问题还要妥善处理。管志昌建议让武善彧和周公潇暂且随部驻扎，他即刻动身前往军部，把第四大队的情况向牟军长报告，有什么消息再及时告知他们。

然而，管志昌的回信给了武善彧当头一棒。闻听云泰大队近乎全军覆没，牟中珩勃然大怒，以武善彧与八路军发生冲突、破坏抗日为由，指令收回“苏鲁战区沂蒙区第四大队”番号，同时命令一一四师停止向其提供枪械、弹药支持。好在管志昌答应私下里继续提供帮助，并允诺会找合适的机会消除双方的误解，这让武善彧心里略有宽慰。

隔日，前往枰柳庄打探消息的两个人回报说日军大部队撤走，日军小分队暂时在枰柳庄驻扎。为了保住家业，也为了加深与日军的联系，武善彧和周公潇反复磋商后秘密返回老家，邀请日军长期驻扎枰柳庄。日军考虑到枰柳庄围子易守难攻且处在交通要道，也不必为粮草储备担忧，便欣然将队伍移驻过去。武善彧返回，带队前往距离枰柳庄三十里地的泰沂、云蒙边界驻扎，召集逃散人员，整编新的云泰大队。周公潇则马不停蹄，悄悄前往省政府汇报。

沈鸿烈听说，云泰大队在八路军的包围进攻中竟能顽强抵抗十多天，当即褒扬说实属壮烈之举，重新命名“云泰大队”，任命武善彧和周公潇继续担任队长和参谋长，同时拨给棉衣和军饷经费五千元。

邀请日军移住枰柳庄解除了遭受八路军围攻的后顾之忧，沈鸿烈的直接支持和一一四师的暗中帮助输送了源泉活水，云泰大队迅即东山再起。不到两个月的时间，队伍重新扩展到近二百人。武善彧和周公潇对付八路军和游击队的手腕变本加厉，对共产党和追随者的搜捕无孔不入，再次牢固控制了广大地盘。

阳光漫过树梢铺洒下来，驱赶掉初冬清早残存的寒气。陶竑春伺候竑生吃过早饭，缝补过擦破的鞋面，正在巷口推着石碾碾玉米。王货郎摇着拨浪鼓，挑着担子快步走过来。看王货郎急匆匆的脚步，陶竑春心里立刻开始“扑通扑通”地蹦跳。

陶竑春停住脚步，颤声问道:“老王叔，有花线吗？”

“有，今天十多样颜色呢。”王货郎到陶竑春跟前放下担子，暗暗打量着四下无人，赶紧从怀里掏出个小纸卷递过去，“紧急情报，今晚上后半夜，云泰大队与国民党顽固派联合围攻区公所。天黑之前把这个情报送过去。”

“可他们在哪里？”

“龙泉湾村。天黑前必须送到。”

陶竑春急忙将玉米扫下碾盘，端着簸箕回家。梁大娘怕儿媳伤了身孕，收拾好家务正要去碾上，望见簸箕里都是囫囵半片的玉米，疑惑地问怎么回事儿。陶竑春让梁大娘去和面，帮着蒸几个包子，自己抓起菜刀跑到屋里切了块牛肉，放到菜板上剁起来。

梁大爷暂且看不到和平的到来，决定按照儿子梁春竑当初说的“日后再置备”，把剩下的两头牛处理掉。昨天才去大集上杀掉一头，今儿大早赶着最后一头去了另个大集。陶竑春很清楚，去龙泉湾送信会是个异常艰难的差事，需要巧妙的安排。梁大爷昨天从大集上带回来的牛肉正好可以派上用场。

梁大娘察觉儿媳妇儿动作怪异，问是不是出了什么事儿。陶竑春笑笑说刚刚知道竑生他爹现在哪里，想送包子给他们尝尝。梁大娘立刻眉开眼笑，问远不远。陶竑春说不远，顶多四五里路。

陶竑春说四五里路，实际近二十里地，全是翻山越岭的山间小道。原来八路军的防区被国民党一一四师的六八〇团控制，村里村外到处都有千方百计搜寻共产党踪迹的便衣汉奸。这些汉奸大多是本地村街市井的混混，刁钻而又毒辣，比日军和国民党队伍更难对付。

太阳升到头顶时出村，直到太阳偏西一大块儿，陶竑春艰难闯过了五道关口，终于爬上了龙泉湾村东南方向的山梁。站在山梁上往下看，那龙泉湾村四面环山，只有一条弯曲的小道与外界相通，活像瓜秧尽头处结下的一个小瓜。这里高山环抱，林木茂密，又远离外界，国民党和汉奸队伍很难下决心到这么偏僻的地方来搜捕。但这鸟窝里生蛋一样的地方也有个坏处，一旦被敌人探知消息，四下里悄悄合围，想逃也难。她心想：这个梁春竑，这么不动脑子，竟然钻到极易成为死棋的山旮旯里头！

山风倏地吹过，陶竑春禁不住打了个寒战。她这才发觉夹袄被一路的汗水打湿，脚脖子也很有些酸疼。反正就要到了，歇歇脚再走吧。她放下篮子，两手轻揉肚子，舒了口气，坐在路边的石头上，脱下鞋子往外倒着碎石粒儿。

陶竑春只顾匆忙赶路，爬上山梁后又自顾瞭望龙泉湾村方向，没有注意到不远处的柿子树干上卧伏着两个黑衣人。这两人本来坐在树上哨望，远远地发现陶竑春的脚步沉重却匆忙，不像是平常的农家妇女，便壁虎一样贴在粗黑的树干分叉处，紧着眼睛窥视。当陶竑春警戒地对着龙泉湾村瞭望，态度坚决的那个黑衣人慢慢锁起了眉头。

两人“嗖”地跳到地上，恶声喊道：“喂，干什么的？”

陶竑春冷不防吓得一个哆嗦。转身望过去，两个人正持枪逼近跟前。

身后突然冒出两个大活人，而且来者不善。陶竑春慌忙穿上鞋，站起身说：“啊呀，吓死俺了。两个大兄弟在这里做什么呢？”

满是怀疑的黑衣人一脸横肉，拿土制手枪指着陶竑春：“要你管啊？你上哪儿去？”

小路在山脚崖壁下分了叉，一条奔向正西直达龙泉湾，另一条折向西北通往另个山村桑树峪。陶竑春挎紧篮子：“去桑树峪呢。姨家表妹要出嫁，俺去送添箱，顺便帮着置办嫁妆。”

“往回走吧。你不能去。”

“怎么就不能去？人家捎信让今天过来。大家子人都等着俺呢。”

“不能去就是不能去。再磨叽，篮子也给你撂了！”

前边关口的汉奸都是上下盘问便放行，这两个汉奸却直接让她返回。陶竑春红了眼圈：“大兄弟，你这不是欺负人吗？你知道俺从哪里来吧？”

汉奸便衣气势汹汹：“我管你从哪里来！回不回？”

“俺一大早就拖着身子从坪上村往这边走，脚都起了泡。这就到家门口了，凭什么你一句话就让俺回去？”

“坪上村？都什么时候了才到这儿？”

“俺还要问你呢！要不是一路上被七盘八问，俺早都在亲戚家吃上午饭了呢，哪能到这个时候还进不了村？”

另一个汉奸走近前去，掀开盖在篮子上的包袱：“送添箱，怎么还有这么多蒸包？”

只要开始盘查就有通过的希望。陶竑春暗暗欣喜：“昨天村里杀的牛。这边一大堆亲戚，蒸包子一块儿尝尝。”

“你说路上七盘八问？”

“从早晨到这儿，俺被五帮子人拦住盘问。有的问俺是不是汉奸，有的问俺是不是八路。你说俺一个妇道人家，汉奸、八路的关俺什么事儿？俺不就是走个亲戚吗？”

这个汉奸抓起两个包子，对同伙说：“算啦，让她过去吧。”

同伙死死地盯着陶竑春：“小嘴儿叭叭地，没几个良民。仔细搜搜。”

陶竑春委屈地拿掉盖篮子的包袱：“大兄弟，俺就带了一对枕头和这些牛肉包子。俺这一路上都让人搜了五遍了。”

汉奸拔出刀子，将两个枕头“刺啦”划开，把枕头里边的麦秸秆翻了出来。

陶竑春大声惊叫："啊呀，大兄弟，你这算哪一出？这可是俺送的嫁妆啊！"

汉奸把刀"噌"地贴在陶竑春的脖子上："想蒙混老子？说！你到底是干什么的？"

陶竑春惶恐地挣扎着："你这个人咋这么凶？划了俺的枕头，还对人动刀子！俺走个亲戚碍你什么事了？对你自己的姐姐妹妹也这样吗？"

汉奸的刀子用力压着陶竑春的脖子："咋呼什么？你到底是干什么的？再不说实话，我割断你的喉咙。"

陶竑春近乎本能地嘶声回道："俺就是走亲戚的！就是杀了俺，俺也是走亲戚的。老天爷头顶上看着呢！"

另一个汉奸两个包子已经下肚："我说兄弟，一路上都被盘查了好几回，看样子也不像是说假话。让她走吧，反正也不是去龙泉湾。"

汉奸收起刀子，狼一样盯着陶竑春："包子留下。你走吧。"

陶竑春抓起划破的枕头不依不饶："你们这是怎么说？啊？大老爷们儿还讲不讲理……"

汉奸面目狰狞地瞪着她："走不走？再不走就从哪儿来再回哪儿去！"

陶竑春擦擦眼泪，整理着衣襟，委屈地下了山梁。

动刀子的汉奸吃着包子，断定陶竑春确实向着桑树峪村走去，这才转过身对同伙儿说："他奶奶的，这包子凉透了，却还是喷喷香。走，到山梁那边看看。"

陶竑春顺着小路走到悬崖下，向着桑树峪的方向走了半里路，佯装坐到路边紧裹脚。她想辨认山梁上两个汉奸的监视，却没搜寻到他们的影子，柿子树上也没发现异常。陶竑春立刻掉转方向，踮着小脚奔向正西的龙泉湾村。

两个游击队员正持枪在村边巡逻，望见陶竑春拖着笨重的身子夺命似的奔过来，立即拦住盘查。陶竑春一屁股跌坐到路边的草堆上，勉强稳住呼吸，说她是盘龙村的，来找丈夫梁春竑。很快，李开林和小五跑过来，扶着她进了村子。

梁春竑接过陶竑春从发髻里取出的纸卷，瞟了一眼后责怪道："这个王先生也太多事，何苦弄个字条儿让你跑这么远的路？不就一头牛嘛，多大点事儿！我们游击中队是有组织、有纪律的队伍，怎么可能为了一头牛就随便回去跟日军作战？我是区长不错，可我这个区长不是给自家当的。你回去跟咱爹说，甭让他听王先生瞎叨叨。"

陶竑春被丈夫一顿数落蒙了。刹那间，她便摸清了丈夫的心思："爹起初也没这么想，后来禁不住王先生使劲儿撺掇，才让俺来了。这一路上到处有汉奸，到处有人盘查，害得俺担惊受怕地跑了一整天，脚都抽了筋。”

梁春竑知道媳妇儿一天都空着肚子，而她又怀有身孕，不禁一阵心疼：“你怎么也没心没肺的？再遇到这种事儿，你也该劝劝爹的。这天说黑就黑，我们也不能派人送你。我让人给你弄点儿吃的。你歇一歇，喝碗水，赶紧回吧。”

陶竑春抬手拢拢头发，遮挡着干裂的嘴唇：“不用了，那会儿刚吃了呢。给你们蒸了一锅牛肉包子，半道儿上都被汉奸畜生给抢走了。善志、开林，家里都好，你们尽管放心。俺回去了。”

李开林从没见过梁春竑如此没有人情味儿，赤红着脸就要开口。梁春竑威严地瞪着他：“你负责把她送出村子，其他人各就其位。武队长，一会儿召集区公所所有人员和游击中队领导骨干开会学习。”

武善志自始至终一言未发，却凭直觉判定发生了重大事情。他走出几步后又折身扳过李开林的肩，悄声说：“给嫂子带上煎饼咸菜。还要从村里找个可靠的人，一直把嫂子送到家。”

李开林“嘿嘿”一笑：“这个还要你说？”

区公所和游击队今晚在龙泉湾过夜，或许还要在这儿停留三天。这是昨天才确定的计划，国民党一一四师六八〇团和云泰大队又是怎么得到消息的呢？情报一大早就发出来，这说明区公所刚作出决定便泄了密。梁春竑第一次遇到这类情况，精神陡然紧张。他悄声跟武善志说：“国民党顽固派六八〇团派出两个连，武善彧他们派出两个中队，要在今晚半夜时分包围龙泉湾。今晚我们要提早开饭，天一黑就往北边转移。”

武善志提醒道：“梁队长，你不可以在会上查找泄密的人。”

梁春竑努力镇静着：“我知道。开会是假，封闭消息是真。知道计划的不过我们五个人，留意一下谁有泄密的嫌疑。”

区公所和游击中队领导骨干关门学习，村里两家院落也几乎同时升起了袅袅炊烟。

简短的学习讨论过后，梁春竑宣布道：“同志们，我猛然记起一件事情。上次咱们攻打枰柳庄围子时，我跟周主任谈论过周边的地形。他说龙泉湾这个地方很不适合停驻过夜。今晚咱们提前开饭，饭后马上带队转移。”

面对众人的惊讶，梁春竑继续说：“咱们在场的每个人都是云崖区和游击中队的顶梁柱，也都是有骨气的热血儿郎。咱们当中有一个挺不正、站不直，云崖区和游击中队就会垮塌，至少会垮塌一面墙。而一旦出现垮塌，就会有流血牺牲，就会危及咱们苦苦追求的正义事业。在这生死攸关的特殊时期，我们每个人都不允许犯错误。果真犯了错误就要勇于承认并立即改正，争取组织和同志们的宽大处理。下面，请在场的每个人都开始自我反省，这两天之内有没有违反纪律、犯过严重错误？”

梁春竑的讲话语调平实，却句句隐藏锋芒，让在场的每个人遽然增添了不安和迷惘，甚至让人不知所措。武善志决定率先打破这压抑沉闷的气氛，便起身走出屋子。

晚饭送过来。依然是米面糊糊、窝头、咸菜，屋里的几个人却没了往常大快朵颐的气氛。

一直像木头一样端坐不动的李长生起身走到梁春竑跟前：“梁区长，我要跟你检讨。”

众人的目光齐刷刷地落到李长生身上。

梁春竑心中“咯噔”一沉，转身走出屋子。

李长生跟着梁春竑走到墙角，流着泪说道：“梁区长，咱们停驻龙泉湾的消息可能是我走漏的。”

梁春竑一直在密切地观察着、反复排查着，后来已经注意到李长生的情绪异常：“说说，怎么回事儿。”

李长生此刻的心情糟透了：“梁区长，你还记得我跟你说过我的表兄王大杆子吗？自从知道我到区上工作后，他就几次通过我爹娘找我，要跟咱们建立联系。我知道他太过精明，不可靠，便一直没有答应他。就在咱们转移之前，我的这位表兄找到我，言辞恳切地要带几个人参加咱们的游击中队，并信誓旦旦地说他知道云泰大队的不少情况。因为立功心切，也想考察一下他的诚意，我就跟他说，如果这两天能弄到云泰大队的确切情报，就到龙泉湾找我。假如别的同志们没出问题，麻烦一定出在我跟王大杆子身上。”

梁春竑判定李长生的检讨没有伪饰的成分，重重地扶着他的肩膀：“李长生同志，你能认识到自身的不严谨并及时跟组织汇报，这很重要。好在我们事先得到情报，区公所和游击中队避免了遭受严重损失。你也要吃一堑，长一智，尽快成熟起来。就像入党一样，我们的行动和消息上不能告诉爹娘，下不能告诉妻子儿女。至于立功心切，这是我们做事的大忌，要切切戒之。”

李长生所说的王大杆了是他的姨表兄。这人头脑灵活，处事圆滑，历来跟黑白两道都有交往。正因为他的八面玲珑和锱铢必较，李长生对他与八路军游击队建立联系的请求一再坚辞。区公所转移前，王大杆子费尽周折找到他，掏心掏肺地游说他，拿拳头捶打着胸口发誓，说要带着见面礼参加梁春竑的游击中队。李长生突然很希望从表兄那儿得到有关武善彧那边的确切消息，哪怕能给云泰大队一次致命打击，从而改变区公所和游击中队的艰难境地。他一时头脑发热，冒险跟王大杆子订立了单独联系方式。万万没有想到，为了银洋，王大杆子不吝表弟的生命和前程，立刻转身将消息报告给了武善彧。也该王大杆子命运不济，梁春竑他们凭借情报躲过了一劫。扑空的六八〇团将所有怒气全部发泄到武善彧和周公潇身上，武善彧和周公潇便将恨怒成倍地施加于王大杆子身上。王大杆子被打得皮开肉绽，喊爹叫娘。周公潇要一枪崩了他，武善彧拦挡下，让他将功赎罪，并将其家人性命押注其中。本想当个掮客的王大杆子没了退路，只能在漂着油水的残羹冷炙和不时扔到跟前的一两块骨头面前，彻头彻尾地做起了云泰大队的忠实走狗。

第二十四章

1939年入冬后，沂蒙山区公路沿线的日本驻军逐渐收缩防线，国民党五十一军的六八〇团趁机将防区向南推进。国民党区乡公所、省特派员办事处、地主武装的大部队和大刀会等鱼龙混杂的各种组织纷纷跟进。云泰大队四处设岗，昼查夜袭，抓捕共产党干部和进步群众。

进入腊月，被迫转移到南部望仙院的梁春竑带领游击中队，配合坚持反"扫荡"的八路军和驻在此地的国民党泰沂县政府，在共同反击二百多名日伪军的战斗中取得了重大胜利。休整的时候，梁春竑遇到了当地小有名气的青年救国团团员张在周。张在周说他昨天下午从大王庄那边过来，现在的云崖区简直暗无天日、鸡犬不宁。恰逢近期云崖区要组织一批人员宣誓入党，梁春竑跟新任区委书记商量，第二天返回家里取回党旗，顺路摸查当前云崖区的情况。

从望仙院到盘龙村，四十多里地的路程被层层山峦隔断，两地全凭山谷中一条曲折狭窄的山路连接。而沿山路的每个谷口、村庄都有日军或者国民党武装派兵把守，梁春竑只能翻山越岭，在丛林荆棘的掩护中穿行。早饭过后，原本灿烂的霞光渐渐暗淡、消失，空气中湿气渐浓。这种没有阳光的暖意预示着天气即将大变，也给原本一派肃杀的山川原野覆盖了一层迷蒙混沌的安全颜色，让梁春竑可以从容地在林海山峦中跳跃前行。

暮色笼罩的时候，梁春竑安全越过了泰石公路。由于八路军和抗日民主政府南撤，这里变成了国民党部队和日军两方对垒的地盘。日军惯于驻守在为数不多的据点，只在确定袭击目标后勾结联动。国民党驻军除了应对日军，还要搜捕共产党和抗日军政干部，行动相对活跃。而国民党地方武装既要倾尽全力绞杀共产党及其追随者，还要浑水摸鱼地强占豪夺，成了最为猖狂的害群之马。

梁春竑绕过盘龙村，又翻过两座山，来到了陶竑春的娘家。陶竑春的娘家寨顶村，山势更为陡峭、位置更为偏僻，敌人轻易不愿前往。遇到最难处时到这里躲避是梁春竑和媳妇儿的约定。

陶竑春娘家的院落坐落在高高的崖坡上。因为低矮的院墙挡不住院外的视线，白日里行人在路上就可以把屋里的状况一览无余。家里没有灯光，也没有任何声响。许是都早早歇息了？梁春竑没法打开院门，便翻过矮墙，径直走到东侧房前，在窗棂子上轻轻敲打了两下，低声呼唤陶竑春的名字。

陶竑春此刻正蹲在床上，手握镰刀，警戒地扫视着门窗。当梁春竑翻墙进到院中时，陶竑春本能地预感到有一种压力迫近，迅疾抓过藏在床头的镰刀，在黑暗中极力睁大眼睛，随时准备对不速之客致命一击。当辨出丈夫的声音，她立刻放松紧绷的神经，挪下床，趿拉着棉鞋，腆着肚子轻轻打开屋门。

梁春竑裹挟着一阵寒风而入。他强壮的臂膀将妻子轻柔地拢到胸前，粗短的胡子茬跟冰凉的下颌一同覆压到她温润的脖颈上。

陶竑春短暂感受一下熟悉的气息，马上从怀中挣脱出来，反身将门关上：“你怎么这个时候回来了？”

梁春竑揉搓着僵冷的手，摸索着坐到床沿上：“回来拿东西，顺便了解这边的最新情况。”

陶竑春声音很伤悲：“最近情况糟透了。六八〇团开过来，汉奸反了天，旮旮旯旯里的小毛贼都上房揭瓦了。这些汉奸已经不是人了，就是疯狗，就是野兽，就是那活阎王。你知道马头峪的张洵死得多么惨吗？”

年近五十的张洵是马头峪二三十年的老庄长，也是共产党组织在泰沂云崖区坚定的堡垒依靠之一。梁春竑脸色大变：“老庄长牺牲了？”

陶竑春战栗着：“牺牲啦！听说新来的县长格外心黑手辣。他们和五十一军中的顽固派相互勾结，以暗通八路的罪名将张洵抓去，押到王家庄往死里折磨，逼他交出保存的枪支。这些野兽们给老庄长灌辣椒水、坐老虎凳、拿子弹撬肋骨。十一天的时间里，老庄长一天几个生死轮回，但他始终没向野兽们透露半个字。可怜一个为兄弟爷们儿做了一辈子好事的张洵就这样被他们折腾成一堆散了架的尸骨，最后被开枪打死。”

听着妻子的述说，回忆着跟张洵交往的偌多细节，梁春竑的心都要碎了：“可怜的张洵大哥！等着吧，我们一定要这些禽兽不如的东西偿还血债！”

“眼下日本鬼子好防，国民党的队伍也好防，最难防的就是云泰大队这样的汉奸混混。凡被这些野兽们抓去的人没有一个能够完整地回来，除非也变成野兽。这些汉奸混混走到哪里，干部和党员家属就闻风赶早躲避。家已经不是家啦。”

“善有善报，恶有恶报。他们猖狂一时，却不能猖狂一世，很快就要遭天谴的。竑生他娘，孩子呢？”

“在堂屋跟他姥娘一块儿睡呢。”

梁春竑有些淡淡的失落，随即又泛起对父母的担忧：“你们躲过来，咱娘和爹住哪里了？”

陶竑春宽慰道：“你放心。只要我走了，对付那些狗汉奸，咱爹有的是办法。对了，咱爹的卖牛钱都转交给部队了吧？”

“怎么？连我都不放心？”

“不是不放心。总共四头牛的钱，爹一块银洋都没留。我琢磨不透咱爹的心胸到底有多豁达、多敞亮呢！”

“是啊，咱爹嘴里不说，可眼光看得比咱还要长远呢！哦，还告诉你个好消息，泰沂县抗日民主政府正在筹备之中。我们革命的火种正在形成团团火焰，不久的将来就会烧成燎原之势。”

陶竑春不解：“我们不是已经成立抗日民主政府了吗？”

梁春竑解释说：“我们已经成立的是区、乡抗日民主政府，正在筹备组织的是县抗日民主政府。到时候把国民党的反动县长直接罢免，彻底打消反动势力的嚣张气焰。”

“这样好！少一个靠山，那些汉奸队伍就没有胆量继续横行乡里、把咱们这里搅得暗无天日了。”

“所以我说‘他们很快就要遭天谴的’。”

“他们多猖狂一天，咱们就要遭受数不尽的苦难。这个天谴还是越快越好。”陶竑春突然想起了丈夫说回来拿东西，“你回来是不是要拿党旗？趁着夜里安全，我这就回家去取回来。”

梁春竑赶忙站起身：“你老老实实在这里待着。告诉我隐藏地方，我回去取。”

陶竑春嗔怪道："你去取？你能找得到那就怪了！一开始藏在屋顶的檩木下，万一他们烧了房子怎么办？不行，埋到地里吧。可万一霉烂了怎么办？还是不行。干脆，藏到庄外的地堰里。他们就是十个脑袋也想不到。"

"地堰里？不怕老鼠咬，也怕霉烂啊！"

"我用油毡纸包裹着、用木匣装着、用干土埋着、用石板隔着。老鼠咬不到，也霉不了。他爹，党旗藏在哪个地方你找不到，汉奸都埋伏在哪里你也不知道，只有我熟门熟路的。你就好好睡一觉，行不？"

"黑天深夜的，又要翻山越岭，你身上也不方便。这样吧，我和你一块儿去。"

"你就放心吧。成日来来回回，一路上哪个地方长了棵树、哪个地方多了块石头，都刻在脑子里，山路也像是平地，黑夜也像是白天。再说，山里哪个女人不挺着大肚子里里外外地操劳？就我娇气了！听话，你就在家好好睡一觉。"

陶竑春先去堂屋里给梁春竑端过几个煎饼和一块腌菜疙瘩，让他吃饭。然后缠绑好裤脚，抓过那把长柄镰刀，稳稳地出了院子。

梁春竑黑暗中摸索着拿起煎饼，再寻找咸菜时却摸到了一个煮鸡蛋。梁春竑心中涌起了热浪：曾经以为娇弱的妻子能帮他生儿育女、照顾老人就足以让他欣慰，哪里想到在抗日对敌中她也巾帼不让须眉；曾经以为只要拥有饱满的激情、只要不畏艰辛就可以干好革命工作，哪里想到牺牲生命、奉献所有还远远不够，作为革命者的亲人也必须时刻准备着奉献他们的一切。梁春竑不自觉又想到了另一个让他时常感到棘手的难题：抗日的同时还要应对国民党反共势力的进攻和汉奸队伍的残酷破坏，这本已让人恼火。然而，队伍不时又接到命令，要求与这些反动势力展开合作，这样要做通游击队员的思想工作需要耗费相当大的精力。这么长时间，他逐渐弄懂了联合抗日是一个曲折而又艰难的长期过程。每逢组织活动转入地下或者游击队伍被迫转移到外围，每逢想到家人的担惊受怕、颠沛流离，梁春竑难免暗感五味杂陈。而每当此时，有个清晰的信念总会及时地跳出来：坚决按照上级的指示走，坚决跟着共产党和八路军走。很快，就好像处理完毕一件及其棘手的案宗，梁春竑的疑虑和疲惫一扫而光。他没舍得吃鸡蛋，就着咸菜吃了两个煎饼，靠窗口拥着被子，慢慢进入了梦乡。

不知过了多久，梁春竑被屋墙上浅浅的碰撞声警醒。他小心辨听着外边的动静，谨慎地扒开挡住窗棂子柴草的一角，却发现院子里变得白花花的发亮。他穿鞋下床，轻轻推开一条门缝儿。

大地已被厚厚的白雪覆盖，天空中稠密的雪花依然赶着脚地洒落。忽而旋过一阵北风，挂在屋檐下的葫芦瓢便随风摇晃，碰撞到石墙后发出磕磕巴巴的声响。

一簇雪花被冷风吹进他的脖子，鹅毛般的柔和瞬间变为冰水的寒凉。梁春竑牵挂起妻子。他摸起一根木棍，蹑手蹑脚地出了院子，拔腿跑向通往盘龙的山路上。

漫天飞舞的大雪将山村完全笼罩在苍茫之间，时而温顺时而狂野的寒风不仅搅乱着柔和细腻的雪落之音，也驱走了山村冬夜的静谧寂寥。雪花退去了一半的夜色，却遮蔽了道路的踪迹。梁春竑只能凭借记忆辨识着方向，高抬脚试探着向前疾行。等跑出村子，来到空旷地界，他便不时低声向前方呼喊着“竑生他娘”，警戒地搜寻着路边的角角落落。当行走到陡坡沟堑处，更驻足四周环顾，前后好几番审视。此刻，梁春竑的胸膛似乎被掏空了，取而代之的是让他喘不过气的鼓胀的一团。于他而言，陶竑春现在就是他的依靠，就是他的生命。找不到陶竑春，他就像无可依附的孩子，就是一个落单的孤魂。

前面是个断崖，崎岖的羊肠小道就开凿在这陡峭的崖壁上。恰在此刻，陶竑春熟悉的声音从崖壁下方的雪地里传来。

媳妇儿坠落山崖了？梁春竑只觉“轰”的一声，头立刻大了。他循着妻子的喊声，跳跃着奔下陡坡，跨过厚雪覆盖的乱石草丛，向着前方蠕动的目标奔去。还有几步远的时候，他猛然向前跃出，几乎滚落到妻子跟前。

陶竑春挣扎着直起腰，喘息着：“他爹，党旗我取回来了。”

梁春竑紧张地揽住妻子：“竑生他娘，你没事吧？你不会从陡崖上摔下来的吧？”

陶竑春宽慰说：“我有那么笨吗？这么大的雪，谁还敢走那小路？我从西边平地里转过来的。”

梁春竑松口气，自责说：“我不该在家睡觉，应该跟你一块儿来的。来，把党旗给我，咱们回家。”

梁春竑收好党旗，搀着妻子刚迈出半步，身后“啪啪”两声枪响。就在本能地将妻子按倒在地的刹那，小腿一阵剧痛。梁春竑失声倒地，悄声指令妻子趴下勿动，目光极力搜寻着对方目标，右手已经将短枪握在手中。

不足百米之外，两个端着枪的黑影搜索过来，嘴里咧咧歪歪叫骂、恐吓着。

梁春竑借着雪光的映衬，冷静判断着越来越近的目标。当对方行进到很难逃出他的点射范围，他迅捷地连发两枪。眼瞅着两个黑影登时倒地。梁春竑继续卧伏，极力扫视着倒地黑影的后方，确信安全后才机敏地跨到尸体跟前。他断定两人已经被击毙，便背起两杆长枪，回身搀着陶竑春快步撤退。

陶竑春听到了丈夫刚才的失声，扔掉手里的镰刀，焦急地抓住他的胳膊："他爹，你伤到哪儿啦？"

梁春竑顾不得小腿上的疼痛："哪有伤啊？我佯装的，骗他们。"

陶竑春发现他们走的并不是来时的路："他爹，咱这是往哪儿走啊？"

梁春竑揽住陶竑春，几乎要把她抱起来："从山下小河里走一段，不要留下脚印。"

两人跌跌撞撞地走出半里地，梁春竑却突然松开陶竑春，回转身又是两枪。陶竑春吃惊地看过去，隐约瞧见有个黑影连滚带爬地在雪野中没命逃窜。

逃走的黑影正是给云泰大队当了走狗的王大杆子。

王大杆子是个中等模样、中等身材的三十岁男人，凹陷有神的眼睛和善于迎合的举止透露着他过人的精明和满腹的心计。上次从表弟李长生那儿弄到梁春竑他们驻扎龙泉湾的消息，未料偷鸡不着蚀把米，差点儿把性命丢在云泰大队的手里。他拖着被打烂的身体，巧动着三寸簧舌，连哄带骗地给武善彧笼络了几个新兵，后又及时地为大队打探了些有用的消息，渐渐博取了武善彧和周公潇的信任。前些日子，他好不容易掌握了马头峪的张洵通共的些许证据，却被当地的国民党驻军抢了先，眼睁睁地看着就要到手的银洋跑到别人口袋里。想钱想红了眼的王大杆子不放过任何可以利用的机会和任何可以利用的人，今晚带着一包花生米和一坛子烧酒游荡到黄崖坡的石屋，却也把两个哨兵送上了不归之路。

黄崖坡距离陶竑春的娘家寨顶村五里路。这坡上的石屋原本是看山护坡人的暂栖地，后被国民党地方武装长枪队踞为盘查瞭望的哨岗。王大杆子琢磨着，既然沿路的村庄大都驻扎了各色队伍，共产党的人只能往偏僻的山里躲藏，这黄崖坡上的石屋指定是下套捕捉猎物的好地方。他已盯了这边好些日子，今晚过来，表面上是跟两个士兵划拳猜令，实则是寻找机会探听消息。玩到子夜时分，王大杆子跟一个士兵出门小解，另一个士兵说要去拉泡屎，提着裤子去了屋后。

陶竑春深一脚浅一脚地从婆家返回，正好经过石屋。都这个时辰了，屋子里依然透出微弱的灯光，也隐约传出粗鄙的狂笑。陶竑春只好跟来时那样，绕道高处，侦察躲避着前行。正在蹒跚着爬坡，忽然听见身后有人说话，她便赶忙趴在原地不动。听到木门关上、身后也没了动静，才又试探着爬起来，手脚并用地继续前行。

那大便的士兵擦了屁股，起身提裤子时发现了山坡雪野里陶竑春的身影，伸长脖子仔细盯了下，头皮“啪啪”地开了炸：俺的娘！这是什么野兽！

同伴看他脸色蜡黄，不像是恶作剧，顿时也汗毛倒竖：“什么大野物？狼吗？”

士兵颤抖着：“肯定不是狼。我从没见到过这般圆墩厚实的野兽。咱这边没有熊瞎子吧？”

王大杆子脑筋一转，暗生惊喜：“什么野兽，不会是人吧？雪地陡坡，不爬着走怎么走？”

士兵对天发誓：“绝对不是人！谁会在这深更半夜的到这荒山野岭上来？就算情不得已出门，也该顺路走，何苦爬那高坡？”

王大杆子断定发现了金元宝：“夜半三更，下着大雪，任谁都要奔着光亮、找到石头屋子里来取暖避寒。可这人躲着咱们，自然大有蹊跷。走，咱们赶紧去看看。咱们有枪，就算野物又怕什么？”

两个士兵抱着枪，王大杆子摸了根木棍，出门奔向黑影出现的地方，看到了一行像手又像爪的毫无规律可循的尖圆形的脚印。

王大杆子也禁不住心里打鼓，头皮阵阵发凉。他划着火柴仔细打量，自言自语道：“不会是小脚女人从这里经过吧？”

两个士兵连声反对：“小脚女人？这夜半三更、扬风掉雪的，一个小脚女人上这荒山野岭做什么？王大哥，亏你想得出。”

王大杆子头脑越来越清亮，心情也越来越兴奋：“咱们可能要撞大运了！两位兄弟，扛枪追上去。没猜错的话，今晚咱们要捕获大猎物。”

三个人循着脚印追过陡坡，果然隐约看得见前面摇摇晃晃走着个人，而且断定就是个小脚女人。雪夜的这个时辰，一个妇道人家出现在山野里，其中的文章必定非同平常。两个士兵大喜过望，就要跃起上前擒拿。狡猾的王大杆子却急忙按住两人，悄声嘱咐说，老鼠拉木锨——大头在后边。看这女人究竟到哪里去、跟谁接头。

三人跟踪着黑影翻过两处高坡，跨过崖下沟谷，终于听到前方传来了“竑生他娘，你在哪里”的轻声呼喊。

一个士兵顿时沮丧：“奶奶的，男人接老婆回家呢。”

王大杆子却异常兴奋：“哪个男人接老婆回家不是扯着嗓子喊？就听这偷偷摸摸的动静，准是接头的出场了呢。小心跟上！”

见前方两人抱到了一起，王大杆子三个人赶紧匍匐在地上，努力透过夜色观察动静，居然听见小脚女人说取回了党旗。

党旗？果然是共匪。王大杆子悄声指令两人瞄准对方的下半身开枪，先打伤，再捉活的。两个士兵的意识已经完全听命于王大杆子的操控，几乎同时扣动了扳机。然而，两人未料到阎王爷派来的小鬼不是去捉对面的人，而是把他们拴走了。

王大杆子自己没有枪，靠心计唆动并左右了两个士兵。梁春竑倒地后，他鼓动两人持枪逼近，自己却静静趴在雪地里观察动静。当看到对方手起枪落将两人收拾掉，而且奔着自己的方向搜索过来，两手空空的王大杆子本能地快速倒退，将身体滑入土洼，把头脸拱到雪中。很快，王大杆子的脑袋又变得异常清醒：对方有枪、有党旗，绝非一般的人物。纵使手里没枪，总能凭着一双大脚跟踪他们。哪成想不出半里地，梁春竑敏锐地感知到了他的尾随，差点儿要了他的命。王大杆子最终确信自己不是对手，拼尽全身力气，连滚带爬地逃往来时的方向。

就在国共摩擦激烈升级到白热化的时刻，共产党在云蒙、泰沂交界处组织召开民主参议会，宣布成立泰沂县抗日民主政府。紧随其后，国民党泰沂县保安团二营和三营宣布与东国民党政府彻底脱离关系，转而加入新组建的八路军山东纵队沂蒙支队。

国民党泰沂县新任县长刘守尘遭到严厉申诉。可他知道，要尽快摸清抗日民主政府的踪迹，并将其彻底铲除，就不得不依靠云泰大队。他亲自带着上司的训令去了大队队部。奈何他远没有前任的圆滑沉稳，也没有前任对地方武装的谨慎持重。他自恃身为一县之长可以调动辖区内一兵一卒、指挥辖区内一动一行，几次对云泰大队指手画脚，偶尔还颐指气使，出言莽撞，惹得武善彧跟周公潇对其极为反感，百般藐视。

刘守尘拿着上司转来的《大众日报》，咆哮着发泄心中怒火，却又不敢更加得罪云泰大队，反而被武善彧和周公潇看了大笑话。

送走刘守尘，畅快地幸灾乐祸之后，武善彧和周公潇又不得不自我反省和警戒。他们打杀并举、软硬兼施地推行"乡政"，本以为筑起了铜墙铁壁，哪料共产党竟然在他们的脚跟子底下成立民主政府，而且县保安大队都被策反过去。看刘守尘的笑话痛快、解气，可毕竟还要一个锅里摸勺子，他"赶在沈主席指令到来之前做几件漂亮事情"的主张中肯而必要。经过权衡，两人决定先不管什么参议会和民主政府，就盯着《大众日报》这一目标狠狠出手。

《大众日报》是中共山东分局的机关报，也是点亮山东抗日根据地的火炬。日军和国民党五十一军的反共势力先后多次派兵追踪围剿，一无所获。周公潇派出便衣，经过近半个月的打探盯梢，终于寻找到了报社在云头峪的踪迹，而且怀疑云头峪就是报社的固定工作地点。刘守尘得知消息，马上带领县保安大队赶往云泰大队。刘守尘狂傲，周公潇自负，两人几次顶撞后确定下合围云头峪的行动方案：县保安大队分别把住南面和东北方向的山口，云泰大队从西面路口进村并迅速包围村子。时间选定在八路军擅长利用的子夜之前。

两支武装天黑后集结队伍出发，完成包围时已经是亥时末尾。武善彧和周公潇带领队伍，沿着高低盘曲的峪中山路进到村前，意外发现村口有个明灭不定的微弱火光。

周公潇对武善彧耳语说："天这么晚了，又冷得很，还有人在村口抽烟袋。肯定是望风的探子。"

武善彧冷冷地说："过去两个人，不老实就干掉。"

武赣民和张纯三亲自猫着腰扑过去。一个死死卡住那人的脖子，一个狠劲捂住那人的嘴巴，可那人还是抢先喊出了："老二，老三，你们……"

武善彧近前威严地低声问道："老实回话，在这里干什么？"

被俘的人用力挣扎着："俺家的老二、老三今日里到梓河集上卖草料、给老人抓药，到现在也没回来。俺在这里等着接他呢。这么晚了，你们是干啥的？"

几乎就在那村民高喊的同时，巷口有个身影拔脚冲向一户农家小院。

早春的深夜寒意还浓。低矮的房屋墙角生着微光的火盆，靠墙的高桌上点着两盏油灯，排版的字盘旁边点着一根蜡烛，两个穿着八路军服装的人正带领三个民工在暗红的灯光里忙着检字印刷。当村边抽烟人喊着"老二、老三可回来了"时，几个人遽然一个抖动，匆忙将墨迹未干的报纸卷起来塞到篓子里，将石刻字模和油墨等物件往筐子里划拉。

听巷口跑回的人汇报说好像来了敌人的大部队，房东大娘拉着丈夫挡在领队的人跟前："八路军同志，你们快跟着俺当家的走。当家的，大部队来包围，东面、南面定然也安排上了人。你们还是沿着路边的河沟子往西走，从敌人的眼皮子底下蹭出去。"

领队的人焦虑地犹豫着："大娘，我们走了，您可要遭罪了！还有这些东西——"

房东大娘用力推他一把："先顾人要紧。还不快走！"

几个人力所能及地带些印刷工具和用品，跟在房东大娘丈夫身后，弓腰跑进村边被山洪冲出的深沟里。待沟上方的士兵踩踏下土块石子、狼一般奔向村子，他们悄悄沿着沟底到达村口，逃离了罗网。

云泰大队的人很快追查到作为印刷点的院落。房东大娘被士兵们用枪抵着推到屋檐下，在村口放哨的那个中年人也被带过来。

武善彧虎视眈眈：“老人家，我不想伤害你，但是你得说清楚为什么拿房子给他们用。”

房东大娘有苦说不出，委屈地控诉道：“老总，不给他们用不行啊。家里就我一个老婆子，他们过来说用房子，大包小包地放进他们的物件。他们东西那个味儿呀！熏死人！我赶他们走，他们不走，还派人看住我，要把我扔到牢房里。我当是来了土匪，不敢吱声啊。”

“你家里的人呢？”

“半个月前来了一队国民党当兵的，硬逼着我家老头子跟着运送粮食，到现在没回来。我一个人被看住，提心吊胆……”

周公潇冷冷一笑：“你这个老东西睁着大眼说瞎话呢！平日里你们跟共党分子好得合穿一条裤子，谅我不知道？还要他们看住你？你都屁颠儿地给他们腾房子、烧水做饭了吧？”

“哎呀，老总，我这么大年纪的人跟你说的哪门子谎话……”

“住口！国军队伍这边的情况我一清二楚，根本没有运送粮食这一说。你老头子一定是带着八路军藏到哪儿啦！老老实实说出来，我也不再为难你。否则别怪我不客气。”

房东大娘哭着争辩道：“国民党兵没找人？那天带他走的队伍会不会是光棍、土匪呢？这可怎么办哪！可怜我的老头子啊！”

周公潇打断她说：“别给我装神弄鬼。快说八路军藏到哪里去啦！”

房东大娘直气得胸脯鼓动，气息不匀：“光棍、土匪抓走了我的老头子，八路军强占了我的房子，现今你们又来欺负我。老天爷啊，你怎么把所有的罪过都加到我这个老婆子身上啊。”

周公潇拿枪顶在房东大娘的脖子上：“还装！再不说我就开枪打死你！”

被捆在旁边的那个抽烟人挣扎着高喊道：“我说老总，咱们原本都是自家人，你这么对待老人是伤天理呢。有本事你去抓那八路军啊？逮不住兔子扒狗吃，堂堂的老总折腾一个无辜老人算什么本事！”

“别着急，马上就轮到你。”周公潇拿枪指着他说完，把枪重新顶在房东大娘的脖子上，“说还是不说？命可是在你自己手里。”

房东大娘反而镇定下来，一副不怕鱼死网破的模样：“你就是杀了我，事儿还是这么个事儿！话可以胡编乱造，人和东西我没法给你编造出来。”

“那行，等会儿有你好看的。”周公潇拿枪用力在她脖子上顶了顶，随即对着那个抽烟的人说，“你不是很着急吗？现在轮到你说话啦。说吧，八路军藏在哪里？”

那个村民梗着脖子回说：“老总，你别吓唬俺，俺怎么会知道八路军在哪里？”

周公潇懒得说话：“拿扁担往死里打！”

回到驻地时已是凌晨。尽管缴获了印刷所的大宗物资，却没能抓获到八路军办报人员，武善彧和周公潇很有些失望。刘守尘不看他们的脸色，指责武善彧太过仁慈，应该把老太婆和那几个望风的人枪毙。

武善彧面带愠色说：“杀人容易，失了民心可就难以挽回。刘县长应该知道投鼠忌器的道理。”

刘守尘恶毒地叫嚣道：“跟这帮泥腿子谈什么民心、谈什么投鼠忌器？留一个都是祸害。”

武善彧强压怒火：“刘县长虽是在上面行走的人，想必也知道下边的难处。正因为共产党的基层统战十分了得，我们才很被动。沈主席一再明示我们要聚拢民心，这恐怕也是洞察时局后发出的命令吧。”

刘守尘不屑地把手枪拍到桌上：“枪杆子和脑袋瓜子哪个硬？我看还是枪杆子结实。真要杀他个血流成河，看谁还敢护着共产党。”

周公潇自以为已经够铁面冷心，没想到刘守尘比自己更胜一筹。很多时候他也责怪武善彧对村民百姓过于手软，过后仔细想想也不是没有道理。这刘守尘自顾狂言乱语已经令人不屑，还要干预我云泰大队不成？周公潇呛白道：“刘县长，如果只靠枪杆子说话就万事亨通的话，那还要区、县、乡那么多闲人干什么？”

刘守尘面红耳赤，结结巴巴地说：“区、县、乡的人也该为着咱们的枪杆子说话。参谋长，不是我较真，这个云头峪里面肯定还有故事。”

周公潇更加刻薄：“不止云头峪，哪个地方都有故事。敢问刘县长忙得过来吗？”

“参谋长，我可是就事论事。你不要老是不阴不阳、话中有话好不好？”

“我云泰大队上有沈主席和牟军长关照，下有兵强马壮、能征善战的队伍，扬眉吐气都来不及，何苦不阴不阳？至于话中有话，刘县长才高识远，自然知晓自谦自重、宽人严己的道理。难不成少了二营和三营还嫌不够吗？”

揭人不揭短，何况他是一县之长！刘守尘恼火地站起来：“参谋长什么意思？”

周公潇针锋相对：“我是说刘县长还是在自己的队伍身多用些心思！”

看到又要崩场，武善彧赶忙调停，商量接下来的行动方案。刘守尘明白强龙斗不过地头蛇，也明白县保安大队这样的乌合之众远不如云泰大队这样的私家队伍更能出力，只好强压愤恨，答应由云泰大队继续派出便衣搜查，县里给予钱粮资助。

几天后，便衣没有打探到办报人员的行踪，却探视到八路军正与占据马头峪的六八〇团下属队伍激烈交火。令武善彧不解的是，在这块地界上，只要有八路军行动就会有梁春竑的影子，这回竟然没有他的动静。周公潇嘲讽说：“你那个学友不在这边助纣为虐，一定是去了另个地方滋生事端，他怎么会有半刻消停的时候？”武善彧也知道梁春竑永远不会消停，即使他当了参议员也不会就此放弃带兵打仗。但是他并不清楚，泰沂云崖区游击中队再次被升编，岳子文等大多数队员被编入山东纵队，梁春竑正忙着动员和挑选新的游击队员。

武善彧提出趁双方战火犹酣，他们应该前往助六八〇团一臂之力。周公潇却破天荒地说：“既然没有接到打援的指令，何苦上赶着给别人当棋子？那八路军既然要跟他们干仗，哪能不留有打援的队伍？还是坐山观虎斗，看场戏吧。”武善彧便命令侦探及时回报马头峪那边的交战情况。

为反击对抗日根据地肆无忌惮的蚕食，八路军新组建的山东纵队沂蒙支队跟五十一军顽固反共势力展开了激烈交火。由于双方队伍武器装备悬殊，八路军两个营的兵力与国民党驻马头峪一个营的兵力激战两天后才取得明显胜利。鉴于教训顽固反共势力的目的达到，沂蒙支队在六八〇团的队伍撤退后没有乘胜追击，而是乘着暮色迅速向东转移。

八路军获胜却撤退转移？武善彧一头雾水：“得胜了怎么还要转移呢？八路军到底打的什么算盘？”

周公潇不以为然：“哪有什么算盘可打？势单力薄，消耗不起，见好就收呗。表兄也不必考虑渔翁得利的事情。那八路军根本没有什么油水可捞，又跑得比兔子都快。咱们犯不着黑灯瞎火地去冒险。”

武善彧没说什么，整个晚上都在揣测八路军后撤转移的缘由。

将近半夜时分，睡梦中的武善彧被周公潇叫醒：“表兄，肥肉到嘴上了！”

武善彧忽地坐起，摸索着戴上眼镜：“八路军回到云头峪了？”

“比那个更肥！适才得到消息，日军集结了四个据点的所有兵力，准备在拂晓时分分割包围汉峪和东郭庄村，消灭八路军和共党泰沂县的头头脑脑。”

“八路军和共党的头头在咱们这里？”

“对！共党泰沂县委在汉峪村，县政府在东郭庄村。今天夜里，他们的头头在东郭庄村为八路军举行庆功会，所以日军决定打他们个措手不及。”

汉峪和东郭庄村两村相依，而云泰大队的驻扎地点就在它们的西南方向，相距不过六七里地，他们竟全然不知！武善彧油然萌生一股寒凉：“他们的县委、县政府就安放在咱们的眼皮子底下？跟驻扎在咱们的心脏里有何不同？太可怕了！”

周公潇沉浸在大捷在望的激动之中：“这不是有日军嘛。虽然近百里之外，共党的一举一动仍没逃过他们的眼睛。”

“表弟，说心里话，日本人我不担心，倭寇早晚有被赶跑的那一天。只是这共产党越来越让人坐卧不宁。为什么泥腿子们都愿意和共产党的队伍打成一片？这不是最叫人担心的地方吗？”

“表兄多虑了。国军的队伍走到哪里也是很受欢迎的。打天下要靠两条腿，左腿是钱，右腿是枪。光靠蒙骗这些泥腿子是打不来天下的。”

武善彧苦笑着问：“表弟所言与那天刘守尘所言又有什么区别？”

周公潇不愿意在这些不值得辩论的问题上纠缠：“区别多着呢。表兄，再有两个时辰天就亮了，还是安排战事吧。”

拂晓时分，四个据点的日伪军长途奔袭，精确完成了对汉峪和东郭庄的分割合围，快速推进后发起猛烈攻击。八路军沂蒙支队留下休整的两个连和县游击大队顽强反击，护卫、突围战异常惨烈。三十多名八路军战士、工作人员阵亡，十几名战士和重要工作人员被俘。

突袭得手当天，周公潇马不停蹄地前往省政府报捷。因为泰沂县抗日民主政府一事，沈鸿烈原本要对云泰大队严加申饬，听完周公潇将功折罪的汇报，转而肯定了他们的战绩，并隐晦地警示他们慎重跟日军打交道，以免将来背上“汉奸”之名而无处容身。周公潇一时悲喜交加，禁不住掩面啼泣。

不几日后，武善彧和周公潇带着沈鸿烈要把他们扶植为鲁中南壁垒柱石的希冀，率队随同张专员部的九旅前往云蒙境内打压共产党、八路军。

第二十五章

武善彧和周公潇率队转战云蒙不久，原国民党别动队第五纵队下属的牛元洲部进入泰沂县城，公开投靠日军，随后国民党泰沂县保安团的大部人员又投靠了牛元洲，泰沂县的“乡政”处于瘫痪状态。一度因为高压而四处分散的人们重返家园，党组织活动再度活跃，梁春竑新组建的云崖区游击中队可以安心地集结训练，寻机跟分区“扫荡”的日军小分队开展游击战。

仲夏时节的一天，李长生去乡分队传达指示，返回时路过大王庄，远远地看见表兄王大杆子跟两个兄弟拉拉扯扯地进了张家酒馆。想起去年秋冬龙泉湾村险遭不测，李长生对王大杆子的怒火“噌”地点燃，可也想知道他们今天做些什么勾当，便跟进去，谎说是跟着那三个人帮忙做活的，坐在大堂里等等。李长生貌似无趣等待，却敏锐地捕捉着里面的说话声，隐约听见说明天城里日军要来枰柳庄。王大杆子说在云蒙地界挣钱不容易，远不如回到自家地盘上混来得心安，光靠着跟踪这边的通共分子就能天天有酒喝。

李长生按捺不住，掀开门帘闯进去，对着上座的王大杆子冷声喝道：“王大杆子！”

王大杆子是个绰号，除非相知相熟的朋友开个玩笑，谁敢如此不恭地当众直呼？那两个人登时拉下脸来，警惕防范着门外。

王大杆子却惊喜地站起身：“长生！长生表弟你怎么在这里？”

李长生洞悉他这位表兄最擅长演戏：“我怎么就不能在这里？难不成你把这里都买下了吗？”

王大杆子说要跟小表弟单独坐坐，抱歉地示意同伙们先走一步。王大杆子拉上门帘，回身责备又关爱地说："王大杆子也是你叫的吗？不愿叫表哥，直呼我的名字不好吗？坐，表哥正有几句话要对你说。"

李长生恨恨地坐下，两眼直视着王大杆子："表哥？你还有表兄弟的来头吗？去年秋天龙泉湾村那事儿，是不是你给云泰大队通风报信的？"

"不说这个还好。说起此事来，小表弟可真不厚道，竟然布下口袋让我往里钻。你才真是没有兄弟们的来头。"

"原来你真的当了勾子。不是临时有任务改变了计划，我们几十人都被你害死了。对吧？"

"表弟真的没脑子怎的？表哥带去的人还会伤你不成？你不买我的账也行，为什么让我跳火坑？若不是武善彧还算慈悲，我这条命都葬送在你的手里呢！"

李长生气得直打哆嗦："你自己昧着良心想害人，那不是应得的报应吗？"

王大杆子脸色铁青，咬牙沉默了好久，又语重心长地说："表弟，咱兄弟俩暂且不说这些。我就想不通，你不好端端教你的学，跟着共党的匪徒瞎胡闹什么？自己朝不保夕，拐带着一大家子人跟着你担惊受怕。你到底中的哪门子风？"

李长生冷静下来："表哥是精明人，当然不会中风。可我知道，国破家亡的时刻，但凡有良知的人都知道揭竿而起，保家卫国，而不是老鼠扛枪——窝里横。"

"保家卫国那是政府的事情，那是军队的事情。你一个平头百姓跟着闹哄什么？"

"你以为我们愿意吗？政府腐败，军队糜烂，老百姓惨遭生灵涂炭。我们每一个正义的中国人是被逼着走上前线。"

王大杆子挥手打断李长生："我知道你满肚子墨水，也不想跟你打嘴官司。我只知道咱们平头百姓不过是墙头上的草，随风倒罢了。干脆利落些，你找我有什么事情？"

李长生从腰间掏出匕首，放到桌面上："如果是别人，我要拿这个跟他一刀两断。可我们毕竟是表兄弟，骨头连筋。你能明白我的意思。"

王大杆子一怔，也从腰间掏出一把更长的匕首，黑着脸说："我们彼此彼此。实话跟你说，一转眼的工夫，咱兄弟俩半年多没见面了。不是因为害怕而躲着你，实在是不想断了兄弟情分。表弟，我们说话时间够长了，你赶紧走吧。"

李长生知道自己不是王大杆子的对手，也从王大杆子的话中品出了自己处境危险。他站起身，紧盯着王大杆子的眼睛："那会儿他俩说有队日本人明天要开往枰柳庄。真的假的？”

王大杆子迎着李长生的目光，沉沉地说：“我不知道真假，也不希望表弟身临绝境还不知进退。再过会儿子，你走不出这个小酒馆的。”

李长生情知王大杆子不是儿戏，也不想放过重要情报：“日本人是大部队，还是小分队？”

王大杆子抓起匕首，狠狠地扎到桌面上：“送给养的。”

李长生揣起匕首，又从兜里摸出一块银圆放到桌上，快步走了出去。高度戒备中，他发现小酒馆的老板始终关注着自己，并跟踪出老远。

李长生回到驻地，跟梁春竑汇报了他跟王大杆子酒馆相见的情形和日本人要去枰柳庄的消息。梁春竑却告诉他，县里需要一名出色的联络人员，要他明天一早前往报到。李长生恋恋不舍却不能不分离，临行前告诉梁春竑，大王庄小酒馆的张老板是个非常可疑的人物，很可能是日本人或者武善彧他们的眼线。梁春竑神色凝重，微微点头。

送走李长生，梁春竑立刻跟武善志研究起日本人要去枰柳庄的消息。送给养，很可能是小分队，启程时间会在一大早。梁春竑说天台岭两侧沿途地块儿都不再适合打伏击，要不要把伏击圈继续往东推进。武善志担忧再往东去就贴近了县城防区，怕遭遇牛元洲的队伍。梁春竑说正因为距离县城防区很近，运送给养的日军定然不会多疑。而垛庄铺那个地段路南山林葱郁，路北芦苇茂盛，正是理想的伏击地点。两人连夜调拨队伍，赶到地点时却发现芦苇丛不像往年那么茂密，倒是因为下了几场雨，路北高坡地里大片的春玉米和春高粱浓密翠绿，长到了一人多高。梁春竑当即改变原来的骚扰战计划，决定利用路边高坡和高坡上的这片庄稼地，打一场夺取物资的伏击战。面对武善志的担忧，他自信地分析说，日军绝对想不到游击队会跑到他们的大本营跟前打伏击，更想不到游击队会舍弃纵深的芦苇丛而选择路边的庄稼地。梁春竑命令就近的崔家河乡分队以最快速度集中所有的火铳、手榴弹，将战斗的发令权交给了武善志，自己则换上破烂衣服，亲自应对可能出现的日军侦察兵。

发了狂的烈日把公路曝晒得都能烤熟鸡蛋，庄稼地里的水汽裹挟着闷热，从庄稼秆儿、叶儿中间“呼呼”往上升腾。游击队员们全身被汗水包裹，嘴里干得发咸，俨然俯卧在蒸笼之上。肚子“咕咕”叫得厉害，因为没有水，挎兜里的半个煎饼、窝头也进不到嘴里去。梁春竑没想到队伍在庄稼地里一趴就是半天，太阳到了头顶还没看到日军队伍出现。

李开林早就按捺不住，认为王大杆子有意诓骗李长生。他不敢跟梁春竑说，便悄悄找到武善志，建议队伍趁早撤退，被武善志严厉地教训了一顿。李开林终难以忍受，决定从小五的身上打主意。

才一年多时间，曾经生了锈般不见变样的小五突然发力，就像夏秋的玉米棵子拔节，“呼呼”地长高了两头多，个头直逼李开林，嘴角也长出了细细的一层绒毛。不同于李开林的是，小五的身材单细，皮肉也比李开林略微白嫩，标准的水生秧子。

李开林抹把油光光的脸，悄声说：“小五，你看咱在这热锅里蒸了大半天，都快熟了也没见到小鬼子的半根毫毛。咱们肯定被王大杆子耍弄了。去，你也去跟你姐夫说说，让他找梁队长商量商量，咱还是趁早撤退吧。”

小五探身看看远处的武善志，却软下身子：“我可不敢。你都找过他，不也是赚回一顿训斥？”

“我和你不一样，他是你姐夫，你是他小舅子。隔一层皮可就是孙猴子一个筋斗云的距离呢。”

“他说了，我姐还没嫁过去，还不算的。”

“什么算不算的，早晚还不都是！”李开林骨碌碌地转着眼珠又说，“不是姐夫也没事儿。你年龄最小，去求告一声，说不定他的心一软就成了。听话，快去！”

小五热得像红布样的小脸急得要变成苦瓜：“开林哥，他早就跟我当面鼓、对面锣，不许我搞特殊。一搞特殊，他就要开我的。这个你又不是不知道。”

“小五，看你那点出息！”

“你有出息，他怎么不听你的？”

武善志听见他俩嚷嚷，转脸投过严厉的目光：“你俩怎么回事儿？”

李开林面露焦急的表情：“队长，小五说眼前发黑，怕要中暑了呢。”

小五无辜地望望武善志，抓着李开林的胳膊，嚷道：“开林哥，你怎么能胡说八道呢？”

“都给我闭嘴！保持安静，注意隐蔽！”武善志威严地打断两人的争执，猫着腰往东走去。

望着武善志远去的背影，李开林得意地笑了：“看，我说你有面子，你还不信。你姐夫找梁队长商量去了吧？”

武善志带队在西边，梁春竑在东部边缘，两支队伍隐藏在相距百多米的两片庄稼地里。日军只要进入两支队伍中间，就会完全暴露在毫无遮蔽的公路上，而游击队员既可以利用庄稼做掩护，又可以利用居高临下的有利地形发动突然袭击。武善志绕个大圈才找到梁春竑。

武善志近前小声道：“队长，现在回过头来想想，李长生的情报没什么问题吧？”

梁春竑明白武善志要说什么：“兴许日军也学狡猾了，单拣着大中午的时候出发呢？再坚持两个钟头。关键时候刀山火海都得往前走，这点儿炎热算什么？跟队员们说，打完这一仗，咱们请大伙儿放开肚子吃顿甜瓜。”

对面的树梢忽然斜着身子摇晃，随即玉米、高粱叶子也哗啦啦地响起，几丝凉意飘进了庄稼地。早已光着上身的李开林舒爽地逗弄小五说：“你怎么跟你姐夫一样，像个大闺女似的。不捂出满身痱子才怪。”

小五领口的扣子都扣得紧紧的。他瞅着光胸脯的李开林，回敬道：“捂出痱子俺愿意。才不光腚拉碴的。”

“嘿，我脱了褂子就叫光腚拉碴啦？越长越倔得像头驴似的，以为我害你呢！看我，多么舒坦。”

“俺穿着衣服也怪舒坦。”

李开林已经习惯了拿小五打诨逗趣来解闷：“舒坦不舒坦，自己心里知道。捂出痱子，留下疤瘌疙瘩的花斑印记，将来不好找媳妇儿。”

小五憨乎乎地顶上一句：“反正我又不找媳妇儿。”

李开林“嗤”地一笑：“哟哟哟，不找媳妇儿你长那鸡鸡干啥用的？”

小五羞恼：“去你的！老婆迷！”

李开林笑趴在地上：“长了嘴巴就要说话吃饭，长了鸡鸡就要娶媳妇儿生儿子。你个乳臭未干的毛孩子……”

武善志严厉地对着李开林咳嗽一声，李开林赶紧用力咬住下唇，悄悄对着小五睒眼睛。小五生气地把头转向一边，不再搭理他。

游击队员们浑身湿了干、干了湿，衣服上凝结起层层闪亮的盐渍，人也由于消耗了过多的水分、盐分而有些虚弱。梁春竑正打算撤退，侦察队员报告说日本鬼子来了。这次有十几个伪军在前开路，随后是骑着高头大马的指挥官和肩抬的两挺机枪，中间是驴马车驮运的粮食和弹药物资，最后头还是扛枪的日军，全部人马近乎半百。虽说对方兵力超出了预料，梁春竑断定此次伏击胜券在握，不由得暗暗松了口气，传令准备战斗。

探路的伪军侦察过芦苇丛，对着队伍喊声平安，急匆匆地爬上高坡，往前走了几步便解开裤子撒尿。梁春竑发如乱草，面敷黑土，散着衻襟，佝偻着身子，右手抓住左胳膊，踉踉跄跄地走向那侦探兵，嘴里惶恐地喊着“兄弟，快救救我”。

冷不丁从庄稼地里走出个人，还发出瘆人的求救声，那个探子赶忙提起裤子，壮着胆子喊道：“干什么的？”

“兄弟快帮我一把。俺正薅草来着，被蛇咬了。”

“被蛇咬了？”被蛇咬了却没人救助，这块庄稼地肯定是安全的。探子松口气，向庄稼地扫了一眼，回身对公路上高喊，“平安无事！”

梁春竑拿着根细绳，央求侦探帮他系住胳膊。那探子犹豫了一下，还是往梁春竑跟前走过来。梁春竑突然将那侦探紧紧箍住，坚硬的枪管抵到他的腰间：“要不要活命？”

伪军侦探刹那间灵魂出窍，只顾拼命点头。

梁春竑威压和收服并举：“路南路北全都是八路军的伏兵，你们已经进入了包围圈。都是中国人，也是乡里乡亲的，我不杀你。你老老实实沿着地堰走到西面，然后可以逃命，也可以参加我们的八路军队伍。回答我。”

探子哆嗦着发出微弱的求救：“我要活命。我听你的。我要逃命，再不当伪军。”

梁春竑对着玉米地里低声喊道：“挨个儿向前传话，让他安全通过，不许伤他性命。”

伏击距离太近，火铳成了制胜的撒手锏。随着武善志的用力挥手，八支火铳同时对着轻、重机枪开火，手榴弹纷纷落下。机枪手和指挥官在内的人的脸上被密集的铁砂打成马蜂窝，轻、重机枪坠地成为哑巴，整个队伍立刻大乱。分秒之间，指挥官鹿野毙命，大片日军倒下，后边的日伪军没命地向来时方向逃窜，行进在前头的伪军跟运送物资的驴马都跑得没了踪影。

仅仅几分钟就结束了伏击战。这大大出乎梁春竑他们的意料。游击中队迅速清理战场，带着缴获的物资西行十多里后爬上天台岭，直奔西北方向的队伍休整地。队员们将物资放置妥当，随即进到村里，围在井台的四周，轮流提水，从头到脚痛快淋漓地泼浇冲洗，诨闹打斗的欢声笑语此起彼伏。

武善志擦着湿漉漉的头发，忍不住兴奋地再次跑去找梁春竑：“队长，自从咱们拉起队伍，还从没打过这么痛快的仗啊！这真的不是在做梦吧？”

梁春竑没顾得上冲澡，还在思考这场伏击战和取得的战果：“恐怕全县任何一支队伍也没打过这么漂亮的伏击战呢。前后几分钟的时间，日伪军死伤二三十人，缴获一挺机枪、二十多条长枪。咱们只有一人受轻伤，还不是战伤。这回咱们游击中队立了多大的功！哦，我可许诺打完仗后请大家吃甜瓜的。你安排人去张罗。”

“这么完美的伏击战！不仅要吃甜瓜，还要好好犒劳一顿。队长，要不要弄点酒？我真的想尝尝醉酒的滋味儿呢。”

“人逢喜事千杯少，一醉方休也不为过。只是现在还不合时宜。等赶走日本鬼子、打垮顽固派的时候再一醉方休不迟。你安排几个办事稳妥的人，去买些酒来，弄些好点的饭菜。只是，望哨人员的庆贺会要放到明天。”

武善志其实比梁春竑还要心细。他亲自带人串了七八个门子，兑换来些酒肉，还从开明绅士那儿弄来一袋子大米。

听说弄到了大米，李开林兴奋地抢上前去，抓一把在手里认真地看着，扔几粒在嘴里嚼着，香喷喷地摇着头：“俺娘啊！今天咱能吃一碗纯大米的干饭吗？”

在大伙儿的笑闹声中，武善志问道：“开林，你想不想喝酒？”

“还有酒？”李开林高兴得嘴要咧到两个耳朵旁，又羡慕又敬佩地叹息道，“不服不行，小白脸子就是赚便宜，想弄点儿什么人家都愿意帮忙。我跟岳子文上门讨水喝，人家也是先把碗端给小白脸子。善志，往后再有什么好事儿，多带着俺这些红脸黑脸的，好歹都是兄弟。”

武善志扬起拳头：“好东西这不都弄来了吗？我说不给你吃用了吗？你这些嘴碎话让岳子文听到，他早跳起来给你一脚飞毛腿了。”

武善志安排好准备吃饭的事情就去找梁春竑。梁春竑正在黄昏的窗前给县里书写作战汇报，见武善志进来，便抬头问道：“都弄齐备了？”

“我亲自带人去弄的，不仅有酒，还宰了几只鸡呢。梁大哥，你有没有发现，自从武善彧和周公潇带着队伍走人，咱们这边四下安顿，清明祥和，终于能安下心来打鬼子，多么好。”

“是啊，假如五十一军的顽固派也不在背后捣乱，咱们的抗日游击战争更好打呢。”

武善志难得发顿牢骚，今天借着喜气敞开了嗓门儿：“前面有日本鬼子，背后有云泰大队，旁边还有一个六八〇团，咱们一人防着三只狼呢，心里憋闷得难受。”

梁春竑发牢骚但是不忘鼓劲儿：“不光大伙儿憋气，党组织和八路军也是憋气。好在越来越多的老百姓看明白了谁是谁非，咱们的队伍越来越壮大，光明和希望也越来越近了。”

“梁大哥，我说句话你别见外。你那个同学武善彧好像并不那么坏，他那个表弟周公潇实在是从骨头里都渗着奸诈狠毒。”

“人不可貌相。武善彧心底下稳当得很呢。”

武善志见梁春竑没再继续解释什么，便说：“要是他们两个能参加咱这边就好了。怎么就铁了心与共产党、八路军作对，还充当汉奸呢？”

梁春竑不自觉地思绪涌动：“人这一生总要面对很多十字路口，选择结果是对是错、是好是坏，只能自己承受。当发现选择错误的时候，是毅然决然地改变选择，还是固执地在错误的方向上继续下去，往往与一个人的信仰相关。信仰引领人的行为，但是当信仰被冠以正义之名，追求信仰的某些手段就可以无所不用其极。而这些手段仅可能与信仰有关，却与正义毫不相干。”

游击队员们痛快美味地饱餐一顿，又在夜色里吃着甜瓜，说着笑话，比过年还欢乐。小五跟着热闹了一阵子，发现不见了李开林。他暗暗找寻了好一会儿，终于在村外的井边上找到了他。李开林坐在井边的石头上，对着面前的水汪默默出神。

小五近前去，发现李开林在抹眼泪，吓了一跳：“开林哥，你怎么啦？你怎么哭了呢？”

李开林赶紧眨巴眨巴眼睛，遮掩说：“谁哭了？有个小虫飞我眼里了，还揉费了劲呢。小五，你想不想岳子文他们？”

小五突然明白，李开林那会儿自己不经意说到“小白脸子”，武善志又脱口而出“你这些话让岳子文听到，他早跳起来给你一脚飞毛腿了”，直接把李开林心底对岳子文的挂念全都挖出来了。泰沂县临时参议会召开后不久，八路军组建山东纵队沂蒙支队。武善志、李开林、小五和王大有四个人留下来跟随梁春竑再次组建新的云崖区游击中队，岳子文等原有队员被整体升编到沂蒙支队一团。转眼间，时间过去了整整半年。

经李开林这一提醒，小五也很想念岳子文了：“俺也怪想子文哥呢。要是咱们能在一块儿就好了。”

李开林搂着小五的脖子：“要不是俺家里有个老娘要照应，俺也就跟岳子文他们一块儿升编了。”

“你要去，俺也就跟去了。”

“可要真走了，俺还舍不下梁队长跟善志他们呢。”

“既然谁都舍不下，当初就应该在一块儿。要么都升编，要么都留下。”

李开林摸着小五的头说：“咱们是正儿八经的队伍，不是拼凑班子，得听从指挥、遵守纪律才行。等着吧，到赶走日本鬼子的时候，咱们就和岳子文他们一起回家好好过日子。”

小五望着李开林：“开林哥，你说咱们什么时候能赶走日本鬼子？”

李开林想象不出答案：“俺也不知道。也许，梁队长和你姐夫知道呢。”

小五突然天真地笑起来：“开林哥，什么时候赶走鬼子，俺想多养几头牛，挣些钱先把房子翻盖了。翻盖了房子，冬天的时候就不会四面透风冻死人，俺爷爷的老寒腿兴许也能治好了。”

李开林被小五的开心感染，脸上也露出了笑容：“嗯。还要娶个好老婆，多生几个儿子。”

小五立刻很奇怪地转脸看着李开林：“开林哥，你怎么老是想着娶老婆呢？”

“娶老婆是人生大事，也是人生最美的事儿。”李开林喜欢看小五着急的可爱模样。只要小五被他诨闹得面红耳赤、抓耳挠腮，他就高兴得哈哈大笑，心中有着莫大的满足。

梁春竑巡视了一圈没见到李开林和小五的影子，心中有些纳闷：哪个地方活跃，哪个地方就有李开林出现。今晚这俩活宝哪儿去了呢？突然听到井边传来李开林开心的笑声，便找过去，悄悄站在身后问道：“你们两个搞什么鬼呢？”

李开林和小五毫无防备，惊吓得几乎跳起来。李开林心有余悸地喊道：“梁队长，你差点吓死我了！”

梁春竑问：“李开林，你啥时候学会躲在旮旯里静心了？你可从来不是那喜欢清静的人啊。”

小五抢着回道：“开林哥想子文哥他们，刚才都哭了呢。”

李开林赶紧捂住小五的嘴：“别胡说！我们一直都在说笑，梁队长都看到了。”

说到岳子文他们，梁春竑的胸口迅速聚起了浓浓的思念与牵挂。但是他能够用坚硬的外表包裹住柔软的内心。梁春竑故作释然地微笑着：“不光岳子文，所有升编过去的兄弟们都让我们牵挂。但是我相信，岳子文他们在沂蒙支队的指挥下，一定在打胜仗的。”

李开林忽然想到了个问题：“梁队长，这么长时间见不到八路军了。他们都到哪儿去了？”

梁春竑也在旁边坐下来：“他们转移到滨海地区作战了。”

小五赶忙伸长脖子问道：“滨海是哪里啊？在海边吗？”

梁春竑看着小五认真的表情，忍不住笑道：“是吧。”

小五的脸上立刻溢满无穷的向往：“那他们就能在海里洗澡划船，还能吃很多螃蟹了？”

李开林撇撇嘴：“还能吃王八呢！”

小五信以为真：“王八，咱河里就有，非到海边去吃吗？是不，梁大哥？”

梁春竑看着这对小兄弟，打趣道：“海里的王八叫海龟，跟咱们这儿的乌龟不是一回事儿。等哪天咱们也去滨海，就让你开林哥给你捉一只磨盘大小的海龟，驮着你在海上游，像八仙过海似的。”

小五立刻飞入无限的想象：“那咱们多捉几个大海龟，一人骑一个，看谁跑得快。开林哥，你自己就长得跟磨盘似的，你得骑个多大块头的海龟啊？”

第二十六章

武善彧和周公潇带领队伍进入云蒙境内后，很快置沈鸿烈掣肘九旅的意图于不顾，将配合作战变为主体作战。仅仅一个多个月的时间，他们两次主动进攻八路军正规部队，与八路军地方武装交战十多次，几乎连续取得完胜，相继占据杨家寨和楼子顶两处军事要地，并以两处为据点，不断向周边地区发动进攻，对根据地民众实施令人触目惊心的抢掠和屠戮。

云蒙东南方向群山环抱之中有个四五百人的大村庄，名叫谢庄。这里曾经是国民党石友三部进驻云蒙期间民众抗日运动的样板村，后成为八路军和游击队的根据地村。张专员的九旅和云泰大队抵达后，势单力薄的八路军和游击队主动采取移动作战，谢庄村便又成了隐藏和救护伤病员的堡垒村。

黄昏时分，村西山坡上走下来位肩背草捆的中年汉子。这个汉子按着烟袋锅，在村口警戒地瞭望了好些时候，拾起木杈挑走挡在两垛柴草边的荆棘捆子，搬开了两页破门板。两个身着八路军服装的人从柴草垛里钻出来，弓腰快步闪进了巷子。中年汉子若无其事地四处打量一番，将柴草垛复原，随后稳步进村。所有这一切都被王大杆子牢牢盯住。王大杆子天不亮就潜伏进树丛，忍受着湿热憋闷和蚊虫叮咬，大小便都解决在身边。他跟进了木笼囚车一样挨靠了整天，就为等到眼前刚刚发生的一幕。想到来日就能换回沉甸甸的银圆，王大杆子不由得惬意地闭目小憩起来。挨到暮色浓郁、村民饭菜上桌时分，他像下山的刺猬，连滚带爬地奔向据点。

东边天际才露出些亮色，还未起床的村民们被一阵紧似一阵的犬吠和吆喝声惊醒。中年汉子刚把两名八路军伤员掩藏到地窖，院门已被云泰大队的士兵砸开。他下意识地环顾西面高坡，隐约看到十数个长枪戒备的人影。

村民们被推搡着押到村口的宽敞地界。那里，古槐下的碾盘上端坐着静观战果的武善彧，旁边站着挺身背手的周公潇。

中年汉子随着乡亲们过来，直奔武善彧，惊讶而又客气地招呼说："老总，这天还不亮呢咋就乱腾起来？出什么事儿啦？咱是这个庄的庄长。您有什么吩咐，尽管跟咱说。"

周公潇甩手将他推了个趔趄："着急什么！过会子自然有你说话的时候！"

待到村里的老老少少全被驱赶过来，武善彧站起身，阴沉沉地笑道："我们来干什么，你们自然心里有数。你们谢庄呢就是共匪窝子、八路军的大后方。就像个水深草密的大水汪，只要撒网准能捉到几条藏身的鱼。今天一大早赶过来，我就为了要捉那几条鱼。有句话说得好，先君子后小人。你们痛痛快快地把八路军和游击队的人交出来，我跟你们南山不靠北山，井水不犯河水，还大大方方地看赏；偏要敬酒不吃吃罚酒，那就别怪我翻脸不认人。我这个人呢，历来奖罚分明，眼里揉不得沙子。谁跟我实打实地痛快合作，我宁可多给几块大洋；谁跟我胡搅蛮缠，哄瞒欺骗，我弄死几个人就像碾死几只蚂蚁。交不交人，你们先掂量掂量。"

中年汉子沉着应道："老总，先前打日本鬼子，咱们村里确实来过八路军和游击队。自从老总们的队伍开过来，八路军和游击队一翅膀不知刮到哪个山旮旯里去了。俗话说得好，巧妇难为无米之炊。老总平白无故地跟我们要人，那就是把人往死路上逼了。"

武善彧狠狠地盯着他："你说你是庄长？"

"是的，老总。我是庄长。"

"你可知道擒贼先擒王？"

"这个，听说过。"

"很好。今天我就让你眼见为实。"武善彧掏出手枪，对着中年汉子的胸口连发三枪。

中年汉子吃惊地捂住胸口，随即重重地摔倒在地。人群立刻骚动起来，几声哭喊开始在村庄上空飘荡。

周公潇一挥手，大队的士兵持枪对准了人群。

周公潇高声喝道："你们庄长这一套对付日本人管用，对付国军也还说得过去，跟我们玩可就是关公门前耍大刀。告诉你们，墙角旮旯里堆个草垛，牛圈下面挖个地窖，床铺底下埋个木箱，夹墙缝儿里面藏个人，都不管用！谁肚子里能盛几碗干饭、肠子拐了几道弯儿，我清楚得很。谁家里有八路军、游击队的人，赶紧利利索索地交出来，别跟庄长学着挺尸。”

人群复归平静，平静得跟潭水一般。

周公潇跟武善彧交换个眼神，重新对着人群："还拿不定主意？那好，我把赏罚标准亮给你们。谁主动把人交出来，赏大洋十块；谁跟他们一个鼻孔眼里出气，与之同罪。敬酒罚酒都是酒，滋味儿可大不一样。再想一想。”

人群依然一片平静，场景跟在泰沂云崖区的情景没什么不同。

周公潇垮下脸："我听说有人喜欢吃饭，也有人喜欢吃粪。既然有人就好那一口，我周某人也就成全你们。来人，让这些‘良民’各归各家，让他们眼看着棺材落泪！”

把村民们驱赶回各自庭院是云泰大队新近发明的手段。将人头分散隔离，既让他们无法形成群体的力量、便于控制局势，也可以借以分化人心、各个击破。云泰大队的士兵挨家挨户扳倒橱柜，击破缸囤，拆塌夹墙，焚烧柴草，对拦挡的村民凶暴回击。很快，两名八路军和三名游击队的伤员被从地窖中、牛栏里搜捕出来，七名掩护伤员的村民也被一同捆绑到村口。

审讯短暂而残酷。八路军战士和游击队员在惨遭折磨后被枪杀，掩护他们的村民被活埋，谢庄村二十多间房屋化为灰烬。

云泰大队连战连胜，大量搜捕、杀害八路军战士和群众，给当地村民带来强烈的恐惧，也带给八路军队伍沉重的压力。八路军武装决定从频仍的战斗中寻找时机，调集中坚力量给他们以毁灭性的回击。

在强烈的欲望刺激下，武善彧和周公潇全然不顾沈鸿烈的派兵初衷，更迷醉于大队势如破竹的气势，三天后孤军深入黄草关地界。负责回击的八路军正规部队青年营精心布局，以游兵散勇的假象将他们引诱到距离主力部队更远的猴子坡。猴子坡，两面高山密林，一面砂土斜坡，入口处自然收窄而形成关口。弯曲的小道从斜坡中间蜿蜒前行，斜坡农田地块中间散落着壁立的砂岩巨石和稀稀落落的针叶松。两相交火不久，青年营的小分队便沿着坡中间的小路向上撤退，凭靠巨石和松树作为屏障，将茂密山林让给了云泰大队。

武善彧向来以为两侧沟谷密林的地界不宜轻易进入，迅速派出侦探绕道察看虚实。侦探回报说，两侧山林中并无伏军，相反，在斜坡的巨石后面和高处水土冲刷出的沟壑里伏有八路军的队伍。武善彧心中暗喜，亲自督军正面进攻，周公潇率队侧翼包围，大队主力全部进入猴子坡，将青年营两支分队聚围在核心。一锅端掉青年营的时机已经成熟，斜坡的那端突然涌来大队的八路军队伍。这支队伍疾速推进，跟里面受困的队伍形成里应外合之势，反而将部分云泰大队士兵推到被围歼的境地。武善彧赶紧调整作战策略，指挥队伍两翼展开，试图将八路军全部逼入中间区域。孰料两侧林际突然也出现了八路军和游击队。武善彧恍然醒悟，紧急向来时的斜坡出口撤退。无奈船到江心补漏迟，接近出口的几处高地已被八路军严密把守。云泰大队手榴弹和长枪交替上阵，终没能撕开口子。武善彧跟周公潇眼见局势危急，复又选择从接近大路的右侧密林中冒死突围，孰料对方在猛烈火力打压下不退后半步。几次激烈交火下来，云泰大队死伤惨重，王展宜等三个小队长毙命，弹药近乎耗尽，包围圈也越来越小。周公潇扫一眼仅存的三五十名队员，颧骨高凸战栗着，命令心腹干将武赣民、张纯三随同自己在前开路，李开田随同武善彧居中，王希厚断后，哪怕鱼死网破也要突围出去。

命运的巧合总是极其相似。云泰大队距离消亡只剩一线之际，九旅的增援部队恰好从此路过，探明情况后立时调整作战计划，全力进攻青年营。青年营与之短兵相接后不得不快速撤出战斗。

猴子坡一战，云泰大队侥幸没被全歼却也基本垮台，武善彧和周公潇像失去了翅膀的鹰鹫，再无力与八路军作战，也无能监视和掣肘九旅。两人稍稍休整，带领不足半百的残余兵力撤往老家方向，在四五十里地的范围内颠沛流浪，招纳吸收新的兵员，逐步恢复和壮大武装力量。直到冬天，当五十一军六八〇团与八路军争夺防区的冲突再次增多，他们的弹药、枪械借此有所增加。

冬日的晴明中午，武善彧和周公潇正靠在太师椅上，懒洋洋地在院子里晒太阳，王大杆子气喘吁吁地跑进来，喊了声报告，揭下三页瓦的棉皮帽子等候问话。

周公潇瞅着王大杆子在暖阳照射下津津闪光的头皮，坐起身问道："什么消息？"

王大杆子不敢确定能不能得到重赏，巴结着说："队长、参谋长，听说驻在队长家的皇军近日要撤回县城。"

周公潇闻声赶紧挺身坐起。武善彧紧盯着王大杆子："哪里得到的消息？"

见两人反应如此强烈，王大杆子的眼睛遽然闪亮："我昨晚在大王庄小酒馆里吃饭，听围子里一个人喝醉了酒说皇军马上就要走了，他们也不用再整日看着皇军的脸色受窝囊气了。今早上，我专程去围子拜望了老太爷。他老人家也这样说。”

武善彧紧急追问：“老太爷和家里人怎么样？”

王大杆子谄媚地笑着：“老太爷身体和精神都好，家里人也好。老太爷特意嘱咐在下，请队长尽管放心。”

周公潇站到王大杆子跟前：“日军为什么要撤走？”

王大杆子干脆利落地回道：“听老太爷说皇军兵力要集中，一些据点要撤防。驻在队长家的皇军确定近些日子要撤，具体哪天暂且不知道。”

等王大杆子小鸡啄米似的后退着出去，武善彧眼中慢慢涌满泪水：“这些狗日的日本人。我真恨不得扒了你们的狗皮、把你们剁为肉酱！”

周公潇知道武善彧想起了大哥的死，不禁悄声叹息。

四个月前，张专员留在泰沂地界的贺之彬团突发奇想，想要端掉枰柳庄围子的日军小分队。团长贺之彬亲自约见了给日军做饭的武传庆，要他暗中下药，待日军毫无作战能力时将其全部活捉。武传庆帮助武善彧跟日本人建立的联系，也由武善彧推荐给驻枰柳庄的日军做饭。虽然获益良多，可他总觉着给日本人做活毕竟有汉奸之嫌，日后跳进黄河都洗不清。如果跟贺团长联手成功，自己也算得上是大英雄。武传庆痛快答应了贺之彬，约定来日中午点火为号。第二天上午，武传庆特意给日军蒸的米饭，出锅时将贺之彬留下的白色药面均匀地搅拌在饭菜里。日军不知情，吃过饭后不足半个钟点便纷纷上吐下泻，厉害的倒在地上不能起身。武传庆见时机成熟，赶紧点燃了武善彧家的油坊。贺之彬带领队伍就隐蔽在西南面山坳里，见到狼烟后反又心生惧怕，迟迟不敢进攻。等到打探好消息进逼到围子外围，大部分日军已能投入作战，即使依然体力不支的日军也能趴在围墙上拼命回击。双方对射了半个下午，贺之彬团竟然连围墙跟前都没能靠近，迫近黄昏时便主动撤围，消失在山坳里。武传庆对贺之彬团失望又愤恨，更惧怕日军深究，只好带着家人从围子小便门里逃走了。

武传庆是武善彧推举的人，武善彧自然不能摆脱谋杀日军或者用人失察的责任。武毓庆受到牵连，被日军小队长狠狠地训斥了一顿，他的大儿子武善斋也被押送到距离枰柳庄十多里路的日军连部，将随同被抓到的劳工去东北大栗子沟开采煤矿。

不管大栗子沟还是什么地方，一说去到遥远的东北给日本人做苦力，这不仅仅是背井离乡，指定是有去无回。想到妻离子散、亡命天涯，被抓的十多个壮丁们因绝望而悲声一片。武善斋在枰柳庄跟日军共同居住了快一年，了解日军的生活习惯，对日军没有那么恐惧。他悄悄跟壮丁们串通，伺机在上路之前帮助他们潜遁。壮丁们却认为他家跟日军有牵连，怀疑他的动机。武善斋说，为了不连累老爹和家里那么多人的性命，就算你们要帮我逃跑我也不能跑。我就是看你们可怜，要帮帮你们。

连部只有五个日军，真正做事的是汉奸小分队。到了晚上，汉奸给关在屋子里的壮丁们送上饭，落了锁，留下一人看守院子，其他人到院子前的透风地儿上吃喝。武善斋借口肚子疼得厉害，哀求看守的汉奸带他出去看先生。就在看守回身要落锁的时候，他死死捂住汉奸的嘴，将其牢牢按在地上。待十几个壮丁翻墙一逃而光，武善斋便好声好气地跟汉奸商量该怎么应对日本兵。那汉奸佯装听从，起身后却恶狠狠地将他掀翻在地，高声喊来日本兵，将事情的经过原原本本地复述一遍。日军大怒，当即将武善斋射杀在院子里。

武善彧闻听噩耗，整个人都垮了。大哥死了，死在自己主动联络的日本人手里，死在自己亲自邀请驻到自家的日本人手里。可云泰大队猴子坡一战基本被全歼，当时恢复到不足百人枪，家人又全都在日军的控制之下。武善彧除了痛恨日本人、痛恨命运、痛恨自己或许因一念之差而做成千古恨事，又能做什么？

周公潇待武善彧情绪恢复正常，安慰说："表兄，报仇雪恨的日子在后边，还是暂且隐忍。颠沛半载，咱们云泰大队也该回家休养生息、恢复元气了。我这就派人去枰柳庄盯紧些。日军一撤咱们就把老家收回来。"

"咱们的队伍明天动身，向南推进吧。"武善彧记起了抓来的人质，"哦，那几个穷鬼拿粮食换人了没有？"

拿粮食换人是云泰大队游鬼一样的日子里为抢夺给养而发明的新手段。尽管没有饿殍遍野，罕见的饥馑已经让沂蒙山区呈现出民不聊生的艰难景象。无米面不当饭、无酒肉不成席的云泰大队懒得挨村串户从村民手中撕掳那点可怜的粮食，直接琢磨好抢掠的对象，将其抓捕到驻地，限期催逼家人拿粮物换人。到期拿不出规定的数量，被抓捕的人要么四肢不全，要么落得个身首两端的下场。

见武善彧问到此事，周公潇拧紧了眉头说："还没呢。表兄，两天时间太长。我的看法，当天不拿粮食换人，杀无赦。"

武善彧想都没想："就按你说的办。不过，抓这些穷鬼的事情万万不可让老爷子知道。"

几天后的正午时分，天阴沉着，"飕飕"的西北风吹得路上、村边没个人影。枰柳庄围子的北门突然洞开，三辆满载物资和士兵的日本军车“突突突”地轰鸣着，爬行一样开出来，转而开往县城的方向。此时，武善彧和周公潇的云泰大队已经潜伏到距离枰柳庄三里路近的位置。接到哨探报告，两人急忙率队回到枰柳庄。

自从云泰大队奉命前往云蒙地界，武毓庆已经快有一年的时间没有见到儿子武善彧和表侄周公潇了。今日老少团聚，武毓庆又是高兴，又是难过，禁不住老泪纵横。

武善彧赶忙搀住父亲，泪水滚滚而下：“父亲，孩儿终于回家了，您应该高兴才是。”

武毓庆坐稳当后，示意儿子和表侄坐下，这才红着眼圈说：“孩子，盖屋防雨，养儿防老。你们这一走，把老老少少一大堆撇在家里。没有主心骨，没有顶梁柱，日日还要仰着日本人的鼻息，我心里好不凄凉啊。”

武善彧哽咽道：“父亲，都是孩儿一时糊涂，让日本人驻在了这里。本想有他们在这里罩着，孩儿也好放手在外打拼。哪曾想引狼入室，不仅让您受了委屈，连我大哥也都殒命了。”

想到大儿子的惨死，武毓庆立时哭得捶胸顿足，抽抽噎噎地呼唤着“我的斋儿”。经周公潇好劝歹劝，他终于止住哭声，擦着泪说：“善彧、表侄，我从来就没有怪罪过你俩。说是你们邀请日本人驻到这里，可日本人已经看上了这个地方，你们又能赶得走他们吗？你们俩不过不得已而为之，做个顺水人情罢了。只是，你们毕竟年轻，考虑问题还是欠思量：能跟侵略到咱们国家的倭寇做这样的顺水人情吗？我还听说你俩私下里早就跟日本人有交往，这还了得？不管你们怎么想，无论对与错，我们都会落下汉奸的骂名。而这名声比不得身外之物，是要流传千年万载的啊。”

武善彧有些局促不安：“父亲，孩儿绝不会学那吴三桂。跟日本人联手不过是缓兵之计，也算是借力打力而已。待日后解开事实真相，相信世人会赞叹有余的。”

武毓庆抬手打断了儿子：“非也！毕竟日本人是倭寇，共产党和八路军是咱中国人哪。再说人心叵测，日后谁会听你们辩白？”

周公潇欠欠身：“伯父多虑了。我和表兄的策略连省里的沈主席都知道，他也是默许的。”

听说沈鸿烈也知晓，武毓庆陷入了沉思：“沈主席什么样的人物？他是封疆大吏啊，能顾得上咱们这些山野草民？就算他不想把你们抛在脑后，就怕关键时候他鞭长莫及，有心无力。我看，你们日后千万莫要再做这样悬险的事情。”

武善彧和周公潇同时起身答应说：“孩儿谨记教诲。”

武毓庆一副饱经沧桑的疲惫："罢罢罢，这件事就不提了。看你们两个都瘦了一大圈，奔波操劳之苦自不必言说。善彧啊，你们兄弟俩就在家门口，半年多时间只是派人来送信，为什么不亲自回来张望张望？"

"父亲，到云蒙剿匪是省里的命令。前两个多月的时间里战事不停，烽火连连。后来回到泰沂西北一带，一直忙于扩充队伍，间或与六八〇团协同作战，就没有抽出时间回家来。望父亲恕谅。"

"大丈夫驰骋沙场，理应不受家长里短、儿女情长的琐事羁绊，这些我还是明白的。常言说儿行千里母担忧，父之牵挂藏心头。刚才我说的话没有埋怨你们的意思，只是对你们时时放心不下啊。"

武善彧眼圈通红，声音微微颤抖："我和公潇表弟虽然没有开赴外面的大战场，对整个沂蒙地区却是了然在胸。借助于沈主席和牟军长的支持，我们的行军打仗也算是一帆风顺、捷报不断。父亲大可不必时常牵挂。"

武毓庆放心地捋着下巴上的胡须："那就好。不过，这一年多时间，日本人、八路军、国军和你们云泰大队到底是打了些什么仗？连我都有些糊涂了。"

周公潇微微露出莫测的笑容："伯父，不光您老弄不明白，好多官兵都弄不明白呢。我和表弟却是洞若观火。"

武毓庆精神为之一振："哦？说给我听听。"

周公潇总觉得曲高和寡，难得有人听懂自己的心声。面对器重自己而又颇知诗书的武毓庆，他的才思奔涌而出："伯父，在咱们山东，日军挥师长驱直入，是咱们的头号敌人。可共产党和八路军利用咱们全力抗击日军的空隙发展自己的队伍，抢夺咱们的地盘，其危害之重俨如林中火苗，一旦形成烈焰冲天之势，要想扑灭恐无回天之力，所以共产党和八路军同样是咱们的头号敌人。和八路军相比，日军的武器装备委实强悍，而且其队伍来势凶猛，作战凌厉，即使国军也远非其对手。共产党的八路军近乎草莽，大刀片子长矛火铳都是武器，但是擅长开展游击战、伏击战，比泥鳅都滑。最关键的是他们攻心为上，攻城为下，让村民百姓爱之如子，为了掩藏他们敢于舍得性命。国军善于集团正面作战，可是兵力、武器装备与日军不可同日而语，面对八路军又根本弄不懂什么是游击战、伏击战，所以吃亏不少。我和表弟的云泰大队既要有所成就，又要保存自身实力，所以，只好避日军锋芒，投国军所好，打八路软肋。"

武毓庆先是点头赞同，后来禁不住疑惑地问道："如表侄所说，你和善彧一年多来大都是在与八路军作战？”

“与八路军和他们的地方武装作战。”

“战绩如何？”

周公潇腰杆坚挺：“半年前的战绩伯父约略知道，晚辈就把近半年的情况说与老人家，也让您开怀欢愉几分。在云蒙两个月时间里，我们与八路军正规部队作战三次，与他们的地方武装乡分队作战十多次，打死打伤八路军和乡分队队员数以百计，而且搜捕到八路军战士和硬着骨头追随共产党、八路军的穷鬼们三十多人。按照党国的指令和沈主席的指示，该押送的押送，该枪毙的枪毙。”

武毓庆摇摇头，多少有些失望：“依我看来，你俩虽然忠心报国，可是在大义与大成上还是有失偏颇呀！”

见武善彧和周公潇同时一个惊讶，武毓庆语重心长地说：“还是刚才我说的，不管沈主席指示也罢，默许也罢，毕竟日本人是倭寇，共产党和八路军是咱中国人啊！在当前的情势下哪怕做做样子也不应该与八路军不讲半点仁义。而枪杀或者活埋八路军战士和穷鬼们，恐怕会失去更多民心，也有失道义。对于你们的所作所为，老夫坚决不敢苟同。”

周公潇脸色涨红，只好讪讪地闭嘴不语。武善彧赶忙替周公潇解围：“父亲，孩儿并不敢随意草菅人命，所杀之人都是罪大恶极、非杀不可之刁民。这些刁民早已人神共愤，连老百姓都对我们的义举无不拍手称快呢。”

武善彧假惺惺的花言巧语好歹让武毓庆的脸色略微舒展些：“善彧啊，自古以来，民心为本。尽管共产党、八路军的势力微不足道，无力与国军抗衡，可既然民心拥戴，就足以说明他们有可取之处，咱们也应该怀有取其精华、去其糟粕的度量和心胸才行。”

武善彧说：“父亲的教诲我们记下就是。只是，只是当初父亲对孩儿接近共产党和八路军游击队是坚决反对的，今日为什么对其多有美言？”

“不是美言。我讲的是大道理。就算共产党、八路军终将被扫荡干净，处决百姓这些活儿也应该尽可能地让国军或者政府去做，而不是你们。毕竟你们是在咱自己的乡土上，应该时刻不忘给自己和后人留以退路。”

“我跟表弟自然不会鲁莽行事。请父亲放心。”

这时，家人过来说饭菜已准备好。武毓庆借机收起话题：“好了，团聚大喜的日子不该让你们扫兴。我是姑妄说之，你们姑且听之，妥与不妥你们自己度量吧。时候也不早了，咱们吃点饭叙叙家常，好好歇息歇息。公潇表侄吃过饭也回家看看。”

想到刚回家时武毓庆有些话说得很重，怕周公潇难以承受，武善彧在饭后专意把他送到村口的公路上。武善彧排解道：“表弟，饭前家父所言虽然不无道理，毕竟他蜗居在家，耳目闭塞，对外面的世事知之甚少。有些话不很妥当，请表弟不要往心里去。”

周公潇急忙打消武善彧的顾虑：“表兄何出此言？老人家都是为了咱们的长远着想，也没有可指摘之处。倒是你整晚心事重重，不知所思为何？”

武善彧道：“无论在外多么叱咤风云，毕竟都是颠沛流离之地。若论踏实无忧，终非老家莫属。自从见到父亲，我就禁不住重新考虑咱们日后的打算。”

闻听武善彧此言，周公潇禁不住满腹狐疑：“愿听表兄的意思。”

武善彧幽幽地说：“那会儿你说的‘避日军锋芒，投国军所好，打八路软肋’非常中肯。一年多来的风风雨雨让我明白了什么是无毒不丈夫，也让我明白了‘要想保人，先得自保’的道理。回想当初牟军长一再提示咱们保存实力，肺腑之言啊。我想，从今以后，咱们暂且倾力把控老家地盘，稳打稳赚。对搜捕到的共产党、八路军和死硬分子，该押解的押解，该杀的杀，该下狠手的决不手软。但是，不到万不得已，决不轻易与任何一支队伍正面作战。表弟，就算是韬光养晦吧。”

武善彧所言何尝不是周公潇几个月来心中所思？原以为触景生情的武善彧会心生疲惫，黯然失去先前的野心，却原来自省思过之后变化为更具凌厉眼神和坚硬利爪的飞鹰。他不是要远离自己，而是与自己走得更加接近。周公潇高悬的心訇然落地。

第二十七章

1940年，泰沂全县遭受旱灾，收成很不好。待到第二年入春后，天气依然持续干旱。桃花才开，家家户户开始挖野菜、摘树叶，混合着粗粮填饱肚子。正当天灾逼近，日军在占领区推行“治安强化”运动。

三个多月的时间，云泰大队已经重整旗鼓。而这“治安强化”的威力堪比大“扫荡”，简直就是竭泽而渔、焚薮而田的招数，武善彧和周公潇禁不住异常兴奋。为了把“治安强化”这张网织密织紧，每个村子都派去了自已队伍的人，对于盘龙和甄家村这样的共产党的老营地则严加周密部署。盘龙村老庄长李怀安第一个接到了“治安强化”的命令，并受到了周公潇的亲自约见。

李怀安不解地问道：“参谋长，这‘治安强化’是个什么道道儿？”

周公潇诡笑着：“说得太详细你也不懂。你只管带人加紧搜查共产党和八路军。只要见到，能抓的就抓，抓不了的赶紧向大队报告消息。”

一听到抓捕共产党和八路军，李怀安如坐针毡：“参谋长，咱年纪大了，怕是弄不了这大事情。”

周公潇难得的和气：“你那边物色几个真心干事儿的人，我这里再给你安排几个帮手。你们就在村口搭个凉棚，摆张桌子，有事儿没事儿地坐在那里喝茶闲聊，看到行踪可疑的就派人上前盘查。他敢不听话，先抓起来再说。抓人的事情自然有人干，你只动动眼神、动动嘴，当好你的维持会长。”

“维持会长？维持会长又是什么东西？”

“就跟你当庄长一样。不过你这个维持会长比你的庄长大多了，周围几个村子都归你管。”

李怀安赶紧站起身摇着头：“参谋长，不是咱不愿意出力。说实话，咱这个庄长都当不好，维持会长就更当不了。你还是另请高明吧。”

周公潇抬手示意李怀安坐下说话：“李庄长不要再推辞，这个维持会长非你莫属。知道我为什么亲自找你吗？一来你们村里出去参加共产党和八路军的人多，那是‘治安强化’的重点部位，需要有个硬挺的人坐镇。二来你儿子在这里干得不错，我相信您老也不会干差的。武队长格外关照，你那边抓到共产党或者八路军，我们要给你双倍赏钱，平时也多少给你点资助。你说咱们够不够意思啊，李庄长？”

李怀安听得出，周公潇是要拿他的儿子做人质。不管为了儿子，还是日后跟梁春竑有所交代，他只能答应下来。李怀安不再推辞：“武队长和参谋长对犬子格外关照，咱心里都知道，记着情分。这次就不劳您和武队长再费心，我回去一定按照参谋长的意思把事儿办好就是了。”

周公潇高深莫测地赞叹说：“明白人就是好说话。都像李庄长这样深明大义、干脆利落，什么事儿不好办？”

“参谋长您是高抬咱呢。可是我也有话要说。”李怀安不敢不为将来的退路做铺垫，“不是我不想挣钱，怕的是这个钱不喜欢我。咱也不瞒周参谋长，名义上咱是庄长，可是那些参加八路军、游击队的人家都躲着咱，谁也不愿意跟咱来往，有好几家咱都多少日子没见过他们的人影儿了。”

周公潇阴笑着：“那是从前。现在的‘治安强化’是铺天盖地的罗网，要想隐身，除非他们真的有三头六臂，或者有孙悟空的七十二变。就是有七十二变也无妨，这‘治安强化’就是法力无边的如来佛祖，谅谁也逃脱不过去。”

“参谋长把话说到这个份上，咱也要表明个态度。我当这个维持会长真的不是为了挣那几个钱，我是为了儿子将来的前程。只要参谋长跟武队长看得起，我干就是了。咱再多问一句，就我那个地方‘治安强化’，还是到处都这样？”

“我刚才不是说了吗？这是铺天盖地的罗网。整个山东——不光我们山东，只要日本人所到之处，哪个村子都这样。这边有我跟武队长为你撑腰，李庄长你只管放心大胆地去干好啦。”

李怀安才走，王大杆子一头汗地跑进来。他抹着脸上连成片的汗珠子，低头哈腰地低声汇报说："参谋长，发现两个掉队的八路军。我手里没家伙，弄不了他们，就让跟脚的在后面盯着，我赶来报告参谋长。"

周公潇眼中放射出饥渴的光亮："八路军？在哪儿？"

"刚过小河沟，估计现在就要上过虎岭。"

周公潇快速地沉思一下，对武赣民道："快把我的那套行头拿来。"

高挑挺拔，英俊威武。除却阴鸷的眼神寒光凛凛，换上行头的周公潇顿时变成了雄姿飒爽的八路军干部。王大杆子情不自禁地讨好道："参谋长英气逼人，胆略非凡，的确不是俗人。"

"武赣民，你跟王大杆子带几个人随后跟上，不许打草惊蛇。"周公潇不屑于王大杆子的恭维，藏好枪，转身飞驰而去。

周公潇身手矫健敏捷赛过猿猴，脚下功夫也堪称草上飞。当他抄近道、汗涔涔地挡在前方山路拐角的斜坡之上时，因为长途跋涉急行军而疲惫劳乏的两位八路军战士才走出了不过一里多地。这两位八路军战士来自津浦路支队。他们的支队奉命北上，刚进入沂蒙地界就跟日军遭遇，随后又跟盘踞在南沂蒙的地方武装交火，撤退转移途中两人跟队伍走散，只好警戒地打探着寻找八路军队伍。

周公潇主动上前，面露惊讶和审视的神色："你们两个是哪支队伍的？"

眼前站着自己人，而且是首长打扮，两位年轻的八路军战士就要喜极而泣。然而，这两人也是成熟的老兵。一个警惕地问道："报告首长，我们是侦察兵，前来打探道路。"

一听口音不对，周公潇马上判定对方不是当地人。而这两人到底是真八路，还是跟他一样也是冒牌货？周公潇威严地直视着两个人："侦察兵？哪支队伍的侦察兵？我在这儿带队作战两年多时间，怎么不认识你们？"

那个战士索性真真假假地试探道："我们是津浦路支队二营的，才刚进入沂蒙根据地。请问首长是哪支队伍？"

津浦路支队二营？撞进来一条大鱼！周公潇惊喜而又关爱地问候道："津浦路支队的？欢迎你们前来壮大沂蒙抗日根据地的力量。我是八路军山东纵队第一支队的，有什么问题我来给你们解决。"

"八路军山东纵队第一支队的？请问首长是？"

"我姓郑，你们可以叫我郑团长。走，我去见见你们的营长。"

望着周公潇真诚热情的目光，两个八路军战士解除了警惕，难过地流下了眼泪：“报告郑团长，我们先跟日军遭遇，又跟地方反动武装交火，队伍被打散。我俩正在寻找队伍。”

周公潇大为失望，扬起手对着远处拍拍巴掌。武赣民、王大杆子和四五个云泰大队士兵从坡后的树林里走出来。武赣民他们二话不说就下了两人的枪，并狠狠地将两人反拧住胳膊。

两个八路军战士知道中了敌人的圈套，拼尽全力反抗着大骂他们是民族败类。武赣民听两人都要骂到祖坟上，咬牙要干掉他们。周公潇冷笑说：“你听不见那就是他们骂自己，送到省党部总还能卖几块钱不是？”

无论两个八路军战士有没有价值，王大杆子功劳已定。他摇头摆尾地跟在周公潇身边，甚至连武赣民都有些不放在眼里。然而，命运之神却再次惠顾了这条走狗。

周公潇几个人蜂拥着转出山坡，看到前面不远处的小路上快步疾行着一位挎着篮子的中年妇女。周公潇敏感地一瞥，皱皱眉头。

王大杆子循着主子的目光锁定目标，立刻两眼放光，有失规矩地抓住周公潇的胳膊：“参谋长，那个女人肯定是共产党的人。”

周公潇对王大杆子的无礼冒犯微有震怒，厌恶地问道：“何以见得？”

王大杆子狗脑子里灵活地翻检着曾经的记录：“我两次拦截盘问过这个女人。她说是到涝洼看她的老姑父。我到涝洼核对过，她说的张老头根本就没这门亲戚。我正怕她再不现身呢，没想到又撞进来了。那个张老头前天才刚死了。看她今儿个怎么自圆其说。”

周公潇望着那位妇女的行踪，冷冷地说：“看她疾步如飞的走姿就不是良家妇女。去，拿下她。”

那位中年妇女被嚎叫的群狼一般围住。王大杆子龇牙咧嘴地笑道：“呀哈，又是到涝洼看你的老姑父吗？”

被围堵的正是县里的联络员李清梅。她神情黯淡地摇摇头说：“小外甥犯了疟疾。这些日子没顾得上呢。”

“是吗？小外甥要照管，老姑父可也不能不管不问啊。”

“大兄弟说的是。明天后天的俺就过去看看。”

“你他妈的别再跟我里格楞！你老姑父都躺棺材好几天了，你还跟我装喜庆。今天我看你这共党分子还能往哪里跑！”

李清梅仿佛受了惊吓："大兄弟这是说的什么话？凭谁能担待得起啊？"

王大杆子从云泰大队士兵手里抓过长枪，抡起枪托要砸过去："还跟我嘴硬！看老子我今天不扒了你的皮！"

一直死死盯着那位妇女的周公潇不耐烦地喝道："住手。带回去。"

李怀安从枰柳庄出来，一路上都在焦虑地琢磨"治安强化"的厉害，深为陶竑春的安全而忧虑。回到村，他察看着四周情况，直接去了梁大爷家，劝说陶竑春暂且避避风头，带着孩子回娘家住。陶竑春放不下组织工作，每隔三天两日就悄悄回来一趟。

半个月后，时节进入了末春。陶竑春从娘家挎着几个玉米棒子回家来，爬上村后的山顶，坐到嫩叶满枝的槐树底下歇脚。突然，前面山坳里传来两声枪响。陶竑春赶紧起身，挎着篮子奔向东边的山坡下。才转到坡下悬崖边的小路上，从地堰下飞跑出一个年轻人。这人灰头土脸、慌不择路，好像还崴了脚。那人猛地撞见陶竑春，稍微一顿，低声说了句"后边有汉奸追过来了"，撒腿就要再跑。陶竑春当即判定这是个遇到险情的共产党员或者游击队员。她一把拽住小伙子说："你藏下边去，我来帮你对付狗汉奸。"

陶竑春将小伙子推到悬崖下面的石坑里，赶紧回到前面小道上。人还没站稳，果然就有两个汉奸脚下生风地追过来。陶竑春赶忙做出惊慌的样子，望着前方的小树林自言自语："俺那个娘哎！这人跑的，比飞都快啊！"

两个汉奸打量着她，上气不接下气地问道："刚才那个人跑哪儿去了？"

陶竑春慌里慌张地答非所问："可不是咋的？跑得那个快！就看着脚底下石头乱飞呢！"

一个汉奸打断她："我问你他跑哪边去了！"

陶竑春害怕地指着前面："眼看着跳下这堵地堰，往那片小树林里去了。飞也没这么快啊！"

两个汉奸望着才刚返青的小树林犹豫了下，又盯着陶竑春上下打量了几回，吐口唾沫，拔脚返回来时的方向。

陶竑春跟着两个汉奸走了几步，断定暂时没有了危险，赶紧回到石坑边上，招呼年轻人跟自己一块儿回家。

小伙子扯着身子要走："多亏嫂子救了俺。你走吧。俺还有事儿呢。"

看小伙子警惕的神色，陶竑春反而感到十分放心，声音柔和了许多："俺知道，你是八路军乡分队的。这边到处有汉奸，这会儿你一个人走不出去。你大模大样地跟着俺走，是俺娘家兄弟送俺回家呢。回村后俺找人把你安全送出去。”

小伙子一愣：“前边山坳里打死了汉奸。他们这会儿顾不得别的。我正好赶紧走。”

原来，这位年轻人是甄家乡分队金山大队的队长。今儿早上，泰沂云崖区游击中队的二排排长刘振宽回家看望病重的爹，顺路给他们传达指示，不小心被维持会的人盯上了。他俩紧走慢走好不容易甩掉盯梢的人，到了前边山坳却被三个汉奸给堵住。为了救他，刘振宽抱住一个汉奸，抓着汉奸的脑袋往石头上撞。看同伙儿杀猪似的喊救命，另外两个汉奸同时对着刘振宽开了枪。刘振宽扔掉手里晕死过去的汉奸，奋然扑向开枪的敌人。趁着刘振宽跟两个汉奸搏斗的时机，他才死里逃生。他现在要做的是先找到云崖区游击中队，告诉梁队长刘排长牺牲的消息。

陶竑春把篮子挂到小伙子的胳膊上，告诉他说跟着她走更安全。等绕着小道从山后坡转回村子，陶竑春从想象的恐怖场面中回过神：“你知道梁队长和他们的游击队在哪里吗？”

小伙子摇摇头：“不知道，但是我必须去找。大嫂，谢谢您。我得赶紧走了。”

陶竑春赶忙起身拦住他：“满山遍野的上哪儿去找？现在哪个村口、路口都有便衣汉奸，你脚也崴了，怎么找？你还是先回乡分队，让分队长再安排人吧。”

小伙子立刻眼泪滚落：“我们的乡分队队长前天就被维持会的人抓走了！我找梁队长，还要跟他汇报甄家乡的游击队情况。”

陶竑春大为惊骇，胸中突突狂跳：“大兄弟，梁队长那边我找人替你去。三五天之内，梁队长那边会派人去找你的。”

小伙子愣了：“你？”

陶竑春见他疑惑又戒备，便说：“我知道大兄弟不相信我。按说俺一个本本分分的妇道人家，掺和这些事儿干啥？可是俺知道你们打鬼子、除汉奸，都是为着咱老百姓好，所以俺才真心实意地要帮你的忙。这下你可以放心了吧？”

自己的心事居然被她看穿，她的眼神语气里居然流露出自己同志那样的自信和真诚，再回想她救自己时的坦然镇定，小伙子迅即意识到他遇到的是个身份不同寻常的人：“大嫂，我相信你。只是三五天太长，两天之内能行吗？”

陶竑春想了想，笑道：“好。就两天之内。你脚崴了，要赶紧正正骨、拿草药水烫烫。俺爹最懂这个，让他给你整治整治，然后送你出村。”

金山分队队长才走，王货郎挑着担子转悠过来，悄声告诉她，甄家乡分队队长已经被杀害，县里那位送情报的女党员已被押往国民党省党部，还叮嘱她要千万注意安全。

陶竑春已经被云泰大队的汉奸列为首要的搜捕对象，便把送情报的任务交给了花篮。

听完花篮的汇报，梁春竑的心沉到了谷底。他怎么也不敢相信刘振宽、甄家疃乡分队长就这样匆匆走了，更不敢相信联络员李清梅也面临被杀害的现实。自从日军推行“治安强化”运动，汉奸反动武装已经先后抓走了十多名乡分队队员和乡政府的工作人员，五名八路军战士分别被押往国民党山东省党部和五十一军军部。在这没有电闪雷鸣和硝烟战火的恐怖气氛里，根据地党组织和八路军的活动遭遇了极端困难。

后半夜，天淅淅沥沥下起了小雨，停停歇歇地到了中午也没有放晴的迹象，而且渐渐刮起了小北风。甄家村村头的凉棚被改成了雨棚，维持会的四个汉奸披着厚厚的蓑衣，围着一张小桌热火朝天地摸牌。东边小路上一胖一瘦带个水生秧子的后生，披着蓑衣，挑担挎篮，踩着泥浆奔过来。

“这鬼天气，怎么跟冬天似的？避避雨再走吧。”瘦些的高个儿嘴里喊着，跟两个人跺着脚聚到雨棚底下。

四个汉奸停下手里的牌。一个瘦高个儿抬头仔细盯着他们：“你们干什么的？”

身材略胖些的咧嘴笑着回道：“家里缺少家什用，俺爹让俺过来买两个盆碗。”

那抬头问话的瘦高个儿正是王大杆子。凭借猎杀两个八路军战士和辨认出女共产党员的莫大功劳，王大杆子当上了甄家村的“维持会长”。这甄家村是周边一带最富庶的村庄，既是八路军和游击队开展活动的小中心，也曾经是云泰大队的老行营。尽管在这儿当“维持会长”是令人羡慕的肥差，毕竟也要冒不小的风险。王大杆子狡猾地问道：“什么时候买不行，非得冒着雨来买？”

胖子瞪着眼回说：“地里的活儿堆成山，晴天哪得空儿啊？哪像你们这么清闲？”

水生秧子后生蜷着身子，嘴唇冷得苍白发紫：“叔呀，冻死我了！”

胖子怒声呵斥道：“不让你来，非跟着不可。冻死活该！要么忍着点儿！”

瘦些的高个儿凑到王大杆子身后，讨好地递上烟：“长官，能不能劳驾您跟管事儿的说一声，让俺也来这里挣口饭吃行不？”

王大杆子接过烟，却不屑地翻他一眼：“你有哪三板斧？你以为谁都当得了程咬金？我说你出的啥牌？会不会出牌？”

一局牌打完，南边又有两个头戴斗笠、肩挑担子的青年快步向雨棚奔过来：“这是个什么天！哪儿也别去了，趁早避避雨回家算啦。”

王大杆子有所警惕，心里犯起了嘀咕：大阴雨天怎么还有这么多人哪？

瘦高个儿耸耸肩膀，对胖子说：“老二，别看牌了。咱们买碗去吧？”

“行！”胖子抽抽鼻子，对刚才喊冷的后生说，“小三，舒开身子。咱走啦。”

瘦高个儿和胖子一唱一和地应答着，身子却没出雨棚，只是向边上靠了靠，给两个新来的人腾出了点地方。

两个青年毫不认生，把担子往地上一撂，跳进棚子就喊：“让兄弟们打一把行吧？”

王大杆子忽然感到背上凉飕飕的。他竖眉怒目，大声呵斥道：“站一边儿去！你们几个也给我站一边去！”

两个青年不高兴地瞪起眼：“不让玩就算啦，你吼什么吼？我要是皇军你也敢吼？”

王大杆子龇着牙骂道：“看你个熊样，也配喊皇军！”

一个青年挑衅说：“那我要是八路军，你也敢吼？”

王大杆子阴森森一声冷笑：“你要是八路军，大爷我今儿个就发大财啦！来啊，把他拿下！”

胖子赶忙靠过去劝架：“都乡里乡亲的，拌两句嘴咋就翻脸呢？”

“谁跟你乡里乡亲——”王大杆子话没说完，刀子已经扎进了他的心口窝。

另外三个汉奸目瞪口呆，刚要动手已经被牢牢按住，嘴巴也被封死。

胖子威严地宣判道：“你们不去打鬼子也罢了，还不知廉耻充当汉奸，杀害自己的同胞，真是畜生不如。今天就让你们知道当汉奸的下场！”

胖子话一说完，三把刀子同时扎下去。两个汉奸立时没了声息，另一个猛地挣脱开，撒腿就跑，嘴里狂喊着救命。胖子抓起地上的编筐搂头砸过去。那人被砸中耳门，脚底下又打滑，“扑哧”摔倒在泥浆里。胖子跟两个同伴扑上前将他摁住，三两下便结果了他的性命。

四个汉奸的尸体被安放在凳子上，四个脑袋簇拥在桌面，看去像是拱头趴在桌上睡了。五个人赶紧整理装束，挑起担子分头上路。

一胖一瘦和水生秧子后生正是李开林、王大有和小五。转过山脚，走在前头的李开林突然折身奔向西北。他要顺路回村收拾“维持会长”李怀安。小五拿梁春竑“不许动李怀安一个手指头”的指令都劝不住，王大有只好严肃地提出举手表决，让李开林少数服从多数。李开林无奈，直骂小五是个“叛徒”。

当李开林他们前往甄家村收拾维持会汉奸的时候，梁春竑已经只身一人悄悄潜回到盘龙，径直去了李怀安家中。

梁春竑竟敢在这个当口儿回村，李怀安老伴儿和儿媳妇着实吃了一惊。李开田的媳妇儿赶紧抱着孩子去了“维持会”，借口婆婆身体不舒服，把李怀安叫回家中。李怀安见到梁春竑，惊讶地愣住了。

梁春竑敬重地握住李怀安的手：“大叔，你和大婶儿都好吧？”

李怀安对儿媳说：“把孩子给你娘，你外边张望着点儿。”

儿媳妇儿赶忙戴上斗笠出了屋子。李怀安这才让梁春竑坐下来：“春竑哪，现在外边风声这么紧，你怎么敢在这个节骨眼儿上回来？”

梁春竑笑着说：“别的地方不敢去，大叔您这儿我可是一百个放心敢回来的。”

李怀安给梁春竑倒了碗水，满脸的忧虑：“春竑哪，日本鬼子弄的这个‘治安强化’运动，就像河滩上起了雾——欢了这些王八啦。不光是八路军、共产党、乡分队的人被抓住就没有个囫囵身子，就是同情共产党、八路军的人被抓去也要被他们折磨个半死。咱村里参加八路军和游击队的人家都被那些狗汉奸折腾得够呛呢。”

“大叔，你说的这些我都知道。”

“我当村里的这个‘维持会长’，也是被逼无奈、不能不答应啊。孩子，我答应下来背个骂名没什么，只要能帮你们干点事儿就好。”

“大叔，你怎么想的我都知道。不瞒你说，今天整个云崖区游击中队都出动了。一个是惩罚汉奸，另一个是动员像大叔一样的好庄长，对外应付敌人，对内真心向党，为抗日、为革命多做些工作。”

李怀安流露出欣赏的目光：“大叔知道你是个伶俐孩子。年纪不大，眼光不浅。你说得不错，还真是有不少庄长、保长面上听从汉奸和日本人的吩咐，可打心眼儿里向着八路军、游击队。你们要是把这些人当汉奸给杀了，那可冤枉死好人。”

“这个大叔尽管放心。你把咱们这一带的情况对我说说，但凡能够争取的，我们一定争取过来。不是十拿九稳，我们不会草率行事的。”

傍晚时分，武善彧陆续收到多处维持会遭到惩戒的消息。他惊恐不安，又怒又恨，赶紧派人叫周公潇来商量对策。周公潇冒雨从梓河镇匆匆回到枰柳庄，进门看见武善彧铁青的脸色，急忙问发生了什么事情。武善彧反问梓河镇那边有没有发生什么情况。周公潇莫名其妙，问他想说什么。

武善彧的脸跟桌上的青铜油灯一个颜色。他颧骨鼓得老高："这边好几个中队的维持会会员被杀，甄家乡等三个庄的维持会员全部被杀，那王大杆子也没能逃脱。"

周公潇很有些震惊，精神却并不怎么高涨："有这样的事儿？"

武善彧切齿道："共产党和游击队被逼到走投无路，终于狗急跳墙，而且出手比咱们还要狠毒。表弟，我们是奋起还击，还是借船上岸？"

"表兄这话什么意思？"

"奋起还击，我们找不到对手，追打无影鬼一般，就怕一不小心落入圈套，反而得不偿失；借船上岸，明明被人掴了脸却懦弱得不敢还击。我倒不怕他们看笑话，就怕他们蹬着鼻子上脸，得寸进尺。"

"我们不妨收缩防线，明松暗紧。撤几个维持会，却广撒便衣，引蛇出洞。也算是骄兵之计吧。"

武善彧听来没有新意，淡淡地说："这些都是惯常的用法。"

周公潇似乎强打着精神："惯常的用法用得好，依然是好办法。另外，追加悬赏。抓到一个八路或者共党，多赏五块大洋！"

武善彧发觉周公潇脸色黯淡，精神有些萎靡不振，对"维持会员"被杀的消息也反应平平。细问之下，方知老县长孟浦云主动请辞、回家潜心做学问去了。孟浦云是周公潇的挚友，也是周公潇将来前途的倚仗。他的挂冠而去就意味着周公潇的理想之途变得曲折而又捉摸不定，武善彧不能不为此吃惊而担忧。

武善彧很为孟浦云惋惜："老县长是难遇的人才，国运多舛之时也正是他施展才华之际。此刻弃职从教，何其可惜！"

周公潇难得看上去清冷悲凉："官场错综复杂，即使国难当头并不能遏止尔虞我诈，一个清正忠勇之士如何能在其中立足？不胜悲哀、愤然请辞罢了。只是，日后谁人能识这块玉玦？"

武善彧宽慰说："虽说直则易折，家国降盛却离不开这些忠正耿直之栋梁。好在金玉难夺其辉，宝峰难夺其利。我相信老县长自会有起复之日。表弟还是看开些。"

周公潇摇着头，突然迷惘地望着武善彧："表兄，你说共产党到底是用什么办法让那么多人着他们的五迷三道儿？"

武善彧大为不解："表弟何出此言？你说过多少回，他们只不过连哄带骗、欺世盗名而已。我才刚刚消除疑惑，表弟怎么又惘然其中了？"

周公潇满脸都是苦涩："以前我一直这样以为，也常常这般劝说表兄，如今却真的有些迷茫了。今日跟表兄说句长久以来窝在心里的悲哀话：我家的老二、老四都是共产党。"

武善彧惊骇不已："什么？他们不是在外地做买卖吗？"

周公潇惨然一笑："做买卖不错，可都是给共产党做的买卖。"

武善彧一时不知从何说起，提醒周公潇说："五弟在外读书，年龄又小。你可千万让他远离老二、老四，以免跟他俩走成一道。"

周公潇欲哭无泪："好像为时已晚了。前天收到老五的来信，言下之意要与我分道扬镳。跟我分道扬镳！其意已经昭然若揭啦。"

"这，这都是从何说起啊？"

"我孤家寡人、心碎凄清还在其次。只是当大哥的没能带好弟弟们，将来无颜面对九泉之下的爷爷啊。"

周公潇的父亲是家里的长子。幼时因柔弱多病而娇生惯养了些，蜻蜓点水地读了几年书便弃学在家。成人娶妻后生下五个儿子，老大就是周公潇。周公潇聪明伶俐而又相貌出众，深得爷爷喜爱并被悉心培养，早早就帮助爷爷挺立门户。俗话说"龙生九种"，周公潇兄弟五个也是"一母生九般"。除了老三敦厚憨实地在家料理家业，另外三位同样性情活跃，与周公潇格格不入，先后以外出求学和出外闯荡为由而基本不朝他的面，耐人寻味的是后来都加入了共产党组织。

做梦都在抓捕共产党，三位同胞兄弟偏偏清一色地加入了共产党，这不啻冰冷的黑色幽默，说什么都已经多余。武善彧只好安慰说："表弟不要这样想。'儿大不由娘'，何况你只是兄长？再说了，他们都不在你的身边，你想管教也是鞭长莫及。或许哪天他们碰壁了，自然会迷途知返的。"

周公潇禁不住滴下泪来："迷途知返？难哪。看看咱们跟前的共产党，为了所谓的人生理想，哪个不是义无反顾、哪个不将生死置之度外？我无法明白，共产党何以让人坚定不移地跟着他走，更无法明白我的几个兄弟居然为了共产党而跟时时处处关心他们的亲大哥分道扬镳。"

武善彧沉思好长时间没有言语。

周公潇又说："表兄，每当我下令处置共产党那边的人，我的头脑里常常出现弟弟们的影子。假如哪一天他们有谁坦然面对着我说'大哥，我是共产党，你把我抓起来吧'，我要不要抓呢？哪天他们能弃暗投明倒也罢了，如果至死不渝地坚定自己的信仰呢？抓不抓？杀不杀？我心中的悲苦他们又怎么能知道。"

武善彧从自己曾经对共产主义的理解和信任中回过神来，却无力排解周公潇的凄苦："表弟，无论国民党还是共产党，都吸引着无数志士为之饮血捐躯。哪一个有价值，哪一个值得为之舍生取义，历史终会给出答案。我想三位表弟都是精明智勇之人，不会有你想象的事情发生。表弟不要过于自责或者伤神，把家业和事业都经营妥当。哪天兄弟们醒悟过来，还是会找大哥寻求庇护的。"

周公潇擦掉泪水，眼睛里慢慢散发出冷峻的光："所以我才要以更加强硬的手腕对付共产党。只有把他们彻底摧毁，才能用事实向我的弟弟们证明他们的选择是多么错误！我希望有天能带着他们向我的祖先忏悔。"

武善彧为周公潇的铮铮言语与忧郁冷酷的表情所动容。回想起自己跟梁春竑曾经的执着，他心里一阵慨然："表弟这样想就对了。咱们的选择是不会有错的！"

第二十八章

到了小麦拔节期，接连两场好雨润透了山川原野，也润透了村民期待逃离饥馑年景的焦渴的心。谁成想到了小麦灌浆期后，一连刮了好几天西南“火风”，后期又下了场“热雨”，籽粒并不饱实的小麦成片僵死在地里，而那就要吐缨的春玉米的叶子被铁锈一样的红丹覆盖。村民心里重又不安起来。日军和国民党地方武装更是着急，因为他们的给养也在同一时刻出现了匮乏。武善彧曾经的担心变成了现实——不算县里派发的任务，重回大王庄据点里的日军要求为其筹集三千斤小麦以应付伪军的口粮，一一四师也提出要云泰大队支持五千斤粮食缓解军粮困难。

周公潇解围说：“表兄先别上火。我那边可以调拨一部分过来，总能够解燃眉之急。”

周公潇控制的梓河镇一带，水浇田比武善彧这边还要多，而且土地肥沃，粮食向来高产。但他也有自己的难处。即使调拨一部分过来，在这样的灾荒年份，云泰大队的筹粮任务还是相当艰巨。虽然同船共渡，顾不得谦让推辞，武善彧也不能不为周公潇考虑：“尽管你那边水场地好，六十九军也撤防了，可五十一军要应对，九旅不好驳面子，县里的公粮也要缴。咱们的筹粮任务还是不轻啊。”

“表兄，我听说牛元洲那边的日军和皇协军对他们周边村庄的麦田还有大牲畜都秘密做了登记，据说这就是捐资纳粮的依据。咱们不妨也借鉴这个办法。到时候一户户地上门清算，哪个敢不交？”

“这日本人和牛元洲做事也太绝。今年的收成实在不好，就怕咬着牙都挤不出米粒来。咱总不能不给老百姓留活路吧？”

“咱们都没活路，哪还有心思顾及他们？”

“表弟错了。家父一再说，无论战争是什么结果，日军是要走的，国军也是要走的，可咱们最终还是要在家乡住下去。即使有朝一日远走高飞，咱们的族人也还是要在这里住下去的。如果把乡里乡亲逼得走投无路，咱们也就给自己断绝了后路啊。”

周公潇对武善彧的“后路”极不赞同：“表兄考虑问题老是太过细致，殊不知过于瞻前顾后反而束缚了手脚。只要党国这棵大树不倒，我们就不怕星儿半点的风雨尘埃。做大事而不拘于小节，强根本而勿纠于枝末。对那些愚拙草民，该硬起手腕的时候就要硬起手腕，该冷起心肠的时候就要冷起心肠。”

“该硬起手腕的时候就要硬起手腕，该冷起心肠的时候就要冷起心肠。”武善彧反复掂量着周公潇这句话，良久才说道，“情势所逼，迫不得已的时候也只好这样做。至于秘密登记，我觉着最好让乡里去做，咱们只等着现成收粮就好。”

周公潇似乎悟到了武善彧的精明谋划：“表兄的意思是——”

武善彧意味深长地一笑：“我老早就算计过，今年非得抢粮不可。咱们鼓动乡公所挨家挨户地收缴，到时候再调个包，把黑锅推到八路军身上。轻松夺粮、分离民心，一举两得。”

“表兄谋划精当。”周公潇异常兴奋，“咱们粮食紧张，八路军比咱们更缺口粮。等收缴完乡里的粮食，咱们也还要再盯紧泥腿子们的口粮袋子。让泥腿子们像荒野的兔子，除了啃树皮、吃草根，别无他物可以糊口，看那些四处奔逃的共军队伍何以立足。”

日军暂时停止了频繁的分区扫荡，汉奸地方武装也把眼睛紧盯在麦场上。老百姓不仅要抢夺夏粮入库，还要忙于夏种。当所有人都把心思聚焦在眼下和未来的口粮上，短短的半个月时间里，战争似乎已经远去。

休整的间隙，梁春竑和武善志带领队员们帮助村民打场晒粮、点种玉米，顺带搜寻着日军小分队和枰柳庄那边的动向。麦收就要结束的时候，他们得到了云泰大队准备抢粮的情报。

武善志愤慨地骂道：“队长，我本以为他们会挨家挨户地抢，万万没有想到去抢乡粮仓，再来个嫁祸于人。这种面上好人做尽、暗里坏事干绝的勾当，也只有武善彧、周公潇他们能够想得出、做得到。”

梁春竑对武善彧和周公潇的谋划很是感慨：“自己得了粮食，让日军、国民党军队和县乡保安队都把枪口对准八路军、游击队，然后他们再去挨家挨户重新搜刮粮食，让不明就里的老百姓也把抢粮夺粮的仇恨转移到咱们身上。他们太‘聪明’了！”

“队长，咱们不能坐受其害，必须想办法阻止他们的行动，至少要揭穿他们的阴谋。”

梁春竑沉思良久，阴云却逐渐散开：“善志，螳螂捕蝉黄雀在后，最终谁输谁赢还不好说。好在他们抢的是崔家河而不是夏庄。咱们怎样把他们这次的行动变成给咱们送大礼？”

“咱们在半道上打伏击，把粮食抢过来？”

“这个可以考虑，但有些困难。”

“你不会说趁着他们去崔家河抢粮，咱们去攻打枰柳庄围子吧？这个可更难。”

梁春竑笑道：“善志，从今天下午开始，队员们的心思都用于小心察访，不放过云泰大队任何细微的动静。”

两天后的大早，超过半百的人员和几辆驴马车先后从枰柳庄围子和望台村出发，分散着往东去了。不多时候，武家杂货店来了一中一老两位打酒的汉子。

二掌柜的很客气地打着招呼，接过罐子却不忙着装酒，唠家常道：“近些日子鬼子不来捣乱，八路军也没动静，咱们算是过了段太平日子。”

老汉捻着胡须：“说的是呢。都不闹腾，咱夏粮收了、秋粮种了，也不用提心吊胆的。人这一安稳，就想摸酒壶了呢。”

中年汉子随口道:“四叔，你先别高兴。今日他们就要干一大仗呢。”

老汉咳嗽着警示道:“老二还没喝酒呢就说胡话。掌柜的，装酒。一会儿天更热了。”

二掌柜的却好奇地对着中年汉子:“谁跟谁干仗呢？在哪儿干呢？”

中年汉子不顾老汉的提醒，嘟噜说：“你甭挤眉弄眼。八路军和游击队就是要在天台岭跟咱云泰大队交火，队伍都往那边去了。”

二掌柜的越发好奇:“这都多咱的事儿？我怎么不知道？”

老汉赶紧接过话头：“掌柜的都不知道，你个老二胡嘟囔些什么？掌柜的，老二就是缺根筋，你甭听他胡说八道。”

中年汉子梗着脖子:“四叔，游击队往东边集合，你也看到的。咋说我胡说八道？”

二掌柜的见老汉被噎得黑了脸，忙说：“老叔，这到底咋回事儿呢？云泰大队的人都在忙着夏种，没听说要去东边打仗啊？”

老汉紧张地咽口唾沫："咱也是听他们议论，说是云泰大队今日去东乡里有公干。到底八路军和游击队也往东边去做什么，咱可闹混不清。掌柜的，别听老二瞎咧咧。碰巧的事儿多着呢。"

刚出店门，老汉对着中年汉子的脚下"呸"了一口："老二，你个混混行子。怎么老是狗肚子里盛不住酱油呢？你不知道这杂货店是老武家开的啊？小心多嘴坏事儿，游击队回来跟你算账！"

二掌柜的刚跟武善彧汇报完，李开田派出的暗探也先后带回同样的消息：八路军和游击队应该掌握了云泰大队今日的抢粮计划，而且要在半道打伏击。

去崔家河抢粮是武善彧跟周公潇两人秘密商定、昨晚才跟几个心腹中队长公布的消息。这几个心腹中出了奸细，还是今早东去的士兵中有谁不小心走漏了风声？既然对方已经掌握了动向，他们果真要在天台岭一带打伏击，还是想趁着兵力空虚而攻打枰柳庄围子？按照两人的筹谋，周公潇带着武赣民、张纯三和五十多人的主力队伍前往崔家河，武善彧留守枰柳庄围子，同时策应几乎是座空寨的望台村。相较于攻打坚固的围子，对方半道伏击的可能性更大。武善彧当即派人传令李开田带领驻守望台村的人员撤回枰柳庄围子，替代自己守护大本营。他亲率几十人枪前往夏庄粮仓。

武善彧不仅要带走帮助夏庄护粮的王希厚中队，也希望粮仓暂停收缴、晾晒公粮，要保安大队一同前往天台岭接应队伍。保安队长找乡长请示，却缝乡长外出公干，不敢擅离职守。王希厚登时火起："为了你们的粮仓，我们一个中队都派过来了。现在要你们一同去天台岭，也不过是叫你们帮帮人场。你们咋敢抵三挡四？"

保安队长点头哈腰地推诿着："不是我们抵三挡四，实在是没有命令不敢贸然行事。王队长，咱兄弟们的家雀儿脑袋有多大，你还不知道？"

王希厚咆哮道："乡长的脑袋又能比你我的脑袋大多少？县长见了我们武队长和周参谋长都要矮三分，何况他一个小小的乡长？你小子不仗义，也别怪我大老王不给你面子！"

保安队长只好把收晒公粮的雇工撵出院子，闭门落锁，留下两名保安队员守护粮仓。他则带领队伍跟随武善彧疾奔天台岭方向。

两名保安队员得知游击队去了东面战场，谅村民惧怕他们手里的长枪，便蹲坐在粮仓前的树荫下喝水抽烟。正有些乏味，从路上拐进两辆载着粮食的小推车。两人呵斥说今天暂停收粮，让他们趁早回返。那几个人边问询、边抱怨着走近跟前，身后四个扛着锄头的汉子也推搡打闹着靠过来。保安队员发现苗头似乎不对，慌忙举枪，却被几个人牢牢地抢先控制。

大块头的李开林虎着脸说："我们是山里面的游击队。今天过来没别的意思，就是借点粮食好吃饱了打鬼子。你俩若识相点儿就老老实实待着，也算你们抗日有功，兄弟我保证不伤你们半点儿皮毛。胆敢动歪心眼儿，别怪我把你俩当汉奸灭了。"

有个胆大点的保安队员颤声说："兄弟，我们挣碗饭吃也不容易。你拍拍手走人，俺俩可过不了后边的坎儿啊。"

"既然过不了后边的坎儿，趁早，跟我们走算啦。"

"跟您走也行。只是俺俩都是在册的人，后头老老少少要跟着遭殃呢。"

"这位兄弟脑瓜子挺机灵。这样吧，你俩规规矩矩地配合，我让你们轻松跨过那道坎儿。"李开林他们把两个保安队员手脚捆绑，嘴里塞上破布，眼上蒙住布条，反锁到小屋子里。然后招呼前来帮忙的村民们，砸开门锁，肩扛车推，桶装筐运。仅半袋烟工夫，粮仓里的新麦子被搬运了个干净。

武善彧带领队伍急速前进，万分戒备地攀上天台岭，却并未发现伏击队伍。不止八路军，游击队的影子也没找到。难不成八路军跟游击队要直接包围崔家河粮仓？这不仅很难得手，还要付出巨大伤亡代价。难不成八路军和游击队将他调离枰柳庄，借机攻下枰柳庄围子？围子高墙厚土，固若金汤，即使八路军正规队伍也不能在十天半月内攻破。况且，只是攻下围子而不消灭队伍，这也不应该是对方的作战目的。或许，对方为了戏谑云泰大队而有意施放烟幕弹？

武善彧思而无解，决定暂且占据天台岭的绝对优势位置，指令王希厚骑着自己的马去崔家河面见周公潇。

王希厚策马一路飞跑，在崔家河驻地的边界上遇到了八路军服装打扮的武赣民和张纯三。两人正喜滋滋地策应着运粮队伍凯旋。

几乎在李开林带队搬光夏庄粮仓的同一时刻，周公潇的崔家河抢粮行动也在完美进行。周公潇假借从县城回来，紧急传递八路军明天可能要来崔家河抢粮的消息。守仓的保安队江队长大为感激，极力邀请周公潇去喝酒。两人还没到耳红酒酣之际，武赣民和张纯三他们已经没有半点声响、干净利落地将保安队员整体缴械。武赣民和张纯三不仅将粮食搬运一光，还冒充八路军首长给保安队员们上课，放风说八路军这次借粮就为的打鬼子、纾国难，鼓动保安队员们参加八路军、游击队，而不是甘当腐朽政府的看门狗。

王希厚从武赣民口中得知周公潇身在酒店，赶过去离镫下马，故作吃惊道："参谋长！"

周公潇见王希厚来到这边，吓了一跳，赶忙站起身："王队长！你怎么来这里了？"

王希厚急切道："参谋长，队长得到确切消息，八路军和游击队已经集结队伍开往天台岭这边。武队长担心参谋长安全，令我前往县城方向接应。我进来找碗水喝，没想到参谋长在这里。"

周公潇蒙了："什么？八路军和游击队已经开往天台岭？你怎么过来的？"

王希厚机敏地回道："我怕跟八路军遭遇，绕着南面山梁过来的。参谋长也该绕着南面山梁返回。"

周公潇捋不清真实意图，暗示道："八路军、游击队向来诡计多端。队长家中做好防范了吗？"

王希厚会意："武赣民中队长和张纯三中队长在佛前庄一带筹粮，现已奉命返回。我的中队也奉命回到围子。"

周公潇既为便于日后脱清跟崔家河粮仓这边的关系，也忽地担心云泰大队会不会被游击队算计："王队长，你的中队怎么敢返回围子？万一中了游击队的调虎离山之计呢？"

王希厚望见周公潇额头上渗出细密的汗珠，不禁浑身燥热："参谋长，你这一说，我心里也七上八下了。咱们赶紧返回吧。"

周公潇越发不安，紧张地对崔家河保安队长说："江队长，八路军、游击队最会声东击西。这顿饭我是吃不下了，咱们来日方长。"

保安队江队长见周公潇不像撒谎，也为粮仓守备安全担忧，同时起身告辞。

江队长才从酒店跑开，王希厚赶忙简要汇报了武善彧的行动，却表示刚刚过来时并没观察到公路两边的异常。周公潇无从判断八路军的真实动机，却对武善彧的行动深为不安。他跟王希厚飞身上马，疾奔老家方向。不过三里多地，前方传来激烈枪声。

便装抢粮的云泰大队士兵沉浸在偷袭得手的喜悦和刺激中，一边汗流浃背地载着粮食前行，一边喘着粗气吆三喝四，想象着回到围子后狂饮大嚼的痛快，对道路两侧毫无防备。按照梁春竑事先考虑的方案，武善志率队在村东路北的高坡上突然袭击。奈何面对的是久经沙场的武赣民和张纯三，武善志他们很快抵挡不住，借着几枚手榴弹的掩护迅速撤往西北方向的山林。

周公潇和王希厚策马狂奔，赶到作战地点时，武赣民正气急败坏地指挥人员盛装散落在地上的小麦，为六七个伤员包扎伤口。

天台岭上的武善彧闻听枪声，断定八路军的队伍在岭下跟周公潇短兵相接，急忙率队赶来增援，却发现战场已经打扫完毕。得知袭击队伍里没有梁春竑的身影，武善彧和周公潇同时感到不安，既担心枰柳庄围子的安危，又害怕天台岭会不会被游击队占据。两人赶紧派武赣民带队打前站，他们亲自督促人员运载着粮食加速返回。

刚穿过村子，天台岭上又传来枪声。周公潇怒而策马先行，追上打前站的武赣民。原来，天台岭北侧从路边到制高点上果真遍布着隐蔽作战的游击队员。武赣民不占地利，也不知前方虚实，正当束手无策之际。

待武善彧的队伍赶上来，周公潇便亲自带队侧面攻山。周公潇、武赣民和张纯三本是猛将，又身先士卒抢身在先，隐蔽射击的游击队员反而处于被动境地。只听一声“滚山石”，一颗颗大如碌碡、筐篓的圆滚滚的巨石跳跃着奔腾而下，有几颗直达公路，把两辆驴车和小推车撞散了架。

武赣民躲闪着巨石，“噌噌”地往上蹿：“狗日的土鳖孙！我要一颗颗打碎你们的脑袋！”

话音才落，一颗手榴弹飞到跟前。武赣民赶紧卧倒，抱头贴在草丛里。待了一段时间，却瞥见那手榴弹不再冒烟，也没爆炸。武赣民以为游击队员在戏弄他，看看投弹的人也撤到山顶，立时气得怒发冲冠。刚要起身追击，这个哑巴自制手雷却“砰”地爆炸开来，吓得他倒抽一口冷气。

眼看公路上武善彧的队伍要翻过山顶，周公潇他们也逼近制高点，武善志扯着嗓子高喊：“大家伙儿坚持住！全力堵住这群汉奸，好让咱们的队伍端掉他们的老窝土围子！”

周公潇循声望过去，发现喊话的正是梁春竑的小跟班武善志。他一个点射正中武善志左肩。武善志忍不住“哎哟”一声，伏倒在青石块后。武善志顾不得疼痛，抓过旁边队员手里仅存的一枚手榴弹，使尽全力对着周公潇扔过去。趁着周公潇卧倒躲避的间隙，带领游击队飞速撤退。

武赣民和张纯三带人把守路边制高点，周公潇跳跃着返回到公路上。

武善彧很有些焦躁，却也惭愧地说：“表弟，总是让你冲锋陷阵，我这个做大哥的实在汗颜。”

周公潇汗如水洗，气喘吁吁：“表兄何出此言？粮食都运过来了？”

武善彧懊恼道：“带着粮食拖累作战。我放弃了一部分。”

周公潇赞同武善彧的决定，却也很心疼本已经到手的战利品：“过了天台岭就是咱们的地盘。要不要回去运过来？哪怕暂且就地掩藏也好。”

“我何尝不希望这样。可现在最要紧的是围子。从头到尾没看到梁春竑的影子，李开田那边也没派人来告急或者报平安。到底围子安全如昔，还是被他们——严密包围？”

梁春竑不仅没有在两次伏击战中现身，也没有在智取夏庄粮仓时露面。他分析武善彧带队东进增援时一定会在天台岭设点，便让武善志带队先行埋伏到村东的高坡，目的仅仅是打个骚扰战。至于天台岭上的阻击战，也只是抱着试试看的态度，伺机再获点小胜。没料到武善彧和周公潇果然中计，因为过度忧惧而弃粮回奔，留给了游击队上千斤的新麦子。但是，武善志左肩中弹，另有七名游击队员受伤，其中一人生命垂危，这让梁春竑深为悔恨。

武善彧和周公潇的队伍下了天台岭，西行不过两里路，迎面见到了李开田派来的通讯兵。得知并无队伍围攻围子、夏庄粮仓反而被劫，武善彧如梦初醒：“我们中了游击队的圈套！”

周公潇恨怒而又羞愧，脸色变得蜡黄：“准又是梁春竑干的！”

武赣民满腹狐疑地问道：“可咱们这次的行动非常保密，又怎么走漏消息的呢？”

武善彧不想打草惊蛇：“世上本就没有不透风的墙。何况咱们这么多人分散行动，难免有谁不会被游击队的勾子给探听到消息。”

武赣民两眼怒火：“队长、参谋长，就这么百儿八十人，回去后一个一个地审，不怕查不出那个奸细。”

周公潇训斥道：“又说混话。谁能保证一辈子不说漏嘴？就因为这点过失而闹得咱们不攻自乱吗？你是中队长，不许生事。”

回到枰柳庄围子，周公潇屏退众人，悄声道：“表兄，就算今早半道上走漏了消息，那游击队也绝对不可能布置得如此周密。几个中队长里面肯定有他们的勾子，而那个李开田嫌疑最大。”

周公潇的怀疑也正是武善彧的心病。他心中抖动却故作惊讶：“李开田？他多年在我这里当伙计，腿脚勤快，忠厚老实。支天辅阵亡之后，他又服侍在我身边，一直没什么异常。再说，他爹李怀安也是咱们的人，应该不会有差错。”

周公潇冷笑：“先前那支天辅精明剔透，凡事写在眼睛里；而李开田不温不火，凡事都藏在心里。李开田同村的人大都参加了八路军和游击队，唯独撇下他一个在咱们这边，而八路军和游击队根本就没有把他的家人怎么样，这里面是有文章的。再说李怀安，明明精明过人，耳通目达，却装憨、卖呆、扮傻。‘治安强化’这么长时间，他抓到过一个共产党、八路军了吗？恐怕他还是给八路军、游击队放哨的呢。”

“表弟所言也是我所担心的。让我好好回想一下，李开田与这次行动有没有搭边的线索。”

“咱俩从未就粮食的事情对外透露过任何口风。只有那日在麦场上，表兄见收成确实欠丰，随口感叹今年口粮缺口难补。我当时接话说‘何须担忧？崔家河和夏庄粮仓的新麦子不几日就要进仓，咱们就等着看戏好了’。回想当初，是我祸从口出，忽视了旁边跟随着的李开田。”

武善彧隐隐发生了动摇：“当初我让李开田接替支天辅的位置，也有通过他和他爹掣肘梁春竑的意思。如果他爷俩儿是暖不透心的白眼狼，反过来给八路军和梁春竑他们做勾子、当眼线，那他们就该去见阎王了。既然如此，日后派得力人手好好盯着李开田。”

周公潇冷面寒铁：“不是日后盯着他，这次就要严办。”

武善彧吓了一跳：“表兄要严刑拷问李开田？”

周公潇阴冷地哼了一声：“单单严办李开田，也太便宜了他们。我有一个计划，既能查验李开田是不是勾子，还能铲除梁春竑这个毒瘤。”

隔了两天，武善彧和周公潇召集六个中队长，闭门传达命令。武善彧语气平缓，却冷酷之情可辨。他讲了“螳螂捕蝉，黄雀在后”的典故，怒骂游击队就是贪婪狡诈的恶鬼，连同蝉、螳螂和黄雀一网打尽。然后宣布说昨天又接到上面新的指示，要他们务必把四千斤小麦在三天之内送到一一四师驻东里店以南的队伍手里。可这条线路必须经过八路军时常出没的地段，保证粮食安全困难很大。他只有一个要求：这次运送粮食只许成功，不许有半点闪失。

周公潇目光犀利，话语刻薄，说这次运送军粮任务非比寻常，谁敢走漏半点风声，我认枪不认人，认脑袋不认情分。一旦发现探听消息的，不管是谁，六个中队长都可以先斩后奏，甭管死的活的。按照计划，这次运粮暂定在后天早上，武队长亲任总指挥，他和在座的各位按照即时分工确定任务。云泰大队所有士兵今明两天全部在各自驻地待命，不许离开驻地半步。

武赣民和李开田被留下继续开会。武善彧像对心腹安排密旨："把你俩留下来是有更重要的话要说。这段时间看似太平，八路军和游击队暗中的活动却从未间断，这次筹粮失手就是很重的教训。后天运送军粮的任务非常艰巨，同时还要防护好地盘。所以，刚刚参谋长的训示绝不是制造紧张氛围，也绝不是随便一说。我和参谋长已经制定好策略，从你们两个中队中抽调二十个人运送、二十个便衣护送。"

武赣民和李开田几乎同时站起身。武赣民率先脱口而出："队长，运送粮食的人员太少了吧？"

李开田面露忧虑："运粮路线要经过游击队的防地，而且这条路线地势错杂，沟深林茂，最怕遇到伏击。"

武善彧表情淡淡："兵不厌诈嘛。人多反而容易暴露目标。我和参谋长旨在出其不意。"

武赣民争辩道："队长，兵不厌诈也要合乎用兵之道。四十人的运粮队伍，再怎么装饰也难以逃过有头脑人的眼睛。更何况，八路军和游击队善于打伏击，皇军和国军在这上头可是吃了很多亏的。"

武善彧满意地微笑："皇军和国军吃亏就因为他们是皇军、是国军。游击队的战术对付他们有效，对付咱们可就不怎么灵验。"

周公潇见李开田蹙眉不语，便问："李队长还有何话要说？"

李开田紧张地眨巴着眼睛："队长、参谋长，武赣民队长的担心绝非多余。非要出其不意的话，属下认为我们不应该走大王庄这条小路，而要走佛前庄那条大路。路途多出一半儿，可是一路相对安全，至少能避开最适合打伏击的地方。"

"走那条路，也还要经过八路军的很多防地。而且，增加一天的时间，危险也增加了一倍。"

"参谋长，走佛前庄那条大道，只有跟八路军防区毗邻的那段路不太平，剩余的都是一一四师的防区。既然给一一四师运送粮食，咱们就可以请求他们接应。即使有游击队出没，也不怕他们闹出什么动静。可大王庄这条路，从坪上村算起，往前还有石榴峪、凤凰顶、马子沟，这些地方或明或暗，哪处都让人悬心啊！"

武善彧哈哈大笑："李开田，我就看中了你这藏而不露的脑袋瓜子。你果然没让我失望啊。既然你已经把要害之处全都看到，自然会有周全的应对办法。实话对你说，因为你家在盘龙，对坪上村周围一带的地形很熟悉，我和参谋长已经决定由你带队运送粮食。”

李开田急了：“可是，队长，这条路真的行不通啊……”

武善彧摆摆手：“李开田，两天前游击队采用调虎离山之计，不费吹灰之力搬走了夏庄粮仓的新麦子。咱们这回也以其人之道反治其身。后天我和参谋长会分头去两边山里筹粮，梁春竑的队伍自然不会袖手旁观。所以，你尽可以大摇大摆地把粮食运送到国军驻地。武赣民，你的任务是带领中队去梓河镇地界缴粮。明天早饭后出发。”

武赣民摸不清武善彧和周公潇的意图，吞吞吐吐回道：“队长、参谋长，李开田队长的建议十分中肯。不管走哪条道，咱们都应该请求一一四师接应啊。”

武善彧神情越发兴奋：“我跟参谋长留下你们两个的意思，就是要你们明白肩上担负的责任，不要辜负了我和参谋长的期望。好了，你们各自考虑怎么完成任务吧。”

待武赣民和李开田各自心存疑虑地退出，武善彧收敛了笑容：“表弟，看见李开田有什么不对的地方了吗？”

周公潇眼中闪过深不可测的光线：“虽然没有看出来，可总觉得他太稳当了。表兄，越是稳当的人越是让人放心不下。”

武善彧很期待对李开田的怀疑不过是杞人忧天，便心情复杂地说：“但愿后天他还是如此稳当。那就是真稳当了。”

从武善彧那里出来，李开田一整天都处在焦虑不安中。云泰大队两天前抢粮刚刚失败，现在又紧接着运送军粮，路线不仅经过八路军游击队的活跃地区，而且只有四十个人的队伍护送。究竟是什么让武善彧和周公潇如此胸有成竹？这里面到底隐藏着什么阴谋？从留下他跟武赣民的单独谈话看，武善彧和周公潇的筹划也无懈可击。李开田很内秀，但这次他实在分析不透，只是隐约感到这次运送粮食成功与否对自己来说非常重要，或许决定着自己的生死命运。

天色将黑，早出晚归的王货郎摇着蒲扇、挑着担子晃晃悠悠地回到围子。在围子里巡逻的李开田照例走上前去稍加询问一番，悄声说：“王大叔，明天帮我给家里捎点东西吧。过会儿我给你送过去。”

王货郎敏锐地发现不远处一个便衣若无其事地关注着这边。他恭敬地笑着大声回道：“李队长安排的事情，我一准儿做到。”

王货郎回家洗把脸，泡上茶水，摇着蒲扇坐在桌前抽烟。

李开田拿个布包走进来：“王大叔，今晚吃什么饭呢。”

“李队长来啦。我刚泡上的茶，还没喝呢。您先来一碗。”王货郎高声回了话，赶忙低声提醒说，“你身后有尾巴了。最近可要防着点儿。”

李开田一愣，马上笑着道：“哎呀，王大叔，你这茶叶泡得太酽，舌头都发苦啦。”

王货郎呵呵笑着：“你们年轻后生不明白。大把抓的老杆烘就得泡得酽酽的才好喝，又提精神又当饭呢。你再仔细咂摸咂摸，苦里面透着香甜呢。”

闻听身后有了尾巴，李开田飞快地打开包裹，从烟叶里掏出纸条，放到脚下来回用力碾碎，悄声说：“后天一大早我带领四十人运送粮食去东里店，走坪上村。四千斤小麦只有四十个人护送。”

“这大叶茶啊，开始的时候小口喝，习惯了就大口喝。要是喝上瘾，就离不开啦！”王货郎又悄声问道，“你们运沙子和刨花做什么？要修墙盖屋吗？”

“运沙子和刨花？什么时候的事儿？”

“你不知道？昨天晚上。参谋长亲自带人运进围子的。”

“你把这句话也捎过去。”这运沙子和刨花跟运送军粮有什么关系？李开田的头脑里有些纷乱，便起身告辞，“王大叔，你这茶我实在喝不了，还不如去井台上喝凉水舒服呢。走了。”

第二天，王货郎出了围子，直奔枰柳庄。见村头的凉棚底下没有李怀安，王货郎心下大喜，正好借助李怀安给陶竑春传话。哪知家里只有李开田媳妇儿，老两口下了地。王货郎一路上都在警惕是不是有人跟踪，刚进村拐弯的时候，已经瞅到一个似曾相识的身影快速闪到墙角。他心里绷得很紧，只能硬着头皮去了梁大爷家。

王货郎在梁大爷家院前的树荫凉里高声叫卖了阵子，然后对着梁大爷家喊道：“梁大嫂子，你儿媳妇儿年前买的花线还没给钱。她还没回来吗？要不您先替她把钱还了吧。”

陶竑春的婆婆正在家里洗衣服，听见王货郎的话愣住了。究竟儿媳妇儿真的赊欠了王货郎的花线，还是中间藏着什么事儿？陶竑春早已经等候在屋门口，急忙小声提醒：“娘，就说俺一直没回来。你让他家来喝口水，你来还账。”

梁大娘心头的雾气立刻消散。她擦着手走到院子门口说：“他王大叔，这孩子一两个月见不到人影啦。快家来歇歇，喝碗水。俺把她欠你的钱给垫上。”

王货郎一进屋，立刻对抱着孩子的陶竑春说：“两句话你要听仔细：明天一早，李开田带着四十人护送四千斤麦子前往东里店，走坪上村这条路。第二句：参谋长背着李开田运进来好几车沙子和刨花，李开田琢磨不透做什么用。”

陶竑春疑惑不解："这叫什么话？俺怎么听不明白？"

王货郎指指里间："梁队长指定会明白的。李队长和我身后都有勾子！"

话没说完，院子里闯进一个小伙子，两大步便跨到门前："家里有人吗？俺找碗水喝。"

王货郎赶忙把陶竑春往里间一推，自己站到桌前，端起碗喝水。

梁大娘问小伙子往哪里去，转身去给拿碗。那小伙子就像在自己家一样跟进屋里，拿眼直盯着王货郎："这不是王货郎吗？你也来找水喝？"

小伙子一边跟王货郎说闲话，一边鬼鬼祟祟地仔细搜寻着屋里："大娘家里好几口人吧？怎么就你在家？"

梁大娘拉下脸，叹口气："自从来了鬼子，儿子走了，儿媳妇儿也带着孩子不见人影了，就剩俺老两口在这里囚闷着。"

小伙子眼睛骨碌碌乱转："别不是参加了八路军或者国民党吧？自从来了鬼子，都闹不清哪个队伍是好人了。"

梁大娘拍打着衣襟说："你这位后生啥也别说了，提起来俺就伤心。俺不知这两个冤家到底是做什么去了，俺也不指望这两个冤家给俺养老送终了。你可不能跟着他们学，更不能去当汉奸啊！"

小伙子吸溜着水："那是那是。您儿子和儿媳妇近来就没回来看您？"

王货郎知道这个探子故意纠缠着不想动身，插话说："老嫂子，把你儿媳妇儿赊欠我的钱还上吧。我还得出去转悠呢。"

小伙子故意找碴儿："大娘这么大年纪的人了，又这么不容易。王货郎你可不能只顾赚钱昧了良心啊。"

王货郎气冲冲地说："你这年轻人说话好没遮拦！你四处打听打听，我王货郎是凭良心挣饭吃的人，什么时候昧过良心？这都是好几个月前的旧账了。我也要吃饭不是？"

"他王大叔别生气。这孩子也是随口一说，不知道深浅呢。"梁大娘劝慰着，从门后的竹筒里掏出一卷票子递过去。

"大男人说话可是要砸个坑的。说话之前要三思、做事之前要三问。知道吗？"王货郎把多余的钱还给梁大娘，瞪着探子说，"水也喝了，话也问了，你还不走？"

探子只好"咕咚"把水喝掉，暗中尾随着王货郎转了整整一天。

周公潇听完哨探的报告，细细思量确实没有发现破绽，但是对王货郎到梁春竑家喝水并收取赊欠的环节疑虑重重。他把其中的猜测深藏在心里：第二天见分晓后再做理论。一旦粮食被游击队抢夺，不管李开田还是王货郎，都死定了！

梁春竑接到情报的时候已是晚上。他迅即与肩负重伤的武善志对这一消息进行分析。天台岭伏击战一结束，梁春竑亲自带人送武善志和另一名重伤的游击队员到八路军后方医院。武善志离不开梁春竑和游击中队，只在医院待了半天就急着返回，被梁春竑强制静心疗伤。

梁春竑说："四十个人护送四千斤粮食也算合适，但是经过风险重重的游击区就显得不合情理。周公潇又悄悄运进了沙子和刨花，肯定会与这次运送粮食有关。善志，你想想看。"

武善志不假思索说："运送粮食是假，引诱我们上当是真。如果我们前往夺粮，定会正中他们的埋伏。"

"可今天我们几处得来消息说，武善彧和周公潇明天一早将分头前往土洼和龙凤湾筹粮。他们会不会故意把咱们的队伍吸引到两边，从而成功把粮食运送过去？"

"这样说来，那沙子和刨花与运送军粮又没有关系了。他们运送军粮也是真？"

"我怀疑他们运送军粮是假，分头去两边筹粮也是假。放风说去两边筹粮，就为的让咱们去伏击运粮队伍，钻入他们设置好的圈套。"

武善志难以厘清纷杂的头绪，忽然想到王货郎说他和李开田身后都有勾子了，忍不住吓了一跳："武善彧和周公潇已经怀疑王大叔、怀疑李开田了？"

梁春竑点点头："你说得很对，他们已经怀疑李开田和王大叔了。他们真运送粮食也罢，假运送粮食也罢，咱们都不能去碰。至于去土洼和龙凤湾那边筹粮，定然也是幌子。可为了李开田和王大叔的安全，咱们就'中'一回他们的计，我跟李开林带队去龙凤湾走一趟。"

李开田带领二十名云泰大队士兵在前面行进，周公潇带领二十人化装成便衣分散在车队前后押运指挥。武善彧带领夏庄保安团和王希厚的中队提前在坪上村村西北山林的外围隐蔽，武赣民和张纯三带领两个中队隐藏在坪上村村东南山林的外围。另有一个中队天亮之前就已潜往坪上村北出口外的山林里。所有队伍子弹上膛，绳索在手，只待伺机收网。然而，队伍一路走来，四周恬然安静，到达坪上村最狭窄处时也没有半点异常。李开田按照周公潇的指令，让士兵们或坐或躺在路边树林下休息，检修整理车马。半个时辰过去，日已中天，四周安静依然。周公潇决定再赌一把，命令队伍继续向北推进。

直到日头偏西，哨探来报说梁春竑的队伍先后去了龙凤湾和土洼，扑空后撤往西北方向。周公潇极度恼怒却无法发作，气冲冲地命令队伍倒掉沙子、刨花，原路返回。

回到枰柳庄，周公潇怒火中烧却无处发作，整个人尽失形色。

武善彧安慰道："表弟，你今天这一计可谓天衣无缝，完美无缺。既然咱这里确实没有探子，我们今后可以放心对外。不管怎么说，今日的行动，值得。"

周公潇的笑比哭都难看："夏庄乡那边怎么答复？还有咱们的所有参战队员？"

武善彧极力洒脱地摇着蒲扇："这个好说。就说咱们用的是暗度陈仓之计，粮食已经从佛前庄一线运送到一一四师了。他们今天很辛苦，酒肉犒赏。"

看着周公潇无可奈何的表情，武善彧又笑着说："劳碌一天，心神疲惫。表弟换洗一下，吃过饭好好睡一觉吧。"

周公潇羞恨交加，咬牙切齿道："梁春竑，你的账我都给你记着！"

第二十九章

借助于皖南事变后国共两方暂停对抗的时机，共产党沂蒙根据地快速恢复并扩展，再次撬动了原有实力的平衡。为了防区控制和粮食等物资的争夺，苏鲁战区内五十一军、海军陆战队和地方武装在这年九月发起了对共产党抗日根据地的猛烈进攻。

梁春竑此时已身兼县委民政科长的职务，武善志更多地担负起了云崖区游击中队的工作。李开林隔三岔五就出去骚扰日军小分队，或者教训日伪汉奸，惹得另个排长王大有也经常手痒。这天下午，两人顶着炭火颜色的夕阳回到驻地，身后几名队员扛着袋子、挑着油篓，红黑色的脸盘水洗一般。原来，两人探听到后山庄寡妇两个通敌的小叔子今日要到大集上称油买米，便在山梁前的沟堑处设了埋伏，痛揍了两个汉奸，截获了他们的粮油。武善志正批评他俩这样做会给游击中队的活动制造障碍，梁春竑顶着最后一缕紫金色的晚霞来到队伍面前。

梁春竑带来了两个晦暗的消息。首先，国民党顽固派和反动地方武装已经发起了对抗日根据地的残酷进攻。三天前，国民党五十一军和海军陆战队联合袭击了八路军山东纵队，打死打伤八路军战士十一名，烧毁民房八百多间，抢走粮食数万斤。昨天，五十一军与国民党县保安团联手攻下了八路军驻防的要塞卞山，还跟随在分区“扫荡”的日军之后抢占货郎崮，杀害了一个副营长。

李开林第一个窜了火：“队长，咱们老说什么国共合作、联手抗日。两三年了，顽固派和汉奸武装什么时候真心实意地与咱合作过、联手过？咱们越是谦让，他们越是紧逼，得寸进尺。我看，对他们……”

梁春竑打断了李开林：“所以，我们越在艰难的时候越要经受得住严峻考验。”

李开林没能控制住激动的情绪：“还要怎么考验？你说过‘只有主动制人才不会受制于人’。八路军就不能调集所有兵力，先把这些顽固派和狗汉奸消灭掉？”

梁春竑知道，李开林的冲动不只是他自己一个人的情绪，也代表了大多数人，甚至自己情绪躁闷时也这样想过。他决定借此解开所有人的疙瘩：“李排长的话是不是也说到大伙儿心里去了？我这样跟大家说吧，咱们看到的只是一两步棋子，而八路军和共产党看到的是全国的整个大棋盘。只在一两步棋子上计较得失而不看整个棋盘是要吃大亏的。大家想想看，咱们的队伍虽然站在正义的一边，最初有多少老百姓能够理解和接受？为争取他们的理解和支持，我们付出了多少努力？难道说因为他们不理解、不接受，就把他们列为反动分子吗？几年来，我们的全民抗战主张逐渐被各个阶层的民众所接受，根据地几乎所有的老百姓都把咱们视为亲人。这是多么大的胜利，这个胜利是经过多少付出和磨难才得来的。抗日战争也是一个长期艰难的过程，更需要我们放眼长远，杜绝冲动行事。至于顽固派和汉奸武装，我也说过，该收拾他们的时候一定会收拾，只不过要等待合适的时机。刚才李排长说‘调集所有兵力先把这些顽固派和狗汉奸消灭掉’。可凡事既要知人短长，也要知己短长。从小处看，咱们的队伍和手里的武器，不要说跟那些顽固派，就是跟云泰大队都无法相比。怎么收拾他们？从大处看，我们为什么要联手抗日？不就是要最大限度地维护团结、并肩抗击力量更强大的日本人吗？咱们本就处于劣势，再只顾内争，怎么能把日本人赶出去？李开林，你也是带领队伍的人，可不能老是像以前那样凭意气用事。”

李开林无可辩驳，却还是忍不住顶撞说：“队长，你说的这些咱都懂。可一想到跟这些白眼狼讲仁义，我就觉着憋气、窝囊！”

梁春竑的口气变得严厉：“带领队伍的人最忌讳凭意气用事。什么叫作‘小不忍则乱大谋’？什么叫作‘放眼大局，相时而动’？我们自己都不能统一思想，又怎么能全民动员？在场的每个人都要有长远的眼光，对上级的政策要有正确而全面的认识，对偶尔的挫折不要气馁，也不可以意气用事。记住了吗？”

梁春竑的这段话不仅是对大家的鼓动教育和指示安排，更是对自己暴躁情绪的严厉批评。李开林很感到羞愧，咂摸咂摸滋味儿，又难为情地抬头问道：“气馁？什么意思啊？”

“不气馁就是不要泄气，不要失去了信心。”

“队长，还是说咱老百姓的话好懂。你老是文绉绉的，弄得俺头都大。”

“头大了更得要学。什么时候听起文绉绉的话来就像咱们平日里拉家常，你就叫有文化、长知识了。”

武善志看到李开林驯服下来，马上想到了第二件事情：“队长，那第二件事情是什么？”

梁春竑努力想笑，却没笑出来：“第二件事情也不叫人开心。今秋日军可能要再组织一次大‘扫荡’。上级发出指示，让我们认真准备应对。”

又是乌云压城的消息。武善志也禁不住有些愕然。

梁春竑把大伙儿的神情看在眼里，鼓动士气说：“前年日军第一次大‘扫荡’有多么严酷，大家都亲身经历了。可又能怎么样？我们以天地为室、四野为家、果菜为粮，革命力量不仅没有被绞杀摧毁，反而更加成熟壮大，已经像匕首一样插到他们的后方，有力牵制着他们侵略铁蹄的推进。侵略者被扎疼了、被捆伤了，像疯狗样一样要来一次反扑。可这里是咱们的家园，怎么可能拱手让给闯进来的一条疯狗？先让它闯、让它跳、让它叫嚣，咱们结好绳套、握紧棍棒、磨好坚刀。一旦时机成熟，关起门来，棍棒齐出，定然把这疯狗碎为肉酱。对不对？”

李开林眼里的愤怒慢慢转化成自信的光芒：“队长，咱们怎么办，你发令吧。”

梁春竑观察到众人的情绪重又高涨，轻松笑道：“既要打疯狗，还要小心别被疯狗咬到。明天我们要召集区、乡和村庄领导骨干会议，安排掩藏公粮、训练民兵、监视坏人和赶做军鞋等工作，咱们游击中队也会有任务安排。现在我们急需要做的，就是吃饱饭、养好精神。我还真是饿了。开林，能开饭了吗？”

梁春竑悄悄揽住武善志的右肩：“善志，还有几句话要单独跟你说。上级发出指示，日军今秋‘扫荡’的规模很可能大于往年。究竟大到什么程度，现在还无法预计。你心里要有数。当务之急则是小心防备国民党顽固派和地方反动武装对咱们的突然袭击。上级根据对周边形势的判断，我们的云崖区很快就要经历一次残酷的考验。”

经过四年时光的磨砺，武善志已不再是先前细高挑的白净脸子。他身材依然单细，却是骨骼坚硬的汉子，成熟的脸盘上凝结着冷静和睿智。武善志默默地点点头。

九月底，也就是梁春竑带回上级指示的两天后，国民党军先是在东西三十多里地的战线上，对以泰沂云崖区为中心的八路军抗日根据地展开大规模全面争夺。仅仅三天时间，八路军在泰石公路两侧和公路以北的战略要地相继被攻占，泰沂抗日根据地内的党、政、武装机关和人员大都撤往南沂蒙中心根据地。梁春竑带领的云崖区游击中队协同八路军进行了云崖崮、牛家坪等几个激烈战斗后，不得不同时撤往南沂蒙。

夜晚的枰柳庄围子内张灯结彩，酒肉飘香。武善彧和周公潇邀请一同对八路军作战的部分营、连长和国民党县党部、保安团的部分要员举行庆祝宴会。武毓庆经不住极力邀请，坐到了宴会的首席。

县党部的宋秘书和国民党赵连长一再赞美逢迎，武毓庆再三谦恭，不得已即兴说："听善彧和公潇说，仅仅三天时间，国军和县里保安大队就把八路军和游击队全部赶往南边山里去了，可见我党国威风坚如磐石，诸位也是后生可畏。共产党和八路军应该明白，我方从前的退让不是软弱，只不过是网开一面罢了。在这捷报频传而又神清气爽之时，老朽慨然提议，为了这次团结作战的胜利，也为了向诸位庆贺，咱们共同满饮一杯。"

在座官员齐声叫好，举杯一饮而尽。

众人饮酒之后，武毓庆意犹未尽："不是老朽多言，就从咱们这边的闹腾来看，这个共产党很不一般，万万不可等闲视之。

宋秘书接话："老先生所言又切中了要害。别看共产党的大部队跑了，小部队说不定隐藏在什么地方；指挥机关跑了，暗藏的共党分子片刻不会消停。我们还是要两手准备的。"

赵连长刚要发表见解，武毓庆起身抱拳说："赵连长、宋秘书，还有各位党国将才，老朽刚才虽是肺腑之言，却难免失之偏颇，还请各位恕谅。大捷喜宴，理应开怀畅饮，谈笑风生。一来我年老力衰，不胜酒力；二来我身在局外，不谙战事。所以老朽先行告退，各位风华英才也好无拘无束，一醉方休。失礼了。"

赵连长附庸风雅道："听老先生侃侃论道胜读经史诗书，我等正要沐浴春风呢。"

武善彧只好替父亲拦挡说："家父年高，体力精力不比我等兄弟。不如各随其便，咱们兄弟们来个把酒问青天如何？"

赵连长还没来得及在武毓庆面前一展风采，只好摆着谱嚷道："过后再来聆听老先生教诲啊。到时恳请老先生不吝赐教，畅抒胸臆啊。"

待武毓庆走后，一行人重新入座。觥筹交错，杯盘齐响，满屋子人毕露得意忘形之态。

天才微亮，武善彧和周公潇已经迅速集结队伍，分别向盘龙和马头峪进发。为躲避日军和汉奸队伍的烧杀抢掠，根据地的村民们白天派人在山岗上望哨，一旦发现队伍就携家带口逃往山崮里躲藏，早上饭前被视为最安全的时候。武善彧和周公潇酒酣却不忘公务，计议好今早来个突然袭击，集中抓捕一批共产党干部家属。按照昨夜的商定，武善彧带队前往盘龙村，周公潇带队前往马头峪。

队伍就要启程，周公潇突然改变了策略："表兄，还是我带队去盘龙，你去马头峪吧。"

武善彧明白他的心机颇重："马头峪你去过多次，情况熟悉，而盘龙我比你熟悉得多。还是按照既定计划执行吧。"

周公潇莞尔："我还是担心表兄心太软，放走了梁春竑的家人。"

武善彧冷笑了一声："表弟放心。只要抓到人，我是再不会手软的。"

去盘龙没法抄后路，只能到村口后快速包抄。因为不失时机而又隐秘急速，当武善彧带队将这个村子包围，竟然没有一个村民发觉。武善彧发现李开田汗水奔流的面庞苍白而又微微颤动，不自觉联想到周公潇对他的猜疑，便厉声问道："你怎么回事儿？是不是觉得在老少爷们儿跟前不好露面儿？"

李开田打个立正，挺起精神回道："队长火眼金睛。我不怕兄弟爷们骂我是汉奸，可让爹娘和老婆孩子遭人白眼，心里实在不忍。"

武善彧被李开田一本正经的回答逗乐了："火眼金睛？我可没孙悟空那本事。李开田，他们骂就骂吧，我和参谋长又怕什么了？只要不是当面骂，就权当骂他们自己好了。"

李开田吞吞吐吐："队长，我这可是当着爹娘的面抓捕同村的兄弟爷们儿呢。"

武善彧的命令冷风飕飕："可惜支天辅死了。有他在，我何苦要这么费心。李开田，我今天必须让你过这道坎儿。你带上几个人，先把梁春竑的家门堵上。不管是人是物，凡是喘气的都不许放出去！"

随着云泰大队跟八路军队伍从公开对抗走向你死我活，李怀安一家常遭村民背后议论，偶尔也遭冷眼唾骂。念及曾经在村中的威望，也顾及李怀安悲苦的辩解，人们开始跟这家人保持着微妙的距离。李开田每次回家大都选择在晚上，就为避开村民冷漠嘲讽的眼神。这次在大天白日而且带领队伍抓捕祖辈睦邻，李开田慌乱得心都要跳出来。他越往前走，脚步越快。武善彧远远跟在后面，脸上悄悄闪过一丝不易察觉的冷笑。

梁大娘正在院门口抱柴火，被黑子的叫声提醒，回身看到全副武装的李开田，顿时愣住了。

“你们围住院子，等待武队长过来亲自处理！凡是喘气的东西一个都不许放走！”喝令住跟在身后的手下，不等梁大娘反应过来，李开田已经疾步闯进院子，飞起一脚踢走了黑子，“咣当”扳开半门儿进到屋里。

发现陶竑春跟孩子们也在，李开田的面颊顿时抽搐起来。他并不理会严阵以待的梁大爷，径直走到床前，“哗”地将床掀翻，让床铺靠墙侧立起来。

紧跟在李开田身后的梁大娘疯了一样，揪住李开田就骂：“李开田，你这狼羔子！你就没一点儿人味儿吗？”

李开田只管抓住要带孩子往里间躲藏的陶竑春说：“嫂子，赶紧跟孩子躲在床后面。外面不管发生什么事儿都与你无关，死都不能出声儿啊！快！快！”

李开田将滑落下去的草席掀起来，盖在陶竑春和孩子们身上，再次叮咛死都不要弄出声响来，这才转身对着呆立在屋中间的梁大爷低声命令道：“大爷，快骂我！快打我！”

梁大爷恍然明白过来什么，对李开田的感动和对汉奸的愤恨同时涌上心头。他抡起凳子扔到院子里，老泪纵横地呜咽道：“李开田，我今天非开销了你这个畜生不可！”

“哎哟！老东西，你还敢打我？”李开田自己抓起桌前的水壶打在自己脸上，让壶底的烟灰把脸抹得半边黑。

门口的两个汉奸跑进来，看到李开田正跟梁大爷撕扯，便持枪上前要对梁大爷动手。李开林赶紧抱住梁大爷，怒喝道：“你们把这个老东西给我看住！不许伤他，听候队长处置。”

见梁大娘不知所措地抹眼泪，李开田故意怒声喝道：“你，别喊别闹。说不定我们队长还能放你一条生路。”

李开田重新进到屋里，将衣柜掀开，把里外两间屋子里盛放粮食的缸也扳倒，然后出来对着坐在地上的梁大娘喊道：“快告诉我，你儿媳妇儿藏到哪里去了？”

梁大爷啐了李开田一口，骂道：“还不是叫你们这些汉奸给赶跑了？天天来折腾，弄得我连孙子孙女都见不到啦！你们这些汉奸王八蛋，早晚要遭报应的！”

武善彧在叫骂声中进到院子，快速地瞅了一眼梁大爷，冷冷地望着李开田问道：“脸怎么回事儿？”

李开田愤怒地指着梁大爷：“报告队长，这个老东西拿壶打的！人影都没见着。我正要拷问这两个老东西呢。”

武善彧进到屋子，转了一圈出来，阴阳怪气地说：“把人家里糟践成这个样子，不打你打谁？”

梁大娘渐渐回过神来，突然跪倒在武善彧跟前：“善彧啊，你和春竑可是比亲兄弟还亲的兄弟两个，也不知上辈子造了什么孽让你们成了仇人。不看僧面看佛面，再怎么着你总得把春竑的老婆孩子给我送回来吧？就算我和你大叔的命跟鸡狗鹅鸭似的不值什么，可孩子跟咱们无冤无仇。咱不能就活活地见不着他们了啊！”

除却周赤萍率领队伍曾经攻打枰柳庄围子和三个月前崔家河抢粮被伏击，云泰大队跟云崖区游击中队少有发生大规模正面冲突，却屡屡被暗算、骚扰。从各路汇集的消息来看，梁春竑的媳妇儿陶竑春就是这块地界上通风报信、地下联络的罪魁祸首。武善彧这回铁了心、咬着牙来到盘龙村。如果能捉到陶竑春，即使晴空里爆惊雷、梁大爷老两口眼里哭出血，他也绝不会放过这个女人。然而，梁大娘的一跪像根针刺进他的心脏，疼得他喘不动气。跪在跟前的不是共产党的家属，而是曾经跟自己的亲人一样的老人，曾经被视作干娘的老人。是啊，上辈子造了什么孽让他们成了仇人？武善彧后悔了。对于梁春竑的父母，他的心还没能冷硬如铁，他的眼睛里还留存着些酸涩。他后悔不听周公潇的劝阻，后悔犯下这难以饶恕的错误。

李开田见武善彧脸色铁青，担心他会对老人下毒手，赶忙上前指着梁大娘：“你这老东西别拿苦肉计诓骗人。老老实实说出你儿媳妇儿的下落，我们队长也不是那心冷的人。”

梁大娘起身搂过旁边的磨棍扑向李开田：“李开田，你这个贼汉奸。咱们几辈子都一家人一样的，凭谁来搜家也轮不到你啊！你还是不是人啊！”

武善彧抢手接住磨棍，借着力气往外一推。梁大娘一个趔趄，倒在院子中间。

梁大爷怒火顿起，忽地推开汉奸的枪，起身扑向武善彧：“武善彧！把你婶子给我扶起来！”

武善彧没看梁大爷，只是对着蜂拥而上紧紧按住梁大爷的四个士兵说：“把这边两间屋子也搜一搜。”

两个士兵跑进梁春竑屋里翻箱倒柜一通，回说什么也没有。武善彧看看气得直打哆嗦的两位老人，说了声“都带到麦场上去”，自己径直出了院子。

不长时间，昨晚回家来的几十号人被长枪威逼到麦场上，李怀安一家也在其中。

因为李开田当了汉奸，李怀安又是维持会长，婆媳二人全都耷拉着脑袋，谁也不敢抬头看人。

武善彧指着坐在地上的一个蓬头垢面的老婆子问道："那个还抬来干吗？"

李开田小声说："她是李开林的娘。"

武善彧又指指弯腰靠在树上的灰头土脸的老头："他呢？"

"他是小五的爷爷。找遍了，家里就这一个老头儿。"

"武善志的家人呢？"

一个汉奸跑上前报告："看样子他家里好些日子没人住了。"

麦场上，除了李怀安和梁大爷傲然站立，老老少少蓬头垢面，瑟缩着身子，愤恨却又不敢流露，眼睛里闪动着委顿的目光。

武善彧似悲似嘲地笑笑，随即垮下脸来："兄弟爷们儿、大娘婶子们听好了。我武某人今天过来也是迫不得已。上面要求我们抓捕共匪，而且点名到咱这个村里来抓梁春竑和他媳妇儿，还有那个武善志和李开林。现如今这四个人都是八路军游击队的头目，也就是共匪在咱这儿的首领。武某本不想来，可是不来不行，上面也是拿枪指着我的脑袋。按照上面的要求，没抓着人必须把他们的家人带过去。"

武善彧把头转向梁大爷："梁大爷，按理说我今天得把你和婶子交到他们手里。说句良心话，咱这人心都是肉长的，真要那么做我还真就算不得人了。我想请大叔给梁春竑和他媳妇儿捎个话：跟着共产党走一准儿会走到天黑，没有天亮的时候。您老劝劝他们，还是掉回头来重新做人的好。"

武善彧又转向人群说："我还想请老少爷们儿给那些参加游击队的人捎个话：悬崖勒马，回头是岸，再不要闭着眼睛做替死鬼了。"

见人群里没有丝毫反应，武善彧像是自嘲地闪过一丝笑容，继续说道："我说的话老少爷们儿可能不相信。但我还要告诉你们，今天也就是我武某人过来了。换作别人的话，凡是游击队员和八路军的亲属，恐怕从今儿起再也吃不到人间饭食、看不到人间景致了。好歹咱们乡里乡亲，我跟梁春竑曾有过兄弟情谊，对待你们还是忍不住手下留情的。可是，也只有这一回了。往后的日子，谁把参加八路军、游击队的孩子劝回来参加国军或者参加我的云泰大队，赏钱赏粮，安居乐业。继续怂恿孩子跟着八路军、游击队跑的，再不要让我见到，也不要被我云泰大队其他的人见到。否则，性命难保！"

人群里依然没有一丝动静。

武善彧挥挥手里的鞭子，忽又幽灵似的长叹一声："就这么空手回去，上面肯定要怪罪下来。我武某已经担待不起。再没有半点儿表示，回去可怎么交差？李开田，带人把梁春竑、武善志两家的房子点上。"

李开田不知所措："队长，这——"

武善彧眯缝起眼睛："嗯？"

李怀安紧张地喝道："李开田！"

武善彧举起枪指着李开田，戏谑似的对着李怀安冷笑："李庄长，果真人心隔肚皮吗？"

李怀安近乎哀求地辩解道："武队长，没有这么做人的道理！"

"什么是道理？"武善彧对着天空就是一枪，"这就是道理！点火！"

李开田大摇大摆地奔到梁春竑家中后，疾步跑进梁大爷的屋里，将陶竑春母子三人拖到废弃的牛圈墙角："房子保不住了。不管发生什么事情，死都不许出声！死都不许出声啊！"

陶竑春擦着泪水，把两个孩子揽着一个，抱着一个，静静地蜷缩在墙角。

李怀安送武善彧带领的队伍走向村外，麦场上的人们齐齐奔向火场。武大爷家的房子已经被烧光。梁大爷家的房子是从梁春竑住的房子开始燃烧的，人们便手忙脚乱地从梁大爷的房间里往外抢东西。

梁大爷不顾烈烈的火焰和就要倒塌的房梁，冲进屋里去翻看已经燃着的床铺。墙跟前却没有媳妇儿孩子们的身影。梁大爷忽地记起了李开田，心知他已经把人转移走，忍不住老泪纵横，呜咽着跑出来。梁大娘由两位中年妇女搀扶着踉跄进院子，望见老伴抹着眼泪从烧光了房顶的屋里跑出来，用尽全力呼喊一声"俺的孙子孙女、儿媳妇儿啊"，轰然不省人事。

第三十章

国民党正规部队联合地方武装发动猛烈进攻，使得根据地内共产党的军事力量和抗日民主政府损失惨重。八路军鲁中部队迅速调整战略布局，决定予以坚决反击。1941 年 10 月 8 日凌晨，八路军鲁中区队伍在东起崔家河、西至佛前庄近五十里长的战线上，同时对国民党五十一军六八四团和云泰大队等地方武装发动强大攻势。两天后，八路军再从佛前庄以北直到坡里四十里长的战线上对六八〇团发起进攻。云崖区游击中队被要求随同主力队伍参与对云泰大队的作战。

一年前，八路军第一次集结反击将八个中队连窝端掉。奉沈鸿烈之命前往云蒙"剿共"，四五百人的队伍一役之后幸存不足半百。两次恢复士气几乎耗尽了周、武两家所有的资财，武善彧跟周公潇也才深谙了牟中珩要他们避免正面作战、保存队伍实力的教诲。为防止像上次那样被分割包围，武善彧和周公潇决定提前收缩战线，集中兵力作战。因为武善彧跟一一四师走得更近一些，由他去统一指挥九山官庄两个中队。跟前的四个中队集中起来，由周公潇统一指挥，李开田也留给他指派调用。然而，一一四师从未把八路军队伍看在眼里，如今借着势如破竹般横扫战场的一时得逞，对云泰大队的集结兵力作战的建议嗤之以鼻。武善彧心急如焚，悄悄指令两个中队不可逞强，紧紧跟随一一四师进退。

周公潇派人给周边三个中队送信，勒令紧急向枰柳庄会合，却只有对面的望台村完成了任务。隔天之后，六八四团的赵连长带着他的残兵败将投奔过来。从当天夜里开始，围攻枰柳庄围子的队伍越来越多，火力越来越猛，一直持续到后半夜才停歇。

天空微微放亮，周公潇登上围墙，察看情势。八路军这回依然没有钢炮和重机枪，要想攻下铁铸般的枰柳庄围子，没有十天半月那是妄想。可就看眼前的战局，如果不能尽快解围，围子里的弹药、粮食、兵力都难以支撑数日。在周公潇的眼里，赵连长带领的几十号人平时飞扬跋扈，横冲直撞，关键时候最善于逃跑，就是一群纪律稍好的土匪。他们奔着枰柳庄围子而来，也只是希冀借助于云泰大队而逃生。如果五十一军或者日军三两天之内杀奔过来，跟里面的队伍来个里应外合，八路军和游击队定能遭受毁灭性的打击。如果这种幻想破灭，等待他和赵连长的只能是全军覆没。据守等待战机，还是突围保存实力？周公潇一阵冷凉，一阵燥热。

周公潇望见李开田也登上围墙，心里陡增烦恼。他始终不相信李开田，也始终提防着李开田。为了防备身边这枚定时炸弹，周公潇几乎不敢让李开田离开自己寸步。

周公潇有意试探说："李队长，你对当前形势怎么看？"

李开田本能地回道："报告参谋长：进退不分胜败。能守则守，不能守则走。保住咱们的人枪是第一要务。"

"如果赵连长那个尾巴不同意，怎么处置？"

"就按参谋长说的：顺则同生，逆则先死。"

"李队长不假思索，出口成章，果然是我云泰大队的人才啊。"

"在下不敢。要说有点儿长进，全都受益于队长跟参谋长的日夜提携。"

周公潇对李开田的准确判断和果断回答说不出是惊喜还是后怕。他带着李开田下了围墙，望见赵连长正从北门走过来。

赵连长勉强笑着跟周公潇打声招呼，近前却漆黑着脸："周参谋长，老是防守会让自己陷入困顿。咱们得想办法打出去。"

周公潇难得抑制着冷傲："我们一直伺机出击，可根本打不开缺口。赵连长有何高见，尽管说来。"

赵连长毫不掩饰发号施令的气势："八路军的进攻越来越猛，可见周边其他连队的兄弟很可能已经撤退了，吃了八路军的亏也不好说。不管什么时候，保存好实力是最大的本钱。万不得已，就该考虑撤退。"

周公潇故意问道："拼力冲出去也没什么。就怕八路军采取对付日本人的手段，把咱们的队伍像剪绳索般地分割围歼。那样的话，咱们不是更加危险？"

赵连长狡黠地笑道："周参谋长和武队长成日跟八路军游击队周旋，对他们的作战方法自然摸得一清二楚。你们又是当地人，对哪一座山头、哪一条道路不熟悉？闭着眼睛都知道怎么应对。在我看来，他们把对付日本人的那一套用在参谋长身上，肯定不灵。"

赵连长的话既是奉承，也是事实，让周公潇些许受用。他的脸上泛起了意味深长的笑意："赵连长是不是对咱们能否守住阵地产生了怀疑？"

赵连长笑得比周公潇更灿烂："哪里！哪里！有周参谋长在，我当然高枕无忧。不过居安思危，有备无患嘛。这对咱们大家都有好处。"

围攻到第五天，就在周公潇暗暗拿定主意要利用夜色掩护突围时，梁春竑正与全面指挥反击的周赤萍在研究尽快拿下围子的策略。周赤萍对上次的攻打最终功亏一篑而深为遗憾，更担心五十一军会从东北方向对日战场上脱身而参与战斗，期待梁春竑考虑出能尽快攻下围子的办法。梁春竑很干脆地摇了摇头说，枰柳庄围子是用石块垒砌、用掺着石灰、麦糠、青盐的混合土夯筑起来的，而且墙体高，墙面宽，墙壁滑。没有钢炮，也没有重机枪，除了长期围困，别的无计可图。周赤萍提出能不能用炸药炸开围子大门。梁春竑说那得需要很多炸药，可队伍上一两炸药都没有。

周赤萍叉着腰转了好几圈，忽地转过身来："梁队长，紧要关头，还得要依靠老百姓解困。分拨队伍，赶造土炸药。最迟明天晚上爆破枰柳庄围子。"

梁春竑静默了良久，坚决地拍板道："周政委，你分拨给我几个人帮我筹集材料。明天一大早咱们就爆破围子。"

周赤萍惊奇道："明天一大早？好！除了你的游击中队，我再拨给你一个连。"

梁春竑马上召集游击中队分派任务：武善志带领一个排，天黑前置备好二十块覆盖铁皮的结实厚木板。李开林和王大有带领两个排的队员，天黑前各自筹集好不低于一百斤木炭、三十斤硝和六十斤硫黄，外带足够多的石蜡和铜粉。

李开林和王大有对望一眼，不可思议地看着梁春竑："半天时间里筹集这么多蹊跷东西！咱们上哪儿找去啊？"

梁春竑很明白这项任务的艰巨。但是形势急迫，只能进不能退。他威严并重道："很容易弄到的话还要我们干什么？先找到配置土炸药的老手，他们自然知道上哪儿弄这些东西。记住了，像孝敬我们的亲生父母一样把他们接过来，像尊重我们的亲生父母一样听从他们的安排。"

黄昏时分，云崖区游击中队的所有队员和周赤萍调拨过来的一个连的战士重新集合。

每支队伍不仅请来了炒制炸药的民间高手，也都超额筹集到了制作炸药的必需原料。全部人员马不停歇，分头、轮流上阵。大半个时辰过后，两百斤的土炸药和铁皮木板准备妥当。周赤萍和梁春竑即时调整作战策略，将爆破时间从凌晨提前到即刻。

一整天里，八路军的进攻明显减弱，队伍却骤然增多，黑压压地将围子包围得水泄不通。而五十一军或者日军队伍出现的幻想再次破灭。周公潇双眼布满血丝，躲在围墙上观察了好一会儿，刹那间意识到，因为寄望于友军，他们的突围又迟了。

周公潇回到屋里，恭请赵连长上座，抱拳道："赵连长高明！援军果然没有现身，而我们围子已到万分危急的境地。赵连长，咱们必须尽快突围了。愿听高见。"

赵连长已经洞察八路军兵力骤然增多背后的形势。他很为延误突围时机而焦躁："周参谋长，患难之际，咱兄弟们必须勠力同心。如何突围，赵某全凭参谋长安排。"

周公潇也不能再钩心斗角，便拍板道："东门外是平原地，南面是八路军的地盘。我们只有从北门突围，出去之后去大王庄方向寻找我们的队伍会合。赵连长，你们在前还是在后？"

赵连长既不愿意带领队伍在前面吃枪子，又怕断后被切割歼灭："都是一家人，咱们两处的队伍混合编队吧……"

周公潇不再听赵连长的建议分析："我看今日之形势，八路军很可能今晚发起总攻，最迟会在凌晨时分。我们必须先行一步，占据主动。赵连长，咱们用过晚饭就突围。"

赵连长惯于撤退，却不愿冒着黑夜的风险："夜间突围？这风险太大吧？"

周公潇不容辩驳："今夜突围有风险，天亮之后恐怕再没有机会。赵连长、李开田，下达命令吧。"

周公潇跟赵连长他们正在用饭，只听围子东边传来地动山摇的一声爆炸。

周公潇迅即跳起来，却又淡定地叹道："没想到我们还是慢了半拍。赵连长，带上队伍，从北门杀开一条血路。走。"

始终深陷沉思的李开田赶忙扔掉碗筷："参谋长，我去东门察看情况。"

李开田刚跑出院子，恰与两腿跑直的一名士兵撞个满怀。那名士兵说八路军炸开了东门，大部队就要涌进来了。李开田让士兵赶紧去报告参谋长，他去东门组织迎击。

周公潇闻听士兵报告，想到了李开田的跑开，忽然心下大惊，慌忙拽上赵连长，带队直奔向北门。得知李开田已命令锁门并拿走了钥匙，周公潇面目扭曲得可怕，命令马上抬原木把门撞开。

就在此时，李开田从东南方向飞跑过来，远远地对着周公潇高喊："参谋长，我来了！"

"赶快组织队伍突围！"周公潇表情毫无变化，手枪已经被握得发抖。就在李开田抬手的刹那，他已连射三弹。

李开田在奔跑中扑倒在地。

望见赵连长瞠目结舌、士兵们呆呆地不知所措，周公潇气急败坏地举枪嘶吼着："撞开门，向北突围！"

顷刻之间，云泰大队和国民党七连的士兵们随着周公潇和赵连长冲出围子北门，近乎用身体铺出了通道，身后则是潮水般乘胜追击的八路军和游击队队伍。

李开田迷迷糊糊中睁开眼睛。映入眼帘的是黑乎乎的地面，耳边响彻着来自缥缈天际的喊杀声和枪声。没有疼痛，没有痛苦，只有胸口下面一股温热的液体让他保持着对世界的另一份感知。

突然，暗夜中有个熟悉的声音划破了他眼前的昏暗。那是李开林在大声喊话："一排的队员跟我去包围武家大院！"

李开田忽然涌出了回家的渴望。他用尽全身力气，抬起头喊了声："开林！"

李开田被抱起来。抱他的人不是李开林，而是王货郎。李开田叫声"王大哥"，又喊了声"开林"。

隐约听到有人喊他的名字，李开林抓过一盏破灯笼，提着枪走过去。一看是云泰大队士兵的服装，便持枪抵着李开田的头："狗汉奸，你怎么知道我的名字？"

李开田努力睁开眼，气息微弱："开林，是我。开田啊。"

李开田！一丝无法割断的亲情让李开林把对着他的枪口稍稍地放下去。但仅仅刹那间，满脸的鄙视像钉子一样射出去："原来是李队长。"

李开田目光中闪过战栗的痛苦："开林，咱们是自己人。"

李开林嘲讽地摇摇头："自己人？谁和你是自己人？你应该知道当汉奸是什么下场，别指望我去救一个狼心狗肺的东西。"

王货郎着急而又难过，哭着替李开田辩白："这位长官，李队长是好人！"

李开林把枪指到王货郎的头上："再说连你一块儿毙了！"

李开田目光渐渐散开，两滴泪水悄然滑落："开林，告诉春竑哥，我不行了。让他照顾一下我家的老小。”

“别一口一个春竑哥，你也配！你就先在这里趴着吧！”李开林回头指挥队伍去了武家大院。

望着李开林的脚步从身边跑开，李开田努力昂着的头猛然软下去，拱到王货郎的胸口。

攻进围子后，周赤萍指挥队伍打扫战场、继续追击敌兵，梁春竑则带着一队八路军和游击队员来到武家大院。对这个大院，梁春竑太熟悉了，熟悉到倒着走都能到达任何想去的地方、熟悉到闭着眼睛都能知道哪个地方摆放着什么物件。今天的到来却与以往截然不同，复杂的心情使他感到了呼吸的沉压。

梁春竑拾级而上，进到堂屋。宽敞明亮的客厅没有变，古色古香的摆设没有变，坐在上首位置的人也没有变。变化的是这里的空气，这里的氛围，还有主人的心情。武毓庆用力挺正身子，面色阴黑得像要落雪。他冷眼看看梁春竑，没有一声言语。

梁春竑站在屋子中央，对着武毓庆审视了好一会儿，低声开口道：“大爷，您不必惊慌。我们不会伤害您的。”

武毓庆喉咙里咕哝出一口闷气：“我一个黄土埋到脖子的老人有什么可惊慌的？”

“只要老人家心平气和就好。我们将按照八路军的规程对老人家的家财进行登记处理。请您继续心平气和地配合。”

听说对家财进行登记处理，武毓庆眉宇一颤：“我的家财都是明路上来的。你们无权处置！”

梁春竑直视着武毓庆：“是否全都是明路上来的，我们会调查清楚。即使是明路上来的，拿出来用于打鬼子、杀倭寇，也算是老人家为国尽忠，为民造福，不也正合了老人家一生追求的浩然正气吗？”

“愿不愿拿那是老夫的事情。你们来拿就是强人所难，就是盗匪行径。”

“让您老拿资财抗击外寇，拯救同胞于水火之中，这是圣人之举，怎么成了盗匪行径？看来您老不是读少了圣贤书，而是读歪了圣贤书。”

武毓庆青黑的嘴唇剧烈抖动着：“梁春竑！轮不到你来欺侮我一个年迈老人！”

梁春竑强压怒火：“我们不仅不会欺侮老人，也不会欺侮任何正义无辜的人。老人家放心，我们不会烧光你的房子，不会抢光你的钱粮，不会杀害你无辜的家人。不会像你的儿子那样黑白不分、正邪不辨、忠奸不明。”

武毓庆无言以对，哆哆嗦嗦地抬手指着梁春竑：“老夫不听你一派胡言！”

梁春竑正色道：“我再叫你一声武大爷。假如今天攻下围子的不是我，而是你的儿子，不仅这个院子里的人全都死无葬身之地，就是围子里其他人又有多少会身首两处。不仅你的深宅大院会烧个片甲不留，整个围子里恐怕也是一片火海。何况那些个身外之财？”

武毓庆激动地站起身：“不许你胡言乱语侮辱我的儿子！他那是尽忠报国，匡扶正义，为党国舍生取义！”

梁春竑满腔怒火再也按捺不住：“国难当头，不是同仇敌忾、共御敌寇，而是充当日本人的走狗，屠刀和枪口对着自己的同胞下手。这分明是十足的禽兽不如。一年多来，你的儿子坚决与坚持抗日的八路军为敌，无所不用其极地残害无辜百姓。石头砸、铡刀铡、枪杀活埋、割头断筋，上百名远亲近邻的平头百姓就这样惨死在你儿子的手中！我问你，你的儿子要死几次才能为人家偿命？你们全家要怎么做才能敢于抚摸自己的良心？”

“你！你！你——”武毓庆颤颤巍巍的双腿再也支撑不住身子，颓然坐倒在太师椅上，喉咙里轰鸣着长长的粗音。

李开林悄悄走近梁春竑，告诉他刚刚看见李开田被一个人抱着，身子底下一摊血，可能受了重伤。梁春竑仿佛被扎了一刀，抓住李开林的肩膀就往外跑。李开林的心不由得顿时沉了下去。

除了李青松、梁春竑和武善志，李开林他们并不知道李开田的真实身份。梁春竑深知武善彧的复合性格，对武善彧的方向选择提前做了最坏的打算。得知要他当“勾子”，李开田死活不干。勾子是什么？人们见到路边的死猫烂狗，会顺手在田地里挖个土坑掩埋；对不得好死的“勾子”，人们宁可对着尸首吐唾沫；而谁家出了“勾子”，整个家族都要矮人三分。一句话，当地老百姓最痛恨的就是这种见不得阳光的卑鄙小人。回头另说，自己给武家打长工，武毓庆父子历来待自己不薄。组建云泰大队之后，老武家比以前更看重自己。主家信任厚待，自己却吃里爬外，这哪是正儿八经的人干的事儿？梁春竑只好耐心地跟李开田讲解共产主义，讲解当今天下时局，讲解如何做人的道理。第三次听梁春竑讲解到口干舌燥的时候，李开田终于被劝服，眼神中的执拗、鄙夷、抗拒逐渐消失，取而代之的是豁亮、感动和认同。前年刚进入六月，日本队伍打进来，云泰大队配合一一四师跟日本人发生过几次短暂交战，让李开田真心佩服。后来不仅见了鬼子就躲，还对八路军和游击队谎报消息，这让李开田开始犯嘀咕：武善彧和周公潇到底安的什么心？当王展宜和王希厚先后被策反，李开田心里很不舒服：还真让春竑哥说中了，这武善彧果然不地道。可这算不算是与民为敌呢？当得知云泰大队要协助县乡推行“乡政”，并从支天辅那儿弄清楚了“乡政”的真实含义后，李开田坐不住了：放着鬼子不打，专打跟鬼子干仗的共产党，这不就是与民为敌吗？随即，他让梁春竑帮他物色的王货郎将云泰大队策反共产党的乡分队和即将推行“乡政”的消息送出去。后来的云崖区区公所提早从龙泉湾脱身、云崖区游击队将计就计巧夺夏粮，还有那么多李开林他们并不知晓的情报都是李开田秘密送出去的。

黎明时分，张成祥和李青松书记的坟茔旁边又多出一个新坟：李开田静静地躺在里面。

回忆起自己曾经对李开田的奚落嘲笑，甚至差点儿把他跟李怀安当成汉奸铲除，李开林后悔难当。他跪到坟前，放开喉咙哭喊着：“开田哥，我不是人！早知道你是咱们自己兄弟，我先救你，说不定你就死不了。不救你不说，我不该骂你是汉奸啊！开田哥，我对不住你！只要大叔大婶不嫌弃，我替你给老人家养老送终！开田哥，你好好看着，等赶走了日本鬼子，我会跑前侍后，担水犁地，好好孝顺老人的！”

看到从不知忧愁的李开林哭得天昏地暗，梁春竑和队员们个个恓惶落泪。

“他娘，你就别再哭了。你这样哭下去，让孩子们什么时候收场呢？”李怀安忍受着失子之痛颤声抚慰着老伴，又转身对梁春竑说，“春竑，让开林和开田家的在这里放声哭一会儿吧，哭出气来心里就痛快些。走，咱们先回家。”

梁春竑走到蹲在角落里默默抽着旱烟袋的王货郎跟前：“王大叔，你也就送开田到这里吧。”

王货郎磕磕烟袋锅站起来：“也就送到这里了。唉！”

梁春竑诚恳地望着王货郎：“王大叔，日本人近来就要‘扫荡’，八路军也许要转移。武善彧和周公潇一旦回来不会放过你。要不你也参加游击队吧。”

王货郎摇摇头：“算啦，我都快要入土的人啦，就不跟在你们后面添麻烦了。反正我是老光棍儿，一人吃饱无牵无挂。我回家收拾收拾，到东里店投奔一个老朋友，继续做我的货郎。你大叔这个人嘴皮子薄、脚底板儿轻，可咱也是个爷们儿，也有一颗做人的良心。我信得过你，也信得过八路军。有需要我帮忙的事儿尽管说。不敢说鞍前马后，这条老命还是自己说了算的。”

梁春竑感动地握住王货郎的手：“王大叔，八路军和老百姓不会忘记你的。你放心吧。”

八路军鲁中区部队发起反攻到第五天，除六八四团的七连逃入枰柳庄围子外，一一四师的队伍相继退往北部的金星头一带。武善彧到达九山官庄后紧随国民党军队行动，与八路军稍作接触就快速退却，意外使得两个中队得以完整保存。而周公潇和赵连长从枰柳庄围子逃跑，一路上连续被八路军和游击队追击截杀，逃至金星头时只剩下十个人。周公潇与武善彧会合后清点队伍，发现六百人枪的云泰大队损失了近四百人枪，周公潇的左膀右臂武赣民和张纯三、被策反后成为大队得力干将的王希厚皆丧命，李开田因暴露身份被周公潇射杀。

云泰大队第三次遭受灭顶之灾，而且所有得力干将全部殒命，武善彧挖心割肉的疼痛。看见周公潇迥异于以往两次失利，此次变得垂头丧气，他心知周公潇的痛苦远比自己深重。武善彧只好撑起精神小心劝慰。事实上，武善彧极力安慰周公潇，也在安慰自己："表弟，自古以来没有常胜将军，也没有不败之师。队伍打散了可以重新聚拢，大不了咱们东山再起就是了。"

周公潇双目含泪，一言不发。

武善彧叹口气："我知道，武赣民和张纯三战死沙场，表弟心里必定不胜凄怆。有道是……"

周公潇按住额头："表兄想多了。武赣民和张纯三战死沙场，死得其所。我深感凄怆的不是他们俩，也不是咱们的队伍，而是我们的作战。窝囊啊！咱们打的这叫什么仗啊！"

"这一仗八路军是有备而来，而且很有一鼓作气的意味。你看一一四师不也是一战即溃吗？不过，我也头回看到一一四师这么不禁打。"

"表兄，我的窝囊不是被八路军、游击队打败，正是对一一四师的不堪一击啊！想想十天前咱们秋风落叶般横扫战场，那才叫威武之师。可这回呢？我天真地奢望着跟他们来个里外夹击，把八路军打个落花流水。可最终等来的是什么？又是队伍没了，自己的性命都差点搭进去。我们真的败在八路军手里吗？不是！我们是栽在了自己人手里啊！"

"也不能全怪一一四师的国军兄弟。八路军这次拼尽全力打反击，而且把攻打枰柳庄围子放在了最主要的位置，就是想拿掉咱们云泰大队。就算我留在枰柳庄，结局也不会比你好。"

周公潇痛心疾首："我就不明白，平日里耀武扬威的国军为什么一到真刀实枪的时候就溃不成军呢？难道为了保存实力就只认逃跑不成？表兄，咱们已经两次重整旗鼓，家财耗尽。再想恢复元气，卷土重来，何其艰难。"

“那也不好说。”武善彧诡异地打断了周公潇，“或许鹞子翻身只在旬日之间。”

“表兄不要再讲宽心话。天上会掉冰雹，却永远不会掉馅饼。”

“不是宽心话。表弟，据确凿消息：日本人马上就要对咱这里再次进行整肃，而且来势之凶猛足可以荡海拔山。八路军和共产党倒霉的日子又要到了！梁春竑和他的游击队这次恐怕鸡犬难留。”

对于性喜超轶绝尘的周公潇来说，即刻翻江倒海也已经姗姗来迟：“消息传来已久，谁知道具体在什么时候。况且，我们跟国军也都到了最艰难的境地。”

武善彧亲自给周公潇端上茶水：“不是这样。上个月泰安那边已经被‘扫荡’，紧接着就轮到我们这边。最振奋人心的是，日军这次的整肃跟上次不同，目标只有一个，就是共产党和八路军。所以，咱们尽快选择地方驻下来，随时准备扩充队伍，杀回老家。”

“表兄敢确定日本人这次的目标只是共产党和八路军？”惨淡凄苦被复仇的期盼和兴奋驱散，周公潇腿上渐渐有了力气，“好！既然上天给咱们这千载难逢的机会，我周公潇誓死也要借船出海，重新组建起队伍。”

武善彧阴沉沉地笑道：“表弟，心如大海宽广，路就如大海宽广。咱们把胸怀放敞亮吧。”

周公潇忽又想起了李开田的事情：“该敞亮的一定要敞亮，该剔除的毒瘤也绝不可手软。表兄，不能轻易放过那个李怀安。我早就感觉这爷儿俩不地道，都怪我没能坚持除掉他们。再有时机，干掉李怀安，干掉梁春竑的全家，把整个盘龙村踏为平地。”

武善彧深为李开田果真是卧底而惊讶，也为自己始终信任李怀安父子俩而悔恨。干掉李怀安不算什么，干掉梁春竑的全家虽然勉为其难却也可以迂回做到，可真要踏平盘龙村可就让他武善彧永世不得翻身了。武善彧抚慰说：“表弟，轻信李怀安父子俩是我的过错，与你无关。其实，我何尝没对他俩有过怀疑？就像梁春竑把李开田安插在我身边一样，我也想抓着李开田逼迫那李怀安为咱们做点儿事情，至少不会让整个盘龙村都成了共产党的人。可惜，在笼络人心上我不及梁春竑。如今李开田已死，李怀安也知道咱们会找他算账。可杀了他又有什么用处呢？我们不如把他当个活死人，也许哪天还能派上用场。至于要踏平盘龙村，杀掉的都是黎民百姓，那可要招致人神共愤。咱们不仅眼前难以收场，后世也将永留骂名。表弟，权当说气话吧。”

第三十一章

正当八路军反击战节节胜利之际，日本华北派遣军总司令畑俊六亲自指挥五万多日军，在沂蒙五县的伪军配合下，对鲁中抗日根据地实行“铁壁合围”式的大“扫荡”。国民党五十一军一一四师趁机将原来八路军的防区相继占领，云泰大队士兵又恢复到五百多人。日军“铁壁合围”行动不过几天，云泰大队就大摇大摆地回到枰柳庄，一边加紧收复控制原有的据点，一边脚不沾地与据点的日伪军接头，在部分村庄、地段重新建立起“维持会”。被整编为一中队的枰柳庄常备队更是多达二百人枪，成为嵌入泰沂云崖区根据地的危险楔子。

这天黎明时分，八路军一支军区机关队伍突出日军重围后，艰难地自南沂蒙向北泰沂蒙转移。距离泰石路还有三公里的地段时，他们的行踪被云泰大队的便衣发现。周公潇志在必得，建议在路南边的树林子里设立埋伏，全力围攻。武善彧学会了回避风险，主张借助日本人来对付他们。两人紧急计议后，马上调派队伍，沿路一字摆开，把住通往大王庄的通道，逼迫八路军机关队伍向东移动后穿越公路，进入日军包围圈。

为了摆脱日军的追踪“围剿”，这支八路军军区机关人员连同保卫团从东里店一带辗转南下至南沂蒙望仙院一带，如今又往返穿梭奔向泰石路以北，行程超过五六百里。经过多次突围和主动减员，这支机关队伍连同保卫团数量已不过百人。得知云泰大队已在通往大王庄路口处重兵把守，机关领导当即决定折向东北，从夏庄东面方向过界。向导极力提醒说，东面靠近天台岭，那里有日本鬼子的大部队。不如就从这里强行通过，或者改变行军方向，向西寻找另外的过界地点。

机关领导分析说，西行十多公里之内敌方据点重重，机关队伍力量相当虚弱，再经不起哪怕小规模遭遇战。而东面过境就有盘龙等多个堡垒村，由此往北也是队伍熟悉的战场。可自打从夏庄东面越过泰石公路起，这支队伍不时遭遇日军队伍的堵截和围袭。辗转翻过几座山头后，终没能够往北部更深处转移，不得不在第二天的日出时分回撤到盘龙村。

陶竑春听得村后放哨的李四叔报告消息，吃惊非同小可：这些日子，村子周边全都是日本人，八路军队伍怎么自己往口袋里钻呢？她跟梁大爷跑到巷子口瞭望情况，发现村子四周、山顶上都出现了日本兵的身影。

梁大爷刚要去找李怀安商量对策，曾经与陶竑春接头的地下党员老王闯进来。他急切地对陶竑春说："陶竑春同志，日军已经把首长和保卫队伍包围在村子里。但是现在又有个十万火急的情报要送到店子村。赶紧找个可信赖的人冲出去。"

陶竑春心急如焚："店子村离这里三四十里地呢……"

就在此时，村边传来汉奸翻译的高声大喊："村里所有人等，一律不许出村！违令者格杀勿论！"

陶竑春问道："老王，能不能等他们突围出去之后再送情报？"

"不行！这关系到八路军一个团的生死存亡。趁着日军正在调动队伍，赶紧送出去！"老王把一个纸条塞到陶竑春手里，转身跑出院子。

梁大爷提出他去送信，陶竑春深感万箭穿心，固执地要自己去。门口望风的李四叔把刚才发生的一切都看在眼里，诚恳地表示他愿意跑趟腿。

李四叔干的是卖肉的行当，跟唯一的儿子柱子过活。他知道陶竑春不敢相信他，便说："他嫂子，俺嘴里不说话，可心里雪亮雪亮的。俺知道你们跟八路军都是好样的，是为咱们穷人干大事。刚才那个人的话俺也听到啦，这可是关联着一个团八路军的命啊！咱都是受苦受难的人，咱们自己的事情就该自己出力。外边那汉奸喊叫着谁出村子就格杀勿论呢。我整天在集市上卖肉，到处人熟，汉奸也查不出我什么。再说，现在也就俺跟怀安大哥能出村子。可怀安大哥好歹是庄长，也还是'维持会长'，还有大事要依靠他呢。快点，把东西给俺。"

陶竑春正在犹豫，李怀安急匆匆地赶过来。梁大爷来不及听他说话，赶紧解释了送情报的事儿。李怀安忙说他这个"维持会长"出不了村，谁也别想出村。陶竑春还是把纸条递到李四叔手里，叮嘱说八路军的命可都在他的手上了。

李四叔要来剪刀，将一只鞋的里子划破一条缝，把纸条塞进去，然后赶回家，带上宰猪的家什，拽着儿子柱子就走。

柱子吓了一跳："爹啊，那汉奸喊着不让人出村呢。"

李四叔说着抬起右脚："今天咱爷儿俩走趟远门，豁上命也要把我穿的这只鞋送到店子村的八路军手里。"

柱子惊恐地问道："店子村？八路军？爹啊，咱能出得去吗？"

李四叔已经走到巷子里："不管发生什么事儿，不管咱爷儿俩谁能出得去，一定要把我这只鞋子送到店子村。记住了吗？"

柱子懵懵懂懂地只顾着点头。

李四叔爷儿俩刚出现在村口，日军指挥官便举刀咆哮。汉奸翻译赶忙扬着手龇牙咧嘴道："出村者格杀勿论。你们两个没听见吗？"

李四叔低头哈腰地跟翻译套近乎："老总，你不认识俺啦？俺是卖肉的李四。昨日大王庄那边的皇军说要劳军，要俺去杀猪呢。麻烦老总跟皇军说说，放俺爷儿俩出去。"

汉奸翻译跟指挥官嘟囔了一阵，回说："不行，任何人不许出村。"

李四叔面露难色："老总，你们不让俺俩出去，可大王庄那边又得罪不起，这该怎么好？你还是再给通融通融。"

翻译不耐烦地瞅着他俩，又跟日军指挥官"哇啦"了一阵，然后瞪眼挥手道："回村里去！"

李四叔低头哈腰央求道："老总，眼瞅着村里就要人仰马翻，我们爷儿俩也要避难呢。不行的话您就为我做担保吧。咱日后绝不会忘了您的好处。"

日军指挥官仔细盯着李四叔的一举一动，突然上前抓住他胸口，用生硬的中国话喊道："你的，送情报的干活？"

李四叔脸色苍白，颤声道："什么情报？皇军说的我不明白。"

"不明白？"日军指挥官一把将他推倒在地，对着身边的日军"叽里呱啦"叫喊着。几个日军士兵冲上去将李四按倒在地，又有两个日军上来按住柱子。

日军指挥官脚踏着李四叔的脸，刀尖指着他鼻尖："情报的交出来！"

李四叔大声呼喊道："俺是给大王庄皇军干活的，哪有什么情报！老总，什么是情报啊？"

见一个日军抱起身边一块石头，脸上露出嗜血动物的兴奋。汉奸翻译很是恐慌：“皇军让你快把情报交出来，否则的话就砸碎你的脑袋。你快交出来吧。”

李四叔挣脱着喊道：“老总，俺确实不知道什么是情报啊！”

日军指挥官面目狰狞，鼻子里一哼，后撤两步。日军士兵迫不及待地将石块重重砸下。李四叔脑浆迸裂，登时没有了声息。

柱子突然清醒过来，疯了一样地挣扎着，声嘶力竭地哭骂道：“日本鬼子，我操你老娘！”

日军指挥官似乎能够听懂柱子的叫骂，皱着眉头一挥手。两名日军端着刺刀走上前，对准柱子的胸膛一阵猛刺。

李四叔爷俩的惨死被躲藏在巷子墙角紧张观望的梁大爷他们全部看在眼里。他们惊恐着、愤怒着，却也无力地哽咽着。梁大爷擦擦眼角，跟李怀安和几个村民带着铁锨镐头，抬着门板，满含泪水走过来。日军指挥官像警觉的恶狼，凶残的目光两边一扫，身边的日军齐刷刷地端起枪，对准迎面走来的梁大爷他们。

李怀安快步走到前头，弯腰扬手头对着汉奸翻译说：“老总啊，我是庄长李怀安，也是这边的‘维持会长’。我已经放出风，谁都不许出村子。可李四叔这个倔脾气，非要自讨苦吃。只是人死如灯灭，再怎么也是一个村里的人。我们来给他爷俩收尸，让他们入土为安吧。老总，通融一下，请皇军放行。”

汉奸翻译对着日军指挥官嘟囔了好长时间，回道：“不可以。等打完仗再收尸！”

李怀安躬身道：“老总，我们都是良民，知道皇军爱民如子。庄里的人一定会听从皇军的命令，一个人也不会出村。只是你千万跟皇军说明白：未曾开战留两具尸体在跟前，大大的不吉利。老总，别人说话你不信，但总能相信我这个‘维持会长’吧？”

汉奸翻译将李怀安的话仔细翻译给日本指挥官。看见指挥官稍有松动，李怀安赶忙讨好地将身子更低地弯下去：“老总，八路军躲进了村子里，看来非要有一场血战不可。能不能请老总跟皇军再通融一下，先把我的家人老小放出来？”

见李怀安不停地跟翻译官纠缠，日军指挥官问清缘由，气势汹汹地挥刀指着李怀安一阵威胁。翻译官狗仗人势地呵斥道：“皇军命令，这三个老家伙都归你管，跑一个就要你的命、要你家人的命。赶紧去把尸体抬走。”

李怀安毕恭毕敬地招呼梁大爷、武大爷和另一个老人过来，用门板抬起两具尸体要出村子。日军指挥官立刻挥刀拦住。李怀安指指村东边洼地的坟墓群，对着翻译官说了两句。日军指挥官听罢，犹疑地放行。

日军完成了对整个盘龙村的包围，汉奸翻译在村口高声喊叫："八路首领听着，皇军知道你们爱民如子，总不会为了自己的性命而不顾众多村民的死活吧？只要你们乖乖地缴械投降，我大日本皇军绝不会伤及无辜百姓，对你们也会优待照顾。否则，我大日本皇军将扫平盘龙村！给你们半个钟点的时间考虑！"

汉奸的喊话传到村里，陶竑春越发焦虑万分，谁都不敢想象敌人收缩包围圈后八路军会是一个什么样的局面。而李四叔鞋子里的纸条能不能安全及时地送到店子村呢？她还有一个不能不深感揪心的折磨，那就是家中老小的安全、所有村民的安全。这些无辜无助的亲人们正面临着未曾经历的浩劫，正面临着不敢想象的厄运。

就在此刻，花篮紧张地对着她的耳朵："嫂子，半个钟点也就一炷香的工夫吧？"

陶竑春没有回答，而是问道："你看见八路军首长他们了吗？"

花篮急切地摇着头："没有。他们的队伍都隐蔽在村西北边的树林和墙角里。好像有向导领路。"

陶竑春急得直跺脚："怎么能从西北方向突围呢？敌人只要留几个人站在崮顶上，八路军有多少人也根本闯不出去的。"

花篮很是疑惑："那他们为什么还要选择从西北方向突围？"

陶竑春意识到了什么，也没有解释，努力拿笑容掩饰心中的不安："花篮，等过去这段紧日子，咱们找你大哥和善志，给你把入党的事儿办了吧。"

"真的？"

"你为革命做了不少工作，也经过考验了。上级应该会批准的。"

梁大爷来到坟地，急忙将李四叔的鞋子换到自己脚上，凭靠坟地里灌木蒿草的掩护跳下地堰，再凭借着地堰的遮挡越过了公路，奔到公路南边的树林子里。刚要爬上山顶，突然听到身后有人轻声喊"爹"。

梁大爷一个激灵闪回头，发现儿子梁春竑紧贴着一块壁立的巨岩，旁边站着武善志。梁大爷慌张地嘘声道："你们怎么在这儿？"

梁春竑回道："我们刚从日军的搜索圈里转出来。爹，你来这里干什么？"

闻听梁大爷要去送情报，梁春竑展开纸条，顿时脸色大变："善志，这个情报由你亲自去送！不惜一切代价，务必以最快速度送达！快走！"

梁春竑安排梁大爷回村，然后弓身快步奔到崖下的一片树林中。他向四位排长传达命令，也向所有队员做战前动员：“同志们，日军已经把上级重要首长包围在咱们村里，而且正在调动周边部队，妄图把首长和机关队伍一口吃掉。我们必须迅速穿插回村，不惜一切代价将日军的包围圈撕开口子，接应首长和机关队伍突围。同志们，这次接应战是对咱们云崖区游击中队每位队员的严峻考验，每个人都必须抱定必胜的信心。出发！”

梁大爷还没回到公路边，接连几发炮弹已经在村子中央爆炸，紧接着枪声大作，盘龙村顿时火光冲天，狼烟四起。李怀安他们已经简单地把李四叔爷儿俩埋好。三个人站在坟旁，无助地望着村子，任凭老泪纵横。

武大爷支撑不住，抓起镐头对李怀安说：“他李叔，就听我的。这日本鬼子看来要把咱村子炸个一马平川，村里人是活不成了。咱几个老骨头也别留恋多活一年半载的，咱就跟日本人豁上！打死一个算一个，打不死就和家里人死一块儿，黄泉路上也好做伴儿。走，咱们去跟日本鬼子拼了。”

李怀安用力按住武大爷的胳膊：“武大哥，你千万沉住气。这帮畜生手里有枪有炮，咱们两把镐头管什么用？只要有条命活着，就不怕接着跟这帮畜生干！命由天定，阎王爷不来叫你，你头撞到石头上也像撞在棉花包上，日本鬼子的炮弹落到你脚跟前也是个哑弹。村里的八路军和老少爷们儿，就看命里的造化吧！”

另个老汉也上前攥住武大爷手里的镐头：“武大哥，咱就听庄长的。咱还要看着八路军和游击队把鬼子杀光的那一天呢。”

梁大爷踉踉跄跄地跑到三人跟前，瘫坐到地上，艰难地抬手指着东北方向。三位老人顺着手指望过去，看到了村东岭沿着地堰下向村子飞跑的游击队。游击队员们迅速逼近村口，从背后向日军猛烈开火。

武大爷扯着嗓子哭喊起来：“孩子们使劲儿打啊！打死这些狗日的王八羔子！打死这些畜生啊！”

八路军军区机关和保卫团本意逆向思维，希望从敌人以为不好打开缺口的地方突围，而西北方向正对着沂蒙根据地中心。孰料早已经在四周集结了大量部队的日军在最短的时间内便形成了合拢之势。正当生死存亡的危急时刻，村子东边方向传来熟悉的游击队的枪声，模糊听到鼓舞士气的号令，而那边日军的进攻明显减弱。机关首长清晰地判断出必须与游击队里应外合，从那边撕开口子突围。随着一声令下，全部人员集中奔向村东。

身后突然出现八路军的游击队，日军指挥官只好调令队伍阻击。机关保卫团抓住日军转换部署的宝贵时机，发起全力反攻，让整个村东日军转瞬间陷入了腹背受敌的境地。日军不断有士兵被击毙，火力却丝毫不减，游击队和保卫团的伤亡迅速增加。

李开林弯腰跑到梁春竑跟前，喘息着："队长，队员们伤亡太大！"

梁春竑头也不回地大声断喝："再大也要接应机关队伍突围！狠狠地打！"

"子弹也不多了啊。"

"没有子弹就拼刺刀！"

八路军军区机关队伍终于撕开缺口冲出村子，却遭到两边移动包抄日军的集结围攻，战士相继倒下。眼见形势危急，梁春竑怒吼一声："向机关队伍靠拢，掩护他们突围！"

游击队员们把火力集中对准了南面合围的日军。在日军火力被压下去的刹那，机关队伍迅速跟游击队会合。梁春竑带领队员们边打边退，直到掩护他们安全转移。

战斗急骤而短暂，充斥着浓烈的血腥。太阳转过了头顶，眼前没有了与日军搏杀的身影，身后也看不到硝烟弥漫的村子。迂回到一座山头集结休整的梁春竑他们终于要面对、体味血色伤悲。

被烟尘和泪水揉抹成花脸的李开林蹲在地上，拿流血的手给小五的腿裹着布条。梁春竑心情沉重地上前问道："小腿中弹了？"

李开林只顾照应龇牙咧嘴的小五："子弹穿过去了。"

梁春竑蹲下身子，扶住他的肩头："小五，坚强些！"

"队长，我知道。哎呀！咝！"小五答应着，却疼得抽着冷气，眼泪哗哗的。

看李开林哭丧着脸，梁春竑低声命令道："开林，振作精神。"

李开林再无法忍受憋屈，怒目直视着梁春竑："咱们游击队员牺牲了四成，四个排长牺牲了一对儿！梁队长，你让我怎么振作？"

梁春竑没料到李开林会当众质问他，也不想让他受到更大伤害，便站起身，转头默默看着远方。

小五看到梁春竑脸色非常难看，便低声央求李开林："开林哥，你少说一句吧。"

"我凭什么少说一句？"李开林情绪激动，把手里小五的腿往外一推，"噌"地站起来，疼得小五"哇呀"一声。

王大有急忙上前挡住李开林："李排长，账都记在日本鬼子头上，犯不着跟自己闹别扭！"

王大有的劝慰却点燃了李开林胸口的炸药："我就要跟自己闹别扭！我就要跟自己闹

别扭怎么了？自从参加自卫团，张营长牺牲了，李青松书记牺牲了，岳子文他们那么多人没有了下落，今天这么多兄弟秫秸秆子一样成片地倒下了。我凭什么不别扭！还让我振作精神。怎么振作？啊？你说我该怎么振作？”

梁春竑非常担忧这样的消极情绪会影响到全体队员的士气。他不能再容忍李开林的率性而为：“李开林，听令！”

李开林像刚被困进笼子的斗兽，迎住梁春竑的眼神里泛着逼人的寒光：“不要你喊我！我不要你喊我！”

梁春竑从胸口再次沉重地吼出：“李开林，听令！”

李开林被梁春竑从未有过的冷峻和愤怒所震慑，强力忍住悲愤：“有！”

“做五十个俯卧撑。开始。”

“你说什么？”

“执行命令！”

王大有赶紧调和说：“队长，李开林胳膊和手都受伤了！”

梁春竑强忍着眼泪，怒声喝道：“受伤也要完成任务！”

咬着牙、流着泪、憋着气，李开林歇息了三次才做完，然后趴在地上号啕大哭。

梁春竑僵硬的身体开始颤抖，颤抖到就要坍塌。在坍塌之前的最后时刻，他鼓起力气大喝一声：“全体集合！”

四十几号人衣衫不整、蓬头垢面地站成四排。有几位游击队员因伤重无法起立，坐在地上悄悄抹泪。整支队伍像冰雹暴侵过的秧蔓，破碎而苍凉。

梁春竑默默巡视着眼前的队伍，几乎跟每位队员都对视了一下目光。他倾力挤压回眼泪和顶到喉头的难过，平静地说：“同志们！今天的战斗是我们云崖区游击中队自成立以来最壮烈的一次战斗。三十多位兄弟在今天献出了生命，两位排长也都以身殉职了。我们没有理由不悲伤，没有理由不难过。但是我们也没有理由情绪低沉。不错，我们牺牲了三十多位亲人，可他们的生命没有白白付出！我们也打死了很多日本鬼子，让侵略者付出了代价。最重要的，我们接应八路军机关队伍突围了。只要首长和机关在，我们整个根据地的抗日队伍就有了头脑，就有了与日本侵略者决战到底的保证。所以，今天的战斗也是咱们云崖区游击中队成立以来最光彩的一次战斗！我们三十多名兄弟的生命有着无上的价值！我还要对大家说，我们的武队长和一名队员今天赶往店子村，送去的是八路军一个团安全转移的十万火急的情报。这个情报会挽救一个团八路军战士的生命。

同志们想一想，今天是不是我们一生中扬眉吐气的日子？是不是值得我们自豪的日子？是不是我们无愧于子孙后代的日子？”

李开林慢慢恢复冷静，脸上现出一丝自惭。队员们被梁春竑的讲话震动，目光中重新泛出刚强和坚毅的光芒。

既然李开林提到了张成祥、李青松他们，梁春竑也从他们的牺牲说开去：“刚才李排长说到了我们的老营长张成祥、指导员李青松同志，说到了岳子文他们众多的老队员、老兄弟。其实我们每个老队员的心里都时常回忆起他们、记挂起他们，夜深人静的时候也偷偷地因为想念他们流过泪。但是，我们流的泪不仅仅是悲伤、不仅仅是感叹，更多的是对日本鬼子、对国民党顽固派、对地主武装的愤恨，是对抗战胜利的信心。我们应该把这份情感化作坚强的力量，去跟我们的敌人作战到底，这样才能为他们报仇，才能完成他们未竟的事业，才能在以后的日子里问心无愧地站在他们的坟前，也才能在哪一天与他们相见的时候敢抬起头看着他们的眼睛。自古以来，国难当头时，大丈夫理应驰骋沙场，冲锋陷阵，最高的奖赏就是马革裹尸。咱们不希望非得战死沙场，但是该当为国捐躯时就应当昂首挺胸，义无反顾。今天牺牲的是三十多位亲人兄弟，或许明天牺牲的是我，也或许是我们当中的哪一个队员。无论是谁，每个人都应当清楚：我们的牺牲是为了天下百姓能够过上安宁的生活，是为了我们的子孙后代过上和平的生活，也是为了我们国家和民族的兴旺与强盛。日本鬼子一天不滚出咱们国土，咱们就一天不放下武器，咱们就一天不停地与他们较量，直到这些侵略者得到应有的报应。大家说对不对？”

队员们擦着泪、流着泪，却群情振奋。李开林悔恨地流着泪，举手道：“报告队长，刚才是我错了！我请求处分！”

梁春竑静静地望着他，心绪翻腾：“作为一个有血性、有良知的汉子，你刚才的表现没有错。但是作为一个游击队的排长，你刚才的表现必须受到处分。”

李开林向前一步，恳切而果敢:“请队长处分。”

望着李开林被战火硝烟勾勒成地图的形容，再看看眼前这支罹受磨难的队伍，一阵阵酸楚在心头积聚膨胀。梁春竑只能靠提高嗓门抑制胸口的热流：“给李开林同志记警告一次。再有下次，严加处分！”

盘龙村上空升腾着房屋柴草燃烧的烟雾，飘散着战火的硝烟。四处躲藏的村民被日军搜出来，驱赶到麦场上。两名艰难喘息的八路军战士和两名重伤的游击队员被日军从冒着黑烟的战场上拖过来，或躺或坐在地上。梁大爷他们四位长者站到人群的前面，默默审视着眼前的情形。

一辆日本军车爬上狭窄凹凸的土路，歪歪扭扭地开到麦场边，运走了几具尸体和重伤的士兵。

日军指挥官对着村民歇斯底里地狂喊一通。汉奸翻译立刻狗仗人势地叫嚣说："这几个土八路和游击队员都是杀害皇军的凶手，必须受到惩罚。你们也是他们的帮凶，理应同样受到惩罚。"

李怀安明白日军"三光"政策的可怕。四位八路军和游击队员的生命注定不会留存太久，村民们能否逃过一劫的唯一希望就在他这个"维持会长"身上。他上前一步，弯腰对着指挥官和汉奸翻译，哀求道："老总，死的死了，跑的跑了，剩下这些个村民百姓也都是老弱病残。虽说八路军在这里跟皇军交战，但这些村民都是无辜的。如果他们都受到相同的惩罚，日后我这个维持会长也找不到人给皇军效力。不管哪朝哪代，收拢民心才是根本。请老总把我的意思跟皇军说说。"

在癫狂般的兽性日军指挥官跟前，汉奸翻译也要百般畏忌。他佝偻着腰，小心翼翼地试探着把李怀安的话翻译过去。

日军指挥官面目狰狞地盯着李怀安，咬着牙抽出了军刀。军刀明晃晃地闪着青光，空气里凝结着可怕的沉寂。

李怀安看看指挥官，低下头说："我是这个村的庄长，也是'维持会长'。如果皇军盛怒难消，请就拿我试法。"

听完翻译，日军指挥官狠狠地吐出一串鸟语。汉奸翻译赶忙挺直腰杆对李怀安喊道："你这个庄长大大得坏！但是念你还有一份对皇军的忠心，这次姑且不作追究。"

日军指挥官又是一阵唾沫星子飞溅，红涨的眼球激突乱颤。汉奸翻译转身对着十几个村民说："皇军说了，只要不跟大日本天皇作对，皇军是不会伤害你们性命的。以后要跟着你们的'维持会长'多为皇军做事情，为'东亚共荣'多做事情。谁若跟在共产党和八路军的后面跑，这几个人就是最好的下场！"

随着汉奸翻译的指令，几个日军上前把李怀安猛力推到旁边，将四位受伤的八路军战士和游击队员拖到麦场边的槐树下。两个被绑在树干上，两个被捆住双手吊到树上。在吊起的一刹那间，清晰地传出骨节脱臼的脆响。然而两个游击队员在撕心裂肺的一声呼喊后，咬紧牙关，再没有发出任何呻吟。

指挥官军刀一挥，列队日军枪声齐发，两人身上立刻炸出成片的窟窿，涌出的鲜血从身上流到脚上，又从脚上水流一般洒落到地面上。

被绑到树干上的八路军战士和游击队员怒目圆睁，用尽力气喊道：“日本鬼子丧尽天良，你们不得好死！老天爷早晚会收拾你们这些灭绝天良的禽兽！”

日军指挥官不需要翻译，也不需要听懂他们喊什么。他从不屈和怒吼中就明白那是诅咒和仇恨。麦场上的人群还未从刚刚的惊恐中回过神来，四名日军士兵已经冲向槐树，端着刺刀将两名战士刺得血肉模糊。

日军指挥官似乎稍稍地消解了怒气，悲怆而又神经质地仰天长笑，在面部肌肉的抽搐中笑出了眼泪。汉奸翻译听他“呜里哇啦”地一阵唾沫飞溅，然后挺身对着人群喊道：“皇军让你们告诉那些参加八路军和游击队的人，这就是他们的下场！跟八路军和游击队通风报信的人也将会是这样的下场！李庄长，你记住了吗？”

第三十二章

日军对鲁中抗日根据地“铁壁合围”式的“扫荡”持续了五十天后才撤走大部队。但是，留在根据地中心地区反复“扫荡”的小分队依然残酷，凶狠毒辣无一收敛。三年中三次近乎全军覆没，武善彧对借力和自保有了切身感悟。不到两个月的时间里，云泰大队少有调兵遣将，势力却迅猛壮大。

周公潇先是因为所有心腹尽皆丧命而顾影自怜，后终自视才高而渴望主动进招，五十天休养生息的日子如同身陷囹圄。等到日军大部队撤出后，他急不可待地想从看台边缘跳到舞台中间。这天午饭后，周公潇又流星般地从梓河镇去了枰柳庄。

武善彧正捧着一本《孙子兵法》仔细研究，看见周公潇满面春风地进来，赶忙起身相迎：“看来，家是拴不住表弟的心了。”

周公潇坐到椅子上，潇洒地跷起二郎腿：“表兄，我那边的日军大部队今天也撤走了。下面是不是该咱们登台亮相了？”

“表弟习惯了亲手操刀，别人做的饭菜再怎么精致也总觉着滋味不够。其实吧，学会静心品尝未必不是上策。你看，日本人五十天的‘扫荡’把共产党和八路军打得一败涂地，咱们没怎么出手不也轻而易举地重新壮大起队伍了吗？”

“表兄说得很是。可宝剑不出鞘又怎么能亮出青锋？既然兵强马壮而又适逢其时，咱们就该威武登场。”

“表弟这么着急出山，自然是想要趁机收拾那些被打得残缺不全的共产党和八路军啦？”

“对！第一件紧要事情，务必找寻并拔掉梁春竑这颗钉子。”

一说起梁春竑，周公潇就情绪激愤；一说行动，周公潇首先想到要铲除梁春竑。武善彧并不完全理解周公潇为什么会对梁春竑如此仇恨：“表弟对梁春竑是一刻也不能释怀啊。不过，交手这么长时间，表弟对他应该很是了解，他梁春竑就是个神仙都摸不准的太岁。咱们云泰大队的后盾何其坚硬，几次都差点不能起死回生。可他的游击队几次升编，居然越来越壮大。要我说，拔掉这颗钉子并不那么容易。”

周公潇从不掩饰对梁春竑的入骨之恨：“我看未必。一个月前盘龙村一战，他的游击队员死了差不多四十人。这段时间以来几乎没有见到他们的影子。你想想，连八路军的首脑机关和正规部队都被打得销声匿迹，何况他梁春竑一支小小的游击队？现如今，我就想知道他们短胳膊少腿地藏在哪个山旮旯里。”

武善彧望着窗外，有些走神：“表弟，我有时候想，梁春竑是像咱们依靠着五十一军和省政府一样依靠着八路军部队呢，还是八路军部队依靠着梁春竑他们呢？”

“表兄想说什么？”

“我也说不明白。这两年，每到咱们兵强马壮时，我就急切地希望看到梁春竑的覆灭结局；可每到咱们损兵折将时，我就不自觉地回想起以前梁春竑流露的思想。不瞒表弟，快三年了，我们曾经一起谈论的共产党的那一套还是不能完全从脑子里抹去。”

周公潇恼怒不得，只好干笑着为武善彧洗脑：“对自己选择的道路意志不坚，即使能成就一番事业也会像那地基不稳之危楼。表兄的软肋正在这里。当你们在学堂里崇信那些无稽之谈时，哪里想到一旦中了毒，要想从骨子里刮干净是非常难的。时至今日，表兄依然摆脱不掉旧日思想的羁绊，这可就很危险。”

武善彧知道周公潇并不能完全理解自己：“不是受旧日思想的羁绊，我是想从根子上弄清楚梁春竑这个人。也许研究透了他，就掌握了消灭他的战略。”

“所以表兄开始研究《孙子兵法》？”

“表弟说笑了。不读《孙子兵法》无害，读了《孙子兵法》却是有百益而无一害啊。”

“表兄既然发此感慨，必然有话要说。”

“近日我仔细揣摩《孙子兵法》，感觉当下依然还要首推‘借刀杀人’之计。表弟，目前国军的主力部队基本上全部调往东北方向，看样子接下来会与日本人有一场恶战，咱们暂时乘不到这棵大树的阴凉。可日本人留下的‘剿共’队伍招招狠毒，依然是一把锋利的钢刀。继续借助这把刀一手清共，一手强身，难道不是一箭双雕的最佳谋略吗？”

“表兄看似优柔寡断，其实善于谋略，稳打稳抓。我还真该好好跟着表兄学。”

武善彧笑着摆摆手说：“其实我这都是跟表弟学的。这几年我也想明白了一件事儿：不要以为手里有刀就无所顾忌。当你出招的时候对方自然有接招的办法，而非伸长脖子等你手起刀落。两相交手，既要奔着一招让对方毙命，也要小心被对方所伤。既能取对方性命，又能保护自己不受伤害，这才叫作全身而进。”

“好一个全身而进。”周公潇赞许着武善彧，小心收敛起急于现身战场的念头，随后又面露担忧之色，“虽说借着日本人这把刀可以清共强身，可也要时刻小心日本人这把刀是最靠不住的。再不要因为走得太近反而被他们掣肘。”

武善彧深不可测地笑笑：“表弟所虑极是。再不会有这样的事情。”

两人正在闲聊，新任云泰大队驻枰柳庄的一中队队长李相廷前来报告：“队长、参谋长，这都五天了，马头峪的李文新就是不开口。现在都……”

周公潇脱口打断他：“用极刑。”

“什么样的刑都用过。一条腿折了，一只胳膊废了，说不定腰也断了。可他就是百口不开，不说八路军伤病员的去向，也绝口不提藏枪的事情。”

周公潇脸色有些不悦：“极刑也要慢慢用。一气用上，他反而豁出性命，死硬到底。咱们的力气不是白费了？”

李相廷赶忙弯腰解释：“参谋长说得是。我们就是按照参谋长的指示做的。可这个李文新是砒霜泡出来的心肺，没指望了。要不，趁早拉出去活埋算了。”

周公潇说：“不行！这个李文新跟张洵不一样，他嘴里有我们很需要的东西。既然他那心肺是砒霜泡出来的，你们就搜寻专治砒霜心肺的药方儿。回去继续审讯。”

李相廷走后，周公潇对武善彧说：“前头有个张洵，今儿又有个李文新。马头峪的人都是铁打的肉身不成？”

武善彧终于发话：“算啦，对这种油盐不进的人就别费那么多工夫，要么枪子伺候，要么干脆活埋，痛快地送走他就算咱们法外施恩了。对了，表弟，这次咱们回到枰柳庄以来，抓的人好像不多啊。”

周公潇怅恨地冷笑道：“把李文新算在内总共才十四个人。就像表兄刚才说的，共产党和八路军现在比鲶鱼都滑，不要说抓，就是找到个脚印都难。过些时日再说吧。”

山东分局、鲁中军区和八路军队伍在日军的“扫荡”中遭遇重大损失，不得不来回穿梭于崇山峻岭之间，在少有停歇的转移之中休养生息。国民党地方武装趁机兴风作浪，飞扬跋扈地搜捕缉拿革命进步人士。原来在中心地区分散隐蔽的共产党党、政、军伤病员及部分干部处境极其困难，便通过组织安排和亲朋关系逐步向游击区、敌占区疏散转移。

县里来人找到陶竑春，希望盘龙村能接收几名八路军伤病员。盘龙村参加八路军和游击队的人多，梁春竑又是游击队长，汉奸和鬼子摸得很清楚，常常前来“扫荡”。陶竑春很愿意接收，可又担心村里会很不安全。县里的来人认为，盘龙村是战斗堡垒村，群众基础好，伤病员隐蔽在这里组织上放心。而且，越是危险的地方也越是安全的地方，就看党员同志们怎么开动脑筋想办法。

陶竑春拢着头发反复沉吟，忽然想起了自己曾在地堰中掩藏党旗的那一幕。她自信地提出要接收五名伤病员，并保证将来会把五个健康结实的八路军送回到部队。考虑到家家户户缺衣少粮，也为了安全起见，县里的人只同意安排给四名八路军伤员。其中一名女同志，既是伤员，也是护理员。

趁着当天下午安全的时候，陶竑春、花篮、李怀安、梁大爷挑着筐子、扛着镐头来到村边靠山的几处坚固高大的地堰跟前。像在盖好的房子里新挖上一个门，他们试探着将地堰中间的石块轻轻晃动出来，然后用镐头将里面的干土挖运到别处，最后按照原来的方位将石块儿重新垒砌。一个天然地窖秘密藏身于眼前的地堰中。

梁大爷抽着烟袋锅，对李怀安说：“他叔，咱们起先怎么就没想到呢？过后多弄几个，等鬼子再来的时候，咱们就不用带着粮食和鸡鸭鹅的满山跑了。”

李怀安吞吐着烟雾，舒展着眉头说：“是啊，以前老想着在屋子里、院子里藏，很容易就被汉奸鬼子给搜了去。别看竑生他娘是个妇道人家，论头脑、论胆识真不比男人差。”

梁大爷对儿媳妇儿也很敬重，脸上轻轻掠过舒怡的微笑。

李怀安盯着地窖瞅了会儿，说这地窖藏东西的话还行，藏人的话小了些。夏天雨水一大，保不准就塌下来。不如找几块门板或者抱些木棒、秫秸，在地窖上方做成顶棚，然后覆上土。鬼子就是站在头顶上也发现不了。梁大爷高兴得满面红光，说这个办法行得通。危险的时候把他们藏里面，安全的时候可以领出来晒晒太阳。几个人商量好，等晚上的时候一气儿把窖拾掇利索。

沂蒙山区落下了入冬以来的第一场大雪，盘龙和周边的山村都被厚厚地覆盖起来。八路军伤病员小孙和小张由陶竑春和花篮两家各接收了一名。几天来窝在寒冷潮湿的地窖里，不仅伤口没有好转，身体也因缺乏活动和阳光的照射变得十分虚弱。这天一大早就微风不起，红彤彤的太阳很快挑在东面山头。花篮娘说伤病员不能老是窝在阴冷臊臭的地窖里，今天天好，把他们背回家吃两顿热乎饭，晒晒太阳。

花篮找到陶竑春，说她爷爷一个人在家闷得慌，想找人说说话，建议再把两个伤病员都背到她家去。花篮家住在村前头，扒到院墙上能够瞭望到远远的村外公路那边。陶竑春将伤员背过去，站到墙边向村外观望了好大一会儿，叮嘱花篮别忘了常往外探听着风声，这才放心地离开。

花篮娘给两位伤员和小五的爷爷盛上菜糊糊，递上煮鸡蛋，从饭盆里拿出煎饼和窝头，跟花篮照应着他们吃饭。

就在一家人边吃边聊的时候，一个叫花子鬼鬼祟祟地来到院门口。他侧身仔细倾听着，随后从肩上的破布袋里掏出个缺边的黑碗，拖着拐棍一瘸一拐地走到院里，喊了声“大娘给点吃的吧”，就直奔屋门口。

花篮娘赶紧放下手中的碗筷，起身快步走出屋外，顺手将半门儿在身后关上，责问道：“你这个要饭的，怎么悄没声儿地就跑进院子里来了呢？”

在半门一开一关的瞬间，叫花子贼一样的眼睛已经将屋里扫了个清楚。他哆哆嗦嗦地递过碗：“婶子啊，俺是饿极了，一天多没吃饭了。行行好，给弄点热乎的吃吧。”

花篮站在门里，审视着问道：“这兵荒马乱的，自己都顾不过来呢。你年纪轻轻的，不想个门路挣饭吃，只想着从别人家嘴里讨要，害臊不害臊？”

叫花子撇着嘴，带着哭相哀求说：“大妹妹说得是。我本来跟俺娘一块儿过活儿，上年的时候一群汉奸拉我入伙，我不答应，那些挨千刀的就把我娘给杀了，还把我的一条腿砸断了。四处讨饭，我也是不得已呢。”

花篮娘被叫花子说软了心：“唉，怪可怜的。花篮，给他盛满碗。”

花篮接过碗，盛满菜糊糊递出去，花篮娘再接过去递给叫花子。叫花子赶忙尝了一口，感激地连连弯腰鞠躬：“婶子、大姐都是好人啊。老天爷会保佑你们的。别脏了你们的院子，我出去吃去。”

叫花子拖着腿转过墙角，低声骂了句“娘的，拿这个喂猪啊”，扬手将菜糊糊泼在墙底下。他把碗放进破口袋，扔掉拐棍，贼眉鼠眼地四处望望风，转身从另一个方向快步离开。刚走出几步远，一个梳洗得干干净净的女孩子迎面走来，还热情地跟他打招呼。一听就不是本地人呢！叫花子心中暗喜，拿眼偷偷观察着，随口支应说家里揭不开锅，要到向阳坡地里去挖点野菜。听说可以挖野菜，那女子居然很兴奋地拔脚就向花篮家跑去。

这个女孩子叫常青，是县里安排给陶竑春的那位既是伤员又是护理员的八路军战士。家家户户近乎断炊，即使仅有的粮食都被拿来掺杂着糠菜下饭，大人也很少能够吃饱。叫花子随口编造的一句"在向阳的坡地里，雪底下苦菜、荠菜多的是"让她欣喜不已。

常青对两个伤员道："今天天气好，吃完饭到院子里好好晒晒太阳，再烧点热水清洗一下伤口。"

两个伤员忙不迭地抱怨着："天天躲在地窖里，浑身都疼。真不如在战场上打鬼子来劲儿。"

常青斗嘴说："要不是为了照顾你们几个，我这会儿正在战场上呢。"

伤员小张撇撇嘴："算了吧，你一条胳膊差点儿被小鬼子给报销了，怎么能在战场上呢？"

"可是来的时候我那胳膊就好得差不多了。再说我腿脚利索，哪像你们站都站不起来。"

伤员小孙很不服气："现在站不起来，好起来后准保比你跑得快。"

"那可不好说！你们千万别瞧不起女同志！"

小孙很机灵，只把矛头对准了常青："我可没有瞧不起女同志。你看花篮同志、陶竑春同志都很了不起的。我只是说比你跑得快。"

常青拉下脸："瞧不起我就是瞧不起女同志。"

花篮忍不住笑了："叫俺看啊，离了谁都不行。我们梁区长就说过：革命不分先后，抗战不分男女。"

常青走过去扶着花篮的肩膀："花篮姐，跟组织说说，你跟我们一块儿参加八路军吧。"

花篮娘笑笑："先别顾着磨嘴皮子。花篮，去烧点儿热水，让常青给两位同志清洗伤口。过后帮我纳会儿鞋底儿。"

常青笑吟吟地望着花篮娘："大娘，你给找个篮子，一会儿我跟花篮姐出去挖野菜吧。"

“这都什么季节！冰天雪地的，哪儿来的野菜？”

“怎么没有？向阳地儿的雪底下，苦菜、荠菜多的是！”

“你都听谁说的？要有也得等到开春儿的时候啊。”

“不对啊？刚才有位大哥就到村外去挖野菜了。这可是他亲口对我说的呢。”

花篮一边往壶里装水，一边瞅着常青：“娘，你听常青瞎说。她想替咱们省口饭呢。”

常青认真地辩解道：“我没有瞎说。刚才真的有位大哥去挖野菜了。”

花篮“哧”地笑了：“咱村的年轻人要么参军、要么参加游击队，哪还有年轻的大哥？你撒谎也不动动脑子。”

常青着急地涨红了脸：“就是有位大哥嘛！不信我领你去找找看。”

花篮见常青认了真，赶忙笑着让步：“好好好，甭找了，就算有行不？可俺有很多活儿要做，才不跟你像兔子一样去雪地里刨食儿吃。”

常青蹲到花篮跟前，帮着续柴火，又说：“花篮姐，你还是剪掉大辫子吧。像我这样，多清爽利落。”

“俺留着辫子可不单单为了好看，也为了工作呢。”

“剪短发也是为了工作啊？”

“常青，咱们的工作不一样，你怎么还是不懂？别乱跑，在家帮俺做手工，顺便给俺讲讲外面的事情。”

“这个就留到晚上的时候讲吧。给他们两个清理好伤口，我就去挖野菜。”

阳光和煦的院子里，花篮和她娘坐着纳鞋底儿。两个八路军伤员学着花篮爷爷的样子，用两块条状石头代替拨槌，闲说着话儿帮着拧麻绳。常青去到村前的菜地已有大会儿，难不成她果真找到了野菜？花篮娘放下鞋底儿，要去看看出洋相的小姑娘究竟挖了什么样的野菜。

花篮娘扒着低矮的院墙向村外一望，却看见一队日本军正在汉奸的带领下小跑着向村口逼近。花篮娘倒抽一口冷气，慌乱地喊道：“快，花篮，鬼子进村了！”

“啊？”花篮箭步飞到矮墙根前一个瞭望，急忙转身喊道，“快把东西扔掉！娘，咱俩一人背一个。快走。”

惶恐之中，花篮娘忘记了地里的常青，慌乱地指指屋檐下：“还有你爷爷。”

花篮着急地说：“先背他俩出去，再回来背爷爷。爷爷，你等一会儿啊！”

小五的爷爷围着皮袄，坐在屋檐底下的老旧椅子上，边晒太阳边搓麻绳。听说鬼子要进村，他急促地让他们赶紧躲藏，不要管他。

花篮和娘各背一个伤员奔出院子，着急地大喊："鬼子进村了！赶快转移！"

李怀安最先跑出来，赶紧把花篮娘背上的伤员接过去："进地窖是来不及了，都往山里跑！"

陶竑春飞快地冲过来，身后梁大爷抱着春燕，梁大娘手里拽着竑生。闻听花篮爷爷还在家里，梁大爷赶忙把孩子塞给陶竑春，上前抢过伤员，让花篮赶紧回家去背他。恰在这时，一位中年妇女架着八路军伤病员走到巷口，上气不接下气地喊着："谁来帮帮俺，俺跑不动啊！"

花篮果断将伤员背过去："娘，你快回去背俺爷爷吧。"

花篮娘刚奔到家门口，却见常青哭喊着"快来人啊"，一瘸一瘸地从地里跑过。鬼子的子弹开始从耳边飞过。院子里坐着老公公，眼前是弱小的八路军女战士。刹那的犹豫之后，花篮娘上前架起常青，拐过墙角往村后的山上跑去。

大王庄据点的日军得知发现了八路军伤病员，立刻调集小分队扑向盘龙村。常青给两位伤员清洗了伤口，换了药，又去另家对伤病员进行护理，然后执拗地挎着篮子、带着铲刀去了村前的菜地。向阳的地堰下和洼地的雪下确有野菜，只是叶子已经被严寒冻得干枯，跟地面的杂草相同形色。她一个外地的小姑娘哪能辨得出、寻得到？执着地找寻着，不分能不能食用地乱挖着，终于有些喜悦，起身想伸个懒腰时却发现日军距离她不过两百米之遥，而那个叫花子汉奸正眼冒绿光指认着她的身份。常青拼命地往回跑，几近虚脱，幸而被花篮的娘搀扶过去。

日军气势汹汹地进了院子，翻箱倒柜却一无所获。日军小队长盯着身后的汉奸吼道："你说的人呢？"

"早上就在这儿的，两个八路。刚才叫喊着跑进村的那个女子就是女八路。"汉奸战战兢兢地回身望了望，捡起地上的两个石头拨槌为自己证明、请功说，"太君，他们跑了，藏起来了。"

小队长走近花篮爷爷："你的，说说八路藏哪儿去了？"

花篮爷爷怒视一眼，转头不理。

汉奸挤上前扯开嗓子喊道："太君问你话呢。你哑巴怎么的？"

花篮爷爷恨恨地对着汉奸啐了一口："没人味儿的狗汉奸！你不得好死咧！"

汉奸扬手抽了花篮爷爷一个狠嘴巴："老不死的，死到临头还嘴硬。"

小队长怒声喝住汉奸，撇着生硬的中国话问道：“你的说出来，好酒好肉的还有票子。”

花篮爷爷傲然回敬道：“留着这些东西给你们自己送终吧。”

小队长愣了愣，转身问汉奸：“他的，什么意思？”

汉奸摇尾乞功地回答说：“这个老东西骂您呢。”

小队长变了脸色，双手扬刀举起到头上：“再不说死啦死啦的！”

花篮爷爷一口吐到小队长身上。

“死啦死啦的！”一道弧形寒光闪过，花篮爷爷头被劈为两半。

日军从花篮家出来，正在挨家挨户折腾着搜查，西南方向突然传来两声枪响。小队长爬到一户的墙垛子上循着枪声仔细观望，发现山脚下有游击队的人影在晃动。他匆忙率队迎击，离开了村子。

直到日军远去，李怀安亲自进村巡视，确定安全后，这才站到村边的山梁上呼唤乡亲们下山回家。花篮扶着常青走到李怀安跟前，焦急地询问她爷爷怎么样。李怀安神情淡淡地让她家去看看。

花篮心头一沉，顿时感到浑身发冷。她突然松开扶着常青的手，喊声“爷爷”，疯了一般朝家里跑去。

爷爷倒在地上，头被劈为两半，脖子跟上身仅有皮肉相连，血液凝固成黑褐色的一摊。花篮两腿酥软，倒在地上哭得撕心裂肺。常青紧随其后赶到，被眼前的凄惨情形惊吓得发出一声尖叫，无助地扯开了喉咙。

花篮娘倚靠着门框，虚弱地说：“怀安大哥，俺这可怎么办才好啊？”

李怀安上前扶住她：“大妹妹，千万别急火攻心。咱们慢慢来，慢慢来。”

涕泪横流的常青突然止住哭声，爬过去抱住花篮娘的腿失声大喊：“大娘，从今以后你就是我的亲娘，花篮姐就是我的亲姐姐！”

陶竑春上前搀扶常青。常青甩开她的胳膊，只顾抱住花篮娘的腿号啕大哭：“大娘，您就是我的亲娘啊！”

第三十三章

日军反复“扫荡”的近五十天里，整个沂蒙根据地狼烟冲天，哀鸿遍野。到了大雪封山的时候，野菜也挖不到，先前用来饲喂牲畜的豆叶、地瓜秧全都成了当家口粮。转眼来到年关，眼看着竑生、春燕整日饿得蔫蔫的，面黄肌瘦，梁大爷想到了瘦得皮包骨头的黑子。

一大早，梁大爷抚摸着蹲在跟前的黑子说：“黑子啊，俗话说‘阎王不嫌鬼瘦’。我不是阎王，可我实在没有半点办法了。你看你，这半年来担惊受怕的，怕是一斤粮食也没吃到过吧？看着你狗不像狗、鬼不像鬼的，我心里也狗撕猫咬的难受。思来想去，我还是帮帮你早日托生吧。托生到一个好的世道、好的人家，过两年有饭吃的日子，不论做人、做狗，也没白到阳间活了一回。黑子，我这是要成全你，你可别怪见我啊？”

黑子像是听懂了主人的话，温驯地任由主人抚摸着，眼角竟然渗出点点泪光。

看见黑子滴出眼泪，梁大爷心如刀扎。他摸着黑子的头，呜咽道：“我知道你是忠臣，可这年月忠臣又怎么样？活着不如死了，早闭上眼睛早解脱呢。你听话，别跟我挣啊。”

听梁大爷一个人对着黑子嘀嘀咕咕，陶竑春站到门口说：“就这战乱世道，畜类都遭了殃。黑子能活下来，也算是命大了。”

梁大爷悄悄擦拭着眼角，抹把髭须，拿起绳子系着扣儿：“命再大也大不过天。该走的时候不走也不行啊。”

陶竑春感觉梁大爷的话不对劲，再看他手拿绳套儿往黑子脖里套，慌忙问道："爹，你这是要干什么？"

梁大爷惨淡地抖动着嘴唇："我让黑子早一天托生。"

陶竑春慌忙高声阻拦："爹，咱还到不了这个地步。先留着它吧。你就是杀了它，一副骨头架子也剔不出两斤肉啊！"

打小养到如今，这黑子就是家里的一口人呢。梁大娘闻声赶紧跑过去，把已经套在脖子上的绳索取下来："他爹你干什么呢！你给我留着它！"

梁大爷瞪眼吼道："你老娘们儿家知道什么？死活都分不清了吗？"

梁大娘拿脚驱赶着黑子，黑子并不动弹，蹲在那儿微微抖动着耳朵，眨巴着眼睛，始终温驯地望着梁大爷。梁大爷强压着心酸，猛力扯开老伴儿，又把绳索套向黑子。

竑生从屋里跑出来，抱住黑子的脖子，跪在地上大哭："爷爷，我不要你杀黑子！我不吃狗肉！妹妹也不吃狗肉！我不要你杀黑子。"

"这狗太老了。过些日子，我再给你讨条胖墩墩的好看的小狗。"

"什么样的小狗我都不要。我就要黑子！"

黑子静静地端详着梁大爷，再端详着竑生，又伸出舌头仔细舔舐着竑生腮上的眼泪，拿脸去磨蹭竑生的脸蛋儿。

"黑子命大，我杀不了你啊。"梁大爷难过地转过头，眼里泛出泪花，"再留你半年。待明年春后，看你的命有多大吧。"

梁大娘跟儿媳妇儿回到屋里，念叨梁春竑他们都半个多月没回来了、李开林他娘独守着破院子可真冷清。梁大爷在院子里喊着说要到山上转一转，别等他吃晌午饭。梁大娘没好气地说指不定哪个埝儿就有汉奸鬼子，老老实实在家里多待会儿不行吗？

梁大爷话也不回，挎着大团绳索出了院子。他这一出门，直到天色已晚才下山来。尽管肚中空空，梁大爷却兴致满满，脚步轻快。他今天捡回了两个大元宝——腰间悬挂着一只野兔，满篮子另加一大抱被冷风吹得僵硬的鲜树皮。梁大爷没能杀成黑子，带上绳子去了崖下黄草坡。他仔细查找着兔道，在几处地方下好套儿，围着山头转了一圈儿，就坐到一棵倒地的碗口粗的树上抽烟。磕烟袋锅的时候突然发现那是一棵新倒下的榆树，便扒下了整株的树皮。

梁大娘听见老伴儿回家来，埋怨着跨出门来，却见他笑得满脸褶子，胳膊上满篮子另加大抱的树皮。梁大娘喜上眉梢："榆树皮？你这是上哪儿弄的啊？"

“竑生，快来看，爷爷给你捉野兔来了！”梁大爷没有答话老伴儿，自顾从腰间解下一只棕黄毛色的野兔，提溜着耳朵举起来端详着，“看看，竟然还不算瘦呢。”

在梁大娘和陶竑春眼里，这只野兔不亚于一头小肥猪。黑子也紧靠着主人的腿快乐地摇着尾巴，盯着野兔直咽口水。

竑生正坐在桌前端着稀薄得照见人影的糊糊，听到爷爷给他捉来了野兔，立马跳起来跑到院子里。当发现是一只死掉的野兔，便不高兴地嚷嚷道："爷爷，它怎么死了？"

梁大爷哄骗他说："我捡到它时它就死了。这样正好，竑生和春燕就有兔肉吃了。"

听到可以吃肉，委屈的肚子立刻翻滚起来。竑生抱着爷爷摇晃："爷爷，我现在就想吃兔肉。"

梁大爷满面红光："行，爷爷这就去拾掇，让竑生吃肉、喝汤。这兔皮还能给你做个漂亮帽子呢！"

梁大娘似乎更看重那抱树皮："兔肉也就解解馋，这榆树皮可就金贵了。竑生他娘，趁这些树皮水生生的，我把它切碎，三天两头就晒干了。你抽空儿帮我磨成面儿，过年蒸包子的料子都有了。"

陶竑春眉开眼笑："行。"

梁大娘又对老伴儿说："他爹，等收拾好了，你就留两条兔腿儿吧。一条给竑生他爹留着，一条等着大年三十儿再吃。"

梁大爷嗔道："哪有大年三十儿晚上吃兔子的？"

"这都什么年月了还穷讲究？过回年，好歹见点儿肉腥味儿不是。"

"嗯！都说'年三十晚上打兔子——有它没它照样过年'，这当口儿我还真要等着它过年呢。这只兔子就不留了，全炖上。山上我还下了几个套儿没收，今晚上说不定还能套住一个半个的。"

听见爷爷说还能捉到兔子，竑生赶忙搂着梁大爷的脖子喊道："爷爷，要活的啊！我要活的！"

梁大爷开怀地咧着嘴角："行。竑生说要活的，咱就要活的。"

继接应八路军军区机关突围之后，梁春竑又带领队伍接应了泰沂县委、县政府机关的突围，牺牲了两名队员。鉴于严酷形势和元气大伤，游击中队很少回到盘龙等原先时常流动行军的老地盘。这天半晌，游击队员们正在崮下悬崖边上集结。联络员送来情报说，一队日伪军已经从县城出发，正在给驻大王庄一带日军运送给养的路上。上级指示说，如有可能，云崖区游击中队可以组织伏击战。

近三个月来一直被日军打压，游击队员们都憋着一肚子气，非常怀念先前骚扰、袭击战的痛快劲儿。难得赶上似曾相识的机会，武善志忍不住跃跃欲试。但是，他也很清楚，遭受了日军和汉奸武装持续的强力围追堵截，游击队目前的力量脆弱得就像骨折后正在愈合的腿脚，一招一步都要慎之又慎。

梁春竑见武善志欲言又止，便问："是不是觉得可以创造机会？"

武善志的确心有不甘："尽管咱们游击队目前很虚弱，可也不能老这么冰天雪地里被动等待战机。日军运送给养，正好给我们提供了战机。只是到处光秃秃的没有屏障依靠，咱们不可以轻率出击。队长，我心有不甘却想不出办法。"

梁春竑忽觉灵光一闪，想到了晚上探照灯刺眼的日军岗楼："善志，日军不是在天台岭西边的高坡上建了个炮楼子吗？咱们能不能从这个炮楼子上做文章？"

"对啊！如果日军也给他们送给养，咱们可以晚上去夺他们的粮食。"

"日军凭借这个炮楼子，居高临下，一览无余，八路军、游击队几乎不能自由进出天台岭。早就打算要除掉这个祸患。不管今天城里来的日军给不给他们送给养，岗楼里肯定有口粮。善志，推敲出个万全之策，既要把给养弄到手，又能把炮楼的小鬼子送上天。"

梁春竑见武善志已经在挖空心思地琢磨，笑笑说："善志，布阵作战，闭门造车行不通。走，咱们再去仔细察看地形。"

天台岭西侧、泰石公路南面两百米的土石坡上，孤零零而又挺拔地耸立着一座石砌岗楼。岗楼北面一条小路连接公路，西面一条小道通向小村子，南边面对的是绵绵岁月中山洪冲刷出的三五人深的沟谷。日军紧靠岗楼修建了几间简易草房，草房和岗楼的周围还布下了两道铁丝网。八路军和游击队长期以来利用天台岭绵延横亘和岭上峭岩层叠、林木茂密的地理条件，时常昼夜从这边穿行。秋季"扫荡"开始不久，日军征集周边村民筑起了这座接近两丈高的岗楼，常备四五名日伪军轮流休息和值岗。人站在岗楼顶上几乎可以与天台岭平视，四周广阔区域尽收眼底。从此，八路军和游击队在这一地区的行动变得非常困难。

太阳越过头顶的时候，三辆日军给养车在大队伪军和小部日军的护送下，浩浩荡荡地翻过天台岭，在靠近岗楼的路边停下来。很快，日军从车上卸下两个大包和几只看起来很重的箱子，伪军即刻将这些物品抬到铁丝网里的简易房内。

暮色迫近，冷风飕飕，深冬的酷寒冻得人手指麻木，关节僵硬。岗楼对面悬崖下的荒草丛里，十数张像老树皮的紫黑色面庞静静观望着前方。等到天完全黑下来，这群年轻人带着梯子、绳索、钢钳摸索前进，卧伏到距离沟谷不远处的土堆、石块后面。

李开林故作深沉地小声问小五："小五同志，对这次战斗有没有信心？"

小五想了想，扭过脖子回道："你应当问'对这次战斗的胜利有没有信心'。"

李开林被顶得喘不上气，捏着小五的肩膀："呀哈，小五同志进步很快嘛。"

小五扛他一膀子："你是说你进步慢喽？"

李开林揽着小五的脖子："越来越不服管教啦？要不是在战场上，看我怎么收拾你。"

小五挣脱着，毫无半点儿让步的意思："李排长，要注意自己的言行举止。"

武善志重重地拍着李开林的肩膀："你俩有完没完？"

岗楼上、下两个探照灯射出的两道强烈光柱不停地来回扫射，所经之处亮如白昼，连黄草块石都清晰可辨。光柱里，两个汉奸佝偻着身子从北面的小道跑向岗楼。岗楼上的日军立刻持枪高声喊话。

两个日军端着枪从草房内冲出来，那两个汉奸又是弯腰作揖，又是谄媚逢迎，指着村后西北方向比画着。两个日军嘀咕了几句，跟在两个汉奸后头，蹑手蹑脚地走向村后。

才到村后路边，两个汉奸"扑通"趴在地上，指着前边嘘声道："八路！八路！"

一个日军迅速打开手电筒，照到了路边土洞里两个蜷缩的人影。几乎就在同时，另个日军连发两弹，正中那两个人影。

"你们两个，过去的看看！"拿手电筒的日军喊了一声没见动静，低头察看时，两个汉奸已经不知所往。

就在"汉奸"领着日军走往村后的时候，梁春竑跟李开林相继搭着人梯从沟底爬上来，用钢钳剪断铁丝网。随后爬上来的队员们直奔岗楼下。岗楼下巡逻的伪军借着光柱扫过的瞬间看到了一闪而过的身影，顿觉情况不对，急忙要端枪射击。未等扣动扳机，另个近前的身影已经把刀子插进了他的胸口。伪军倒地，摔在青石板上，发出"咣当"的响声。

岗楼上的伪军对着楼下打了声呼哨，没能听到回应，便拿手电筒往下照射，却被子弹击中，歪倒在岗楼边上。另个日军大惊失色，"啪啪啪"发出三颗彩色信号弹。

游击队员连续射击，将岗楼上的日军逼得无法动弹。岗楼下的游击队员们砸碎探照灯，并在顷刻之间将从简易草房内扛过来的物资搬运到沟谷边上，拿绳索一件件递送下去。

前往村子北面的两个日军明白中计，端着枪赶回时信号弹已升上高空，岗楼那边又传来连续的枪声。两人知道情势危险，赶忙蹩在路边远远地张望。岗楼上蛰伏的日军发觉楼下没了动静，刚注意到导火线的火花，炸药就燃爆，发出惊天动地的声响。几个日军望着爆炸中的岗楼，目瞪口呆。

梁春竑他们来到山顶上一处曾经用来躲避土匪、现在已经破败的石墙院落里，捂着被汗水湿透的棉衣，兴奋地清点战利品。武善志递给梁春竑一个从岗楼草房里搞到的手电筒。梁春竑尝试着打开，一道雪亮的光柱让大伙的眼睛很不适应。

游击队员们多次见日本人晚上手里攥着个东西到处照射，也听说那个东西叫作手电筒，但是从来没有亲手用过，也没有拿到眼前仔细观察过，纷纷喊着想见识见识。

“天亮的时候再仔细琢磨，现在还是清点战利品吧。”梁春竑将手电筒塞进棉袄袖子，先清点出一袋白面和一袋大米，三个箱子却看不明白。

李开林劲儿大，拿钢钳硬硬地撬开一个。手电筒的光照下，排列整齐的圆筒反射出一大片亮光。经武善志解释，大伙儿才知道那是美味的罐头。梁春竑让全体队员外面休息，留下武队长和二位排长开会。

梁春竑望着眼前的三个人说：“大家商量一下，这些战利品该怎么处置。”

武善志考虑问题历来最周全、最细致：“当然得交到县里，或者跟县里请示。”

李开林立刻表示反对：“这次突袭不是县里的安排。咱们自己处置也不算违反纪律。”

王大有的见解最有意思 ：“叫我说，这些战利品本应该属于咱们游击中队的，可梁队长还是县里的民政科长，也算县里的人。到底该怎么处置，当然梁队长说了算。”

梁春竑笑笑说 ：“那好吧，我来说说。咱们打了三个月的仗，牺牲了不少兄弟。眼下快过年了，总该让队员们借着节日高兴高兴。另外，咱们的家人和已经牺牲的兄弟的家人，不是整日为咱们提心吊胆，就是为死去的亲人悲伤难过。而今冬日本鬼子不停地反复‘扫荡’，家家户户都揭不开锅了。我建议这样安排 ：将这两袋米和面分发给支持咱们抗日的人家。这些罐头就按人头分给咱们的游击队员，让大伙儿开开眼界，开开洋荤，权当劳军了。”

李开林已经习惯了抢先发话 ：“梁队长的这个计划我赞成。只是米和面分给那么多人家，一家还分不到半斤八两，也不顶用。不如留下来当作咱们游击队过冬的口粮。”

武善志说：“咱们的粮食非常紧张。李排长说得有道理。”

王大有整整帽子：“这个，确实两难。可我还是赞同梁队长的意见。”

梁春竑解释道：“咱们粮食紧张，乡亲们也不比咱们宽裕。再说，咱们的口粮还不都是他们给筹集的？春节这么重要的日子，咱们多少表示一下心意，无论于公还是于私，都算有情有义。所以我认为，不管一户只能分到三两还是二两，也要分！”

正在讨论跟县里汇报的事情，外面传来队员们叽叽喳喳的讨论声，还微微飘过一阵香味儿。李开林抽抽鼻子：“队长，还有战利品没上交。”

梁春竑笑道：“肯定是你的手下鼓捣事儿。你去处理。”

李开林跨出院子，低声问道：“谁还有战利品没上交？刚刚为什么不上交？”

一个队员站出来：“排长，鬼子的锅里炖着一只鸡，被我揣回来了。还有两瓶酒。我本想给大伙儿一个惊喜，可还没轮到我说话呢，就被推搡着出来了。所以还没来得及上交。”

一个队员笑着揭底：“排长，他偷偷撕着吃鸡肉了。”

那个队员急忙为自己辩解：“我只不过尝尝煮熟了没有！报告排长，鸡肉还不熟，撕不动。”

李开林忍俊不禁，强作威严道：“那好，明天你就负责找锅把肉煮烂，让全队同喝一锅汤。记住，敢偷吃，自掌嘴巴。”

第三十四章

除夕前几天，沂蒙山区又飘落了一场大雪，整个山川沟谷被捂上了厚厚的棉被。到了年三十的傍晚，天空再次阴得发黑。

陶竑春抱着柴火，扫一眼阴沉的天际说："看样子还要下场雪。前边接连两场还没化，这年三十要是再盖床棉被，来年准得抱着馒头睡呢。"

说到收成，梁大娘心里五味杂陈："前年秋里涝得个一塌糊涂，家家粮囤见底；上年又旱得庄稼矮了半截，好歹能吃上饭；今年吧，接着旱，总共下了不到五指雨，井里的泉眼都快不出水了。我这都活了五十多岁，哪曾见过大冬天的就挖野菜、剥树皮？明年再没好收成，咱可真没活路了呢。唉，都是些草木狼神的小老百姓，上辈子能做多少孽？老天爷也该可怜可怜咱这些罪人。"

梁大爷蹲在门口抽烟袋，听见老伴嘟嘟囔囔，就说："好好的受苦人怎么就成了罪人？"

大年三十儿图喜庆，梁大娘难得说笑起来："上一辈子修行不好，当然是罪人。阎王爷这才罚你托生成人，来阳间受罪嘛。"

"照你这么说，修行好的人都托生成鸡狗鹅鸭了？"

"你怎么老抬杠？托生成鸡狗鹅鸭的也是修行不好的人。"

"那你说说看，修行好的人应该托生成什么？"

"还用问吗？托生成公子小姐、夫人老爷，反正都是些骑高马、坐软轿的大户人家。"

“那些骑马坐轿的老爷公子，被砍头掉脑袋的多的是。他们怎么修行的？”

陶竑春忍不住悄悄笑了。

梁大娘心知老头子是拿她寻开心，便笑着呵斥道：“三百里路不换肩——抬死杠啊你！别没事人似的抽你的神仙烟，拾掇拾掇那半只兔子，熬上去。”

梁大爷磕磕烟袋锅，笑着站起来：“那半只兔子还是留待年后吃吧。今晚上又是兔子又是饺子的，太肥了吧？”

梁大娘坚持说：“不行！过年嘛，总得让孩子们见点儿肉味儿。熬两条兔子腿儿也好。”

梁大娘看看天已不早，又安排陶竑春说：“竑生他娘，晚上咱们还要包水饺、过年。待会儿你把地瓜面里掺上榆树皮面儿，和一碗吧。我这手粗树皮一样，那点面都能塞到我皴破的树皮缝儿里去了。对了，把队伍上送来的那碗白面也和上。敬敬天地和灶王爷，也给两个孩子解解馋。”

油灯散发出暗弱的光。黑影一样的全家人围着桌子吃饭。竑生吃了一个窝头，又逮着兔肉汤喝了两大碗，举着碗还要。

梁大娘阻拦说：“竑生，这兔子汤不过就是一锅清水，有什么好喝的？”

竑生摇晃着身子：“就是好喝嘛！我再喝一碗。”

梁大娘又是心疼又是难过：“过会儿要吃水饺呢，白面的。你就不长个心眼儿等着吃饺子？”

竑生放下碗，上去抱着梁大爷的脖子：“爷爷，你快点喝酒。咱去点爆竹、放烟花吧。”

“放烟花、爆竹，那不是要把鬼子引来吗？来，爷爷给你拿纸烟花。”梁大爷拿开竑生的小胳膊，起身从挂在梁上的小篮子里摸出一扎细条状的纸烟花。抽出一根，就着菜橱上的油灯点燃，那烟花便“刺溜溜”地伴随着烟雾不紧不慢地放射开来。

看见光影闪烁的烟花，正在喝汤的春燕兴奋地挣开身子，伸着手挤向竑生的方向。梁大爷抹抹嘴，笑着将她抱过去：“来来来，爷爷也给小孙女点上一根。”

陶竑春知道梁大爷没吃多少东西，将盛放着窝头的黑瓷碗端过去。梁大爷却拿胡须扎着春燕的脸，乐呵呵地说吃饱喽，留点空儿吃饺子。

梁大娘把锅里的半碗清汤倒进陶竑春的碗里，又硬塞给她一个窝头：“吃！过年了，饭总要吃饱。”

竑生摇着烟花满屋子跑了几圈，心中还惦记着饺子。听说要等到半夜发纸马的时候才能吃，便又捂着肚子喊饿。

这都快半年了，没几个人能吃顿饱饭，粮食粒子也没吃多少。梁大娘想借着年三十，让老伴儿和儿媳妇儿能饱饱地吃一顿："他爹，天怪冷的，一会儿孩子就要打盹儿。反正一家子人都没吃饱，不如就把饺子包了。大人吃了早歇着，孩子们也好安心睡觉。竑生他娘，咱下手吧。"

梁大爷也说："这兵荒马乱的年月，什么守岁啊、发纸马的规矩也都改一改，早吃了饭歇着也怪好。只是，我想吧，前天游击队给咱送白面过来，竑生他爹也没露面儿。这都除夕了——咱们要不要等等他？"

梁大娘激动得闪出了泪光："你这个老顽固头、老犟种！你心里这不也装着孩子啊！跟了你大半辈子，你终归可着我心意说了句暖心话！竑生他娘，这日头都打西边出来了呢。咱就等等竑生他爹，过会子再包饺子。"

就在梁大爷一家吃晚饭的时候，梁春竑的游击中队和武善彧的云泰大队在大王庄据点的外围不期而遇，并发生了离奇的枪战。

还在腊月中的一天，武善彧早饭后去了大王庄日军据点。回来后说春节就要到了，日本人要他们利用过年的时机，在春节前后派人搜寻八路军和游击队，最好是能捉住梁春竑和他的老婆。还说日本人悬赏一千块大洋捉拿梁春竑，他老婆的悬赏也出到了五百块大洋。周公潇恨怒交加说，不要说一千块，只要能捉到梁春竑，他倒是愿意再给加上一千块。而且，他很赞同日本人的谋划，主张利用春节抓几条大鱼。

武善彧不以为然："鱼肯定是有，可这鱼是久蹚浑水的鲶鱼——滑得很。咱们知道利用这个时机出手，他们就不知道应对？日本人吃亏够多了，还这么小看共产党和八路军。仗要打，年也要过。既然春节来了，咱们就欢天喜地过大年，热热闹闹祛除一年来的晦气。"

周公潇只好明确表达自己的态度："表兄，春节是咱们最大的节日。上至权贵，下至草民，只要有一丝可能，都要回家守岁。依照我的判断，共产党和八路军，还有游击队的头头都可能与那些穷鬼们一块儿辞旧迎新。咱们提早撒网，大鱼逮不到，半大的鱼准能捞个满筐满篓。所以日本人的建议终归还是很有些道理。"

武善彧听出了周公潇的话外之音，认真地说："表弟的意思我何尝不明白。可是，年头到年尾，咱们把脑袋别在裤腰带上，在枪林弹雨中穿行。春节到了，我们需要消消停停过个安稳年，咱们的列祖列宗也要过个消停年。停战给祖宗祈福，也给咱们自己祈福。

再有一个，咱们是中国人，大年三十讲究平安吉祥，一元复始更忌出手不利。所以，今天日本人的话我根本没放在心上。”

周公潇觉得很难再说服武善彧，而他的话也不是没有道理，便不再纠缠。两人分别前往五十一军和省政府那边劳军后，组织小分队去周边抢掠了些粮食、牲畜，打算安下心来过节。冷不防除夕这天中午，大王庄据点的翻译带着一名日军去到枰柳庄传达指令，督促云泰大队今晚务必集合行动，搜捕可能回家的共党重要人物。

武善彧全盘答应下来，送走两人后却冷笑着对周公潇说：“真是反了天。小日本鬼子就像指派奴仆丫鬟一样指使起老太爷来了。”

周公潇最容不得别人在他跟前颐指气使，可他断定今晚梁春竑一家人会团聚，便跟武善彧商量说：“表兄，今晚的确可能会捉到大鱼。咱们不妨单单去一趟盘龙村。怎么样？”

武善彧会心地笑道：“表弟啊，他梁春竑不比我们蠢笨。趁着天早，咱们带领队伍绕着日军据点转一圈，顺便也给游击队传递个不安的信号，然后就回来安安稳稳地过节。”

周公潇绷紧着脸色，迅即笑着叹了口气：“就按表兄说的，做做样子，然后稳稳当当地过节吧。”

武善彧让周公潇回了梓河镇，他亲自带领队伍，绕着大王庄据点转了五六里路后折回到大路上。等行进到夏庄西路口处，天色已暗下来。武善彧隐约发现前方有支队伍正自东向西而行，这支队伍也发现了他们。双方顿时进入对峙状态。

武善彧正隐蔽观察，对面有人高喊着他的名字，要他站出来说话。原来，对面是梁春竑带领的泰沂云崖区游击中队。

武善彧站到路中间：“梁队长，我是武善彧。有何高见，请讲。”

梁春竑有所沉思，举枪对着天空：“武队长，今天除夕，我梁春竑跟云崖区游击中队祝福你跟你的队伍过个吉庆祥和的春节。”

武善彧镇定地看着梁春竑对天鸣放一枪，也举起手枪：“梁队长，我武善彧和云泰大队也祝福你们过个吉庆祥和的春节。”

武善彧对着天空连放三枪后，高声喝令队伍返回，自己走在队伍最后。

武善志他们聚拢到梁春竑身边，莫名其妙地望着武善彧他们远去。

李开林不放心：“队长，你这坏透了的老同学也还算条汉子。只是那个周公潇今晚会不会从中捣乱？”

梁春竑突觉心情有些复杂。他把枪别入腰间，轻声说："周公潇是个人物，可惜跟咱们走的不是同一条路。大家放心，有武善彧这句话，咱们今晚可以安心地回家跟亲人团聚。按照部署，小心收藏好枪支，明早原地集合。返回。"

竑生燃放完烟花，听爷爷讲了几个故事，慢慢地开始打盹，可又惦记着饺子，便缠磨着发纸马。梁大娘看看时候不早，春燕已经睡了，便说那就开始包饺子吧，等梁春竑回家来的时候再热着吃。

梁大娘打开面盆，看到只有拳头大小的白面团，愣住了："竑生他娘，白面这么一点点？"

陶竑春笑道："娘，我留了一半儿。明天才是大年初一，还要过正月十五呢。"

梁大娘把煮熟的饺子分别盛放在四个碗里，先端出去敬了老天爷和灶王爷，回来后又合到三个碗里。每个碗里只有很不上眼的六七个水饺。可全家人脸上都洋溢着幸福的笑容。

陶竑春把黑乎乎的地瓜面水饺下到锅里，梁大娘高兴地招呼老伴儿跟竑生吃饺子。就在此刻，院门门板上发出"咚咚"两声轻响，黑子也猛烈地咬起来。梁大爷赶紧抱起竑生，把他塞到被子里。梁大娘匆忙把三碗水饺藏到桌子底下，顺手把陶竑春推到床头的编篓后边，这才镇静地起身前去开门。没想到迎进的却是儿子梁春竑和一个月前在村里养伤的两名八路军伤员小孙和小张。原来，小孙和小张的队伍最近可能要调动，两人想在离开之前再过来看望一下亲人们，给大爷大娘拜个年。梁春竑恰好在村口遇到了他俩，便一同返家。

陶竑春从编篓后边走出来，迎着小孙和小张说："伤筋动骨一百天。你们两个来这里养伤不过两月出头，伤口还没好利索呢，不要到处乱跑才是。"

小孙望着梁大爷说："等养好伤，那得等到什么时候？呵呵，参军三年，已经离不开战场、离不开战友了。可在这里养了这么长时间，又离不开大娘、大爷和咱们这一家人了。"

梁大爷笑呵呵地望着他俩："这没什么。等把日本鬼子赶走了，你俩常来住就是了。"

"哎哟，你们当初受的那个罪吔！来，一块儿吃过年饺子！"梁大娘心疼地咋着舌头，弯下腰从桌子底下端出三碗白面水饺放到桌上："俺怕来了汉奸，顺手藏到桌子底下了。来，一人一碗，先吃着。"

小孙抓起筷子，三下五除二就把几个饺子消灭干净，直咂着嘴巴："多少日子吃不饱饭了，更别说水饺，还是白面的！大娘，馅儿真香！”

小孙和小张狼吞虎咽的时候，梁春竑微笑地端坐着。他知道家里人还没动过筷子，两个孩子也一定没有吃上水饺。他想要把饺子留给孩子们。可看着小孙和小张孩子似的神情，梁春竑忍不住端起碗来，把自己的水饺给他们匀过去。

两人碗里还各剩下一个水饺的时候，陶竑春把黑乎乎的地瓜面水饺端上桌：“来，再尝尝地瓜面儿的。”

虽然除夕，户户断炊的艰难时节，哪儿来的白面水饺？就算地瓜面的水饺又有几家能吃得上？小孙和小张同时意识到了自己的粗心。小张愧疚得不敢抬头，小孙眼里盈出了泪水：“这两个白面水饺说什么也要留给竑生和春燕。”

小孙站起来，对着被窝喊道：“竑生！竑生！”

竑生一直从被窝里扒着个孔洞往外看，见小孙喊着找寻他，赶忙紧起被子。

小孙瞧见被窝里的蹬动，跳过去掀开被子，摸着正笑咧嘴的竑生的脑袋：“竑生，跟妹妹起来吃饺子喽！”

大年初五的早上，梁大爷将方桌搬到院子里，摆上碗供品，然后端着掺有几个米粒的水盆，绕着供桌和纸香将水撒成大大的圆圈。按照当地风俗，过年的头几天，妇女不能动剪刀、针线活儿，过了初五才告解禁，故称此日为“破五”。这天恰巧也是火神爷的祭祀日。这要在太平日子里，村民会搭伙儿找个宽敞地儿，各自把祭品在桌上或者席子上摆成长龙，松香成捆点燃，烧纸跃起半人高的火焰，震耳欲聋的鞭炮爆竹炸得烟灰尘土弥漫，村民们先男后女、由老及幼分组依次叩头行礼，阵势蔚然壮观。自从日本鬼子打进来，盘龙村已连续第三个年头没有出现这样的宏大场面。村民的祭拜仪式依然郑重，却也很简单。火神爷只能脚不沾地、悄没声息地挨家挨户接受村民的供奉。

梁大爷正端着水盆在院子里撒圈，门口进来地下党员老王，身后跟着一队八路军。

听见老王的声音，陶竑春快步走出来握住他的手：“老王！有什么指示？”

“这两天有一场重要的战斗，咱们的队伍需要在这里停留两天。我们要组织村民把战士们接到家里居住。”

“云泰大队那边怎么防备？他们年三十还差点跟游击队干起来了。”

“这回放心好啦。我们这次是协同国民党队伍共同发起对日包围战，国民党的队伍也正在这边集结。武善彧他们不敢动我们一个手指头。”

“国民党的队伍也在咱们这边集结？”陶竑春解除了担忧，但是对跟国民党队伍协同作战很有抵触情绪，“国民党顽固派都是些暖不过心来的野兽。这两年不仅与汉奸武装狼狈为奸地糟践老百姓，八路军队伍也被他们折腾惨了。还要跟他们协同作战！”

老王很理解陶竑春的心情，乐呵呵地笑道：“你以为我就愿意啊？可咱们是党员，是干部，目光要放长远，心胸要放开阔，要看清楚保家卫国的大局才对。我们不仅自己要理解支持，还要让村民百姓理解支持。这就是咱们的工作。”

陶竑春腼腆地笑笑：“这些道理我都知道。跟你说出来，我心里边顺顺气。”

老王放心地伸出手：“陶竑春同志，这里就交给你。我还要到别的村子安排工作，走了。”

陶竑春去找花篮和李怀安安顿八路军战士，三四个留在院子里的战士把行李往地上一放，上前要帮助梁大爷干活儿。一个战士干脆去夺梁大爷手里的水盆：“大爷，怎么干，我来。”

梁大爷赶忙将水盆要回去，呵呵笑着：“这个活儿，你们可干不了。”

“这是什么活儿？”

“咱这是祭拜火神爷呢。你们先去旁边歇歇。他娘！给战士们倒碗热水来！”

梁大爷祭拜完火神，背起篮子、抓起一把小镐头出了趟远门。

他这趟远门没有走大路，而是沿着山崮前坡在林木茂盛的地场穿行。粮食是再也没得可挤，野菜也难以找到隐藏的痕迹，偶尔一块野山药蛋的根茎或者某处涝洼地里干枯的苔藓菌类或许能给家人和入住的八路军战士带来一两餐果腹之物。穿越十数里山路，细心寻遍记忆中可能留藏珍馐的每处地方，收获极其微薄。他能想到的，当地的村民都想到了：生长野山药蛋的荒坡几乎被当作水浇地而深耕细耘，生长苔藓菌类的涝洼地几乎被踩成光亮大道，即使厚厚的雪层都阻止不住人们前往找寻的脚步。返回的路上，他与国民党运送弹药的队伍不期而遇，被另一番苦痛揪紧了心。那是什么样的场景啊：从农户征来的驴骡牛马驮运着难以承载的弹药，哆哆嗦嗦地在崎岖陡峭的山路上攀爬。死命膨胀的鼻孔中喷着白汽，脖颈屁股上流着汗液，眼神里闪动着挣扎的恐惧。梁大爷真切地看见两头驴子的腿在不停颤抖，一步一步都是在体力的极限中往前挪动。而一头强壮的骡子在绕过路面上一块凸起的石块时，不小心被冰雪滑倒，脊梁骨瞬间被小山一般沉重的弹药压断。随着凄婉哀绝的一声嘶鸣，这头骡子坠入路边的深谷，连同身负的弹药被摔得稀烂。这般艰难的世道，牲畜也是上辈子造了孽啊。天黑前回到家里，梁大爷的眼圈依然酸酸的。

狭窄的草房里，床上睡着梁大爷和老伴儿，地面柴草上一溜睡着四个战士。年龄最小的叫小成子的战士老是翻身，弄得屋里窸窸窣窣地响。

梁大娘坐起来说："孩子，你是不是冷啊？快上床来跟大爷大娘挤着睡吧。"

小成子赶忙推辞："不不不！大娘你睡吧，我不冷。"

梁大娘推推梁大爷："他爹，反正也都睡不着。你就再点上火盆，咱们再说会儿话。"

没等梁大娘话落，班长坐起身阻拦道："大娘，休息好才能保证参加作战。执行命令休息这也是遵守纪律。小成子，立即休息！"

小成子疾声应声"是"，屋子里立刻没了动静，一切归于宁静之中。

梁大娘睁着眼睛静静地躺着，琢磨着小成子年龄和长相都与当年参加游击队时的小五相仿，越发睡不着觉。等到屋里渐渐响起均匀的呼吸，梁大娘悄悄下床，将一件棉袄轻轻盖在小成子的身上。

两天后，一队队的八路军从北往南行进，征来的骡子、战马驮运着重重的物资，翻山越岭地随部队进发。在盘龙村驻扎两天的队伍也要动身。战士们一边打点行装，一边忙着在巷子里点火造饭。

陶竑春悄悄对婆婆说："娘，他们住了两天没吃咱们一口饭。要不，这最后一顿饭就让他们在咱家里吃吧。"

梁大娘早就这样想，无奈有心无力。事实上八路军和老百姓的饭都是一样的：菜团子和说不清是什么味道的粮食面掺和到一块儿熬成的糊糊。梁大娘叹了口气："拿什么给他们吃啊？"

小成子略带无助的眼神常常在梁大娘的脸上停驻，看得梁大娘直想掉泪。梁大娘招呼他过来，抚摸着他的脸说："孩子啊，我看你眼睛里有话要说。什么事儿？"

小成子两眼泪水汪汪："大娘，我看着你就像看见俺奶奶。"

梁大娘很想把小成子搂进怀里："你就该管俺叫奶奶。好孩子，就要去打仗了。你有什么想法儿就对奶奶说。"

小成子瞅瞅烧火做饭的战士，悄声说："奶奶，我们十几天没吃到正儿八经的粮食，腿都没劲儿了。这次上战场能不能回来都不知道。奶奶，您要是有粮食就给我们点儿吃。我不是怕做饿死鬼，总有点儿劲跟鬼子干仗吧？"

一股心酸让梁大娘泪眼蒙眬。她望望身边捂着泪眼的陶竑春："孩子，你跟我来。"

小成子跟着梁大娘进到院子里。梁大娘走到墙角搬开一块儿石板，里面露出一个光亮的瓷坛子，里面有半碗雪白的面粉。

梁大娘将面粉端出来递给小成子:“孩子，拿去跟你的伙伴儿们做糊糊喝了吧。”

小成子“扑通”跪倒在地:“奶奶，我们到死也忘不了您！”

“不许死！将来我还跟你们要账的！快去做饭吧。”

班长望着小成子手里的面粉，脸色慢慢地黑下来:“谁让你去讨来老乡的活命口粮！”

“是奶奶给的。”

“奶奶？”

小成子指指站在门口的梁大娘:“咱奶奶给的。”

班长想了想，端着面粉走到梁大娘跟前 :“老人家，这面粉我们不能要。留着给孩子吃，让他们长大了接着打鬼子、杀汉奸。”

“你放心，他们会长大的。”梁大娘接过面粉，走到锅前抄起水瓢，将面粉在水瓢里和成汤，一下倒进热气腾腾的翻滚着菜叶、树皮的大锅里。

酸涩的泪水涌满班长的眼眶。他咬紧嘴唇，硬硬地将泪水挤压回去。

第三十五章

1942年2月，沈鸿烈被调往重庆，牟中珩任山东省政府主席兼省保安司令。五十一军副军长周毓英接替牟中珩升任正职，即刻指令武善彧和周公潇将云泰大队开到北面唐家庄一带，担任国民党一一四师师部的外围警卫部队。

武善彧和周公潇相互搀扶却也各自依靠大树庇护，而两棵大树的迁移变动打破了他们之间的关系平衡，也让两人在某个混沌不明的十字路口踟蹰彷徨。

武善彧洞悉周公潇此刻的失落与迷茫。他安慰周公潇，也在自我感叹："铁打的衙门流水的官，地里的百姓路边的草。作为封疆大吏，沈主席在这边的境地让人心生恓惶。至于咱们可弃可用的卒子，更不必自伤自怜。表弟，咱们都看开些。"

孟浦云挂冠归去后，周公潇把向上攀爬的所有希望全部寄托在沈鸿烈身上。如今沈鸿烈抬屁股走人，周公潇突然发现比头发还细弱的那线希望似乎从未存在过。而武善彧深得牟中珩的赏识，云泰大队自组建之日起，五十一军就没有中断过对他的扶助。现在牟中珩不仅行使省政府主席大权，对军队依然拥有绝对的影响力。这对于云泰大队是绝佳的机会，对于武善彧是天赐良机，对于自己似乎没有必然的关系。原来有沈鸿烈的背景影响，他骨子里自然敢于跟武善彧平起平坐，没有半点自卑。从今开始，他要完全屈居于武善彧之下，这个年少得志的曾经的县委执委感到了心头的痛彻，感到了前途的渺茫。周公潇努力挤出笑意说："'铁打的衙门流水的官'不错，可他们是上层大员，到哪里都能沐浴春风。当他们扶摇直上的时候，又怎会想到狗一样忍辱负重、舍生忘死的我们？呵呵，都是交易，只不过咱们永远做着赔本的交易罢了。但愿表兄早日飞黄腾达，坐拥一方，我这个当小弟的也好有个安身立命之处。”

武善彧极力避免对周公潇产生哪怕细小的扰动：“表弟说哪里话？谋事在人，成事在天。咱俩谁能先成大事实在不好言说。无论谁先谁后，无论形势发生怎样变化，咱们都不要忘记了当初的约定，凝心合力，肝胆相照。”

周公潇心里暖暖的，终难掩失意：“表兄说得极是。就为了这个约定，咱们绝不能自暴自弃，自我放逐。三年来，我披肝沥胆，执鞭坠镫，一心期待能傍着沈主席这棵大树能有所成就，哪知道到头来不过是黄粱一梦。幸而牟军长接替沈主席，我们没有被弃如敝屣。可既然是‘铁打的衙门流水的官’，我还是诚恳建议表兄，千万要周密思量今后与牟主席的交往，再出不得半点纰漏。”

周公潇的话准确击中了武善彧的忧虑之所。三年来，云泰大队说不上诚惶诚恐，也算是死心塌地地为沈鸿烈忙前跑后。可当调令一到，大队落了个两手空空。武善彧暗地里的失落并不比周公潇少几分。武善彧也明白，牟中珩对云泰大队与日本人之间的私下交往明察秋毫，只是没有当面挑明。他跟周公潇这样八面玲珑地四处借力，无一不是为了云泰大队、为了保存壮大队伍实力。可牟中珩对他又会怎么看呢？武善彧半带自责地说道：“表弟，当年咱们在沈鸿烈和牟主席之间两面讨巧，后来又与日本人私下交往，当时你就提醒我脚踏两只船的危险。现在想想，我真是欠思量啊。”

周公潇没想到武善彧曲解了他的意思，赶忙纠正道：“表兄此言差矣。当年咱们这么做不仅实属无奈，也是最合理的决断。我是想说，今日时局已经变化，你我需要学会与时俱进。说直白些，就是揣摩透牟主席之所好，力求早日有所提携。免得日后他再腿脚一抬，人走茶凉，让咱们的努力再次付诸东流。”

武善彧吞吞吐吐道：“牟主席秉正耿直，最不喜欢投机取巧。我担心，无论跟沈鸿烈的交往还是跟大王庄日军的接触，最重要的是咱们邀请大王庄的日军驻扎枰柳庄一事，只要牟主席细究其一，咱们就难堪了。”

周公潇笑道：“表兄又谨慎多思了。战局变化诡谲多端，人际交往繁复无常，唯有相时而动才算真丈夫。牟主席什么眼光、什么胸襟？他绝不会狭隘地打量你我。我倒觉得，现如今省政府和苏鲁战区司令部的关系已经顺畅自如，我们再不必像以前那样偷偷摸摸行事。你我只须凡事积极向牟主席汇报，听取他的意见，遵从他的指挥。如此，云泰大队才无后顾之忧。”

听周公潇这样说，武善彧头清脑亮了许多："表弟一番高论清除了我脑中的大片混沌。今天五十一军的命令，我们也先向牟主席汇报、请示。接下来云泰大队应该怎么做，咱们只唯他马首是瞻。"

周公潇试探着又问："五十一军要我们把队伍开到唐家庄。表兄有没有考虑老家这边？"

武善彧立刻跟周公潇保持了默契："咱们这里终究是共产党的中心根据地，还有那个一直没有除掉的梁春竑和他的游击队。一旦我们全部开往唐家庄，这边恐怕要彻底变成共党窝子。无论能不能赶走日本人，方圆一带这块地盘总还要我们来控制。留下李相廷这个中队吧。多给他们配人、配枪，悄悄地建成一个新的云泰大队。咱们两个随时轮流回来把关。"

恰在此时，手下来报郑啸荫请见。郑啸荫因为全力绞杀共产党干部和进步青年、群众而深得省政府赞赏，气焰盛极一时。去年秋天日军开始"扫荡"不久，他带领的政府机构解体、军队变节投降。朝不保夕中，郑啸荫四处流荡，最终逃到昌乐张天佐翼下。此刻他带着三十多人枪的残兵败将路经云泰大队队部，期望凭借先前跟周公潇的旧日情谊，暂时落脚停驻，顺便能获取支持。

听手下描述了郑啸荫的狼狈形容，周公潇冷笑道："虽反共有功，无奈品行不端又滥杀异己，终落得众叛亲离、惶惶不可终日。此乃应得报应。不见。"

武善彧谨慎道："虽说此人面目可憎，毕竟现身兼行政专员和保安司令，再退一步讲他也属于省政府的人，不见或不合适。"

周公潇断然拒绝："流窜逃匿之徒尚可怜惜，口蜜腹剑之卑鄙小人何足与谈！传我的话，周某不在此处，武队长亦已前往省党部。"

和煦的春日融尽了幽深沟谷里最后一掬积雪和山涧溪流上最后的一块儿薄冰，向阳山坡和崖壁上簇拥着的迎春和连翘相继绽放开金黄夺目的花瓣。中午时分，人们甚至可以脱掉厚硬沉涩的棉袄，感受甩掉寒冷的轻松舒畅。经历了组建以来最严酷的战争磨砺，熬过了罕见的苦难时日，新组建的泰沂云崖区游击中队变得成熟、强壮，像淬足了火候的锋利钢刀，从容挥闪在沂蒙抗日根据地的中心地带。

梁春竑从县里带回了最新的指示，边帮助村民开展春季生产运动，边配合武工队反击日伪队伍的"治安强化"。李开林跟梁春竑强烈辩论，结果是眼睁睁地看着武善志跟王大有前往县城附近，配合八路军打击那边的日军据点，自己被圈在家里，想办法从枰柳庄老武家给村民弄到种粮。

因为武善彧和周公潇带领大部人马移驻唐家庄，如今枰柳庄的围墙全部修整一新，围子里的警戒比以往更加滴水不漏。而留守围子的第四中队队长李相廷不仅精明狡黠，诡计多端，心狠手辣也绝不逊于已经被八路军消灭的武赣民和张纯三。要从铁桶般的枰柳庄围子弄粮食，无异于从虎口里拔牙。

李开林苦思冥想了大半个下午，脑袋像夯筑的土坯墙一样半点窍没开，便悄悄拉着小五到林子边上，故作漫不经心地说闲话 :“小五，你说咱们要是到枰柳庄围子里去弄些粮食，该用什么办法？”

小五疑窦大开 :“你一个下午黑乎着脸耷拉着眉、抓耳挠腮地转圈，敢情是为了这个呀！”

李开林赶忙捂住小五的嘴:“喊什么喊？这是机密！”

“机密你还告诉我。”

“只能咱俩知道的机密。快帮我想想办法。”

“连你都想不出办法，我能有什么办法？”

李开林双手抃腰，眼珠子差点儿就要飞出去 :“我是大老粗，你也要当大老粗吗？你就不能跟着你姐夫学学？”

“对呀，你去找我姐夫啊。”

“找他？咱们就是要跟他和王大有比试高低的。我去问他，这不明摆着对他认输吗？再说了，梁队长命令我们自己想办法。”

小五顿时豁然开朗:“对啊！你去找梁队长啊！什么事儿能难得住他？”

“你长没长脑子？队长要我想办法，我再去找他想办法。到底是队长指挥我，还是我指挥队长？”

“果真没辙儿就得再找他去。谁让他是队长来着？对，你就去找梁队长，大不了让他训几句。反正他又不会骂人。”

李开林满脸的疙瘩慢慢铺平了 :“小五，你脑袋瓜子就是比我活泛。他是队长，我是排长，就该他拿出办法我去执行。咱拿办法让他执行，这不是颠倒了个儿吗？没错，我这就去找他。”

梁春竑正在擦枪，看见李开林轻松自如地过来，便问:“看样子找到办法啦？”

“办法没想出来，可我想明白了一个道理。你是队长，我是排长；你是大哥，我是小弟。该怎么做，我都听你的。”

梁春竑忍不住“扑哧”笑出声来：“费了一个下午的脑子，就想出这么一堆道理？什么事都由我来做决定，那你什么时候能成熟？具体工作怎么干都由上级拿出办法，我们留着脑子用来吃饭的？”

见梁春竑笑了，李开林原本存有的担心立刻消除：“梁队长，枰柳庄围子你不是不知道。八路军大部队都打费了事，你让我带着一个排去弄粮食。这不是让我踩着梯子上天吗？队长，你不是说过‘要从敌人的弱处进攻’吗？依我看，咱们不如到周边几个财主家里去弄粮食。一个财主家里弄一些，加到一块儿也不算少吧？”

梁春竑收起枪：“四面开花、聚少成多不是不可以。但是，为了抗日，开明富绅的家财几乎散光，如今只背负着财主的名声。剩下的那几个土财主都是顽固的落后分子，一下子得罪一大片，那会危害到咱们的根据地建设。而云泰大队本身已经是公开反共的汉奸武装，弄他们的粮食名正言顺，也可以给那些顽固落后分子一个警告。开林啊，你想过这些吗？”

“事情怎么这么复杂？我哪里想到这么多啊！”

“你早就是排长了，应该对自己有更高的要求，逼着自己成熟进步。你看武善志跟王大有，他们想问题多么周全，干事情多么稳重！”

“可是——”

梁春竑凝视着远山良久，对李开林说：“你带几个人现在就去枰柳庄，想办法弄清楚唐家庄的武善或跟枰柳庄的李相廷之间怎么联系日常公务、具体用什么办法联系、谁来联系，弄得越清楚越好。小心他们有人认识你，带几个陌生的队员过去。”

对梁春竑的安排，李开林似乎明白又摸不着头脑，出来研究了大半天，先是终于云开雾散，后又疑云重重：“这当教书先生的就是厉害，亏他怎么琢磨出来的！可后边又怎么弄呢？难不成他还真成神人了？”

第二天早上，一个脚踏青布圆口鞋、身穿蓝布长棉袍、头戴黑色狐皮帽的中年男人出现在枰柳庄围子北门前。尽管穿着有些破旧，但是上上下下收拾得干净利落，很有些儒雅之气。此人正是大王庄张家小酒馆的张老板。他身后是推着木轮车的伙计。车上用绳子绑着两个椭圆筐，分别装着黑色大瓷坛子和两条白布口袋。

门口执勤的士兵都跟张老板非常熟悉，争相乐呵呵地打着招呼。

刚进围子，张老板迎面碰上了正在巡视的李相廷和李旭才叔侄两个。李相廷膀大腰圆，皮肤粗黑，鹰钩鼻子下是宽大的嘴巴，双唇上蓬松着猪鬃一样坚硬的胡须，两道目光晃动着骄横与狡诈。李旭才身材清秀苗条了许多，圆脸尖颌，浓眉大眼，唇红须稀，细腻白嫩的皮肤看起来更像一介清秀书生。就算身着云泰大队的服装，谁都难以想到他竟然是恣意嚣张的云泰大队小队长。

张老板赶忙弯弯腰，高声迎上前去："给两位队长请安啦！"

李相廷早就看见了张老板，双手拤腰，腆着肚子问道："张老板，咋这么早就过来了？又是油、又是面的，生意很红火啊！"

"红火什么呀，还不是靠着两位李队长支撑？兄弟们不去吃，光靠那些做小买卖的庄户人，就这年月，我还不得饿死？"

"你就别哭穷了！那日本人也给你进账呢！"

张老板满脸苦相，连连摆手："千万别说那日本人。他日本人不来抢咱的东西就不错了，还敢挣他们的钱？"

李相廷笑得嗓子眼里"咔咔"响："张油滑啊张油滑，我宁可相信猪会爬树，也不信你这张嘴呢。快去置办东西吧。"

张老板笑嘻嘻地对着一直没有机会插言的李旭才说："小李队长，麻烦您帮着过去照应一下？"

李旭才跟张老板之间做着互相揩油的买卖，心里舒坦，嘴上却唱着高调儿："难道这武家作坊什么时候还坑骗你不成？"

"李队长说哪里话。这武家作坊还不是李队长说了算？只要您出面，我心里就踏实不是？"

李旭才得意地暗自一笑，转脸看着李相廷。李相廷便抬手道："你就去照应一下吧。这做买卖的人啊，精明得浑身上下都是道道儿，比掉进油缸里的泥鳅还要滑。"

张老板赶忙赔笑道："李队长说笑啦。在您跟前，再滑的泥鳅也是沙土上打滚，想滑都滑不成。不瞒您说，小李队长手下的弟兄赊了点儿账，我想让他帮着我催要一下。"

"张油滑，你就接着滑吧！"李相廷咧嘴一笑走了。

李相廷刚转过身去，李旭才便趾高气扬地问都是哪几个人赊的账。张老板忙凑到跟前，悄声说哪有什么赊账，他那边皇军赏了一瓶洋酒，还有一只烧鸡，想请小李队长过去开光尝鲜。李旭才说晚上要带队巡逻，不如今儿中午就去。

太阳升到正南，暖洋洋的日光晒得人有些慵懒。张家小酒馆北边的阴凉下，三个村民围成一攒，蹲在那儿说笑着下棋。靠近教堂的麦田里，两个村民正在地里划锄。这时，一匹快马从南往北疾驰而来。随着马蹄轻轻点地，身后飞扬起黄褐色的尘埃。马上二十岁模样的年轻人，面相端正硬朗，很是耐看，只是白净的脸上浮动着目空一切的霸气。云泰大队留守枰柳庄围子的第四中队小队长李旭才正满面春风地驰往张家小酒馆。

张老板听到门口的马蹄声，赶忙跑出来拱手寒暄着，又关切地提醒道："李队长怎么没带几个兄弟过来？路上好有个照应。"

李旭才高傲地扬着头："这里是咱们自己的地盘，还有皇军的据点。谁敢摸着阎王鼻子自投罗网不成？"

张老板连忙点头附和："李队长说得也是。就算没有皇军，谁胆敢在咱云泰大队的眼皮子底下找碴儿，那还不是拔老虎胡须？来，快屋里请。"

李旭才大摇大摆地迈进屋里。张老板弯腰跟在身后，大声对着屋里喊道："小六子，赶紧把我的好茶泡上来！"

走到里面的单间，等李旭才坐下后，张老板又从怀里掏出盒烟递过去："尝尝，大前门。"

李旭才接过去仔细瞅了瞅："张老板，你这才叫活得自在！净是些好玩意儿！"

张老板呵呵一笑坐到对面："这也是据点里翻译官给的。对了，今早上我回来的时候刚好碰见他，说好了你来的时候他也过来坐坐。"

先前只有武善彧、周公潇有资格跟翻译官同坐一处，后来是李相廷，他李旭才还未能享受此等待遇。李旭才立刻受宠若惊："那敢情好啊！咱还真没跟他一块儿坐过。"

张老板刚说这就亲自去请，就听院子里有人高声喊话："不好意思啊张老板，欠你的一顿饭钱都快半年了，今儿个还给你。有什么可口的给弄点儿，我和哥儿几个还要赶路。"

张老板赶忙走出去照应："哎哟，是您几位兄弟！半年不见，生意可好？快先进去喝水，过会儿我查查账本儿。小六子，赶紧给这几位客官泡茶。"

说话间张老板和几个人走到屋里。只听一个声音说道："大哥，咱们上次就在里面那个单间吃的饭，小鸡炖蘑菇解馋又开胃，那叫个鲜美。张老板，今儿再给炖一个，也还在那个单间吃。"

张老板赶忙解释说："我说兄弟，现在这个年月，弄只鸡太难了，弄不到了。再有，那个单间已经有安排。换一间吧。”

“噢，这么巧？”那人说着已经上来推开门。

李旭才一个激灵站起来，掏枪指着门口。

来人正是便衣打扮的李开林。李开林对着枪口一怔，随即哈哈大笑，抹腰瞪眼道：“在我云泰大队的地盘上也敢有人玩这个！兄弟，哪根筋不舒服怎么的？”

李旭才非常惊异：“什么？你们是云泰大队的？”

李开林鼻孔朝天喊道：“爷什么时候说假话来着！”

李旭才紧紧地盯着已经迈进屋子的人，冷笑道：“我就是云泰大队的。我怎么不认识你？”

这时，张老板几乎和两个陌生人同时挤进来。张老板忙不迭地对着李开林抱拳：“这位兄弟，大水冲了龙王庙啦！这位就是云泰大队第四中队的小李队长。”

李开林吃惊地抱抱拳：“原来你就是小李队长啊！我们是新来参加的，刚刚从唐家庄过来，正要赶往枰柳庄呢。请李队长恕罪。”

李开林又是一个抱拳，却趁势飞身上前，紧紧钳住李旭才持枪的手腕向后拧转。李旭才忍不住脱臼的剧烈疼痛而失声大叫，身子被扭成麻花，枪也被下。张老板惊慌失措，刚喊了句“快来人”，已经被身后两个人摁倒在地。张老板挣扎着，从手指缝里请各位好汉留下尊姓大名。

“八路军武工队！”紧随着低沉而洪亮的外地口音，一个长衫马褂、眼戴墨镜的高大身影迈进门来，身后跟着两个身材魁梧的便衣。他不慌不忙地拉过一把椅子坐下，手指着张老板：“先把这个汉奸的嘴堵上，稍后再说话。”

张老板拼命挣扎着，却被毛巾塞嘴，两腿也绑到一块儿。李开林松开了李旭才的胳膊，把他推到戴墨镜的人跟前。

那戴墨镜的人正是梁春竑。梁春竑笑着问道：“你就是李相廷的侄子李旭才？”

梁春竑的一笑让李旭才越发感到恐惧。他的脸色由苍白变蜡黄，惊恐地跪倒在地：“我是。好汉饶命。”

梁春竑又是一笑：“我们找你多日，没想到今天在这儿碰上了。我来问你话，你只需要老老实实回答就好。”

被像是耻笑又像是发落的眼神紧紧盯着，李旭才颤抖得如落汤之鸡，说话带着哭腔：“我一定听您的，我一定老老实实。”

“你们和武善彧那边几天联系一次？”

“这个没有定数。没事的时候四五天一次，有事儿的时候一天一次。”

“武善彧那边怎么过来传递命令或者消息？”

“武队长大都派一个叫王法安的小队长亲自传递口信，偶尔亲手写信，盖有他自己的印章。”

梁春竑仿佛会心地微着：“李旭才，你本是一个很有前途的好青年，可惜走错了路，跟着你叔叔当了汉奸。我们今天找你，是要给你一次立功赎罪的机会。是这样，咱们这边接连两三年收成很不好，老百姓为了糊口，连同种粮都吃光了。眼下就到了春种时节，没有种子下地，咱们往后吃什么？又怎么抗日？我们武工队的兄弟们多次商量，决定请李队长救助部分种粮。劳你给大李队长写封信，让他明早派人送出一千斤大豆、两千斤玉米。”

李旭才的脑子里飞快转动着，脸颊上汗珠闪烁。他连连磕头说：“好汉听我说。就算我有心，我叔叔也不敢答应；就算我叔叔有心，他也不敢舍命冒犯武队长和周参谋长。好汉大哥您高抬贵手，我也是为了活下去才投靠云泰大队的。从今以后我再不为非作歹，你们也别难为我。行不？”

梁春竑依然面带微笑：“李旭才，我刚才说了，是要给你一次立功赎罪的机会。如果你不珍惜这次重新做人的机会，别说以后的人民政府不会放过你，就眼前我手下一百多个弟兄也不会放过你。听说你媳妇儿快要生了，你娘也等着抱孙子呢。咱们同心合力赶走日本鬼子，然后好好过日子，不好吗？”

对面的人居然知道我媳妇儿要生了？李旭才立刻把能想到的都想到了，浑身都要散架了：“好汉大哥饶命！我把手枪和门外的马都送给好汉，你们饶了我好吧？”

梁春竑的话音开始变得威严：“李旭才，你听清楚了，我们不想为难你跟大李队长，也想给你们留条后路。一会儿你就给大李队长写封信，直接跟他说你被武工队扣押了。换人的条件就是一千斤大豆、两千斤玉米。让大李队长把武善彧的手书拿一份过来，明天一大早会有人去你们围子传达指示，将来你跟大李队长自然会有脱身之计。等我跟这个张老板谈完之后，你就可以写信了。”

梁春竑侧身对着墙角，命令给张老板拔出毛巾：“张老板，你原本也是规规矩矩的生意人。可自从日本人在这边驻军，你就跟他们眉来眼去，当属汉奸无疑。”

张老板连忙点着头解释：“好汉，不是这样。我跟那日本人打交道只是想活下去，从来没有做对不起咱们自己人的事情。咱一个平头百姓，背不起‘汉奸’的骂名啊！”

梁春竑“哼”了一声：“你说你不是汉奸，就能撇清罪名吗？那日本人是不是常来吃饭？他们是不是隔三岔五给你点好处？你不对他们好，他们会给你好处？既然你说自己清白，我也给你一次自证清白的机会——拿一百块大洋，我们去给老百姓买粮食！”

张老板直接哭了：“好汉，这么多年来，我统共积攒了六十五块大洋，是要留给儿子将来成家用的。您要我出一百块大洋，我可上哪儿凑去？好汉……”

梁春竑用力轻拍桌子：“今日就取六十五块大洋，另外三十五块记在账上。”

张老板正要争辩，梁春竑已经发出指令：“你们两个现在就带他去拿钱，让门外的几个兄弟跟上。只要他顺从听命，将来不管什么时候都不许难为他。如果他做动作，可就地正法。”

两个人押送张老板出去，梁春竑对着李旭才说：“李队长应该想明白该怎么做了吧？”

李旭才汗如水洗：“好汉大哥，我一定按照您的吩咐去做。恳请大哥不要伤害我的家人，也保全我跟叔叔。将来有一天，也请好汉大哥证明我们不是坏人好吗？”

梁春竑稳稳地点头：“只要你按照我说的做，眼下解放区的人都不会难为你，将来我们的人民政府也会善待你。你开始写信吧。你的手枪和门外的马，我们暂时替你收藏。等明天大李队长送出种粮之后，我们会让你带枪骑马回你的枰柳庄围子。”

太阳刚偏西，大王庄小酒馆的伙计小六子推着老板娘出现在围子里。老板娘哭天抹泪地递上李旭才和张老板的亲笔信，苦苦哀求李队长能暂且借给他们三十五块大洋。

李相廷看罢书信，张张嘴却又不能骂出口，满脸的横肉剧烈跳动。他盯着眼前的两个人看了很久，让他们先回家去。可张老板的女人哭着说自家男人要她带着一封手书回去。李相廷命人暂带两人去了另间屋子，重又拿起书信逐句推敲：叔父大人，孩儿泣血求告：您可以不要孩儿，可孩儿老婆肚子里的孩子是咱们李家唯一的血脉啦！

李旭才说的足够凄惨却也是实话——李相廷这一辈三个老汉守着李旭才一根独苗，他媳妇儿肚子里还有孩子呢。

李相廷惨笑着再看张老板的信：队长大人，小李队长和在下的书信属实，贱内的哀告属实。恳请队长唯念骨肉亲情，荫及子孙兴旺。恳请队长不忘桃花潭水，永成昆弟之好。

率队合围张家酒馆？带人回家勘探虚实？流星飞报武善彧？任凭哪个选择都不敢确保李旭才无性命之虞。可李旭才是延续李家香火的唯一希望啊！李相廷无声地笑着，终于泪挂眼袋：为了老李家，我李相廷只能当孙子啦！

太阳爬上东面山岗，守护围子的士兵们也吃过早饭换了岗。李相廷把自己关在屋里，心神不定地踱来踱去。终于，值勤的小头目飞跑来报，说唐家庄那边来了送信的，不是先前的王队长，而是叫赵庆。

李相廷急命将人带来，打开手书："战事迫近，军部亟须战马饲料。令你即刻装运大豆一千斤、玉米两千斤护送至通亮崮。六八〇团派人在此接应。小心避过大王庄日军，切切！武善彧。"

李相廷拿着新送来的手书，跟武善彧的亲笔书信仔细对比，无论字迹和印章，都让他难掩惊叹之色。他哪里知道，为了这封手书，梁春竑忙活了足足一个通宵。梁春竑对武善彧的笔迹原本就非常熟悉，稍稍临摹就能神形兼备。只是那篆字的印章，他切割了十多个地瓜后才仿照着篆刻出来。李相廷问了赵庆十多个问题，命人带他去吃饭，然后带着手书前往武毓庆处。

武毓庆接过李相廷递上的书信，仔细看了两遍，摘下老花镜问道："李队长让我看这信是什么意思？"

李相廷趋身回禀："不瞒老太爷说，看到这封信，我拿不准是不是真的出自武队长之手。"

武毓庆有些不解："噢？不是那边的人送过来的吗？"

李相廷缓缓地回道："今天送信的换了人，说是武队长那边紧急集合，临时换人的。再就是一千斤大豆和两千斤玉米委实不是小数目，本想派人前往唐家庄核实，可时间非常紧急，就怕耽搁误大事，只好请老太爷帮着辨认手迹和印章，在下好做决断。"

"是这么回事啊。"武毓庆重新戴上眼镜仔细审视着，"字迹是善彧的，只是比平时潦草了些，看得出心绪不宁啊！"

李相廷应声答道："果真这样倒是对了。来人说，今日凌晨武队长接到命令紧急集合。"

武毓庆担心地问道："要有大的战事？老夫年迈眼花，李队长有没有仔细核对印章？"

"我仔细对照过，印章倒是没有什么。"

武毓庆便把信递给李相廷："老夫对外面的事情一概不知，也不愿插手你们的事情。你还是自己决断吧。"

武毓庆的话无疑是下了逐客令，而李相廷也耽误不起时间，赶忙告辞出来。怨不得咱要跟着人家爷们儿吃饭！看看人家的精明老辣！嗨，反正我已经请你看过书信，你也说是武队长的字迹。这就足够了。

李相廷送走赵庆，即刻命人装运粮食，并放风说李旭才已经前往唐家庄方向接头。

由于要避过大王庄日军的眼睛，运粮队伍在远离大王庄的地方翻过四道沟谷，绕着据点画了个大大的半圆后重新回到大路上。这一绕多出了十多里地，而且所经之处道路崎岖，几乎是车推粮、人抬车。当他们散了架一般赶到通亮崮下的时候，太阳已经越过头顶。

转过前面那道高坡就是六八〇团接应的地点。李相廷的心似乎要从嘴里跳出来，慌得喘不动气。坡上转出一个长袍马褂、腰里别着短枪的汉奸，他望了望李相廷，嘘声喊道："来人可是云泰大队的李队长？哎呀呀，李队长怎么才过来啊！赵连长坐在那里直骂娘呢。快去给赵连长赔个不是。"

李相廷只能配合着对方装模作样。他抓下帽子，生气地在身上抽打着："他骂娘？老子翻山越岭，腿都要折了还没处发牢骚呢！"

这个汉奸赶忙拿手在嘴上摇摆，示意小声些："赵连长什么样的人咱又不是不知道，招惹他做什么？快走吧！"

李相廷在汉奸的引领下才上山坡，面前一个眼戴墨镜的汉子撇着外地口音说："李队长这个时候才来！我的手下饿得不行，都到村子里吃饭去了。让你的手下就地放下粮食，到后面的村子里弄饭吃，等一会儿过来推车子吧。"

看看对方没有多少人，李相廷很想硬气起来。可想到李旭才和他媳妇儿，顿时又浑身冰凉。他转过身，对着咋咋呼呼的粮队喊道："都把车子放那儿！你们到后面村子里吃过饭再来。刘七，带好队伍不要走散了！"

听到指令，这群走得腿都要抽筋的士兵们立时忙不迭地撇下车子，抓起枪和各自带着的饭食，一阵风跑得不见了踪影。

两个汉奸模样的人将行头一扒，立刻变成了游击队员。他们请李相廷背对着大路坐到大青石上。其中一个递上碗水："李队长放心，我们言而有信，运完粮食后就放你回去。在这个当间儿闲着怪无聊的，我就跟你讲讲共产党、八路军和游击队与国民党顽固派和你们汉奸武装的不同。希望你以后能够深明大义，不要再做伤天害理、祸国殃民的坏事。"

千辛万苦把粮食给人家送过来，还要头顶着枪口听人家上课。问题是这些人会不会履行诺言放他回去，最后再一枪把他崩了呢？他死了倒也不打紧，三个老汉守着的李旭才这根独苗才是最紧要的啊。还有他媳妇儿肚子里的孩子呢。头上对手在不紧不慢地讲着道理，坡前是急匆匆搬运粮食的脚步声，眼前是两丈深的沟谷，心里是乱糟糟的一团麻。李相廷如坐针毡，头一回感受到了什么是度日如年。

正当李相廷胡思乱想的时候，头上的人提高了嗓门儿："李队长，你可以回去了。但是你要记住我刚才跟你讲的这些。还有，你的枪就借给我吧。"

李相廷回过头来问道："兄弟，能不能告诉我你们到底是哪支队伍？"

"刚才不是跟你讲过了吗？是打鬼子的队伍，是为老百姓打天下的队伍！"两个人说完，转身快步爬上对面的山坡，消失在青翠的松林间。

李相廷起身吐了口唾沫，解开上衣扣子，抓起衣襟呼扇了两下，哭丧着脸走到坡下。车子东倒西歪，装满大豆、玉米的三十多条口袋无一留存。令他不胜惊讶的是，路上竟然没发现一颗遗落的大豆或者玉米。李相廷只觉得欲哭无泪，欲喊无声。

李相廷带着队伍回到枰柳庄的时候天已经黑了，李旭才也已等候在他的住处。李相廷浑身哆嗦，低声吼道："旭才！你个王八羔子到底跟他们搞的什么名堂？"

面无血色的李旭才应声跪倒在地："我被他们绑了，家被他们围了，实在无路可走。"

"放屁！"李相廷把帽子狠狠地摔到桌上，"事先他们一定找过你，对吗？"

李旭才一个惊悸："叔，这是绝对没有的事儿！从昨天到现在，我都像是在做梦！"

李相廷胸口的怒火呼啦啦地燃烧："还敢撒谎！昨天一大早那张老板就过来跟你嘀嘀咕咕，当时我就揣测到你们之间有猫腻。"

惊恐、憋屈和窝囊一起涌上心头。李旭才哭诉道："我跟张老板之间真的什么猫腻都没有！皇军前些日子给他一瓶好酒，张老板约我过去尝尝。哪里想到我们俩都被绑了，那张老板还遭受了更多欺辱。叔要不信就打死我好了！"

李相廷眉头抖了下，盯着李旭才的眼睛说："不管他们事先有没有找过你，我不再深究，咱爷儿俩谁都不要再提起。旭才啊，你是千不该万不该，不该被他们放了之后不去唐家庄而是回到枰柳庄。你若去了唐家庄，咱爷儿俩好歹也能活一个。你这回到枰柳庄，咱爷儿俩说不定都得死！"

李旭才突然明白其中的利害，失声问道："叔，那咱们怎么办？"

李相廷无助地闭上眼睛："你说怎么办？一千斤大豆和两千斤玉米给送上门去，我的枪也乖乖地交给人家。好歹还有武老太爷给咱垫背，咱爷俩就拿命去撞撞运气吧。旭才，明天一早我就去唐家庄见武队长和周参谋长，你今晚就回家，先把家里人安顿一下。明天过晌后如果看见我回来，咱爷儿俩都没事儿；如果回来的不是我，你务必赶紧远远地躲出去。你要给咱们老李家传宗接代啊！”

李旭才惶恐得只顾点头。

李相廷从床头边的厨子里掏出盛放银钱钞票的小箱，红着眼圈递给李旭才："这是咱爷儿俩所有的家资。今天的事儿不许对外人讲一个字。知道吗？”

李旭才浑身已经湿透："我记住了。”

闻听李相廷亲自来到唐家庄，武善彧和周公潇颇感意外，立即叫他进来。没等李相廷敬礼报告，武善彧就急忙问道："你来干什么？”

李相廷没有回答，从兜里取出信，恭恭敬敬地捧送上去，然后端端庄庄地跪下去。周公潇惊讶地愣在一旁。

武善彧看完信，已经是血脉偾张。他紫涨着脸，把信递给周公潇，冰冷地问李相廷："给他们送去了？”

李相廷不敢抬头："被他们劫走了。”

武善彧气急败坏地走上前去，一脚把李相廷踢翻在地："这么重大的事情我怎么会如此轻率？你就是猪脑子也该画两个圈吧？我现在就毙了你！”

周公潇赶忙上前拉住武善彧："表兄冷静，慢慢问清楚再说。”

武善彧眼睛里充满了血丝，怒声问道："为什么不派人前来核实？”

李相廷如实汇报说："他们送了书信一走，我就派了李旭才前来核实。如果有诈，咱们正好两面夹击收拾他们。怕中了埋伏，我特意嘱咐李旭才走佛前庄那条道儿。谁知刚转过佛前庄，就被他们捆绑监禁，直到天黑才放出来。”

武善彧大为惊异："什么？他们还把李旭才给放了？那你呢？”

李相廷始终低头跪地："他们化装成国军兄弟和维持会的人，乘我不备挟持了我。在士兵们进村吃饭的空儿就把粮食运走了。”

“你是说，你也是他们放回去的？”

“是的。”

“李相廷！你以为你在糊弄三岁小儿？”

李相廷头重重地磕在地上："李相廷果真有外心就不会前来找武队长和周参谋长了。”

武善彧想想也对，便强压怒火问道："那你的队伍什么情况？这件事还有谁知道？”

“队伍完好无损。整个过程他们什么都不知道。到现在还以为粮食送给国军兄弟了。”

武善彧突然想起了当初他跟周公潇假装给一一四师运送粮食的那一幕，禁不住发出可怕的狂笑。他猛拍桌子，掏出枪抵在李相廷的后脑勺上：“李相廷啊李相廷，你当你是说书唱戏呢，还是在给我读三侠五义呢？你以为你编排得滴水不漏就能蒙混过关吗？老老实实跟我说，你究竟跟八路军做了什么买卖？”

李相廷静静地伏在地上：“李相廷死都没有这个胆子，也绝不敢对云泰大队怀有二心。”

“抬起头来！你给我解释清楚，他们为什么把你们爷儿俩囫囵着放回去了？”

“在我俩被劫持期间，他们一直在对我们策反，鼓动我们参加共产党和八路军。我看穿了他们的把戏：要么我们爷俩带着队伍投靠他们后再被队长和周参谋长收拾，要么回到云泰大队就被队长和参谋长枪毙。我宁愿等着队长和参谋长枪毙我们。”

“这会儿你又讲得头头是道。不会是搜肠刮肚一个晚上来琢磨怎么对付我吧？”

“在下确实想了一个晚上。整整一个晚上才想明白了他们的套路。”

“你打算怎么办？”

“如果队长和参谋长给李相廷留条性命，李相廷宁可肝脑涂地，定要戴罪立功。”

武善彧一屁股坐到椅子上：“李相廷啊李相廷，我把整个枰柳庄都交给你，哪里知道你就是这样的脑子！”

周公潇已经从他们两个的你来我往中把情况分析得差不多。听李相廷说抢掠队伍事先并有没有找过他或者李旭才，周公潇像是在审问，又像是在教训：“如你所言，你也是动了脑筋的。但这么大的事情即使来不及到这里核实，你也该请教一下老太爷吧？”

李相廷要哭的动静：“在下接到手书后严密询问，未见破绽后又亲自去请教了老太爷。老太爷说信上就是武队长的手迹，印章也没错。”

武善彧惊诧地拿过信又仔细地看了一遍，问道：“你知不知道他们是什么人？”

“他们对我说是抗日队伍，对李旭才说的是武工队。”

周公潇狐疑地看着武善彧：“表兄，咱们那一带好像没见到武工队吧？”

武善彧紧攥拳头，咬牙切齿地说：“什么武工队！一定是梁春竑！一定是梁春竑模仿了我的字迹！”

周公潇警觉道：“那你的印章他怎么弄到的？会不会是咱们传送消息的人出了纰漏？”

武善彧先是一惊，随后摇摇头说：“梁春竑是谁？他对我太了解，模仿我的字迹易如反掌，也熟悉我这方印章。是我大意了，忘记了换一个印章。李相廷，这次失算不是你的错。是我没能考虑到梁春竑的精明，让他钻了空子。也好，他们闹这么一出，说明他们暂时没有胆量敢跟咱们的队伍正面叫板。你千万记住我跟参谋长的话：我们不在枰柳庄，你万万不可跟八路军或者梁春竑的队伍正面开火，也不要招惹任何是非。守好围子是你的要务，守好围子就是你的大功。来人，安排李队长吃饭。”

李相廷出去后，周公潇再次提到印章的问题：“表兄，单从印章来看，要么李相廷那里一定有问题，要么王法安这边有问题。”

武善彧神色惨淡：“表弟啊，我何尝不知道这个环节上一定有问题。但如今形势之下，如何追究？追究之后又当如何处置？既然你我分身乏术，只好心中有数罢了。”

第三十六章

五月的小雨不疾不徐地洒落。间或清风漫卷，雨便裹挟着初春般的寒凉，下得细密而又急骤。梁春竑跟一名游击队员披蓑戴笠，正穿行在灌木簇生的崎岖山路上。按照山东分局《关于减租减息改善雇工待遇开展群众运动的决定》要求，泰沂云崖区在条件许可的村迅速建立村政委员会以及雇工、农民、青年、妇女等群众组织，向雇农、佃户宣传共产党减租减息的政策，鼓动他们敢于站出来维护自身的利益。麦收季节临近，检验减租减息、改善雇工待遇工作成果的时机到来，梁春竑和他的游击队员们分组分片，与工作组一道把动员群众和监督地主作为主要任务。今日阴雨绵绵，村民没法下地干活，梁春竑专意召集起七八个地主、士绅一起座谈，以期他们乐意主动减租，进而对武毓庆这样的大地主形成强压。两人拐过山坡，正好遇到相同穿戴的老秀才、开明士绅士刘葛民。刘葛民是云崖区知名的民主人士，曾经跟梁春竑一道前往国民党苏鲁战区总司令部向于学忠请愿过。

梁春竑非常敬重地迎上前，握住刘葛民的手："刘老先生，劳您冒雨跑这么远的路，我心里很不安呢。"

刘葛民拄着拐棍，花白胡子上沾着几滴雨水，颇有清风道骨的模样："梁区长这样说就见外了。咱们可是民族统一战线呢。"

"刘老先生，关键时候还要依靠您继续影响带动啊！"

"这是我的本分，梁区长尽管放心。找这么个日子召开座谈会，梁区长的工作考虑也是细致入微呢。”

“下雨天，不耽误干活，大家都来得心里舒坦。只是冒雨穿山越岭，有失恭敬。”

“这样的天气，本就是串门闲唠的日子。走点山路，也累不着腿脚。梁区长事务繁多，前边先行。”

“也好。我们还要先去前边拜访两位村长，听取他们的意见。刘老先生您慢行。”

开明地主和士绅面色从容，说笑自如，谈论着这场雨的好处，议论着近日趁着雨后地里墒情适宜，抓紧点种玉米、豆类；顽固保守的几个则拉着老长的脸，有的自顾用劲嘬着烟袋嘴儿，有的青着脸不答话，没一点好气色。

等参会人员全部到齐，梁春竑笑着开场说："各位东家、大当家的，都是勤俭持家、忠厚传家的长辈、前辈，也都是十里八乡老少爷们儿尊重敬仰的场面人物。你们肯过来参加座谈，算是给足了我们这些后生面子。虽然各位大都不必亲自下地进圈、忙里忙外，可谁也都是闲不住的老把式，望着地里的活儿和里里外外的营生就觉着亲切，三天不动手就觉着浑身不得劲儿。下雨天嘛，聚到一块儿坐坐，耽搁不了多少活络，也可以歇歇身子养养精神、天南地北地拉拉说说，互通消息。可能大伙儿已经知道为什么开这个座谈会。对了，就是说说减租减息的问题。宣传鼓动好长时间，大家也都知道减租减息是怎么回事儿，为什么还要聚到一块儿再开会呢？因为以往都是我们跟大家伙儿讲，没给大家发言的机会。今天就想听听大伙儿的意见。大家一块儿合计合计，谁说的有道理咱们就听谁的，谁的主张正确咱们就按照谁的主张办。好不好？”

几个开明地主、士绅微笑颔首，大多数人则阴沉着脸默不作声。会场上一片沉寂。

梁春竑看了一圈，拉家常似的继续说："看来一时找不到话头。那，这样吧，我就再把共产党'双减'政策的提出依据简单说一下。为什么要减租减息？从大处说，眼下是抗战最艰难的时期，前线战士食不果腹，衣不随时。他们拼上身家性命跟日军作战并不是只为自己，也为了全国的村民百姓，为了咱们在座的每一个人，也是为了咱们每一个人的子孙后代。让他们空着肚子、衣衫褴褛地跟日本鬼子拉枪栓、拼刺刀，咱们实在于心不忍。将心比心说，如果自己的孩子也这样在战场上杀敌，咱们谁都坐不住。减租减息后，咱们就可以把俭省下来的口粮、衣物筹集运送到前线，让那些饥寒交迫的战士吃饱了、穿暖了去跟日本鬼子作战。从近处讲，接连几年旱涝不断，日本鬼子又来搞'三光'，咱们的日子可谓是雪上加霜。而那些雇工、佃户，还有种了三亩、两亩薄地的人家，吃了上顿没下顿，过了今日愁明日。特别是去冬今春，几乎家家户户绝粮断炊，远远近近唯求保命。在这样大灾人祸的世道，咱们家业兴盛的大户人家怎么可以对这些穷苦的乡里乡亲视而不见、不顾他们的死活呢？”

梁春竑心平气和、语重心长的一番论说打动了在场的大多数人。他们的脸色稍稍有些舒展和惭愧，人群中还发出了两声重重的叹息。梁春竑望着墙角一语不发的一个老财主说：“张大爷，您说说看。”

这个张财主正是张家庄被起枪的张百万。他不得不抬头应道：“你说的是你的道理，俺也要说俺的道理。俺那地是几代人省吃俭用从嘴里抠出来的，不是抢来、夺来的。他们种俺的地，就得给俺交地租；借了俺的钱粮，就得给俺交利息。自古以来，交租付息都是天经地义的道理。要是俺给人家种地，俺也得给人家交租不是？”

张财主的话引起了两个人的共鸣。

梁春竑笑着解释说：“张大爷，我们不是要你把地交出去，也不是不要你收地租，只是要你少收一些地租、多给雇工一些粮食。大家伙儿都是人，都得活命不是？”

另一个地主扬起头诉苦道：“俺也说两句。不是俺心狠，也不是俺无情无义。一年下来，县里、乡里收皇粮，国民党队伍来筹粮，有时候八路军和游击队也来借粮，一不小心就被日本人烧杀抢掠。就算那地里的韭菜，也该一茬茬地轮换着割吧？三天两头割一刀，还能活吗？俺是有几十亩地，可四百八十下里都是窟窿，家里的粮囤粮仓早就空了呢。”

这个地主的议论引起了更多人的共鸣，即使开明的士绅也纷纷点头说是。维持秩序的游击队员不得不厉声警告“不要嚷嚷”。

梁春竑挥手示意他不要说话，等大家归于平静，这才说道：“这位老人家说得也不错。还有什么意见谁来接着说说？”

大家复又一片沉寂。梁春竑说：“那好，我再来说说。国民党县里、乡里收皇粮，该给的给，不该给的就不能给。本来交五十斤，他要一百斤你就给他一百斤？那好，我也来要一百斤你给不给？大家都知道参加国民党不仅有饭吃，还有钱花。可八路军和游击队呢？他们舍身舍命打鬼子，还要自己挨家挨户吃那百家饭。这个道理上哪能说得通？如果按照那些人的道理，八路军和游击队手里也有枪，他们也可以来抢粮，谁敢不给啊？可是八路军和游击队没有抢，而是来借！你们谁有借条一定保管好，共产党和八路军早晚有一天会归还给你们的。咱再回到减租减息上。这个减租减息不是免除租息，也不是减到让你们蚀本，只不过是减到一个合理的标准。咱们省吃俭用熬成这份家业不容易，他们养老带小、缺衣少食也甚是可怜。人心都是肉长的，谁也不是石头缝儿里蹦出来的不是？还是那句话，天灾人祸的世道，总得让穷苦的乡里乡亲活下去不是？”

刘葛民看看火候差不多，借着梁春竑近乎苦口婆心的规劝，开口道：“我说说我的看法。刚才两个老兄弟讲得有道理，可是梁区长讲得更有道理。先从江山大业来说。日本人过来这么长时间，大伙儿也都眼见为实了。他们满嘴里讲什么东亚共荣，可满手都是咱们中国人的血。古人说得好，‘皮之不存，毛将焉附’？假如咱们真要当了亡国奴，往后的情景不堪设想。就算苟且过得下去，又哪有脸去见老祖宗？拿出些粮食支持抗战上合乎天理，下合乎情理。再从家业兴旺来说。与人方便，于己方便。咱们和雇工、佃户之间也该相互扶持。祖辈上本就是乡里乡亲的兄弟爷们儿，让他们过不下去，不止咱们颜面尽失，真要闹到逼上梁山抢大户的时候，谁好过、谁不好过还在两可之间。梁区长说的减租减息的数量嘛，在原来的基础上再减一到两成，我觉得我们还承担得起。咱们不如暂且先这样办。”

尽管都知道刘葛民是民主人士，他的立场更多地像是对梁春竑讲话的补充。但是他说得有理有据，让人信服。眼见在座的纷纷支持，两三个顽固分子脸色不是很舒展，却也只好点头表示认同。

说笑之间已经达到预期的效果，梁春竑的心情舒坦得就像下透春雨的田野：“我就知道各位爷们儿都是知书达理、明辨是非的忠厚之人。俗话说‘话不说不透，理不说不明’，只要道理讲清楚了，谁还抗着膀子扭着头、硬拿脑袋往墙上撞呢？哦，我这个区长也是两个肩膀扛着张嘴，不只无权无势，而且缺钱少粮。真要是弄些野菜面糊汤，在座的各位爷们儿怕也吃不下去。我就把这壶老杆子烘闷得酽酽的，咱们边喝茶边拉呱。什么时候喝清了茶，咱们就散会。”

大多数人连声赞同。会场上的气氛立刻热闹起来。

此时，陶竑春也利用下雨天大都闲待在家里的机会，约着花篮到邻村，帮着他们的妇救会主任给几个雇工、佃户家的妇女鼓劲儿，说服她们大胆参与减租减息和增加待遇的说理斗争。七八个妇女各自拿着针线活儿，一会儿话语隐约，一会儿浅笑四起，屋子里欢声笑语。

在梁春竑的影响下，陶竑春的思想鼓动工作越来越得心应手：“共产党减租减息的政策就是为了咱们老百姓的活路才制定的。咱们不能等人家指明了道路还得靠人家硬往上拽不是。”

花篮接茬说：“就是呢！咱们多少年来就挨人家欺负，现在有了撑腰的，凭什么还是忍气吞声！”

一个叫传文嫂的回答满是忧虑：“地是人家的，工钱、地租也都是人家说了算。人家说给多少就给多少，咱怎么跟人家斗争啊？”

另一个叫三嫂的附和道：“说得是呢。活儿你不干他干，地你不种他种。就怕闹到最后，俺连佃户都当不成。一家人可就喝西北风了。”

陶竑春说：“三嫂，话可不能这样说。咱们做什么事情都要讲一个公平合理，凭什么给他们出牛马力还不算人？大家伙儿仔细想一想，到底是他们养活着咱们，还是咱们养活着他们？都前怕狼后怕虎地由着他们宰割，共产党的政策不是白白给咱制定了吗？”

花篮说：“就是啊！给你阳关道你不走，偏偏往烂坏的独木桥上挤，这不是黑白不分了吗？一个篱笆还三个桩呢，咱大家伙儿首先要齐了心才对。”

传文嫂说：“花篮妹妹，你们村没有地主，你们家不是雇农，不知道俺雇工的难处。要是你也跟俺一样，你就知道俺有多难了。”

花篮借机鼓动说：“就因为当雇工不容易，咱才要减租减息、增加待遇呢。碰巧俺村没有地主，俺想斗争都找不到人，这才来帮你们的忙。”

传文嫂叹息说：“道理俺们听了多少遍了。就怕到时候人心不齐，东家拿俺开刀可怎么办呢？你得帮着挨家挨户都要串通到。别到了关门打狗的时候都抽了身，只剩下俺自己个露头青。等到风头一过，你让俺们怎么活？”

三嫂突然接着传文嫂的话问道：“竑生他娘，要是八路军和游击队一走，他们回来跟俺算总账怎么办？”

陶竑春说：“共产党和八路军不是顽固派和狗汉奸，他们一定不会撇下咱们穷人不管的。打了这好几年仗，再怎么艰难，他们离开咱这儿了吗？没有。三嫂，从古至今，不管哪朝哪代，‘得民心者得天下’，最后成气候的自然是共产党和八路军呢。那时候，咱们的民主政府给咱当家做主，日子就像蜜水一样甜咧。”

传文嫂羡慕道：“竑生他娘，你怎么知道得那么多啊？”

三嫂说：“还用问吗？她男人是共产党的区长，还是游击队的当官的，她自己也还是妇救会长，什么事儿不知道啊。欸，竑生他娘，你是不是也当共产党啦？”

陶竑春笑着说：“只要为了老百姓打天下做好事儿，当不当共产党一个样。”

“可不一样！当了共产党，道理懂得多，见识就广，将来说不定还要吃皇粮呢！欸，花篮，你也是共产党吧？武善志跟梁春竑一直不分帮儿，自然也是共产党。他是，你当然也是。”

花篮纳闷地看着对方：“不管武善志是不是共产党，他与俺有什么关系！”

“怎么没关系？你们可是两口子呢！早晚还不是在一个锅里吃饭、一个炕上睡觉？哈哈哈哈。”

几个妇女笑成一团：“花篮，连说笑都害臊，亏你还当什么青救会长呢！”

等大家笑够了，陶竑春说：“别闹了，还是说正事儿吧。传文嫂，传文大哥人老实。你可千万多跟他说说，到了时候别蹲在一旁装孬啊。”

传文嫂回说：“你大哥那熊样谁不知道？到时候什么事儿还不得靠我？不光花篮，到时候咱们大伙儿都去助威，谁也不许当缩头乌龟啊。”

“好，都去！我也豁上这张脸皮！”三嫂突然又担心地说道，“哎呀，只是那个庄寡妇真的不好惹，咱这些人一年到头都看不到她脸上有半点儿笑容。听说她儿子在国民党队伍上是个当大官的。我怎么有些害怕啊！”

“怕什么怕？咱们有共产党和八路军撑腰，她还逞什么能？”

“对！你越怕她，她越硬挺；你硬挺起来，她反而就软下去了。”

“她要是敢猖狂，咱们就把这个母大虫抬起来扔到沟岔子里。”

“哈哈哈！母大虫！还母夜叉呢！”

三嫂笑红了脸：“花篮，咱这么摸不着天、蹬不着地的，都不像女人样了呢。”

传文嫂打趣道：“过去不是还有花木兰、穆桂英吗？花篮，看你这么风风火火的，你就当那孙二娘吧。”

“花篮就是母夜叉呢。哈哈哈！”

一群妇女笑闹成一团。

在泰沂云崖区，除了势力最大的枰柳庄的武毓庆外，还有七八个大大小小的地主富绅。他们当中极为顽固地跟群众和政策作对的仅有三户：武毓庆、柳奕歆和庄寡妇。武毓庆背后有云泰大队，柳奕歆依靠的是国民党县、乡政府的支持，庄寡妇则仰仗着在国民党部队上当营长的儿子和身边两个如狼似虎的小叔子。减租减息和增加雇工待遇的宣传已经进行了不短的时间，关键时候从谁开始，尤其从哪个顽固对手身上打开缺口，这将直接影响到全区最终的工作效果。县、区工作团经过慎重考虑，决定对柳奕歆和庄寡妇全都展开说理斗争，深入彻底地推行好“双减一增”。因为地势高的山坡上墒情差、庄稼熟得早，庄寡妇被推到斗争的最前头。

山坡地种植小麦本就不多，在工作团和游击队的宣传鼓动下，佃户们又都装聋作哑或者畏畏缩缩得不像先前那样往前凑合，庄寡妇跟她的两个小叔子早就恨得牙痒。原本打算等到集体交租时好好出口恶气，一看到泰然自若的工作团和神态威仪的乡分队、游击队战士都来到缴租现场，雇来壮胆的打手先自消失了气焰，庄寡妇也便身不由己地蔫了许多。

区上工作团的人刚宣布了“地租一律按照原额减租百分之三十”的规定，庄寡妇便沉不住气，质问道：“我的地凭什么由你们来定租子？”

工作人员平静地回道：“因为你定的租子太高，是对雇农的剥削。我们解放区首要的就是消灭剥削。”

“剥削？我什么时候剥削了？他们都靠种我的地养着家，你知道吗？”

“不是你的地养着他们，而是他们养着你。”

“老天爷，你们可真不讲道理！他们靠种着我的地养活老老少少，什么时候成了我靠他们养活？”

工作人员语气渐硬：“那我问你，你的地哪儿来的？”

庄寡妇也抖起精神：“我自己攒钱置的。”

“你那钱哪儿来的？”

“我自己地里出的。”

“地是你自己种的吗？”

“有人替我种。”

“怎么会越种越多？”

“笑话！越种越少我还要置地做什么？”

“你多出来的那些地就是剥削。”

庄寡妇挥舞着烟袋杆儿站起来：“照你这么说，我的地越种越少，最后全都白白送人才对？你这是拉的哪门子歪理？种地交租，借债还钱，三岁小孩都知道的道理，到你们嘴里怎么就颠倒黑白了呢？我赚点儿粮食这天经地义的事情竟然成了剥削？你们这不是大天白日的来抢劫吗？”

工作人员压不住气，高声道：“按理收五斗，你收八斗；按理收八斗，你收一担。你多收的这些不是剥削又是什么？”

“收多少地租都是事先谈定的，就跟地契一样是两相情愿的事儿。我怎么就多收了呢？”

“你定的地租太高，对佃户来说很不公平。”

“不公平他怎么还答应种呢？既然有人答应，那就是公平的。”

“他们答应是被迫的。被迫答应的事情自然是不公平的。”

“苍天在上。我刘庄氏什么时候强迫别人种我的地啦？今日当着大家伙儿的面，我也亮明我的场子：谁不愿种，退租啊！”

“你别想威胁人。等都种不起地的时候，人民群众就要打倒你们！”

庄寡妇火了，敲打着桌子高声叫道：“我算看明白啦，你们分明是来鼓动闹事儿的。可就算你们得了天下，你们共产党也不能没有王法！”

工作人员针锋相对：“消灭剥削，主持正义，给老百姓活路就是我们的王法！”

庄寡妇青紫着嘴唇，哆哆嗦嗦道：“我实在弄不明白你们这都是哪门子王法。我儿子在队伍上当营长，带着队伍打鬼子，也是功臣。你们这样对待我还有没有天理？”

工作人员义正词严：“打鬼子是英雄，搞剥削是压迫。功是功，过是过，不能混在一块儿说。你剥削雇工的劳动就是没有天理。”

庄寡妇正要发作，她的一个小叔子黑着脸上前对工作人员道：“你们也别跟我们混讲什么天理、剥削。你们不就是地租要减三成吗？那就减三成。交租子吧。你们谁先来？刘传文，你先来。”

瘦高个子的刘传文在众人跟前却是弓腰驼背。他拖拖拉拉地背着袋子往前挪动，悄悄抬起胳膊肘示意老婆紧跟上。传文嫂望望站在人群中鼓劲的花篮，挺起腰杆儿跟上前去。

庄寡妇的小叔子拿着账本，念道：“刘传文，应缴地租四斗六升八合，减去三成，就缴三斗六升。”

刘传文傻了眼：“讲好的三斗六升。减去三成，应该是两斗五升两合的啊。”

“三斗六升？谁说的三斗六升？不是讲好的四斗六升八合吗？”

“不对啊，张东家。咱明明讲好的三斗六升啊。今年我种的那块地满打满算才收了六斗麦子啊。”

“我不管你收了多少麦子，只管按照当初讲好的租价收麦子。”

“可是……”

“你来年到底还种不种地吧？”

看庄寡妇的小叔子黑虎着脸，传文嫂焦急地回头张望着花篮，又抬脸向工作人员求救：“那个，同志，俺当初讲好的地租就是三斗六升，这怎么成了四斗六升八合？这么一倒腾，俺一点地租都没减啊。”

工作团的人员发现苗头不对，命令庄寡妇的小叔子报报其他佃户的议定地租。庄寡妇的小叔子磨磨蹭蹭，报出的地租却没有再引起任何人的质疑。工作人员侧目看过去，发现他这回报的都是减租三成后的数目。原来他做了两本账！工作人员当即夺过账本，高声命令将庄寡妇的小叔子捆绑看押起来。庄寡妇的另一个小叔子一声大吼，抄起木棍上前拼命。武善志奋起向前，躲闪过挥来的木棒，将他拦腰抱住。游击队员们一拥而上，将其制伏。

儿子这个靠山不管用，两个小叔子又被拿下，庄寡妇再不顾什么东家太太的体面。她揪掉头帕，撕扯开衣襟，扬着细长的烟袋杆子扑向身边的工作人员，抱住他的肩膀死命摇晃。工作人员是个小伙子，从来没经历过这样的情形，想动手又怕违反纪律，便手足无措地向后躲闪。花篮她们眼疾手快，冲到前头将庄寡妇撕扯开并齐声谴责。庄寡妇撒泼不成，躺倒在地上来回打滚，呼号着寻死觅活。

工作队从庄寡妇和她小叔子的当面耍奸中意识到了减租、增资工作要事无巨细，于是把预先估计到的可能发生的纰漏当作注定要发生的问题对待，夜色初上便分头安排人员在庄寡妇的大院外隐蔽观察。

不出花篮所料，刘传文和他老婆出现在巷口，而且是最先出现的村民。刘传文虽然弯着身子，坐在对面坡上的花篮还是看出了他怀中鼓鼓囊囊地揣着东西。猛然发现花篮悄没声儿地迎到跟前，刘传文吓得一个哆嗦，传文嫂顿时羞得抬不起头来。

花篮低声问道：“传文嫂，你这到底为什么啊？”

传文嫂流着泪：“花篮妹妹，俺知道对不住你。可俺老老少少一大家子人，总要活下去。得罪了庄寡妇，就怕讨饭都出不去村子。”

“那庄寡妇的两个小叔子不是都被抓起来了吗？”

“你们共产党和工作队都主张说服教育、宽大处理，过些日子就把他们放出来。到时候他们还不新账旧账跟俺一块儿算？前些日子都挨家挨户放了话的：谁不听话就往死里整。不信你等着看，今晚上不光俺俩，他们都来送还粮食。”

花篮跟身后的游击队员都愤怒了。

花篮安慰说："传文哥、嫂子，今晚上你们谁也送还不了粮食，以后也送不回去。共产党和八路军在咱这里扎下根，多少辈子也在这里领着咱们当家做主。庄寡妇他们不仅不能够再剥削咱穷苦人，将来他们还要自食其力，靠自己的劳动养活自己。听我的，回家去吧。"

紧接着庄寡妇之后，柳奕歆又被强制减租减息。两家以退佃退工相要挟、明减暗不减的图谋都被粉碎，雇工和佃农却在工作团组织的面对面说理斗争中擦亮了眼睛，心安理得地获取了应得的劳动报酬。张百万等相对顽固的地主富豪虽然极不情愿，面对群众的意识觉醒和工作队的督查只好低头，武毓庆也不得不在巨大压力之下悄悄降低了佃租。

佃户地租减少，雇工佣金增加，武家大院的粮食入库明显下降。武善彧接到家中夏收预期报账后勃然大怒，然而五十一军与日军的对峙日紧一日，时时处于战争状态，一一四师也不允许他俩擅自离开防区。无奈之中，武善彧写信命令李相廷火速前往唐家庄面商。

李相廷风尘仆仆地才到跟前，武善彧就直奔主题："今年小麦收了多少？"

"不足五十担。"

"才不足五十担！"武善彧差点跳起来，"就照这个地租，夏秋两季杂粮能收多少？"

"也就能收一百担吧。"

武善彧顿时暴怒："就这点儿粮食，云泰大队这么多人怎么养活？你就不能应收尽收？"

有共产党垫背，李相廷并不担心主子的怒火："今年春、夏前旱后涝，收成很不好。关键是共产党和游击队组成了工作组，不仅日日夜夜鼓动雇工要求增加工资、鼓动佃农要求减租减息，而且一次次把大户族老召集起来开会，强迫他们按照共产党的政策办事。到了麦子打下来，他们的工作组还亲自到现场监督，挨家挨户察看粮租。那些偷偷送还粮食的，又被他们鼓动着要回去了。"

武善彧脸色铁青："那些穷鬼们敢听共产党的！难道就不怕云泰大队的手段？"

李相廷哭丧着脸为自己争辩道："工作组手段厉害。有地种、没地种的人家都被鼓动起来，拧成一条心了。周边都减租减息，咱们也不得不把租息降下来。队长，咱们地租收得还是最好的，比以往也就少了两成。他们更苦，有的少收入三四成呢。"

武善彧怒视着李相廷："照你这么说，咱们现在就成了被缚的绵羊，就只能任凭他们随心宰割？"

李相廷赶忙弯腰说："在下不是这个意思。谁说了管用？手里的家伙管用。哪天队长和参谋长带着队伍回去，那些穷鬼谁敢不乖乖地把拿去的粮食一粒不少地给送回来？"

武善彧非常烦躁："这粮食就是猴子嘴里的枣，就算你给他抠出来，也再不是囫囵的。更何况我这里寸步难离，参谋长多少次想回梓河镇看看也是无法分身。"

李相廷骨碌着眼睛问道："队长，参谋长现在在哪儿？"

武善彧刚要开口，周公潇大步迈进来："李队长到了？粮食收得还足吧？"

李相廷赶忙立正敬礼："报告参谋长，在下正在跟武队长汇报，粮食收得还勉强凑合。"

"勉强凑合？李队长什么意思？"周公潇奇怪地看着李相廷。

武善彧暴怒地接过去："老虎不在家，猴子称霸王。咱们才走了这两三个月，共产党和游击队已经在我们的地盘上闹翻天了。果真算是人物的闹腾起来也还罢了，那砖头、瓦片不如的雇工、佃农竟也要成精！参谋长，我那边今年夏天的麦子居然少收两成。"

周公潇不敢十分相信："少收两成？那还了得！共产党疯狂到如此地步？"

李相廷赶忙汇报说："的确闹腾得很厉害。不过咱们武家大院还好。有队伍撑着腰，共产党的工作队迫于形势，只不过表面上意思了意思。其他大户的情形可就惨了。"

周公潇潇洒地挥手示意李相廷："他们那些大户咱们不管，云泰大队的天下绝不可以让他们掌控。立竿见影的办法就是枪毙！把带头不交粮食的枪毙！杀一个，倒一片！"

李相廷垂头丧气："参谋长，你不知道共产党手段的厉害啊。我可是用尽全部力气、再没招儿可使了。我现在就巴望着，咱们的队伍什么时候能够打回去就好了。"

周公潇再问梓河镇那边的情况，居然比以往折去了三成还多。他霎时间变了脸色，打算悄悄带支队伍杀回去，打游击队个措手不及，把少收的粮食夺回来。李相廷马上表示赞同。

武善彧在屋里踱来踱去，终于还是反对："绝对不行！找个借口回去一趟，一一四师不会不给面子。可是回去跟共产党和游击队动刀动枪的话，你想想，五十一军没能解决掉他们，日本人没能解决他们，单凭咱们的队伍怎么可能改天换地？至关重要的，当前我们跟日本人的大战如同箭在弦上，我们也该拎得清轻重才好。表弟，咱们还是忍一忍，等待时机吧。"

听武善彧一番提示，周公潇也冷静下来。他不无沮丧地说："表兄分析得对。咱们的确不可以为眼前的蝇头小利而逞一时之能。不过我也有种感觉，共产党和八路军若再闹腾下去，或许再招来日军一个大‘扫荡’。果真如此……”

武善彧知道周公潇又要说到梁春竑，便打断他说：“表弟，咱们还是商量一下粮食的问题吧。在这里给一一四师做外围警备，虽然他们发放物资供应，可粮食总是捉襟见肘。家里百十担粮食很不宽裕，看光景还是灾祸不断的苗头。必须要提早想办法，以免后顾之忧。”

周公潇自负的神气换作了怨怒：“咱们再找牟主席和周军长，说说咱们的难处。毕竟他们的粮食来得容易。”

武善彧却对此提议不抱幻想：“看他们手里攥得那么紧，想必难处也不少。我一再暗暗祷告，别向我们征用物资就烧高香了。”

李相廷终于等到插嘴的机会：“队长，我有个办法。抢！”

武善彧很不放心地看着李相廷：“抢？上哪儿抢？又怎么抢？我和参谋长分身无术，你在家里守好围子就是最大的功劳。知道吗？”

李相廷很希望施展作为：“队长、参谋长，咱那边带头闹腾的都是游击队和他们的什么妇救会、青救会，八路军几乎见不到活动，日军也只在据点周围转悠。咱们完全可以找准机会干他两场。”

武善彧冷笑道：“你知道什么！这些日子，八路军不停地与五十一军留守部队抢夺地盘，打得很凶呢！只要你一动手，八路军和游击队马上联手行动。你让我如何放心得下？”

周公潇很快忘记了刚刚“火中之栗不可取”的沮丧，试探着说：“假如判断准确，咱们来两次突然袭击未尝不可。我倒是觉得不妨考虑考虑李队长的想法。”

武善彧分明不是没有动过心思：“我又何尝没有想法啊。可是到哪里去抢呢？乡政府的不能动，八路军的根本找不到，日本人的连想都不要想，一户一户地到穷鬼们家里去搜吗？”

李相廷满含期待地望着武善彧：“队长，咱们可以抢伪军的啊！过了天台岭，到了垛庄铺一带，四处都是平原地，水场也好，收成自然不错。”

武善彧顿时变了脸色：“胡闹！那边是牛元洲的地盘。你这不是去摸老虎屁股，就是去老虎嘴里拔牙！”

李相廷讨好地说：“队长、参谋长，我都派人打探清楚了。牛元洲通常待在城里，对外面的事情很少过问。再说，咱们也不必非要到他的老窝里去。”

武善彧呵斥道："净说些混账话！别看牛元洲年轻，他过的桥比你走的路都多，何况又是个少有的心狠手辣之人。如今他公开投靠驻城的日本人，队伍势力远在我云泰大队之上。去年日军'扫荡'，牛元洲杀人不眨眼的手腕连我都望尘莫及呢。李相廷，这个歪脑筋你就别动了！"

周公潇好斗的天性又被激起来："表兄，周全稳重固然重要，但也不能老是长别人的威风。牛元洲虽然经历丰富，充其量也就是个痞子流氓。只要用兵得当，他的防区也并不是无懈可击。不妨我亲自带队前去，你看如何？"

武善彧心意已决，丝毫不让步："表弟万万不可意气用事！你也知道，那牛元洲绝不是一般的痞子流氓，他的地盘最好不要轻易踏入。算我多说，粮食的事情以后慢慢再想办法。"

武善彧话已堵死，周公潇不好再多争论。

武善彧悄悄观察着李相廷，发觉他并不是从心底里服气，便再次绷起脸严厉地训斥道："李队长，记住我的话：守好围子就是你最大的功劳！"

天台岭浓密的柿子林像一把把巨大的遮阳伞，把炽热的阳光阻挡在外，只留下阵阵清凉的山风从伞盖下穿行。梁春竑去县里开会三天未回，在林中休整待命三天的云崖区游击队员们逐渐变得焦躁起来，纷纷鼓动李开林和王大有去请示武善志，这两天总得干些什么。

李开林一张口便被武善志打消念想：梁队长回来之前，没有任何行动。李开林没辙，便跟王大有讨论这一个多月来游击中队取得的战绩和受到上级的表彰。正打着嘴官司，梁春竑回来了。三个人一开始还兴高采烈，很快感到心中不安。他们发现，梁春竑不像以往那样或者喜笑颜开，或者严肃沉着。这次他脸上显现出的是一种大伙儿从未见过的表情：笑容是那么勉强，双眼流露出忧郁和依依不舍。梁春竑喝了瓢水，沉默了好一会儿，才说要到北泰沂行署工作，暂时要跟大伙儿分开了。

三个人同时蒙了："北泰沂行署？在什么地方？"

梁春竑恢复了镇定："为了进一步扩大抗日根据地，保障沂蒙中心抗日根据地的安全，上级决定将我们泰沂北部几个区规划为北泰沂行署。我将到那边担任行署的主任。"

"啊呀！梁大哥这不是升官了嘛！"李开林兴奋得满脸通红，双眼瞪得溜圆，"梁大哥，这是大好事儿啊！"

王大有的脸上也闪烁着灿烂的光彩："梁队长，我们跟你一块儿去组建游击队吧！"

"都跟我去组建游击队，咱们云崖区的游击中队怎么办？按照上级组织的命令，只调我一个人过去，大家还要留在这里继续战斗。"

听说只要梁春竑一个人离开，突然萌发的喜悦倏地被离别的忧伤冲散，李开林的眼睛里慢慢地润湿，终于止不住滴下大颗的泪珠。王大有比李开林他们入队要晚得多，但是跟梁春竑已经情同手足，都把他当成了赖以倚靠的主心骨。梁春竑一走，他们不仅心里空荡荡的，对于未来也失去了方向。

最难受的是武善志，最理性的也是武善志。他悄悄抹着眼角，问道："梁大哥，既然是为了扩大根据地才规划的北泰沂行署，那边的形势自然要比咱们这边复杂。对吧？"

"是啊。北面地方除了驻有多处日军据点、五十一军的队伍、国民党泰沂县保安团，还有个反动的道会门组织'茹素斋团'。最棘手的是那里的老百姓大多接受了反动武装的欺骗宣传，以为我们就是流寇土匪。因此说，我们不仅站在对敌斗争的前沿，也要面对开创新区的严峻考验。"

李开林哽咽道："梁大哥，以后咱们还能不能重新回到一起作战？"

梁春竑揽住李开林的肩头："一同作战的机会肯定有。我也期待着咱们的队伍将来能整编到一起，兄弟们还像以往那样同吃同住，并肩杀敌。"

"可你走之后，我们怎么办？咱们的云崖区游击中队怎么办？"

"明天县里就给你们派来新的区长，也宣布任命云崖区游击中队新的队长。我相信所有的队员们都不会给咱们的中队丢脸，云崖区游击中队永远是一支最勇敢、最顽强的游击队伍。"

从成立之初的泰沂云崖区抗日游击中队到后来的泰沂云崖区独立营，再到现在的泰沂云崖区游击中队，大家伙儿在崇山峻岭间奔突跋涉，在枪林弹雨中出生入死，如同亲兄弟一样互为依存，转眼间已有四年多时间。随着一次次变动，队员们牺牲的牺牲，升编的升编，最初的十二名兄弟只剩下三人。如今这最后的三个人又要分离，而且要离开的是拥有父亲一样的胸怀和臂膀的老大哥。武善志和李开林终于忍不住抽泣起来，王大有也在一旁悄然落泪。

梁春竑早已经预感到会有眼前场面的发生。如果他不是区长、不是队长，他可能比眼前的三个人更难以掌控别离的情绪。可是，他是这支队伍的首领，他是这帮兄弟的大哥，他的儿女情长只能深深地藏在心里。他努力笑着，鼓着劲儿说："好啦，都是大老爷们，怎么跟大闺女似的哭天抹泪起来？再说咱们相距并不远，说不定哪天还会升编到一块儿呢。这样吧，明天县里来人的时候我将和所有的队员们、兄弟们告别，也再作一次动员讲话。现在，我把最近工作的注意事项跟你们提个醒。"

说到工作，三个人暂时撇开兄弟情感的离愁别绪。

梁春竑一如以往的镇定自若和循循善诱："善志，以后你们要天天跟新的区长打交道，一定要注意虚心接受新领导的工作指导。咱们云崖区位于抗日根据地的中心，连接着南、北沂蒙，是顽固派、日本鬼子和汉奸武装的必争之地。你们的工作依然十分艰难。好在在山东分局和县里的直接领导下，咱们的群众基础打得牢靠，游击队伍也十分成熟。你们既要对抗击日军和反击顽固派的正义事业充满必胜的信心，也要对咱们将来工作中可能遇到的艰难保持足够清醒的认识。我走之前有两件事特别提个醒：一个是日本鬼子很可能还要搞'扫荡'，到时候游击队必须十二分的警惕，既要打击敌人，又要保证队伍安全，最大限度地避免人员伤亡。二是要对云泰大队十二分的提防。现在武善彧和周公潇带领主要队伍驻军唐家庄，身不由己。一旦风向有大的转变，他们肯定会疯狂地卷土重来。果真如此，你们千万要冷静敏锐，不要中了他们的圈套。另外还有件非常重要的事情，就是咱们的地下党员同志很多。善志，万一风云突变，一定要提前做好准备，保护好他们。"

然而，包括梁春竑都不知道，接下来不几天之内，武善志他们必须面对再一次的分离。

尽管梁春竑临行之前做了细致的动员工作，云崖区游击中队队员们的情绪还是受到很大影响。武善志、李开林和王大有积极引导鼓动，好不容易才让队伍情绪回到正轨。这天晚上宿营后，武善志悄悄拽拽李开林的胳膊。

李开林非常警醒，踮着脚跟他来到林子旁边，瞪大眼睛驱散着睡意："队长，有什么指示？"

武善志却问道："你感觉这几天队员们的情绪调整得怎么样？"

"放心吧，没问题。"

"那就好。开林，这几天根据地正在动员年轻人参加八路军，咱们县里分配了三百名新兵。"

"噢？咱们区怎么挑选的？"

"咱们云崖区基础好，报名参军的人多，完成任务绰绰有余。"

李开林又"噢"了一声，微皱起眉头："你跟我说这个干什么？"

武善志看上去若无其事，很明显欲言又止："你是排长，这些工作应该知道的。"

"善志，咱们不是外人，有什么话不用绕弯子，直接安排好了。"

"开林，我，我找你是有另一件重要事情，要征求你的意见。"

李开林发现武善志没有像往常那样昂首挺胸直视着他，也察觉武善志今晚的语气跟那天梁春竑离开时很是相似，心中突生很不好的预感。他靠近跟前说："征求什么意见？善志，有话你尽管说就是了。"

武善志侧转身，躲开了李开林的目光："我们游击中队接到上级的命令，抽调部分队员补充到县游击大队，随鲁中部队开赴反顽一线，防御五十一军顽固派对抗日根据地的蚕食。"

"那我带一部分人去！"见武善志长时间地保持沉默，李开林宽慰说，"善志，这是我自愿去的。你不必为难。"

"我没有为难。"武善志转回身来，哽咽道，"只是，开林，咱们兄弟们一个个的先后分离，我心里很不好受。"

"善志，为了抗日，该分离的时候就得分离。咱们是兄弟，可也都是男人不是！"

"不管你去也好，王大有去也好，我都舍不得。再说，梁队长调走之后，队员们的情绪才刚刚调整过来。我担心再有变动，会给游击中队带来严重的影响。"

"善志，王大有心细，遇事能动脑子，他留下来对咱们云崖区游击中队更有帮助。我呢，直来直去的，更喜欢上阵打仗。你就放我到县大队去吧。至于队员们的情绪，我相信你跟大有会安抚得很好，没问题的。咱们也别太难过，早晚有一天都会回到一起的。梁大哥也会回来的。"

突然，小五在身后轻声喊道："开林哥、姐夫！"

李开林回头看着小五，问他不好好睡觉，跑这儿来干什么。小五没有回答李开林，而是定定地望着武善志："姐夫，我能跟着开林哥一块儿去县大队吗？你俩说的话我都听到了。"

尽管小五已长成大小伙子，在武善志的眼中他依然是需要细心关护的孩子。究竟把他留在自己身边还是让他随李开林去县大队，武善志还没来得及仔细掂量。李开林见武善志不发话，便搂着小五的肩膀说："善志，看来小五就是我的跟屁虫了。让他跟着我吧。"

武善志又沉思了好久，才说："开林，咱们这次补充到县大队的人员不少，二十多人。你可要好好照顾他们。”

“去这么多？”李开林惊讶地张大了嘴巴，“我们走后，你和大有又得动员新兵了。善志，我帮不上忙了啊！”

“难为你还为我们挂心。你放心，我们不会让云崖区游击中队的战斗力减弱的。”武善志动情地说完，又很不放心地嘱咐小五，“小五，县大队跟这里不一样，那可是更加正规的队伍。你不能老是躲在开林后边当小尾巴。”

小五不满地顶嘴说：“我知道。到了县大队不仅要遵守纪律，有什么事情必须要跟开林商量。等打完仗，我们一块儿回来。”

“好了，咱们都休息去吧。”李开林揽着小五走了两步，又折回身对武善志说，“善志，说好了的，不许再变卦啊。”

变卦？我多么想变卦，可我没有分身之术啊。李开林，你这个黑铁塔，你这个看上去一根肠子通到底却容得下明月百川的光屁股同伴，你这个将澄明的眼神种在我们心间的情义兄弟。小五，嫩生秧子的纯净后生，未来的小舅子却已亲如手足的小兄弟，还未脱去大哥武善升影子的亲人。你们就要走了，还有那么多云崖区的兄弟！你们不是要把我胸膛里掏空吗？可这是上级的命令，也是我们一同追求的未来世界的召唤啊！武善志悄悄巡视了一圈，躲到一棵抱多粗的柿树后，狠狠地流了一通泪。

第三十七章

泰沂山是沂蒙根据地从东海向内陆的第一座高山。山东侧和南侧各有通往泰沂县城的重要公路交通干线，两条公路沿线驻有多处日伪军据点。泰沂山前怀除了五十一军的部队，还驻有两支特别的队伍：秦启荣的第九梯队和茹素斋团。茹素斋团本是民众自发的道会门组织，于20世纪初作为乐真道的分支从外地传入。30年代初，为防御土匪而创办民团的王九锡以信道的群众为基础，组建了茹素斋团。七七事变后，茹素斋团积极追随国民党，势力迅速发展到十个中队。现在的茹素斋团不仅武器装备精良、团丁凶狠善战，而且每个中队都依坡就势建有山寨营房，以互为掎角的形式毗邻交错，互为照应，控制了方圆百里的大片区域。当地百姓大多信奉乐真道已久，后又深受茹素斋团的蛊惑蒙蔽和威胁恐吓，视共产党和八路军为凶残匪徒而避之不及。梁春竑开展工作的北泰沂行署正是这一情况复杂、抗日武装极其薄弱的地域。

调任北泰沂行署主任半个多月的时间里，梁春竑在研究安排工作之余，不分昼夜地跋履山川，实地细致地摸排情况。他化名田先生，留着老高的胡子茬，身着浆洗得发白的粗布衣裳，挑着两个筐子，翻山越岭吆喝着收购药材。这天正在崖下村边转悠，弓腰驼背的黄老先生出现在巷口，招呼他到家里歇脚喝茶。梁春竑跟黄老先生已经打过两次交道，话也投机，便跟随他进院，坐到杏树底下的石桌旁。

黄老先生捻着胡须说："田先生，我本服你的诚信忠厚。你收药材不单出价公道，还能童叟无欺。不像镇子上那几家药材铺，出价低不说，秤还不准，里里外外净坑咱庄稼人。"

梁春竑笑道："药本就是拿来治病的，倒腾药材的人自当先要心正。心不正怎么谈治病救人？"

黄老先生笑了："怨不得你从不短斤缺两、从不挑刺压价，原来有这般的见解和气量。田先生必成大事呢。"

黄老先生腰驼却腿脚硬朗，目光柔中有神，迥异于依仗辛苦劳作而养家糊口的村民野夫。梁春竑早就察觉他有些来历："呵呵，我就一个走村串巷收药材的，至今都没能置下个店铺，还能成大事儿？黄大叔，你就尽管寒碜我吧。"

黄老先生的眼神很有些高深莫测："我腰弓背驼，身小腿跛，脑子却好使，看人也未曾走过眼。田先生，你腰杆儿硬挺，目光清正，举手投足都不是那吃庄户饭的人。还有，那天为了救下黄茂生家的那点儿粮食，你跟茹素斋团的人斗嘴说理，讲的那些话一听就不是咱下里巴人的理论。田先生，如果我没看错，你是在外头行走的人吧？"

"整日挑着筐子走四方，可不是在外头行走的人吗？"

"我一个老东西掏心窝子跟你说真话，你也别跟我耍手段。刚刚你也说了，要救人，先要心正。"

"黄大叔眼光锐利，道行深厚，自然不是俗人。只是，您实在高看我了。"

"高看你不是因为我个头矮，是因为你内里高大。既然田先生心有顾忌，我索性直接给你点破。你本不姓田，也不是收药材的。你来这边转悠是为的茹素斋团。"

梁春竑从黄老先生的眼睛里读出了他深藏着来历，也察觉到他真诚善良中隐含着某种悲苦。梁春竑尊重地望着他："既然老人家如此认为，晚辈愿听指教。"

黄老先生似乎对梁春竑的爽快有些出乎意料。他站起身，笑道："田先生，屋里说话。"

进到低矮的屋子里，黄老先生重新倒上茶，亲自端起来递到梁春竑手上。稍微沉吟后，他盯住梁春竑："既然你是心正之人，我对你也必行心正之事。田先生，你可知道我曾经也是茹素斋团的人？而且曾经是茹素斋团的有功之臣？"

梁春竑放下茶杯，拱手在胸："请老先生明示。"

黄老先生叙说家史似的娓娓道来："那'茹素斋'本是民众自发的道会门组织，宣扬吃斋行善，清心寡欲，乐善好施，以求长生。十二年前，当时还是员外大户的王九锡将信道会众笼络过去创办了茹素斋团，人员达两千余众。那王九锡何许人也？他是七箭村的大户出身，下学后办了六年多的私塾，曾为防御土匪而创办过民团。可组建茹素斋团后，王九锡人就变了，'茹素斋'的教义也变了。王九锡紧紧追随国民党革命军，现在已是国民党莒沂边少将自卫总团长，还是苏鲁战区总司令部少将参议。如今的茹素斋团设有十个中队，亦称十寨。每个山寨的武器装备都足够精良，团丁也都凶狠善战。十个中队的山寨营房都是依坡就势建造，而且互为犄角，毗邻交错，进退从容，攻守自如，方圆百里之地无人可以问津。”

见黄老先生所言跟自己摸查到的情况完全吻合，梁春竑大为惊异：“老先生，您究竟是什么人？”

黄老先生笑道：“我跟你说了，我曾经是茹素斋团的有功之臣。因为不同意王九锡改变‘茹素斋’的教义，我们之间的碰撞接连不断。有个晚上回家时，我掉下山崖，摔断了腰背。我便借此跟茹素斋团一刀两断，划清了界限。”

“老人家既然能把自己的来历跟晚辈和盘托出，必定还有真知灼见要说。”

“那要先请田先生告诉老朽，你究竟为何而来。”

“老人家怎么看待八路军这支队伍？”

“虽行大义之道，奈何路途遥远。”

“不行跬步无以至千里，不积点滴无以成江河。而行大义之道也当始于凡小修为。”

黄老先生微笑摇头，却长时间沉默无语。

梁春竑起身续茶，然后抱拳致礼道：“老人家，晚辈恳请您不吝赐教。”

黄老先生又是一番沉思，说道：“我只看得清眼前的人，却看不清远处的事。既然田先生是八路军的人，要‘把脉’这边的茹素斋团，大可不必浪费偌多精力，只需找到两个年轻人就可。此二人年纪虽小却足以承担大任，而且这两个人应该就在你们的队伍上。”

梁春竑意外而又惊喜：“老先生，他们是谁？”

黄老先生犹豫道：“不经本人托付，自作主张推之于人前，不知老朽所为是积德还是作孽。田先生，你能答应我将来会善待这二人吗？”

“承蒙先生高抬我为心正之人，晚辈必将不辱先生教诲，终生为心正之事。晚辈定将视二人为同胞兄弟。”

“我相信田先生不会食言。这两人是黄茂生和葛秋林。”

能遇上点拨迷津的黄先生，简直就是喜从天降。梁春竑当日返回根据地，并在二区游击队中找到了这两个人。

黄茂生二十岁出头，性格刚柔并济，当年曾在茹素斋团的侯家官庄山寨担任小队长。

黄茂生循着多行善事和保家卫国的抱负走进茹素斋团，凭借爽直能干、机动灵活得到了寨长侯传贤的赏识，很快被提拔为带队小队长。但黄茂生惊疑地发现，山寨的号令和行动并不像冠冕堂皇的旗号那样为了御匪安民，而是颇有打家劫舍欺凌百姓的意味，便不时跟侯传贤谨慎论辩。侯传贤先是不以为然，后来对他的质疑心存恼怒。当黄茂生没有完成筹粮任务，而且在争议冲突中将前往村子抢夺牲畜的另一个小队长当场击毙，侯传贤暗暗倒竖寒毛：必须清除掉这个逆党。当黄茂生理直气壮地返回山寨跟侯传贤汇报实情并负荆请罪，杀心已定的侯传贤怒声呵斥他忤逆不端、藐视寨规，当即喝令推出枪决。为杀鸡骇猴以恫吓追随他的团丁，侯传贤勒令黄茂生手下两名团丁亲自押送并执行枪决。未料两名团丁跟黄茂生早已结为生死兄弟。两人各发一枪却并没有击中黄茂生的要害，让黄茂生到阎罗殿前走了一趟又平安折返。黄茂生侥幸捡回一条命，藏着养伤年半后改名黄天意，参加了八路军的游击队。迫于茹素斋团的胁迫，为了家人的安危，枪口下留人的两个兄弟不得不继续留在山寨，跟黄茂生之间的情谊并未中断。

葛秋林的经历跟黄茂生略有不同。葛秋林的父母和哥哥都信奉“茹素斋”，家中的生活境况却并没有因为信教而有任何改观，茹素斋团也并没有因为全家人都是信徒而减轻对他们的盘剥。前年的冬天，茹素斋团侯家官庄山寨的团丁到葛秋林的村子征收给养，强行抢走远房大娘家唯有的两只母鸡，抡起长枪将拽着衣角求告的老人打倒在地。血气方刚的葛秋林怒不可遏，上前将那个团丁打得鼻青脸肿，满嘴喷血。为给儿子赎罪，葛秋林的父母将家中所有的粮食和牲畜全部交到山寨。山寨收下东西，却发令要么把葛秋林交出来，要么让葛秋林的大哥顶罪。推搡中，葛秋林的父亲被打死，母亲急火攻心丧命。葛秋林当天晚上蛰伏回家，看到凄惨景象，发誓必报此仇。经过多日的打探跟踪，他终于寻找到机会，乘两个团丁骚扰百姓后喝得酩酊大醉之际将其勒死，抱着两杆枪逃入了山林。

葛秋林有个当过十多年私塾先生的舅舅，在当地颇有名望。闻听妹妹家遭遇不幸，一边着急地派人寻找两个外甥的下落，一边亲自前往崖庄山寨找寨长白诗诉苦责难，期望通过白诗让侯传贤稍作收敛并给妹妹家予以赔偿。原来，葛秋林的舅舅跟白诗有过奇遇之交。这奇遇之交来自白诗的名字。白诗曾入过学堂，也算得上是半个先生，只是真才实学跟他的名字并不完全相符。闻听一寨之主的名号竟如此儒雅不俗，葛秋林的舅舅想当然地认为白诗就是一位文武兼备的儒将，便盥洗装束，躬身拜访。白诗大为感动，也颇为荣光，当仁不让地跟葛秋林的舅舅结拜为异姓兄弟。因由这层关系，侯传贤不再追究葛秋林兄弟俩，但要葛秋林的舅舅代替外甥赔偿两支长枪。葛秋林的舅舅气得胡须飞扬，脸色如墨。后来经过白诗再次从中说合，赔偿的事情不了了之。葛秋林的舅舅有意让他去跟着白诗当差，没想遭到葛秋林的果断拒绝：白诗跟侯传贤是一丘之貉，我才不跟这些人渣沆瀣一气。葛秋林的舅舅脸色蜡黄，眼睁睁地望着外甥摔门而去。葛秋林没有找到八路军，却找到了二区游击中队，便带着两杆长枪当了一名游击队员。

梁春竑为黄茂生和葛秋林的遭遇唏嘘不已，也为能通过黄老先生找到这两个人而暗自欣慰。经过近二十天不分昼夜的奔波穿梭，他已经细致摸清了整个北泰沂地区的状况：苏鲁战区全部精力都在东北方向与日军作战，秦启荣安插在这一带的队伍只是游兵散勇。茹素斋团实力强大，但在行署区域内的崖庄和侯家官庄两个山寨距离中心寨偏远。只要出其不意地迅速把这两个中队拿下来，谨慎多疑而又头戴两顶乌纱的王九锡反而并不敢轻举妄动。经过十多日的反复论证，梁春竑跟他的搭档确定了对秦启荣部彻底粉碎、对茹素斋团先攻后放的策略。

恰恰在这个时候，二区游击中队来报，黄茂生和葛秋林带着枪从队伍上逃走了。梁春竑果断命令行署和游击中队迅速转移驻地。

寂静的黑夜里，葛秋林身背一支长枪，形容不整地敲开了舅舅的家门。

舅舅一见叫花子般落魄猥琐模样的外甥，先是吃惊，随即便气不打一处来：“你这个共匪跑我这儿干啥？”

葛秋林直接蹲在墙角：“舅舅，那游击队我是待不下去了。”

见当年的倔驴子如今成了落汤鸡，葛秋林的舅舅不掩快意：“共产党的游击队是为民请命干大事情的。你这个志向高远、不染污泥的真命天子怎么会待不下去？”

葛秋林脸憋得通红：“舅舅，我都混到这般田地了，你还说那些做什么？我也不愿意那样啊！”

“你不愿意哪样啊？难道说你今日知道改邪归正了？”

“舅舅，我本来以为到游击队那边会有吃有喝，年儿半载的混个一官半职。谁承想整日翻山越岭，起早贪黑，这也不让动，那也不让做，不说酒肉蒸馍，就是煎饼菜汤都吃不饱。思来想去，我再不在那鬼地方遭罪了。”

舅舅根本不相信外甥的话：“不对吧？都两年了，在那儿不是挺欢实的吗？怎么一夜之间就有诉不完的苦难了？”

葛秋林缄口无言，羞愧得差点儿将头拱到裤裆里。

舅舅似乎明白了什么：“不会是惹出什么麻烦，被游击队给踢出来了吧？”

葛秋林沉默了半晌，嘟囔道：“反正我不在那儿瞎混了。”

“哼，我看混不下去了是真！那你跟我说说，为啥现在想起来不再瞎混？”

“我总得攒几个钱、娶个媳妇儿过日子吧？”

“哦？知道想正事儿了？这倒是说得过去。可那游击队就这么痛快地放你走，还送你长枪？”

“我偷偷跑出来的，投奔舅舅帮我想个辙。”

虽然恨铁不成钢，毕竟浪子回头，作为长辈不能不认真考虑外甥以后的日子。葛秋林的舅舅叹息道：“浪子回头金不换。我不管你究竟因为什么跑回来，只要你履行你刚刚的诺言——攒钱娶媳妇儿，好好过日子。从明日起，跟你表哥一道儿做买卖吧。”

葛秋林皱紧眉头说：“舅，我是那做买卖的材料吗？再说，游击队知道我做买卖，还不一抓一个准儿？”

“你还留给了他们一条枪呢！再说，这两年你在那边里横外斜、上蹿下跳的，没有功劳还有苦劳呢！”

“舅，你怎么这样说我呢？那游击队要是通情达理，我还要深更半夜地偷偷跑回来吗？”

葛秋林的舅舅背着手来回踱了两步：“就你这个倔样，还是缺少管教。干脆，到崖庄白寨长那儿干吧。明天我就送你过去。”

葛秋林阴了脸：“舅舅，那白诗跟侯传贤有什么两样？都是欺压百姓的祸害呢！”

葛秋林的舅舅勃然大怒：“休得信口雌黄！白诗什么人怎能由你这乳臭未干的毛头小儿来妄加评说？他白诗是祸害，你舅舅我又是什么东西？”

“反正我不愿意去他那儿。”

“就去崖庄，明天一早就去！你也甭再跟我犟嘴！不是看在你死去的娘的份儿上，我都懒得管你！”

葛秋林怒气冲冲地站起来，走了两步却又软下身子，哀求道：“舅舅，我杀过茹素斋团的人。再说，我真的不愿意去崖庄。”

看见外甥“呼”地蹿起来，葛秋林的舅舅吓了一跳。本以为葛秋林会再次扬长而去，没想到眨眼间软得没了骨气。葛秋林的舅舅又气又恨地数落道：“就看你这个熊样，有什么本领挑三拣四？杀过茹素斋团的人不错，可那都是过去的事情，侯寨长已经不再追究。

我也没让你去侯寨长那儿啊！跟你撂下一句话：如果你不去崖庄，那就自谋高就。你舅舅我这半个书生再无能为力。”

葛秋林蔫蔫地噘着嘴：“那，舅舅能不能在白诗那儿给外甥谋个好差事？”

葛秋林的舅舅撇撇嘴：“一个羊屎蛋子都没拉呢就挂记着吃肉喝汤！告诉你，去到那儿正儿八经地干事，不许耍花花肠子，不许动歪歪脑子，不要给我丢这张老脸！另外，白诗不是你叫的。你应该恭称‘白寨长’！”

葛秋林耷拉着苦瓜脸点点头。

葛秋林的舅舅忽又感觉事情来得突然。他走到外甥跟前，抬眼直直地看过去：“跟我说实话，你不会是跟我摆迷魂阵吧，啊？”

葛秋林无辜地瞪起眼睛，把枪塞到舅舅手里：“舅舅，你直接把孩儿杀了吧。”

葛秋林的舅舅被弄得措手不及，扬手给了他一个巴掌，愤然骂道：“没有教养的东西！你这头倔驴就得要有人管教管教！去，到东面厦房里闭会子眼，天一亮就跟我去崖庄。”

仔细听过葛秋林和干兄弟的诉说，狡黠的白诗决定做个顺水人情，顺便试探葛秋林的虚实。他拱手对葛秋林的舅舅说：“仁兄，别人倒也罢了，既然这葛秋林是仁兄的甥男，兄弟我再怎么也不能驳了仁兄的颜面。正好，我跟前也需要多一个跑腿儿的，一直没找到可靠的人。这个人就是他了。”

在舅舅的威压下，葛秋林不十分情愿地单膝跪倒：“为了小的，白寨长两年前就没少费心，如今又不嫌弃流落归来，让小的感激不尽。小的定当视白寨长如同亲生父母，鞍前马后，忠心耿耿，虽肝脑涂地也在所不辞。敬请白寨长剖腹明鉴。”

白诗哈哈大笑，对着他的义兄道：“剖腹明鉴？我可不敢。仁兄，甥男是不是接受了你的教诲，才有今日大堂之上的口吐莲花？”

葛秋林的舅舅汗颜地谦让道：“早接受我的教诲就不会有两年的胡闹瞎混，也不会有刚刚的滥用古词。为兄惭愧，孺子之教就全仰仗白老弟了。”

白诗朗声笑道：“仁兄太过客套。我倒是觉得甥男忠正耿直，机灵聪敏，还颇有些诗书才气。可造之才啊。”

葛秋林的舅舅赶忙拱手道谢：“如若老弟赏识，便是这竖子的造化，为兄也自此心安了。秋林，记住你刚才的话，视白寨主如同亲生父母。人心不可欺天。”

葛秋林皱皱眉头，再叩首道：“小的铭记在心。”

白诗观察葛秋林一副英雄末路、被逼无奈的愁苦神态，心下反而感觉有些放心。只是一个在游击队混了两年的人仅仅为了将来娶妻生子而突然改投茹素斋团，道理上实在说不过去。如果他是恶习不改的混账玩意儿，在这里用不了多长时间就会被收拾得服服帖帖；假若他是游击队派来的奸细，麻烦可就大了。谈笑之间，白诗已经拟好了“修理”葛秋林的套路。

第二天一早，人还没有睡醒，葛秋林就被叫起：“葛秋林，我们寨长要单独召见你。”

葛秋林摸不准要发生什么事情，来不及洗脸，一如昨天的神态出现在白诗跟前。

白诗定定地端详他一阵子，态度非常和蔼：“葛秋林，我跟你舅舅义结金兰，自然亲如兄弟。既然你舅舅把你送到我这里并让我代为管教，不尽管教之责可就是我的失职。来人，先给我抽上二十鞭子！”

葛秋林来不及弄清楚白诗的用意，挺身吼道：“凭什么不明不白地抽我鞭子？我葛秋林不服！”

白诗没有半点儿恼怒或者愤慨，神情依然和蔼大度，声音却从容中透出威压：“打完再让你明白。动手！”

两个人上前将葛秋林按倒在地，另外两人抡开胳膊，扬起鞭子暴雨般一阵猛力抽打。二十鞭子下去，葛秋林遍体鳞伤，衣服也被打出了好几条口子。好在鞭子全部打在背上，脸并没有破相。

白诗平静地问道：“想知道为什么打你吗？”

葛秋林头也不抬，闭着眼睛低声吼道：“不想知道！打死我算啦！”

白诗对葛秋林的惨状熟视无睹，脸上泛起不怒而威的冷笑：“你以为我白诗是滥用武力、滥杀无辜的人吗？要我打死你？没有打死你的理由，我为什么要打死你？哼，告诉你，本寨长不是动用军法，我是在动用家法！如果动用军法，就你这样的哭丧脸、耷拉脑袋，一顿乱棒将你打出山寨，你爱到哪儿发财就到哪儿发财。我动用家法是替你舅舅给你管教，管教你出息个男人的模样来。不要像狗熊似的瘫在这儿，给我站起来说话！”

葛秋林支撑着爬起来，不服气地瞥了白诗一眼，执拗地回道：“本来我就没打算到你这儿来，是我舅舅硬把我送过来的。你爱怎么动家法就怎么动家法，大不了过后我抬脚走人。”

“抬脚走人？我这山寨是你想来就来、想走就走的吗？”白诗冷笑过后黑着脸道，“既然你不想来，为什么不仅来了，还嘴上抹蜜般说那么一大堆舔屁股的酸话？”

“那是舅舅逼迫，我不得不说。”

“你有种！敢在老子跟前拉着驴脸，敢对老子说出不怕犯上的实话。那我再问你一句，你为什么不愿到我山寨？”

“你们山寨跟侯家官庄山寨一样，抢掠百姓，形如土匪，根本就不是大丈夫所为！”

“哈哈哈，不是大丈夫所为！据我所知，八路军、游击队跟老百姓亲如一家，他们那里遍地都是大丈夫。那你怎么从游击队跑出来了呢？”

“昨天跟你说过。游击队大丈夫不错，吃都吃不饱也没什么，只是年头到年尾没有半个饷银。我一个男子汉不可以养家、不可以养活老婆孩子。这人活着还有什么奔头！”

“所以你就偷偷开小差溜出来了？”

“他们肯定不会让我痛快离开，只能深更半夜逃出来。”

白诗却陡然变色，对着葛秋林怒目而视：“一派谎言！你骗得了你的舅舅，却骗不了我！我已经连夜派人把你的底细摸得一清二楚：你不过是游击队派来的奸细罢了！小兔崽子竟然敢打我的主意，你吃了几个豹子胆？”

葛秋林大吃一惊，迅即冷笑道：“都说金盆能洗手，谁信呢？做过贼的人除非剁掉双手。我知道，我杀过侯寨长的人，从游击队回到这儿来肯定落不了好；再从你这山寨一出去，我就是那两进两出的人，就连不入流的二流子也可以朝我脸上吐唾沫。白寨长，我不怨你，请你动用军法吧。乱棒打出，或者乱棒打死，我绝没有半句怨言。”

“奸细做不成便想抬腿就溜？你真的以为我这山寨就是那集场子，爱来逛逛就来逛逛？哼，把他绑到法场上。要么洗心革面，从实招来；要么按他刚才说的，乱棒打死。”

白诗的近前护卫张江栋急忙上前低声说道：“寨长，虽然这葛秋林是游击队的探子，可他的舅舅毕竟是您的结拜兄弟。乱棒打死恐怕有失仁义之德。”

白诗怒道：“什么仁义之德？一个连舅舅都敢蒙骗的混账东西，还敢在我面前摆弄鸡鸣狗盗的下三烂把戏！拉出去，不留情面！”

葛秋林一时无法判断真假。想到梁春竑给他的任务没开始便夭折，他也性命不测，忍不住心底一软，着急地要落泪。但是，无论白诗是否果真掌握了他的底细，他只能咬紧牙关挺到最后。葛秋林收起悲伤，梗起脖子，在山寨士兵的推搡中昂首挺胸地走到法场，被五花大绑到法场的柱子上。

督查行刑的张江栋屏退众人，上前悄声劝道：“葛秋林，就从当年敢动手杀了侯寨长的人来看，你好歹也还算条汉子。我好心劝你一句，白寨长是胸有经略之人，绝不是那占山大王。他不仅在游击队里安插了自己的人，就连八路军那里也有眼线。你把你的来历原原本本地跟白寨长说清楚，只要跟白寨长的消息对上号，又有你舅舅的这层脸面，白寨长怎么可能非要置你于死地？既然你崇敬大丈夫，须知大丈夫也要识时务、知进退啊。”

葛秋林有些相信白诗，也更加为梁春竑游击队的安全担忧。抱定誓死决心的刹那，他突然想到不能让白诗安插在游击队中的奸细得逞，便长声叹道：“从游击队转投你们茹素斋团，我就是那不忠不义之人，已经算不得大丈夫。想我在游击队并没有得罪什么人，可一过来就遭受诬蔑，也算是上天对我不忠之行的惩罚。这位兄弟，我认命了。”

张江栋连声叹息：“葛秋林，我看你是条汉子才这样对你讲。既然你主意已定，我也不可勉强。你放心，只要你是硬骨头，你死后我一定好好替你收尸。至于你舅舅那边，白寨长自然有他的道理，你也不必心怀不忿或者心有愧疚。人各有道，好自为之吧。”

张江栋挥手将行刑的士兵叫过来，低声安排道：“虽然寨长让你们不留情面，毕竟这人的舅舅跟我们寨长是结拜兄弟，不可让寨长背负无情无义的骂名。要一击毙命，不要让他遭罪。听明白了？”

众人齐喊一声“明白”。张江栋似乎不忍心观看凄惨场面，摇着头急匆匆地转身走开。

行刑的士兵按照交代一再追问，见葛秋林毫无悔改之意，便冷笑着扬起了手中的木棍：“别怪兄弟下手狠毒。我这是为了让你痛痛快快地上路啊。”

葛秋林侧耳细听着张江栋对行刑士兵的嘱咐，也努力过滤着游击队中的张张面孔，试图从音容笑貌和举止行为中判断究竟谁可能是白诗安插的奸细。当行刑的士兵举起木棍，他便闭上眼睛，驱赶走一切杂念，让大脑以空白应对即将到来的命运终结。而就在此时，远处传来“停止行刑”的喊声。

葛秋林被重新带回到白诗跟前。

白诗一脸的恼怒和不得不容纳的无奈：“葛秋林，我不能因为你这么个混子而背负不顾兄弟情义的骂名。尽管你是游击队派来的探子，我作为长辈还是给你重新做人的机会，给你父子之义的规劝，希望你能迷途知返。你说你是被你舅舅逼迫着说出了‘鞍前马后，忠心耿耿，虽肝脑涂地也在所不辞’那些话，我还是权且相信那是你的真心话。无论你先前做了什么，我都不追究；无论你这两天对我说了什么，我也不问真假。我只是希望你尽早吐露真言，拿出真实的行动，拿出让我白诗、让我的手下人确信你敢为大丈夫的行动。另外我要告诉你，不要认定我茹素斋团就是抢掠百姓的土匪。假若茹素斋团是土匪，那你的舅舅跟我又都是什么人？我给你三天时间，三天之内有什么想法可以跟我的护卫张江栋说。想通了就来见我，想不通你就远走高飞，我也对得住你的舅舅。”

葛秋林将自己关在山寨的屋子里整整一天。他在不停地思考，思考着白诗和张江栋跟他透露了真情还是在跟他演戏。如果透露的是真实情况，那隐藏在游击队的内线会是谁呢？他怎么能隐蔽得如此之深？如果他们是在跟他演戏，这白诗实在是天才，梁春竑恐怕也不是他的对手。无论是真的被奸细出卖，还是被狡猾地审查，他都要按照既定的方式坚持下去。而且，越是被奸细出卖，他越要尽早在白诗跟前立功，让他的立功灭掉那个可恨的奸细。拿定主意之后，葛秋林在他的床铺上弓腰抱膝蜷缩成一团，一副委屈憋闷的愁容。张江栋几次主动跟他说话，葛秋林不置一词，一直挨到深夜倒头睡过去。

第二天一大早，葛秋林忽地爬起来站到张江栋跟前，要张江栋带他去见寨长。张江栋迷迷瞪瞪，匆忙穿好衣服带他来到白诗的大堂。

白诗习惯早起，已经在大堂等候护卫伺候。见葛秋林来见，面无表情地随口说道："大早上起来，我可只想听吉利话。"

葛秋林倔强地梗着脖子："寨长，一天一夜我想通了。不蒸馒头争口气，我葛秋林就要拿出大丈夫的样子，绝不能让寨长和寨长的手下人看扁了。但是我也有个条件，请寨长不要逼我做强抢豪夺、欺压百姓的事情。白寨长应该知道我的父母是怎么死的。"

说到动情处，葛秋林泪水涌满眼眶。白诗看在眼中，脸上闪过一丝不易察觉的抖动："葛秋林，你想通了很好，我安插的人的情报不会有错。另外我还是那句话：我崖庄寨从不欺压百姓，我们是奉公行事。你父母死得冤屈不假，可事先没有你的惹是生非也不会有他们的飞来横祸。但是，你因怜贫扶弱敢于痛打侯寨长的手下，为了给父母报仇又敢于让侯寨长的手下偿命，足可见你葛秋林是条汉子。这才是我要收留你、给你改过自新机会的原因。只要你改变初衷，跟在我身边效命，我对你的过往绝不追究，还会让你阔阔绰绰地娶老婆、养儿子。既然你说你想通了，那就说说你想怎么办。"

葛秋林略一停顿，说道："我从游击队跑出来，他们不知道我去了哪里。或许他们担心我投奔了对手而增强了警戒，或许害怕地转移了队伍。就算他们转移了队伍，我也能猜到会转移到什么地方，除非他们从这地界上永远搬家。如果白寨长肯相信我，这几天我就带人捣毁他们的老窝。"

白诗长舒一口气，缓缓地说："很好。可我并不想跟他们交火，能把他们赶得远远的就好。另外，你也可以想办法对游击队员进行策反。只要他们肯来投诚，我全部接收。"

葛秋林摇摇头："那些穷鬼都是吃了秤砣铁了心的，想必寨长安插在那里的人也都知道。哦，寨长，万一我们跟游击队交火，不小心伤着那里面的自己人怎么办？"

白诗微微笑道："这个就不劳你费心。说吧，你准备什么时候领兵围攻他们？"

葛秋林道："游击队白天跑得快，晚上下手更容易些。"

白诗痛快地点着头："那好，今晚就动手。张江栋，你带着葛秋林今天好好转转咱们的山寨。"

接连两个夜晚、一个白天，游击队连续三次遭到茹素斋团崖庄中队的包围袭击，损失两条长枪和一些粮食。葛秋林成为游击队和沂山武工队决意铲除的叛徒。

十月初的一天，侯家官庄寨连续收集到八路军和武工队要反击国民党顽固派的消息。消息还说对联手抗日、一致对外的队伍一概秋毫无犯。侯传贤狐疑不定。驻扎沂山前怀的秦启荣第九梯队和王九锡的茹素斋团同样都是反共摩擦的坚定分子，只不过一个是正规部队，一个是地方武装。两支队伍之间因为防地和物资的争端多有龃龉，而且互不买账。侯传贤有心看秦启荣梯队被揍的笑话，又担心八路军和游击队回过头来收拾自己；有心帮助秦启荣的队伍联合抗击八路军和游击队，又怕引火烧身而遭到王九锡的责罚。侯传贤赶紧修书两封，一封火速送往王九锡所在的天成寨请示指令，一封送往毗邻的崖庄寨商讨对策。孰料白诗得到消息更早，写给侯家官庄寨的联络书信已到。侯传贤展开来信：传贤弟，共匪进攻秦启荣部事发突然，竟来不及互通联络。秦部兵弱，定非共匪对手。所谓唇亡齿寒，你我应当勠力协助之。无奈共匪围攻之势如秋风落叶，我部追之不及。若兄处遭遇共匪挑衅，吾定当分兵相助；若兄处亦如我处，则你我援弓引箭，严阵待敌。可否？共匪狡猾之至，千万谨慎应对。切切。

侯传贤立刻重新修书，告知白诗两寨准备遥为呼应，临阵对敌。待来人走后，他将来信摔到地上，踩上一脚骂道："屁话！就你知道唇亡齿寒！来人，将山寨四面铁桶般地严密警戒，等待自卫总团长的命令。"

八路军和武工队的此次反击是由北泰沂行署与鲁中二军分区联合发起的对沂山前怀抗日根据地内反共队伍的清扫行动。梁春竑通过细致而周密的摸查，认为秦启荣驻扎此处的第九梯队只是零星队伍，在八路军和游击队的联手攻击下定然毫无还手之力，很快会急速向大部队靠拢，留下茹素斋团远离大本营天成寨的侯家官庄和崖下两寨。侯传贤狡诈多端，性格乖戾，凡事又喜欢刚愎自用，宜对他先攻城、后攻心，然后夺其志。而白诗略通经书，智谋才干也位于另外九寨长之首，所以才被安排到距离天成寨最远、位置也非常重要的崖庄。梁春竑很费思量，设定了多个方案，最终确定不费一枪一弹突然降伏白诗，进而让白诗影响侯传贤和王九锡，为八路军、游击对在沂山前怀地区建立和扩展根据地赢得足够的空间。

八路军和游击队给如素斋两寨发出消息的同时，迅即对时常骚扰抗日根据地的秦启荣第九梯队发动进攻，并以风卷残云之势将其赶到沂山以北，然后迅速返回，突然将侯家官庄寨严密包围，发起了威猛的攻心战。侯传贤措手不及，很快承受不住威压，决定不再等待王九锡的指令，突出包围去跟崖庄的白诗会合。未料作战命令却是点爆炸药的信号。随着两声震天动地的巨响，山寨南北两处的堡垒被夷为平地。八路军和游击队在黄茂生弟兄们的接应下狂流般涌入，凶猛的火力直接碾压茹素斋团。侯传贤做梦都没想到，他苦心经营的山寨和队伍竟然如此不堪一击。眼看就要覆没，侯传贤捶胸顿脚怒骂着手下，传令赶紧缴械投降。

梁春竑没有进寨。当队伍探囊取物般地成功夺取山寨的时候，他已经跟黄茂生马不停蹄先行一步，前往崖庄的白诗山寨。此时，梁春竑已化身为国民党的特别军事指挥员，黄茂生则是来自天成寨的小队长。

白诗心思缜密，素来看重广布暗探，所以远离前线却先于侯传贤得知军事消息。听葛秋林报告说王九锡派来了黄队长和特别军事指挥员前来帮助指挥应对八路军、游击队，白诗寻思了半天。王九锡刚刚派人传达指令，要求他以静制动，仔细观察八路军动静，天成寨则正调动各寨部分兵力分别向崖庄寨和侯家官庄寨增兵。估计传信的人正在返回天成寨的半道上，而此时又来了两位“大员”，这其中会不会有诈？略加沉吟，他决定亲自到山寨门口迎接这两位素未谋面的“大员”。

面含矜持的微笑，眼神却如若寒光利剑。白诗站在寨门口的瞭望台上，抱拳致意道：“本寨长本应捷足躬身肃立恭迎，无奈非常时刻不得不稍有不逊，恳请两位恕罪。请问黄队长，孙队长和周队长为何不能亲自前来？”

孙队长和周队长是天成寨下属的两个小队长，也是王九锡的心腹。黄茂生从马上跳下，卑躬屈膝地笑道：“报告白寨长，孙队长和周队长奉自卫总团长之命督查各寨调兵西进。在下是副小队长，本无才识，情势特殊之时，奉命陪侍梁指挥员前来尊寨。至于运筹帷幄大事，全凭白寨长和梁指挥员的决断。在下手上有总队长手书，请寨长过目。”

“梁指挥员”对白诗的审讯非常恼火，但是强龙难压地头蛇，便端坐马上，昂首挺胸遥望着远处，不屑与白诗答话。

白诗命葛秋林前去恭取王九锡手书，自顾盯紧“梁指挥员”哪怕丁点儿的神情和动作变化："呵呵，梁指挥员来得很及时。是不是对共匪的举动早有预测？"

"梁指挥员"强压怒火回道："这个问题你应该问王总团长。攘外必先安内，剿共先于抗日。共匪的一举一动，你我理应时刻都有预测。"

"在下想知道梁指挥员从哪儿来。"

"我从来处来！"

"黄队长"见事情要弄拧，赶忙调和道："报告白寨长，梁指挥员受总队长之邀适从五十一军到达天成寨，商讨对付沂山一带八路军、游击队的事宜，未料他们今日便有行动。鉴于战区司令部紧急公务在身，总队长只好劳顿梁指挥员代为先行，前来协同防务。"

黑云压城之时，谨慎固然无错，今天当面问讯的方式的确有些过分。白诗急忙抱拳笑道："共匪诡计多端，白某不得已为之，恳请梁指挥员息怒，在下向您赔罪。张江栋，赶紧开门迎接梁指挥员！"

对于梁春竑而言，仿造书信轻而易举，模仿傲视群物的国军官员亦非难事。他跃下马来，目空一切，视若无物，脚下也并不挪动半步。白诗却并没有放松对两位"大员"的警惕，他还要面对面审查来人的身份。

白诗走下瞭望台，刚走近寨门，哨探飞奔而来："报告寨长，八路军和游击队自北面包抄来了！"

白诗一个震动，不自觉地向外望过去，发现"梁指挥员"的高傲下掩藏不住慌乱，人已迈开大步，失色地奔向寨门。白诗微微摇头，顺手把葛秋林呈送上的总团长的手书随意一掠，认同了眼前这位色厉内荏的军事特别指挥员。

人刚聚到议事大厅，葛秋林报告说八路军的队伍已经将山寨四面围定，沂山武工队的攻心战也已经开始。

白诗故意奚落对方、也是在询问自己："梁指挥员，对眼下局势您有何高见？"

"梁指挥员"重现趾高气扬的做派，只是淡淡一笑："两条对策。要么是静守山寨，等待总团长队伍的到来；要么是派队冲出包围，联合侯寨长对共匪来个两面夹击。"

白诗的目光深不见底："既然共匪将我四面围定，他们必然有备而来。您的两条对策恐怕皆不能奏效吧？"

"梁指挥员"的笑容很有些狂傲不羁："依白寨长看来又当如何？"

白诗冷笑着站起身，突然面若冰霜，厉声喝道："只有一个办法，拿你作法！来人，将这两个人绑了！"

未等张江栋他们动手，侍立身后的葛秋林已经扬起胳膊箍住白诗的喉咙，枪管顶住白诗的太阳穴：“白寨长，让你的手下人放下武器！”

白诗脑中轰然一声，眼前闪过一片黑光。

张江栋被葛秋林的举动震惊，进攻“梁指挥员”的脚步不自觉一个停顿。就在这回神惊诧的刹那，“黄队长”的枪管也已经抵在他的后脑勺上。

大厅里的护卫士兵被突然的变动惊讶得目瞪口呆，颤抖的枪口摇摆不定。

“梁指挥员”谈笑自若道：“葛秋林，不要对白寨长如此无礼。白寨长，你不必惊慌，我八路军游击队绝对不会伤害你，还有你们这些士兵兄弟们。让他们放下枪，静静地听我把话说完。你们都听到了，寨外的武工队说，咱们都是中国人，怎么能拿着枪打咱自己人？我们不到一天的时间就把秦启荣的队伍赶跑了，就因为他们总是跟共产党领导的队伍搞摩擦、不去打日本人而是忙着跟自己干仗。你们茹素斋团的人本来就是讲究行善除恶的百姓道徒，并不是欺压自己人的流寇土匪，也不是没有血性的不肖子孙。正因为如此，我们八路军游击队决定不对你们放一枪一弹，而是要争取你们站在正义的立场上，携手同德，团结一致，抗击日本侵略者。白寨长，实话对你说，侯家官庄寨已经被我们轻松拿下，侯寨主的人也已全部缴械。”

白诗已经预感到侯传贤被擒拿，但当这个预感被证实，他的心头还是不可阻止地袭来绝望。绝望过后，白诗反而不再恐慌：“请问你是什么人？”

“共产党北泰沂行署主任梁春竑。”

“你就是梁春竑？”

“不错。”

“你想让我干什么？”

“让你缴械。”

“不可能！”

“必须缴械！”

“我白诗宁可杀身成仁，绝不苟且偷生。”

“你杀身并不能成仁，即使成仁也是成就的不义之仁。因为你不是在驱逐敌寇的战场上杀身，不是为民请命而杀身，而是分文不值的自杀。要你活下来不是要你苟且偷生，而是要你脱胎换骨，做一个堂堂正正、顶天立地的男人。因为，先前你的拳脚对准的是平民百姓，你的枪口对准的是跟你一样身陷国难家仇之中的自己人。你只有活下来，只有在保家卫国的战场上奋勇杀敌，才可以洗刷你曾经的污点，你才可以挺直腰杆儿行走在天地间。白寨长，你是读过书的人，也是明辨人间正道的儒将。何去何从，想必不须别人指教。”

白诗困顿之中不失风度："梁指挥员，不，梁主任，对你们八路军的统战手段，我白诗略知一二。可不管你说得天花乱坠，也不管你顺毛捋着攻心，要想左右我白诗的主张只能是黄粱一梦。今天你可以破我山寨，想要我的命，还是赶我们走，请单刀直入。”

梁春竑笑道："白寨长应该是识时务者。大敌当前，我们为什么要兄弟阋墙、自相残杀？如果你们愿意跟随八路军游击队，我们热忱欢迎；不愿意，我们也不会强人所难。虽然八路军游击队需要物资给养，但并不缺你们手里这些枪弹粮草。至于赶你们走，再远，又能到哪里去？我们同是炎黄子孙，总不能把你们赶出华夏大地吧？”

“我白诗不想听你满腹经纶。究竟想做什么，请干净利落些。”

“要你们停止骚扰八路军的根据地，停止骚扰村民百姓；要你们加入抗日民族统一战线，把枪口一致对外。”

白诗沉思道："梁主任，我白诗久于茹素斋团，对家国之重、内外之别也还不甚愚顽，也深知‘兄弟阋于墙，外御其侮’的道理。只是仁义孝忠，人各不同。我不能就这样把我的山寨和队伍交到您的手上。”

梁春竑凛然规劝道："白寨长，悟道而不为与执迷不悟无异。话已跟你说明，只等即刻自行决断。无论刀枪入库还是血流成河，这方崖庄寨必定是八路军的地盘。我也不想再跟你辩论什么仁义忠孝，只是正告你：只要你们缴械，接下来是打是和就由我们跟你们的总团长交涉。只要你们总团长答应不再骚扰我八路军游击队根据地、答应枪口一致对外，我们会将你们的枪械原封不动予以归还，崖庄、侯家官庄这块地盘仍由你们驻扎。我方期待白寨长的选择是：你跟你的手下勿做无谓的牺牲，讲民族大义、讲怜惜生命。”

白诗无计可施，怅然叹息："天命如此，不可抗拒。全寨听令，缴械，听候总团长交涉。”

王九锡调拨的增援员队伍才到半道，得知侯家官庄和崖庄已经被全部缴械。消息传回天成寨，王九锡又是吃惊，又是心疼四百多条长枪和两拨队伍，忍不住对侯传贤和白诗破口大骂。不久之后，王九锡允诺退出两寨所控一带地区，北泰沂行署随后也将缴获的枪械如数返还。

第三十八章

太阳刚从山后冒出头便将火红色的光芒铺展开来。枝头上执意不肯飘落的树叶被镶上了一层金边，依然发绿的小草和那葱嫩的麦苗叶尖上挂着的露珠放射出晶莹剔透的光亮。村头麦畦里，梁大爷和陶竑春正趁着日军“扫荡”间隙难得的安宁时间补种小麦。

两个月前，陶竑春已分别从组织上和武善志那边得到消息，要她提前做好日军再次大规模秋冬“扫荡”的应对准备。在她的眼里，躲避日军和汉奸武装的突袭、搜捕就像种植换季庄稼，没多少特别的套路。可丈夫梁春竑那边不然。不仅要应对阵前流闪的不长眼睛的子弹，还要谨防一着不慎满盘皆输的谋划布局。前些日子，武善志和王大有过来跟她说，梁春竑亲自化装上阵，拔掉了王九锡的两个山寨，取得了开辟沂山前怀根据地的首战大捷。陶竑春满面喜悦，心里却后怕得喘不动气。去土匪的山寨，还不如跟日本鬼子和汉奸正面交锋。混进去不容易，混出来更冒着掉头的风险。你不只是家里的靠山，也还是新开辟根据地的最高首领，怎敢这样粗率行事、身入虎穴呢？

陶竑春撒着麦种，漫无边际地思考着，忽觉有股无形的威压在逼近。她猛抬头远眺，遥见一队日军正转向通往村子的小路。

陶竑春疾声喊道：“爹！鬼子来了！”

梁大爷正弯着腰专心致志地整理畦子，闻声打起眼罩，看向村边后脸色大变：“竑生他娘，你快跑！带着那个伤员和孩子藏到村后的地窨子里去！”

梁大爷跑出两步后，又转回身，抓起地头上装着麦种的布袋，紧跟在陶竑春身后回村。

陶竑春脚下生风，跑近村口便扯开嗓子大喊："鬼子来了！快进山啊！鬼子来了！花篮，赶快上山！"

花篮正伺候伤员吃早饭，听见陶竑春的呼喊，迅即搀起伤员便走。花篮娘忙不迭抓起事先准备好的包袱，一同搀着伤员奔出院子。

梁大爷架着伤员，陶竑春抱着春燕，梁大娘提溜着两个大包袱，竑生和黑子紧随在身边，一群人急急忙忙奔到村后的地窖子跟前。梁大爷熟练地将几块石头搬开，把几个人塞进地窖，垒砌完毕后又把地堰前的形貌做了复原。待稍稍直起身往后观望，发现鬼子已经顺着巷子追到了村后，他已经不可能沿着村北的小路在日军的视野之中进山躲藏。梁大爷赶忙招呼着黑子，弯腰沿着地边向东北方向飞跑。这块长条梯田的尽头是松槐杂生的山林，山林边上有一条通向崮顶的蜿蜒小路。

梁大爷一阵疾奔，已经看到前方路边的石屋和进山的小路。他擦了把额头上渗出的细汗，放松地摸了摸黑子的头。可就在此刻，坡下突然冒出一队上着刺刀的日军，挡住了去路，身后也有一队日军围堵过来。梁大爷倚靠在地堰上，掏出烟袋锅，不紧不慢地填装着烟末。

领队的日军拿手枪指着梁大爷："八路的藏哪里？赶快带我们去！"

梁大爷白了他一眼："这里根本就没有八路军！"

"没有八路，你跑什么？"

"躲避你们这些畜生！"

日军似乎没有听懂梁大爷的话，把枪抵到梁大爷的头上："带我们去找八路！否则，打死你！"

黑子一直对着日军狂吠。眼见那人把枪抵到梁大爷头上，刹那间一跃而起，对着持枪的手腕狠狠地咬下。那日军猝不及防，本能地发出一声惨叫。白色手套被锋利的犬齿撕破，一道黑红色的血液流淌出来。两个随从惊恐地叫着，端起枪同时扣动了扳机。黑子中弹倒地，哀鸣着略作挣扎，黑亮的眼神渐渐凝滞，随即再没有一丝气息。

刺耳的枪声震动了梁大爷，黑子的痛苦挣扎揉搓碎了他的心。宁静家园变得烽火遍地，忠诚伙伴凄惨殒命，罪魁祸首不就是眼前这些野蛮强盗吗？梁大爷两颊的肌肉抽搐着，双目射出愤怒的火焰。他大骂着"畜生"，弯腰搬起一块石头，扬手要对着一个日本兵砸过去。领队的日军扬起流血的手，对着梁大爷的胸口就是两枪。梁大爷的身体突然僵立，手里擎着的石块儿坠落到背后。他艰难地支撑着身子晃了两晃，圆睁怒目，永远躺在了这块生活了一辈子的土地上。

这群日军没有继续上山，而是顺着梁大爷和黑子来时的方向往回搜索。行至掩藏陶竑春他们的地窖前时，另一队日军正聚集在地窖顶上对着山顶观望。

听着两队日军在上下两层地堰里“叽里呱啦”地喊叫着，躲藏在地窖里的人把心提到嗓子眼儿，呼吸都要断绝。突然，靠在陶竑春胸口的春燕歪着头喊了声“娘……”

半个“娘”字没有喊出，陶竑春已经将她的嘴捂得严严紧紧。受到惊吓的春燕两手急促地撕扯，鼻子里发出呜呜的声响。陶竑春赶忙用另一只手抓过包袱里的小被子，死死地捂住她的嘴和鼻子，任凭她没命地挣扎。

恰在此时，地窖顶棚门板的缝隙里撒落下一撮碎土，近乎把里面的人推向绝望。他们已经没有意识关注陶竑春手里捂着的春燕的动静，他们全部的神经被顷刻间就要到来的死亡牢牢抓紧。然而，接下来的沉寂无休止地拖延着，地窖里闻听不到细微的喘息，外面也没有任何动静。

旷远的时空过后，靠在墙边的梁大娘把脸贴到地堰上，从石缝间努力往外瞅。刚才蝗虫一样戴着铁皮帽子的日军不见了形影，“叽里呱啦”的声音也消失殆尽。梁大娘用力把头探到陶竑春的耳朵上：“竑生他娘，没动静了。像是走了。”

陶竑春下意识地松开了手里的春燕，豆大的汗珠滑下脸颊。

竑生记挂着妹妹，悄声提醒道：“娘，快看看俺妹妹！”

陶竑春这才想起怀里的春燕。她赶忙揭开小被子，只见春燕的脑袋耷拉在她胳膊上，整个身子已经柔软得像个面团。陶竑春惊恐失魄，赶忙将脸贴到春燕的嘴边。可是，已察觉不到一丝呼吸。陶竑春分明在剧烈地颤抖着，却又像瘫了一样，汗如雨洗。

梁大娘的心立刻悬起来：“春燕怎么没动静啦？”

陶竑春一手抱着春燕，一手用力地撕掳着自己的胸膛，艰难地抖出三个字“没气了”。八路军伤员急忙将春燕夺过去，嘴对嘴用力吹一口气，然后轻轻按压着春燕的胸口。几个来回之后，柔软的春燕跨越了生死轮回，突然长长地吐口气，随即“哇”地哭出声来。

陶竑春赶紧掀起衣襟，把春燕捂在胸口，抓过小被子将两人的头一同捂住。激动，后怕，难过，愧疚，复杂而煎熬的情感波涛一样汹涌澎湃着。她多么想扯开喉咙放声大哭一场，撕心裂肺地大哭一场。只有疯了一般的哭喊才能让她胸口的沉压消散，才能让她重新活过来。然而不能，陶竑春只能将这个欲望死死地按在胸间，凝结在心头。这个欲望却不听使唤地沿着脖子一路涌向大脑，涨得她头疼欲裂。陶竑春拼命咬住嘴唇，在只有她自己才能听到的喉咙间的“咕咕”声中，任凭泪水从两眼清泉中奔涌而出，流淌在春燕的小脸上。

地窖里的几个人重新陷入了漫长的混沌，唯有耳朵灵敏捕捉着外面的纤细动静。好似过去了整整一天，更像是经年之后，遥远的天际终于传来一声男人特有的咳嗽。那不是梁大爷的动静，而是李怀安的声音。

地窖门口的石块被小心搬开。一片刺眼的光亮照射进来。

陶竑春将春燕放到地上，拢着头发问道：“大叔，俺爹呢？”

李怀安犹豫了一下，吞吞吐吐中滚落下浑浊的老泪：“你爹……唉！”

不祥的预感顿时笼罩全身，陶竑春僵住了。梁大娘脸色惨白，喉咙里“咕噜”一声，绵软地仰倒在地上。

李怀安没有让梁大娘看到老伴儿惨死的模样。他和乡亲们找来一床草席，将梁大爷的尸体裹起来，抬到墓穴里下葬。黑子的尸体也埋在了墓穴旁边。

午后，时而清醒时而糊涂的梁大娘挣扎着坐起身，虚弱地招呼李怀安：“他叔，你不让我看他爹的模样我就不看了，反正我就要跟他一块儿走了。你和大家伙儿多操心，不管鬼子汉奸怎么作孽，早晚把我也埋上。”

陶竑春哭着扶住梁大娘：“娘！你说什么呢！春竑还没回来，竑生和春燕都还没长大呢！”

梁大娘泪眼汪汪：“竑儿回来的时候，让他到我坟上去多待一会儿。五六年啦，俺娘俩儿多咱坐下来好好拉咕拉咕？竑生他娘，能娶来你这样的儿媳妇儿，俺是几辈子修来的福分。你千万再多受些累，好歹把这俩孩子拉扯大。娘这里先给你行礼了！”

陶竑春见梁大娘果真往前弯腰，搀住她大放悲声：“娘，你这是做什么！竑生他爹这两天就回来了，有什么话咱们当面说行不？”

梁大娘说：“我知道等不来了，就安排给你吧。赶走鬼子的日子我也赶不上了。到了那天，别忘了让竑儿给我和你爹上炷香、送几个喜钱啊。”

李怀安扶梁大娘躺下：“嫂子，你宽宽心。日子还长着呢。”

梁大娘突然好像换了一个人。她平静而满足地望着周边的亲人，脸色舒展红润，似乎年轻了好几岁。回光返照？李怀安心中“咯噔”一下，害怕起来。

“他叔，他爹一直给我留着门，等我回家去呢。他那个脾气啊，你知道，爆竹一样，说炸就炸；又像那不上套的驴，死犟死犟。可离了我，又不中。不跟你们说了，我得找他去了。”梁大娘笑着说出这句话便糊涂起来，弥留了不消半个时辰，便停止了呼吸。

李怀安领人掩埋了梁大娘，深感陶竑春一个人带着俩孩子，日子没法过，劝她暂时回娘家去。陶竑春牵挂这边的工作，坚持要留下来。

李怀安不无担忧地说：“单就日本鬼子的话也还好说。可我担心武善彧和他的云泰大队，你公婆生前最担心的也是这群豺狼虎豹啊。以前的时候，春竑带领游击队没少找他们的麻烦，前些日子你们又搞减租减息，弄得他们的怨恨堪比高山黑夜。现在日本鬼子又来‘扫荡’，他们正好可以浑水摸鱼，也可以借刀杀人。老早我就听他们放出话来，一旦鬼子过来‘扫荡’，他们就趁机抓你和春竑呢。”

陶竑春笑笑：“大叔，那就让他们来抓吧。”

李怀安知道说服不了陶竑春，只好说：“孩子啊，要不这样，你们娘仨就住我家里去吧。我那山墙底下有个地窖，我把窖口弄得隐蔽些，万一紧急的时候你跟孩子就藏里边去。平时外面的事儿我照应着，里面的事儿你大婶可以帮你。”

“大叔，你家里已经挤不开，我们娘仨还是住家里吧。鬼子汉奸过来的时候我们躲进山里，平常就让花篮妹妹帮着照应照应就够了。”

“那怎么行？你公婆走了，只要家里有人住，那就明摆着你陶竑春在这边。花篮是一个女孩子，时常显山露水的，那云泰大队也盯上她了呢。别的什么也不说了，单就为了你的工作，你就得听我的话：搬到我家，白天跟你婶子、大妹子相互帮衬着，晚上住到地窖里。等‘扫荡’的鬼子走了再说下一步。”

李怀安的推测毫厘不差。日本人在大王庄一带“扫荡”过后不几天，武善彧悄悄回到枰柳庄。他拜见过武毓庆后，马上召集李相廷他们，商讨捉拿共产党员和围剿游击中队的计划。

李相廷忙不迭地向武善彧报捷：“武队长，梁春竑的爹娘都死在日本人手里了！”

“什么？”武善彧心头一震，“怎么回事？”

李相廷说：“按照您的指派，我派人专门到盘龙村踩点儿。三天前派去的便衣发现了八路军伤员，随后领着日本人一大早去突击‘扫荡’。梁春竑他爹不知为什么落在后面，被日本人捉住毙掉了。梁春竑他娘连急带气倒下去就没再缓过来，当天也跟着老头子撒手去了西天。”

乍一听说梁大爷老夫老妻做伴离去，武善彧说不清是喜是悲。他慢慢地站起来，晃了好长的工夫后重又坐下，一语不发。李相廷摸不准武善彧的脉搏，呆呆地立在旁边，揣摩着他的心思。

良久，武善彧叹息说："虽然我和他梁家水火不容，但我毕竟曾经把他那边当作自己的家，两位老人也曾经把我当儿子一样看待。因为信仰的不同，我和梁春竑分道扬镳，我们两家也成了有他无我、有我无他的冤家。你们也都知道，我随时有机会把他们全家人收拾掉，可我真的下不去手。如今你们终于替我做了这件事，让我与盘龙村再没有了任何牵连。从今日起，我再不必投鼠忌器、畏首畏尾，尽可以随时准备踏平盘龙村。李相廷，你立了大功一件！"

一块石头落地，李相廷满脸得意忘形的媚笑："只是那梁春竑的老婆陶竑春和他的孩子们下落不明。"

武善彧笑如冰刀霜剑："抓！活要见人，死要见尸！一个不许留！"

李相廷弓腰请示道："孩子也不留？"

武善彧反问道："你希望他们二十年后找你算账吗？"

李相廷一脸的谄媚："坚决听从队长安排！武队长，我们几次派人前往盘龙，可就是神龙见首不见尾，从没见过陶竑春半个影子。她家里现在没人住，她娘家那边也从没有她的动静。队长，你说邪乎不邪乎？"

武善彧恶狠狠道："什么邪乎不邪乎！他整个村子就是共匪和八路的窝子，他陶竑春根本就不会离开这个窝子。你们先前侦察得不错，盘龙村里肯定一直藏有共产党或者八路军的伤病员。如果不是，梁老头那样精明的人怎么会落在后头呢？李相廷，只要抓住陶竑春，不仅能抓到八路军伤员，还能打掉八路军游击队在这里的大本营。从今天起，你增派人员日夜监视盘龙村，时刻不许断人，务必寻找到陶竑春的踪迹。"

"是！"李相廷应声回答后，又似乎不解地探寻道，"队长，为什么咱们云泰大队就没有他们村的人，或者认识陶竑春他们的人？"

武善彧酸溜溜地恨骂道："盘龙和周围几个村子就是共产党和八路军的大后方。这几个村子，几乎家家户户有人参加八路军、游击队，就是没人参加我们这边的队伍。只有李怀安的儿子李开田一直在这里做工，后来还成了梁春竑的勾子。陶竑春这个婆娘，除了我跟当初的李开田，咱们云泰大队这边居然就没有人认识她！这个陶竑春啊，真是嫁鸡随鸡嫁狗随狗，嫁给螃蟹横着走。一个裹着小脚的娘们儿竟然像个男人似的干起了不该自己干的活儿，而且比男人还麻烦。"

李相廷赶忙连声附和："队长所言极是。属下打探过，当年梁春竑还在咱们这一带的时候，情报都是她送出去的。"

"所以我说她比男人都麻烦。去年日本人要我务必捉拿梁春竑，报价一千大洋。如今日本人对他老婆的悬赏身价也涨到了一千大洋，可见这个女人多么难缠。李相廷，为了早日捉拿这个可恶的女人，我云泰大队再加一码：谁抓住陶竑春，赏银圆两千！"

"是！"听说陶竑春身价如此之高，李相廷不禁喜形于色，"属下敢立军令状，务必最短的时间之内抓住陶竑春。"

武善彧冷笑："我看军令状还是免了吧。如此容易的话，我和周参谋长早就把她拿下了。"

李相廷被当头泼了瓢冷水，两腮的肌肉不自觉地抽搐了两下。他赶忙讨好地问候道："队长这次回来要住多少日子？"

武善彧阴森威严："就看你们这几天能不能抓住陶竑春。"

深秋的正午天气已难现炎热，漫山遍野强弩之末的绿色也已难掩肃杀后的萧条。陶竑春坐在村外河边的石头上，抡着棒槌均匀敲打着石板上的衣服。随着棒槌落下，溅起的细碎的水珠飘落到河中，又在水面上击起片片的细微波纹。河水清亮得透明，透明到可以数清河底的沙粒，只是不见了像水草一般左右摇摆、忽聚忽散的鱼群，甚至不见了嫩绿的青苔。秋水寒凉，冬日也就近了呢。

一个穿着整洁、俊美秀气的年轻后生沿着河边小路走来。陶竑春正急速从记忆中搜寻他是谁家的儿子或者亲戚，那后生已经笑吟吟地站到跟前："大嫂，洗衣服呢？"

陶竑春微微抬头，笑着回应道："嗯。你走亲戚的？"

后生笑露排齿，话语清脆，只是眼睛里跳动着让人不安的机敏："大嫂，我向你打听个人。你知道陶竑春在哪儿住吗？"

陶竑春心中"咯噔"一下。她笑着摇头说："俺不知道。俺从来就没听说过这么个人。"

后生诧异地审视着陶竑春："你不是这个村的吗？"

陶竑春瞟一眼那个后生，抓起衣服在河水中漂洗着："俺这是走娘家来了。可俺还为闺女的时候就从没听说过谁叫陶竑春。"

后生眼珠一转，然后直视着陶竑春："那你该知道梁春竑吧？"

陶竑春从对方的眼神中判断出了端倪，便停住手里的活儿："你说梁春竑？他家里早就没人了。"

后生像是黏人的狗皮膏药："不对吧？我听说梁春竑的爹娘被日本鬼子给杀害了，可是他的老婆孩子还好好的。哦，陶竑春就是梁春竑的媳妇儿。"

陶竑春断定对方并不认识自己，心下宽慰了许多："俺是出了门子的人，跟他家也没有走动，哪知道这些？你还是再找别人问问吧。"

那个后生面露着急之色："大嫂，你可别把我当成汉奸啊。我是她丈夫梁春竑派来给她送信的。很急的，你帮我找找她行吧？"

陶竑春拢拢头发："俺昨天一回来就听说梁春竑家里已经让鬼子糟践得没人了呢。要不，你到村里去找找看啊。"

后生谨慎地环顾着四周，凑上前去小声说："大嫂，陶竑春是个好人啊。她为八路军和老百姓做了那么多好事，咱不能眼看着她家遭受灭门之灾却无动于衷不是？梁春竑派我来给她送急信，这可是人命关天的大事！完不成任务事小，万一陶竑春被汉奸给害了，你说我回去怎么交代？大嫂啊，人心都是肉长的，咱不能见死不救啊。我也是看你忠厚本分，才跟你说的。"

"俺就是本本分分的庄稼人，不认识八路军，也不认识汉奸鬼子。"陶竑春站起身用力甩着衣服，"梁春竑他老婆俺认识，可俺从来就没听说过她叫陶竑春。俺一回来就听说她家没人了，院落也残破得不成样子啦。大兄弟，俺娘拉肚子快拉得不行了，俺得赶紧给她洗完衣服，还要回去伺候她喝药呢。"

那个后生一听陶竑春说她娘拉肚子，就好像看到瘟疫一样跳出老远，躲闪着甩出来的水珠。转身离开的时候，他下意识地摸了摸腰间硬鼓鼓的东西，嘴里小声骂了句"奶奶的"。

年轻后生的一举一动全被陶竑春看在眼里。她赶紧把水里的衣服捞出来拧干，放到篮子里。当年轻后生从南面要进村子的时候，她已从另一个方向快步回到村内，钻进了藏身的地窖。李怀安媳妇儿赶紧帮她把地窖门口隐藏起来，又拿两个箩筐压在上面。

云泰大队忙活了两天多也没见到陶竑春的影子，武善彧暴跳如雷。他把李相廷叫来痛骂道："就这么个小小的盘龙村，你们这么多人就没找到一点儿破绽？"

就奔着两千块大洋，李相廷也绝对不会存有半丝懈怠。等细密的大网撒了两天也没捕捉到有关陶竑春的任何踪影，他这才明白要捉拿这个女人并非是小菜一碟，也明白了武善彧为什么将她的价码提升到两千块大洋。李相廷小心应对说："我们确实想尽了一切办法，而且天天都有人望哨观察。除了那天李旭才见到一个回村走娘家的小娘们儿之外，全村人都说陶竑春在她公婆死后就带着孩子走了。”

武善彧警觉地问道：“走娘家的小娘们儿？那人长什么样？叫李旭才说话！”

李旭才赶忙跑上前来，并腿弯腰回报说：“那个女人三十多岁，细高挑儿，绾着一个发鬏，瓜子儿脸，尖下颌——”

武善彧抢过李旭才的话：“双眼皮儿、杏核儿眼，眉梢上有个秫秫粒儿大小的痦子，还裹着一双小脚？”

李旭才仔细回忆一下，抬头回答说：“队长说得没错。那是个正经耐看的女人。”

武善彧讥讽地冷笑：“我才不管她是不是正经耐看！李旭才啊李旭才，你知不知道你问的那个女人就是陶竑春？你这不是去找人，而是去通风报信放人！”

李旭才魂飞魄散，立刻双腿跪地：“队长，属下死都不敢存有半点儿杂念！委实是属下有眼无珠……”

武善彧气急败坏地挥着胳膊，让李相廷马上派人去把李怀安找来。

见到武善彧，李怀安马上一个抱拳，满脸的沧桑：“啊呀，武队长，近来可好？”

武善彧眼珠一动不动地盯着李怀安，似笑非笑地高声道：“很好。李庄长也过得不错吧？”

李怀安悲愤满怀，情绪低落：“好什么好？日本鬼子三天两头放枪杀人，俺们就像兔子一样满山里跑。就这样的世道，唉！还不如干脆死了痛快。”

武善彧从鼻子里哼出响亮的冷笑：“李庄长恐怕不会着急死的。你若死了，村里那些个共产党、八路军该怎么办啊！”

李怀安惊讶地望着武善彧，一脸的困惑：“武队长这是从何说起啊？”

武善彧蛇一样的目光盯着李怀安：“李庄长，别再跟我装模作样了。各人手里玩的那点儿把戏，谁心里不明白？你实说吧，村里藏着几个共产党、几个八路军的伤病员？陶竑春是不是藏在你的家里？”

李怀安脸色苍白，大声争辩道：“武队长这样说，我李怀安真就没法活了！”

武善彧的颧骨一阵阵抖动：“如果李庄长都没法活，咱这周边的人家还不都死光了？当初你儿子我这里干活，我武善彧就差点儿把他当自己的儿子看待。可他呢？居然当勾子！有你们爷儿俩这样下三烂的吗？”

李怀安慌忙上前一步，着急地摇晃着双手：“武队长，绝不是那么回事儿！我儿子真的是冤枉啊！”

武善彧挥手打断李怀安：“我让你做维持会长，你却阳奉阴违，半个共产党、八路军也没给我抓到，倒是帮着他们望风放哨、传递消息藏人。李庄长，吃红肉拉白屎的是狼，我武善彧怎么也没想到你李怀安竟然跟野兽一样！你不要以为我是聋子、瞎子，我只不过是看在老相好的份儿上和你儿子几年来忠心耿耿地为我老武家做事的份儿上才没有为难你。今天把你叫过来，不过是让你回个话：你到底是走到阳关道上来，还是死心塌地在独木桥上走到天黑？”

李怀安忍不住哆哆嗦嗦地流着老泪：“武队长，你这样说真是让我这个老头子憋屈死了。因为我的儿子在你这里，因为我当着维持会长，我一家人活得人不像人、鬼不像鬼，就差被当作牲畜给活埋了。整个盘龙村有谁把我当人？整个盘龙村谁不躲避瘟疫一样躲着我？如果武队长都这样挤对我，我李怀安只有死路一条了。”

武善彧早已经认定李怀安是梁春竑他们的内线，对李怀安也已经动了杀心：“李庄长，你要想好好活下去，就别再跟我唱双簧。老老实实把共产党和八路军的伤病员交出来，把陶竑春交出来，我武善彧也绝不会亏待你，给你不止两千大洋。怎么样？”

李怀安擦擦眼角，想了想后抬头说：“武队长，再多的钱换不来真心。我不要那两千块大洋，我就要让武队长看看我的心！我现在就回去，不吃饭、不睡觉也要把整个村子翻个底朝天。只要有共产党或者八路军，我就是拼上老命也要把他囫囵着给武队长送过来。如果见到了陶竑春，我宁可赔上全家人的性命也要把她给武队长送过来。”

武善彧突然爆发出令人惊悚的狂笑：“果真如此，我倒是放心了。不过我还是提醒李庄长，你要是胆敢再跟我武善彧藏猫猫，你放心，我不但会让你死个明明白白，也会让你们全村人都死个明明白白！李庄长，你请回吧。可别忘了刚刚你跟我起的誓，也别忘了我武善彧发的誓！”

李怀安前脚才走，武善彧立刻把李相廷叫到跟前：“你看李怀安的戏演得怎么样？”

李相廷无法判断双方的真假，模棱两可地回答说：“队长，我看他不像在演戏啊。”

武善彧恨恨地摇头叹息说：“我也希望他不是在演戏。可是我知道，他仍然在骗我。”

“既然他敢骗您，队长为什么不直接杀了他！”

“如果不是多少还有些用处，我早就把这个老东西送往西天了。李相廷，你马上派人前往盘龙，紧紧盯住李怀安。只要盯住这个李怀安，我们就可以找到陶竑春！”

“队长是说陶竑春还在盘龙村？”

“而且就在李怀安的安顿保护之下。”

“队长，这就好办了。我派人一时一刻不离开李怀安半步，任凭陶竑春藏得多么隐秘，两天得不到李怀安的消息，她自己就会现身的。”

“只怕八路军、游击队不给我们时间。你先带人行动，我随后带大队赶到。今天天黑前务必挨家挨户搜查，柴火垛、地窨子、床底下、夹墙里，一个地方也不许漏过。找人，日本人不懂，我懂！”

李怀安断定整个盘龙正面临灭顶之灾。他一路上心急如焚，为陶竑春和村里的两位伤病员的安全绞尽脑汁，脚步也越发沉重。他经过花篮门口时，疾声喊道：“花篮，立马搀着两个伤病员进山！飞起来！”

花篮闻听李怀安暴躁得让人不可思议，急忙往村外一望，发现公路边上有几个便衣正分散着向村子包抄。花篮大吃一惊，转过墙角后撒腿就往村后跑去。

李怀安跑回家里，近乎将陶竑春和两个孩子从地窖里抓出来：“他嫂子，这个家你是住不成了，两个伤员也必须马上转移，其他情况以后再说！！赶紧走！快快快！”

李怀安媳妇儿赶紧抓起两个窝头和几个煎饼塞到包袱里，递给陶竑春。

李怀安脑中一闪，突然对着儿媳妇儿喊道：“开田家里的，你也抱着孩子进山！别忘了叫上你武大爷一家！快点儿！飞起来！”

陶竑春拉着竑生的手跟在李怀安身后，边跑边急切地问道：“大叔，武善彧跟你挑明了？”

李怀安青筋鼓胀，汗流面颊：“武善彧的人马就跟在后边。一旦搜到你们，全村人怕是也都活不成了！你回娘家躲几天，两位伤员也不要你管！快走！”

没过多长时间，整个盘龙村陷入劫难。云泰大队的人破门而入，枪砸脚踹。地窨子被掀开，柴草垛被点燃，屋里的夹墙也被乱拆一通。村民只能眼睁睁地看着他们疯狂祸害。

李怀安找到李相廷，哀求说：“李队长，都是乡里乡亲的，老少爷们儿还要活下去不是？你赶紧让你的兵住手吧！”

李相廷狠声地冷笑着：“你以为我愿意这样？还不都是你惹的祸？快把陶竑春交出来，还让全村人跟着遭殃？”

李怀安怒冲冲地申斥道：“陶竑春已经是家破人亡，你让我上哪儿找她去？你们成日都在找，不也找不到吗？李队长，咱可不能逮不住兔子扒狗吃，更不能糟践无辜百姓啊！”

李相廷狠狠地瞪着眼：“李怀安，你忘了在武队长跟前怎么发的誓，也忘了武队长怎么发的誓吗？”

云泰大队的士兵把整个盘龙村搅得鸡飞狗跳，天翻地覆，终了却一无所获。麦场上，武善彧恨怒地蔑视着李怀安，大声对着李相廷喊道："李相廷，谁家的地窖里面新近有人住过？"

李相廷赶忙高声回话："只有李庄长家的地窖里面有人住过。"

"噢？"武善彧阴森森地盯着李怀安，"李庄长，这是怎么回事儿啊？"

李怀安沉稳地应对道："武队长，整日价躲避鬼子，谁家的地窖里面不藏人藏物？"

"李庄长这样说可就不实在了。"武善彧冷笑道，"说吧，里面藏的谁？"

"还能藏谁？孩子常常在里面玩耍，大人也常常进去存放东西。"李怀安反问道，"难道武队长对这个也怀疑？"

"不是怀疑，而是对你看得很透！"武善彧的脸上顿现杀机，"武善志的家人在哪里？"

尽管武善志一家被安全转移，李怀安还是禁不住浑身发冷："他家里没人，早都出外逃荒要饭去了。"

武善彧狞笑着翻身上马，然后命令李相廷："李队长，把全村的人都赶到这儿来！"

全村在家的男女老少几十口人被聚集到武善彧跟前。李怀安发现武善志的爹也在人群里头，心里叫苦不迭：这个老东西什么时候跑回来的啊！

武善彧就着火把的光焰在人群中巡视，突然扬起马鞭往前一指："武老头，你不是外出逃荒要饭去了吗？怎么还在这儿啊？"

武大爷顺着武善彧的问话答道："放不下老窝，才刚回来呢。你们这又是弄什么？"

"我算看透了，你们这个村的人简直是不可救药了。梁春竑的爹娘老子自己走了，一路上没人做伴儿也怪冷清的。可惜啊，梁春竑和他的老婆孩子一点儿都不孝顺。我替他们找两个人陪着吧。"武善彧冷冷地说完，突然抬手举枪，对准武大爷就是两发子弹。

眼看武大爷倒地而亡，李怀安愤怒至极："武队长，咱这可是丧良心啊！"

"李庄长先不要着急上火。怨不得我的云泰大队一次次被人算计，怨不得我的每次行动都是竹篮打水，果真因为你们父子两个在昧良心！李庄长，你亏心不亏心哪！"

"我……"

未待李怀安说话，两发子弹从武善彧的枪口射出，正中李怀安的胸口。李怀安稍作支撑，就倒在血泊之中。

第三十九章

第二天太阳快到过晌，寨顶村村口树底下的柴草垛前蜷腿坐着两个粗布衣裳的人。两人背靠着柴草，半闭着眼睛，悠闲地低声打诨。前方小路上，有个中年人提溜着竹编食盒急急走来，不时拿手背擦着额头的汗珠。等走近，柴草垛前有个人认出他竟然是大王庄张家小酒馆的张老板。

那人赶忙上前拦住："张老板，你怎么跑到这里来了？"

冷不丁从柴草垛里跳起个人，张老板吓了一跳："你们谁啊？我——"

那人龇牙一笑，抬手拢起额前的头发："没认出来？我是咱云泰大队的小郑啊！"

张老板仔细一瞧，果真认识："呀，小郑子，你们怎么在这里？还是这副打扮？"

小郑子得意地晃晃身子："有重要任务。张老板，跑这么远的路，你这上哪儿去啊？"

张老板立刻气呼呼却又无可奈何地叹口气："娘们儿的干爹过生日，她非要亲自来祝寿。我说到处兵荒马乱的，指不定哪个墙角旮旯里就有日本人或者游击队，何苦提溜着脑袋凑热闹！可这混账娘们儿哭天抹泪的没个消停，弄得我的头都要爆炸。实在受不了这份聒噪，就替她跑一趟。哎，二位兄弟在这里抓八路呢还是抓共产党啊？"

小郑子悄悄伸出两个指头："不瞒张老板，我们抓的可不是一般的人物，到手就是这个数——两千块！"

"两千块？"张老板瞠目结舌，"什么人物这么值钱啊？"

小郑子摆摆手示意他小声些，趴在耳朵上说："梁春竑他老婆，陶竑春。"

张老板立刻非常兴奋："陶竑春住这个村子里？那你们怎么还不赶快去抓她？"

"我俩在这里望风。小李队长已经在陶竑春家里守株待兔了。除了我们武队长，只有他认识陶竑春。"

"啊呀，人该当走大运的时候，真是挡都挡不住。兄弟，我把那个干丈人的大寿先放一放，也跟你们搭把手怎么样？"

小郑子拍拍张老板的肩膀："张老板也太贪心了吧！李队长要知道我走漏了消息，我这个脑袋还不要搬家？你快去跟你的干丈人喝酒去吧。"

张老板伸出两个手指头，摇着头咂着舌，顺着村后的小路往前走去。

此刻，李旭才正在陶竑春家里喝茶。依照武善彧的推断，陶竑春昨晚肯定从李怀安家的地窖里逃走了，但绝不敢跑回娘家居住。李相廷却断定陶竑春必定返回娘家，至少会在最近的时间里回去一趟。李相廷偷偷安排李旭才带人摸到陶竑春的娘家，捉拿不成就守株待兔。李旭才赞同叔叔的分析，天不放亮就带着两个心腹找到二十里外的寨顶村，绕着陶竑春娘家的院子仔细打探。确定陶竑春没有回来，李旭才便命令两个心腹在村口放哨，自己装神扮鬼地进了家门。

见家里只有陶竑春的娘一个人，李旭才越发欢喜。他装出非常焦急的样子："哎呀，大娘，我可找到您了！您是陶竑春的娘吧？"

陶竑春的娘从来人闪烁游离的眼神中判定危险正在逼近，便蹙起眉头问道："陶竑春是谁？俺不认识。"

李旭才像找到了亲人："大娘，您不是梁春竑的岳母吗？您的女儿参加革命后取了名字叫陶竑春，在我们党组织那里是登记造册的。哦，我是上级派来跟您女儿接头的。前些日子她的公公、婆婆都被日本鬼子杀害了，而今云泰大队又到处抓她。为了她和孩子的安全，上级让我通知她赶紧转移。"

白净俊秀的小伙子，话也说得合情合理、有情有义，只是那眼神总感觉不牢靠呢。陶竑春的娘眨巴着眼睛说："你这位后生都说了些什么？俺怎么一句也听不明白？她什么时候取名叫陶竑春了？云泰大队为什么要抓她呢？俺那闺女两三个月没回来了，你快去盘龙找她吧。见到她的时候，别忘了叫她给俺报个平安，让俺和他爹也都放心。"

李旭才显得更加着急："大娘，我去过盘龙村了。村里人说她可能回娘家来，我才赶忙奔过来的。你不知道，你这里也很不安全。云泰大队派人到处抓她，泰沂和云蒙的鬼子就要来扫荡，上级命令我无论如何尽快找到她。大娘，命令紧急，我只好在这里等她。

等到天黑还不来的话，我就明天再来。只要她回来了，您可千万让她在家等着我。”

陶竑春娘焦急中把茶水洒了李旭才一手：“孩子，听你这么说俺可急死了！要不这么着，你告诉俺让她到哪里去，万一她回来俺就让她赶紧去找你。你快些再回盘龙一趟，千万别让她落到坏人手里啊！”

李旭才甩着被烫的手：“不行的，大娘。盘龙现在已经被敌人占领，陶竑春同志不在那里。我们的规矩是单线联系，我必须亲自当面向她传达指示。”

陶竑春娘放下茶壶，神情慌张地往门外就走：“这可怎么好？要不你就在家里等着她，俺到村口去望望。”

李旭才赶忙伸手扯住她：“大娘，到村口张望，万一引起坏人注意怎么办？现在到处是鬼子汉奸，好人坏人分不清啊。咱们还是在家里等着最安全。”

儿子一大早就去接女儿，按说早就到了该回来的时候。现在依然不露面，是不是路上出了岔头儿呢？老头子不在家，眼前没有个可以传递消息的人，自己又被李旭才死死缠住，陶竑春的娘既担心闺女在路上发生意外，又担心她一步闯进来自投罗网，不免心急火燎。

李旭才做贼心虚，心里更急。他今天来抓捕陶竑春也冒着极大的风险：万一被八路军或者游击队碰上，他就倒了大霉。好在眼下日本人横冲直撞、风头极盛，八路军和游击队四处转移流动，这让他走运的概率更大。又被两千块大洋和武善彧的重用吸引，他也就顾不得那么多。为防备陶竑春回到家里望风后逃走，李旭才严严实实地关上了半门儿。

陶竑春的娘回想先前接触过的八路军游击队的人，揣摩透了李旭才的身份，上前推开半门：“还是开着门吧，孩子一回来就能看到。”

李旭才慌忙把门关上，拉她坐下：“大娘，我也是地下党，被敌人发现就危险了。”

先前来这儿接头的都说是自家人，没谁说自己是党员身份呢。陶竑春娘头回在家里遇到汉奸，忍不住悄悄地擦汗。

太阳要偏西，陶竑春终于出现在院外东边山坡上。二弟肩挑一副圆筐，一头坐着一个小外甥，她跟在后边。为了保证安全，他们绕的远路，从羊肠小道的村子东面回的家。陶竑春让二弟在坡上的树底下歇歇，她先回家探探风。

陶竑春娘家院子西边上的空场地里，横七竖八地堆积着乱石块儿、柴草垛，间错生长着高树杂草。当她下坡走往家门口的时候，空地上的秫秸垛里恰巧探出了张老板的脑袋。张老板刚要往外钻，异物落进眼眶。揉好眼睛的瞬间，陶竑春已经进了院子。张老板赶紧弓身藏到门口边的墙角后头。

陶竑春踮着脚轻轻迈进院里，听屋里有人说话，心中立刻警觉起来。陶竑春的娘兀地感觉到院子里好像有人，赶紧站起来观望时，却发现女儿已经来到院子中间。她赶紧向女儿使眼色，示意陶竑春躲到灶房里去。

陶竑春一怔，急忙快步奔往灶房。就在迈进门槛的刹那，李旭才也站起身，而且看到了她的背影。

"你先坐着，东边他二嫂又来借火镰！"陶竑春娘大声对外边埋怨道，"他二嫂你怎么老是来借火镰呢？让他二哥赶紧置办一个吧，省得今儿个借了明天借！多么不方便！"

陶竑春知道大事不好，赶忙从锅底抓了一把灰胡乱涂抹在脸上，顺手摸起灶台上的火镰，低着头走出来："婶子，孩子他爹老答应着，就是不置办，俺都不好意思过来借了。我回去点着火就给你送回来啊。"

陶竑春扬扬手中的火镰，快步走到院子里，焦急地对着东边挥手。二弟看见姐姐的模样和动作，挑起担子就跑。

找人家借东西应该先打招呼啊，怎么悄没声儿地直接进灶房去拿？李旭才才发觉哪里不对，恰巧又看到了陶竑春转身的侧面。那身材、脸型和发鬏，不就是那天在村口洗衣服的女人吗？他赶忙一个箭步跃出屋门，饿狼般地扑上前去，将手枪抵在了陶竑春的脖子上："好你个陶竑春！上次让你跑了，这次看你还往哪里逃！"

陶竑春平静地回过头来，劈脸骂道："狗汉奸！"

"你果真是陶竑春啊！"听陶竑春一声怒骂，李旭才心中的石头落了地，眼里立刻放出兴奋的光彩。

李旭才话一出口，陶竑春才知道对方并不认识自己，立刻懊悔不已。但此时无论如何遮掩已经无济于事，便泰然自若地盯着李旭才："是我又怎么样？"

"你这个狗汉奸！不许你伤着俺闺女！"陶竑春娘扬着木棍扑过来。

李旭才稍稍转身，飞起一脚将她踢倒在地，恶狠狠地骂道："再不老实，先送你上西天！"随即举枪对着天空射出一发子弹。

张老板几乎把院子里发生的一切看在眼里。他急忙从墙角后跑出来，径直跨到几个人面前。

张老板跟李旭才四目相对，似乎同时感到了意外。他撇下食盒，抢过陶竑春娘手里的棍子，将她按在地上："老太婆你老实些，你闺女还能捡条命；若不识相，你娘儿俩都活不过今天。"

李旭才极为警惕："张老板，你怎么在这里？"

张老板一副心有余悸的神情："李队长，你吓死我了！我给老婆的干爹做生日，听说这是梁春竑媳妇儿的娘家，就过来打探下消息。哪想到您捷足先登了。李队长，她真是梁春竑的老婆？"

李旭才现在对任何人都多了份防备，对张老板的突然出现深为不安："不管是不是，先抓了再说！"

张老板面露恨怒之色："李队长还记得上次咱们在小酒馆里遭遇的武工队吗？我打探得清清楚楚，就是梁春竑他们设的圈套。我一直打听他老婆的去处，定要出出那口恶气。"

李旭才高傲地叱令道："出口恶气值当的什么？张老板不会是为了两千块大洋吧？我奉劝张老板赶紧退步抽身，日后咱们还是兄弟。否则……"

张老板突然惊恐地侧身，大声喊道："李队长，小心身后！"

李旭才夺命地回转身，同时把手里抓着的陶竑春作为盾牌推到前面。可他没能从前边搜寻到死亡之箭，却发觉又冷又硬的枪管抵到了自己太阳穴上。他一个寒噤，身子发软："张老板，你这是唱的哪一出？老话说得好，兄弟情谊胜过金石。我把两千块大洋……"

张老板凛然回道："谁跟你兄弟？今天让你死个明白，我就是你们要抓捕的共产党！"

李旭才又是一个寒噤，忽然颤抖着大笑："张老板何苦开这种玩笑？为了这——"

张老板不等李旭才说完，就扣动了手枪扳机。他推开尸首，捡起短枪，对目瞪口呆的陶竑春说："陶竑春同志，后面还有危险。等我先除掉那两个汉奸，再来给你传达指示！"

村口的两个云泰大队士兵闻听李旭才冲天的枪声，忽地跳起，从柴草垛里抽出长枪就往村东头狂奔。就要奔到陶竑春娘家的院子，却迎面撞上张老板。两人不自觉地愣住："张老板，你怎么还在这里？"

张老板却极度兴奋，猛力搓着手："快啊！李队长把那个陶竑春抓住了！"

两个士兵狂喜，拔脚从张老板身边飞过。张老板转身连发两枪，将他们撂倒在小路上。

张老板返回到陶竑春娘家小院门口，却见娘俩已经搀扶着爬上东南的山坡。他喘着粗气追上去，急切地低声安排道："陶竑春同志，你赶紧带着孩子往东南方向。通亮崮东山脚下有人接应。大娘不要跑了，这边我帮你处置。"

陶竑春不敢判定张老板是自己的同志。她越发警惕地攥紧了手里的木棒："谢谢你，张——同志。这里——"

"这里由我来安排。你赶紧走！"

"张同志，盘龙那边李怀安大叔——"

"昨晚我已经派人去过，李庄长身中两枪，命悬一线，我们正在想办法救治。武大叔当场殒命，人已经被安葬。"

陶竑春确认跟前是自己人，激动地伸出手："张同志，盘龙村的那两个伤员——"

张老板轻轻一握陶竑春的手："组织上已经转移安顿好了。你赶紧去通亮崮东山脚下。记住了，接应你的是两个挑筐的人，扁担中间打着相同的箍节。"

陶竑春带着孩子，十几天的时间里转移了三处地方，后来又辗转二十多里山路到达了南部山区一个不知名的小村庄，跟一对慈善和蔼的老人住到一起。由于日军也不时来这里"扫荡"，陶竑春便领着一个、抱着一个，天天随同村民翻山越岭，在树林和崖壁间东躲西藏。常常直到夜幕降临、日军撤退后才拖着疲惫不堪的身子回到临时的家中。

连续两天日本鬼子没来"扫荡"，小山村恢复了旧日的宁静。陶竑春便找出针线，坐在太阳底下给孩子缝补被荆棘山石划破的衣服。房东大娘拿小葫芦瓢端着几个咸鸡蛋从屋里走出来，满脸喜悦地说今天是老头子的生日，也难得那些该死的鬼子不来挣命，让陶竑春帮她煮上。她到后边拔俩萝卜，一块儿包荞麦饺子，也让竑生这个小毛头儿鼓鼓肚子、解解馋。

竑生闻听又吃煮鸡蛋，又吃饺子，兴奋地抓着春燕的小手连蹦带跳，又忙着去炉灶上点火。水才刚开，就嚷着闻到香味了。

房东大娘剁好馅儿，陶竑春也刚和好面，山脚下传来密集的枪声，随即有人在村口大喊"鬼子来了"。房东大娘急急地招呼陶竑春快带孩子进山，自己忙着将面团、饺子馅儿划拉到一个瓷盆儿里，顺手藏到墙角的一块石板底下。然后跑去鸡栏子里，把几只鸡塞进笼子，提溜到院外的地窖里去掩藏。

房东大爷急匆匆地跑进来，见竑生扯着身子、指着锅里喊“鸡蛋”，忙不迭地跑过去，抄起笊篱将鸡蛋捞出来，顺手抓过墙上晾晒着的褂子，把鸡蛋一裹，塞给竑生，嘱咐陶竑春还是要藏到桲椤场里去。

桲椤场是一大片长满桲椤树的山林。桲椤树是一种树冠高大、质地坚硬的慢生乔木，即使常遭砍伐的低矮树丛依然生机勃勃。桲椤树叶大而光滑，柔软结实，蒸煮之下散发出浓郁的香气。人们每年都在端午节前后采摘树叶，用于包粽子、当笼屉垫叶、做成蒲包存放山果，在肉店里则是最方便的盛放包裹。桲椤树有种特性，入秋后树叶变得干黄也不急着凋谢，在寒风里摇曳大半个冬日，来年春天时才相继落光。这样，从春天生出嫩叶，直到来年春天，桲椤场一直被层层的枝叶遮蔽。无论是人还是牛羊，只要进入桲椤场就像是鱼儿游进了水潭，除非进去仔细搜索才可能发现行踪。因而这片桲椤场就成了老百姓躲避战乱的安全去处。

陶竑春带着孩子进到桲椤场时，里面早已经隐藏了好多村民。家家都是拖儿带女，扶老携幼，也有一些家境宽裕的人家牵着一头小牛或者一只山羊，只不过牛或者羊的嘴巴上都被罩着紧紧的笼套。桲椤场正中间被山洪冲刷出一条自然沟谷，沟谷两侧树木相对稀疏。陶竑春从沟谷爬到半山腰，然后带着孩子往西面浓密的树丛深处躲藏。刚刚安顿好，竑生便喊着饿，要吃咸鸡蛋。陶竑春知道，干渴比饿肚子更难以忍受。一旦吃下咸鸡蛋，人很快就会口干舌燥，而山上并没有水源。陶竑春便想方设法哄着他。

枪声由远及近又由近渐远，慢慢地稀疏冷落下来。有人探出身子往山下遥望，看见村子里被日军点燃的房子或者柴草正升起着滚滚浓烟。但是树丛里的村民都知道，只有等天黑下来、日军撤退之后才是安全的时候。突然，有人轻声而慌张地传话说“鬼子顺着沟底摸上来了”。挨近沟谷边缘的四五个村民躲避不及，被冲上来的日军一阵乱枪打死。

陶竑春带着孩子躲闪着枝条的抽打和乱石荆棘的刮擦，一气狂奔出了好长一段山坡。眼看到了桲椤场的边缘，陶竑春决定出去望望风。她趴在一块大青石后面向四处巡视，意外发现正飞奔过来的身影竟然是武善志。

陶竑春忍不住高兴地小声喊道：“善志兄弟！善志兄弟！”

武善志猛然停住脚步，见是陶竑春，急忙奔过来：“嫂子！你怎么在这里？孩子呢？”

陶竑春指指树丛：“在林子里边呢。刚才你们和鬼子开火了？”

武善志气喘吁吁，眼睛一刻不停地观察着周围：“刚才我们和县武工队走到了一起，没想到碰上了鬼子的大部队。武工队往东面去了，我们正要组织进攻，把鬼子吸引到这边来。嫂子，你赶快带上孩子往东面走，翻过两道山坡，那边有咱们的队伍。快走，我们要去把鬼子引开。”

陶竑春赶紧察看了东面的山坡，返身进到林子里，怀抱春燕，手拉着竑生，重新往东面躲避。在山岩树丛中磕磕绊绊地跑出很远，听着西面山坡上传来激烈的枪声，陶竑春胸口如火烧似的，浑身汗如水洗。

竑生眼巴巴地望着陶竑春："娘！我一步也走不动啦。我肚子还饿。"

一直在怀中颠簸的春燕已经困得睁不开眼睛。听见哥哥说饿，她也含混不清地嚷着："娘，我也饿。"

陶竑春拿脸亲亲春燕："孩子，再挺一会儿。等翻过前面那道岭，娘给你们弄吃的。竑生，你都是小大人啦，走不动也要走。要是被鬼子发现，咱们娘仨就都没命了。"

两道山岭看似不远，真要走下来就是二十里地。娘仨已经快一天没吃东西，两个孩子饥困交加，活像两块软面团。看看太阳已经偏西，身心劳乏的陶竑春直想掉泪。突然，前面洼地里一丛枯草引起了她的注意。这丛枯草长得比周围的草丛高大结实，而且还微微泛着绿色。陶竑春心里禁不住一个动弹。她小心观察着四周，快步跑过去后差点儿喜极而泣。这是一处夏天里的涝泉，虽然秋冬泉水枯竭，泉眼处黑乎乎的淤泥上依然积攒着一碗多的清水。

陶竑春转身冲回来，从树丛上折下两个干树叶，抱起躺在地上的春燕，手牵耷拉着脑袋的竑生来到草丛泉水处。她扒开两个咸鸡蛋交到竑生手中，然后将一片干树叶折成斗状，小心翼翼地从泥潭里盛起那点救命水，轻轻送到孩子嘴里。

陶竑春再打开一个鸡蛋，把蛋黄掏出来压碎，在树叶上和成糊糊后喂给春燕。春燕已经困得睁不开眼睛，睡梦中贪婪地吞咽着。

鸡蛋吃光，黑泥上的清水也喝干净。竑生抹着嘴说："娘，我有点劲儿了。"

陶竑春湿润着眼睛："好孩子，有劲儿了咱就快走路。"

竑生说是有劲儿了，走不几步就抬不动脚。陶竑春只好抱着春燕走出一段后把她放到地上，再返回去背起竑生往前走一段，轮流带着两个孩子往前挪动。

当第三次回来背竑生时，一声轻微的呻吟让陶竑春陡然震动。她循着声音找过去，愕然看到了荆棘丛边露出的一条血迹凝固的腿！原来，山石后面躺着一名受伤的武工队员。这名武工队员左腿被子弹打穿。由于失血过多，人已双眼紧闭，脸色蜡黄。

陶竑春知道，游击队把鬼子引开只是得到暂时的安全，而日本鬼子已学得狡猾奸诈，不久肯定还要返回搜索。一旦被发现，这名武工队员将难逃厄运。即使日本鬼子发现不了，失血过多而又不能得到紧急处理，这名队员依然性命难保。陶竑春将包裹鸡蛋的褂子撕开，层层绑裹到武工队员的伤腿上，毫不犹豫地把他背起来，走到竑生跟前说："竑生，这次你走也得走，不走也得走！快点跟上！"

来到春燕躺着的地方，陶竑春又把春燕抱在怀里，可是无论怎么摇晃，春燕就是不睁眼睛。被摇晃急了，闭着眼睛哭两声就又酣酣地睡过去。陶竑春忍不住汗水泪水一同滚落。艰难走出十几步路，陶竑春明显感到体力不支，虚汗阵阵，身体发冷，只好把伤员和春燕都放到地上。

陶竑春踉跄到一处略高的地堰跟前，晃动出地堰中间的石块，快速掏出一个不大的地窖。她从地边薅了几把干草，将地窖铺成软窝，然后把睡得沉沉的春燕放进去，再把石块儿从外面垒上。

竑生吓坏了，着急地喊道："娘，你不要妹妹了？"

"先让你妹妹在这儿睡一觉，咱们回头再来抱她。"陶竑春从墙角树丛里折下一根树枝，插到地堰上作为记号，然后回身背起武工队员，摇摇晃晃地向东方走去。

暮色渐起，日军从山上撤走。房东大爷和房东大娘帮着几户遇难的人家掩埋被日军打死的亲人，疲惫地回到家中时，却没看到陶竑春母子三人。两人互相埋怨着找寻了半个晚上，正着急得掉泪，半门儿忽地被打开。陶竑春把手里的竑生往前一推，自己"扑通"坐到地上，闭着眼睛大口喘着粗气。

房东大爷赶紧抱起困得睁不开眼的竑生，老泪纵横："你们可回来了！回来就好，回来就好啊！"

房东大娘又是心疼，又是惭愧，上前抱住陶竑春："他嫂子，可吓死我和你大爷了。该死的鬼子走后，我和你大爷一路喊着找你们。家里没人，又出去找了这大半个晚上呢。老天爷保佑，你们总算回来了。春燕呢？春燕哪儿去了？"

泪水从陶竑春的脸颊上流下来。她不仅双腿像灌满了铅，大脑也仿佛铅块儿铸成，死沉死沉的，毫无半点儿灵性。

看见陶竑春无声地流泪，房东大娘立刻感到很不吉祥。她蹲下去，揽着陶竑春的肩膀，颤声说："他嫂子你别着急，春燕怎么了你跟你大爷说，啊。让他帮你想办法。"

陶竑春努力睁开眼睛，支撑着想站起来却无力起身："大爷、大娘，春燕活不活我也不知道了。”

房东大爷急切地靠到跟前：“到底怎么回事儿？你快跟我说说！”

陶竑春死死支撑着神志：“大爷，椁椤场东边的土梁上有一个涝泉。”

房东大爷连连点头：“我知道，我知道。”

“涝泉东边有两棵柞树，柞树东边最高的那趟地堰中间，插着一根槐树枝。地窨子就在那里。大爷，我实在是动弹不了了。你帮我去看看吧。”

房东大爷拄着拐棍，背着篓筐，黑夜中磕磕绊绊地来到大柞树东边最高的地堰中间，点了两把干草后终于发现了陶竑春所说的槐树枝条。他激动地靠到跟前，试探着轻轻把石块拆下来，从黑乎乎的地窨子里抱出了春燕。

春燕依然还在沉睡之中。

房东大爷放心地长舒一口气，继而泪光闪闪：“天杀的日本鬼子！你们作孽深重、作孽深重啊！”

第四十章

春节就在眼前，李开林和泰沂游击大队的队员们却集体陷入了极度憋屈之中：上级要求，再次跟几成瓮中之鳖的云泰大队互谅联手。

1942 年 2 月和 8 月，国民党五十一军先后与日军发生了圈里之战和唐王山之战，伤亡惨重。刚刚进入 1943 年，国民党新编第四师师长吴化文率部四万多人公开投敌，山东保安司令部和苏北游击纵队第一纵队跟随吴化文一同前往。本已元气大伤的苏鲁战区所属五十一军腹背受敌，处境险恶。立足于抗日全局，泰沂游击大队经鲁中二军区批准，派代表与一一四师会晤，双方达成谅解，共同对敌。

五十一军一一四师六八〇团和六八四团基本上没有停止与八路军和游击队争夺防区的拉锯战，云泰大队至今依然担负着一一四师师部的外围警备任务。在顽固派及其爪牙陷入内外交困之际，不是趁机清除祸害，反而互谅联手，整个泰沂游击大队的队员们很可能存在抵触情绪，以李开林为连长的原泰沂云崖区升编过来的游击队员们的反应无疑将会更加强烈。县游击大队队长黎贵仪决定，要在正式传达共同对敌的指示前单独找李开林谈话，希望他准确领会政策并影响和带动全队官兵理解、支持这一决定。

黎贵仪笑望着李开林："李连长，吴化文公开投敌，让五十一军陷入了前后夹击、朝不保夕的险恶境地。你对这个微妙情形有什么看法？"

让一直撕咬八路军和游击队的恶狼陷入绝境，这不正是根除祸患的天赐良机吗？李开林一脸的激动与兴奋："队长，一一四师是一支坏到骨子里的顽固派队伍。他们能有今天，真是苍天有眼啊。咱们不必动手，让日本人把他们干掉。”

黎贵仪呵呵笑道：“我早就料到你会这样回答。看来，上级的估计也没错啊。”

李开林顿知他的回答出了问题：“队长，先让他们以恶除恶，咱们再全力对付剩下的那条豺狼。难道不对？”

黎贵仪感慨万千：“回想顽固派在咱们抗日根据地里天理难容的罪恶行径，不仅你这个有血性的汉子，就是所有善良的村民百姓都觉得，是该把这些恶魔一网打尽了。”

不等黎贵仪说完，李开林已经阴云尽散：“队长，既然是众望所归，咱们就等着看他们的应有下场！”

黎贵仪摇摇头，继续说道：“李连长且听我把话说完。但是着眼于长远和大局，咱们却不能眼看着他们被日伪军消灭。从队伍领导的角度看，你我也都不可以抱有‘让日本人把他们干掉’的思想。”

李开林被浇得一头雾水：“为什么？”

黎贵仪语重心长地解释道：“李连长，我事先叫你过来就是要跟你沟通思想，弄清楚咱们为什么不能坐观其斗。我可以提前告诉你，我们不仅不能作壁上观，反而要两肋插刀，与五十一军的士兵们团结一道，共同对敌。”

李开林这才意识到，黎贵仪找他谈话是有备而来，也是要在发布重要指示之前先打通他这个环节。他低头说：“队长，大道理我都明白，我也知道你想要说什么。但是我心里肯定不痛快。”

黎贵仪看着李开林的脸色迅速地由晴变阴，笑道：“你的不痛快都堆在脸上，半夜三更不打灯笼都看得清呢。可你是连长，觉悟比一般战士要高，对上级的决定必须痛快执行才可以。如果你不痛快，队伍的其他领导同志和大队的队员们也一定不痛快。以这样的情绪和姿态，咱们就没法带队伍、没法打胜仗。我找你谈话，就是要你先把不痛快倒出来，扔掉。”

李开林的脸色依然阴沉：“队长，我为什么不痛快，你比谁都清楚。不怕你见怪，我只问一句话：一只天天追着你、把你咬得血流不止的豺狼如今终于落入虎口，你为什么还要去救它呢？”

大大咧咧的李开林竟然能够说出这样一句贴切、形象的大实话。黎贵仪由衷赞叹：“李连长问得好！可你只盯着豺狼，有没有看到老虎呢？豺狼是我们的敌人，而老虎既是豺狼的敌人，也是我们更可怕的敌人。当我们和豺狼同时遇到老虎这个共同敌人的时候，我们是共同杀死老虎再梳理相互之间的关系呢，还是先自相残杀，等着老虎把我们一个个收拾掉呢？”

李开林小声嘟囔说：“可豺狼想的跟咱们不一样。他们不是一直想着先把我们置于死地吗？”

“不错，一一四师的顽固派确实一直在跟我们作对，但如今他们面前有一个比我们更可怕的敌人、即使我们联手应对也还要小心谨慎的敌人。面对这样的对手，恐怕一一四师这只豺狼也巴望着咱们能对他们施以援手。”

“可日本鬼子一退，他们又要向我们进攻！”

“可一旦一一四师被消灭，我们将单独面对日军。胜算的把握又在谁的手里？常言道，兄弟齐心，其利断金。顽固派没有足够长远的眼光，我们再没有这样的眼光，咱们的国家还有什么希望？咱们的老百姓还有什么希望？”

李开林深深地吐出一口气：“队长，你的意思我都明白，不必再讲大道理。我会完全执行大队的命令。”

从李开林满脸都是绷紧的肌肉疙瘩就可以看出，他依然口服心不服。黎贵仪很有耐心地继续开导道：“李连长，俗话说‘强扭的瓜不甜’，能执行命令很好，但是想通之后再执行命令效果会更好。在国家危亡面前，在民族利益遭受损害的时候，我们个人的、团体的利益就应该让路于全局的、国家的利益。作为干部，我们必须更要明白这样一个道理：国家利益高于一切，民族利益高于一切。”

李开林定定地望着黎贵仪因激动而涨红的脸庞，端正地敬礼说：“队长，这次我是真的明白了。”

黎贵仪平静下情绪，满意地说：“好！今天我将向全体队员们宣布上级的指示。按照‘相互配合，互相关照，团结一道，共同抗日’的协议，咱们将与五十一军联手驻防，共同对敌。你不仅要配合做好原云崖区来的队员们的思想工作，还要影响和带动其他队员正确理解并支持这一决定。”

吴化文接受汪精卫“和平建国军第三方面军总司令”职务、公开宣布投敌之后，马上作为前导，带领日军疯狂进攻苏鲁战区总部和国民党省政府所在地。仅仅一个多月的时间，鲁中山区南麻一带竟然出现了方圆百里的无人区。按照国共双方达成的共同对敌协议，处境艰难的国民党五十一军一一四师转移到泰沂第三区纪王崮周围，在八路军抗日根据地内隐蔽。因为作战需要，泰沂抗日游击大队和北泰沂行署游击大队也先后移驻此处，无可避免地与云泰大队不期而遇，继而毗邻而居。

此时，梁春竑奉命卸去北泰沂行署主任职务，专职行署游击大队长。每逢跟老领导黎贵仪晤面，梁春竑总是有聊不尽的话题。今日相见，当前形势、旧日情谊，自然如同泉涌。

黎贵仪跟梁春竑虽是多年的上下级、如今的双飞将，却情如兄弟："好好的行署主任不干，又去干游击大队长。看来你最舍不得手中的这把枪啊。"

梁春竑始终保持着对黎贵仪的敬重："黎队长知道，我是打游击出身，最拿手的还是开辟根据地。北泰沂行署成立，很棘手的就是游击武装力量非常薄弱，在这方面也缺乏尽快打开局面的好手。上级派我到行署任职，然后又让我专职负责扩展游击队，也算是为我量身定做的安排。不过说实话，我还真是舍不得这把枪呢。"

"教书先生、游击队长，又善于组织发动。你梁春竑文武兼备，是难得的全才。"

"什么全才，不过是跟着黎队长什么事情都做过，在发展游击队方面轻车熟路一些。跟黎队长相比，我还差了十万八千里呢。"

黎贵仪倒上大碗茶："我只不过比你早几年参加革命，充其量也还是山里的一块石头。可你就是一块上等璞玉，没怎么打磨就已经光彩照人。"

梁春竑感到了难为情："黎队长今天太多溢美之词。是不是不欢迎我来拜见？"

"不是溢美之词，事实胜于雄辩嘛。你到北泰沂行署这才几个月的时间？沂山前怀的根据地就建立起来，而且抗日工作开展得红红火火，跟先前的形势可谓天壤之别。再说泰沂云崖区游击中队，你调走，李开林他们升编，原有的队伍被拆得多么单薄，我和上级党委其实一直悬着一颗心呢。出乎意料的是武善志和王大有把这支队伍调理得有声有色，不仅经受住了考验，还在反'扫荡'中屡建奇功，实力不亚于你在的时候。这也是你开山辟路、教导有方的功劳。再说说那个升编到我这里的李开林，他现在也已经不是先前那个直筒子、大黑炮啦。"

说到李开林，梁春竑十分关切："你是说我们这个直肠子排长有了进步？"

黎贵仪赞许有加："直肠子不错，可脑子里有东西了。很会做队员们的思想工作，说起话来颇有见地，不乏文采。我还告诉你，他现在不是排长，已经当连长了。"

梁春竑倍感欣慰："还是黎队长会带兵。我以前就没发现他有这个能耐。"

"不是我会带兵，他是你带出来的兵。这果然应了'强将手下无弱兵'那句话。要不我怎么说你是一块玉啊。”

“我今天终于知道为什么黎队长的队伍总是气势锐不可当。原来除了纪律严明之外，还有一条：对手下不吝赞美鼓动。”

“知人善用，教化扶持。这不也是你梁春竑最擅长的带兵之道吗？”

“黎队长，好长时间没有见到云崖区中队的兄弟们了，今天一说还真是想念得很。如果方便的话，我可不可以到阵地上去看看他们？”

“当然可以！顺便给我鼓鼓士气。走，现在就去，我陪你去。”

就在黎贵仪和梁春竑相谈甚欢的时候，武善彧和周公潇正带领着队伍从防区经过。趴在树丛后面的小五认出了骑着马傲然穿过的武善彧和周公潇，一股仇恨的怒火瞬间涌遍全身。他脸色涨红，双手不自觉地端枪瞄准了武善彧。其实，李开林最先注意到了对方几个熟悉的飞扬跋扈的面孔。他正满含悲愤地盯着武善彧和周公潇他们前行，眼角的余光发现了小五的异常举动。他一步跨过去，重重地按下了小五已经举起的长枪。

小五两眼泪水，颤声说：“就是这些狗汉奸引着日本鬼子杀的我爷爷！武善彧还亲手杀死了武大爷，怀安大叔也差点儿死在他的手里！”

李开林强抑心头的仇恨：“不仅你爷爷、武大爷，他们杀的人成百上千，罪孽深重。可现在还不是跟他们算账的时候。”

小五用力挣脱着李开林的束缚，失去理智地喊道：“我顾不得那么多！开林哥，你让我打死武善彧和周公潇。只要能除掉这两个大汉奸，你让黎队长枪毙我好了！”

李开林担心小五的冲动会引发全体队员的情绪失控，急忙厉声喝止：“咱们凭什么拿人命去换他们的狗命！服从命令，把枪放下！”

几乎就在同时，黎贵仪和梁春竑并肩出现在小五他们的身后。

看见耀武扬威的武善彧和周公潇，梁春竑的满面春风不自觉悄然消失。他巍然挺立，威严正视着武善彧的眼睛。武善彧也认出了梁春竑。他勒住马，同样高傲地迎住梁春竑。周公潇目光阴鸷，昂首盯住远处的梁春竑，也悄悄审视着武善彧。稍稍对视之后，武善彧挺着腰杆儿，一提马缰，面无表情地扬长而过。

待武善彧走出十几步远，周公潇追上前去说：“可惜天不予我除寇良机。如果能毙掉对面坡上那两个死对头，咱们头顶上可就晴了大半个天。”

武善彧面无表情：“如果我没猜错，他们也是这样想的。”

周公潇没想到武善彧会这样回应他，一时被噎得面红耳赤，便不再言语，静静地策马前行。

待武善彧和周公潇走过，内心同样五味杂陈的黎贵仪问道："梁队长，你说你这个同学心里在想什么？"

梁春竑淡淡一笑："跟我想的差不多吧。"

黎贵仪会心地笑了："不说他们。走，看看你的老部下去。"

李开林他们早已经发现了黎贵仪和梁春竑，也在关注着他俩和武善彧他们之间会发生什么。可谁又能了解四个人邂逅时各自内心的复杂情感？当梁春竑笑容绽放、张着双臂奔过来时，李开林他们纷纷跃身向梁春竑涌过去，随即在喜极而泣的欢呼声中抱成了坚固的人团。

李开林在急促的喘息中让大家静一静，请队长给他们讲几句。战士们逐渐从剧烈的激动中平静下来，兴奋地围在梁春竑的周围。

跟出生入死的兄弟们战场重逢，梁春竑泛红了眼圈："同志们，我很想念大家！"

"队长，我们也想你！"李开林他们喊着，有的抬起手背擦拭泪水。

梁春竑努力平抑着情绪："同志们，弟兄们，我就跟大家说两句话。第一句话是：看着大家伙儿很精神，我心里高兴、踏实！第二句话是：黎队长也是咱们的县长，更是我的老领导。你们跟着黎队长打敌人，我放心！你们也有信心！对不对？"

"对！"大家齐声高呼。

待大家稍微平静下来，梁春竑又说："大家好好记着那句话——云崖区的兄弟们没有一个㞞包！你们要服从纪律，听从指挥，好好跟着黎队长打鬼子。等打完了鬼子，咱们回家喝酒、吃馒头，年年聚到一块儿好好乐呵。怎么样？"

在震动山谷的欢呼声中，梁春竑与云崖区来的每位战士握手拥抱，重重地拍着他们的肩膀。

李开林上前问道："梁大哥，你们的队伍在这里待多长时间？"

梁春竑诙谐地笑道："这里是我的地盘，爱待多长时间就待多长时间。"

李开林不好意思地挠挠头皮："那是那是。我们黎队长现在也在你的地盘上呢。"

梁春竑用力扶住他的肩膀："你小子都敢把黎队长也搬进来！开林，好好干啊，别给咱们云崖区丢脸。"

根本不需要解释什么，李开林完全能感知到梁春竑话里的诸多含义。他拍拍胸脯："梁大哥尽管放心！"

战场上来不得儿女情长，最需要的是理性的镇定。梁春竑尽快从短暂的兄弟聚散别离情绪中走出来，跟黎贵仪沿着山坡巡视防区。他遥望着西北方向，感慨地说："黎队长，这吴化文一当了伪军，怎么就变得比日本人还要猖狂？他们跟日军前后夹击，直接让五十一军前面狼、后面虎，腹背受敌。"

黎贵仪冷笑道："这个吴化文，谁能看得透啊？"

"如今五十一军的队伍和指挥部相继转移到咱们的根据地，日军和吴化文死缠硬打、紧追不放，也给咱们根据地的军民带来了相当大的困难。可黎队长怎么会想到要跟国民党达成谅解？"

"面对特殊的情况，必须有特殊的策略。我们做出一些让步是为了抗击日军的大局。毕竟，我们都是炎黄子孙啊。跟五十一军达成谅解、共同抗日的请求得到了上级党委和鲁中军区的肯定，领导和首长们都很支持我们的行动。我也一直在寻找机会，期待在不损害我们游击队实力的前提下，主动出击，打几个漂亮的游击歼灭战。"

梁春竑喜不自禁："我们真是心有灵犀啊。黎队长，这两天咱们就合作一次怎么样？"

黎贵仪目光炯炯地望着梁春竑："你可看准喽。我会让李开林跟你一起打头阵。"

游击策略熟稔在胸，又在自己的地盘上，对于希望主动打击敌人的梁春竑他们来说，寻找跟小股敌人作战的机会并不困难。这天中午，一支两百多人的吴化文伪军发现了十几名队员的八路军队伍，便尾随在后紧紧追赶。伪军队伍如入无人之境，但与大部队距离已经太远，再孤军深入恐怕后果难料。看看天色将晚，他们便驻扎到一处高坡上，凭借两面深谷、一面山崖的有利地势建成行营。随后分成两股小队闯进周边两个村庄搜刮洗劫，搅得满村鸡飞狗跳，民不安生。对于这处高坡，在外人看来，只要在山坡南面派上一支队伍把守，就能形成一夫当关、万夫莫开之势。可游击队和当地人都知道，北边山崖下方有条小路直通山外，西南深谷的崖壁上同样有条易于攀缘的小径连接着高坡。或许是多日来有恃无恐的高傲冲昏了伪军的头脑，或许是伪军根本就没有发现这两条不起眼的小径，他们看重的是手里的武器，急于享受的是烧杀抢掠带来的快感。

夜幕降临，一轮银灰色的弯月悬起在半阴的天空，洒下寒冷暗淡的微光。伪军派出十几个人在南面山坡的高崖处放哨，其他人在行营里就着烧烤的鸡鸭和搜刮来的食物，划拳猜令，淫词斗酒。正当恣意行乐之时，北边山崖下的行营里爆响两枚手雷，当场炸死两名伪军，也炸乱了所有伪军的魂魄。随着一声歇斯底里的喊叫，惊呆的伪军纷纷抓起长枪，直奔北面方向。留守行营的两名伪军把灯火烧得通亮，惊恐地搜寻着可能出现的任何异动。很快，北面山崖下的枪声密集响起，几挺重机枪的响声压倒了其他声音。听着自家队伍的机枪独唱主角，两名留守行营的伪军稍稍松口气。一个放心地抓起条黑乎乎的鸡腿，另一个扔下抱着的长枪，弯腰去抓酒罐。酒罐没有抓到，却被一个壮如铁塔的身影卡住了脖子。正在啃鸡腿的同伙瞬间也被另一个强壮的身躯按在脚下。

李开林低声吼道："弹药存放在什么地方？快说！"

这个伪军魂飞魄散："好汉别杀我！我带你们去。都在中间的帐篷里。"

李开林他们除掉留守中间行营的伪军，却惊讶地发现子弹箱和粮食居然码成了大垛。李开林遗憾地皱起眉头："队长，没想到东西这么多。咱们来的人太少了。"

梁春竑也没料到这群伪军竟然携带了如此充足的弹药和粮食："先搬子弹，粮食能带多少带多少。我先带些人过去，清理掉南坡上的守军。"

为了保命，被游击队员押着领路的伪军距离守军还很远便大声喊叫："弟兄们，有八路从后面袭击。营长要你们赶紧到北面山崖下增援！快！"

小头目一声令下，十几个人借助暗淡的月光和两个手电筒的指引，连滚带爬地奔向北面山崖。梁春竑和几个游击队员子弹齐发，几个伪军中弹倒下，其余的四散而逃。

梁春竑带队返回，接上扛着子弹和粮食的李开林他们，快速向所驻防区撤退。当队员们扛着物资下了南坡，梁春竑对这个领路的伪军说："咱们都是中国人，为什么不拿着枪去杀侵略者，非要自己窝里斗？看你今晚上表现还算有良心，就留你一条性命。希望你明辨是非，回头是岸。你走吧。"

那个伪军颤声喊了句"感谢不杀之恩"，回头就跑。才跑出十几步路，却被脚下一个尸体绊倒。伪军才要翻身爬起，那具尸体已经站起来，持枪顶在他的后背上："黄小六！你私通八路军游击队！走，跟我去见营长！"

这个伪军黄小六赶紧跪倒在地，磕着头求饶："兄弟，我也是没有办法呀！人家枪顶在后脑勺上啊！"

那个伪军持枪顶着他："我也拿枪顶在你后脑勺上！赶紧站起来，去见营长。走！"

黄小六突然抱住这个伪军的双腿，猛力将他掀翻在地，疯了似的骑上去，举起拳头对着脑袋一阵猛砸。等对方没有了声息，黄小六抓起他的枪追往梁春竑撤退的方向。

北面山崖下行营里响起手雷，伪军营长立刻带领队伍前往迎战。待机关枪猛烈射击片刻，对方却消失了踪影。伪军营长如梦初醒，迅速带领主力返回到行营的物资存放处。看到还剩下几袋粮食堆放在原地，马上命令全力追击。

手下上前提议："营长，对这里我们人生地不熟，又是晚上，小心中了八路军的埋伏啊。"

伪营长训斥道："没看见他们只搬取了弹药和部分粮食？这就是说他们人很少，也不会有埋伏！追，马上追！向南面高坡方向追！"

伪营长亲自带领队伍追向南坡，手电筒的散光正好扫到黄小六的后背。黄小六撒了谎，说游击队往东南方向跑了。伪营长深以为八路军最会声东击西，指挥队伍沿着向西边的山路追击，正好追向梁春竑他们。经过一段时间的负重急行，游击队员们一个个浑身冒汗，腿脚变得有些吃力。但是身后闪烁游离的点点手电筒的光亮告诉梁春竑，敌人正在追击过来，而且距离越来越近。

黄茂生建议说："队长，继续往咱们的防区撤退，来不及了。不妨向右拐，经过云泰大队的防区脱身。"

李开林坚决反对："从那帮畜生的防区脱身？想都不要想。"

梁春竑的脸上飘过不易察觉的担忧："我亲自过去交涉。"

梁春竑向前走了没几步，就有人在高处喊道："口令！"

梁春竑回道："我是北泰沂游击大队队长梁春竑。请紧急转告你们的武队长，后面有伪军追击，我们要借你们的防区经过。"

一个熟悉的声音回道："不可以！"

说话的正是武善彧。

梁春竑对武善彧仍寄托着一线期待。他焦急地协商道："武队长，敌人的追兵就在身后。我的兄弟们肩扛弹药和粮食，要返回防区已经力不从心。你一定要接应一下。"

武善彧的回答冰冷无情："我们的任务是保卫师部安全，才不在乎那点蝇头小利！不要把日军吸引到我的防区。赶紧走开！"

梁春竑愤怒了："武善彧！现在我们可是联手对敌！你们也是转移在我们的根据地避难！"

武善彧冷笑道："既然是联手对敌，你们就不应该把敌人引到我们的师部跟前。至于根据地，原来就是我们的防区，现在也是我们的防区。你要弄清楚。"

梁春竑突然改变了主意："武善彧！伪军的追兵就在身后，他们的力量并不强大。这样，我的队伍不经过你的防区，咱们共同歼灭这队伪军怎么样？"

"笑话！我既不知道你现在的情况，也不知道对手的底细，怎么可以打无准备之仗？"

“武善彧，你连我的话都不相信吗？”

“我凭什么相信你？梁春竑，识相的话，你还是赶紧带着你的人走开，免得伤了两军的和气，也别耽搁了你的大事。”

李开林将梁春竑和武善彧的对话全都听在耳朵里，怒不可遏地爆开了粗口：“武善彧，我真想一枪崩了你这个狗娘养的！”

梁春竑很清楚，不放弃一些粮食并把追兵引开，游击队员们今晚不可能全身而退。他让李开林带领队员继续返回，自己带领黄茂生等三个队员，冒着被流弹击中的危险，引着伪军退往山下密林。

第四十一章

1943年，沂蒙山区遭遇了严重春旱，根据地的“减租减息”和改善雇工待遇工作蓬勃展开。双重夹击之下，枰柳庄的李相廷第四中队日渐陷入困境。麦收时节，李相廷不顾武善彧的一再敲打，擅自带领几乎全部队伍前往泰沂城边抢粮，反被一网打尽。李相廷本就对牛元洲的势力忌惮又艳羡，未经怎么引诱便率队投降，留在县城公开当了汉奸。消息传回枰柳庄，武毓庆捶胸顿足，号啕怒骂，一边亲自督导看护围子，一边派人马不停蹄地前往武善彧处告急。因为武善彧和周公潇带领队伍不断转移，得知后院倒塌的噩耗时已是两天之后。

强作镇静地听完来人的报告，武善彧惨白着脸瘫坐到椅子上。周公潇本想上前去安慰，却经不住李相廷率队投敌的狠命打击，先自把持不住，蜡黄着脸靠在桌边上颤抖。可怕的沉寂过后，武善彧集聚全身的力量，抓起茶杯摔在地上。

待报告消息的人出去，武善彧挣扎着坐起身：“李相廷啊李相廷，你这个天打五雷轰的王八蛋！我耗尽心血建起的队伍、配齐的枪支，你就这么打包送人家里去了！你这个云泰大队的罪人，你这个活该千刀万剐的畜生！我绝不会放过你，绝不会放过你的！”

周公潇勉强支撑着坐到椅子上，头回在武善彧跟前泪水滚落：“几番浮沉，总落得个水中捞月。我周公潇今生就永无出头之日了吗？”

周公潇从来自信刚强，即使云泰大队几次遭遇灭顶之灾，也不过流露出些许悲怆苍凉，哪曾脆弱到今日这般天地？可男儿有泪不轻弹，两人也须力挽颓局。武善彧竭力安慰周公潇，更是悲苦地开导自己：“表弟切莫这般哀伤，你我绝不会沦落到无路可走的境地。上天助我也好，不助我也罢，既然已经登上这条大船随波逐流，你我也不必在乎一时的得失和身不由己。”

周公潇何尝仅仅为一个李相廷的叛投而痛哭流涕？他其实已经在为能不能登上武善彧祈祷的大船而遭受着透心凉的折磨。他是理想主义者，也是完美主义者。他对事物的看法、做事的严格近乎苛刻。在武善彧的眼里，他们现在已经登上了五十一军这条大船、已经登上了牟中珩省政府这条大船。而在他看来，他和他们的云泰大队仅仅是靠在五十一军和省政府这条大船旁边的一叶舢板，没有谁会真正看重他们，也没有谁真心希望这支队伍融入他们的航队。仅此而已也还罢了，武善彧并不知道，整个国民党抗日战场的这条大船也正在让他的心滴着冰冷的血。周公潇黯然神伤：“表兄祈祷我们的大船能到达理想的彼岸，我却时常忧虑我们能不能登上那条大船。就怕船开走了，我们俩被弃之在岸啊！”

“表弟何出此言？”武善彧禁不住一个惊悸，“你又得到了什么新消息？”

周公潇满目怆然：“吴化文宣布投靠日本人之前，咱们还在老家的时候，苏鲁战区游击纵队已经有八个支队投靠了日本人。这才不到半年时间，苏北游击纵队第二支队和山东保安第四师也几经调换。经过圈里之战、唐王山之战、城顶山之战和张庄之战，就在五十一军伤亡惨重、元气尽失的艰难时刻，五十七军一一二师现已人心大乱。表兄，苏鲁战区已经是一艘连于总司令都无法控制的危船，咱们怎么不可能被弃如敝屣？”

周公潇所述的这些曾经深深撞击过自己的胸口，他也只是像鸵鸟把头埋在沙子里一样尽可能不去想象可怕的结局。此情此景之下，武善彧不由得检讨曾经的选择：“表弟的意思是说咱们还是站错了队？”

周公潇摇摇头：“我们没有站错队，只不过上天没有眷顾这支队伍，至少眼前没有眷顾。”

武善彧急速揣摩着周公潇的心思：“难不成表弟心生退缩之意？还是也想效仿吴化文他们？”

周公潇先是惨笑，继而神色冰冷：“表兄何时见我退缩过？我又怎么会效仿那投降变节的吴化文？没移驻唐家庄之前，我们还是有根的水草，没见过大江大河却能在泉边水洼里安稳地扎根。如今我们已是无根的浮萍，越往开阔的汪洋越经不起风浪。我们必须有所依附，而唯一所能依附的也只有牟中珩。李相廷叛投牛元洲，或许是帮我们釜底抽薪了。他抽去了系在我们背上的钢丝，彻底截断了绊住我们手脚的所谓后路。表兄啊，如今的当务之急不是顾念老家，也不是保卫一一四师，而是要千万盯紧牟中珩。眼下苏鲁战区岌岌可危，咱们再不能白白拿一颗囫囵心换个死无葬身之地！”

武善彧禁不住打了一个冷噤：“表弟的分析可谓入木三分，针针见血。我这就修书一封，枰柳庄所有事务交由家父掌管，凡事由他应变处置。表弟，咱们要不要考虑一下，迫不得已的时候也效仿吴化文？”

周公潇断然反对：“绝对效仿不得！先前咱们私下里是跟日本人做过些交易，可那都是些三根萝卜两头蒜的小交易，不值一提。如今吴化文的举动却是改旗易帜，转身投靠了另个政府。我泱泱大国，果真就斗不过弹丸之地的倭寇不成？他们为贪一时之虞而见风使舵，却忘记了咱们中国人最痛恨的是不忠不孝，不仁不义。一旦战局遽变，日本人土崩瓦解，他们即使摇身一变再次倒戈，哪还有面目再见江东父老？留下万劫不复的历史骂名，那才真是站错了队啊。”

也许是巧合，也许是周公潇参透了其中的玄机，被苏鲁战区这艘危机重重的大船撂下的担忧再次一语成谶。这年 6 月，日军再次发起对山东抗战力量的疯狂进攻，苏鲁战区在历经一次次战役的重创之后已难以支撑山东战局。经国民革命军事委员会批准，在山东境内驻防达四年之久的于学忠各部和山东省政府依令撤往安徽阜阳。武善彧得知消息万分焦急，紧急与周公潇商量后直接进见牟中珩，希望跟随五十一军一同南撤。牟中珩拒绝了武善彧，反任命他为云蒙县长，指令他带领队伍前往云蒙南部，接洽国民党九十二军李仙州部入鲁。

接到云泰大队将要转移的消息，梁春竑赶忙前往黎贵仪处，而黎贵仪也正要去跟他紧急面谈。国民党苏鲁战区已经跟山东共产党领导的八路军达成协议，对撤退的五十一军不阻拦、不袭击，必要时还要给予帮助支持。一一四师六八〇团和六八四团始终跟共产党八路军搞军事摩擦，相互间的殊死战斗远远高于联手合作，说服游击队员们放行他们安全出境已经费尽了口舌。而这云泰大队跟八路军队伍和游击队不但是死对头，还背负着数以百千计的战士和村民百姓的血债。要放他们从防区通过，梁春竑和黎贵仪不仅要说服游击队员，首先还要说服自己。而当两人见面并重重地握住手时，他们思想的包袱很快被甩开，留下的只剩下如何做通队员们的工作。

正当两人各自沉思对策，李开林一声报告后闯进来。看见梁春竑也在，李开林张脉偾兴的冲动收敛了许多。他对着黎贵仪说道："报告队长！我代表我们连和整个游击大队的战士们前来请战。"

黎贵仪做出深感意外的样子："请战？请什么战？"

李开林慷慨悲愤："我们一致请愿：全歼云泰大队！"

黎贵仪沉思着踱了两步，脸色十分冷峻："李开林同志，对国民党军的南撤，上级有明确指示：不阻拦、不袭击，而且还要尽力给予帮助。你身为连长，怎么能够带头违反上级的指示？"

李开林激动起来："报告队长，我们经过讨论后一致认为，尽管五十一军中的顽固派给根据地军民造成了很多灾难，但他们是国民党的正规部队，我们坚决遵从上级不阻拦、不袭击的指示。可那云泰大队并不是国民党正规部队。他们不仅跟顽固派一个鼻孔出气，还跟日本鬼子相互勾结，几年里杀害的军民群众数以千计。不歼灭他们难以平民愤，不歼灭他们难以顺天理！"

李开林的辩说言之凿凿，铁骨铮铮，完全吻合他跟梁春竑的个人心理。事实上，就自己的感情来说，放走武善彧的这支队伍，他也是一百个不愿意。可他明白什么是大局、什么是长远，绝不能影响到上级的整个战略部署。黎贵仪暗暗叹口气，压下自己的激愤，苦口婆心地安抚李开林："李连长，你和战士们的心情我十分理解。说心里话，我也希望利用这一难得的时机把罪大恶极的云泰大队连根拔除。可是，上级有全面的战略部署，也有明确的指示：云泰大队是苏鲁战区所辖部队的一部分，对他们的撤退转移同样不阻拦、不袭击，需要帮助的时候我们还要给他们提供方便。"

"什么！还要给他们提供方便？"李开林再无法压制胸口的怒火，"黎队长，我可以私自带领队伍袭击云泰大队。事后听凭上级任何处置！"

"乱弹琴！还有没有纪律观念？这是你一个连长能说的话吗？"黎贵仪大为恼怒地指着李开林训斥道，"你以为你能把武善彧和周公潇他们消灭得一个不剩？作为游击队的干部，你理应比队员们更明白：执行命令是战士的职责！从现在起，无论谁胆敢在云泰大队身上做手脚，我都要处理你！回去！"

不仅是李开林，就是梁春竑也没见过一向文质彬彬的黎贵仪发过这么大的火。梁春竑对惊诧不满的李开林说："李开林，对云泰大队执行与五十一军相同的政策，这是上级经过研究后明确发出的指示，我们必须无条件执行。你是连长，不仅自己要正确认识，还要做好同志们的思想工作，让大家统一步调。归队！"

李开林眼中涌出泪水，咬紧嘴唇镇定着情绪，立正敬礼后转身出去。

黎贵仪铁青着脸色，怒气冲冲地对着墙壁。

梁春竑近前宽慰道："黎队长，李开林就这么个火暴脾气，不会有其他的想法。你消消气。"

黎贵仪心绪很是烦躁："我这怒气不全是对着李开林，也是对着我自己。你懂我的心：就这么放走武善彧他们，道理我明白，个人感情上我也是难以接受啊。"

梁春竑更是无奈："我知道。云泰大队这一走，我们恐怕再没有机会为村民百姓报仇雪恨了。"

黎贵仪突然忧虑地望着梁春竑："梁队长，我担心这个李开林一定不会放过武善彧跟周公潇。果真背地里搞什么小动作，那可要出大乱子的。"

梁春竑不得不严肃考虑黎贵仪的担忧："这样吧，云泰大队什么时候走，我亲自去送他们离境。送过李开林他们打伏击的地点就可以了。"

"你也确信这个李开林绝不会善罢甘休？"

"不这样做，他心里会难受，而且永远不得安宁。毕竟，有多少乡亲、兄弟惨死在这支反动武装手里。包括我在内，从云崖区过来的每个游击队员的心里都在流血，都希望要他们偿还血债。"

黎贵仪对梁春竑的沉着冷静暗暗肃然起敬："一边是国民革命军不断撤出防区，一边是日伪军大肆出击，妄图吞并这些防区。上级工委严厉指示我们，全力与日伪军争夺新收复地区的领导权。恐怕你一刻也不能离开你的游击大队。"

梁春竑格外镇定："送云泰大队出境只需要半天的时间。只要方案规划周到，我想上级工委会同意的。"

对于采取哪种措施约束李开林，黎贵仪的心情很是矛盾。梁春竑能亲自护送武善彧他们出境，似乎是当前最圆满的办法。黎贵仪拍板说："也好，既要鼓动同志们的作战情绪，也要照顾到他们的内心感受。对这个李开林就来一次特殊对待吧。"

梁春竑很清楚目前三个人心中的情感杂糅："我知道，这也是对泰沂云崖区所有队员、抑或对泰沂游击大队所有队员的一次特殊对待。黎队长，这样的特殊对待仅此一次吧。"

当天下午，梁春竑只身前往武善彧处。他不止为了稳妥护送云泰大队离境而去面见武善彧，在情感上跟武善彧也还有那么多无以言表的纠葛需要一吐为快。也许今后的日子里他们很难再次相聚，也许下次相见的时候会是在枪林弹雨的战场上，但这种纠葛必须在这次分别之前倾倒出来才可能让人释怀。

接到梁春竑来访的报告，周公潇怒恨齐生：“夜猫子进宅自然不会有什么好事。表兄，咱们非常需要谋划一个万全之策，赶在队伍撤走之前把他除掉。”

武善彧无奈地干笑着：“你以为我不想吗？这些年来，无论蒋委员长的军事肃整，还是日本人的一次次‘围剿’，他梁春竑都能金蝉脱壳。我们也曾在他身处绝境的时候以期能斩草除根，可他总能化险为夷。他已经不再是先前那个小小的游击队长，我们当前时局也没有便利之处。要想除掉他，恐怕没有机会了。”

为了除掉梁春竑，周公潇不顾剑走偏锋：“他今天过来势必怀揣阴谋，咱们不妨相机行事。即使今日不能冒险，或许明日不难找到破绽。”

武善彧说：“依我对他的了解，他这次过来肯定又有长篇大论的一番说辞。破绽嘛，表弟不妨避到里间，仔细听辨。”

须臾之后，梁春竑来到武善彧的队部。他望了一眼武善彧，自己找个椅子坐下来：“周参谋长不在？”

武善彧坐到梁春竑的对面，淡淡地说：“周参谋长恰巧有公务在身。梁队长有什么指教，我可以代为转送。”

“武队长什么时候启程，走哪条路线离开泰沂，能否提前告知一声？”

“梁队长的意思是要亲自送行？”

梁春竑并不察看武善彧的颜色：“不是送行，是护送。”

武善彧心中一动，却故作从容：“护送？啊呀，难得梁队长一番美意。我和周参谋长先表谢意。不过，你梁队长日理万机，大可不必亲劳大驾。再说我们云泰大队什么时候需要护送过？我们会从容转移的。”

梁春竑冷笑道：“你以为我愿意送你？我只不过是尽我作为队长应尽的责任。我可以明确地告诉你，我不去护送，就怕你和你的云泰大队走不出泰沂。”

武善彧心中暗惊，却嗤笑道：“梁队长的话我听不明白。国共两党协议中写得明明白白，我方战略转移不仅不阻拦、不袭击，必要时还要给予帮助的。你说我和云泰大队走不出泰沂是什么意思？”

梁春竑忍不住怒目而视：“还要我告诉你吗？四年之间，你们在这方圆百里作孽何其深重。我们可以不阻拦、不袭击，对你们有深仇大恨的老百姓不一定不阻拦、不袭击。”

武善彧狂傲地仰头大笑之后，眼睛死死地盯着梁春竑：“对付几个穷鬼和泥腿子，对我来说就像踩死几只蚂蚁。不过，既然你说有人要袭击，那你们八路军和游击队自然脱不了干系！”

梁春竑讥讽地看着武善彧：“你错了！如今的老百姓再也不是当初任你们宰割的时候了。八路军和游击队可以为你们放行，他们却要你们偿还血债。”

武善彧蔑视着梁春竑：“血债？我还没找他们讨还血债呢。梁队长可知道，五十七军全部撤走，没有损伤一根汗毛。难道五十一军会走不出泰沂不成？况且我云泰大队的腰杆儿也硬得很！谢谢梁队长的关心了！”

梁春竑站起来，针锋相对地回击道：“武善彧！既然你已经执迷不悟到这个份上，我梁春竑不想再多说。你就去找你的五十一军和你的牟主席做主吧。看他们会不会护送你撤离、能不能护送你撤离。告辞！”

梁春竑就要迈出屋子，躲藏在里间的周公潇大步跨出来：“梁队长请留步！我周某人还有话要说。”

周公潇的突然现身让武善彧措手不及。他抢在梁春竑之前，装模作样地问道：“周参谋长不是执行公务了吗？怎么会在这里？”

周公潇跟武善彧唱着双簧：“公务临时取消，我就在里间打了个瞌睡。哪想到你们老同学相会居然这般争吵，把我都惊醒了。”

梁春竑讥笑道:“周参谋长醒得很是时候。有什么话，请赶紧说。”

周公潇拱手上前：“梁队长，您和武队长是情同手足的学友，咱们两个也算是老相识。虽然我们因为不同的信仰站到了不同的队伍，毕竟旧日友情还在、乡音乡情还在。云泰大队就要战略转移，咱们后会之期遥不可知。即将分别之际，为什么就不能和和气气地坐下来真诚相待，非要弄个不欢而散呢？你和武队长谁还不摸谁的脾气？好歹武队长是大哥，梁队长不要见怪才是。来，请坐。”

周公潇亲自给两人倒上茶水，抓过一把椅子坐在下首：“武队长，虽然咱们是自家兄弟，可以直言不讳而又不拘小节，但今日晤面异于常日，梁队长毕竟是重要客人。梁队长公务繁忙，周某也直截了当。刚才朦胧听见梁队长说要护送我云泰大队走出泰沂。周某着实不明其中缘由，能否请详说一二？”

梁春竑正颜厉色地对着周公潇：“情况我都已跟武队长摆明。如果不信任我梁春竑，你们就去找五十一军或者牟主席专门护送你们；如果相信我刚才说的话，请告知我你们撤离的时间。到时我亲自送你们离境。”

周公潇赶忙站起来拱手致意："梁队长有情有义，坦荡磊落，不愧为真君子。周某真心佩服！尽管五十一军和牟主席必定关爱，但为了我们还要调兵遣将实在是小题大做，也容易在国共之间产生误会。既然梁队长肯亲自出面，我和武队长不胜感动。"

武善彧已自觉底气不足，瞪了周公潇一眼："我倒是想看看谁有这么大的胆子敢在太岁头上动土！"

周公潇赶忙赔着笑脸："表兄又在意气用事了。俗话说'砸断骨头连着筋'，毕竟咱们都是自家兄弟，危难之际方见真情。梁队长既然开心见诚而来，必定事有出因，梁队长自然也已未雨绸缪，成竹在胸。咱们还是不能拂了梁队长的好意。"

梁春竑原本幻想着能跟武善彧再有一次情感的沟通，现在却发觉自己的忍耐就要达到极限。他站起来："周参谋长方才的话令人感慨啊。'砸断骨头连着筋，毕竟咱们都是自己兄弟'，可是武队长和周参谋长是否真正这样想过？三五年时间不算短，共产党和八路军、国民党和革命军，还有日本鬼子和伪军，三方队伍在沂蒙根据地拉锯战一样来来回回斗智斗勇。到底谁真心为了劳苦大众，到底谁站在大仁大义的立场上艰苦鏖战？尽管人各有志，不可相强。但须知得民心者得天下，历朝历代都镌刻着同样的年轮。至于'未雨绸缪，成竹在胸'，我梁春竑实在不明白周参谋长的话中之意。可我敢说，顶天立地的男子汉大丈夫从不屑于阴阳两面的无耻行径。到底要不要我送你们出泰沂，我等你们的回音。"

周公潇赶忙起身挽留："梁队长，咱们曾经举杯共饮，也曾兵戎相见，恩恩怨怨之间，一晃就是五年。不过这并不是你我的过错，而是天命使然。天命既定，人命不可抗天。就为这天命之缘，周某愿与梁队长再举杯箸，肝胆相照。"

梁春竑微微一笑，目光冷峻地回敬道："将一己之私归于天命，蒙蔽了多少世人的眼睛。周参谋长，'道不同，不相为谋'，除非周参谋长与武队长审时度势，回到与人民为伍的道路。否则，何必虚言'肝胆相照'？梁春竑告辞了。"

梁春竑走后，武善彧越想越气，抓过给梁春竑倒的茶水，连同茶碗甩到门外："队伍就要转移的时刻，他跑来跟我耀武扬威。"

周公潇洞悉梁春竑此行目的，深深叹息道："表兄最是了解梁春竑。尽管我没有一天不想对他除之而后快，可我不能不承认他是正人君子。他今天过来这样说，一定掌握了明确的变动动向。也许正如他自己所言，只不过为尽到他作为游击队长的责任罢了。虽说有五十一军和牟主席做后台，可当前人人自危，首尾难顾，他们会护送咱们不值一提的云泰大队撤离？不会的。去云蒙，取道北路最近，但那里已经被吴化文的队伍控制。整个南路现在已成为八路军控制的防区，怎敢确保途中不会横生枝节？梁春竑既然敢说，他就一定能做得到。有他陪同，咱们可以高枕无忧地转移，正求之不得呢。另外，正人君子也是梁春竑的软肋。咱们就要利用他这一软肋，看看在离开泰沂的途中还有没有最后的机会。老天哪怕助我一回也好！”

武善彧并非听不懂梁春竑的话中之意。只不过相较于他们处境的艰难，共产党和八路军的势力借着日军的进攻日益壮大，这让他烦躁、压抑，让他不甘心在气势正盛的对手面前处于下风。至于离开泰沂之前除掉梁春竑，那只能是泡影罢了。武善彧忽然什么话都不想说。他坐下去，摘掉眼镜，两手按住额头，悄悄地一声轻叹。

为避开中午炎热的阳光，武善彧和周公潇选择了在天色微明时分带领队伍向云蒙转移。梁春竑带领一个排的队伍并行护送。

一直走到坪上村一带，此时太阳斜挂头顶，人人汗透胸背。这里两面山崮耸立，中间弯道狭窄，四处林木茂密。只要前后一堵，不说居高临下枪弹齐发，就是圆木滚石也能把路上的队伍打死大半。为查验李开田是不是“勾子”并寄望于除掉梁春竑，武善彧和周公潇曾在这里设伏。当年为给周边村民解决种粮困难，梁春竑就是让李相廷把三千斤玉米、大豆送到这里。不仅武善彧、周公潇，即使在沂蒙地区盘踞四年之久的国民党五十一军一一四师对这里也不陌生。为了控制这片地区，各方势力反复进退，却终未能成为消灭日本侵略者的阵地。如今两支队伍同时由此经过，马背上的三个人不禁同时悄悄向四处观望。

梁春竑没有猜错，两边山头上伏兵林立。李开林、武善志他们不仅化装带领着队伍，还有很多手持火铳、木棍、铁锨的村民。他们齐刷刷地集合到这边，发誓要在今日伏击云泰大队，为死去的众多亲人报仇雪恨。

快要到最狭窄处，梁春竑让几名游击队员对着两边山头反复高喊：“各位兄弟爷们，梁春竑队长要你们放下武器，让云泰大队通过！这是上级的指示！梁队长就在这里！”

李开林和武善志他们各自带队隐蔽在两边山头，老远就判断出跟武善彧、周公潇同行的可能是梁春竑。听对面这一喊，李开林忍不住怒恨交加，捶地痛哭失声：“梁队长！你这都是做什么啊！”

小五直接站起来吼叫：“梁队长！没想到你黑白不分，忠奸不明！你袒护着害人的畜类，怎对得起那么多死去的亲人？”

听到游击队员的高呼，武善志忽然为感情用事而不顾工作大局的举动深为惭愧。他喝断小五的喊叫，却忍不住紧紧抓住小五的肩头无声落泪。

随着两边伏兵纷纷现身，武善彧和周公潇后怕得出了一身冷汗：山头上持枪的队伍三四百人，握刀持棍的百姓也有三四百人之多。果真在这个峡谷中发生伏击战，发动袭击的还是心怀切骨之恨的生死对手，云泰大队遭受的不仅仅是灭顶之灾，很可能会全军覆没、无一生还。

在两边军民对云泰大队如潮的怒骂声中，梁春竑严正地望着武善彧和周公潇："武队长、周参谋长，你们都听到了，得民心的人不会留下骂名。正义在何方，人人心里有杆秤。梁春竑就送你们到这里。前方泰沂境内应该不会再有伏击你们的队伍。至于云蒙一带，你们曾经在那里围攻八路军队伍达半年之久。哪个地方有坑有洼，你们比我清楚。咱们后会有期！"

武善彧悄悄擦擦额头上的汗水，回身拱手，咬牙说："梁队长，后会有期！"

周公潇环顾四周林立的伏兵，悄然一声叹息，随同队伍仓皇南去。

第四十二章

武善彧和周公潇奉命驻扎云蒙南部，接洽国民党九十二军李仙洲部入鲁，未料最终竹篮打水。他们并不清楚，国民党队伍纠缠不清的派系恩怨和共产党中央的策略调整使得李仙洲部越过陇海路后便成为强弩之末，十个月的时间过后仅仅抵达鲁南边缘，兵力却折损三分之二，弹药几乎耗尽。与之对应的是，于学忠部未待接防队伍抵达便已撤出山东，日军为应对太平洋战场不断恶化的形势停止了在山东的军事进攻。八路军鲁中部队抓住战机，将反动道会门武装茹素斋团在沂山前的九个山寨全部拔掉，两次发动讨伐吴化文的战役，从日伪军手中收复了大部地区，并打通了鲁中、滨海、胶东各战略区的联系，使山东抗日根据地迅猛扩大。

一等就是五个多月，到了隆冬季节也没有见到九十二军的影子。起初，省政府还发出“就地驻防等待”的指令，后期犹如黄鹤一去不复返，云泰大队的给养也杳无影踪。武善彧和周公潇陷入了山穷水尽的境地。

北风呼啸，寒意凛凛，暗淡的苍穹和荒芜的山野天壤相接。肃杀的严冬山坡上，三排简易草房围成一个大院，大院东西两边耸立着两处高高的哨塔，塔上各有一个士兵，抱枪瞭望着山下弯曲的公路。两个士兵身着单薄衣服，蜷缩着身子在寒风中瑟瑟发抖，俨然荒野里裹着破布的稻草人。

周公潇裹紧大衣，来到哨塔上，循声观望着大院的西南角。几个士兵刚进村入户回来，叫花子似的挤成一堆，一边跺着脚高声叫骂，一边点燃墙角的锅灶，烧煮着抢来的粮食和家禽。周公潇怅望着凄惨景象，心底汹涌泛起穷途末路的悲凉。良久，直到身旁的哨兵提醒他天太冷，周公潇低声暗叹，铁青着脸去了武善彧的房间。

屋里点着个火盆，比外面暖和了许多。但是，因为长期遭受焦虑和无助的搅扰煎熬，坐在椅子上的武善彧脸色黑瘦疲惫，跟曾经滋润而自信的大队长判若两人。武善彧瞟了一眼周公潇，一如雕塑模样。

周公潇定定神，揉搓几下僵冷的手指，倒上茶水喝了两口，再三思虑后开口道："表兄，不能不痛下决心了。"

武善彧安若磐石。但他僵直的目光和绷紧的面容里挤压着莫可祛除的悲哀、忧郁和彷徨。

周公潇见武善彧没有回话，又低沉着嗓音抱怨道："表兄，都五个多月了，到底是走是留总得给个说法。这个牟主席到底跟咱们卖的什么关子。"

武善彧神色幽幽："我始终坚信，牟主席也有他的难言之隐啊。"

周公潇焦躁地走到跟前："就算他有难言之隐，也不能由着我们灯油耗尽啊。你看，粮食给养早已经颗粒无存，我们现在是抢一点吃一点，一天只能混个半饱。再看看行装，衣衫褴褛倒也罢了，这都寒风刺骨的时节，士兵们还穿着夹衣。咱们云泰大队什么时候落魄到这种境地过？更让人揪心的是，每人不到十粒子弹，只能暂时应付游击队和民兵的骚扰。往后呢？一旦遇上八路军又该怎么办？"

窘迫至极的武善彧面无表情："我已经做了五个月的流浪县长，难道再做个逃亡县长不可？"

周公潇分解道："表兄应该换一种想法。这不叫逃亡，而是战略防御。自从于总司令和牟主席迁往安徽，不仅省里的留守机关，就是三区专署、几多县政府官员也都奔到张天佐那边去了。他们都不觉着有失颜面，咱们草野之民也无须苦苦支撑着架子吧。"

周公潇所说的张天佐，现为国民党山东省第八区专员兼保安司令、山东省保安第五旅旅长、昌乐县长。吴化文部被改编为和平建国第三方面军后，张天佐令其一部投靠，组建伪鲁东和平建国军，他自己则另组武装，一时势力鼎盛。苏鲁战区总部和山东省政府南迁后，留守机关和周边县区的政府机关人员纷纷携带眷属涌向张天佐，高峰时总数超过万人。张天佐的心腹之中有位团长沈川湘，祖籍云蒙人氏，跟周公潇曾经交往深厚，也算是武善彧的老朋友。周公潇几次建议武善彧暂且前往联络投靠，奈何武善彧执着守望牟中珩这棵大树，终未前行。

周公潇决定直陈要害："表兄，恕我直言，咱们暂且不要对牟主席那边抱什么希望了。我们已经竭尽心力，日后见到他也能理直气壮。况且他不是那小肚鸡肠的庸碌之辈，定然会公正看待我们。表兄，咱们的底气、咱们的腰杆可全凭着手中的这支队伍。一旦云泰大队消耗至死，半辈子的心血荡然无存固然可悲，最怕的是你我将再难有立锥之地，又何谈来日方长呢？听我的，你先到昌乐与沈川湘切磋，随后我带队过去。"

武善彧缓缓地站起身："表弟，不是我缺少决断，实在是难下决断。当初表弟追随沈鸿烈，最终所有心血付诸东流；后来我们跟从牟中珩，好不容易才有这出头之日。我实在不忍再来一次前功尽弃啊。"

武善彧所言句句敲打在周公潇的心窝子里，让他隐隐作痛。可是已经濒临深渊都不知道挪动脚步，难道真的要坐以待毙吗？周公潇只好把苦楚咽到肚子里："表兄，正所谓'谋事在人，成事在天'。该舍弃的时候就不要死死抓住不放，说不定这一松手反而是浴火重生。我们从没有想过要脱离牟主席，无奈跟他已音信皆无，而我们又弹尽粮绝。现在不是我劝你另谋出路，而是生死存亡逼迫表兄必须当机立断。"

武善彧慢步走到门口，透过门缝看着士兵们的狼狈形影。片刻之后，他凄然转身："表弟，今天我就前往昌乐。云泰大队就交给你了。"

所谓人穷志短，慌乱无神，抑或造化弄人。武善彧头天动身，吴化文部军械处处长芦连章次日到达了大队驻地。于学忠部和省政府撤出山东后，吴化文一边为争夺地盘跟八路军队伍激烈厮杀，一边派人四处收编游兵散勇和那些陷入困顿的昔日强手。得知云泰大队终由盛极一时而近乎走投无路，急忙派人前往，期望将其廉价收入囊中。

闻报芦连章拜访，周公潇当即揣测到其背后之意。尽管吴化文如今称霸山东，但毕竟他已经公开投靠日本人，属于周公潇不屑与之为伍的汉奸队伍。然而，云泰大队的靠山牟中珩今夕何在？即使张天佐又怎能跟吴化文抗衡？万一武善彧此行并不如意，云泰大队该何去何往？当年关云长寻兄不着而不得不暂时寄居曹操帐下，也曾过五关斩六将、留下千里走单骑的美名，如今我之云泰大队暂时投靠吴化文这偌大靠山、日后时机成熟之际再率兵返回又如何？正所谓此一时彼一时，权当韩信胯下之辱罢了。一股浓烈的英雄浪漫气息吹散了缭乱心绪，周公潇决定察听芦连章的说辞。

周公潇端坐，稳如泰山："芦处长不顾风尘而来，必有高见。请开诚布公，直抒胸臆。"

败落到如此境地，这周公潇竟依然静若处子，波澜不惊。芦连章暗暗称奇，决心先打掉他的气势："周参谋长豪放爽直，我芦某也就开门见山了。恭喜周参谋长。吴司令的三方面军纵横山东，威震八方。有这棵大树庇护，你这个云泰大队也算是绝处逢生了。”

“芦处长的意思是请我的队伍加入吴司令的三方面军？”

“不是加入，是被收编。”

“周某不知芦处长偌大口气从何而来！我们云泰大队是奉省政府牟主席的指令在此接洽李仙洲部入鲁，并非流落一方的游兵散勇。即使邀请都未必接受，又何来被收编之说？”

芦连章哈哈一笑：“周参谋长这样说就有失诚意了。牟主席南撤已有半年之久，你们在这里等候九十二军也有半载时光，却落得个让人不忍目睹的境况。芦某不敢说从今以后你们还能否接到牟主席的指令，但是芦某敢说，九十二军入鲁恐怕已成镜花水月。周参谋长，说你们云泰大队的境况不忍目睹，绝非我芦某存心贬抑，事实无可置疑罢了。还请周参谋长不必遮掩修饰。正如您一开始讲的，咱们开诚布公吧。”

周公潇强作平静，拼力以搏：“所谓一叶障目，不见泰山。芦处长所见所闻恐怕有失偏颇。”

芦连章嘴角微微一翘：“一叶落而知天下秋，窥一斑而知全豹。周参谋长，我芦某可是怀抱诚意而来。”

周公潇针锋相对：“我相信芦处长的诚意，可也相信芦处长懂得‘瘦死的骆驼比马大’。虽说我们暂时遇到了障碍，可身后拥有足够的实力支撑。只要过了这道坎儿，我云泰大队又会是战场上的骁勇之兵。”

“周参谋长所谓的实力支撑无非是牟主席这棵大树和贵府上的私产。牟主席的支撑我已说过，当下可望而不可即；至于贵府的私产，连同武队长那边都累加在内，不要说跟吴总司令的第三军相比，就是跟当初你们追随的五十一军的一个团相比，又能相提并论吗？”

“芦处长这样说可就仗势欺人了。既如此，周某也跟芦处长坦诚相告。我们的武队长受张天佐张司令之邀，昨日已经去了昌乐。周某跟武队长从来以为，是良马，不愁没有伯乐；是赤霄，自有王者器重。”

闻听武善彧要去投靠张天佐，芦连章心下大惊，也庆幸自己早来半步。可拿张天佐抬高身价索要条件，简直是笑话。芦连章不无嘲讽道：“张天佐大小也是个人物，周参谋长和武队长能跟他联络也是好眼力。至于张天佐那边跟我们吴总司令这边孰强孰弱、孰更可依靠，那就要周参谋长跟武队长自己下决断了。如果周参谋长和武队长决意投奔张天佐，芦某愿举杯为你们祝贺送行。周参谋长，芦某先行告辞。”

嘴上强硬，内心实在虚弱，也未料三言两语下来就要谈崩。周公潇见芦连章起身告辞，连忙勉强挽留道：“劳芦处长长途跋涉而来，周某心下不胜感动。奈何云泰大队非我一人能做主，即便有意响应吴总司令召唤，也需跟武队长会商斟酌。假如芦处长不需分秒必争，可暂且在此安身两日。周某随后派人跟武队长禀报，你我共候回音。如何？”

芦连章背负命令而来，起身告辞不过是以退为进的角力手段。既然周公潇不失颜面地服软，他也就不失身份地顺势而为。芦连章沉吟道：“你我虽非深交，周参谋长坚韧不拔之精神令人感慨，跟武队长会商斟酌后再作决定也在情理之中。既如此，芦某不妨就等候两日。”

芦连章答应住下来，总算给了自己回旋的余地。周公潇暗松一口气。他当即手书一封，命人马不停蹄地前往昌乐，然后泰然自若地陪着芦连章察看营房、队伍，虚报县务、军务，悄悄喝令手下拼死采办美食。

两天后，精心化装成商贩模样的武善彧来到张天佐处，并与沈川湘晤面。老友相见，自然少不得一番寒暄。对武善彧希望投靠张天佐的表白，沈川湘慨然允诺说这个容易，待他找个机会专门报告张天佐，尽量给云泰大队安排个好的去处。沈川湘还建议说，正好省党部、云蒙县党部都在这里。无论以往关系亲疏，眼下共渡难关时刻，他来帮助沟通联络，让武善彧安心做他的县长。

沈川湘还没来得及向张天佐汇报，周公潇的信使却已赶到。武善彧阅罢来信，察觉周公潇的心态跟先前大不相同，似乎有接近吴化文部之意。再加盘问，确信此书信出自周公潇本意无疑。武善彧前后斟酌，想到周公潇与沈川湘终归亦是兄弟之谊，便前往共商此事。

得知吴化文的人要把云泰大队改编过去，沈川湘并不惊讶：“善彧兄什么意思？”

武善彧态度坚决：“既然投奔沈团长而来，自然为的长久之计。吴化文投靠日本人，甘当汉奸，叛国投敌之行径令人不齿。我们怎可与之为伍？”

沈川湘却连连摇头：“什么汉奸不汉奸的，你以为投靠日本人的都是汉奸吗？说墙头草那是自贱，审慎而言应该是识时务、能屈伸。大丈夫相时而动都做不到，又如何成得了大事？”

武善彧不能赞同沈川湘的看法，委婉地辩驳道：“不瞒老弟，当初在泰沂，我云泰大队私下里也曾跟日本人有过接触，但那不仅是为了保全自身，更为的联手摧垮共产党和他们的队伍。尽管如此也还是留下了‘汉奸’的骂名。我这次投奔过来，还是希望跟随张司令为党国效忠尽力。”

沈川湘长时间沉默，似是藏有心事：“不知善彧兄对我放不放心？”

武善彧赶忙起身致意：“玉壶冰心，请贤弟明鉴！”

沈川湘笑着扶武善彧坐下：“我跟公潇兄是同乡旧僚，跟善彧兄也是兄弟朋友。咱们历来推心置腹，以诚相见。今日交心，我决不留半点儿隐讳。你说吴化文投靠日军，是汉奸，可张司令也公开派出队伍投靠日本人的。其实，现在怎么样无关大局，关键是看结果如何。成者王侯败者寇，连这点道理都弄不明白，你我还出来混什么？明眼人都知道，吴化文的势力比张司令大得多。我倒是觉得吴化文能亲自派人去请，这应当是难得的机会。如果老兄在那边能够立住脚，以后这边万一发生不测，你我也好有个去处。”

武善彧大为不解：“吴化文忽东忽西，背信弃友，算不得真英雄。就算沈团长日后另寻他处，也应该择良木而栖啊？”

沈川湘急忙纠正：“善彧兄错了。现在是什么世道？乱世！乱世当头先要随机应变、保全自身。还是那句话，‘成者王侯败者寇’，最终还是要看结果如何。”

武善彧禁不住扼腕摇头：“可是，我泱泱中华怎么能在东夷倭寇面前低首？难不成沈团长以为我之将来必为亡国奴？”

“善彧兄言重了。勾践尚能卧薪尝胆，韩信敢忍胯下之辱，后人谁不敬之？假意投靠日本人，无非迂回进退的权宜之计罢了。”

“沈团长所援引皆为华夏同邦的内争，怎可以拿来跟臣服异邦相提并论？”

“同邦异邦，一理相通。就看善彧兄怎么想了。”

见武善彧迟迟不作回应，沈川湘又小声提醒道：“善彧兄，我跟吴化文部的军械处处长芦连章也是朋友。如果时机合适的话，我可以介绍你去他那儿任职。”

“芦连章是你的朋友？”武善彧一个震动，“吴化文那边就是派的芦连章前往收编我跟周参谋长的队伍。”

“是吗？”沈川湘也没想到事情这么凑巧，赶忙笑吟吟道，“如果善彧兄敢作决断，我不妨给你写封信，你直接带领队伍到他那边去吧。”

武善彧对沈川湘的决定深感意外：“可我毕竟还是云蒙的县长啊。”

沈川湘意味深长地一笑：“我明白老兄的心思。要不这样，干脆，让公潇兄带队接受吴化文的改编，你暂且留在这里。到时候哪片云彩能下雨咱就到哪边去。善彧兄以为如何？”

“要周参谋长投靠日本人？沈团长知道他的脾气，他更是宁死不折的人。”

“我向来知道公潇兄的为人。可他既然就此派人跟你商量，其内心自然已有所变通。沈某相信，公潇兄之变通绝非英雄气短，定是审时度势后不得已而为之。我知他最敬重美髯公关云长，就算他投靠吴化文，终了也会再来一遍‘千里走单骑’。究竟暂且在哪边驻足，善彧兄跟公潇兄仔细斟酌吧。”

武善彧矛盾重重，一时难下决断，便说：“也好。待我回去揣度揣度，然后给沈团长回话吧。”

三天后的傍晚时分，周公潇得到武善彧的回信并沈川湘的一封引荐信。武善彧的回信中只有几句话：情势所逼，勿论所依，仅以保全云泰大队为要。今有沈团长予芦连章手书一封，北去（投靠吴化文）、东去（投靠张天佐），表弟自行定夺。我暂且留在昌乐，察日后形势。你我必不负当初诺言，各自慎思慎行。

话不明说，其意尽显。想到跟武善彧共同追随沈鸿烈、牟中珩多年竟然落得如此结局，周公潇不由得悲从中来，泪眼迷蒙。整夜的辗转反侧和以泪洗面过后，周公潇决定暂时委曲求全，以为云泰大队和自己的未来重开天地。

第四十三章

1944年春天，刚出正月，沂蒙山区依然还是天寒地冻的时节，泰沂云崖区的千家万户里却是春意盎然。男人们三三两两结成对子，在向阳的平地上捻麻绳、做担架；女人们忙着做军鞋、摊煎饼；区上干部在指导工作之余也跟村民群众一道儿忙活。从去年底开始，日军兵力严重不足，被迫收缩战线，先后将驻沂蒙根据地的很多据点放弃，大王庄据点的日军也撤往了县城。今年春天，鲁中军区部队要发起第三次讨伐吴化文日伪军部队的战役。泰沂云崖区游击中队没有接到正式参战的任务，而被要求组织起担架队，帮助提供后勤保障服务。

陶竑春正盘腿坐在灶房里摊煎饼，武善志笑嘻嘻地倚到门框上："嫂子，摊了多少了？"

陶竑春耙下高粱糊子，摸起刮子在热气腾腾的鏊子上荡平着："忙活了两天，等摊完这盆面糊，少说也有一百二十斤。"

"摊这么多了啊！嫂子就是好把式啊。那鞋呢？军鞋做得什么情况啦？"

"我负责摊煎饼，做军鞋由花篮负责。你去问她吧。"

花篮正跟六七个妇女围聚在山墙跟前的太阳底下，说笑中飞针走线。武善志到院子门口朝那边望望，挠挠头皮又转回来："嫂子你替我问问吧。一过去，搁不住那些娘们儿人多嘴尖，我脸上挂不住呢。"

陶竑春翻他一眼："都定亲这么多年，就差入洞房了，有什么害臊的？"

武善志倏地红了脸："毕竟没过门子嘛。那些妇女的嘴皮子就像铁耙子，才不管你脸上搁住搁不住。我在队伍上还管用，在女人堆里就是个耍猴儿。"

"没办喜事儿的时候装得跟个大闺女似的，一过门儿就横得跟大老爷似的。我看你们男人啊，都是些假斯文的封建脑袋。"陶竑春把鏊子底下的柴火掏出来熄灭，走到院子门口，对着西边大声喊过去，"花篮，善志想问问你们军鞋做得什么情况，脸皮薄，不敢过去呢！"

武善志没料到陶竑春来了这么一招儿，羞臊得不知所措。那边六七个妇女立刻停下手中的活儿，笑着闹起来。

"游击队长再怎么有本事，到了媳妇儿这一关就过不去了？"

"都半老头子了还扭扭捏捏的，装什么稀罕物件！"

"花篮不许过去，就让他过来。"

"善志，你过来猜猜看哪双鞋子是花篮的手艺？"

武善志只好红着脸走过去，一本正经地问："花篮同志，你们做军鞋的任务完成多少了？"

妇女们又炸了营："还花篮同志！这是在家里，不是在游击队上！"

"善志，别整天像个大闺女似的，赶紧把花篮娶家里去吧！"

"善志，你不该称呼花篮同志，应该称呼老婆同志才对！"

花篮就看不惯武善志在大家伙儿跟前非得做出斯斯文文的样子，便把手里的针线往笸箩里一放，站起来认认真真地敬个礼："报告武善志同志，我们识字班已经做好军鞋一百三十二双，正在赶做的三十二双。报告完毕！"

"哗"的一声，大伙儿笑得喘不过气来。

李开林的娘拄着拐棍过来问道："你们闹哄什么呢，像书场子似的。善志啊，我有件事儿要问你呢。"

开林娘的出现给武善志和花篮解了围。武善志赶忙上前问道："婶儿，你问什么事儿？"

开林娘满含期待地攥住武善志的手："善志，你开林兄弟也参加这个什么'五花纹'的战役吗？"

花篮插嘴说："婶儿，不是'五花纹'，是吴化文。你当是一只猫呢！"

在大伙儿的笑声中，武善志高兴地解释道："婶儿，开林兄弟从县大队又改编到了鲁中部队基干营，这次肯定要参加战役了。我还告诉你，开林兄弟现在可是正儿八经的大连长了！”

开林娘笑嘻嘻地问道：“连长是多大的官儿？”

为了让开林娘高兴，武善志想了想，有意加大了数字：“管上百人呢！谁不听话，要么给我趴地上做一百个俯卧撑，要么面壁思过！”

李开林的娘赶忙纠正说：“不听话就说道说道人家，折腾人可要不得。”

大家伙儿又七嘴八舌议论开来：“咱们这个村可是出能人了，李开林当连长，武善志当中队长，梁春竑当了大队长！哎，善志，你们这次为什么没捞着参战？”

武善志在游击队说一不二，在这群妇女跟前真就难以招架：“我们是云崖区的，没有参战任务。可是经过我们的请求，上级同意我们组成担架队，上战场救助伤员。”

“哎呀，响当当的游击队员不打仗，却跟民夫一样抬担架，怎么跟俺这些娘们儿一样呢？”

“不管在前边打仗，还是在后边服务，上级都有统一作战安排。再说我们是带着枪去战场，说不定哪个地方就跟日伪军干上了。”

开林娘赶忙再次抓住武善志的手问道：“善志，你说你们能见着开林吗？”

“婶儿，这可不好说。参加战役的部队成千上万人，我们也只是去抬伤员。”想想不对，武善志赶忙添上一句，“可也说不准，没准儿我们还就会见到他呢。”

开林娘立刻喜笑颜开：“见到最好，见到最好。回来跟婶子说说他现在什么样了。”

武善志灿烂地笑着：“行！只要见到他我一定回来告诉你。”

开林娘看看凑到旁边的陶竑春，又问：“那你也能见着春竑他们啦？”

武善志不假思索道：“吴化文的地盘跟梁大哥的根据地连接到一块儿。春竑哥他们也要参加讨伐吴化文的战役呢。”

陶竑春拿头巾拍打着袖子上的柴草：“见到他也不用说什么。他要问起来，就说家里很好，让他放心。”

花篮忙着插话：“是啊，现在云泰大队走了，顽固派走了，据点里的日本鬼子也走了，咱们的好日子刚刚开始呢。他们好好打仗就行，家里的事儿用不着他们管。”

一个妇女打趣道：“善志，看花篮这说话的气势，将来肯定是她当家，你就是个怕老婆呢！”

眼看大家伙儿又要拿他们开玩笑，武善志赶忙借口帮着扎担架，小跑着出了院子。

李开林带领基干营参加第三次讨吴战役，随同攻坚主力部队被部署在战场东线前沿。第一次战斗发生在拂晓，李开林率队突然现身，打了对方个措手不及，逼迫伪军匆忙撤退。与此同时，八路军东线各部的突袭均取得成功，敌人的整个防线很快就被击溃。后退十多里地后，伪军利用山崮横亘的有利地形迅速组织反击，暂时抵挡住了八路军的进攻。

在部队调动休整的短暂间隙，小五找到李开林，说今天战场上发现有几个伪军脸熟，像是云泰大队的人。李开林很惊奇："枪来弹往的，这是拿着命在打仗好不好？你居然还察看敌人长什么模样？"

小五绷紧了眉头："云泰大队那群畜生，扒了皮我也认得他们。"

李开林也认了真："你这一说，我忽然想起来，云泰大队被吴化文收编了是不假，周公潇还是团副。说不准他们就在跟我们交手呢。下一仗的时候我真得好好看看。"

"开林哥，我跟云泰大队中了死仇，就觉得他们比日本鬼子都坏。"

"你说得对，他们就是比日本鬼子都坏。日本鬼子是外人，他们可是咱中国人。外人来欺负咱，他们不去打鬼子，反而帮着鬼子欺负咱中国人，这种吃里爬外的东西最没人味儿呢。要不是他们为虎作伥，咱们根据地的损失能有那么大吗？"

小五不解地看着李开林："你说什么？什么是为虎作伥啊？"

李开林搔搔后脑勺，努力地恢复着记忆："听我们营长说，谁要是帮着坏人干坏事，我们就叫他'为虎作伥'。那个'伥'吧，好像是一种帮着老虎吃人的鬼。"

小五认真地盯着李开林，目光中充满了羡慕之情："开林哥，你别说，当了官说话就是不一样。这两年你有好多话我都听不明白了。你快把'为虎作伥'也写在我的识字本上吧。"

李开林接过小五的识字本儿，翻开一看，惊奇地张大嘴巴："行啊你，小五！学得真不少！跟你姐夫一样，脑瓜子比我灵活。就是你写的字太瘦了，一个个好像没吃饱饭。"

小五反驳道："不是我写得没吃饱饭，是你写得像大肚子罗汉。写字又不是打仗，非得五大三粗才结实有劲儿？你那样写还浪费纸张笔墨呢。"

"我看还是胖了好，看起来结实、稳当。"李开林难为情地笑着，就把小本本递给小五，"'为虎作伥'那个词是我刚跟营长学来的，那个'伥'字怎么写我还真忘了呢。你先画个圈儿吧。"

这时候通讯员过来传达命令，营长召集各连长部署作战方案。小五也收起小本本，回到队伍中去。

战斗很快发起。按照作战部署，八路军基干营二连和三连分别攻打东、西两个侧面，李开林他们连负责攻打正面。在两个连交错进攻压住敌人火力的间隙，李开林他们连迅速逼近山头，集中火力撕开口子，一举攻下山头。守在中间的伪军很快发现，八路军两边队伍的子弹不是射向他们的前方守军，而是"嗖嗖"地集中射向他们。就在他们沉不住气掉转枪口的时候，中间的队伍飞身跃起，眨眼间推进了六七米。当他们急忙集中火力、子弹像雨水般倾泻下来时，进攻的队伍瞬间紧贴地面，依靠石块儿和树丛的掩护，等待一瞬即逝的战机。

眼看李开林的队伍又是一跃而起，迅速缩短了近十米的距离，山上传来气急败坏的怒吼："两边的队伍为什么压不住山下的火力！使劲儿打，给我狠狠地打！肖排长，你给我带头冲在前边，压住中间的进攻！"

小五正在瞪大眼睛仔细搜寻前进位置。闻听指挥官的叫嚣，他飞速把目光注视到那人的身上，越看那人越像周公潇。

云泰大队被吴化文部改编为第三方面军独立三团，周公潇担任团副。在吴部大本营悦庄整顿一个月后，独立三团正式开拔到泰沂的北部防区。此次战斗中，鲁中部队基干营配合攻打的正是周公潇率队阻击的独立三团。

小五陡然来了灵感，突然大声喊道："周公潇，看看你身后都是哪里的队伍！"

山上怒吼的人果真立刻回身望去，那人身边的伪军也不自觉惊慌失措地向身后张望。只在这刹那的工夫，小五已经向前飞出了五六米，而且他已经断定那人就是周公潇。周公潇意识到中了圈套，迅即恼怒地回身射击，而小五已经置身于一块突兀而起的大黑石后面。小五再不关注其他，他的枪紧紧咬住周公潇瞄准射击。

李开林发现小五远离队伍冲在前方，便提醒他说："小五，放慢速度，注意配合！"

小五却不可自已地回身喊道："兄弟们，山上是云泰大队的汉奸队伍！咱们冲上去给乡亲们报仇啊！"

小五的鼓动引起了周公潇的警惕。他将手枪插进腰间，上前推开机枪手，抱过机枪趴在掩体后面，对准小五掩藏的大黑石猛烈扫射。小五没有向山上回击的机会，情急之下摸出手榴弹对着机枪的方向用尽全力投出去。随着一声爆炸，小五像箭一般从黑石后面跃出，径直逼近周公潇。

李开林一看形势危急，忙喊指令："对面的指挥官就是周公潇！同志们对准周公潇，给我猛打！”

见所有火力齐齐对准了自己，周公潇本能地放弃机枪，扑倒在掩体后匍匐着躲开。李开林他们抓住这个时机，几乎在同一时刻冲向了敌人阵地近前。守敌眼见八路军要攻下山头，忙不迭就要后撤。周公潇声嘶力竭地对空鸣枪，高喊“谁敢撤退我就枪毙谁”，然后回身紧紧盯住抢在进攻队伍前头的小五，找准时机，对着就要爬上山头的小五连射三枪。

小五双手撑在掩体的石墙上向上跃起，却被一块长石伸出的尖角挂住了大腿地方的棉裤。当他避开尖角再次跃起时，周公潇的三枪全部打中了他的胸口。小五身体一软，两手一松，整个人倒卧在山顶的掩体下。

见此情景，李开林奋不顾身地冲向前去：“同志们，冲啊！抓活的啊！抓住周公潇我给你们请功！”

基干营的战士们齐刷刷地挺身冲锋。周公潇见势不妙，便撒开双腿向山后飞奔。早已经人心涣散的伪军们看见他们的团长弃战逃命，立刻溃不成军，后面的拔腿就撤，前面的干脆举起武器投降。

李开林跃到小五跟前，抱起他撕心裂肺地呼唤着。可小五的身体软软的，人已经停止了呼吸。李开林泪水涟涟中抚摸着小五的脸，目光慢慢注意到了小五棉裤上的窟窿。他轻轻放下小五，弯腰举起一块圆滚滚的大石头，对着掩体中伸出的石头尖角狠狠地砸下去：“王八蛋！我让你他妈也为虎作伥！”

圆石顺着山坡滚下，被砸断的石块尖角颓然掉落到草丛里的乱石堆中。

几位村民挖好了墓穴，李开林却抱着小五的尸体不肯撒手。五年的风雨磨砺中，小五从一个不满十五岁的浑身稚气的孩子变成了胸宽肩硬的大小伙子，从跟屁虫一般的小尾巴变成了勇敢上进的出色战士。李开林答应过花篮跟武善志，他会照顾好小五，他会一直跟小五在一起；他答应过小五，他会跟小五并肩作战到打完鬼子、打完国民党反动派，然后一起回家养牛种地。当年梁大爷教导过李开林应该认些字，他感觉读书认字跟自己毫不沾边而一笑了之；梁春竑跟武善志先后都强制他认字，李开林也只是推托应付；后来小五纯真的劝说和主动认字的行动震动了他、感化了他，逼迫他拿起了笔、翻开了书。而他也从小五身上清晰地感觉到了文化对于改变和塑造一个人的作用。五年的相处，李开林对于小五的情感并不局限于同村的伙伴，更多时候他把小五看作心爱的小老弟，有时候莫名其妙地幻想着小五就是自己带大的儿子。而今，像儿子一样的伙伴将再不能跟他驰骋战场，更不可能再跟他回家养牛种地盖房，而要长眠在咫尺天涯的地下。李开林难抑悲恸，大颗的泪珠连缀成线。良久之后，他把小五沾满灰尘的脸擦洗干净，随即将小五的身体塞给站在旁边默默伫立的村民。他近乎疯狂地跑到旁边的林子里，扬拳猛击着树干，痛彻心扉地哭喊着。

经过战役第一阶段的打击，吴化文伪四师师部被打烂，所有防线全部被攻破。吴化文只好收缩兵力，等待日军救援。当日军从莱芜和青州集结大部队前往增援时，鲁中军区队伍已经撤至机动位置，以逸待劳，并在游击战中拖得日军精疲力竭。几天后日军落魄回撤，讨吴部队迅速发起了第二阶段作战。

此时，吴化文已经亲率精锐部队增援东线泰沂山一带，李开林他们连队的任务是参与突袭吴化文的大本营悦庄。李开林清楚，吴化文胆敢亲率部队出战，老巢里一定作了精心安排，也就是说，攻打吴化文的大本营必定是场恶战。不出所料，战斗一打响，进攻部队便遭遇到强大的火力阻击。先是山炮发威，随后工事里掎角分布的重机枪结成了一张火舌般的防护网，八路军队伍几乎没有突破的可能。

李开林焦急地观察着形势，抓过一堆手榴弹塞到腰间，指着正前方疯狂射击的机枪喊道：“你们就盯着前面这挺机枪打，我上去拿下它！”

在两颗手榴弹炸起的尘土和战士们的机枪掩护下，李开林冒着头皮上流星般的子弹和身边不停爆炸的炮弹烟火，硬是挺进到距离敌人机枪不到五十米远的地方。机枪火力太猛，不能再往前推进了。李开林把两枚手榴弹攥在一起，在机枪射击的间歇，用尽全身力气猛甩出去。重机枪当即哑掉，而李开林的右胳膊也在投弹之后被流弹击中，鲜血立刻汩汩而出。李开林右胳膊中枪就失去了多半的战斗力。他忍不住着急地怒骂道：“狗日的汉奸，你打我左胳膊啊！”

一挺机枪哑下来，两边的机枪依然火力凶猛，战士们的冲锋再次被压住。可刺骨的疼痛让李开林难以举起胳膊。焦灼中，满头的汗水从脸颊上滑落。

李开林趴在地上仔细观察着阵地，发现右前方五六米处有个小土堆可以倚靠，便左胳膊用力攀爬，右胳膊艰难支撑，吃力地向前挪过去。对面的敌人发现李开林还活着，急忙将子弹连成线地扫射过来。李开林换口气，硬是咬牙爬到了小土堆跟前。他把腰间最后的两颗手榴弹抓在左手里，轻轻晃动胳膊试了试，骂了句“王八蛋”，突然挺身，把手榴弹狠命地扔向前方的机枪点。这挺机枪又哑了，李开林也身中两弹倒下去。

两挺机枪被炸成哑巴，敌人的防线终于被撕开一道口子。随着八路军战士迅速冲入敌军阵地，日伪军顿时倒塌的墙一样向后面溃退。

李开林努力睁开眼睛，但他的视线是朦胧的，朦胧到只看见一个个健壮的黑影抑或一条条长腿从身边跃过。渐渐地，他的视线模糊成黑色，大脑却又从未有过的清晰：他跟小五回家了，帮着小五盖房子，看着小五喂牛。身后传来大群人的欢笑声，那是梁春竑、武善志、岳子文、王大有他们欢呼跳跃着奔过来。李开林忽又感觉身体越来越放松。那是一种愉悦的放松，一种了无牵挂的放松，一种极度满足的放松。在从未感知的放松里，李开林露出了欣慰的笑容，却慢慢失去了所有的知觉。

在用村民的茅草屋临时搭建成的战地医院里，担架队不时把受伤的战士从前线运送回来。武善志和几个游击队员已经从战场到医院跑了三个来回，现正靠在墙角啃着窝头。

这时候，有位系着头帕的妇女端着盛满血水的木盆从屋里出来，迎面遇上的另一个妇女靠前说："莲嫂，你回家歇会子，多少吃点儿饭吧。"

这位叫莲嫂的看上去很疲惫："等给刚才的这个重伤员包扎清理好再说吧。"

那位妇女问道："又是重伤员？"

莲嫂小声慨叹说："这个像黑铁塔的大块头命可真大。胳膊上、腿上、腰上和胸口总共六处枪伤。六处呢！你说神奇吧？两枪从胸口穿过都没事儿！"

那位妇女吃惊地瞪大眼睛："黄天神啊！那不浑身窟窿了吗？莲嫂，就怕他以后是个废人了呢。多大年纪？"

莲嫂倒掉血水，腾出手来擦擦额头："黑乎乎的看不出来，看面皮怎么也有三十出头吧。听说还是个连长。"

闻听两人的对话，武善志跟王大有同时站起身，互相对望着说："不会是李开林吧？"

"不会，李开林才二十七岁，那人说这个连长三十多呢。"

"李开林五大三粗的黑大个子，看起来最起码也要大四五岁啊。"

武善志赶忙追到屋檐下叫住莲嫂："大嫂，我能进去看看你说的那个英雄连长吗？"

"大嫂？"莲嫂一怔，发现武善志的确在跟自己说话，便一口回绝，"医生正在抢救。不能看。"说完，转身掀开门帘径直去了。

武善志他们在战场和后方医院之间往返奔跑，直到晚上才聚集到民房里准备过夜。王大有突然想起了白天严重受伤的连长，说不知道那位英雄连长现在什么样子了。武善志准备和几位队员一起去探探情况。

离医院还有大截儿的距离，门口站岗的哨兵警觉地举枪拦住他们：“你们干什么的？”

武善志向前两步，自我介绍说：“同志，我们是泰沂云崖区游击中队的，这几天一直在这里帮着抬担架运送伤员。今天白日里，听说有个受重伤的英雄连长，我们想过来看看。”

哨兵依然警戒地对着他们：“重伤员需要安静休息，不许惊扰。你们回去吧。”

正在纠缠，那个叫莲嫂的妇女掀开门帘出来。她声音很轻，却非常严厉：“嚷嚷什么？伤病员要休息知道不？”

武善志赶忙赔着笑脸：“大嫂，我们只是想看看白天那个英雄连长。您就帮帮忙吧。”

莲嫂有些愠怒，借着门口墙上挂着的马灯灯光一瞧，皱起眉头说：“你是不是白天那个抬担架的？”

武善志兴奋得红了脸：“是我。大嫂好记性。”

哨兵粗声提醒说：“不要叫我们妇救会长大嫂。要么叫大姐，要么叫‘莲嫂’。”

莲嫂看武善志不像是偷奸耍滑的模样，于是审视着他：“你们为什么非要看那位英雄连长？”

“白天听你的说法，我感觉那位连长好像是我们云崖区的老排长。即使不是，我们也希望看看他。凡是打日伪的都是兄弟，都是一家人。”

莲嫂得知老排长的名字叫李开林，沉吟一下告诉他们，身中六枪的那位连长暂时被安排到她家养伤，并同意带着武善志他们去家里看望那位英雄。在路上的简单交谈中，武善志他们才知道，原来莲嫂是区上的妇救会长。她本名叫春莲，因为在抗战剧中扮演了莲嫂这个角色而饮誉一方，被老老少少亲切地喊作“莲嫂”。武善志他们之前误以为她已成家，为此面红耳赤地向她道歉。

武善志跟着莲嫂进到院子中间靠东边的单间屋子，顿时被温暖包围。屋子中间地面上的火盆里闪耀着微微的红光，窗台上一盏油灯散发出比火盆里炭火强不多少的暗弱的光线。莲嫂走近窗前，拿起铁钎在灯芯上轻轻一挑，屋子里立刻明亮起来。武善志他们几个人踮着脚走近床前，借着莲嫂举起的油灯灯光仔细端详着。尽管强抑心中的激动，泪水还是从武善志的眼角流下来。

莲嫂把众人表情的急剧变化全都看在眼中。她柔声问道：“他就是李开林吗？”

武善志咬住嘴唇点点头。

莲嫂轻声说：“你们都放心吧。他没有生命危险，只是伤口过重、失血过多，也休息不好。包扎清洗伤口后到现在，一直都在沉睡。”

武善志谨慎地请求道：“莲嫂，我们能在这里多待一会儿吗？让大伙儿多陪陪我们的老排长好吗？”

莲嫂有些犹豫，最终还是点头答应了他们的请求。

漫漫长夜在武善志他们的陪伴中缓缓度过。睡梦中的李开林左腿在被窝里微微一动，疼痛立刻使得他皱紧了眉头，口中不自觉地轻轻“啊”了一声。武善志和莲嫂几乎同时伸出手去，一个扶住李开林的右肩，一个扶住李开林的左腿。李开林的身体安顿下来，拧紧的眉头也逐渐舒展。就在大伙儿轻轻抬身、准备后撤的时候，李开林紧闭的睫毛轻微一个抖动，似乎是要努力地睁开眼睛。李开林恢复知觉了！莲嫂赶忙拿过油灯近前照着。武善志弯下身看过去，正好与李开林微微睁开的目光相对。

武善志激动地抚摸着李开林的左手，颤声叫道：“开林！开林！”

似乎从遥远的地方收回来，又经过了漫漫长夜的等待，李开林的目光终于变得有些明亮而又焦灼。他的手在弱弱地颤抖，泪水从眼角滚落。

第四十四章

时间到了初冬，游击队员们大都穿上了夹层的棉衣。梁春竑吃过午饭，正跟葛秋林几个人在商讨粮食的问题。二连长黄茂生报告都来不及打，闯进来说，东山村据点开来了大约一个排的伪军小分队。两挺轻机枪和那些步枪，锃明瓦亮的，都是新家伙。他们还随队运送来了好多木箱，估计也是枪支弹药。黄茂生说队员们早都猴急着要换换手里的家伙，没想到伪军紧着给送上门来了。

梁春竑眼前一亮，却问这队伪军开过来的意图是要干什么。黄茂生方知只顾兴奋，竟忘了深入摸清敌情。他敬个队礼，转身跑出去，直到日挂西山才弄清确切情报：新开过来的伪军不仅给东山据点送来全新的枪支，还要在此接应明天经过的一支运粮队伍。现在运粮的队伍已经住到对面十里外的陈家庄据点了。

东山村据点位于村东河岸的木桥旁边。因为木桥连接着东西交通要道，日伪军傍桥修筑了个五六人高的岗楼，靠着岗楼圈起了行营，长期派驻一个连的队伍在此驻守。这个日伪连队不仅把守木桥，还不时参与对周边八路军队伍的袭扰，虽然几次被八路军、游击队强力反击，整体上依然占据上风。凭借游击大队的现有力量，对付他们只能望洋兴叹。

黄茂生见梁春竑长时间没有回应，忽闪着眼睛道：“光靠咱们确实是不好打。队长，能不能请求八路军部队支援？”

梁春竑终于环视着两个连长和六个排长说：“二连长说大家想换换手里的家伙。你们也都这样想吗？”

大家激动而又期盼地望着梁春竑，齐声喊“是”。

梁春竑格外冷静：“既然大家如此心切，就准备打一场硬仗吧。二连长，我知道你现在浑身都被汗湿透了，可你必须继续流汗。带上你的三个排，立马动身，前往陈家庄外围的三个村子，要么进驻到小学堂里，要么找一家大户，就在那边吃晚饭。必须放出口风说，今晚夜半时分配合八路军正规部队聚歼陈家庄的伪军队伍。吃过饭后就开拔，绕道悄悄返回到东山据点西侧的松树林。现在就动身！”

待黄茂生带着排长们出了门，梁春竑对葛秋林说：“一连长，安排你的队伍搜集到足够多的火铳、铁砂炸药，连同射手都找来。还要准备攻打围子的厚木板、钢板铁皮。三个小时后到东山据点西侧的松树林集合。另外，你亲自带队穿过东山村对面的村子，也留下去陈家庄配合八路军队伍聚歼伪军的风声，一定要翻过村外的山岗，绕道返回。我还有重要的事情同你商量。”

葛秋林已经揣摩透梁春竑的布阵意图，安排各排行动后，悄声跟梁春竑说：“梁队长，这么离奇的方案，到底靠谱不靠谱？”

梁春竑的神情依然很是严肃：“到底靠不靠谱，就看能不能让伪军上钩，关键是东山据点的伪军能不能上钩。可就算他们上钩，我们依然还要面对更加离谱的情况。这个，还需要你的智慧。”

摇曳灯光里，东山据点的伪军孙连长和四个排长正喝到兴致淋漓，哨探报告说有游击队伍翻过了对面村子的山坡，要去陈家庄配合八路军打伏击。孙连长深谙游击队的招数，责令继续探听消息，酒兴消减了不少。酒足饭饱之后，孙连长陪着接应的马排长喝茶，正为那会儿的情报感到狐疑，陈家庄的信使赶到，紧急呈递上那边据点石连长和运粮队长的联合亲笔署名信函。信函里说得到精确情报，八路军一个营和北泰沂游击大队将在夜半时分包围陈家庄据点，恳请孙连长和马排长率队协同迎战——或者共同守护陈家庄据点，或者率兵夹击八路军队伍。

孙连长看过信函，安排来人先下去等候，却迟迟没有发声。马排长试探着问北泰沂游击大队大约有多少人。得知至少有两个连，便不再多问。

情报紧急，来不及跟大部队联系，唯一能对陈家庄施以援手的也只有东山据点。可孙连长既要防备情报不实而中了调虎离山之计，又要防备跟八路军夜间作战可能吃大亏。不去驰援，又怕日后上边怪罪下来而无法交代，何况眼前还有个“外人”马排长。

马排长终于按捺不住，模棱两可地撺掇说：“按理说咱们是来接应的，陈家庄出了问题与咱们无关。可已经提前接到了求援，如果不出手相助，日后无法向上边交代。话又说回去，毕竟咱们对八路军那边的真实情况不知底细，万一救援不成反而把自己搭进去，岂不还是罪过？”

孙连长明白对方在给他设圈套，含含糊糊地说：“就是呢，可怎么办才好呢？要不，咱们赶紧派人向上边请示？”

“咱请示的人还没到呢，陈家庄那边的兄弟们早就被包饺子了。俗话说得好，螳螂捕蝉黄雀在后。照我看，你这边去两个排，加上我这个排，就凭咱这装备，力量不比游击队差。他们不是配合八路军包围陈家庄吗？咱们从后面来个反包围，跟里面的兄弟们前后夹击，说不定包了他们的饺子。”

孙连长在游击队面前吃过几次亏，生怕偷鸡不着蚀把米，便转着眼珠儿说：“陈家庄那边说已经得到确切消息。可我知道游击队真真假假的手段，就怕他们故意给咱点眼药水呢。这趟浑水，好难做决断啊。”

马排长沉不住气，脱下帽子把玩着：“我们也不想立什么功，只不过怕日后担责。不如这样，先答应来人我们会去陈家庄增援，从背后包抄夹击八路军，然后咱们一路谨慎前行，一路打探情况。能干就干，不能干再说别的话。日后上边追查，我们也落不下责任。”

麻雀大小的脑袋根本盛不下两颗豆豆，头脑一热就想立贪天之功？孙连长摸清了马排长的心思，也担心自己成为替罪羊，而除了带队驰援之外别无应对之策，便点头称赞：“马排长所言正合我意。这边留下一个排坚守据点，其他人等连同马排长的队伍，即刻出发。”

孙连长派出的几个心腹便衣活像飞毛腿，放出不长时间便纷纷报告说沿路没有任何伏兵。孙连长心神烦扰，带队磨磨蹭蹭前行，临近夜半时分潜伏到陈家庄外三里处，可过了半夜也未见丝毫异常。

孙连长越来越后怕，终于深感胆战心惊：陈家庄的粮食一粒也丢不掉，我东山的据点恐怕已经落入游击队之手了。他焦躁地联络上陈家庄据点的石连长：“兄弟，您一封手书恐怕要让我坠落万丈悬崖了。兄弟无论如何也要派出一支队伍，帮我把东山据点夺回来。”

陈家庄的伪军石连长有所恍然，却冷笑道：“不是兄弟我不愿帮忙，实在是粮食安全万分重要。万一等我把队伍拉到东山，游击队反而包抄过来抢粮，你说我们该怎么办？天啊！说不定游击队和八路军就设了这样一个圈套，单等着把我们装进口袋呢。趁早，你们全都留下来，今晚帮助我们守护军粮，明早护送军粮上路。就算东山失守，也足可以将功抵过，而且更为荣光。”

孙连长差点气晕过去：“石连长此言何其无情无义！就算我孙某人血洒东山，也不要你这份荣光！马排长，是走是留，你看着办吧！”

未待马排长开口，石连长抱拳道：“既然兄弟宁可守着据点也不顾军粮安危，我石某人也不强人所难。你们尽可以回去守护据点，我保证明天早饭后把粮食和运粮队伍交到你们手上。”

当据点里的伪军走出五里多地后，梁春竑带领队伍悄悄将据点包围。周边三个村子的百多名村民也依照梁春竑他们的鼓动安排，扮作游击队员的模样，跟随在队伍四周。

岗楼上的伪军哨兵观察到有个人影大摇大摆地往据点走来，把探照灯打过去一看，隐约是游击队员的打扮，赶忙大声盘查：“干什么的！”

来人是葛秋林。他痛痛快快地拍着胸膛：“我是北泰沂游击大队的。请你们的长官出来说话！”

两个哨兵一商量，正要分头报信，留守的伪军排长出现在岗楼上：“哪个是游击队的？”

葛秋林朗声笑道：“这位长官怎么称呼？”

“我是这里的排长。你有什么话要说？”

“我是北泰沂游击大队一连连长，官还比你大。这位兄弟，我过来是要告诉你，你们的连长和那个排长带领的弟兄们已经跳进八路军和游击队的包围圈，就等着缴械投降了。你们留守的兄弟们现在也被层层包围，没有任何出路。咱们都是中国人，都是自家兄弟，我给你们指条道儿：只要放下武器，保证不再跟着伪军和日本鬼子为非作歹、杀害自己的同胞，我们会保证你们每一个人的安全。如果打算顽抗到底，那就在十分钟之后全部躺着出来！”

北泰沂游击大队不是去陈家庄了吗？怎么这又蹦出个一连连长？毕竟据点里只剩下不多的二十几个人。伪军排长强作镇静说：“你以为老子是吓唬大的？你这么点小手段值当的在我面前显摆？”

葛秋林转动着手里的短枪：“我没工夫跟你磨嘴皮子。你们不是有探照灯吗？向四周照一照，看看我说的是不是真的。我只给你五分钟的时间考虑。五分钟之内不缴械投降，那咱们就拿这个见！”

伪军排长很是心虚，悄声命令探照灯向岗楼下慢慢扫射。雪亮的灯光里，游击队员们精神抖擞地持枪围在前面，后面并不十分清晰的都是当地周围的村民，浩浩荡荡的队伍看上去不止一个营。尽管岗楼上寒风缕缕，一阵慌张过后，伪军排长的额头上还是沁出了汗珠。他在声势浩大的包围面前自我崩溃了。

旁边的哨兵悄悄提醒说："排长，连长不是说好了有情况就放枪、他们就会杀回来的吗？咱们先跟他们耗着，不行就打，顶不住的时候再说。"

伪军排长垂头狠狠地瞪他一眼："等连长他们杀回来？你没看见他们的阵势吗？顶不住的时候再说？上阎王爷那里说吗？"

伪军排长彻底软下来："连长兄弟，我和兄弟们出来当兵打仗全是为了挣口饭吃，我手下的弟兄们也真的没有做过伤天害理的坏事。请贵军不要难为我们。"

梁春竑希望赶紧平定据点，好继续接下来的狙击行动，便大声喊道："我是这边的游击大队长，我可以向你保证。"

游击大队长也在！伪军排长身体颤动了一下，沮丧地命令身边的伪军哨兵："要大家缴械投降！"

不到十分钟，整个据点全部由游击队控制，二十几个伪军被集中到一间屋子里接受抗日救国教育。

孙连长当场击毙陈家庄石连长的心都有，可只能强忍着耻辱和痛恨带队返回。距离据点还有三里地，他命令两个排长亲自先行侦探情况。两人快步流星，穿越月光飘洒的黑魆魆的山野，一口气跑到木桥边上。岗楼上两个士兵在安然放哨，探照灯不停地来回扫射，整个据点跟平日里没有任何异常。

刚走上木桥，探照灯转过来，强烈的光束刺得两人睁不开眼睛。两人怒骂岗楼上的哨兵不长眼睛。得知一切正常，两人不敢停留，转身往回飞跑。

听两个排长的汇报说岗楼正常，周边也没发现伏兵，伪军孙连长真真地蒙了："奶奶的，这可真奇了怪了。这到底摆的什么迷魂阵？"

马排长长长地舒了口气，重新挺直腰杆儿，说话也硬气起来："连长，咱们就等着看陈家庄那个不讲义气的东西被游击队包了饺子吧。不仁不义，自有报应。"

只要自己不被包饺子，管他什么人包饺子！伪军连长终于一块石头落地，却也担心再出意外："加速返回据点！"

警报消除，整个伪军队伍也不再担心弄出声响，甚至有人小声说笑斗嘴，稀里哗啦地闹腾起来。前面就是据点，岗楼上的探照灯像往常那样转着圈发出安全的亮光，据点下面的木桥在月光下似乎清晰可见。一时间，折腾了半个晚上的队伍更加松懈，打哈欠的、骂娘的、发牢骚的，不绝于耳。孙连长也放心地掏出香烟，和马排长一起点上。就在火柴亮光一闪的刹那，令人胆寒的一声“打”，当即震蒙了伪军连长，也震晕了整个队伍。他们不明白、不相信、不防备，一个个像呆鸡似的互相对望着，竟然不知道端起枪，不知道卧倒隐蔽，不知道散开还击。随着道路两边和木桥下面三个方向同时开火，成队的伪军纷纷倒下，孙连长的指挥完全失去了作用。这支睡梦中刚醒过来的队伍立刻抱头转身向后涌去。跑出不到三五十米，却遭到了隐蔽包抄的游击队的迎面阻击。这支可怜的伪军队伍立刻一哄而散，争相四处逃命。除了连长、排长白费力气的“不许撤退”的鸣枪警示，甚至没有几个伪军顾得上开枪还击。孙连长和马排长几个人抱团冲破包围圈，飞奔到岗楼跟前，疾呼开门，却遭到了里边一阵排枪的射击。

月亮落到山头后面，大地完全陷入茫茫黑夜。梁春竑在据点的营房里静听两位连长和三个庄长的战斗汇报。

葛秋林汇报说：“一连打死伪军二十二人，缴获轻机枪一挺，步枪二十九支。我连没有一人伤亡！”

二连长黄茂生汇报说：“二连打死伪军二十一人，缴获轻机枪一挺，步枪二十七支。我连没有一人伤亡！”

梁春竑将目光扫向后面的庄长们：“各位庄长，咱们的兄弟爷们都什么情况？”

一个年龄稍大的老庄长站起来：“报告队长，三五个人打扫战场的时候受了点儿擦伤，没大碍。放心吧。”

梁春竑悬了一夜的心终于落地，脸上也终于露出了欣慰的笑容：“我参加游击队以来，总共有四次非常漂亮的战斗。第一次是在垛庄铺伏击日军，打死日伪军二十三名，缴获一挺机枪、二十多条长枪。咱们只有一人受轻伤，还不是枪伤。第二次是在我自己的村里，成功地撕开了日本鬼子的包围圈，帮助被困的八路军军区机关人员冲出包围圈，可是我们牺牲了三十多名游击队员。第三次是在李家峪，成功从日军手中营救出了县机关工作人员，打死两个日本鬼子，可也牺牲了三名游击队员。最漂亮的就数今天晚上的这场战斗，加上投降伪军的家伙，一共是三挺轻机枪，一百零八支步枪，游击队员无一伤亡！同志们，咱们创造了神话，立了大功啊！”

梁春竑正在巡视村民疏散和被俘伪军的放行，黄茂生悄悄靠近前去：“梁队长，大伙儿都夸你是诸葛亮呢。”

梁春竑并没有为这次侥幸成功感到欣慰。如果伪军不上钩，他们不过是劳而无获；如果伪军足智多谋，反而来个将计就计，遭受重大打击的恐怕就是游击大队了。跟他当初崔家河夺粮一样，都是一着险棋。虽说计中取胜，也是走的钢丝，根本就不值得沾沾自喜。而他现在有些分神，他从重伤被俘的马排长嘴里听到了云泰大队的只言片语。按照马排长的说法，云泰大队早已经名存实亡，周公潇被召到军部后便再无消息。

武善彧前往昌乐投靠张天佐，未料把自己投进了牢笼。这个牢笼并否来自张天佐，而是来自武善彧的同乡同僚们。1944 年春，在流亡昌乐张天佐处的国民党山东省党部的主持下，新组成了国民党云蒙县党部。然而，党部这批人并非真心要干事情，大都随波逐流着避难吃饭，精心图谋着编结网络和阶梯，以待日后个人仕途经济。他们置身于与各级流亡政府官员间的来往应酬，越发浸染了钩心斗角、花天酒地的习气，日日隔江犹唱后庭花。武善彧自到来之日起便以重整旗鼓为己任，倾力于恢复行政架构、重组队伍，自然与他们的做派格格不入。书记长起先以为武善彧只是想要抢夺他们的风头、伺机取而代之，后来察觉武善彧精心筹谋，言行必果，于是很惧怕他果真指日有成而难以控制，便竭力阻挠破坏，不惜采取无中生有等方式打压排挤。武善彧空有县长名衔，组建队伍的志向难酬，返回云蒙主政的愿望更是遥遥无期，对新党部的抵触和憎恶越来越强烈，跟书记长之间的裂痕越来越大，两人甚至从互相攻击上升到拳脚相加。1945 年秋，鉴于矛盾无法调和，两人同时提出辞职。武善彧递交完辞呈，来到沈川湘处，愤恨难平之中散发着愁云惨淡之势。

听完武善彧的发泄，沈川湘淡淡一笑："善彧兄，我老提醒你看开些，嘴皮子都磨破了。可老兄你怎么就是不知道委曲求全呢？"

武善彧愤怒至极："沈团长让我怎么看开些？书记长那些人就知道喝酒吃肉，混天聊日，暗中私交。他们自己苟且偷安倒也罢了，凡我有所谋划便设障阻挠，还在背后打报告、放黑枪。他就是个流氓土匪大混混！他们就是一群乌合之众！你让我怎么跟一群流氓土匪委曲求全？"

沈川湘忍不住笑道："这半年多来，善彧兄终于学会骂人啦。"

武善彧怒气犹盛："我武善彧何曾骂过人？我只会骂那些卑鄙无耻的下三烂而已！"

沈川湘年纪比武善彧小，但阅历要高出许多，在处理官僚关系上明显技高一筹。他看重武善彧，认同武善彧，但在实际交往中却不能不有别于武善彧："善彧兄，现在是非常时期，投奔张总司令的这些人都在得过且过中等待时机，没有谁像你这样真正把党国大事放在心上。就算你不屑于跟这些人同流合污，你县长的职务可不是随便请辞的。你怎么可以不三思而后行啊！”

“沈团长，我不是没有三思过，我是一日三思啊。我来这里快一年了，这一年来多么令人惋惜、令人心疼、令人悲愤啊。这县党部的乌合之众不让我做成事，那省党部的所谓大员们对我的一腔热望不施援手。想我武善彧为党国忠心耿耿，出生入死，付出了一应所有。可党国的这些异类又容得下我这忠贞之臣了吗？可我不能跟他们同流合污。我不会沉沦、不会放弃。我相信终有一天，我武善彧还会东山再起、为党国尽一份心力的。”

“我敬佩善彧兄的赤胆忠心，也敬佩善彧兄的高洁气节。可是，你辞去县长之职，真就无所依靠了。善彧兄打算暂时怎么安身？”

武善彧颇有天凉好个秋的瑟缩：“我也看清楚了，跟这帮恬不知耻的糜烂之徒绝无同道并行之可能。沈团长，我还是再回我的云泰大队吧。手里有队伍，说话就有底气，腰杆儿也硬挺。天下之大，不信我武善彧没有为国尽力之所。”

沈川湘摇摇头：“善彧兄，你们的云泰大队被吴化文改编为‘独立三团’后，公潇兄由周参谋长变成了周团副，据说在归王同宇师长指挥后就被调往军部另有任用。可这都快一年了，依然没有重新安排职务。我担心他另有任用是假，被软禁是真啊。”

武善彧更是忧心忡忡：“不瞒沈团长，我也这样想呢。都多长时间没他的信息了，这很不正常。公潇表弟生性崇尚自由，由不得别人指手画脚，更厌恶被他人随意染指。虽说自打年轻时就外出闯荡，人情世故见识极广，可惜跟我一样，耿直有余，厚黑不足，遇事往往欲速则不达。现在我决定到那边去，希望能弄清真相，相互扶助一二。我之所以辞去县长之职，亦不乏寻亲驰援之意。”

沈川湘对武善彧的道白感同身受，可对世事的洞察远高于武善彧：“其实善彧兄跟周参谋长的脾性何其相似。经过多年历练，如今跟党部同僚依然是水火难容，足见善彧兄赤子之心难易。既如此，离开这里到队伍上闯荡或许是更好的出路。只是，经过一次次改编，原有的云泰大队已经不复存在，你要到‘独立三团’恐怕也不那么容易。不如这样，你先去军械处找芦连章，看看他是什么态度。其他事情容我帮你慢慢理会。”

开弓没有回头箭。倾尽所有甚至不惜身家性命而奋发多年，唯一收获的就是县长的职务，而这一光杆儿职务如今也不复存在。刹那间，武善彧强烈地感到了人生的凄凉。

他摘下眼镜，擦擦眼角："事到如今也只好如此了。拜请沈团长能够在芦处长那边多多用心，帮助我武善彧暂时寻一个安身立命之所。"

别人的同情无法扭转自己的乾坤。沈川湘对武善彧的际遇深表同情，却也只能感慨在心："这个，请善彧兄尽管放心。我沈川湘定当尽全力而为。"

武善彧体会到虎落平阳的落魄，也为沈川湘的雪中送炭之谊深感温暖。想想自己这些年的全部心血已然付诸东流，他终忍不住泪盈眼眶："沈团长，这一年多来让你费心劳神。我武善彧没齿不忘您的这份情意。"

沈川湘赶忙安慰道："善彧兄客气了。你我二人何必见外？这样，找个时间，我为你设宴送行。"

武善彧恳切推辞："如今情形何必再铺排张扬。沈团长还是书信一封，就像静悄悄来这里一样，我再静悄悄到芦处长那边去吧。这样也给老弟省却不少的麻烦。"

沈川湘并非虚情假意要设宴送行，但是见武善彧这样执意不肯，也就遵从了他的意见："也好，就按善彧兄说的办。吴化文他们经不住八路军的打击，如今已经南撤到安徽蚌埠一带。路途遥远，你准备什么时候启程？"

武善彧说："居无定所之人，寻找栖身之地越快越好。我明天一早就走。"

刚正而不知变通，付出所有而形单影孤。沈川湘很有些鼻酸心热："看来善彧兄去意已决。那好，我这就给你写信。"

芦连章对武善彧本不大感兴趣，只是碍于沈川湘的面子，便强打精神接待他。待看完沈川湘的亲笔信，重新领略了来人的品性，再仔细打量其气度，芦连章禁不住对武善彧多了一份敬重："武县长敢于掷冠而去，甘愿军中从戎，大将风度着实让人钦佩啊。"

武善彧惨然一笑："芦处长的高抬让在下无地自容。我哪还是什么县长，不过是意气用事的粗人罢了。如果芦处长不嫌弃，在下愿从今追随芦处长，一切从头做起。"

芦连章扼腕而叹："就凭武县长的才干，只要能得遇贤明，平步青云之日依然可期啊。想当初武县长晚走一步，或者芦某早到一步，你我早就携手并肩、共赴国难，武县长也省却了这一年的岁月蹉跎。不过，请武县长放心，沈团长的兄弟就是我的兄弟，能与武县长这样的英雄共事也是芦某的荣幸。我将尽快把武县长到来的事情向上司汇报，一定给老兄安排一个称心的去处。"

武善彧言辞恳切："武某并非为了高官厚禄而来。实在无处可去，武某愿意再回到由云泰大队改编的队伍里赴命。"

说到云泰大队，芦连章立刻表情复杂：“武县长可知道周参谋长的情况？”

武善彧探身垂目：“只是风闻，详情确实不知。武某心下也是极为挂念，还未来得及向芦处长讨教。”

芦连章略作沉思，决定还是直言相告。他努力保持着平静说：“据可靠消息，周参谋长十天前刚刚阵亡。我还没来得及告知川湘兄。”

云泰大队被收编后，因为周公潇性气刚直不羁，吴化文对这支曾经独霸一方的地方武装很不放心。先归第四十八师指挥时，周公潇发觉自己被暗中监视，当即跟师长产生龃龉。第三次讨吴战役后，这支队伍归第四十九师指挥，依然处处受到节制和监视。周公潇深感寄人篱下之苦，于是暗中写信给武善彧，打算带领队伍投靠张天佐。孰料派出的人被抓，信也被缴获，周公潇遂被解除职务，软禁在第三军军部。队伍开拔途中，周公潇借着如厕的机会出逃。

周公潇一路在乔装改扮和抢劫中北上，半个月时间返回到云蒙，意外在城郊遇到了从战场上脱逃的原独立三团的石排长。两人一拍即合，连夜潜入城南山林，突袭并控制了三十人的散落土匪、伪军，组成新编独立营。鉴于云蒙、泰沂一带近乎完全被八路军控制，周公潇便带领队伍往泰沂东北方向移驻。那边不仅可以更为恣意地活动，还有寄身投靠张天佐的武善彧，有他熟悉的地理、粮仓等诸多情形，也有他始终想伺机除掉的梁春竑。周公潇阴沉笃定，石排长满舌生花，东进路上不断联络、拉拢曾经干尽坏事的匪痞，队伍扩展到六十多人。

这天傍晚时分，他们行进到泰沂山北麓一个叫河南坡的小山村。周公潇化装成八路军干部，凭借对日伪军的“苦大仇深”骗取了村民的信任，得知山下小河对岸的河北村驻扎着北泰沂游击大队不足二十人的一支队伍，带队的连长叫葛秋林。“北泰沂游击大队的葛秋林？他不是梁春竑的得力连长吗？”周公潇极力思索，脑中从没跟葛秋林有过交往、哪怕相互打过照面的记忆，不禁心下暗喜：老天眷顾，给了我可能除掉梁春竑这个心头之恨的机会！周公潇又苦苦思索五年前梓河镇青年抗日救国训练班上的学员名单、梁春竑的铁杆哥们儿。林茂宇！就是他了！他跟石排长很快设置好圈套，放心休息一夜，第二天大早便主动去河北村寻找葛秋林。葛秋林得知对面的八路军干部是当年梓河镇青年抗日救国训练班上的林茂宇，赶紧举手敬礼。但是，直觉告诉他，眼前这位林茂宇很可能是“冒牌货”。葛秋林多次听梁春竑讲起在梓河镇训练班学习的情况，印象中林茂宇是个圆脸盘、有些憨厚的大个子。可眼前这个人身躯刚硬，目光在锐利的抖动中忽闪着丝丝寒意，更接近先前偶尔见过一次骑着高头大马的周公潇。可周公潇应该随着吴化文的队伍南下了啊，怎么会出现在这儿？

葛秋林兴奋地握着周公潇的手，心中却高度警惕："林茂宇？你就是我们梁队长常说起的林茂宇？太好了！梁队长前天刚配合鲁中区部队攻克了伪军的多个重要据点，现在正带领游击队在前边的镇子上休息。林干事，我带你去见见我们的梁队长。"

周公潇闻听梁春竑就在不远的前边，惊喜而又害怕：没有武善彧的掣肘，他更容易寻找干掉梁春竑的良机，可万一应对出现纰漏，鹿死谁手还不好说。周公潇故作激动，直呼做梦都想不到今天竟能跟已五年未曾谋面的梁大哥相见。他猛劲摇动着葛秋林的手突然停住，呼吸也变得沉重："葛连长，昨晚经过山林的时候，我遇到了一群散落的流匪和伪军。经过苦口婆心的规劝，他们同意追随八路军队伍。现在，这支觉醒的队伍就停驻在后边的小山村。要不要我去把他们带过来？"

葛秋林脑中快速地旋转着："确定他们已经觉醒，并要投身到我们队伍这边来？"

周公潇用力点头，却又微微皱了下眉："只是那个姓石的小队长不怎么真心愿意。要不这样，我现在就回村子一趟，你带领队伍随后接应。假如他们反悔，咱们一个连的正规游击队，完全有力量把十几个流匪一窝端掉。"

"他们只有十几个人？"

"加上小队长才十五个人。好在年龄都不太老，也没几个带伤的，参加八路军就能冲到前边打头阵。"

"既然林干事已经把他们感化，早会儿晚会儿的没大要紧。不如咱们先去见见梁队长。"

"兄弟们的感情堪比真金白银，可在党国的事业面前，兄弟感情可以暂时放到后面。再说了，我若能带着一支被鼓动策反的队伍去见梁大哥，这是多么大的见面礼。"

党国的事业面前？葛秋林心里登时清亮，却很矛盾。因为梁春竑带领大部队伍配合八路军攻打日伪军据点，暂时在此驻扎的队伍只有二十人，就算冒牌的林茂宇那边果真只有十五人，两相作战他不敢确保完胜。万一对面这个人果真是周公潇，其背后的陷阱有多深、游击队面临的处境有多危险都不可知。他现在必须稳住对手，相机行事。葛秋林假说队伍有分工，他亲自带领二十人到河边列队欢迎，让周公潇去对面村里领过那支弃暗投明的队伍。周公潇心里暗自冷笑，当即起身，与葛秋林同时出发。

周公潇去河南坡村里不长时间后，带着形容不整的十四人的队伍奔过来，隔河对着葛秋林喊道："那个石排长果然不坚定，一大早自个儿悄悄溜了！"

葛秋林回说由他去吧，目光紧紧锁定对面的一举一动。待周公潇他们就要过河，葛秋林突然指令队伍向路北的砂石阵撤退。周公潇发觉事已败露，拔枪就冲。几乎就在同时，一队匪军开始从上游过河，另一队伪军已经从下游河道拐弯处奔上河北面小路，三个方向包抄过来。葛秋林以砂石阵作掩护，边回击边往北面山坡上撤退。

子弹有限，没有后援，葛秋林的游击队处境越来越险恶。正当此时，近百人的游击队伍在河滩树林、草丛的掩护下迅速接近周公潇的匪军。梁春竑接到葛秋林暗中送出的火急消息，紧急率队赶来。

匪军听到身后枪响，回过神时已经倒下一片，立刻转为抱头鼠窜之势。石排长望见游击队骁勇浩荡之气，心知自己队伍必败无疑，立即从上游方向逃跑，只剩下周公潇督战的十多个人反被游击队包围在中心。

梁春竑命令停止射击，喝令对方投降。两名匪兵刚举起枪，被周公潇接连两发子弹击毙。待其正要射向第三个匪兵，梁春竑一枪击中了他的手腕。

周公潇突然僵住，慢慢转身，绝望而凶狠地盯着梁春竑，继而似哭似笑地扭动了下嘴角："梁春竑！"梁春竑凛然直视着周公潇，不发一言。

周公潇等待了足有半分钟，咧嘴一笑："没想到死无葬身之地的人是我，而不是你梁春竑。"

梁春竑威严说："只要弃暗投明，人人都有立足之地。"

"我为鱼肉，人为刀俎，说什么都是笑柄。可我还是要说：今天的结局，不是我的选择有错，是历史不该选择扶不起的阿斗一样的国民党。你梁春竑的选择也没有错，错就错在不该老跟我过不去！"

梁春竑义正严词道："每个人都是历史洪流中的一粒沙，都难以左右历史前进的脚步。但是，不管在哪个历史阶段，作为一个人，首先应该选择正义的方向，然后才奔着理想做人。周公潇，认输吧。"

周公潇仰天大笑："让我周公潇跟你梁春竑认输？善彧兄，你也这样认为吗？"

周公潇笑得浑身抖动，左手却悄悄地摸出另一把手枪，突然指向梁春竑。未待他扣动扳机，葛秋林他们已经数枪齐发，将他打死在乱石丛中。

武善彧一直担心周公潇因为锋芒太露而招致麻烦，却怎么也没想到会落得如此结局。尤其周公潇那句"善彧兄，你也这样认为吗"击碎了他的心。他终忍不住泪水，抖动着嘴唇说："公潇表弟已经不在人世，我来这边又有何意义？"

芦连章安慰道："武县长请节哀，也请万万不可因周参谋长的献身而失去心智。您跟沈团长是知己，我跟沈团长也是深交，咱们都是兄弟，来日定当全意相互扶持。"

武善彧揩着泪水，颤身抱拳："芦处长有这句话，武某感激万分。"

曾经响当当的云泰大队大队长、一县之长，如今失魂落魄六神无主，俯首听命宛若瑟瑟之犬，看来落水的凤凰果真是不如鸡啊！可是，一个男人的真情流露突然打动了芦连章。他萌生了知己相与的念头："对于武县长的去处，小弟倒是有一个建议。我这边正好空缺监护团团长一职。如果武县长不嫌弃，芦某愿向上司请命，举荐武县长先担此职，日后寻机再图发展。敢请老兄斟酌。"

初来乍到，又是落魄之人，却被如此善待。武善彧受宠若惊，悲喜交加："感谢芦处长不吝提携！武某只是忧惧难当如此重任。以后跟随芦处长行使使命，还望芦处长时时多加指教。"

芦连章急忙摆手："武县长你是老兄，老是这样客气倒让我无所适从了。芦某真心敬重老兄，期待常相聚谈，互为知音。对了，周参谋长倒在了梁春竑的跟前。我听说你跟梁春竑曾经是亲如手足的学友，后来怎么成了战场上的死对头？"

武善彧满怀惆怅，不便也没心思深谈："说来话长。最终不过是他要赤化我没能成功，我要感化他也白费了力气。说到底，他读书不慎、交友不慎，被共产主义学说深深毒害了。而且，一直是我们脚下的铁蒺藜。"

"老兄说得不错啊。"芦连章恨恨地说，"这个梁春竑就是扎在我们背上的一颗钉子。从你们老家大王庄那里一直到我们在山东的省会区，他从来就没让人肃静过。尤其是在鲁中的后一年，咱们军械处权当是为八路军和梁春竑的游击队当了仓库保管员。枪弹才刚发出去，转眼就稀里糊涂地跑到他们手里了。"

武善彧想忘却孑然一身的凄凉，想迸出凶蛮悍戾之气，可身体软弱得像团棉花，嘴唇都没有力量说话。他脑中不可抑制地浮现出《新青年》和《共产党宣言》两本小册子，浮现出梁春竑跟他一同阅读这些小册子时脸上闪烁着的兴奋和神往之情。很快，他眼前又被纷繁却清晰的画面替代：梁春竑的队伍一次次被升编，却迅速重新组织壮大起来，老百姓宁死也要跟他们站在一起；云泰大队背靠省政府和五十一军，几次起死回生却终遭覆灭的命运，即使尽心维护宗族的利益也并没能赢得族人的多少敬重。他想起了梁春竑三番五次劝导他的话：得民心者得天下，浩浩汤汤的历史洪流面前大义大利才是正确的决断。且不说大义大利，单他跟周公潇手上沾满的数以千计民众的鲜血、背负的百多条人命，他已经走向了不归之路。当年五十一军南撤时，周公潇担心他们会如同一叶舢板而被弃之在岸。如今，周公潇被游击队击毙，他姑且寄人篱下以求自保，跟别人袖口上的一粒尘土何异！将来呢？将来呢？

武善彧勉强跟芦连章寒暄了会儿，回到住处后越发心灰意冷。至暗时刻，他举起手枪对准了自己的太阳穴。然而，长时间颤抖之后，手枪掉落在地上。武善彧整个人颓然倒地。

第四十五章

日军宣布无条件投降半个月后，中共鲁中区党委作出关于武装动员工作的紧急决定，要求各县立即动员参军，将新兵编成子弟兵团并进行训练，随时准备开赴前线。梁春竑一从会场出来，泰沂县长黎贵仪快步赶上去，说要在近日带他去泰沂县城见一个重要的人物。梁春竑知道，这个人于他往昔或者将来一定有特殊意义，遂笑着约定，四天后上午在刘南宅北巷子里的张家酒馆见面。

昔日车水马龙的泰沂县城被战火摧残得面目全非。曾经亭台楼榭、花木扶疏的刘南宅变成一片断壁残垣，倒是没成为主战场的曲街陋巷得以完整保存，偶有几间毁坏的房屋店铺也已被重新整修。梁春竑踩着青石板，沿着小街往北走了百步，老远便被路东一家店铺门楣之上遒劲圆实的大字吸引。“张家酒馆”四个字崭新如才刚挥就，光泽如玄珠闪烁，而那熟悉的笔势气韵让酒店内外都散逸着馥郁墨香。难道果真是他?

梁春竑疾步迈入酒店，侧首望见了临窗而坐、也是便装打扮的黎贵仪。梁春竑款步来到对面，未待坐稳便急急地问道:“你不会是带我来见芝兰堂的王老板吧？”

黎贵仪悠然地给梁春竑倒上茶:“果然是知音啊。梁队长，我先让你见另外一个人。”

黎贵仪带着梁春竑进了内间，大声招呼张老板亲自上茶。门帘一掀，曾经大王庄小酒馆的张老板捧着茶壶迈进来。

梁春竑才知道张老板已将大王庄的小酒馆搬到这里。他忽地站起，握住张老板的手:“张老兄，原来你跑到这里开酒馆啦！”

张老板诙谐地笑了："大王庄那边都知道我跟据点里的日本人打得火热。我再不走，脑袋还能保得住吗？"

梁春竑明白，张老板暂时依然不能公开自己的身份，而他的这种隐蔽身份更能勾起旧日的回忆。梁春竑真挚地致意说："张老兄，我梁春竑本人终生感激你对我妻子的救命之恩。"

张老板连忙推辞不受："梁队长这句话不够觉悟。我们为着共同的事业走到一起、为着共同的新社会一同战斗，你我之间只有同心同德、同甘共苦，哪来的感激不感激？若如你所说，等我们建成了新社会，普天之下的穷苦百姓该怎么感激我们呢？若每取得一次胜利都心安理得地接受穷苦百姓的感激，我们就回到了原有的社会。那样的话，我们不是白白革命了吗？"

梁春竑一时无以答对，尴尬地望着黎贵仪："张老板言近旨远，意味深长。我梁春竑自愧不如。只是……"

黎贵仪笑道："梁队长向来能言善辩，这回怎么接不住张老板的单刀直入了？要我说，张老板所言不止觉悟高，也是兄弟们的肺腑之言。你快把那'只是'收起来吧。"

张老板玩笑道："我这里还有一课呢。我可是经营酒店的。杯小乾坤大，壶中日月长。梁队长能不能把那点小酒量也提上来？虽不及孔子百觚，子路十榼也好嘛。日后若有单刀赴会，有何所惧？"

梁春竑知道张老板在取笑他："我何尝不知古之圣贤皆能饮？只怕是张老板壶小杯浅，泡不得我这棵老人参，故而不敢伸张罢了。"

张老板乐了："黎县长做证，来日我定要百坛千篓，好好泡泡他这棵老人参。咱们别光顾着自己乐，那边王先生正笔墨伺候呢。"

两人跟着张老板去了后院的东厢正房，果然见到了先前书画斋芝兰堂的王瑞亭。

王瑞亭早在1936年就经邵先生介绍加入了共产党，芝兰堂是他传递消息、联络人员的秘密场所。当初张成祥从监狱里出来，就是根据邵先生的指示找到了他，他又推荐了梁春竑。日军占领泰沂县城后，王瑞亭对外宣称去乡下避难，实则也参加了新成立的八路军四支队，暂时把联络员的任务交给了自己的媳妇儿李清梅。到了部队，王瑞亭既做宣传，也参加战斗，在今年初参加平定北泰沂大佛道暴动中双腿受了重伤。经过救治后左腿未能恢复，王瑞亭便从部队退伍，悄悄返回县城。经过组织上安排，张老板继续隐蔽身份经营酒馆，同时照顾王瑞亭。王瑞亭则重新开张芝兰堂，继续隐蔽身份开展工作。

梁春竑听过介绍，方才明白当初张成祥为什么径直去鼓动自己：“王大哥，你在八路军四支队的时候跟成祥大哥经常见面吗？”

王瑞亭笑着点头：“经常见面，也经常说起你。”

“可张营长他牺牲了。还有嫂子。嫂子是在我们云崖区的地面上被反动派抓走的。我一直深感愧疚。”

“云泰大队心狠手毒，刁钻诡诈，连我们的分局和纵队都头疼得很。没营救出来的党员干部还有好多，这跟你没什么关系。”

“可是……”

“梁队长，我的梁老弟，继续革命的道路可能还会很漫长，咱们且不说那些悲伤的事情。我知道你跟黎县长都事务繁忙，本不该耽搁你们宝贵的时间。可我们好长时间没见面了，我想你们。正好我的书画斋就要开张，咱们借此相聚一晤，也请你们留下几份墨宝。当然，落款处不可题真名。”

梁春竑很为志同道合的战友情谊而感动，也为笔墨功夫的荒废而感慨：“王大哥，这些年一直行军打仗，除了写几副春联和一些宣传标语，真的没好好鉴赏、磨炼书法。就现在这僵硬的指腕，怕是宣纸都抚不平了。”

王瑞亭命令道：“你跟黎县长、张老弟都不许自谦。我不管你们现在的笔法、结构如何，也不管墨宝的气势、神韵如何，我只要能从中品读到兄弟之谊、知己之情。来，黎县长先来。”

王瑞亭不等对方反应，已经架起拐杖往铺好的书案走去。

黎贵仪略一沉思后执笔蘸墨，一气呵成了“名画要如诗句读，古琴兼作水声听”。

梁春竑立刻想到了王瑞亭写给自己的两条屏：“黎县长，你也喜欢王大哥那幅两条屏？”

黎贵仪情感热辣辣的：“王大哥的那幅两条屏原作已经赠予我，被我收藏六年之久。”

梁春竑接过毛笔，力透纸背地一挥而就“南山之兰，君子所有”。

黎贵仪若有所思：“王大哥，梁队长书写的这八个字好像是你那对镇纸上的镌刻吧？”

梁春竑接过话说：“不错。王大哥的那对镇纸就珍藏在我家墙壁下的油木箱里。”

张老板击节而叹：“往昔只是崇尚知音、知己之境界，今日越发理解志同道合之要义了。我跟王先生比邻而居，且长久相伴，切磋墨宝技法来日方长。三位且尽享翰墨书香，我先去准备酒菜。对了，不日就到中秋佳节，咱们约定一同举樽对月、尽兴而归如何？”

王瑞亭赶紧阻止：“你想得倒是长远。目今子弟兵团加紧训练、即时开赴前线之际，我打扰两位队长已是大不妥。你赶紧准备酒饭，让二位用过后即刻返回。你们两个，趁这分秒之间，赶紧撰写佳作。”

不出旬月，恰在中秋节前一天，梁春竑接到上级通知。按照中央指示，刚刚组建的泰沂、北泰沂子弟兵团除少量留在山东外，其余全部被整编到山东军区主力部队，两天后挺进东北。鲁中地区的大批地方干部也被抽调北上，梁春竑被任命为鲁中干部大队的中队队长。

梁春竑从接连的上级指示和紧急动员会议中预感到，当前国内形势极其严峻而又复杂，内战很可能一触即发。随部队挺进东北后多少年才能回来、何日才能回来，甚至还能不能回来都未可揣度。明日就是中秋，他应该回家跟妻子儿女过个团圆节。

太阳偏西，村民都忙着准备过节，野外、路上几乎见不到人。梁春竑策马扬鞭一路疾驰，经过村边时略微放慢些速度。他抬头向村里张望了两眼，又随即一个脚蹬，直奔枰柳庄方向而去。

日军和国民党队伍一年前就全部从泰沂云崖区退出，枰柳庄围子的围墙上没有了持枪望哨的团丁，围子里也重新散发着往日安定平和的气息。有人认出了高头大马上的人竟然是梁春竑，便惊讶地驻足张望，疑惑地看着他去了武毓庆家。

武善彧已经把家眷接走，武善斋早已作古，云泰大队不复存在，武家大院没有了往昔门庭若市的热闹，紧闭的大门更增添了冷落荒凉的气象。梁春竑将马缰系在拴马桩上，提着四方纸包，抬手轻轻按动着门环。

开门的是支天辅的爹爹老支。见是梁春竑，他立时吃惊地停住，半张着嘴巴站在门口。梁春竑笑了笑，像多年前那样尊重地叫了声支大叔。支大叔？梁春竑居然还像从前那样叫自己支大叔？瞬间的感化后，整个人又重新被仇恨和恐惧淹没。老支恨透了梁春竑和他的游击中队，却又害怕解放区的抗日民主政府，也害怕梁春竑腰里别着的手枪。他慌里慌张地点点头，不自觉地叫了声“梁队长”，弯腰礼让着梁春竑进家。

武善斋的媳妇儿正笼络着孩子们在西厢房玩耍。看见梁春竑进来，她赶忙轻轻地关上了房门。老支不远不近地跟在梁春竑身后，大气不出。梁春竑突然发觉，偌大的院子里比外面还要冷清。

听到人已到屋门口，武毓庆扬声问道："老支，谁啊？"

老支没有应答，快步走到堂屋门口，两手一让，示意梁春竑进去。

屋里还有一个人，老董。老伙计俩知道武毓庆心里难受，肯定过不好中秋，相约在饭前赶过来陪着聊天。

梁春竑拾步走上台阶，轻轻掀开门帘，对着武毓庆恭敬地喊了声"大爷"。

武毓庆正往烟袋锅里揉装烟末，听到这个久违而又熟悉的声音，两手不禁一个抖动。他抬头望去，眼前果然是梁春竑。武毓庆冷冷地看了梁春竑好一段时间，手里用力地揉搓着烟袋锅："你来干什么？"

梁春竑向前迈了两步，努力笑道："大爷，中秋了，我来看看您。"

老董站起身，犹豫着想要出去。武毓庆猛地挥起胳膊，示意他留步："你坐。就算神仙老子来了，咱们也是老兄弟。老支，你也过来坐。"

等老董和老支都坐下，武毓庆自顾取过火柴点着烟袋，并不拿正眼看梁春竑："你我井水河水，有什么好看的。"

老支怕闹僵了无法收场，把自己坐的椅子让给了梁春竑，然后坐到了下首。

梁春竑坐到武毓庆对面，顺手将提溜的纸包放到桌上："过节了，包了两斤月饼给大爷尝尝。顺便问大爷安。"

武毓庆神情冷峻，抽了两口烟，才又说道："无缘无故，你一个走阳关道的人何苦跑到我这独木桥上来？"

梁春竑今日来见武毓庆，既有源自往昔情感而生发的对老人的尊重，也有通过武毓庆规劝教化武善彧重新选择人生方向的用意。无论哪一端，都必须谈及武善彧。此情此景之下，提及武善彧不仅很难将武毓庆的态度软化下来，或许会激起武毓庆更强烈的暴躁。可是，今日的见面是无法绕开武善彧的。梁春竑稳住心神，笑道："听说善彧现在国民党新编第五路军吴化文部当军械监护团团长。他最近有没有消息？"

武毓庆满面寒霜："我知道的消息哪有你们知道得多？"

梁春竑只好从当下国家形势上入题："大爷，日本鬼子已经投降了，老百姓再也不受倭寇强盗的蹂躏和践踏。可是，战火好像依然没有熄灭的迹象，凡是有正义感的人们也都揪着心呢。"

武毓庆冷冷地抽着烟："我一芥乡野草民，只知道顺来顺受、逆来也顺受。你们怎么做与我无干。"

“大爷，日本鬼子、国民党和八路军在咱们这里前前后后七八年时间。正所谓你方唱罢我登场，正人君子、妖魔鬼怪纷纷现身。刚开始人们眼花缭乱，不辨真伪，难免误把美酒当鸩酒，误把蛇蟒当真龙。如今锣鼓停音，戏已收场，魑魅魍魉原形毕露，忠正奸邪水落石出。大爷您博古通今，阅历无数，对春竑侄子的抉择不会冥思不解了吧？”

“路是各人自己选的，何必在乎别人的指指点点？”

“话虽然这样说，可我清楚记得当年您对善彧和我说过千万莫要选错了道儿。大爷，这几年善彧兄为了证明自己的选择，做了不少令人触目惊心的事情。为了所谓的理想，不惜杀人无数，且杀人方式令人发指。尽管善彧和周公潇在您跟前万般粉饰，我知道，您总没少耳闻，也该有自己的判断。”

武毓庆冰冷地扫一眼梁春竑：“你们年轻人在外做事，老夫我向来不愿过问，你和善彧孰是孰非我也不想定夺。你刚才说‘你方唱罢我登场’，这个不错。你说‘锣鼓停音，戏已收场’，这则不然。日本人打进来又被赶出去，这只是戏中的一个折子，整场大戏还要唱下去。到底谁是魑魅魍魉，到底谁忠正、谁奸邪，还是等整场戏唱完以后再论不迟。”

你可以改变一个人暂时的态度，却无法改变他已有的成见。梁春竑知道自己一时说服不了武毓庆，也难以跟他深谈，便轻声笑道：“虽然岁已年迈，仍不减英年豪气，老人家到底是不俗之人。我只是想提醒老人家：穿错了衣服不换，不过就是穿错了衣服；走错了道不改，不是背道而驰，就是越陷越深，甚至是悬崖自尽。今天我过来一是看看您老人家，二来希望老人家转告善彧，选错了方向还是尽快回转过来。只要方向改正了，活着的人会原谅他，被他杀害的人也会原谅他的。”

武毓庆怒不可遏，颤声喊道：“你，还有别的事吗？”

梁春竑非常想发作，非常想酣畅淋漓地对武毓庆大加痛斥。然而，他不停地警示自己，这次过来并不是为了发泄心中的怒火，也不是为了彰显自己的奋斗方向。他并不能忘却曾经亲如兄弟的武善彧，他期待着武善彧觉醒，回到正确的阵营。这是他的一己之情，也是正义事业赋予他的责任。梁春竑心平气和地望着武毓庆：“大爷，我心里真的放不下善彧。我们曾经是兄弟，我也期盼着将来我们还是兄弟。刚才咱们交谈的这些，请您日后慢慢考量，琢磨琢磨我说得对与不对。大爷保重，我走啦。”

老支早已被梁春竑的不敬之词气得脸色苍白，却插不上话。见梁春竑起身告辞，他忙不迭地站到门边，恨恨地礼让着将梁春竑送出了院子。

武毓庆铁青着脸，望着门帘沉吟了良久，不胜悲凉地喊道："难道我们就永无出头之日了吗？难道就由着他们来改换天下不成？"

武毓庆抡起胳膊横扫出去。纸包里的月饼摔得满地都是。

老董急忙上前搀扶武毓庆："东家发火归发火，别跟自己动真气。伤了自家身体自己遭罪，反而被冤家幸灾乐祸呢。"

武毓庆忽然收住，冷笑道："老董你说得对。我不能动真气，也不能伤了自家身体。我要好好地活着。我还要看看到底谁走错了道、到底谁一路走到天黑呢！"

从武善彧家里出来，回到盘龙村时，太阳就要落山了。梁春竑远远地看见，村外坟地里有个人弯着腰，正挨个坟前放置着什么东西。看那身子骨和背影好像是李开林。梁春竑快马加鞭往前奔过去。马蹄声也惊动了坟地里的人。那人直起身望过来，火红的余晖使得他不得不抬手搭起了眼罩。

梁春竑跳下马，把马缰往地边的石块儿上一拴，跨过草丛奔向坟地。

李开林喜滋滋地迎上前："梁大哥，回来过节？"

"回来过节，顺便过来看看老战友们。"梁春竑下意识地望望李开林身后的坟头，发现每个坟前的祭台上都摆着一个月饼，"开林，你这是——"

李开林笑着，眼圈儿却红红的："这不是过节了嘛。我给他们送钱、送吃的来了。梁大哥，你一块儿帮着烧烧纸吧。"

梁春竑提醒道："开林，咱这里中秋节是团圆节，不兴上坟的。"

李开林朝梁春竑笑笑，轻抚着手里的月饼："不兴归不兴。可是不过来看看，这月饼我吃不下，这节我也过不去。"

看李开林已经掉泪，再看看这一大片坟地，梁春竑也润湿了眼眶："开林，我那里还有几个，也拿过来给兄弟们尝尝。"

李开林赶忙拉住他："不用了。我给了他们每人一份，兄弟们的心意到了。你那些就留着回家给孩子们吃吧。哦，老营长、李青松书记，你家大爷、大娘那边我也都供上了。"

梁春竑的胸口突然被强烈噎住，泪水不可阻挡地奔涌而出。他发觉嘴里干得发咸，苦得面颊都在挑动。他艰难地屏着呼吸，挨个坟墓敬礼，忽然注意到了一个没有坟头的坟墓，祭台前竖立着一个木牌，上面写着"岳子文"三个字。梁春竑大吃一惊："开林，岳子文有下落了？"

李开林脸色平静地摇摇头："没有。"

梁春竑很理解李开林想念岳子文的心情，但没有确定岳子文的消息之前就给他立碑，这很有些荒谬。梁春竑轻声责备说："没有下落，你立这个碑干什么？哪有给活人立碑的道理？"

李开林却非常坦然："好几年都没有他的音信，死的活的都没有下落。但是，我对这个小白脸子太有数了。他死都不会叛变投降，也绝不会半道上开小差，更不会给咱们游击队丢脸。我琢磨着，这小子八成战死在什么地方了。一个人在那边没人管、没人问还行？我先给他送几个钱过去，让他好买些吃的、用的。万一那边也有鬼子跟他开仗，他好买杆枪跟那些豺狼虎豹继续战斗。要是过些时候他活着回来了，我把木碑拔掉不就是了？说不定他还高兴地揍我两拳、在我屁股上踢两脚呢。"

话说到后面，李开林已经泪流满面。梁春竑定定地站着，泪水盈满了眼眶。两人默默守望着那片坟头，直到暮色完全掩盖了山野。

梁春竑静静地回到家。陶竑春正有说有笑地伺候孩子们吃水饺，望见推门而入的丈夫，一时愣住了。就在陶竑春脸上泛开笑容的时候，竑生高兴地跳起来，跑到跟前喊着"爹"。春燕年龄小，又与爹很少见面，梁春竑于她只不过是陌生人，所以只抬头看一眼后又去抓她的水饺。

梁春竑放下纸包的月饼，解下挎包，抱起竑生抡个圈："都大小伙子了，爹都抱不动你啦。"

梁春竑放下竑生，再到桌前抱起春燕，拧着她的小脸："爹回来了，怎么跟没事人一样？就知道忙着吃你的水饺？"

春燕扭着身子往外挣了两下，发觉不能挣脱，便举起手里的水饺送到梁春竑嘴边。梁春竑赶忙张开嘴把水饺含过去，嚼了嚼，连说："闺女喂的水饺，真香！"

竑生咬唇观望着床上的挎包，规规矩矩地走到梁春竑跟前："爹，我想看看你的挎包。"

多年来，竑生严格遵照定下的规矩，梁春竑的东西任何时候都不许动。实在忍不住要看，必须先请示。这次，梁春竑的威严换成了和蔼："看吧，爱怎么看就怎么看。"

陶竑春端详着梁春竑："你怎么这个时候回来了？回来过节？"

梁春竑乐呵呵地笑笑："是啊，回来过节。"

越是轻松自如，越是肩负重担。陶竑春对丈夫的心态早已经掌握到细致入微："骗谁呢？你还有时间过节？又执行公务去了吧？”

梁春竑深情地凝望着陶竑春：“真的回来过节。”

陶竑春从丈夫的表情中已经判断出发生了新情况。她接过春燕，给丈夫递过筷子：“先吃饭吧。吃完饭该干什么再去干什么。”

梁春竑接过筷子，目光始终对着陶竑春的眼睛，脸上堆满了久已不见的爱怜：“竑生他娘，该干的都干完了。我就是专门回来过节的。”

竑生他娘？自从有了名字，梁春竑从来就没有再这样称呼过自己。陶竑春的胸口不自觉地怦怦乱跳：“他爹，你，是不是出什么大事儿了？”

梁春竑轻轻扶住媳妇儿的双肩：“我能出什么事儿？我就是专门回家来看看你跟孩子们。”

陶竑春没有笑。她的眼睛湿润了：“县里、乡里都在动员参军参战。外面的形势肯定很严峻。你，说实话就是了。”

梁春竑收回胳膊，宽慰地笑了笑：“中央发出指示，山东主力部队及大批干部迅速向东北进发。我被抽调到鲁中干部大队，两天之后集合动身。工作都已经交接完毕，今晚回来跟你和孩子们过个团圆节。”

在村民们的眼里，东北是富裕而又遥远的地方。可丈夫不是去淘金，而是去那边的战场。多年来的情报传递和组织抗日已经让她对“工作”有着深切的体会，陶竑春的心剧烈地抖动起来：“去几年？”

“说不准。看什么时候打完仗吧。”

“那，这个家——”

梁春竑满含愧疚，安慰道：“这么多年，没有我你也养老带小地扛过来了。再撑几年，等打完仗回来后，我哪儿也不去，就在家里伺候你。”

多少年没有听到丈夫这般温柔的话语了。再撑几年，这几年又会是多长时间？陶竑春忍不住泪水滑落。她擦擦面颊：“不用你伺候。打完仗快点回来就行。”

梁春竑抬起手，想要去擦媳妇儿脸上的泪，却又缓缓地收回来，声音微微有一点哽咽：“竑生他娘，还有咱爹咱娘那边，辛苦你继续替我尽孝，每逢节日的时候去烧些纸钱、磕两个头。”

陶竑春擦拭着眼角：“还要你说吗？这么些年，你跟咱爹娘在一起的日子有我多吗？娘临走的时候叮嘱我，要我告诉你，等你回来的时候，让你到她坟头上多待一会儿。你不在家，我自然记着替你去跟她老人家说会子话。对了，爹和娘去世后十多天，你接到了传志送的信，趁着黑夜跑到老人坟前，抓心挠肝地折腾了大半个时辰。这些我都知道的。往后别再这样，别让老人心疼不安。”

梁春竑刹那间很想变成个孩子，抱住媳妇儿痛快地哭一通。可他不能！在队伍上他是定盘星，在家里他是顶梁柱。他不可以留给媳妇儿半点儿的脆弱："再不会了。等我打完仗回来，每次去坟头前都会带着胜利的消息，都会带着让爹娘欢喜的笑模样。”

竑生跑到床前，“呼啦啦”把包里的东西倒出来，一样样地琢磨过，最终没能发现最想要的东西，转过身来盯着梁春竑的腰间。梁春竑看到了儿子的目光，掏出枪，将子弹退出枪膛后递给他。竑生撒开腿，举着枪在屋里跳来跑去。春燕从陶竑春怀里挣出去，跟在哥哥后面跑动着。

陶竑春把水饺往丈夫跟前一推："他爹，你快吃饭吧。饺子一会儿就凉了。”

梁春竑知道妻子还没动嘴，递上筷子说："咱俩一块儿吃。”

陶竑春笑笑，拿过一个煎饼，卷起七八个水饺，双手递给梁春竑。梁春竑接过去，结结实实地咬一口，抬眼笑望着陶竑春，像被疼爱的孩子笑望着母亲。陶竑春羞红了脸，转身到里间去寻找什么东西。可她没什么东西要寻找，她是要到里间隐藏什么。她靠着衣柜，狠狠擦拭着不停滚落的泪水。

两天后，县城西的共产党县委驻地彩旗飘动，鼓声震天，欢送山东地方干部和子弟兵团奔赴东北的气氛不亚于庆祝泰沂县城解放和日本战败投降时的热烈场面。梁春竑正跟整装待发的黄茂生和葛秋林说着话，忽然听到有人喊他。回首看过去，李怀安正佝偻着身子、从人群中挤过来。望着像自己的父亲一样充满着慈祥和坚毅的李怀安，梁春竑不禁热浪翻滚，跑着迎过去。

李怀安努力直起身，握住梁春竑的手："孩子，是条真龙就要腾云驾雾，是块好钢就要闪露锋芒。你和开田都是有出息的孩子，我和你爹都因为你们脸上有光。”

梁春竑叮嘱说："大叔，您多保重。有什么困难找善志他们。我们都是您的孩子。”

李怀安身子佝偻，精神却十分矍铄："放心吧。你大叔敢打包票：我不会给你们年轻人添麻烦，还会帮着你们做事情的。来，让他们都跟你说两句。”

李开林羡慕而又恋恋不舍，憨憨地笑着："梁大哥，听说这次报名参军，到处都可积极了。有的村子自个儿就组成了一个排。就这个岳阳村，参军新兵八十多人，直接编为一个子弟兵连。咱们村这次不行了，远远地落在人家后头了。”

梁春竑纠正说：“不是落在后头，而是远远地走在了前头。咱们周边几个村现在哪还有年轻人？全都已经参军了不是？”

李开林恍然大悟：“就是呢。我怎么把这茬儿给忘了。”

立秋后不久，梁春竑专程回盘龙村，给武善志、李开林和王大有主持了婚礼。李开林的媳妇儿就是第三次讨吴战役时在后方医院参与抢救的莲嫂。花篮站到莲嫂和王大有媳妇儿的前面说：“梁大哥你放心，家里有我们大伙儿帮着嫂子。打完仗早回来，别让嫂子挂心啊。让嫂子跟你说句话。”

陶竑春被三个人推到梁春竑跟前，嘴唇抖动几下，只说了三个字：“早回来！”

一阵复杂的情感涌上心头。梁春竑轻声回道：“我知道。哦，我那油木箱子里的书，你可要替我保存好。”

陶竑春点头：“我知道。除了善志，谁都不可以动的。”

队伍就要出发，怎么依然不见武善志他们的影子？就在所有人着急地四处张望的时候，两个熟悉的身影飞跑到梁春竑面前，同时举手敬礼：“梁大哥！”

梁春竑张开臂膀将两个人揽住，深情地叮嘱道：“善志、大有，好好干，不要给咱们云崖区丢脸！”

武善志来不及平静，从兜里掏出一封信：“梁大哥，武毓庆给你写了封信，要我无论如何交到你手里。”

武毓庆给他写信？梁春竑很感意外。他拆开信，眼前展现出几行熟悉的墨迹：“春竑侄儿，知悉你将远赴他乡，老朽有句话相赠，也算替善彧给你回言。道自取，人自为，是耶非耶，盖棺论定。吾侄惠鉴。”

梁春竑哂然一笑，对武善志说：“你还得替我回封信。”

梁春竑掏出笔来，略加思索后在武毓庆书信的背面疾速写道：“取何道，为何人，生也死也，一世乾坤。先生垂思。”

队伍一路向北，就要离开沂蒙地界。梁春竑不自觉地放慢了脚步，继而回身眺望那熟悉的连绵山峦。

七年多来，他的足迹几乎踏遍了这方土地的每一处角落，他的身影几乎出现在了这方土地的每一片原野。这巍巍沂蒙的座座山崮大都曾是他大显身手的战场，片片丛林都曾是他温馨入梦的家园。他和他的战友们生长在这方土地，他和战友们的血脉融入了这方土地，而这绵亘的山崮就是他和战友们结实的身躯、坚挺的脊梁，那不屈的丛林留存着他和战友们战斗的足迹、炽热的情谊。

曾经，他只是一个山村学堂的私塾先生，蜗居在方圆十几里地的崮上山村。当战火燃及家园，如果他只为了斗米残币苟且偷生，如果他仅仅长嗟短叹怨天尤命，如果他宁可流离落魄而怯于挺身而出，如今的梁春竑依然不过是国难当头时“百无一用”的教书先生。曾经，他的伙伴们只是村庄里的货郎、种地的把式、安于平淡的后生。当战争来临，他们没有退缩，没有选择被奴役，没有被经年严酷的磨难镇压，而是奋起抗争、砥砺前行，昂扬自信地做着自己的主人。而千百年来，认从听天由命的这方土地上的人们并非总是柔弱忍者。当八路军、国民党军、日军接踵而至，当游击队、顽固派、汉奸武装以不同角色走上舞台，可爱的他们一时间眼花缭乱，无所适从，在风来风去的变换和浪回浪转的起伏之间摸索着或对或错的选择。当终于明白为什么要有自我、有民族、有正义、有尊严，他们毅然挺起山崮般的胸膛，岿然站成峰峦般的城墙，果敢地向着打开地狱之门的罪恶魂灵和行尸走肉宣战。现在，这些可爱的亲人又争先恐后地把最优秀的儿女奉献出来，把他们送往清扫惊悚幽灵的战场，把他们送往开创和平安宁的他乡。

就要离开这片母亲般的土地，离开这片曾经燃烧着血与火的土地。这可是八百里沂蒙，气势浩荡的八百里沂蒙啊！这方云崖间的土地上不仅生活着亲爱的乡亲们，也长眠着骨肉亲情的战友们。无论走到哪里，无论春来秋往，我们会在梦里遥寄对这方土地的依恋，会在心中长存对这方土地的牵挂。我们不会忘怀在这方云崖之间的沉甸甸的日子，我们更加翘望在这片天地之间的湛蓝蓝的时光。

梁春竑对着家乡的方向深情地又一个军礼，转身回到前行的队伍。这个坚定的身影很快融入蜿蜒前行的长龙，随同长龙融入连天的云崖之间。

结篇词·临江仙

奇崮高耸接日月，
炊烟联袂云霭。
往昔今昔复徘徊。
草木荣且枯，
春去春又来。

陌上遥指行云处，
阶前茶香入怀。
野夫笑谈亦感慨。
史书多颜色，
正道难更改。

图书在版编目（CIP）数据

云崖间 / 公衍仕著 . -- 北京 : 中国文史出版社 , 2021.8
ISBN 978-7-5205-3115-3

Ⅰ . ①云… Ⅱ . ①公… Ⅲ . ①长篇小说－中国－当代
Ⅳ . ① I247.5

中国版本图书馆 CIP 数据核字（2021）第 166894 号

责任编辑：李晓薇　　装帧设计：杨飞羊

出版发行：中国文史出版社
社　址：北京市海淀区西八里庄路 69 号　邮编：100142
电　话：010-81136606　81136602　81136603（发行部）
传　真：010-81136655
印　装：北京温林源印刷有限公司
经　销：全国新华书店
开　本：710mm × 1000mm　1/16
印　张：31
字　数：545 千字
版　次：2022 年 1 月 北京第 1 版
印　次：2022 年 1 月 第 1 次印刷
定　价：78.00 元
